보리수 금강경

참 자유인의 길로 이르게 하는 안내서

보리수 금강경

초판1쇄 2022년 12월 22일

지은이 지홍 법상
펴낸이 정용숙
펴낸곳 ㈜문학연대

출판등록 2020년 8월 4일(제 406-2020-000088호)
주소 경기도 파주시 헤이리마을길 24, 2층
전화 031-942-1179
팩스 031-949-1176

ISBN 979-11-6630-103-2 (03810)

만든이들 편집공방, 허정인, 변영은

참 자유인의 길로 이르게 하는 안내서

보리수
금강경

지흥 법상

문연
Literary Solidarity

금강경을 시작하면서

　금강경은 불자에게 가장 널리 알려진 경전 가운데 하나다. 이를 산스크리트어로 나타내면 '바즈라체디카 프라즈냐파라미타 수트라(Vajracchedikā Prajñāpāramitā Sūtra)'이다.

　그러므로 금강경에 대한 해설서와 논서가 어떤 경전보다 많다. 그 가운데 하나가 금강경오가해(金剛經五家解)이다. 오가해(五家解)는 양(梁)나라, 당(唐)나라, 송(宋)나라 때 수행하였던 다섯 선사의 견해를 조선 초기에 함허득통(涵虛得通 1376~1433) 선사가 자신의 설의(說誼)와 결의(決疑)를 덧붙여 엮은 것이다.

　중국 불교는 도교의 영향을 지대하게 받아 그 문장이나 어투가 대부분 도교적이라 하여도 과언이 아니다. 따라서 도교의 도덕경(道德經), 남화경(南華經)을 먼저 읽어야 중국 선사들의 선문답 구조를 어느 정도 알아차릴 수 있다. 오가해도 이를 비껴가지 못하였던 것은 그 시대의 사상이 그러하였기 때문일 것이다.

선사들은 늘 후학에게 말하기를 천하의 앵무새가 되지 말라고 경책한다. 이는 사고의 굴레에서 벗어나 자신의 체(體)를 갖춰야지 알음알이로 남의 흉내만 낸다면 천하의 바보가 된다는 일침이다.

전등록(傳燈錄) 권제9에 보면 평전보안(平田普岸) 스님[01]은 다음과 같이 말씀하셨다.

神光不昧 萬古徽猷 入此門來 莫存知解
신광불매 만고휘유 입차문래 막존지해

신광이 어둡지 않아 만고에 빛나니
이 문에 들어왔거든 알음알이를 두지 말아라.

터득하지 못하고 자신의 견해를 밝히는 것은 알음알이다. 이를 흔히 분별심(分別心)이라고 한다. 이토록 눈 밝은 종사(宗師)는 따라쟁이를 경계하였다. 그러나 임제의현(臨濟義玄)의 할(喝)을 추종하는 이가 수두룩하며, 덕산선감(德山宣鑑)의 봉(棒)을 흉내 내어 이를 내려찍거나 들어 보이는 법사를 종종 보는데 이는 이미 자신의 견해는 아니다. 까닭에 송나라 법안종 영명연수(永明延壽 904~975) 스님은 양미동목(揚眉動目)이라 하여 눈썹을 치켜세우고 눈을 굴려 우락부

---

01 생몰은 알 수가 없다. 당나라 백장회해(百丈懷海, 749~814) 선사의 문하에서 수행하였다. 더러는 이 게송이 원(元)나라 중봉명본(中峰明本, 1263~1323) 스님의 송이라고 하나, 평전보안이 이보다 훨씬 앞서 수행했던 사문이다.

락하는 것을 말하지만 이는 모두 쓸데없이 말을 많이 하는 것이라고
하였다.

누가 말하기를 꽤나 이름 있는 모(某) 선사들이라 하지만, 이 역시
도 중국 선사들의 게송을 하나도 빠짐없이 소개하기에 바쁠 정도다.
고덕(高德)은 자기의 견해가 있어야지 주(主)가 되는 것이며 역대 선
사들의 견해는 모두 빈(賓)일 따름이다.

따라서 금강경을 강해하면서 선사들의 말씀은 될 수 있는 대로 빼
버리고, 한 구절일지라도 경전의 말씀과 논소(論疏)를 인용하여 소개
하였다. 더러 한 구절만 인용하여도 될 것인데 여러 경전의 말씀을
인용한 것은 그물을 넓게 펼쳐서 대어(大魚)를 잡기 위함이다.

부디 조촐한 강해이지만 연(緣)으로 인(因)하여 단 한 구절이라도
수행에 도움이 되었으면 하는 바람을 담았음이다. 나 스스로 부족한
지를 알기에 어떤 책려(策勵)와 경책(警責)도 달게 받아들일 것이다.
나무석가모니불.

2022년 冬至
김해 정암사 고목당(枯木堂)에서
지홍 법상(知弘法相) 합장

차례

금강경의 개요(槪要)

　금강경(金剛經)의 갖춘 이름은 금강반야바라밀경(金剛般若波羅蜜經)이며, 이를 줄여 금강반야경(金剛般若經)이라고 한다. 보편적으로 금강경이라고 불리며 1권으로 이루어졌다.

　금강경은 4처(處) 16회(會)에 걸쳐 말씀하신, 600권 대반야바라밀다경(大般若波羅蜜多經)은 제2처(處), 사위국 급고독원[舍衛國 孤獨園] 제9회 능단금강회(能斷金剛會) 제577권에 해당하는 부분이다.

　중국에서는 유가(儒家) 하면 논어(論語), 도가(道家) 하면 도덕경(道德經), 불교 하면 금강경을 으레 내세운다. 이는 중국 사람들이 이 세 가지를 그만큼 중요하게 여기고 있음이다. 우리나라에서도 반야부(般若部) 경전을 축약한 반야심경(般若心經)을 제외하면 제일 많이 봉송되는 경이기도 하다.

　금강경은 401년 요진(姚秦)의 삼장법사인 구마라집(鳩摩羅什

kumārajīva 344~413)[02]이 한역하면서 비로소 널리 알려지게 되었다. 401년은 신라 내물왕(奈勿王) 46년, 고구려 광개토왕(廣開土王) 11년, 백제 아신왕(阿莘王) 10년에 해당하는 시기다.

전하는 바로는 달마(達磨)가 중국으로 들어갈 때 능가경(楞伽經)을 소지하여 갔기에 이를 바탕으로 중국 선종 제4조 대의도신(大醫道信)까지는 능가경(楞伽經)을 바탕으로 하여 수행하였다.

반야다라(般若多羅)의 법을 이은 보리달마(菩提達磨)는 서천(西天) 제38조이며 중국 선종 제1조다. 이어서 신광혜가(神光慧可) - 감지승찬(鑑智僧璨) - 대의도신(大醫道信)이다. 이때까지는 능가경을 바탕으로 선(禪)을 설하였으나 중국 선종 제5조 대만홍인(大滿弘忍)에서 금강경으로 전환되었다. 이것이 널리 알려지게 된 것은 대감혜능(大鑑慧能) 때부터이다.

능가경(楞伽經)은 443년 유송(劉宋) 때 구나발다라(求那跋陀羅 394~468)가 한역하였으며, 4권으로 이루어졌다. 본제는 능가아발다라보경(楞伽阿跋多羅寶經)이며, 흔히 4권본 능가경이라고 한다.

513년 원위(元魏) 때 보리유지(菩提流志 572~727)가 한역한 10권본

---

02 쿠차 왕국 출신의 사문으로 300권에 달하는 불경을 번역하였다. 쿠차 왕국은 오늘날 신장위구르 지역을 말하며 지금은 중국 땅으로 불교는 사라지고 이슬람교 비중이 높은 지역이다.

입능가경(入楞伽經), 그리고 700년경 당나라 때 실차난타(實叉難陀 652~710)가 한역한 7권본 능가경이 있다.

호법(護法 530~561)의 유식설(唯識說) 대승기신론(大乘起信論)도 능가경을 바탕으로 이루어졌으며, 중국 불교사에 가장 훌륭한 논서 (論書)로 지금까지 그 명성을 잇고 있다. 또한 능가경은 사종선(四種 禪)인 우부소행선(愚夫所行禪), 관찰의선(觀察義禪), 반연진여선(攀緣 眞如禪), 여래선(如來禪)을 낳게 되어 중국 선종사(禪宗史)에 지대한 영향을 끼치게 되었다.

당나라 때 대만홍인(大滿弘忍)의 법은 대감혜능(大鑑慧能)으로 이어지게 된다. 혜능은 일자무식에 집도 몹시 가난하고 홀어머니를 모시고 살았다. 어느 날 장작을 지게에 지고 나무를 팔러 저잣거리에 나가다 어디서 들려오는 '마땅히 머무는 바 없이 그 마음을 일으켜 야 한다'는 '응무소주이생기심(應無所住而生其心)'의 구절을 듣고 크게 깨우침을 얻었다고 한다. 이때부터 금강경 하면 '응무소주이생기심'이라는 구절이 마치 금강경의 공식처럼 등장하는 폐단 아닌 폐단을 낳게 되었다. 제5조 홍인은 법을 전함에 있어서 법답게 전하지 못하고 한밤중을 틈타 남몰래 법을 전했다고 하는 것도 떳떳하지 못하다. 예나 지금이나 일자무식은 성인의 가르침을 알아들을 수가 없다. 그러나 혜능은 깨달았고, 그 일은 혜능의 우상화(偶像化)로 치달려서 끝내는 '육조어록'도 아닌 '육조단경(六祖壇經)'을 만들어 냈다. 경(經)은 부처님 말씀만 경(經)이지, 그 외에는 어떠한 것도 경(經)이라고 이름 붙일 수 없다.

하여튼 혜능으로부터 금강경은 널리 알려지게 되었다. 어찌 보면 혜능이 금강경을 소의경전으로 택했던 것은, 혜능의 사형인 옥천신수(玉泉神秀 606~706)가 능가경을 소의경전으로, 소위 말하는 북종선(北宗禪)을 이끌고 있었기에 혜능은 금강경을 소의경전으로 택할 수밖에 없었는지도 모른다. 육조혜능이 이끄는 무리를 남종선(南宗禪)이라고 한다. 북종선은 세력이 위축되었지만, 남종선은 세력이 확장됨에 따라 금강경은 넓게 퍼지게 되었다.

금강(金剛)은 '깨트릴 수 없다'는 의미로 불변함을 뜻하며, 반야(般若)는 '모든 분별을 벗어난 지혜'를 말한다. '바라밀다(波羅密多)'는 '완성을 향하여 나아간다'는 뜻이다. 경(經)은 부처의 길로 이르게 하는 안내서다. 마치 방을 들어감에 있어서 자물쇠를 여는 열쇠와 같은 작용을 말한다.

금강경은 그 어떠한 보살을 등장시키지 않는다. 그리고 대승·소승도 말하지 않으며, 공(空)이라는 말씀도 없다. 그리고 금강경은 여러 가지 비유를 들지도 아니하면서 금강경의 본지를 말하고 있다.

화엄경(華嚴經)의 본지는 유심(唯心)이며, 법화경(法華經)의 본지는 회삼귀일(會三歸一), 또는 회권취실(會權就實)이라고 하여 일승(一乘)을 지향하고, 유마경(維摩經)은 불이(不二)며, 금강경의 본지는 파이집 현삼공(破二執 現三空)이다.

파이집(破二執)은 아집(我執)과 법집(法執)을 깨트리면 아공(我空)

· 법공(法空) · 구공(俱空)이 드러나게 된다는 가르침이다. 그래서 금강경을 공(空) 사상이라고 한다. 그러나 이를 모르면 금강경은 공(空)이라는 글자가 하나도 없는데 공(空)을 말한다고 하게 된다. 그렇다. 비록 공(空)이라는 글자는 없지만, 그 본지는 공(空)으로 이끌고 있다는 것을 알아야 한다.

불교에서 반야(般若)는 참다운 실상을 깨달아서 '불법의 지혜'를 꿰뚫는 지혜를 말한다. 금강반야경소론찬요간정기(金剛般若經疏論纂要刊定記)[03]와 대지도론 등에서는 오종반야(五種般若)를 제시하고 있으며, 여기서 경계반야 · 권속반야를 빼면 삼종반야라고 한다.

1. 실상반야(實相般若)

실상은 반야의 체(體)이다. 일체법이 모두 공(空)함으로 허망한 상(相)에서 벗어나라 하는 가르침이 실상반야다.

2. 관조반야(觀照般若)

관조는 곧 반야의 지(智)이며 용(用)이다. 모든 법이 무상(無相)함을 깨달으면 모두 공적(空寂)하게 되므로 체(體)가 드러남이다. 이를 관조반야라고 한다.

3. 문자반야(文字般若)

---

[03] 송나라 때 자선(子璿, 965~1038)이 저술한 금강경에 대해 찬요(纂要)한 금강반야경찬요과(金剛般若經纂要科)를 말한다.

문자는 금강경 전문을 말하며, 금강경 전문을 통하여 모든 법의 실상을 환히 아는 지혜인 반야를 생겨나게 함으로 이를 문자반야라고 한다.

4. 경계반야(境界般若)

경계는 제법의 경계를 말한다. 모든 법은 반야진지(般若眞智)의 경계이며, 경계는 자성(自性)이 없이 지(智)로 말미암아 드러나기에 이를 경계반야라고 한다.

5. 권속반야(眷屬般若)

육도만행(六度萬行)을 말한다. 육도만행이 묘혜(妙慧)와 상응하여 관조반야를 성취하는 것을 돕기 때문에 권속반야라고 한다.

금강경의 한역본은 모두 여섯 가지가 있다.

1. 402년 요진(姚秦)의 구마라집(鳩摩羅什 Kumārajīva 344~413)이 한역한 금강반야바라밀경(金剛般若波羅密經).

2. 509년 원위(元魏) 때 보리유지(菩提流志 Bodhiruci 572~727)가 한역한 금강반야바라밀경(金剛般若波羅密經).

3. 562년 진(陳)나라 때 진제(眞諦 Paramārtha 499~569)가 한역한 금강반야바라밀경(金剛般若波羅密經).

4. 590년 수(隋)나라 때 달마급다(達摩笈多 Dharma-Gupta ?~619)
   가 한역한 금강능단반야바라밀경(金剛能斷般若波羅蜜經).

5. 660~663년 당(唐)나라 현장(玄奘 602~664)이 한역한 능단금강
   반야바라밀다경(能斷金剛般若波羅蜜多經).

6. 703년 당(唐)나라 의정(義淨 635~713)이 한역한 능단금강반야바
   라밀다경(能斷金剛般若波羅蜜多經).

금강경은 명성만큼이나 주석서(註釋書)도 어느 경전보다 많은 편
이다. 이를 인도와 중국의 주석서로 나누어 보면 다음과 같다.

인도(印度 India)의 주석서

1. 천친(天親 : 곧 세친 世親)이 저술하고 보리유지가 한역한 금강반
   야바라밀경론(金剛般若波羅蜜經論) 3권.

2. 세친(世親)이 저술하고 금강선(金剛仙 ?~?)이 해석한 금강선론
   (金剛仙論) 10권.

3. 무착(無著)의 금강반야론(金剛般若論) 2권.

4. 공덕시(功德施)의 금강반야바라밀경파취착불괴가명론(金剛般若
   波羅蜜經破取着不壞假名論) 2권.

5. 무착(無著)의 능단반야바라밀다경론송(能斷般若波羅蜜多經論頌) 1권.

6. 무착(無著)보살이 게송(偈頌)을 저술하고 세친(世親)보살이 해석한 능단반야바라밀다경론석(能斷般若波羅蜜多經論釋) 3권 등.

이상의 저술은 모두 유가반야(瑜伽般若) 계통에 속한다는 공통점이 있다.

중국(中國 China)의 주석서
1. 후진(後秦)의 승조(僧肇 384~413)의 금강경주(金剛經註) 1권.

2. 수(隋)나라 천태지의(天台智顗 538~597)의 금강반야경소(金剛般若經疏) 1권.

3. 수(隋)나라 길장(吉藏 549~623)의 금강반야소(金剛般若疏) 4권.

4. 당(唐)나라 규기(窺基 632~682)의 금강반야경찬술(金剛般若經贊述) 2권.

5. 당(唐)나라 대감혜능(大鑑慧能 638~713)의 금강반야바라밀해의(金剛般若波羅蜜解義) 2권.

6. 당(唐)나라 규봉종밀(圭峰宗密 780~841)의 금강반야경소론찬요

(金剛般若經疏論纂要) 등.

금강경의 과판(科判)을 보는 견해가 달라서 인도의 무착(無著)은 18주위(住位)로, 세친(世親)은 37단의(斷疑), 양(梁)나라의 소명태자(昭明太子)는 32분(分)으로 나누었는데, 우리나라에서는 소명태자의 분류를 따르고 있다. 32분 가운데 금강경의 핵심 사상을 담고 있는 분(分)은 제3분, 제4분, 제5분, 제7분, 제10분, 제18분, 제23분, 제26분, 제32분 등으로 꼽힌다.

함허득통(涵虛得通 1376~1433)[04]의 금강경오가해설의(金剛經五家解說誼)는 쌍림부대사(雙林傅大師 497~570)[05], 육조대감(六祖大鑑 638~713)[06], 규봉종밀(圭峰宗密 780~841)[07], 예장종경(豫章宗鏡

---

04 조선 초기 충북 충주에서 태어났다. 21세 때 관악산 의상암에서 출가하였으며, 22세 때는 양주 회암사(檜巖寺)에서 무학자초(無學自超)에게 법을 들었다. 1420년 오대산 월정사에서 세종대왕의 청으로 법을 설한 적도 있다.

05 양(梁)나라 사람이며 속성이 부(傅)이기에 흔히 부대사(傅大士)라고 한다. 16세 때 묘광(妙光)을 만나 결혼하였으며, 24세 때 인도의 숭두타(崇頭陀)를 만나 귀의하였다. 그 후 낮에는 품팔이를 하고 밤에는 부인과 함께 정진하였다.

06 당나라의 사문이며 홍인(弘忍)의 법을 이었다. 속성(俗姓)이 노(盧) 씨라서 사미 때는 노행자(盧行者)라고 하였다.

07 당나라 사문이며 교학과 선을 두루 공부하여 대승불교학의 이론을 바탕으로 선(禪)을 해석한 선원제전집도서(禪原諸詮集都序)를 저술하였다.

904~975)[08], 야보도천(冶父道川 ?~?), 다섯 명의 주석에 자신의 설의(說誼)와 결의(決疑)를 덧붙여 엮은 것으로 금강경을 선종에 대비하여 일목요연하게 정리한 책이다.

금강경은 현재 우리나라 거의 모든 종단에서 근본 경전으로 채택하고 있을 뿐만 아니라, 불자에게는 필독 경전이라 할 만큼 널리 보급되고 있다.

경(經)을 나눔에 있어서 분(分), 품(品), 장(章) 등이 있다. 이를 실례로 들어보면, 법화경(法華經)은 28품으로 이루어져 있고, 승만경(勝鬘經)은 14장으로 이루어져 있으며, 우리가 배우고자 하는 금강경(金剛經)은 32분으로 이루어져 있다.

경전에서 부처님의 말씀을 구분하는 데 있어 주제가 다를 경우 장(章) 또는 품(品)이라고 한다. 그러므로 경전에서 품(品)이 바뀌면 그 내용의 대강(大綱)이 바뀌는 것이기에 일종의 소제목(小題目)으로 보면 된다.

중국의 고승이었던 도안(道安 314~385) 스님은 경전의 짜임새를 3단계로 구분하였는데, 사회적 시각으로 보면 서론, 본론, 결론이다. 다시 불교적 관점으로 보면 서분(序分), 정종분(正宗分), 유통분(流通分)이라고 한다. 이를 일경삼단(一經三段) 또는 삼분과경(三分科經),

---

08 북송 때의 사문이며 법안종(法眼宗) 제3대 조사이다.

삼분단(三分段), 삼분과(三分科), 삼분(三分) 등이라고 한다. 그러므로 이는 경전을 내용에 따라 적절하게 나누는 과문(科文)이라고 할 수 있는 것이다.

도안(道安 314~385) 스님은 중국 동진(東晉) 시대의 승려이다. 전진(前秦)의 장안에서 인도 경전의 번역 및 주석 작업과 한역 경전의 목록 작성, 승단의 규율 제정 따위로 중국 초기 불교를 개척하였다. 속성은 위(衛)이며 12세에 출가하였다고 한다. 도안 스님은 추남(醜男)으로 알려져 있는데, 얼굴이 얼마나 못생겼던지 모든 사람이 피할 정도였다고 한다. 그러나 경전을 쉽게 암송하는 등 공부에 탁월한 재주가 있어서 그의 스승은 도안 스님의 재능을 부러워하였다고 한다. 후일에 불도징(佛圖澄 232~348) 스님을 만났지만, 대중들이 그의 얼굴을 보고 꺼리게 되자 불도징 스님은 대중들에게 도안의 높은 식견을 칭송하였다고 한다. 도안 스님은 경전에 해박하여 장안에서 방광반야경(放光般若經)을 4년간 1년에 2회씩 강의하였다고 한다. 도안 스님의 이력에 대해서는 이 정도로 마치고 다시 삼분과경으로 돌아와서 살펴보면, 당시 도안 스님이 삼분과경의 논리를 펼치자 당시 수행자들은 이러한 논리는 경전의 뜻을 분산시킨다고 하여 몹시 비판적이었다. 그러다 유송(劉宋) 이후 성행하면서부터 지금까지 굳어져 내려오고 있다.

서분(序分)은 대체로 여시아문(如是我聞)으로 시작하며 경전의 앞 단락에 해당하는 것으로 여기에는 경의 유래, 그리고 인연 등을 서술하고 있다. 그리고 서분이 끝나면 정종분(正宗分)이 이어지는 것이다. 서분을 또 다르게 표현하면 서설(序說) 또는 교기인연분(教起因緣分)이라고 한다. 왜냐하면 경을 설하게 된 동기를 밝히는 과정이기 때문이다.

서분은 다시 통서(通序)와 별서(別序)로 나누게 되는데 이와 같은 논리를 내세운 것은 인왕호국반야경소(仁王護國般若經疏), 금강반야소(金剛般若疏), 대반열반경의기(大般涅槃經義記) 등이다.

대반열반경의기(大般涅槃經義記)에는 여기에 대하여 아주 자세하게 논지를 펼치고 있다. 서분은 통서와 별서 두 가지로 나눈다. 여기에 대해서는 본문을 살펴볼 때 추가로 설명하고자 한다.

정종분(正宗分)은 경전의 본론에 해당하는 부분이다. 그러기에 이를 정종설(正宗說) 또는 성교소설분(聖教所說分)이라고 한다. 그러므로 경전은 정종분으로 하여금 부처님께서 말씀하시고자 하는 종지(宗旨)를 드러내는 것이다. 또한 성교소설분에서 성교(聖教)는 성인의 가르침이니 곧 부처님의 가르침을 말한다.

유통분(流通分)은 설법을 들은 대중들이 크게 기뻐하며 또한 이 경의 말씀을 널리 유통시키라는 부처님의 준엄한 부촉(咐囑)이 들어있는 것이기에 이를 의교봉행분(依教奉行分)이라고도 한다. 유통분에는 이 경의 말씀을 널리 유통하면 거기에 수반하는 이익에 대해서도 말씀하고 있다.

지금까지 경전의 분류에 대해서 살펴보았다. 이러한 삼분과경은 우리에게 경전을 좀 더 과목(科目)하게 들여다볼 수 있는 편의를 제공한다. 친광(親光) 보살 등이 짓고 당나라 현장(玄奘) 스님이 번역한 불지경론(佛地經論) 가운데 제1권은 천친(天親) 스님이 짓고 보리유지(菩提流支)가 한역하였다. 여기에 보면 이 경의 전체에는 모두 세 가지 부분이 있으니 첫째는 교기인연분(敎起因緣分)이며, 둘째는 성교소설분(聖敎所說分)이며, 셋째는 의교봉행분(依敎奉行分) 등을 말함이라고 하였다. 於此經中總有三分 一敎起因緣分 二聖敎所說分 三依敎奉行分

성유식론술기(成唯識論述記)에서는 삼분은 모든 지혜로운 이들이 응당 부지런히 수행하고 배우고 익히기를 권하기 때문에 세 부분으로 분단하여 경전의 본문을 해석하였다고 하였다. 勸諸智者 應勤修學 故爲三分 科釋本文

여기서 분(分)이라고 하는 것은 나누는 것, 또는 분류하는 것을 말한다. 그러므로 분(分)은 경전의 분류를 표기하기 위한 소제목(小題目)이다. 지금 우리가 배우고자 하는 금강경은 몇 품(品)일까? 바로 답을 말한다면 무품(無品)이다. 다시 말하면 품(品)이 없는 것이다. 그렇다면 지금 우리나라에 유통되고 있는 금강경은 왜? 분(分)이 설정된 것일까? 이는 벽암록(碧巖錄) 첫머리에 달마대사와 법론(法論)을 벌였던 양(梁)나라 무제(武帝)의 아들인 소통(蕭統)이 금강경을 32분으로 분류해 놓은 것이다.

소통(蕭統 501~531)은 양나라 무제(武帝)의 여덟 명의 아들 가운데 장남으로 세 살 때 논어(論語)를 읽고 다섯 살 때는 오경(五經)을 읽을 정도로 아주 총명하였다고 한다. 부왕인 무제가 불교를 중흥시켰던 것처럼 소통도 보살계를 받고 불교를 크게 존승을 하였으며 궐내(闕內)에 혜의전(慧義殿)을 지어서 고승들을 초청하여 강론을 펼치도록 하였다. 그러나 애석하게도 소통은 31세에 그만 이생의 인연을 마무리하였다. 소통은 문집(文集) 20권, 영화집(英華集) 20권, 문선(文選) 30권 등을 지었던 인물이다.

소통(蕭統)이라고 하면 의외의 인물로 생각할 수가 있으나 양나라 무제의 큰아들인 소명태자(昭明太子)를 말한다. 우리가 중국 황제의 아들까지도 존칭하여 떠받들 필요는 없다. 중국 사람들도 소명태자라는 표현은 거의 안 쓰고 소통이라고 부른다.

대승불교에서는 경전을 분류하기를 크게 다섯 가지로 분류하는데 이를 대승오부(大乘五部)라고 하여 반야부(般若部), 보적부(寶積部), 대집부(大集部), 화엄부(華嚴部), 열반부(涅槃部)로 나눈다. 이러한 논리를 내세운 것은 중국의 천태종이다. 그러나 더러는 대승오부를 반야부, 법화부, 화엄부, 정토부, 열반부로 나누기도 한다. 그리고 여기에다 대승불교의 사상을 가장 잘 나타내었다고 하는 유마부(維摩部)를 추가하면 대승육부(大乘六部)가 되는 것이다. 또 이를 줄여서 반야부, 법화부, 화엄부라 한다. 이 세 가지를 대승삼부(大乘三部)라고 한다.

금강경은 금강반야바라밀경(金剛般若波羅密經)을 줄인 말로 반야부(般若部) 경전의 대표 경전이라 할 만큼 대승불교에서 폭넓게 알려진 경전이다. 부처님께서 사위국에 계실 때 수보리 등을 비롯하여 여러 대중에게 하신 법문으로 처음에는 객관적인 경계가 공함을 설하고 혜(慧)도 또한 공함을 보이며 보살의 육바라밀도 모두 공함을 밝히는 경전이다. 여기서 더 나아가 공혜(空慧)로써 체(體)를 삼고 무상(無相)으로 종(宗)을 삼아서 일체법이 무아임을 나타낸 경전이다. 이 도리를 설명하고자 마음이라는 것을 등장시키게 된다.

대승불교 권역에서는 금강경을 일상의 수행으로 삼을 만큼 지송(持誦)하여서 이에 딸린 주석서(註釋書)가 2,000여 종류에 달할 만큼 아주 폭넓게 알려진 경전이다. 원래 선종(禪宗)의 기본 경전은 금강경이 아니라 능가경(楞伽經)을 소의경전으로 하였다. 그러나 중국 선종의 5조인 홍인(弘忍) 스님이 선종의 소의경전을 금강경으로 대체하였다.

금강경에는 전체 반야부(般若部) 경전의 내용을 골수로 응축한 네 구절을 반야제일게(般若第一偈)라고 하는데, '이는 모양으로 있는 모든 것, 모든 형상은 다 허망한 것이니, 이 모든 현상이 모양이 없는 것임을 직관할 줄 알면 곧 부처를 보는 것이요, 마음을 깨친 것이다. (凡所有相 皆是虛妄 若見諸相非相 則見如來)'라는 구절이다.

금강반야바라밀경 해제(解題)

　　우리가 흔히 말하는 금강경(金剛經)의 원제목은 금강반야바라밀경 (金剛般若波羅密經)이며 또 이를 줄여서 다르게 표현하면 금강반야 경(金剛般若經)이라고 한다. 이를 산스크리트어로 나타내면 Vajrac-chedikā Prajñāpāramitā Sūtra. 다시 이를 티베트어로 나타내면 Phags pa shes rab kyi pha rol tu phyin pa rdo rje gcod pa zhes bya ba theg pa chen pohi mdo라고 한다.

　　금강경은 1권 무품(無品)으로 이루어져 있으며 여러 가지 한역본 이 있으나 대체적으로 전하는 것은 여섯 본(本)이다.

　　그러나 우리에게 널리 알려진 금강경은 요진(姚秦) 시대의 삼장법 사로 추앙받던 구마라집(鳩摩羅什 344~413)이 한역한 금강경이다. 우리는 흔히 화엄경(華嚴經)이 아주 방대하다고 여기나 알고 보면 반야부 경전 가운데 금강경을 능가하는 경은 없다. 화엄경은 세 가지 번역본이 있다.

계빈국[09] 삼장반야(罽賓國 三藏般若)가 한역한 화엄경은 40권이 있고, 불타발타라(佛陀跋陀羅)가 한역한 화엄경은 60권이며, 우전국(于闐國)[10] 삼장법사인 실차난타(實叉難陀 652~710)가 한역한 화엄경은 80권으로 이루어져 있다. 그러므로 이 세 가지 번역본을 다 합쳐 보아도 180권이지만 당나라 현장(玄奘 602~664) 스님이 한역한 대반야바라밀다경(大般若波羅蜜多經)은 600권으로 이루어져 있다. 대반야바라밀경을 줄여서 대반야경(大般若經)이라고 하며 별칭으로는 대품경(大品經), 대품반야경(大品般若經), 대품반야(大品般若) 600부 반야(般若)라고 하기도 한다. 대반야경은 4처(處) 16회(會)에 걸쳐 법회가 이루어진 경전이다.

그 가운데 금강경은 제2처(處) 사위국 고독원(舍衛國 孤獨園) 제9회 능단금강회(能斷金剛會) 제577권에 해당하는 부분이다. 여기에 보면 앞서 언급하였듯이 부처님께서 사위국에서 수보리 등을 위하여 처음에는 객관적 경계가 공(空)하다는 것을 말씀하시고 혜(慧)도 또한 공함을 보이며 보살의 육바라밀도 모두 공하다는 것을 말씀하셨다. 그러므로 공혜(空慧)로써 체(體)를 삼고, 무상(無相)으로 종(宗)으로 삼아서 일체 법이 무아(無我)임을 설하셨다.

대반야경(大般若經) 제547권 마사품(魔事品)에 보면 반야바라밀다

---

09 펀자브(Punjab) 북쪽, 카불(Kabul) 동쪽에 있던 고대 국가를 말한다.

10 타클라마칸(Taklamakan) 사막의 남서쪽, 지금의 화전(和田) 지역에 있던 고대 국가를 말한다.

를 왜? 체득해야 되는지에 대한 말씀이 있다.

부처님께서 말씀하시기를 선현(善現)아, 깊고 깊은 반야바라밀다는 모든 부처님의 일체지(一切智)를 능히 내고, 모든 부처님의 일체지는 모든 부처님의 가르침을 능히 내고, 모든 부처님의 가르침은 한량없고 헤아릴 수 없는 유정들의 반야를 능히 내고, 유정들의 반야는 끝없는 모든 번뇌를 능히 끊나니 번뇌가 끊어진 이는 온갖 악마들이 그의 짬을 얻지 못하기 때문에 근심과 괴로움을 많이 내어 마치 화살이 심장에 꽂힌 듯이 여기면서 나는 이 심히 깊은 반야바라밀다로로 말미암아 경계가 텅 비지 않게 하리라고 하였다. 佛告善現 甚深般若波羅蜜多能生諸佛一切智智 諸佛所有一切智智慧生佛教 佛教能生無量無數有情般若 有情般若能證無邊諸煩惱斷 煩惱斷者一切惡魔不得其便 一切惡魔不得便故多生憂苦 如箭入心 勿我由斯甚深般若波羅蜜多境界空缺

우리나라 불자들도 종파(宗派)를 떠나서 반야의 사상에 모두 물들여져 있다고 하여도 과언이 아니다. 그러므로 반야사상의 경전을 많이 접하게 되며 반야부 600권을 함축하여 표현한 마하반야바라밀다심경(摩訶般若波羅蜜多心經)을 흔히 반야심경(般若心經)이라고 하는데 이 경이 제일 많이 독송되어지고 있으며 그 다음이 금강경(金剛經)이다.

특히 우리나라 선종(禪宗)에서는 금강경을 소의경전(所依經典)으로 삼고 있다. 그러나 처음부터 그러한 것은 아니다. 원래 중국 선종에서는 달마대사로부터 4조 대의도신(大醫道信 580~651)에 이르기까지는 능가경(楞伽經)을 소의경전으로 하였지만 5조 홍인(弘忍 601~647) 스님이 금강경으로 대체하였다. 이후 6조에 이르러서는 선종에서 파당(派黨)이 일어나면서 소위 남종선(南宗禪)과 북종선(北宗禪)으로 갈라지게 된다. 혜능이 이끌던 일파(一派)를 남종선이라 하여 그 갈래가 지금까지 이어지게 되고, 신수(神秀 606?~706) 스님이 이끌던 일파는 북종선(北宗禪)으로 표방하게 되었다. 그러나 선종에서 능가경을 소의경전으로 이어 왔더라면 오히려 더 좋았지 않았을까 하는 생각도 필자는 가지고 있다. 능가경이 유식(唯識)의 도리를 말한다면 반야부의 경전은 공(空)의 도리를 말하고 있다는 것도 알아두어야 한다.

금강경에 대한 주석서(註釋書)가 여러 나라에 걸쳐 아주 많이 전해지고 있는 것은 금강경 개론에서 밝혀 두었으므로 참고하길 바란다.

금강경은 무품(無品)이라고 앞서 이미 밝혔다. 그러나 후대에 이르러 후학들이 들여다보기 좋도록 하기 위하여 과판(科判)을 설정하게 되었다. 인도의 무착(無著) 스님은 18주위(住位)로 나누었으며 세친 스님은 37단의(斷疑)로 나누었고, 중국의 소통(蕭統) 거사는 32분(分)으로 나누었다. 이러한 과판 가운데 우리나라에서는 소통의 과판을 따르고 있다.

소통(蕭統)이 구분한 32분 과판(科判) 가운데 금강경의 중심사상을 잘 내포하고 있는 분(分)은 제3, 4, 5, 7, 10, 18, 23, 26, 32분이다.

그러므로 공부자는 이 분(分)을 자세하게 들여다보아야 한다.

금강(金剛)은 모든 금속광물 가운데 가장 단단하고 강하다는 뜻
으로 산스크리트어로 vajra이며 팔리어로는 vajira이다. 이를 바일
라(박일라), 벌사라, 벌절라(伐折羅), 발일라 등으로 음사하여 표현하
고 있다. 금강(金剛)이라는 표현은 크게 두 가지로 나누어 볼 수가 있
다. 무기(武器)로 보면 금강은 견고하고 예리하여 모든 것을 파괴할
수 있을 뿐만 아니라 무엇으로 이를 파괴할 수 없는 것으로 나타내
며, 보석으로 비유할 때는 가장 뛰어난 보석으로 표현하고 있다. 그
러기에 무기로 표현할 때는 주로 금강저(金剛杵)로 나타내는데 이러
한 표현은 인왕경(仁王經), 잡보장경(雜寶藏經), 화엄경(華嚴經), 잡아
함경(雜阿含經), 관무량수불경(觀無量壽佛經), 관보현보살행법경(觀
普賢菩薩行法經)등 모든 경전에 자주 등장한다.

금강저(金剛杵)는 원래 힌두교에서 번개를 상징한다. 금강저가 원
래부터 불교 전용물은 아니다. 그러나 불교로 편입되면서 금강저는
여래의 금강과 같은 지혜로써 우리가 가지고 있는 모든 번뇌를 능히
깨부술 수 있다는 상징으로 나타내게 되었다. 그러기에 금강저를 금
강지저(金剛智杵) 또는 견혜저(堅慧杵)라고 한역을 한다. 이외에 금
강검(金剛劍)은 부처님의 지혜는 날카로워서 모든 번뇌를 능히 싹둑
자를 수 있기에 이를 칼에 비유한 것이다. 그리고 금강궁(金剛弓)이
라고 하여 금강으로 만든 활을 말하는데, 이는 화살이 과녁을 관통
하듯이 선장(禪匠)의 쏜살같이 날카로운 마음을 활에 비유한 것이다.
그러므로 금강저(金剛杵), 금강보검(金剛寶劍), 금강궁(金剛弓)은 모

두 금강을 빗대어서 표현한 말이다.

　또한 보석으로 나타낼 때도 있다. 관보현보살행법경(觀普賢菩薩行法經)에 그 연꽃의 대(臺)는 견숙가(甄叔迦) 보배요, 묘한 범천의 마니(摩尼)로써 꽃 타래[華鬘]가 되고, 금강 보배 구슬로써 꽃 수실[華鬚]이 되었으며, 변화한 부처님[化佛]께서 연꽃 대에 앉으시고 뭇 보살들이 연꽃 수실에 앉은 것이 보이느니라 하였다. 其蓮華臺是甄叔迦寶 妙梵摩尼以爲華鬘 金剛寶珠以爲華鬚 見有化佛坐蓮華臺

　능엄경(楞嚴經)에도 금강(金剛)이라는 표현이 있는데 이를 들여다보면 다음과 같다.

　아난이 부처님께 아뢰었다. 세존이시여, 부처님께서 말씀하시기를 수행 자리의 깨닫는 마음으로 영원히 변치 않는 진리를 구하고자 한다면, 반드시 결과 자리의 명목(名目)과 상응해야 한다고 하셨습니다. 세존이시여, 과위(果位) 가운데 보리(菩提)와 열반(涅槃)과 진여(眞如)와 불성(佛性)과 암마라식(菴摩羅識)과 공여래장(空如來藏)과 대원경지(大圓鏡智)의 일곱 가지 이름은, 명칭은 비록 다르다고 할지라도, 청정하고 원만하여 자체의 성품이 견고하니, 금강왕(金剛王)과 같이 영원히 머물러 무너지지 않습니다. 阿難 白佛言 世尊 如佛說言 因地覺心欲求常住 要與果位名目相應 世尊如果位中菩提涅槃 眞如佛性菴摩羅識空如來藏大圓鏡智 是七種名稱謂雖別 淸淨圓滿體性堅凝 如金剛王常住不壞

보살영락본업경(菩薩瓔珞本業經)¹¹ 가운데 집중품(集衆品)에도 금
강이라는 표현이 있다.

  진리의 왕[法王]이시고 진리의 주인[法主]이신 부처님께서는 일체
중생의 부모가 되셨다. 자연의 백천 송이 보배 연꽃으로 꾸며진 사자
좌가 있었으니, 옛날의 모든 부처님이 앉으신 자리도 모두 그러하였
다. 도덕(道德), 위의(威儀), 상호가 하나같았고, 몸과 뜻이 청정하여
복행(福行)이 널리 갖추어졌다. 광명이 지나는 곳에는 금강보장(金剛
寶藏)으로부터 변화를 나타냄에 다함이 없었고, 사람들의 세상[刹土]
을 두루 비춤에 과거 · 미래 · 현재에 걸쳐 걸림이 없었다. 교화가 일
체에 두루 미치어, 제도하는 교화 방편[度法]을 사람들에게 베푸는
것이 삼세에 모두 평등하였고, 원만히 빛나서 오롯이 도달하는 것이
모든 부처님들과 같았다. 法王法主 於一切衆生而作父母 自然百千
寶蓮華師子之座 古昔諸佛所坐皆爾 道德威儀相好如一 身意清淨
福行普具 光明所徹金剛寶藏 出化無極照人刹土 去來現在無復障
礙 化及一切度法與人三世悉等 圓明獨達一切佛等

---

11 이 경은 총 2권 8품으로 되어 있다. 중국의 학승 축불념(竺佛念) 스님이 한역
했다고 전하고 있으며 위경이라는 견해도 있다. 보살영락본업경은 보살의 경
지에 들어서기 위한 준비 단계로부터 부처의 경지에 들어설 때까지 보살이 거
쳐야 할 52단계를 설명하고 있다. 그 주된 가르침은 십신(十信), 십주(十住), 십
행(十行), 십회향(十廻向), 십지(十地), 그리고 등각(等覺)과 묘각(妙覺)의 42현성
(四十二賢聖)의 수행과 그에 따라 증득되는 수행의 결과 또는 과보를 설한 경전
이다.

그러기에 경전에 따라서 삼매(三昧)를 말할 때 보살로 나타내고자 금강을 넣어서 금강삼매(金剛三昧) 보살로 표현하는 경우가 있다.

　　금강은 견고한 부처님의 지혜를 말한다. 그러므로 이를 금강견고 (金剛堅固)라고 한다. 또 이를 줄여서 나타낼 때는 금강견(金剛堅)이라고 한다. 보우경(寶雨經) 제6권에 보면 보살은 열 가지 법을 성취하여 금강처럼 견고한 몸을 얻는다고 하였다. 菩薩成就十種法 得金剛堅固之身

　　이러한 '금강견고'라는 표현도 장아함경, 대승입능가경, 대보적경, 반주삼매경, 방광대장엄경, 화엄경 등 여러 경전에 골고루 나타나 있다. 그 가운데서 화엄경(華嚴經) 십인품의 말씀을 살펴보면 다음과 같은 가르침이 있다.

　　모든 세계에 한량없는 부처님 세계를 나타내는 몸을 얻나니 탐욕과 집착을 여의는 것이 허공처럼 그지없는 까닭이며, 온갖 자재한 법을 나타내어 쉬지 않는 몸을 얻나니 허공 바다와 같이 끝이 없는 까닭이며, 온갖 것이 깨뜨릴 수 없는 견고한 세력이 있는 몸을 얻나니 허공처럼 일체 세간을 맡아 지니는 까닭이며, 모든 근의 날카로움이 금강같이 견고하여 깨뜨릴 수 없는 몸을 얻나니 허공과 같이 모든 겁 말의 불[劫火]이 태우지 못하는 까닭이며, 일체 세간을 유지하는 힘의 몸을 얻나니 지혜의 힘이 허공과 같은 까닭이니라. 得一切佛剎中現無量佛剎身 離諸貪著 如虛空無邊故 得示現一切自在法無休息身 如虛空大海 無邊際故 得一切不可壞堅固勢力身 如虛空任

持一切世間故 得諸根明利如金剛堅固不可壞身 如虛空一切劫火
不能燒故 得持一切世間力身 智慧力如虛空故

금강견고(金剛堅固)를 몸에 비유하면 금강견고신(金剛堅固身)이
라 하고 마음에 비유하면 금강견고심(金剛堅固心), 결가부좌에 비유
하면 금강결가부좌(金剛結跏趺坐), 삼매에 비유를 하면 금강삼매(金
剛三昧), 부처님의 사리를 모시고 수계의식을 집행하는 장소를 금강
계단(金剛戒壇), 부처님께서 깨달음을 얻으신 보리수 아래 자리를 금
강보좌(金剛寶座)라고 하며, 부처님이 계시는 청정한 도량을 금강보
지(金剛寶地)라 한다. 이처럼 아주 다양하게 금강이라는 표현은 우리
가까이 다가와 있다. 이외에도 금강령(金剛鈴), 금강권(金剛拳), 금강
도(金剛道), 금강륜(金剛輪) 등 다양하게 전개되고 있다.

금강견고는 곧 금강불괴(金剛不壞)를 말한다. 그러므로 금강불괴
는 금강과 같이 견고하여 무엇에도 파괴되지 아니하기에 이를 증득
하면 금강법신(金剛法身)이 되는 것이다. 금강법신은 곧 불신(佛身)
을 말하는 것이기에 부처님의 몸을 금강불괴지신(金剛不壞之身) 또
는 금강불괴법신(金剛不壞法身)이라고 한다.

대반야경(大般若經)의 제578권 가운데 말씀을 보면 만약 일체여래
금강지인을 모두 섭수하면 최상의 오묘한 몸과 언어와 마음을 증득
하게 되어 마치 금강처럼 부동하여 무너지지 않는다고 하셨다. 若具
攝受一切如來金剛心印 於一切定當得自在 若具攝受一切如來金
剛智印 能得最上妙身 語 心 猶若金剛無動無壞

다시 40권본[12] 화엄경(華嚴經)의 제26권 입불사의해탈경계보현행
원품(入不思議解脫境界普賢行願品)에 있는 말씀을 보면 보살이 만약
이러한 뜻을 갖추면 부처님과 같이 금강처럼 견고하여 그 무엇에 의
해서도 파괴할 수 없는 몸을 얻는다고 하였다. 菩薩若能具此十義
卽得諸佛猶如金剛不可壞身

금강(金剛)은 능히 파괴되지 않는 철물을 말하는 것은 아니다. 그
러나 대부분 사람들은 금강 하면 아주 단단하여 파괴되지 않는 쇠를
떠올린다. 이는 금강을 억지로 끼워 맞춰 그렇게 표현하는 것이지 실
재 금강이라는 것은 여래장(如來藏)을 말한다. 여래장은 곧 마음이므
로 이를 불성(佛性), 법성(法性), 영지(靈知) 등등으로 나타내기도 한
다. 우리 모두는 마음이라는 보물을 가지고 있다. 그러므로 마음을
금강보장(金剛寶藏)이라고도 한다. 그러기에 금강보장은 중생심지
(衆生心地)의 청정한 보리심을 모두 금강과 같은 견고하여 무너지지
않는 보장(寶藏)에 비유를 한 것이다. 이 견고한 보리심은 능히 모든
여래의 공덕을 성취할 수 있기에 설사 육취(六趣)를 윤회하더라도
절대로 파괴되지 않는 것이다.

그러므로 중생들이 부처의 종자를 가지고 있음에 이를 금강불성
(金剛佛性)이라 하며, 금강과 같이 견고하여 영원불멸하는 불성을 곧
금강불성이라고 한다. 이를 영명연수(永明延壽 904~975)[13] 스님은 종

---

12 당나라 시대에 계빈국 삼장법사인 반야(般若) 스님이 한역을 하였다.

13 중국 오대(五代)의 송나라 스님으로 저서로는 종경록(宗鏡錄) 100권과 만선

경록(宗鏡錄)을 서술하여 밝히기를, 십지경(十地經)[14]에 이르기를 중생의 몸 안에 금강불성이 있으니 마치 태양과 같음이라고 하셨다. 불(佛)이란? 곧 각(覺)이다. 사람에게는 신령하게 각지(覺知)가 있어서 제일의공(第一義空)이 그것과 더불어 불성이 되는 것이라고 명백하게 밝히셨다. 十地經云 衆生身中 有金剛佛性 猶如日輪 佛者是覺 人有靈知之覺 今第一義空 與之爲性

금강정대교왕경소(金剛頂大教王經疏)에 보면 금강이 지니고 있는 세 가지 의미를 논하고 있다. 여기에 보면 세간에는 금강에 대하여 인정하는 세 가지 뜻이 있다. 그 첫째는 파괴할 수 없는 것이고, 둘째는 보재 가운데 보배이며, 셋째는 전쟁 도구 가운데 가장 뛰어난 것이라고 하였다. 이를 금강삼의(金剛三義)라고 한다. 世間金剛有三種義 一不可破壞 二寶中之寶 三戰具中勝

아주 뛰어나고 독특한 맛을 우리는 일미(一味)라 한다. 이를 좀 더 거창하게 말하면 천하일미(天下一味)라고 한다. 이러한 맛을 금강경에 비유하여 말하면 금강상미(金剛上味)라 한다. 상미(上味)나 일미(一味)나 거기서 거기의 표현으로 아주 뛰어난 맛을 의미한다. 그러므로 금강을 취하여 최상의 맛을 '금강상미'라 표현하니, 금강경은

동귀집(萬善同歸集) 3권이 유명하며, 정토에 관계된 것으로 유심송(惟心頌), 신루안양부(神樓安養賦), 정혜상자가(定慧相資歌), 경문(警文) 등이 있다.

14 화엄경(華嚴經)의 십지품(十地品)에 해당하는 같은 내용을 다룬 단일 경전으로 십주경(十住經)이라고도 한다.

곧 최상승법(最上乘法)임을 말한다.

선문(禪門)에서의 응답은 간결하게 이루어진 서술적인 답변을 거의 용납하지 않는다. 경덕전등록(景德傳燈錄)[15] 가운데 효오대사전(曉悟大師傳)을 보면 어떤 선자(禪子)가 물었다. 금강일척전(金剛一隻箭)이란 무엇을 말합니까? 스님이 말하기를 도대체 무슨 말이냐. 그 선자가 다시 물어오자 스님은 그 화살은 벌써 신라국(新羅國)을 지나가 버렸다고 하였다. 그러므로 여기서 금강일척전은 금강으로 만들어진 한 발의 화살을 말한다. 다시 말해 금강 반야의 화살이 과녁을 정확히 명중하듯이 금강의 지혜로 실상을 여실하게 꿰뚫어 보는 것을 말한다. 우리가 지금 금강경을 배우고 있음도 '금강일척전'을 얻기 위함이다.

우리나라 최고의 명승지라면 당연히 금강산(金剛山)[16]이다. 금강산은 법기보살(法起菩薩)의 주처(住處)이기에 금강산에 불교가 많고 적음에 따라 우리나라 불교의 성쇠(盛衰)를 알 수 있다고 하였다. 그리고 금강산을 부르는 또 다른 불교식 명칭이 있으니 지달산(枳怛山) 또는 열반산(涅槃山)이다. 그러니 금강산도 알고 보면 불교의 용

---

15 송나라 북송 진종 경덕(景德) 원년(1004년)에 황제의 명으로 고승 도언(道彦) 스님이 출판하였으며, 선문의 1700칙(則)의 공안이 기록되어 있다. 전등록(傳燈錄)이라고도 한다.

16 태백산맥의 북부지역인 강원도(북한) 금강군 · 고성군 · 통천군에 걸쳐 광범위하게 펼쳐진 산으로 최고봉은 비로봉(毗盧峯 1,638m)이며, 우리나라 최고의 명산이다.

어에서 이름을 취한 것이다.

금강(金剛)에 대해서는 이 정도로 마무리를 하고 이어서 반야(般若)에 대해서 살펴보자. 반야는 아주 간단하게 설명하면 지혜(智慧)를 말한다. 그러나 이를 좀 더 들여다보면 반야는 일체 모든 사물과 도리를 밝게 통찰하는 높고도 깊은 지혜를 말한다.

반야를 산스크리트어로 나타내면 Prajñā이다. 이를 음사하여 파야(波若), 반라야(般羅若), 발라야(鉢羅若) 등으로 나타낸다. 이를 다시 한역하면 혜(慧), 지혜(智慧), 명(明), 힐혜(黠慧) 등으로 표현한다. 그러므로 슬기로 한역하면 혜(慧)가 되는 것이고, 사물의 이치를 잘 분별하는 것으로 나타내면 지혜(智慧)가 되고, 사물의 도리를 명철하게 아는 밝음으로 나타내면 명(明)이고, 아주 영리하고 슬기로움으로 나타내면 힐혜(黠慧)가 된다. 그러나 우리에게 통상적으로 반야라하면 지혜로 통용되고 있다.

그러면 불교에서는 왜 반야를 그토록 강조하는 것일까? 이는 진리에 눈이 어두우면 고통의 원인이 되기 때문이다. 그러므로 중생은 무엇보다도 지혜가 필요하기에 이토록 반야를 강조한다. 이러한 사상은 대승불교의 시발점으로 이루어지는 것이다. 대승불교의 핵심은 반야에 있다고 보아도 큰 무리는 아니다. 그러기에 일승으로 다가갈 수 있고 정토에 이르는 길을 대승불교에서 여섯 가지 실천항목으로 제시하는데 이것이 바로 육바라밀이다. 여기에 마지막이 반야바라밀이다.

천도재(薦度齋)에서 보면 수설대회소(修說大會疏)가 있다. 여기에 보면 생사의 어두운 길은 부처님의 광명을 의지하여야 밝힐 수 있고, 고통의 깊은 파도는 법보의 배에 의지하여야 건널 수가 있다. 사생육도 중생은 진리에 눈이 어두워 개미가 이곳저곳을 돌아다니듯이 팔고의 난관에 부딪혀 지옥·아귀·축생 세계를 헤매게 되며, 망령되이 속정에 빠지면 누에가 고치 속에 갇히듯이 속박된다고 하는 소문(疏文)의 내용도 결국 반야를 모르기에 이러한 난관에 부딪히는 것이라고 영가에게 일러주고 있는 것이다. 生死路暗 憑佛燭而可明 苦海波深 仗法船而可渡 四生六道 迷眞卽似蟻巡還 八難三途 姿情則如蠶處繭

화엄경(華嚴經)이 방대하다고 하나 알고 보면 대반야바라밀다경(大般若波羅蜜多經)에 미치지를 못한다. 반야경은 그 권수만 하여도 600권이다. 그만큼 심오한 반야의 사상을 나타내고 있는 것이다. 반야의 사상도 결국 공(空)으로 귀착을 하게 되는데 그러므로 반야공(般若空)이라는 표현을 쓰는 것이다. 반야부(般若部) 경전에서 공(空)이라는 것은 일체의 집착에서 벗어난 것을 의미한다.

이러한 반야의 사상은 대승불교에 핵심이 될 만큼 크게 영향을 끼쳐서 반야에 대한 다각적인 해석이 나오게 된다. 여기에 수반되는 구분이 이종반야(二種般若), 삼종반야(三種般若), 오종반야(五種般若) 등이다.

이종반야(二種般若)는 공반야(空般若)와 불공반야(不共般若)로 나눈다. 여기서 공반야는 성문·연각·보살의 계위에 공통적으로 설한 반야를 말함이고, 오직 보살만을 위하여 설한 반야를 불공반야라고 한다.

삼종반야(三種般若)는 실상반야(實相般若), 관조반야(觀照般若), 문자반야(文字般若)를 말한다. 이는 원만하게 성취한 대각의 반야를 세 가지로 구분한 것이다.

실상반야는 중생 모두에게 갖추어져 있는 반야의 실성(實性)을 말함이고, 관조반야는 이러한 실상을 관조하는 지혜의 작용을 말함이고, 문자반야는 문자라는 수단으로 터득하는 반야를 말한다. 여기서 문자는 방편이므로 문자반야를 방편반야라고도 한다.

오종반야(五種般若)는 삼종반야에서 권속반야(眷屬般若)와 경계반야(境界般若)를 추가한 것이다. 모든 지혜는 모두 온갖 법을 관조하는 지혜의 권속이므로 이를 권속반야라고 한다. 경계반야는 일체의 지혜가 결국 공하다는 것을 깨닫는 지혜를 말한다.

그러므로 반야를 육친으로 본다면 생명을 잉태하고 양육하는 어머니에 해당하기에 반야지모(般若之母)가 되는 것이며, 집으로 보면 반야가(般若家)가 되는 것이다. 그리고 반야의 공함을 하나의 상으로 보아 반야공상(般若空相)이라고 한다.

그러면 반야가 추구하는 것은 무엇이고 하고자 하는 일은 무엇이며, 우리에게 반야를 강조하고 이끌고자 하는 궁극적인 목표는 무엇일까 생각해 볼 일이다. 필시 무슨 목적이 있었기에 부처님은 반야를 내세웠던 것이지 허투루 말씀하지는 않았을 것이다. 그렇다. 반야의 목적은 도피안(到彼岸)이다. 그러기에 이를 반야도(般若度)라고 한다. 중생은 지혜로 말미암아 생사의 언덕인 차안(此岸)에서 열반의 세계인 피안(彼岸)으로 건너갈 수 있는 것이다. 그러기에 이를 도피안(到彼岸)이라 하기도 하고 바라밀다라 하기도 한다.

반야로 인하여 생사를 건널 수 있기에 이러한 사상을 배에 곧잘 비유하면 반야선(般若船)이 되는 것이다. 그러므로 중생들에게는 반야가 곧 배에 해당한다. 고통의 바다를 건넘에 있어서 반야선을 의지해야 하기 때문이다. 훗날 여기에다 중국 사람들이 신성시하는 용(龍)과 어우러져서 반야용선(般若龍船)이 나오게 되는 것이다. 그러므로 경전에는 반야용선이라는 표현은 없다는 것도 알아두었으면 한다.

반야지모(般若之母)를 반야모(般若母)라고 하기도 한다. 어머니가 아이를 낳듯이 반야를 낳는 근원을 말하는 것이기에 반야모는 반야의 어머니라는 뜻이다.

수(隋)나라 길장(吉藏) 스님이 승만경(勝鬘經)을 주석한 승만보굴(勝鬘寶窟)에 보면, 믿음의 인(因)은 아버지와 같고 반야는 어머니와 같으며 삼매에 의지함은 태아와 같고 대비를 성취함은 유모와 같다. 보살은 이 네 가지 뜻으로 인하여 불자라고 하는 것이라고 하였다.
信因如父般若母 三昧依止如胞胎 大悲成就如乳母 菩薩由此四義

名爲佛子

반야는 어떠한 모양도 없다. 억지로 이를 나타내면 둥근 원(圓)으로 그리거나 하는 것일 뿐, 실상은 유물(有物)은 아닌 것이다. 그러므로 어떠한 상(相)도 없기에 반야무상(般若無相)이라고 한다. 금강반야경의소(金剛般若經義疏)에 보면 여기에 대하여 적절한 논지를 펴고 있다.

반야는 형상이 없으므로 모양이 없다. 생각이나 상념 관찰을 여의고 말과 문자 또한 사라진 경지이지만 이름과 모습이 없는 가운데 중생을 위하여 이름과 모습을 지어서 설명한다. 비록 이름과 문자로 지을지라도 이름 없는 본래의 경계를 손상하지 않음이니 그러므로 희유한 것이다. 般若無相無貌 念想觀除 言語亦滅 而無名相中 爲衆生故 作名相說 雖作名字 而不傷無名 故爲希有

바라밀(波羅蜜)은 산스크리트어로 paramita이다. 여기에 대해서 현장(玄奘) 스님[17] 이후 신역(新譯)에서는 주로 바라밀다(波羅蜜多)라고 하고 있다. 바라밀은 구역(舊譯)에서 주로 사용하는 표현이다. 이를 한역하면 도피안(到彼岸), 도피안(度彼岸), 도무극(度無極), 사구경(事究竟) 등으로 표현한다. 중생이 미혹에 의해서 생사윤회를 하는

---

17 중국 당나라의 고승(高僧)으로 인도로 떠나 나란다 사원에 들어가 계현(戒賢 : 시라바드라) 밑에서 불교 연구에 힘썼다. 이후 중국으로 돌아와 태종(太宗)의 후원을 받아 74부 1,335권의 경전을 한역한 이외에도, 인도 여행기인 대당서역기(大唐西域記) 12권을 저술하였다.

차안(此岸)에서 깨달음에 의하여 얻은 해탈의 세계를 피안(彼岸)이라고 하는데, 중생이 나고 죽음의 고통에서 벗어나 생멸이 없는 법신을 증득하여 가고자 함이 곧 바라밀이다. 그러므로 바라밀은 완전한 경지에 도달하는 것을 의미한다. 이는 우리 모두가 가야 할 길을 제시하고 있는 것으로 곧 실천의 행을 의미한다.

중생이 도피안에 이르기 위해서는 여섯 가지 실천 항목이 있는데 이것이 바로 육바라밀(六波羅密)이다. 이를 바라밀도(波羅蜜道)라고 한다.

이를 토대로 앞서 배운 반야(般若)와 함께 묶어서 본다면 반야바라밀(般若波羅蜜)은 곧 지혜의 완성 또는 지혜를 통하여 피안의 세계로 건너갈 수 있음을 의미하는 것이다. 이는 완성된 지혜를 말한다. 이러한 반야사상을 가장 잘 나타낸 것이 현장(玄奘) 스님이 한역한 반야바라밀다심경(般若波羅蜜多心經)이며 이를 줄여서 반야심경(般若心經)이라고 하는데 260자로 이루어져 있다.

법화경(法華經) 서품에 보면
성문(聲聞)을 구하는 이에게는 네 가지 진리[四諦法]를 알맞게 말씀하여 나고 늙고 병들고 죽음을 벗어나서 궁극에는 열반을 이루게 하셨다. 벽지불을 구하는 이에게는 12가지 인연을 알맞게 말씀하셨고, 여러 보살들을 위해서는 여섯 가지 바라밀다를 알맞게 말씀하여 최상의 깨달음을 얻게 하여 일체의 지혜(一切種智)를 이루게 하시었다는 고귀한 가르침이 있다. 爲求聲聞者 說應四諦法 度生老病死

究竟涅槃 爲求辟支佛者 說應十二因緣法 爲諸菩薩 說應六波羅
密 令得阿耨多羅三藐三菩提 成一切種智

또한 관무량수불경(觀無量壽佛經)[18]에 보면

그 마니보주에서 나오는 물이 연꽃 사이로 흘러들어 보배 나무를
따라 오르내리는데, 그 소리가 미묘하게 삼법인(三法印)과 모든 바라
밀(波羅蜜)을 연설하고, 또 모든 부처님의 훌륭하신 모습을 찬탄하느
니라고 하였다. 其摩尼水流注華間 尋樹上下 其聲微妙 演說苦 空
無常 無我諸波羅密 復復有讚歎諸佛相好者

경(經)은 산스크리트어로 Sūtra라고 한다. 그러기에 이를 음사하여
흔히 수다라(修多羅)라고 한다. 그러므로 합천 해인사에 있는 목판
대장경을 봉안한 건물을 수다라장(修多羅藏)이라고 한다. 수트라를
한역하여 경전(經典), 계경(契經), 정경(正經), 관경(貫經), 진경(眞經)
등으로 한역을 하는데 주로 경전이라고 부르는 경우가 대부분이다.

혜원(慧遠) 스님이 서술한 무량수경의소(無量壽經義疏)에 보면
경을 범어로 표현하여 수다라(修多羅)라고 한다. 경(經)이라고 하
는 것은 한역하면 연(綖)이다. 이는 성인의 말씀은 능히 제법을 관통

---

18 1권으로 관무량수불경(觀無量壽佛經)·무량수불관경(無量壽佛觀經)·십육관
경(十六觀經)·관경(觀經)이라고도 한다. 유송(劉宋) 때(424) 강량야사(畺良耶舍)
삼장이 번역하였다. 아미타경(阿彌陀經), 무량수경(無量壽經)과 더불어 정토삼부
경(淨土三部經)이라고 하며 정토신앙의 소의경전(所依經典)으로 정토종의 근본
경전의 하나이다.

하여 마치 끈으로 꽃을 꿰는 것과 같다. 그러므로 연(綖)이라 한다. 그런데도 굳이 연(綖)이라 하지 아니하고 경(經. 날실)이라고 하는 것은 실로 꽃을 꿰는 것이 마치 날실로 능히 씨줄[紬]을 지지하는 것과 그 쓰임새가 서로 비슷하므로 경이라 한다고 하였다. *經者 外國名 修多羅 此翻名綖 聖人言說 能貫諸法 如綖貫華 故名爲綖 而言經 者 綖能貫華 經能持壽 其用相似 故名爲經*

계경(契經)이라는 표현이 있다. 위로는 진리에 아래로는 중생의 마음에 부합한다는 뜻으로 불경(佛經)을 달리 표현하는 말이다.

현장(玄奘)이 한역한 아비달마대비바사론(阿毘達磨大毗婆沙論)[19] 제126권에 보면 계경(契經)에는 어떠한 뜻이 있는가? 이것을 요약하여 말하면 두 가지 뜻이 있음이다. 첫째는 결집이라는 뜻이 있으며 두 번째는 간정(刊定)이라는 뜻이 있다.

결집이라는 뜻은 부처님의 말씀을 능히 섭지(攝持)하는 것이 마치 꽃다발의 실과 같음이다. 꽃다발을 만드는 자가 실로 꽃다발을 묶어서 중생의 머리에 씌우면 오랫동안 흩어지지 않는 것처럼 부처님의 가르침은 뜻의 문(門)을 맺고 모아서 유정의 마음에 씌우면 오랫동안 잊히지 않기 때문이다. 간정(刊定)이라고 하는 것은 부처님의 말

---

[19] 불멸 후 400년경에 카니슈카왕이 500성자를 모아 삼장(三藏)을 결집시켰을 때에 가다연니자(迦多衍尼子, BC 3세기~BC 2세기)의 발지론(發智論)을 주석한 책으로 당나라 현장(玄奘)이 한역하였다. 설일체유부의 대표적인 논서 아비달마발지론(阿毘達磨發智論)을 토대로 설일체유부의 이론을 상세하게 설명하였다.

씀은 뜻을 능히 재단하는 것이 마치 장인의 먹줄과 같아서 장인이 여러 개의 재목에 먹줄을 놓아서 잘된 것과 잘못된 것을 알기 쉽게 하여서 굽은 곳은 버리고 곧은 것은 모아 두듯이 부처님의 가르침은 뜻의 문을 간결하게 하여 옳고 그름을 알기 쉽게 하고 악은 버리고 착함은 쌓아두는 것과 같음이라고 하였다. 問契經有何義 答此略說 有二義 一結集義 二刊定義 結集義者 謂佛語言能攝持義 如花鬘 縷 如結鬘者以縷結花冠眾生首久無遺散 如是佛教結集義門 冠有 情心久無忘失 刊定義者 謂佛語言能裁斷義 如匠繩墨 如工巧者 繩墨眾材 易了正邪去曲留直 如是佛教刊定義門 易了是非去惡留 善

　다시 말해 경(經)이라고 하는 것은 첩경(捷徑)이라고 할 수 있다. 왜냐하면 우리에게 불지(佛地)에 가장 빠르게 갈 수 있는 지름길을 안내하기 때문이다. 그러므로 경전이 소중하기보다는 경전 안에 있는 그 내용이 더 소중한 것이다. 또한 경은 잠겨 있는 자물통을 여는 열쇠와 같음이다. 그러기에 무명중생(無明衆生)들의 자물통처럼 꽉 막혀 있는 어리석음을 풀어주는 열쇠와 같다. 또한 경(經)은 명경(明鏡)과 같다. 거울이 사물을 비추듯이 나의 얼굴을 비추는 거울처럼 나의 자성을 관조하여 우리 모두가 가지고 있는 불성(佛性)을 찾아 내기 위하여 경(經)이 필요한 것이다. 경(經)은 일미(一味)와 같다. 이 와 같은 내용을 알아차린다면 먹지 아니하여도 배가 부르기에 일미 는 곧 법식(法食)이며, 법식은 곧 경(經)을 말함이다.

　5,184자로 이루어진 금강반야바라밀경(金剛般若波羅密經)에서 금

강(金剛)은 곧 비유를 말한다. 그러면 무엇을 비유하였는가. 우리의 참마음을 비유한 것이다. 그것은 곧 부처의 종자라고 하는 불성(佛性)을 말하는 것이다. 그러므로 이어서 나오는 반야는 완벽하게 깨달은 지혜를 말한다. 바라밀(波羅蜜)은 곧 완성(完成)을 말한다. 완벽한 깨달음의 지혜로 이 마음이 곧 부처라는 것이다. 다시 말해 가장 빠른 길로 피안에 이르게 되는 길을 안내하는 경전이 곧 금강반야바라밀경인 것이다.

그리고 공부자가 알아두어야 할 것은 경의 이름을 경명(經名)이라 하고, 몇 권으로 이루어져 있느냐 밝히는 것을 경권(經卷)이라 하며, 몇 품으로 이루어져 있느냐 하는 것을 경품(經品)이라 한다는 것이다. 품(品)은 편(篇)과 같은 맥락이다. 이로써 살펴보면 금강반야바라밀경은 경명이고, 경권으로 보면 1권이며, 품(品)으로 보면 무품(無品)이 되는 것이다.

고려대장경(高麗大藏經)[20] 목판본 금강경(金剛經)에 보면 발원문이 실려 있다. 이를 소개하면 다음과 같다.

稽首三界尊 歸命十方佛　我今發弘願 持此金剛經
계수삼계존 귀명시방불　아금발홍원 지차금강경

---

[20] 고려시대(1011~1251)에 불경(佛經)과 장소(章疏)를 집대성하여 인간(印刊)한 불경이다.

上報四重恩 下濟三途苦　若有見聞者 悉發菩提心
상보사중은 하제삼도고　약유견문자 실발보리심

盡此一報身 同生極樂國
진차일보신 동생극락국

머리 숙여 삼계의 존귀하신
시방에 계신 부처님께 귀의하옵니다.
제가 이제 크나큰 서원을 발원하옵니다.
이 금강반야바라밀경을 지녀서
위로는 네 가지 큰 은혜[21]에 보답하고
아래로는 지옥 아귀 축생들의 고통을 구제하며
만약에 금강경을 보고 들은 이는
모두 다 보리심을 일으켜서
현재 받은 업보의 이 몸이 다할 때에는
우리 모두 부처님 나라에 태어납시다.

　불교는 서원(誓願)의 종교라고 하여도 과언이 아니다. 그러므로 신
(神)에게 무얼 해달라고 구원하지 않는다. 서원은 자신의 마음에 소
원을 세우고 이것을 이룰 것을 맹세하는 것을 말함이며 그 대표적인

---

21 삼보, 국왕, 부모, 스승을 말한다.

것이 사홍서원(四弘誓願)[22]이다.

화엄경탐현기(華嚴經探玄記)[23]에는 마음을 따라서 구하고자 하는 뜻을 원(願)이라 하고, 지극한 정성과 하나가 되고자 맹세하는 것을 서(誓)라고 하였다. 그러므로 서원도 지극해야 하고 이를 발원함에 있어서도 지극해야 한다. 心求義爲願 要契至誠爲誓

부처님도 열 가지 발원을 하였는데 이를 여래십대발원(如來十大發願)이라고 한다. 아미타 부처님은 48가지 서원을 세웠으므로 48대원이라고 하며 문수보살, 보현보살도 열 가지 서원을 세웠으며 지장보살은 지옥 중생을 모두 제도하겠다는 서원을 세우는 등 모든 불보살은 서원으로 인하여 화신한다. 지금 우리도 금강경을 배워 올바른 믿음의 지표(指標)를 내세우고자 정신(正信)을 발로하여, 구경에는 아뇩다라삼막삼보리를 이루어 나 자신이 부처임을 자각하고 금강을 아버지로 삼고, 반야를 어머니로 삼아 바라밀을 이루고자 하는 서원을 세워야 한다.

---

[22] 불자들의 공통된 네 가지 큰 서원을 말한다. ①중생무변서원도(衆生無邊誓願度) : 일체의 중생을 남김없이 모두 제도하리라는 서원. ②번뇌무진서원단(煩惱無盡誓願斷) : 인간의 그 많은 번뇌를 끊겠다는 서원. ③법문무량서원학(法門無量誓願學) : 광대무변한 부처님의 가르침을 모두 배워 깨닫겠다는 서원. ④불도무상서원성(佛道無上誓願成) : 가장 존귀하고 그 이상 뛰어난 것이 없는 불도를 닦아 깨달음에 이르러 성불하겠다는 서원.

[23] 총 20권으로 되어 있으며, 7세기 말에 당나라의 법장(法藏)이 지은 것이다.

능엄경(楞嚴經)[24]에 보면

엎드려 세존께 청하오니 증명하여 주옵소서. 굳은 서원으로 오탁악세에 먼저 들어가서 만일 한 중생이라도 성불하지 못한다면 열반에 들지 않고 끝까지 교화하렵니다 하는 말씀이 있다. 伏請世尊爲證明 五濁惡世誓先入 如一衆生未成佛 終不於此取泥洹

또한 무량수경(無量壽經)[25]에 보면 법장(法藏)비구[26]가 세자재왕여래(世自在王如來)[27]에게 나아가 서원하기를 다음과 같이 하였다.

吾誓得佛 普行此願　一切恐懼 爲作大安
오서득불 보행차원　일체공구 위작대안

---

24 대불정여래밀인수증요의제보살만행수능엄경(大佛頂如來密因修證了義諸菩薩萬行首楞嚴經)이며 705년(당나라 중종 원년)에 인도 승려 반랄밀제(般剌蜜帝, Pāramiti)에 의해 전래되고 번역되었다.

25 위(魏)나라의 강승개(康僧鎧) 번역하였으며, 법장비구(法藏比丘)가 세운 사십팔원(四十八願)을 설하여 극락정토의 건립과 아미타불이 출현하게 된 인연을 밝힌 다음 극락에 태어나기 위해서는 보살행을 닦고 아미타불에 귀의해야 한다고 설하고 있는 경전이다.

26 아미타불(阿彌陀佛)이 부처가 되기 전에 보살로서 수행할 때의 이름으로 무량수경에 의하면, 아미타불은 본래 한 나라의 왕이었는데 발심 출가하여 이름을 법장(法藏)이라 하였다. 세자재왕불(世自在王佛)에게 48대원(大願)을 세우고 오랜 세월 수행 끝에 성불하여, 현재의 아미타불이 되었다고 한다.

27 아미타불이 법장비구(法藏比丘)로 있을 때의 스승이었던 부처님이다.

나도 맹세코 부처님 되어
두루 이러한 서원을 행하고
두려움 많은 중생 위하여
편안한 의지처가 되리라.

고려대장경 금강경 판본에는 다음과 같은 진언(眞言)이 실려 있고,
내용은 다음과 같다.

那謨婆伽跋帝 鉢喇壞 波羅弭多曵 唵
나모바가발제 발라양 바라미다예 옴
伊利底 伊室利 輸盧駄 毗舍耶 毗舍耶 莎婆訶
이리지 이실리 수로다 비사야 비사야 사바하.
namo bhagavatī prajñāpāramitāyai. oṃ īriti īṣiri śruta viṣaya
viṣaya svāhā

세존이시여, 반야바라밀에 귀의하오니 마음속 집착의 번뇌를 부수
어 위대한 깨달음의 길을 열어 주시어 반야지혜를 원만하게 성취하
게 하옵소서.

어떤 이는 위의 진언이 '세존 반야바라밀에 귀의합니다. 옴, 지움,
불태움, 지나감, 물질, 물질, 쓰와하[사바하]'라는 뜻이라고도 한다.

제1 법회인유분 法會因由分

· ·

법회가 열린 인연

如是我聞 一時 佛在舍衛國祇樹給孤獨園 與大比丘衆千二
百五十人俱

이와 같이 나는 들었다. 어느 때 부처님께서 사위국(舍衛國) 기수급
고독원(祇樹給孤獨園)에서 큰 비구(比丘) 1,250명 대중들과 함께 계
셨다.

爾時 世尊食時 着衣持鉢 入舍衛大城乞食 於其城中 次第乞已
還至本處 飯食訖 收衣鉢 洗足已 敷座而坐

그때 세존(世尊)께서 공양 때[食時]가 되자 가사(袈裟)를 입으시고
발우를 지니시고 사위성으로 들어가셨다. 그 성 안에서 탁발하시면서
차례로 빌어 빌기를 마치고는 계시던 곳으로 돌아와 공양을 드시고 나
서 가사와 발우를 거두시고 발을 씻으신 뒤 자리를 펴고 앉으셨다.

법회인유 法會因由
법회가 열린 인연.

금강경(金剛經) 법회가 열리게 된 인연을 밝히는 대목을 소통(蕭

統)[28]은 제1분으로 설정하여 법회인연분이라고 하였다. 법회(法會)는 설법을 하려는 모임을 말한다. 이를 다르게 표현하여 불사(佛事), 재회(齋會), 법요(法要), 법사(法事) 등이라고 한다. 일반적으로 법회는 설법하고 듣는 의식을 말하며, 재회(齋會)는 망자를 위한 법회를 말하나 실재적으로는 그렇게 구분된 것은 아니다.

사원(寺院)에서 이루어지는 것은 법회가 아님이 없다. 불법을 강설하여 전법을 하는 것도 법회이고, 불보살이나 법을 전하는 스님들께 공양을 올리는 것도 모두 법회에 해당한다. 그러므로 고덕(古德)[29]이 말하기를 이르는 곳마다 부처님이 계시며, 하는 일마다 공양이 아님이 없다고 하였다. 處處佛像 事事供養

법회의 시원은 부처님께서 보드가야[30]의 보리수 아래에서 정각을 이루신 후 바라나시에 있는 녹야원(鹿野苑)에서 다섯 명에게 법을

---

28 소통(蕭統)은 남북조 시대에 양무제(梁武帝)의 장자를 말함이며, 소통에 대해서는 앞서 금강경 개요에서 이미 밝혀 두었으니 참고하길 바란다.

29 옛날에 살았던, 덕이 높은 스님을 높여서 통칭하여 이르는 표현이다.

30 인도 동부에 있는 비하르주 중부의 마을로 불교 최고 성지 가운데 한 곳으로 갠지스강 지류 연변에 있으며, 다른 이름으로는 보드가야(Bodh-Gayā)이다. 이곳은 석가모니 부처님이 보리수 아래서 성불했다고 하는 곳으로 아소카 왕이 큰 사원을 지었던 곳이며 지금도 많은 사적이 산재해 있다. 1200년대에 이르러 이슬람교도에 의해 파괴됐다가 1880년대에 복구되었으며 근처에 날란다 대학 터가 있다.

설하시어 제자로 삼으셨으니 이로써 오비구(五比丘)[31]가 탄생하게
되며 처음으로 진리를 펼치셨으니 이를 초전법륜(初轉法輪)이라고
한다.

법회에서 법(法)은 산스크리트어[32]로 dharma라고 한다. 당시 인
도에는 법(法)이라는 용어에 대해서 다양한 뜻이 있었다. 관례, 관습,
풍습, 의례, 행위, 규범, 선행(善行), 덕(德), 진리, 진실 등 다양한 뜻으
로 해석되었다. 법이라는 표현을 산스크리트어로는 '다르마'라고 하
기에 이를 음사하여 달마(達磨)로 표현을 한다. 법(法)이라고 하면 뭐
거창한 뭐가 있는 것이 아니라 보편타당한 진리를 말한다. 보편타당
한 진리가 곧 법이기 때문이다. 고로 이러한 진리의 가르침을 종교
(宗教)라고 말한다.

인유(因由)는 간단하게 설명하면 '왜'이다. 여기서는 어떠한 연유
로 말미암아 법회를 열게 되었는가? 하는 표현이다. 인유(因由)는 원
인과 이유를 말하기에 금강경 법회가 열리는 동기를 나타내는 것이

---

31 최초로 부처님께 귀의한 다섯 명의 비구를 말함이며 이를 열거하면 다음
과 같다. 콘단냐(Kondanna : 憍蓮如) · 아사지(Assaji : 阿說示) · 마하나마(Mah-
anama : 摩訶男) · 밧디야(Bhaddhiya : 婆提) · 바파(Vappa : 婆頗)의 다섯 비구
를 가리키는 말이다. 이들은 부처님이 성도하기 전에 함께 수행하였으며 성도
후에는 녹야원에서 사제(四諦)의 가르침인 초전법륜(初轉法輪)을 듣고 최초로
부처님께 귀의한 제자들이다.

32 산스크리트어는 인도 아리어 계통으로 고대 인도의 표준 문장어이다. 이를
중국 및 한국에서는 범어(梵語)라고도 한다.

다. 이러한 인유에 대한 것은 금강경에만 있는 것이 아니라 모든 경전에 나타나 있는 공통된 사항이기도 하다.

如是我聞 一時 佛在舍衛國祇樹給孤獨園
여시아문 일시 불재사위국기수급고독원

이와 같이 나는 들었다. 어느 때 부처님께서 사위국(舍衛國) 기수급고독원(祇樹給孤獨園)에서

與大比丘衆千二百五十人俱
여대비구중천이백오십인구

큰 비구(比丘)들 1,250명 대중들과 함께 계셨다.

경전은 대개 여시아문(如是我聞)으로 시작한다. 이는 내가 이처럼 들었다는 표현으로 여기에는 많은 함축성이 내포되어 있다. 부처님의 열반이 다가오자 제자 아난이 부처님 멸후에 법장을 결집할 때 첫머리에 무어라고 하여야 합니까? 하고 여쭙자 부처님께서는 "'이처럼 내가 들었다'라고 하거라." 하였다 한다.

이것으로부터 시작하여 경전의 첫머리는 육성취(六成就)가 태동하게 되었다.

1. 여시(如是) – 신성취(信成就)

2. 아문(我聞) – 문성취(聞成就)

3. 일시(一時) – 시성취(時成就)

4. 불(佛) – 주성취(主成就)

5. 재모처(在某處) – 처성취(處成就)

6. 여대비구중모모구(與大比丘衆某某俱) – 중성취(衆成就)

이러한 오성취(五成就) 또는 육성취(六成就)는 경전의 서분(序分)에 해당하는 것이며, 이로써 이 경전이 부처님께서 설하신 것으로 믿어 의심하지 않음을 표현한다. 여기서 처성취(處成就)를 빼면 오성취(五成就)가 되는 것이다.

대지도론(大智度論)[33] 제1권에 다음과 같은 내용이 있다.

────

[33] 대지도론은 인도의 대승불교(大乘佛敎) 초기의 고승인 용수(龍樹) 스님이 저술한 대품반야경(大品般若經) 27권의 주석서(註釋書)로써 흔히 대론(大論), 석론(釋論) 등으로 약칭된다. 2~3세기 초엽에 이루어졌는데, 현재 산스크리트 원전은 없고 구마라집(鳩摩羅什)의 한역본(漢譯本)만이 전하고 있다. 전 100권의 방대한 것이었으나 원서는 그 10배나 되며, 구마라집은 그중에서 처음의 대품반야경 서품에 상당한 34품만 완역하고, 이하는 초역하였다고 한다. 대지도론은 주석서이지만 오히려 대승불교의 백과전서라고 할 만한 것으로 상당히 광범한 문제를 다루고 있다. 원시 불경을 처음의 부파불교(部派佛敎)의 논저에서 초기 대승 경전까지 폭넓게 인용하고 있어 불교사 연구에 중요한 저서이다. 중론(中論) 등 용수의 논저가 대부분 공(空)의 입장인 데 반하여 본서는 제법실상(諸法實相)의 긍정적인 면을 중시하여 보살로서의 실천 면을 강조하고 있다. 중국과 한국의 화엄종(華嚴宗)과 천태종(天台宗)에 사상적으로 특별히 큰 영향을 미쳤다.

묻기를 모든 불경은 어떤 연유로 처음에 여시(如是)라고 말하는가? 답변이라. 불법은 광대한 바다와 같아서 믿음으로 증입(證入)할 수 있고 지혜로 건널 수가 있으므로 여기서 여시(如是)라는 것은 바로 믿음이다. 중생들의 마음속에 청정한 믿음이 있으면 이 사람은 불법에 증입할 수 있고 믿음이 없는 사람은 불법에 증입할 수가 없다. 믿지 않는 이는 이 일을 이와 같다고 한다. 問曰 諸佛經何以故初稱 如是語? 答曰 佛法大海 信爲能入 智爲能度 如是者 卽是信也 若 人心中有信清淨 是人能入佛法 若無信 是人不能入佛法 不信者 言是事不如是 信者言是事如是

이러한 육성취의 논리를 펴는 것은 법화경(法華經)을 소의경전으로 하는 중국 천태종[34]의 사상이 아닌가 싶다. 왜냐하면 화엄경탐현기(華嚴經探玄記) 제2권에 보면 법화론(法華論) 등에 육성취가 있는데 첫째 신성취, 둘째 문성취, 셋째 시성취, 넷째 주성취, 다섯째 처성취, 여섯째 중성취이다고 되어 있기 때문이다. 依法華論等有六成就 一信 二聞 三時 四主 五處 六衆

금강경은 부처님과 수보리(須菩提)와의 문답형식을 빌려서 부처님의 말씀을 펴나가고 있다. 그러나 경전에서 '여시아문'이라고 말한 자는 부처님의 십대제자 가운데 한 분이며, 부처님의 사촌 동생이기도

---

34 중국에서 성립된 가장 대표적인 종파의 하나로 수(隋)나라의 고승 지자대사 (智者大師) 지의(智顗, 538~597)가 법화경(法華經)을 중심으로 독특한 교관(教觀) 을 체계화함으로써 시작된 것이다. 천태종이라는 명칭은 지자대사가 천태산 (天台山)에 머물면서 이 교학을 폈기 때문에 붙여진 이름이다.

한 아난(阿難)이다. 아난(阿難)은 산스크리트어로 Ananda라고 한다. 이를 중국 사람들이 음서를 하여 아난다(阿難陀)라고 하였으며 이를 다시 한역하여 환희(歡喜), 경희(慶喜), 무염(無染) 등으로 표현한다.

아난의 출생에 대해서는 경전마다 좀 다르게 나타난다. 카필라성 의 감로반왕(甘露飯王) 또는 백반왕(白飯王), 곡반왕(斛飯王)의 아들 로 서술되어 있기 때문이다. 아난은 부처님 곁에서 시봉을 하면서 부 처님의 가르침을 제일 많이 듣고 이를 기억하였기에 교단에서는 그 를 다문제일(多聞第一)로 칭송하였다. 당시에는 여성의 출가가 없었 으나 아난은 부처님의 이모인 마하파자파티의 출가를 허락받는 데 크게 이바지한 장본인이기도 하다. 아난을 높여서 부르는 표현이 아 난존자이다. 그리고 아난은 부처님의 말씀을 모두 기억하였기에 아 난총지(阿難總持)라고도 한다.

그러나 다문제일로 칭송받던 아난도 깨달음을 얻지는 못했던 모양 이다. 왜냐하면 부처님께서 열반에 드신 후 마하가섭이 대중을 모으 고 경전을 결집할 때 그는 깨닫지 못했다는 이유로 경전결집에서 배 제당했고, 다시 정진하여 마하가섭에게 인가받아 경전결집에 참석 하게 되었다는 일화가 있다.

아난이 경전을 결집할 때 사자좌에 올라 열 가지 희유한 무상법문 을 하는데, 얼굴에서 빛이 발했다고 하는 말씀이 증일아함경(增壹阿

숨經)[35]에 나와 있다. 이를 아난방광(阿難放光)이라고 한다. 그만큼 아난의 법력이 높았음을 알 수가 있다.

아난이 다문제일이라는 것은 유마경(維摩經)[36]에도 나와 있다.

유마경(維摩經) 향적불품(香積佛品)에 보면
아난이여, 내가 이러한 삼구(三句)의 뜻을 자세히 설명하여 말한다면 그대는 겁의 세월이 지날지라도 모두 받아들일 수가 없노라. 설령 삼천대천세계에 가득한 중생이 모두 다문제일 아난다와 같이 기억할 수 있을지라도 이 모든 이들도 겁의 세월이 지나도 받아들일 수 없노라고 하는 말씀이 있다. 阿難 若我廣說 此三句義 汝以劫壽 不

------

35 증일아함경은 51권 471경. 사제(四諦) · 육도(六度) · 팔정도(八正道) 등과 같이 법수(法數)를 순서대로 분류하여 엮은 것으로 이에 해당하는 니카야는 앙굿타라 니카야(aṅguttara-nikāya)이다.

36 후진(後秦) 시대에 구마라집(鳩摩羅什, Kumārajīva)이 406년에 장안(長安)의 소요원(逍遙園)에서 번역한 대승불교 경전으로 정확한 명칭은 유마힐소설경(維摩詰所說經)이며, 이를 다시 줄여서 유마힐경 또는 유마경이라고 한다. 별칭으로 불가사의해탈경 · 유마힐경 · 신유마경 · 정명경이라 한다. 유마경의 주인공인 유마힐은 거사이다. 이 경은 3회 14품으로 구성되어 있는데 유마거사가 병으로 앓아눕자 부처님은 제자들에게 병문안을 가도록 권하지만, 제자들은 유마거사의 높은 법력으로 인하여 문병하러 가기를 꺼리게 되었다. 결국 문수보살이 가게 되는데 유마거사와의 대화에서 문수보살은 대승의 깊은 교리인 불이(不二)법문을 유마거사의 침묵을 통해 깨우치게 된다는 내용이다. 이 경에 대한 한역은 7가지가 있었다고 하지만 지금까지 현존하는 것은 모두 3가지로 지겸(支謙)이 한역한 유마힐경 2권, 구마라집 한역한 유마힐소설경 3권, 현장(玄奘)이 한역한 설무구칭경(說無垢稱經) 6권이 있다.

能盡受 正使三千大千世界 滿中衆生 皆如阿難 多聞第一 得念總
持 此諸人等 以劫之壽 亦不能受

대반열반경(大般涅槃經) 교진여품에는

아난이 갖추고 있는 여덟 가지 부사의한 법을 아난팔부사의(阿難
八不思議)라고 하는데, 여기에 보면 마지막이 실지불소설법(悉知佛
所說法)이라고 하여 부처님께서 중생의 근기에 맞추어 다르게 설하
신 내용과 비밀스러운 의미도 모두 알았다. 선남자여, 아난은 이러한
여덟 가지 부사의한 법을 갖추고 있으므로 아난을 다문장(多聞藏)이
라고 부르게 되었다는 말씀이 있다. 八者自事我來如來所有祕密之
言悉能了知 善男子 阿難比丘具足如是八不思議 是故我稱阿難比
丘爲多聞藏

그러므로 금강경은 부처님과 부처님의 제자인 수보리(須菩提)와
묻고 대답한 것을 아난존자가 송출(誦出)하여 결집한 것이다.

여시(如是)라는 표현은 '이처럼'이라는 뜻이다. 그러나 경(經)을 보
는 자가 그냥 단순하게 이 부분을 넘어가면 안 된다. 앞서 언급하였
듯이 '여시'에는 상당한 함축적 의미가 내포되어 있기 때문이다. 여
시는 사실 그대로 또는 이치에 맞아서 전혀 그릇됨이 없기에 믿어
의심치 않는다는 표현으로, 우리에게 확실한 신뢰감을 심어주는 것
이며 동시에 알게 모르게 긍정적인 의미의 표현이다. 이를 강조하여
말하면 여시여시(如是如是)라고 한다.

이를 좀 더 확대해 법계의 모든 것을 여시(如是)의 입장에서 바라보면 그 범위가 굉장히 커지는데, 이를 잘 표현한 것이 법화경(法華經) 방편품에 나오는 십여시(十如是)이다. 십여시는 제법의 실상을 상(相), 성(性), 체(體), 역(力), 작(作), 인(因), 연(緣), 과(果), 보(報), 본말구경(本末究竟) 등 열 가지로 들여다보고 있다. 이를 십여시라고 하는 것이며 또한 줄여서 십여(十如)라고 한다.

법화경(法華經) 방편품에 나오는 말씀을 살펴보면

그만두어라, 사리불이여. 굳이 다시 말할 것이 없느니라. 왜냐하면, 부처님이 성취한 제일이며 희유하고 알기 어려운 법은 오직 부처님과 부처님만이 모든 법의 실상을 철저히 깨달았기 때문이니라. 이른바 모든 법의 이러한 모양[如是相], 이러한 성품[性], 이러한 본체[體], 이러한 힘[力], 이러한 작용[作], 이러한 원인[因], 이러한 연유[緣], 이러한 결과[果], 이러한 보응[報], 이러한 시작과 끝[本末]과 구경(究竟) 등이니라고 하였다. 止舍利弗 不須復說 所以者何 佛所成就第一希有難解之法 唯佛與佛乃能究盡諸法實相 所謂諸法如是相 如是性 如是體 如是力 如是作 如是因 如是緣 如是果 如是報 如是本末究竟等

경전을 구성하는 여섯 가지 조건을 육성취라고 하였으므로 여기에서 아문(我聞)은 문성취(聞成就)에 해당하는 부분이다. 그러므로 아문은 부처님께 들은 법을 전하는 보살이 자기 자신을 직접 가리키는 표현이다. 여기서도 자기 자신을 밝히는 아(我)는 매우 중요하다. 왜냐하면 '아(我)'라는 표현은 자기가 직접 부처님께 진리의 말씀을 들었다는 것이지 다른 누구에게 듣지 아니하였다는 표현이기 때문이다. 그러므로 경(經)의 말씀은 부처님의 말씀을 판박이 하듯이 그대로 옮겨 놓았음을 보이지 않게 증명한다.

여기에 대하여 법화의소(法華義疏)[37]에는 간략하고도 명쾌하게 이 부분을 잘 간추려서 설명해 놓았으니 그 내용은 다음과 같다.

아문이란 무엇인가? 여시라는 일 구절은 믿음을 일으키는 결과를 말하고 나머지 다섯 가지는 믿음을 낳게 하는 원인을 말한다. 我聞者如是一句 謂所生信果 此下五事 謂能生信因

그러므로 여시(如是)와 아문(我聞)은 맞물려서 돌아가는 것이다. 그러기에 여시아문(如是我聞)이라고도 하고 아문여시(我聞如是)라고도 한다. 그 예로 아함경(阿含經)은 대부분이 아문여시로 표현하고 있다.

일시(一時)는 한때라는 표현으로 곧 시간을 말하고 육성취 가운데 시성취(時成就)에 해당한다. 부처님의 설법은 중생들을 위하여 바야흐로 법을 설할 시기가 무르익어 그 인연이 되었기에 법을 설하는 것이므로 곧 시기(時機)가 성취되었다고 한다. 그러므로 공부자가 경

---

37 수(隋)나라 길장(吉藏) 스님이 지었으며 구마라집(鳩摩羅什)이 번역한 묘법연화경(妙法蓮華經)을 삼론종(三論宗)의 관점에서 풀이한 저술로 12권으로 이루어져 있다.

을 보거나 기도할 때는 항상 시공을 초월하여 보아야 한다. 일시는 한때, 어느 때가 딱히 정해진 시간이 있는 것이 아니라 바로 지금, 이 순간을 말한다.

불(佛)은 금강경을 설하는 법주이신 석가모니 부처님을 당연히 말하는 것이므로 주성취(主成就)가 되는 것이다. 그리고 불(佛)은 산스크리트어의 Buddha를 줄여서 음사한 표현이며 이를 온전하게 음사하면 불타(佛陀)라고 한다. 다시 이를 한역하면 깨달은 사람이라는 뜻으로 각자(覺者)가 되는 것이다. 부처님의 명호는 그 공덕(功德)이 지니는 바에 따라서 나타내고 있는데 그 대표적인 것이 여래(如來), 응공(應供), 정변지(正遍知), 명행족(明行足), 선서(善逝), 세간해(世間解), 무상사(無上士), 조어장부(調御丈夫), 천인사(天人師), 불(佛), 세존(世尊) 등이다. 이외에도 여러 가지 명호가 있는데 각왕(覺王), 각황(覺皇), 법왕(法王), 대도사(大導師), 대성인(大聖人), 대사문(大沙門), 대선(大仙) 등 아주 다양하게 전개되고 있다.

사위국(舍衛國)에서 사위(舍衛)는 고대 인도의 나라 또는 도성의 이름이기에 처성취(處成就)가 되는 것이다. 사위(舍衛)는 경전에 따라서 사위성(舍衛城) 또는 사위국(舍衛國), 사위대성(舍衛大城)으로 나타내기도 한다. 사위(舍衛)를 산스크리트어로 나타내면 Śrāvastī 이며, 이를 음사하면 실라벌(室羅伐) 또는 시라바제(尸羅婆提)이다. 학자들의 견해에 따라서는 사위를 음사한 '실라벌'이라는 표현이 우리나라 지명에도 영향을 주었는데, 경주의 서라벌(徐羅伐)이 바로 실라벌(室羅伐)에서 음역하였다는 것이다. 그리고 대한민국의 수도인

서울도 서라벌(徐羅伐)을 줄여서 표현한 '서벌'이라는 표기에서 취한 것이라는 견해도 있다.

사위(舍衛)라는 명칭의 유래에 대해서는 딱히 이렇다 하고 정의하지는 못하지만 사와타(Savattha)라는 선인이 살았기에 붙여진 이름이라는 설이 있다. 또한 사위라는 표현은 풍덕(豐德)하다는 뜻이다. 그러면 무엇이 풍덕(豐德)하다고 하는가 하면, 사람들은 오욕락을 탐하지 아니하고 진리를 다문(多聞) 하기를 좋아하며 덕행이 원만하기에 풍덕이라고 한다. 사위국은 부처님 재세시에는 파사익(波斯匿)[38] 왕이 통치하였다. 그리고 사위는 교단의 역사에 있어서도 부처님의 양모인 마하파자파티를 위하여 비구니 도량을 지었던 곳이기도 하다. 부처님은 이곳에서 약 25년 동안 머무르시면서 포교를 하셨다.

기수급고독원(祇樹給孤獨園)은 표현에 따라 급고독원(給孤獨園), 기원정사(祇園精舍), 기수원(祇樹園), 기수(祇樹), 서다림(逝多林)이라고 말하기도 한다. 급고독원은 인도불교 성지 가운데 한 곳이며, 부처님께서 설법하신 유적지 가운데서도 제일 유명한 곳이기도 하다. 부처님은 이곳에서 건타국왕경(健陀國王經), 공작왕주경(孔雀王呪經), 과거현재인과경(過去現在因果經), 나선비구경(那先比丘經), 대루

38 파사익왕은 파세나디(Pasenadi)를 중국 사람들이 음사하여 파사익이라고 한다. 파사익은 부처님 생존 당시에 북인도 코살라왕국의 왕이며 부처님과 동갑이다. 기원정사(祇圓精舍)를 지을 땅을 보시한 기타태자와 부처의 수기를 받은 승만부인(勝鬘夫人)의 아버지이며, 여러 명의 아내 가운데 이른바 무비(無比)의 보시를 한 말리카와 비사바카티야가 유명하다.

탄경(大樓炭經), 대보적경(大寶積經), 대법고경(大法鼓經), 대장엄론경(大莊嚴論經), 방광대장엄경(方廣大莊嚴經), 마하승기율(摩訶僧祇律) 등 여러 법문을 설하셨다.

급고독원 유래에 대해서는 대반열반경(大般涅槃經)[39] 사자후보살품(獅子吼菩薩品), 십송율(十誦律), 오분율(五分律) 등을 통하여 살펴보아야 한다. 그 주된 내용은 사위성의 수달장자(須達長者)가 고독한 사람들에게 보시하기를 좋아하는 행을 하자 사람들은 그를 칭송하며 급고독장자(給孤獨長者)라고 불렀다. 그는 불교에 귀의하면서 부처님을 위하여 절을 지을 땅을 구하고 있었는데, 파사익왕의 아들인 기타태자(祇陀太子)의 정원이 아주 마음에 들어서 그것을 사고 싶었다. 그러나 태자는 매번 이를 거절하면서 농담 삼아 말하기를 이 원림의 전체를 황금으로 깐다고 하면 팔겠노라고 했다. 장자가 황금을 사서 땅에 깔기 시작하자 기타는 감동하여 땅을 보시하였고, 수달장자는 정사를 지어 부처님께 보시하게 되었다. 그러므로 그 두 사람의 이름을 따서 '기수급고독원'이라고 한다. 또한 불교사에서 기원정사는 왕사성(王舍城)의 죽림정사(竹林精舍)[40]와 함께 불교 최고의 정사

----

[39] 석가모니 부처님의 열반을 중심으로 설한 경전으로 초기에 성립된 열반경을 흔히 소승 열반경이라 하며, 대승불교 흥기 후 성립된 경전을 대승열반경(大乘涅槃經)이라 하나 두 경의 이름은 모두 대반열반경(大般涅槃經)이다. 이 경전은 대승의 5대 중요 부문으로 꼽히는 화엄부, 방등부, 반야부, 법화부, 열반부 중에 열반부를 대표하는 경전이다. 분량이 가장 많고 내용상으로도 가장 완비된 것으로 평가받는다. 가장 널리 읽히는 경전 가운데 하나다.

[40] 죽림정사는 마가다국(magadha國)의 수도인 왕사성(王舍城) 부근에 있던 가

로 손꼽히고 있다.

급고독장자(給孤獨長者)는 중인도 코살라국 사위성에 살았던 장자이다. 자비심이 많아서 언제나 외롭고 힘든 이웃들에게 보시하기를 좋아하여 '급고독'이라고 불리지만 본명은 산스크리트어로 Sudatta이고 이를 음사하여 수닷타, 수달다(須達多)라 하며 다시 한역하여 선시(善施) 등으로 나타낸다. 여기에 관한 내용은 잡아함경(雜阿含經), 대비바사론(大毘婆沙論) 등에 나온다.

급고독장자에게 딸이 있었다는 사실을 아는 이는 드물다. 급고독장자의 딸은 수마제(須摩提)다. 여기서 아미타 부처님이 계시는 서방정토 극락세계를 다른 말로 수마제라고 하므로 이것과 잘 구분해야지 혼돈해서는 안 된다. 급고독장자, 다시 말해 수달장자의 딸인 수마제는 빼어난 미인으로 기록하고 있다.

급고장자녀득도인연경(給孤長者女得度因緣經)⁴¹에 보면

———

란타 죽림에 있었던 불교 최초의 사원이다. 대당서역기(大唐西域記)에 의하면 가란타죽림은 외도를 숭상하던 가란타(迦蘭陀) 장자의 죽림이었지만 부처님의 가르침을 듣고 개종하면서 죽림을 승단에 보시하였다. 그러자 마가다국의 왕이었던 빔비사라 왕이 가람을 지어서 보시하였다.

⁴¹ 11세기 초 인도 출신의 학승 시호가 번역하였다. 총 3권으로 된 이 경은 주로 부처님에 의해 급고독부자의 딸이 불도를 믿게 되고 그의 가정이 교화된 것에 대해 설법하고 있다. 이역본으로는 승가제바의 증일아함경 중 의담품, 지겸의 수마제녀경 1권, 축불념의 불설삼마갈경 1권 등이 있다.

어느 날 외도를 섬기는 복증성(福增城)의 만재장자(滿財長者)가 수마제를 자신의 아들에게 줄 것을 요청하자 수달장자는 자신의 딸이 외도들에게 현혹되어 불심을 잃을까 봐 크게 걱정하였으나 부처님은 이와 반대로 수마제가 그리로 간다면 오히려 그들을 제도할 것이라고 하면서 결혼시키라고 하셨다. 그 후 수마제는 만재장자가 섬기던 6천의 외도들이 나형외도(裸形外道)를 공양하기 위하여 마련한 장소에서 나형외도에게 예배하기를 거부하고 오히려 그들에게 부처님의 가르침을 설하였다고 한다. 이외에 수마제에 관한 말씀은 증일아함경(增壹阿含經), 수마제녀경(須摩提女經) 등에도 나타나고 있다.

이로 보면 수마제는 상당한 법력을 가지고 있음을 알 수 있다. 부처님 법을 모르면 법복을 걸쳐 입고 스님인 척하면서 사주 보고, 침 놓고, 약 짓고, 고사를 지내고, 푸닥거리하는 가짜 스님의 무리에게 현혹되어 그동안 증장시켜왔던 복덕의 종자마저도 쭉정이로 만드는 경우가 허다하다. 복진타락(福盡墮落)이라는 말이 있다. 이는 복이 다하면 그만 나락으로 떨어진다는 말이다. 중생의 복은 영원하지 못하기에 이는 유루(有漏)이지 무루(無漏)가 되지 않는 것이다. 그래서 무루공덕을 지으라고 한다. 수행자도 올바른 스승을 만나지 못하면 스스로 복진타락을 한다는 것을 알아두어야 한다. 처음에는 부처를 구하는 마음으로 절에 들어와서 그만 자신도 모르게 또 다른 방편으로 설정된 보살을 섬기거나 아니면 사도를 믿음의 대상으로 삼다가 허송세월하는 것이 비일비재하다. 그러니 공부자는 자신을 스스로 경책하면서 살아야 한다.

이제 신(信), 문(聞), 시(時), 주(主), 처(處), 중(衆) 육성취 가운데 마지막인 중성취(衆成就)로써 비구 1,250명의 제자와 함께하였다고 하였다.

참석한 대중을 소개하면서 대비구(大比丘)라고 하였는데 비구(比丘)는 대소(大小)를 가리는 것이 아니기에 여기서 대(大)는 학덕과 수행이 높음을 칭송하는 경칭(敬稱)이다. 우리나라에서는 이를 두고 대비구라는 표현보다는 큰스님이라고 한다. 그러기에 스스로 자기를 뽐내기 위해서 쓰는 표현이 아니고 남이 나를 높여서 부르는 표현이다.

비구(比丘)는 산스크리트어의 bhiksu를 음사한 표현이며 한역하면 걸사(乞士)라고 한다. 빅슈(bhiks)는 걸식(乞食)하다, 걸구(乞求)하다의 표현이다. 여기에 대해서 석씨요람(釋氏要覽)에서는 범어로 '비구'라 하고, 한역하여 '걸사'라고 한다. 여러 부처님께 법을 구걸하여 지혜의 목숨이 증장하는 것을 도와 이익되도록 하고, 아래로는 시주자에게 음식을 구걸하여 육체적인 몸이 유지되는 데 이익이 되도록 하는 것이라고 하였다. 比丘 梵語云 比丘 秦言乞士 謂上於諸佛 乞法 資益慧命 下於施主乞食 資益色身

불교 교단에 있어서 최초의 비구는 누구일까? 부처님께서 정각을 이루신 후 녹야원으로 가시어 고행림에서 함께 수행하던 콘단냐, 아사지, 마하나마, 밧다야, 비파 등 다섯 명의 도반에게 처음으로 진리를 베푸시어 법륜을 굴리셨으니 이로써 초전법륜(初轉法輪)이 형성

되면서 다섯 명의 비구가 탄생한다. 흔히 이들을 오비구(五比丘)라고 한다.

출가 사문은 비구계를 받으려면 계를 받게 되는데 경전마다 조금씩 다르지만, 사분율(四分律)에 따르면 비구는 250계, 비구니는 348계를 받게 된다. 그러나 남전율장(南傳律藏)에서는 비구는 227계, 비구니는 311계이다. 대승불교에서 받게 되는 비구계 250계란 4바라이(波羅夷), 13승가바시사(僧伽婆尸沙), 2부정(不定), 30니살기바일제(尼薩耆波逸提), 90바일제(波逸提), 4바라제제사니(波羅提提舍尼), 100식차가라니(式叉迦羅尼), 7멸쟁법(滅爭法) 등이다. 참고로 비구계(比丘戒)나 구족계(具足戒)나 다 같은 표현이다.

1,250명에 대해서는 뚜렷하게 정리되는 바는 없다. 다만 불을 숭상하던 배화교(拜火敎)를 섬긴 가섭 삼 형제가 외도 1천 명을 불문에 귀의케 하였으며, 회의론자(懷疑論者)였던 사리불, 목련존자가 200 또는 250명의 제자를 불문에 귀의케 하였으며, 야사가 50명을 불문에 귀의케 하였다. 그리고 앞서 말했던 다섯 비구를 합하면 1,255명이 되는데 끝자리 다섯 명을 떼어버리고 1,250명이라고 주장하는 사람도 있으나 크게 설득력이 있는 논지는 아니다. 그러므로 숫자에 연연하지 말고 차라리 많은 사람이 부처님의 설법을 들었구나! 이 정도로 이해하면 된다.

지금까지 살펴본 육성취(六成就)를 다시 한 번 간단하게 나열하면 다음과 같다.

1. 신성취(信成就) : 여시(如是) - 아난이 이처럼.

2. 문성취(聞成就) : 문(聞) - 들었다.

3. 시성취(時成就) : 일시(一時) - 어느 때.

4. 주성취(主成就) : 불(佛) - 부처님.

5. 처성취(處成就) : 기수급고독원에서 경전을 설하신 장소.

6. 중성취(衆成就) : 1,250인 설법 대중을 말한다.

참고로 부처님의 가르침을 깨달아 얻으면 여섯 가지를 성취할 수 있다. 이를 육성취(六成就)라고 한다. 대승장엄경론(大乘莊嚴經論) 권 제10에 보면 '여섯 가지의 성취'라고 함은 첫째는 능견성취요, 둘째 는 능수성취요, 셋째는 유희성취요, 넷째는 유원성취요, 다섯째는 자 재성취요, 여섯째는 득법성취이다고 하였다. 六成就者 一 能見成就 二 能授成就 三 遊戲成就 四 遊願成就 五 自在成就 六 得法成就

능견성취(能見成就)라고 함은 이른바 다섯 가지의 눈이니, 육체의 눈과 하늘의 눈과 지혜의 눈과 법의 눈과 부처님의 눈, 이것이 성취 되기 때문이다. 能見成就者 謂五眼 肉眼 天眼 慧眼 法眼 佛眼 此 成就故

능수성취(能授成就)라 함은 이른바 여섯 가지의 신통이니, 이를 의 지하여 능히 교수하기 때문이다. 그 순서와 같이 신통(身通)은 그곳 에 가는 것이요, 하늘 귀의 신통은 그의 소리를 듣기 위해서 법을 설 하는 것이요, 남의 마음을 아는 신통은 장애의 있고 없음을 알아서 그를 위하여 끊어 없애주는 것이요, 숙주(宿住)의 신통은 과거에 행했던 것을 알고서 힘을 빌려 알게 하여서 그로 하여금 믿음을 내게 하는 것이요, 하늘눈의 신통은 여기서 죽으면 저 곳에 남을 알아서 그로 하여금 싫어함을 내게 하는 것이요, 누(漏)가 다 없어진 신통은 그를 위하여 법을 설해서 해탈을 얻게 한다. 能授成就者 謂六通 依此能教授故 如其次第 身通往彼所 天耳通聞其音 而爲說法 他心通知障有無 爲之除斷 宿住通知過去行 借力令知 使其生信 天眼通知死此生彼 令其生厭 漏盡通爲之說法 令得解脫

유희성취(遊戱成就)라 함은 여러 가지가 있으니 이른바 변화하는 것들의 여러 정(定)이다. 遊戱成就者 此有多種 謂變化等諸定

유원성취(遊願成就)라 함은 이른바 원의 힘에 들어가서 여러 원의 과에 유희하는 것이니, 즉 광명을 놓고 음성을 내는 것들이어서 이루 다 셀 수가 없다. 자세한 것은 십지경(十地經)에서 말한 것과 같다. 遊願成就者 謂入願力 遊諸願果 謂放光發聲等 此不可數 廣如十地經說

자재성취(自在成就)라 함은 이른바 열 가지의 자재가 있으니, 또한 십지경(十地經)에서 말한 것과 같다. 自在成就者 謂十自在 亦如十地經說

득법성취(得法成就)라 함은 이른바 열 가지의 힘과 네 가지의 두려움이 없는 것과 열여덟 가지의 함께하지 않는 법이라고 하였다. 得法成就者 謂得力 無所畏 及不共法

爾時 世尊食時 着衣持鉢 入舍衛大城乞食

이시 세존식시 착의지발 입사위대성걸식

그때 세존(世尊)께서 공양 때[食時]가 되자 가사(袈裟)를 입으시고 발우를 지니시고 사위성으로 들어가셨다.

於其城中 次第乞已 還至本處 飯食訖 收衣鉢 洗足已 敷座而坐

어기성중 차제걸이 환지본처 반사흘 수의발 세족이 부좌이좌

그 성 안에서 탁발하시면서 차례로 빌어 빌기를 마치고는 계시던 곳으로 돌아와 공양을 드시고 나서 가사와 발우를 거두시고 발을 씻으신 뒤 자리를 펴고 앉으셨다.

이시(爾時)는 그때를 말함이므로 1,250명의 청법대중(請法大衆)이 사위국 기수급고독원에 함께하였을 때를 말한다. 이시(爾時)에 대하여 금강삼매경론(金剛三昧經論)에는 설법의 때가 성취되었음을 밝히는 것이라고 하였다. 그러나 경(經)을 펼치면 곧 그 자리가 부처님이 계신 뛰어난 도량이 되므로 지금 우리도 곧 1,250명의 대중에 일원으로 보면 된다.

세존(世尊)은 부처님의 열 가지 명호 가운데 하나로 석가세존(釋迦世尊)의 준말로 세간에서 가장 뛰어나 존경받는 분이라는 뜻이다. 산스크리트어로는 Bhagavat이기에 이를 음사하여 바가바(婆伽婆) 또는 바가범(婆伽梵)이라고 하나 거의 사용치 않는 표현이다. 인도에서

는 보편적으로 존경받는 인물에 대한 경칭으로 불교에서만 쓰는 용어가 아니었지만 이 표현이 불교에 습화(習化)되면서 오직 부처님께만 쓰는 존칭으로 굳어졌다.

화엄경탐현기(華嚴經探玄記) 권9에서는
부처님은 삼덕(三德 : 법신덕, 반야덕, 해탈덕)과 육의(六義 : 자재, 치성, 단엄, 명칭, 길상, 존귀)를 갖추셨기에 세상에 누구보다도 존귀하시므로 세존이라 한다고 하였다. 以佛具於 三德六義於世獨尊 故名世尊

법화경(法華經) 신해품에 보면
세존의 큰 은혜여, 이처럼 드물게 뛰어난 일로써 우리를 불쌍히 여기시며 교화해 주시는도다 하는 표현이 있는데 이를 세존대은(世尊大恩)이라고 한다. 世尊大恩 以希有事 憐愍教化 利益我等

식시(食時)는 공양하실 때가 되었다는 표현이다. 다만 이 글자는 밥으로 표현할 때는 식(食)으로 읽고, 먹는다는 표현으로 쓸 때는 사(食)라고 읽기에 '먹일 사'라고 쓴다. 그러나 나중에는 이를 구분하기 위하여 사(飼)라는 글자를 더 쓰게 되었는데 대부분 '먹일 사'로 쓸 때는 사(飼) 자를 더 쓰게 되었다.

착의지발(着衣持鉢)에서 착의(着衣)는 옷을 입는다는 뜻으로 곧 가사(袈裟)를 수하셨다는 표현이다. 지발(持鉢)은 바리때를 지니었다는 표현으로 모두 수행자의 엄정한 위의를 드러냄이다. 이렇듯 수행자는 위의가 없으면 곤란하다. 화엄경에서는 부처님의 이러한 위의를 대방광불(大方廣佛)이라고 하였다.

가사는 법복이다. 다시 말해 법을 나타내는 복식(服飾)이다. 원래 인도에서는 남이 버린 누더기였지만 이를 불교에서 받아들여 다시 기워서 만든 옷을 가사라고 부르게 되었다. 용도에 따라서는 승의(僧衣), 비구의(比丘衣)라고 하지만 공덕적인 측면에서 이를 살펴보면 단순한 옷의 개념을 넘어서 불의(佛衣), 법의(法衣), 자비의(慈悲衣), 인욕의(忍辱衣)라고 부른다. 그러기에 가사를 입는 공덕은 한량이 없으므로 가사를 입게 되는 그날부터 모든 악을 끊고 곧 정각을 이룬다고 하였다. 이를 가사공덕(袈裟功德)이라고 한다. 또한 가사를 만드는 일을 가사불사(袈裟佛事)라 한다.

가사를 착용함으로써 얻어지는 공덕을 설한 경전이 있는데 대승본생심지관경(大乘本生心地觀經)[42]에서는 열 가지 공덕을 나열하였고, 이를 가사십승리(袈裟十勝利)라고 한다. 그러나 비화경(悲華經)[43]에서는 다섯 가지 공덕을 열거하였는데, 이는 가사오종공덕(袈裟五種功德)이라고 한다.

------

42 당(唐)나라 때 반야(般若, Prajñā)가 790년에 번역하였다. 줄여서 본생심지관경(本生心地觀經)·심지관경(心地觀經)이라 한다. 전체 13품에 걸쳐서 심지(心地)의 묘법을 밝히고, 세간의 4종 은혜(恩惠) 및 출가 보살의 아란야행(阿蘭若行)과 3계(界) 유심(唯心) 등을 상세히 해설하고 있다.

43 석가모니 부처님의 성불을 찬양하는 경전으로 5세기 초, 인도 출신의 학승 담무참(曇無讖)이 한역하였으며 주된 내용은 석가모니 부처님이 사바세계인 예토에 태어나 성불한 것을 찬양하는 경전이다.

가사는 법의 상징이다. 이를 모르면 가사를 가지고 자신의 입지를 억지로 드러내려 용을 쓰게 되고 황금 가사를 아무 때나 입게 된다. 중국 선종 제5조인 홍인(弘忍) 스님이 제6조 혜능(惠能)에게 자신의 법을 전하면서 그 징표로 가사와 발우를 주었고, 그것을 가지고 남쪽으로 급히 내려가서 몸을 숨겼다는 일화를 보더라도 가사가 지니는 그 의의를 알 수 있다.

단경(壇經)[44]에 보면 혜능이 삼경에 이르러 조실스님인 홍인 스님의 방에 들어가니 홍인 스님은 가사를 가지고 주변을 둘러싸서 사람들에게 보이지 않도록 하고 혜능을 위하여 금강경의 대의를 설해주자 혜능은 '만약 머무는 바가 없이 그 마음을 내라'고 하는 대목에 이르러 크게 깨달으면서 송(頌)하기를 '모든 만법이 자신의 성품을 떠나지 않는다(一切萬法 不離自性)'는 것을 절실하게 깨달았다고 한다. 여기서 홍인 스님이 혜능 스님에게 법을 전할 때 가사를 둘러쳤다는 고사가 가사차위(袈裟遮圍)다.

재의례(齋義禮)에서도 가사(袈裟)를 찬탄하는 게송이 있다.

佛祖傳來只此衣 兒孫千載信歸依
불조전래지차의 아손천재신귀의

---

[44] 단경(壇經)은 육조단경(六祖壇經)을 말한다. 이는 선종 제6조인 혜능(惠能) 스님의 자서전적인 일대기로 본래 명칭은 육조대사법보단경이다. 이를 줄여서 흔히 법보단경(法寶壇經)이라고 한다.

裂縫條葉分明在 天上人間荷者稀
열봉조엽분명재 천상인간하자희

부처님과 조사들이 전하여 내려온 이 가사는
아들과 손자들이 천 년 동안 믿고 귀의하네.
잘라서 바느질한 조각조각이 분명한데
천상이나 인간에서 입는 이 드물도다.

또한 가사는 옆구리에 끼거나 손으로 들고서 옮기지 아니하고 머
리에 이고 움직이며, 이때 가사를 찬탄하는 게송을 정대게(頂戴偈)라
고 한다.

善哉解脫服 無上福田衣
선재해탈복 무상복전의

我今頂戴受 世世常得被
아금정대수 세세상득피

훌륭하다! 해탈의 옷이여
더할 나위 없는 복전의 옷이로세.
내가 지금 이 가사를 받아 머리에 이었으니
태어나는 세상마다 항상 이 옷을 입으리라.

발우(鉢盂)는 스님들이 공양할 때 사용하는 밥그릇을 말한다. 이는

산스크리트어의 **pātra**를 음사한 표현이며, 이를 다시 한역하여 응량기(應量器)라고 한다. 그리고 비구가 지녀야 할 여섯 가지 물건을 비구육물(比丘六物)이라고 하는데, 발우도 그 가운데 하나이다. 비구가 육물(六物)이 있다면 보살은 십팔종물(十八種物)이 있는데, 발우는 그 가운데 하나이다.

참고로 십팔종물(十八種物)을 갖추어 말하면 두타십팔물(頭陀十八物) 또는 비구십팔물(比丘十八物)이라고 하며, 그 품목은 다음과 같으며 그 출처는 범망경(梵網經)에 두고 있다.

양지(楊枝) : 이를 청결히 하기 위하여 버드나무로 만든 치목(齒木).

조두(澡豆) : 콩이나 팥을 갈아서 만든 가루비누를 말한다.

삼의(三衣) : 법복을 말하며 승가리(僧伽梨), 울다라승(鬱多羅僧), 안타회(安陀會) 등을 말한다.

수병(水瓶) : 마실 물을 넣는 그릇.

발(鉢) : 음식을 담는 그릇인 바리때를 말한다.

좌구(坐具) : 앉고 누울 때 까는 천으로 니사단(尼師壇)이라고 한다.

석장(錫杖) : 머리 부분에 쇠고리가 달린 지팡이.

향로(香爐) : 향을 사루기 위한 그릇.

녹수낭(漉水囊) : 물을 마실 때, 물속에 있는 벌레나 티끌을 거르는 주머니.

수건(手巾) : 손과 얼굴을 닦는 천.

소도(小刀) : 주머니칼.

화수(火燧) : 수행자들이 불을 피우기 위해 지니고 다니는 부싯돌.

섭자(鑷子) : 수행자들이 지니고 다니는 족집게.

승상(繩床) : 노끈으로 얽어서 접었다 폈다 할 수 있게 만든 의자.

경(經) : 진리에 관한 부처님의 말씀이 담긴 책.

율(律) : 출가 수행자가 지켜야 할 조항이 담긴 계본(戒本).

불상(佛像) : 부처님의 성상.

보살상(菩薩像) : 보살의 성상.

梵網經: 若佛子常應二時頭陀 冬夏坐禪 結夏安居 常用楊枝 澡豆 三衣 瓶鉢 坐具 錫杖 香爐 漉水囊 手巾 刀子 火燧 鑷子 繩床 經 律 佛像 菩薩形像 而菩薩行頭陀時及遊方時 行來百里千里 此十八種物常隨其身

화사첨족(畵蛇添足)이라는 말을 줄여서 우리는 흔히 사족(蛇足)이라고 한다. 사족에 대한 고사는 사기(史記)에도 나오지만 전국책(戰國策)[45]에도 나온다. 초(楚)나라에 제사를 담당하는 관리가 있었다. 제사가 끝나자 음복하기 위하여 술을 나누어 마셔야 하는데 술의 양이 그리 많지 않았다. 그중에 한사람이 제안하기를 지금부터 뱀을 그리기 시작하여 가장 먼저 그린 사람에게 이 술을 몽땅 마실 수 있도록 하자고 제안하여 모두가 뱀을 그리기 시작하였다. 그중 한 사람이 뱀을 다 그리고 좌중을 보니 아직도 그리고 있는지라 그들을 조소(嘲笑)하면서 뱀의 다리까지 그리고서 술을 마시려고 했다. 그러자

---

45 중국 전한(前漢) 시대에 유향(劉向)이 동주(東周) 후기인 전국시대(戰國時代) 전략가들의 정치 · 외교 · 군사 등 책략을 모아 편집한 책이다. 이를 후대에 보정(補訂)하여 33편으로 정리하였다.

한 사람이 제지하면서 말하기를 '이 술은 내 것이다. 왜냐하면 당신이 그린 뱀의 그림은 다리가 있으니 어찌 뱀이라고 하겠소' 하였다는 말로써 쓸데없이 덧붙여 놓은 군더더기를 말한다.

이와 비슷한 말이 있으니 발우안병(鉢盂安柄)이다. 이는 발우에 손잡이를 단다는 표현으로 필요 없는 일을 말한다. 그러기에 '발우안병'은 '망상으로 본질을 바르게 체득하지 못한다'는 뜻으로 이를 발우착병(鉢盂着柄)이라고도 한다.

수행자가 발우안병이 되면 곤란하다. 만약 그렇게 되면 허공에 못질하거나 아니면 허공에 움을 파려고 하는 것이라고 고덕들은 이를 염려하여 이미 우리에게 가르침을 주었다. 속인이든 재가불자이던 일불승(一佛乘)[46]을 알았으면 이를 실행하여야지 말로만 일승, 일불승 하며 보살을 찾는다면 이 역시도 발우착병이나 마찬가지이다. 지금의 불교가 살아남으려면 갖가지 사족을 물리쳐야 한다.

걸식(乞食)은 밥을 빌어먹는다는 뜻이며 이는 12 두타행(頭陀行)의 하나로 탁발(托鉢), 행걸(行乞), 단타(團墮)라고도 한다. 수행자는 걸식을 통하여 자기 자신의 수도를 도모하고, 보시자는 공양물을 올림으로써 선업(善業)을 도모하고자 한다. 또한 수행자는 걸식을 통하여

---

46 일불승(一佛乘)은 법화경의 주요한 논지 가운데 하나로 중생을 깨달음으로 인도하는 부처의 가르침을 뜻하는 것으로써 모든 중생이 부처의 경지에 이르게 하는 오직 하나의 궁극적인 가르침을 말한다.

자신의 교만을 없애는 수단으로 삼기도 하다. 그러나 걸식한다고 하여 규범이 없는 것이 아니다. 걸식에도 지켜야 할 규범이 엄연히 존재하여 수행자로서 위의를 저버리지 않도록 규율을 정하고 있다.

걸식의 이익에 대해서도 십주비바사론(十住毘婆沙論)⁴⁷에서는 걸식의 열 가지 이익을 적시하고 있다. 이를 걸식십리(乞食十利)라고 하며, 보우경(寶雨經)⁴⁸에는 걸식을 통하여 성취할 수 있는 열 가지 법을 걸식십위(乞食十爲)라고 하였다.

걸식하였다고 하여 그 공양물을 자신이 모두 먹는 것은 아니다.

보운경(寶雲經)⁴⁹에 보면
걸식한 음식물을 네 등분하는데 그 한 등분은 청정한 비구에게 공양 올리고, 또 한 등분은 제대로 걸식하지 못한 자에게 주고, 또 한 등분은 여러 귀신에게 주며, 나머지 한 등분은 자신이 공양한다고 하였다. 이러한 행위를 걸식사분(乞食四分)이라고 한다. 걸식하면서 어

---

47 인도의 불교학자 용수(龍樹, 약 150~250)가 화엄경의 십주품(十住品)을 해설한 것으로 화엄경에서 가장 중요하게 여기는 한 대목인 십지(十地)를 해설한 것이다. 그러므로 책의 제목에서 십주는 곧 십지를 말한다.

48 보우경은 당나라 때 남인도의 보리유지(菩提流支)가 한역하였으며 총 10권으로 이루어져 있다. 참고로 보리유지를 달마유지(達磨流支)라 하기도 한다.

49 보운경은 양(梁)나라 때 만다라선(曼陀羅仙)이 한역을 하였으며 7권으로 이루어져 있다.

느 음식은 받고 못 받고 할 수는 없다.

대보적경(大寶積經)[50]에서는

부처님께서 가섭에게 이르기를 걸식함에 있어서 어떤 분별스러운 생각을 내지 말라고 하였다. 그러기에 비구구여조(比丘口如竈)라고 하여 비구의 입은 아궁이와 같다는 표현을 썼다. 이는 아궁이가 땔감을 가리지 않듯이 비구가 공양할 때도 맛있는 것만 골라 먹지 않는다는 뜻이다.

발우공양도 수행의 한 방편이며 과정이다. 발우의 순우리말은 바리때이다. 그리고 발우공양을 할 때는 단계마다 행하는 의식이 있는데 이를 발우작법이라고 한다.

아미타 부처님은 인위(因位)에서 48대원을 세우셨는데, 이 가운데 23번째가 공양제불원(供養諸佛願)이다. 이는 정토 세계의 보살이 부처님의 위신력을 받아 잠깐에 시방세계의 불국토에 이르러 모든 부처님께 공양하기를 원한다는 발원이다. 그런 만큼 공양은 무엇에도 비길 수 없는 복의 종자를 심는 일이다.

---

[50] 대보적경은 후한 때 지루가참(支婁迦讖)이 한역한 유일마니보경(遺日摩尼寶經) 1권의 다른 이름이다. 여기서 보적(寶積)은 대승불교의 오묘한 진리를 한데 묶었다는 뜻이다.

무량수경(無量壽經)[51]에 보면

내가 부처님의 경지를 얻더라도 나라 안의 보살이 부처님의 위신력을 받아 모든 부처님께 공양 올리며 한순간에 무한하게 많은 부처님의 국토에 두루 이를 수 없다면 마침내 정각을 취하지 않겠다는 것만 보아도 공양의 위대함을 여실히 드러내고 있다. 設我得佛 國中菩薩 承佛神力 供養諸佛 一食之頃 不能遍至無量無數億那由他諸佛國者 不取正覺

부처님께 공양하셨으니 이는 곧 사시(巳時)에 공양함을 말한다. 부처님은 하루에 한 끼만 공양하셨으며 그 시간은 중국 사람들의 시간으로 환산해 보면 사시(巳時)가 된다. 그러기에 오늘날까지 법당에 사시 공양을 올리는 것이다. 여기서 사시라고 하는 것은 오전 9시~11시 사이를 말한다.

대승불교는 공양할 때 다소 복잡하게 진행되는 의례가 있으나 여기서는 다섯 가지를 마음속으로 관(觀)하는 오관게(五觀偈)만 소개하고자 한다.

計功多少 量彼來處
계공다소 양피래처

---

51 대승불교에 있어서 정토종의 근본 경전이다. 관무량수경(觀無量壽經) 아미타경(阿彌陀經)과 더불어 정토삼부경(淨土三部經)이라고 한다. AD 100년경 북인도에서 만들어진 것을 인도의 스님인 강승개(康僧鎧 : 僧伽跋摩)가 252년 위(魏)나라 낙양(洛陽)으로 가지고 가서 한역(漢譯)하였다.

① 이 음식이 여기에 오기까지
수많은 사람의 크고 작은 공덕이 숨어 있음을 헤아리고,

忖己德行 全缺應供
촌기덕행 전결응공
② 나 자신이 이 음식을 받아먹을 만큼
나의 덕과 행실이 완전무결한가를 살펴서,

防心離過 貪等爲宗
방심이과 탐등위종
③ 늘 마음을 경계하여
탐 · 진 · 치 삼독의 모든 허물에 벗어나,

正思良藥 爲療形故
정사양약 위료형고
④ 다만 이 몸을 살리는
좋은 약이라고 생각하며,

爲成道業 應受此食
위성도업 응수차식
⑤ 오직 성스러운 불도를 이루기 위하여
이 음식을 받겠나이다.

차제걸이(次第乞已)는 차례대로 걸식하였다는 뜻이다. 수행자는

탁발하면서 빈부를 가리지 아니하고 순서대로 걸식한다는 의미이다. 그러므로 공양받을 때도 사량(思量)하여 분별하지 않는다는 가르침이다.

능엄경(楞嚴經)[52]에 보면

아난은 그날따라 공양이 없었으므로 발우를 지니고 지나오던 성안에서 차례대로 걸식하면서 마음속으로는 최후의 단월(檀越)을 구하여 공양주(齋主)로 삼으리라고 생각하며, 깨끗함과 더러움을 묻지 아니하고, 귀족과 찰제리와 전다라에게도 평등한 자비를 베풀어 미천함을 가리지 않았으니, 이러한 뜻은 미천한 중생에게 한량없는 공덕을 원만하게 이루게 하려고 함이었다는 말씀이 있다. 其日無供 卽時阿難 執持應器 於所遊城次第循乞 心中初求最後檀越以爲齋主 無問淨穢刹利尊姓及旃陀羅 方行等慈不擇微賤 發意圓成一切衆生無量功德

환지본처(還至本處)는 본래의 자리로 되돌아오다, 본래의 처소로 되돌아오다, 이러한 표현이다. 그러므로 본처(本處)는 본래의 뜻이 귀착되는 것을 말한다. 이는 근본적인 취지 또는 본래의 이치를 가리키는 것이다. 밥을 먹기 위하여 걸식하는 것이 아니라 수행을 하기

---

52 밀교 사상과 선종의 사상을 설한 대승 경전이고, 10권으로 되어 있으며 불교의 이치와 수행의 방법을 구체적으로 제시한 경전이다. 당나라 이전까지는 존재하지 않았으며, 또한 그 내용으로 보면 중국에서 많이 가필된 것으로 보고 있다. 이 경은 밀교의 사상이 가미되기는 하였지만, 선정(禪定)에 관한 내용도 역설되고 있어서 선종에서는 능엄경을 아주 중요하게 여겼다.

위하여 걸식을 하는 것이기에 환지본처가 되는 것이다. 우리는 본처를 잊으면 곤란하다. 우리가 서야 할 자리, 가고자 하는 방향을 망각하면 세파에 휘둘리게 되는 것이다.

대품반야경(大品般若經) 18권에 보면

험난한 길에 도적들이 잠복해 있다가 물건을 강탈하고 피해를 주는 일이 많았다. 그 사람은 지혜의 힘을 갖추고 있었으므로 능히 험악한 길을 지나 본래 있었던 곳으로 돌아가 도적의 피해를 보지 아니하여 기쁘고 안락하였다는 가르침이 있다. 嶮難道中 多有怨賊 潛伏劫害 其人智力具足 故 能度惡道 還歸本處 不遇賊害 歡喜安樂

또한 과거현재인과경(過去現在因果經) 권제1에 보면

어느 때 부처님께서 사위국(舍衛國) 기수급고독원(祇樹給孤獨園)에 계셨다. 그때 세존께서는 여러 비구들과 함께 대숲[竹林]에 머무르셨는데, 이 여러 비구들은 아침에 옷을 입고 발우를 가지고 성에 들어가서 걸식을 하여 머무르던 곳으로 돌아와서 먹기를 마치고 손을 씻고 양치질하고는 저마다 옷과 발우를 거두고 강당에 모여서 모두가 함께 과거의 인연을 말하고자 하였으니 이는 환지본처를 보여주는 대목이다. 一時 佛在舍衛國 祇樹給孤獨園 爾時世尊 與諸比丘住於竹林 是諸比丘 於晨朝時 着衣持鉢 入城乞食 還歸所住 食竟澡漱 各攝衣鉢 集在講堂 悉欲共說過去因緣

금강장다라니경(金剛場陁羅尼經)에도

그때 세존께서는 가사를 입고 발우를 가지고 묘색 마을에 들어가시어 골고루 다니시면서 걸식을 하시고 본래의 처소로 되돌아와 공양을 마치시고 결가부좌(結跏趺坐)를 하고 정념(正念)에 들어 움직이지 않으셨다고 환지본처를 보여주고 있다. 爾時 世尊着衣持鉢 入妙色聚落 普遍乞食 還至本處 飯食訖 結加趺坐 正念不動

금강경(金剛經) 그대로 보면 환지본처는 기수급고독원(祇樹給孤獨園)이다. 사물은 뭐든지 제자리에 있어야 가치가 있는 법이다. 그러므로 수행자는 수행의 위의를 지켜야 한다는 것을 알려주시고자 부처님께서는 지금 우리에게 환지본처를 강조하고 계신 것이다.

반사흘(飯食訖)은 공양하기를 마쳤다는 표현이다. 여기서 식(食)을 사(食)로 읽어야 한다. 공양을 시작하였다가 마침도 수행이다. 여기에 대해서는 조금 있다가 총괄적으로 얘기하고자 한다. 뒤를 잇는 수의발(收衣鉢)은 발우를 거두었다는 표현이므로 그 내용은 반사흘과 같은 흐름으로 보면 된다.

세족(洗足)은 발을 씻음이니 곧 탁족(濯足)을 말한다. 그냥 이 가르침을 별생각 없이 보면 굳이 경전에 안 써도 될 것을 구질구질하게 써놓은 것 같지만 여기에도 깊은 가르침이 있다. 발은 나의 몸 가운데 맨 아래에 있으니 발을 씻으려면 허리를 굽히고 머리를 숙여 발을 쳐다보아야 한다. 금강경에서 논지(論旨)처럼 주장하는 상(相)을 무너뜨리기 위함이다. 그만큼 상(相)은 무서운 것이다.

대감혜능(大鑑慧能 638~713)은 여기에 대하여, 부처님께서 발을 씻으셨다고 함은 부처님께서 범부의 생활과 같이 수순(隨順)하심을 나타내 보이신 것이라고 하였다. 그리고 규봉종밀(圭峰宗密 780~841) 스님은 세속에 따라 법을 표시해서 후세에 모범이 되게 하려 하심이라고 하였다.

금강경과는 별개이지만 금강경에도 세족(洗足)이 나온다. 진(晉)나라 때 황보밀(黃甫謐)[53]이 지은 고사전(高士傳)[54]에 보면 세이(洗耳)라는 표현이 있다. 이는 중국 고대 요(堯)나라 임금이 기산(箕山)에 은거하고 있던 허유(許由)를 찾아가 나라를 맡아서 통치해 달라고 청하였다. 허유는 이를 거절하며 아니 들은 것만 못하다고 하며 영수(潁水)에 가서 귀를 씻었다. 이때 작은 망아지를 이끌고 오던 소보(巢父)[55]는 허유(許由)[56]가 여기에 와서 귀를 씻었다는 이야기를 듣고

─────

[53] 위(魏)나라와 진(晉)나라 사이의 의사이자 문학가이다. 자(字)는 사안(土安)이고 어릴 때 이름은 정(靜)이며, 현안선생(玄晏先生)이라 자호(自號)하였다. 20세가 되도록 놀기만 좋아하고 학문을 안 하다가 숙모의 말에 감동하여 그때부터 부지런히 공부했다 한다.

[54] 고사전(高士傳)은 진(晉)나라 황보밀(皇甫謐)이 지은 중국 고대 필기류 인물 전기집 가운데 하나로 상·중·하 3권에 총 91조(96名)의 짤막한 고사로 이루어져 있다. 그 내용은 요(堯)임금 시대의 피의(被衣)로부터 위말(魏末)의 초선(焦先)까지 고결한 은둔자들의 언행과 일화를 수록하고 있다.

[55] 소보(巢父)는 허유(許由)와 같은 시대를 살았던 은자다.

[56] 고대 전설 속에 나오는 은자(隱者)이다. 허요(許繇)라고도 하며 소보(巢父)와 같은 시대 인물로 알려져 있다. 그리고 허유가 귀를 씻었다고 하는 세이천(洗耳泉)이 지금도 전하고 있으며 허난성(河南省)의 기산(箕山) 아래에 있다.

그런 사람이 씻어낸 물을 망아지에게 먹일 수 없다고 하면서 영수를 거슬러 올라가 물을 먹었다. 이 이야기의 고사성어를 기산영수(箕山潁水) 또는 기산세이(箕山洗耳), 영수세이(潁水洗耳)라고 한다.

또한 탁영탁족(濯纓濯足)이라는 표현이 있다.

맹자(孟子)[57] 제7권에 보면 창랑의 물이 맑거든 나의 갓끈을 씻고, 창랑의 물이 흐리거든 나의 발을 씻는다는 말이 그러하다. 滄浪之水淸兮 可以濯我纓 滄浪之水濁兮 可以濯我足

부좌이좌(敷座而坐)는 '자리를 펴고 앉으시다'라는 표현이다. 여기서 부(敷)는 '편다'는 뜻이다. 좌(座)는 자리를 말하므로 자리에 앉은 손님을 나타내는 좌객(座客), 앉는 자리를 말하는 좌석(座席) 등을 표현한다. 쉽게 말하면 좌(坐)는 앉음을 말하는 것이고, 좌(座)는 자리를 말한다. 부처님께서 자리에 곧 앉으시므로 법회가 시작된다는 것을 넌지시 알리고 있음과 동시에 세존께서는 선정에 잠기시게 되는 것이다.

선문염송집(禪門拈頌集) 제2권 제54 부좌(敷座)에 보면

---

[57] 맹자(孟子, 약 BC. 372년~약 BC. 289년)는 전국시대 사람으로 유가의 대표적인 사상가이며 교육가이다. 그의 어머니는 맹자의 교육환경을 위하여 세 번씩이나 집을 옮겼다는 고사가 맹모삼천지교(孟母三遷之敎)이다. 이외에도 맹자의 어머니와 관련된 고사로 베틀을 끊어 가르친다는 단기지교(斷機之敎) 또는 단직교자(斷織敎子)가 있다.

세존께서 공양을 하신 뒤에 의발을 거두시고 발을 씻으시고 자리를 펴고 앉았다는 말씀을 화두로 삼기도 하였다. 金剛經云 世尊飯食訖 收衣鉢 洗足已 敷座而坐

여기에 대하여 정엄수(淨嚴遂)가 송하였다.

四溟風息月當天 不動波瀾駕鐵船
사명풍식월당천 부동파란가철선

賴得空生重漏泄 免同良馬暗窺鞭
뢰득공생중누설 면동양마암규편

네 바다에 바람이 쉬고 달은 밝은데
파도가 일지 않으니 무쇠 배를 띄웠네.
다행히도 공생(共生)이 거듭 누설하니
좋은 말이 채찍만 기다리는 꼴을 면했구나!

또 천로(川老)가 송하기를 다음과 같이 하였다.

飯食訖兮洗足已 敷座坐來誰共委
반사흘혜세족이 부좌좌래수공위

向下文長知不知 看看平地波濤起
향하문장지부지 간간평지파도기

공양하기를 마치고 발을 씻고

자리를 펴고 앉으니 누구와 함께 하려는고?

다음의 글이 긴 줄을 아는가 모르는가?

보아라, 멀쩡한 평지에 파도가 인다.

금강경(金剛經) 제1 법회인유분(法會因由分)의 내용은 우리에게 보이지 않는 가르침이 내포되어 있다. 경전에서 열거하지 않아도 될 것을 굳이 열거하는 데 대해서는 부처님의 저의가 분명히 있다는 것을 알아차려려 한다. 부처님은 지금 우리에게 일상의 모든 것이 수행 아님이 없다는 것을 말씀하시고 있다. 이를 부처로 빗대어 말한다면 이 세상에 부처 아님이 없다고 하는 것이다.

사상(四相)이 무너지면 곧 공(空)이며 공이 곧 부처라고 금강경에서는 설파하고 있다. 걸식(乞食), 부좌이좌(敷座而坐) 등 모두 마하반야를 드러내고 있다. 그러기에 금강경을 잘 보면 제1분에서 이미 할 말을 다 하고, 그 나머지는 보충 설명에 지나지 않는다.

본지풍광(本地風光)이라는 말이 있다. 여기서 본지(本地)란 본래의 심성을 말하는 것이고, 풍광(風光)은 곧 풍경(風景)을 말한다. 그러므로 이는 자기의 심성을 그대로 드러내는 세계를 말함이기에 이를 달리 표현하여 본래면목(本來面目)과 같은 뜻으로 쓰이는 것이다. 상(相)이 무너지면 곧 본지풍광을 드러내는 것이니, 인천의 스승이신 부처님께서 시자에게 공양을 올리라고 하지 아니하시고 몸소 가사를 입으시고 발우를 지참하시어 걸식하시고 스스로 발을 씻으시고 이어서 자리를 펴고 앉으심이다. 이 모두 상(相)을 내지 아니하는 것임을 알아야 공부가 된다.

부처님은 이러한 진리를 몸소 보이시는 성자이시다. 그기에 세상의 사람들로부터 '세존'이라는 존칭을 듣는 것이다. 금강경(金剛經) 첫머리를 머릿속에 떠올리면서 부처님과 더불어 1,250명의 대중이 탁발을 나가시고, 공양을 마치고, 부처님께서 발을 씻으시고, 자리에 앉음을 상상해 보면 참으로 가슴이 뭉클하고 벅찬 환희심이 차오른다. 이것이 곧 신심을 일으키는 인(因)이 되어 많은 중생이 성불이라는 과(果)를 맺을 수 있도록 인도한다.

대중들은 부처님을 향하여 경배를 올리며 찬탄을 하였을 것이다.

나모 따사 바가와또 아라하또 삼마 삼붓다사

모든 번뇌를 떠나시고, 온갖 공양과 예경 받으시며, 스스로 모든 법을 바르게 깨달으신 존귀하신 부처님께 경배 올립니다.

이렇듯 경건하면서도 웅장하게 부처님을 찬탄하였을 것이다.
우리가 사찰에 가면 주련으로 흔히 볼 수 있는 문구가 있는데 이 문구는 야보도천(冶父道川)⁵⁸ 스님이 법회인유분에서 설한 게송 가

---

58 야보(冶父) 스님은 중국 남송(1127~1279) 때의 사람이며, 임제종의 승려로 정인계성(淨因繼成) 스님의 제자이다. 휘(諱)는 도천(道川)이며 별호는 천로(川

운데 일부분이다.

莫謂慈容難得見 不離祇園大道場
막위자용난득견 불리기원대도량

부처님의 자비로운 모습 보기 어렵다고 말하지 마라.
언제나 기원정사 대 도량에 그대로 계시도다.

또한 야보도천 스님은 금강경 제8 의법출생분을 설하면서 본지풍
광에 대해서 다음과 같은 게송을 남겼다.

寶滿三千及大千 福緣應不離人天
보만삼천급대천 복연응불리인천

若知福德元無性 買得風光不用錢
약지복덕원무성 매득풍광불용전

삼천대천세계를 채울 만한 보배로 보시하더라도
복의 인연은 인간과 천상을 떠나지 않으니

老)이다. 스님의 법호는 '야부'라고 읽지 아니하고, 야보(冶父)라고 읽어야 한다.
이는 부(父)라는 의미가 아버지를 칭할 때는 부(父)이지만 남자의 존칭 또는 미
칭으로 표현할 때는 [보]라고 읽기 때문이다. 그러므로 [보]는 보(甫)와 통용되
며 선생님이라는 뜻이 된다. 스님은 금강경에도 밝아 저서로 금강경오가해의
하나인 금강경야부송(金剛經冶父頌)이 있다.

복덕이 원래 성품이 없음을 알면
본지풍광을 사는 데 돈 쏠 필요가 없음이라.

제2 선현기청분善現起請分
· ·
수보리가 법을 청하다

時 長老須菩提 在大衆中 卽從座起 偏袒右肩 右膝着地 合掌恭
敬 而白佛言

이때 장로 수보리가 대중 속에 있다가 일어나서 오른쪽 어깨를 벗어
메고 오른 무릎을 땅에 대며 합장하고 공경히 부처님께 아뢰었습니다.

希有世尊 如來善護念諸菩薩 善付囑諸菩薩 世尊 善男子善女
人 發阿耨多羅三藐三菩提心 應云何住 云何降伏其心

희유하십니다, 세존이시여. 여래께서는 모든 보살을 잘 보살펴 주
시고, 모든 보살에게 잘 당부하십니다. 세존이시여, 선남자 선여인으
로 최상의 깨달음에 대한 마음을 일으킨 이는 어떻게 머물며, 어떻게
그 마음을 항복 받아야 합니까?

佛言 善哉善哉 須菩提 如汝所説 如來 善護念諸菩薩 善付囑諸
菩薩 汝今諦聽 當爲汝説

부처님께서 말씀하셨습니다. 매우 좋은 질문이다, 수보리야. 너의
말과 같이 여래는 모든 보살을 잘 보살피고 잘 당부하느니라. 너희는
이제 자세히 들어라. 마땅히 너희들을 위하여 설하리라.

善男子善女人 發阿耨多羅三藐三菩提心 應如是住 如是降伏其
心 唯然 世尊 願樂欲聞

선남자 선여인으로 아누다라삼막삼보리심을 일으킨 이는 마땅히
이처럼 머물고, 이처럼 그 마음을 항복 받을지니라. 그렇게 하겠습니
다, 세존이시여. 바라건대, 즐겁게 듣고자 하나이다.

선현기청 善現起請
수보리가 법을 청하다.

선현(善現)은 부처님의 십대제자 가운데 한 분인 수보리(須菩提 :
Subhūti)를 한역하여 말한 것이다. 수보리에 대해서는 잠시 후 설
명하고자 한다. 참고로 부처님의 최후 제자인 수발다라(須跋陀羅 :
Subhadhra)[59]를 한역해서는 선현(善賢)이라고 한다. 그러므로 한자
표기에 있어 주의해야 한다.

금강경에서 부처님과 문답을 통하여 우리에게 가르침을 전하는 데
있어 수보리가 등장하는 것은 수보리는 아공(我空), 법공(法空), 구공
(俱空)을 올바르게 체득하고 이해하여 실상반야를 가장 잘 아는 부
처님의 제자이기 때문이다.

---

[59] 수발다라는 부처님 마지막 제자이다. 부처님이 입멸하시기 직전에 찾아와
부처님의 마지막 설법을 듣고 제자가 된 사람으로 유명한 인물이다.

아공(我空)은 모든 유위법에 실재적인 주재자가 없다는 말이다. 이는 자아(自我)가 자성(自性) 없이 오온에 의하여 임시로 구성되어 있음을 말하는 것이다. 이를 금강경에 대비하여 보면 오온으로 이루어진 이 몸을 '나'라고 생각하지만 이것은 '나'가 아닌 '공'이다 함을 말한다.

여기에 대해서 대승유식론(大乘唯識論)[60] 서(序)에 보면

아공이란 아(我)가 본래 없다는 뜻이다. 그러나 범부 중생은 어리석어서 전도된 망상으로 인하여 오온 안에 그것이 있다고 허망하게 헤아린다. 어떻게 이를 없다는 것을 아는가? 범부는 심식에 의지하여 망상하고 분별하여 오온의 인연법 중에 아(我)가 있다고 여긴다. 그러나 이러한 아상은 오온에서 실재로 얻을 수 없는 것이라 하였다.

我空者 我本自無 但凡夫之人愚癡顚倒 於五陰中妄計爲有 何以知無 凡夫依心識妄想分別 於五陰因緣 法中見我爲有 然此我相 於五陰中實不可得

법공(法空)은 법에 자성적인 실체가 없다는 말이다. 고로 모든 현상은 일시적인 화합에 지나지 않으므로 다 인연으로 모였다 흩어지는 것이기에 거기에는 실체가 없어 공함으로 이를 법공이라 말한다.

---

60 인도의 논사 천친(天親) 스님이 지은 것을 6세기 중엽 인도 출신의 학승 진제(眞諦)가 번역하였다. 1권으로 된 이 논은 의식밖에는 아무것도 없다는 교리를 반대파들과의 논쟁 형식으로 주장하고 있다.

구공(俱空)은 아공과 법공을 모두 초월하여 본래의 마음자리인 본성에 계합하는 것을 말한다.

수보리는 이러한 공의 이치를 부처님 제자 가운데 가장 잘 깨달았기에 해공제일(解空第一)이라 하며, 공(空)을 다루는 금강경에서 부처님의 설법에 상대가 되어서 문답을 이끌어가는 것이다.

기청(起請)은 예경 등 모든 의례(儀禮)에서 의례의 대상이 되는 부처님을 청하는 의례를 말한다. 그러므로 기청(起請)에는 서원이 담겨 있기에 자신의 서원에 부처님의 가피를 청하는 것을 말하므로 이를 달리 표현하여 기서(起誓)라고도 한다. 그러나 중국에서는 기청(起請)이라 하지 아니하고 계청(啓請)이라 한다는 것도 참고로 알아두어야 한다.

청법게에 해당하는 게송을 살펴보면 대승동성경(大乘同性經)[61]에는 다음과 같다.

如飢思美食 渴者念甘泉
여기사미식 갈자념감천

---

[61] 6세기 중엽에 인도 출신의 학승 사나야사(闍那耶舍)가 번역하였다. 이 경은 사람을 잡아먹던 악마의 왕이 부처님을 섬기고 불도를 닦아 부처가 되는 과정을 보여 주면서 모든 것의 본성이 같다고 설법하고 있다. 이역본으로는 지바하라(地婆訶羅)의 증계대승경(證契大乘經)이 있다.

如是我欲聞 願佛說諸地
여시아욕문 원불설제지

마치 배고픈 자가 맛있는 음식을 생각하고
목마른 자가 단 샘물을 생각하듯이
이처럼 저희가 듣고자 하오니
부처님께서 모든 경지를 말씀해 주시기 바랍니다.

십주경(十住經)[62]에는 다음과 같다.

是衆無疑心 唯願聞善說
시중무의심 유원문선설

譬如渴思水 如飢思美食
비여갈사수 여기사미식

이 대중은 의심이 없이
훌륭한 말씀 듣기 원하네.
마치 목마른 이가 물을 생각하고

---

62 5세기 초 구자국(龜玆國) 출신의 학승 구마라집이 번역하였다. 이 경은 보살이 부처의 경지에 들어서기까지 닦아야 하는 41단계의 불도 중에서 마지막 네번째 10단계의 내용을 설법하고 있다. 이역본으로는 대방광불화엄경 60권본과 80권본의 십지품이 있으며, 축법호의 점비일체지덕경(漸備一切智德經)도 이역본이다.

주린 이가 맛난 음식 생각하며

如病思良醫 如蜂欲食蜜
여병사양의 여봉욕식밀

我等亦如是 聞甘露法味
아등역여시 문감로법미

병자가 좋은 의사 생각하고
벌이 꿀 먹기 생각하는 것처럼
우리도 그와 같이
감로의 법을 듣기 원하네.

십지경론(十地經論)[63]에는 다음과 같다.

念堅清淨慧 爲十力淨心
염견청정혜 위십력정심

無㝵分別義 說此十地法
무애분별의 설차십지법

---

[63] 인도의 논사 천친(天親)이 지었고, 6세기 초 인도 출신의 학승 보리유지(菩提流志)가 번역하였다. 총 12권으로 된 이 논은 보살이 닦는 불도의 내용을 10단계로 나누어 설법한 십지경을 해석한 것이다.

생각하여 지니는 청정한 지혜로
열 가지 힘 청정한 마음 얻도록
걸림 없이 뜻을 분별하여
이 십지(十地) 법을 설하여 주소서.

定戒深正意 離我慢妄見
정계심정의 이아만망견

仳衆無疑心 惟願聞善說
차중무의심 유원문선설

계율과 선정의 깊고 바른 뜻[意]이
아만과 망령된 소견 여의었나니
이 대중들 의혹의 마음 없어
좋은 설법 듣기만 오직 바라네.

如渴思冷水 如飢思美食
여갈사냉수 여기사미식

如病思良藥 如衆蜂依蜜
여병사양약 여중봉의밀

我等亦如是 願聞甘露法
아등역여시 원문감로법

목마른 이 시원한 물 생각하듯

굶주린 이 맛난 음식 생각하듯

병든 이 좋은 약을 생각하듯

뭇 벌들 단 꿀에 의지하듯

우리도 역시 이처럼

감로 법을 듣기 원하옵니다.

장수멸죄호제동자다라니경(長壽滅罪護諸童子陀羅尼經)[64]에는 다음과 같다.

一音演說 爲大法王

일음연설 위대법왕

唯願世尊 哀愍廣說

유원세존 애민광설

---

[64] 불설장수멸죄호제동자다라니경(佛說長壽滅罪護諸童子陀羅尼經)으로 인도 승려 불타파리(佛陀波利)가 676년에 한역한 책으로 죄를 멸하고 장수하는 법을 설한 밀교 계통의 경전이다. 고려시대에는 동자경법(童子經法)을 통한 의식을 행할 때도 기본적으로 사용되었다. 이 책은 석가세존(釋迦世尊)이 문수사리 보살에게 일체중생의 멸죄장수(滅罪長壽)의 법을 설한 경으로, 부처님을 따르는 제자로서 호제동자다라니경(護諸童子陀羅尼經)을 서사하고 독송하면 아픈 아이도 병이 낫게 되고, 죽은 사람을 위하여 49일 이내에 향을 사르고 이 경을 공양하면 현세에서 장수하게 되고, 악도의 고통을 잊게 된다는 것이 주된 내용이다.

한소리로 연설하시는

대 법왕이신 세존께

오직 원하옵나니

저희를 불쌍히 여기시어 널리 설해주옵소서.

다음은 우리나라에서 법을 청하는 의례로 널리 알려진 게송이다.

此經甚深意 大衆心渴仰

차경심심의 대중심갈앙

惟願大法王 廣爲衆生說

유원대법왕 광위중생설

이 경의 매우 깊고 심오한 뜻을

대중들은 마음 깊이 갈앙(渴仰)하오니

바라건대 대법왕이시여

널리 중생을 위해 법을 설해주소서.

　　그렇다면 금강경에는 청법(請法)이 없었느냐 하면, 그렇지 않다.
수보리가 대중을 대표하여 자리에서 일어나 옷매무시를 단정히 하
고 오른쪽 무릎을 꿇고 부처님께 공손하게 합장하였음은 곧 예(禮)
이며, 동시에 법을 청하는 행위이다.

　　여기서부터는 금강경에 있어서 부처님과 대화 상대로 수보리가 등

장한다. 대부분 불교 경전은 마치 신이 무엇을 계시하듯이 부처님께서 독단적으로 법을 설하는 것이 아니라 대화 상대가 있어 법을 설하시기에 문답식으로 이루어진다.

時 長老須菩提 在大衆中 卽從座起 偏袒右肩 右膝着地
시 장로수보리 재대중중 즉종좌기 편단우견 우슬착지

이때 장로 수보리가 대중 속에 있다가 일어나서 오른쪽 어깨를 벗어 메고 오른 무릎을 땅에 대며

合掌恭敬 而白佛言
합장공경 이백불언

합장하고 공경히 부처님께 아뢰었습니다.

장로(長老)는 원래 불교의 용어이나 지금은 불교에서 거의 사용치 아니하고 기독교에서 오히려 직분(職分)으로 활용하고 있다. 아함부 경전에는 장로가 자주 등장한다. 대승 경전 반니원경(般泥洹經), 대반열반경(大般涅槃經), 대보적경(大寶積經) 등에는 자주 등장하는 용어이다. 장로는 지혜와 덕망이 뛰어난 나이가 많은 비구를 일컫는 존칭이다. 그러므로 여기서는 수보리를 존칭하여 장로라고 한다.

장로에서 장(長)은 머리카락을 길게 늘어뜨린 노인이 지팡이를 짚은 모습을 나타낸 글자이다. 옛날 농경사회에서는 농사를 짓는 데 있어서 경험자가 아주 중요하기에 장(長)이라는 표현에 우두머리라는 뜻이 내포되어 있었다. 로(老) 역시 긴 머리카락에 굽은 몸과 내민 손에 지팡이를 짚고 있는 모습이다. 노(老)는 나이가 들었다는 표현도 있지만 노숙하다, 노련하다, 경험이 많다는 뜻도 있음을 알아두어야 한다.

따라서 장로라는 표현은 여러 경전에 나타나는데 관허공장보살경(觀虛空藏菩薩經)에는 우바리존자(優婆離尊者)를 장로 우바이(長老優婆離)라고 하였으며, 공작왕주경(孔雀王呪經)에는 아난(阿難)을 장로 아난(長老阿難), 대방광총지보광명경(大方廣總持寶光明經)에는 사리불(舍利弗)을 장로 사리불(長老舍利弗)이라고 하였다. 요즘 말로 하면 큰스님이 곧 장로인 것이다.

수보리는 부처님의 십대제자 가운데 한 분으로 공(空)의 이치에 밝아서 해공제일(解空第一)로 칭송받는 제자이다. 산스크리트어의 이름으로는 Subhūti이며 한역하여 선현(善現), 선견(善見), 선실(善實) 등으로 불린다. 이 분(分)에서 선현기청분의 선현(善現)은 곧 수보리를 말한다. 흔히 경전에서 말하는 수보리존자는 수보리에 대한 경칭이며, 수보리는 금강경에서 부처님과의 문답 상대가 되어 공(空)을 이끄는 데 크게 이바지하고 있다. 또한 선현기청분은 금강경에 있어서 정종분(正宗分)에 해당한다.

그러한 수보리존자가 대중 가운데 상수(上首)가 되기에 대중을 대표하여 부처님께 법을 청하고자 즉시 자리에서 일어나 예의와 사문의 위의를 갖추어 옷매무새를 정돈하고, 오른쪽 무릎을 땅에 꿇고 공경하는 마음으로 부처님께 여쭈고자 한다.

여기서 우리는 법을 얻고자 하는 자세를 눈여겨보아야 한다. 더러 절에 오면 스님을 시험하듯이 건성으로 법을 묻는 경우가 허다하다. 마음이 진지하면 얻어지는 모든 것도 진지하다. 자신의 몸가짐을 단정히 하는 수보리의 진지한 모습을 상상해 보면 이 법회가 얼마나 엄중하게 펼쳐지게 되는가를 어느 정도 가늠할 수가 있다.

대중(大衆)은 수많은 무리를 말하는 것으로 이를 산스크리트어로는 mahāsaṃgha이다. 이를 음역하여 마하승가(摩訶僧伽)라고 한다. 대중을 말할 때는 일반적으로 불법을 듣고자 하는 사부대중을 총칭한다. 절에 가면 더러 대중공양(大衆供養)이라는 표현을 쓸 때가 있다. 이는 신도들이 갖가지 음식물과 의복, 가사, 장삼 등을 마련하여 여러 스님에게 올리는 공양을 말한다.

편단우견(偏袒右肩)은 가사를 걸침에 있어서 오른쪽 어깨를 드러내는 옷 모양을 말한다. 여기서 편단(偏袒)은 옷이 한쪽으로 치우침을 말하는 것으로 곧 한쪽 팔을 드러낸다는 표현이다. 이러한 가사의 착용 방법은 비구가 부처님을 존경함을 나타내는 것이다. 석씨요람(釋氏要覽)에서 율(律)에 이르기를 일체 공양은 모두 편단이라고 하면서 무슨 행위나 일할 때 편리하기 때문이라고 하였다.

편단우견이 복식으로 부처님께 경의를 나타냈다면 우슬착지도 그러하다. 오른쪽 무릎을 땅에 꿇고 상대에게 공경을 뜻하는 고대 인도의 예법이기 때문이다. 그러므로 부처님께 법을 청함에 있어서 예를 갖추는 것은 지극히 당연하므로 대부분 경전에서 나타나는 이유도 그러하다. 또한 편단우견을 달리 나타내어 편단일견(偏袒一肩), 편로우견(偏露右肩), 편로일박(偏露一膊)이라고 하기도 한다. 편단우견은 부처님께만 표하는 예법이므로 가사를 수하는 자는 불상(佛像) 앞에서도 이처럼 한다. 또한 이에 따라 불상을 조성할 때 가사를 수하는 모습을 나타낼 때도 적용된다. 다만 그 형식에 따라 편단우견형(偏袒右肩形)과 통견형(通肩形)[65] 등으로 나뉜다.

일반 불자들에게는 편단우견이라는 표현이 다소 생소할 수 있는데 가사를 수함에 있어서 가사를 왼쪽에 걸치고 오른쪽 어깨를 드러낸다는 표현이다. 여기에 대하여 여러 가지 설이 있는데 오른손은 일하기 좋기에 그러하다는 설과 오른손은 길하고 왼손은 길하지 아니하다는 설도 있다. 그렇다면 오른손 왼손은 무엇 때문에 길하다 길하지 않다고 하는가. 인도에서는 오른손으로 음식을 먹고 왼손으로 배설하고 난 뒤에 뒤처리를 하기 때문에 그러하다. 또한 살인이나 폭행 도둑질 따위를 대부분 오른손으로 하기에 이를 사전에 예방하고자 복식을 그렇게 했다는 설이 있기도 하다.

---

65 통양견법(通兩肩法)의 줄인 말로 양 어깨를 모두 덮은 가사의 착용을 이르는 표현으로 통피(通披) 또는 통양견(通兩肩)이라고도 한다.

합장(合掌)은 두 손바닥을 마주하고 인사하는 인도의 예법이다. 인도는 아직도 합장하고 인사하는 것이 보편적이다. 불교에서는 자신의 마음에 오로지 부처님이 있음을 새기기 위해서 이러한 행위를 한다.

합장에 마음을 붙여서 설명하면 흐트러진 마음을 일심으로 모은다는 뜻으로 보기도 하고, 합장을 불교의 상징인 연꽃의 꽃봉오리에 비유하여 연화합장(蓮華合掌)이라 하기도 한다. 밀교[66]에서는 두 손을 합하는 것을 선정과 지혜가 서로 상응하는 것이라고 하여 정혜상응(定慧相應)이며, 본체의 세계와 지혜로운 작용이 결코 둘이 아님을 나타내는 것이기에 이지불이(理智不二)로 보기도 한다. 이러한 합장의 인사법에도 불교의 정신이 담겨 있는 것이다.

합장은 양손을 모으는 인사법이기에 이는 자성에 귀의하고 외물(外物)을 고집하지 않는다는 의미로 배진합각(背塵合覺)[67]을 뜻하기도 한다.

여기까지 보면 법을 청하는 청법자가 자리에서 일어나서 편단우견

---

66 현교(顯敎)에 대한 대칭어로써 비밀불교(祕密佛敎) 또는 밀의(密儀) 종교의 약칭으로 진언(眞言)밀교라고도 하는데, 일반의 불교를 현교(顯敎)라 하는 것에 대한 대칭어이다.

67 깨달음을 등지고 번뇌에 계합하는 것을 말하며 이는 배진합각(背塵合覺)의 대칭어이며 백운수단화상어(白雲守端和尙語), 대혜어록(大慧語錄), 자경서(自警序), 선림보훈(禪林寶訓), 종경록(宗鏡錄) 등에 나타나는 표현이다.

하며 우슬착지하고 합장하였다는 것으로 곧 청정한 마음의 공경심을 나타낸다. 그러기에 수보리가 대중을 대표하여 진솔하게 예를 갖추고 법을 청하고 있는 것이다. 금강경 공부자도 수보리와 같은 마음으로 부처님께 법을 청해야 한다.

이백불언(而白佛言)에서 백(白)은 고백한다는 뜻이므로 곧 어업청정(語業淸淨)을 나타낸다. 따라서 백불언(白佛言)은 부처님께 말씀을 올리는 행위를 말하는 상용구(常用句)로 보아도 된다.

또한 편단우견, 우슬착지는 신업(身業)으로써 공경함을 나타내는 것이며, 이백불언(而白佛言)은 구업(口業) 청정을 나타내고 있다. 그리고 이 가운데 의업(意業)을 청정케 하였으니, 이는 곧 삼업청정(三業淸淨)이 되는 것이다. 삼업은 신구의(身口意) 삼업이 잘 다스려져 청정한 상태를 말한다. 그러기에 수보리는 신업을 청정하게 하고, 구업을 청정하게 하고, 의업을 청정하게 하고서 부처님께 법을 청하고 있다.

希有世尊 如來善護念諸菩薩 善付囑諸菩薩
희유세존 여래선호념제보살 선부촉제보살

희유하십니다, 세존이시여. 여래께서는 모든 보살을 잘 보살펴 주시고, 모든 보살에게 잘 당부하십니다.

世尊 善男子善女人 發阿耨多羅三藐三菩提心

세존 선남자선녀인 발아누다라삼막삼보리심

세존이시여, 선남자 선여인으로 최상의 깨달음에 대한 마음을 일으킨 이는

應云何住 云何降伏其心

응운하주 운하항복기심

어떻게 머물며, 어떻게 그 마음을 항복 받아야 합니까?

희유(希有)하다는 것은 세상에 둘도 없는 이치가 있음을 나타내는 것이다. 그만큼 존귀하다는 표현이다. 이 세상에 부처님이 둘 있으면 희유(希有)라는 표현을 쓸 수가 없다. 법화경의 대략에는 이를 본불(本佛)과 적불(迹佛)로 나타내고 있다. 이 부분은 아주 중요한 개념이다.

본불(本佛)은 본래의 부처님이시니 곧 불교의 교주가 되는 석가모니 부처님이다. 석가모니 부처님은 무시 이래로 깨달음을 성취하시어 각자(覺者)가 되셨으니 상주불멸하신다. 여기에 반하여 적불(迹佛)은 우리를 진리의 세계로 이끌고자 방편으로 보이신 부처님을 말한다.

부처님을 놓고 봤을 때 부처님께서 사바세계에 오시어 잠시 상을 나타내어 보이심은 적불이고, 말씀하신 그 진리는 곧 본불이 된다.

다시 말해 본불과 적불을 이해하고자 한다면 하늘에 떠 있는 하나밖에 없는 달이 본불이고, 천 개의 호수가 있다고 하면 천 개의 호수에 비친 달은 적불이다. 또 신발을 다른 예로 든다면 신발이 본불이고 신발을 신고 걸을 때마다 찍혀지는 발자국이 적불이다. 그러므로 적불(迹佛)에서 적(迹)은 자취를 말한다.

다시 말해 석가모니 부처님이 본불이고 그 나머지 아미타불, 약사여래불, 관세음보살, 문수보살 등등 숱한 모든 불보살은 적불에 해당한다는 것을 분명하게 알아두어야 한다. 이러한 사실을 모르기에 절에 다녀도 부처를 등지고 보살을 찾거나, 부처님 도량에 석가모니 부처님을 봉안하지 아니하고 여러 불보살을 봉안하게 되는 것이다. 본불과 적불에 대한 가르침은 법화경(法華經)에서 잘 설명하고 있다. 수보리는 지금 본불의 부처님을 아주 잘 알고 있기에 여기서 희유(稀有)라는 표현을 쓴 것이다.

희유(稀有)하다는 것은 곧 희소(稀少)하다는 것을 말한다. 그러므로 희(稀)는 드물다, 보기가 어렵다 등의 표현이다. 이를 부처님 일대기로 보면 왕자의 몸을 얻으신 것도 희유한 일이고, 왕자의 몸을 버리고 출가하신 것도 희유한 일이며, 6년 고행도 희유한 일이며, 정각을 이루심도 희유한 일이며, 32상 80종호(種好)를 얻으심도 희유한 일이며, 자유자재한 권능(權能)을 얻으셨음도 희유한 일이다. 부처님의 일거수일투족은 희유한 일이 아님이 없다. 그러기에 부처님은 인천의 스승이 되는 것이다.

여래(如來)는 부처님의 열 가지 명호 가운데 하나로 '깨달음을 성취하기 위하여 중생 세계에 온 사람'이라는 뜻이다. 그러므로 부처님은 참답게 이 세상에 오신 분이기에 이러한 의미를 붙여서 여래라고 한다. 여래는 오고 감에 있어서 어디에도 걸리지 않음이니 여래이다. 이를 금강경에서는 응무소주이생기심(應無所住而生其心)이라고 하였으니 '집착하지 않는 그 마음'을 말한다.

여래는 산스크리트어로 tathāgata이며 이를 음사하여 다타아가도(多陀阿伽度)로 나타내고, 이를 한역하여 여래(如來)라고 한다. 여래는 깨달음을 성취하여 중생의 세계에 오고 감에 있어서 자재하신 분이라는 뜻이다.

십주비바사론(十住毘婆沙論)에는

여래의 여(如)는 진실이라는 것이며 래(來)는 이르렀다 함이니, 진실한 가운데에 이르렀기에 여래라 한다. 무엇이 진실인가? 이른바 열반은 거짓이 아니기 때문에 바로 진실이다. 경전 가운데서 말씀하신 것과 같이 부처님께서는 비구들에게 말씀하시기를 첫째가는 거룩한 진리는 거짓이 없나니, 열반이 그것이니라고 하셨다. 다음에 또, 여(如)는 무너지지 않는 형상[不壞相]을 말하나니 이른바 모든 법의 진실한 형상이 그것이며, 래(來)는 지혜를 말한다. 진실한 형상 중에 이르러서 그 이치를 통달하기 때문에 여래라 한다고 밝혔다. 如來者如名爲實 來名爲至 至眞實中故 名爲如來 何等爲眞實 所謂涅槃 不虛誑故 是名如實 如經中說 佛告比丘 第一聖諦無有虛誑 涅槃是也 復次 如名不壞相 所謂諸法實相是 來名智慧 到實相中

通達其義故 名爲如來

40권본 대반열반경 권제18 범행품(梵行品)에는

어떤 것을 여래라고 하는가? 지나간 세상의 여러 부처님처럼 말씀하시는 것이 변하지 않기 때문이다. 과거 부처님들이 중생을 제도하시느라고 12부경을 연설하였는데, 여래도 그러하시다. 그러므로 여래라 한다. 또 여러 부처님 세존께서 6바라밀과 37품과 11공(空)부터 대 열반까지 이르렀는데, 여래도 그러하시다. 그러므로 부처님을 이름하여 여래라고 한다. 또 부처님 세존께서 중생을 위하여 적당한 방편으로 삼승을 열어 보이셨으며 수명이 한량없어 계산할 수 없는데, 여래도 그러하시다. 그러므로 부처님을 이름하여 여래라 한다고 하였다. 云何名如來 如過去諸佛所說不變 云何不變過去諸佛爲度衆生說十二部經 如來亦爾 故名如來 諸佛世尊從六波羅蜜 三十七品 十一空來至大涅槃 如來亦爾 是故號佛爲如來也 諸佛世尊爲衆生故 隨宜方便 開示三乘 壽命無量 不可稱計 如來亦爾 是故號佛爲如來也

여래는 모든 보살을 잘 생각하여 보살펴 주시고 보살들에게 잘 부탁해서 맡기신다고 하셨다. 여기서 선(善)은 어질고 좋은 일을 말한다. 그러므로 부처님은 생각을 내면 선념(善念)이요, 행을 하면 선행(善行)이요, 말씀하시면 선언(善言)이 되기에 부처라 한다.

선호념(善護念)이라고 하여 어진 마음으로 생각을 잘 지켜 주심이니 이는 수행자가 스스로의 생각을 잘 지켜야 함을 말함이고, 선부촉

(善付囑)이라고 함은 부처님의 분부를 잘 받들어 스스로 잘 깨우쳐야 한다는 뜻이다. 그러니 선호념은 곧 일념(一念)을 말한다. 선부촉은 부처님의 부촉을 잘 받듦이니 이는 금강경의 마지막에 '믿고 받들고 행하였다'는 신수봉행(信受奉行)과 연결 지어 살펴보아야 한다. 그리고 선부촉(善咐囑)은 무엇을 부탁한다는 의미도 있지만 여기에서 선부촉은 보살들을 잘 격려해 주신다는 의미가 강하게 깔린 것이다.

선남자선여인(善男子善女人)이라고 하였으니 선남자와 선여인을 아울러 함께 표현하는 말이다. 이를 줄여서 선남선녀(善男善女) 또는 선사녀(善士女) 또는 선남신녀(善男信女)라고도 한다. 여기서 선(善)은 그냥 착한 남자라고 보면 안 된다. 초기 불교에서는 홀륭한 가문 출신의 남녀, 불법에 귀의한 남녀 정도로 보았다. 대승불교에서는 대승 경전을 지지하는 남녀, 대승 경전을 설법하는 남녀 등으로 보고 있다. 그러나 전체적인 문맥의 흐름으로 보면 불교에 귀의한 모든 남녀를 말하고 있다.

잡아함경(雜阿舍經)에 보면
바로 이 법으로 하여금 선남자 선여인은 기쁜 마음으로 출가하면 무상삼매를 수습하고 수습하여 수습을 충분히 마치면 감로(甘露) 문에 머물고 내지 궁극적인 경지인 감로 열반에 도달한다고 하였다. 正以此法 善男子善女人 信樂出家 修習無相三昧 修習多修習已 住甘露門 乃至究竟甘露涅槃

112

법화의소(法華義疏)[68] 권제12 보면

선남자란? 화엄경에서는 불자(佛子)라 하였고 나머지 경에서는 대부분 선남자라고 하였다. 이어서 계승한다는 뜻이 있기에 자(子)라고 하였으며, 벼리와 줄기가 되는 능력이 있으므로 남(男)이라 하였다. 행위 면에서는 다른 사람을 이롭게 하고 이치에 부합하며 청정한 경지에 오르고 즐거운 마음으로 감응하는 뜻이 있으므로 선(善)이라 한다고 하였다. 善男子者 華嚴經 稱爲佛子 餘經多云善男子 有紹繼義 故名爲子 綱幹之能 故稱爲男 所行有利他符理淸昇感樂之義 目之爲善

금강경게회본(金剛經偈會本)[69]에는

남자는 강건함을 덕으로 삼고 여인은 유순함으로 아름다움을 완성하니 이것을 가리켜 선(善)이라고 하나 외도의 교설에도 통한다. 여기서 선남선녀라고 하는 말은 부처님 교법 속의 사람들을 나타낸다. 이들은 과거세에 선근을 심어 현세에 부처님의 교화를 따르는 남녀이기 때문이라고 하였다. 男子以剛健爲德 女人以柔順成美 此雖稱善 猶通外敎 今言善男善女者 顯是佛敎中人 以是宿植善根 現從佛化之男女故

---

[68] 수나라 길장(吉藏)이 짓고 구마라집(鳩摩羅什)이 번역한 법화경을 삼론종(三論宗)의 관점에서 풀이한 소(疏)이다.

[69] 원제는 금강반야경게회본(金剛般若經偈會本)이며 구마라집이 한역한 금강경에 보리유지(菩提留支)가 게송을 역(譯)한 것이다.

아누다라삼막삼보리(阿耨多羅三藐三菩提)에 대한 한역은 여러 표현이 있지만 주로 무상정등각(無上正等覺)으로 나타내고 있다. 무상정등각은 가장 높고 바른 깨달음을 말한다. 그러므로 아누다라는 가장 뛰어난, 그보다 높은 지위가 없다는 뜻으로 쓰이기에 무상(無上)이나 무승(無勝)으로 한역을 한다. 삼막삼보리는 완전하고 두루 포섭하는 깨달음이라는 뜻이다. 이를 한역하여 정등각(正等覺), 정변지(正遍知), 정등정각(正等正覺)으로 나타낸다. 그러기에 아누다라는 독립적인 표현으로 잘 쓰이지 아니하고 삼막삼보리를 붙여서 아누다라삼막삼보리라고 한다.

다시 말하면 아누(阿耨)는 무상(無上)을 말함이고, 삼막(三藐)은 정등(正等)을 말함이며, 삼보리(三菩提)는 정각(正覺)을 말한다.

그러므로 정등각(正等覺)은 위없는 올바른 깨달음을 말함이니, 이보다 더 큰 깨달음은 없다. 정변지(正遍知)는 치우치지 아니하고 차별 없이 두루 평등한 깨달음이라는 뜻이다.

아누다라삼막삼보리에다 마음을 붙이면 아누다라삼막삼보리심(阿耨多羅三藐三菩提心)이 되는 것이고, 이는 아누다라삼막삼보리를 성취하고자 하는 마음을 말한다. 다시 말해 이는 최고의 깨달음인 불과(佛果)를 수행하고자 하는 마음을 말한다. 여기에 대한 말씀으로 대승본생심지관경(大乘本生心地觀經)에는 석가보살은 과거 세상에 광명왕으로 계실 때 최초로 아누다라삼막삼보리를 성취하려는 마음을 일으킨 뒤로 보리수 아래에서 불도를 이루시고 사라림(娑羅林) 아래

에서 열반에 드시었다고 하셨다. 釋迦菩薩 於住昔時 作光明王 最
初發阿耨多羅三藐三菩提心 乃至菩提樹下 得成佛道 娑羅林中
入於涅槃

아누다라삼막삼불타(阿耨多羅三藐三佛陀)라는 표현이 있다. 이는
아누다라삼막삼보리를 완성한 사람이라는 뜻으로 무상정등각자(無
上正等覺者)라고 한역을 하며, 이는 부처님에 대한 존칭이다.

다시 금강경 원문을 살펴보자. 수보리가 부처님께 우리 가운데 아
누다라삼막삼보리의 마음을 일으킨 자는 어떻게 머물며 어떻게 그
마음을 항복 받아야 합니까? 하고 여쭙는다.

지금 1,250명 대중의 한결같은 마음은 바른 깨달음을 이루려고 서
원을 세웠음을 알 수 있다. 이 부분을 가볍게 보면 안 된다. 불교는
깨달음을 이루기 위하여 성립된 종교이다. 이를 모범적으로 보이시
기 위하여 부처님은 인간의 몸을 빌려 화신(化身)한 것이다.

그렇다면 지금 우리의 서원은 무엇을 세우고 있는가? 사업 확장,
일신 영달, 재물 풍족함 등도 좋지만 '정등각을 이루겠다'고 하는 서
원이 항상 그림자처럼 따라다녀야지, 그렇지 아니하면 가고자 하는
방향을 금방 놓쳐버리게 된다.

화엄경(華嚴經) 입법계품에 보면
여러 어지신 이들이여, 만일 중생이 아누다라삼막삼보리심을 낸다

면 그것은 희유한 일이니라. 만일 이러한 마음을 내고 또 능히 정진하는 방편으로 부처님의 법문을 모은다면 갑절이나 희유한 일이라고 하셨다. 諸仁者 若有衆生 能阿耨多羅三藐三菩提心 是爲希有若發心已 又能如是 精進方便 集諸佛法 倍爲希有

응운하주(應云何住), 응당 어떻게 그 마음에 머물 수 있느냐? 라고하는 뜻이다. 다시 말해 아누다라삼막삼보리의 마음을 일으켰으니이를 어찌 견지해서 수행하겠느냐고 함을 말한다. 다만 선현기청분에서는 '응운하주'라고 하였고, 구경무아분(究竟無我分)에서는 '운하응주(云何應住)'라고 하였지만 그 뜻은 별반 차이가 없다.

정각의 마음을 견지해 나아가기는 참으로 어려운 법이다.

법화경(法華經) 관세음보살보문품[70]에는
만약 삼천대천세계에 도적이 가득 찼는데 어떤 장사하는 물주가귀중한 보물을 가진 장사꾼들을 데리고 험난한 길을 지나갈 적에 그중에 한 사람이 말하기를 선남자들이여, 무서워하지 말고 그대들은일심으로 관세음보살의 이름을 일컬어라. 이 보살은 능히 중생들의두려움을 없애 주나니, 그대들이 그 이름만 일컬으면 이 도적들의 난을 벗어나게 되리라 하여 여러 장사꾼이 듣고 함께 소리를 내어 나무관세음보살 하면 그 이름을 일컬은 연고로 곧 벗어나게 되느니라

---

70 묘법연화경(妙法蓮華經)의 28품 중에서 제25품인 관세음보살보문품(觀世音菩薩普門品)을 관음보문품(觀音普門品) 또는 관음경(觀音經)이라고 하기도 한다.

하였다. 若三千大千國土 滿中怨賊 有一商主 將諸商人 齋持重寶
經過險路 其中一人作是唱言 諸善男子 勿得恐怖 汝等應當一心
稱觀世音菩薩名號 是菩薩能以無畏 施於衆生 汝等若稱名者 於
此怨賊當得解脫

운하항복기심(云何降伏其心)은 어찌하면 그 마음을 조복(調伏) 받
을 수 있겠습니까? 하는 표현이다. 금강경이 마음을 말하고자 함을
지금 넌지시 드러내고 있다. 여기서 항복은 싸워서 이기는 것이 아니
라 자아를 굽혀 복종함을 말함이니 곧 조복을 말한다. 조복(調伏)은
신구의(身口意)를 고르게 하여 모든 악행을 제어함을 말한다. 이것만
조화롭게 잘하여도 장부가 되는 것이다. 그러므로 부처님을 다르게
표현하기를 '조어장부(調御丈夫)'라고 한다.

어제비장전(御製秘藏詮)[71] 권제18에 보면
몸[身]이란? 오온이 화합하였다는 뜻이고, 마음[心]이란? 생각에
연유하는 것을 뜻한다. 능히 신심(信心)을 일으켜 위로 불과를 구하
고 아래로 의심하지 아니하는 경지를 증득하여 실제에 안주할 수 있
는 것이다. 금강경에 이르기를 마땅히 이처럼 머물러 그 마음을 항복
시키라고 하였다. 身者五蘊和合義 心者緣慮義 能發信心上求佛果
一證 不疑住於實際 金剛經云 應如是住降伏其心

---

71 10세기 말 송나라 제2대 황제인 태종(太宗)이 지었다. 총 30권으로 된 이 시
편은 불교 교리의 뜻을 시(詩)와 부(賦)의 형식으로 해석하면서 대승불교 교리
를 찬양하고 있다.

마음, 참 어려운 표현이다. 우리가 입으로 쉽게 말하지만 정작 마음이 무엇이냐고 묻는다면 그만 입을 다물게 될 정도로 어렵다. 마음을 각(覺), 견성(見性), 심(心), 의(意), 식(識) 등으로 나타내지만 이외에도 대승 경전에는 불성(佛性), 여래장(如來藏), 법성(法性) 등 아주 다양하게 나타내고 있다.

심(心)은 산스크리트어로 citta이며 이를 음사하여 질다(質多), 심법(心法), 심사(心事) 등으로 나타낸다. 부처님의 가르침에는 마음은 깨달음의 주체이자 근본 대상이라고 하였다. 물론 여기에는 금강경도 예외일 수는 없다. 마음은 미혹과 번뇌가 일어나는 근거이기도 하다. 그러므로 마음은 수행의 중심이며, 또한 수행의 중심 자리가 되는 것이다. 마음은 수행의 중심이기도 하고, 통제하고 다스려야 할 대상이기도 하다. 반주삼매경(般舟三昧經)[72]에 보면, 마음은 스스로 알지 못하고 미리 먹은 마음이 있으면 마음을 볼 수가 없다. 마음에서 생각을 일으키면 어리석고, 어떤 마음도 없어야 열반에 이르는 법이라고 하였다. *心者不自知 有心不見心 心起想卽癡 無心是涅槃*

주심부(註心賦) 제1권 첫머리에 보면 '능가경(楞伽經)에서는 부처님의 말씀은 마음으로 그 종지를 삼는다'고 하였다. *佛語心爲宗*

---

[72] 3권으로 이루어져 있으며 후한(後漢)의 지루가참(支婁迦讖)이 번역하였으며 반주삼매로써 부처를 보는 법을 설한 경이다. 이 경의 번역으로 인하여 중국에 처음으로 아미타불이 알려지게 된다.

마음을 보기만 보아도 성불하였다고 하는 것이므로 이를 견성(見性)이라고 한다. 그러나 어디 '마음 보기'가 그리 쉬운 일이던가? 마음은 물질이 아니기에 형상으로써 보려고 하면 볼 수가 없는 법이다. 마음으로 깨우침을 심개(心開)라고 하는데, 이를 갖추어 말하면 심개의오(心開意悟) 또는 심개오(心開悟)라고 한다.

대반열반경(大般涅槃經)에 보면
여래께서 설해주신 갖가지 오묘한 법은 듣자마자 마음으로 깨우쳐서 번뇌를 멀리 떠나고 법안이 청정하게 되었노라 하는 가르침이 있다. 如來爲說 種種妙法 其聞法已 心開意悟 遠塵離垢 得法眼淨

지금 금강경이 우리에게 말하고자 하는 부분도 여기서 드러내놓고 있다. 그러므로 마음이라는 주제를 가지고 금강경을 이끌어서 공(空)의 도리로 마무리한다. 그렇다. 질문은 바로 여기에 있다. 그러기에 지금부터는 항복기심(降伏其心)을 항상 새겨두고 이어지는 부처님의 가르침을 살펴보아야 한다.

성내는 마음도 내 마음이고, 진실한 마음도 내 마음이다. 말하자면 물이 얼음과 다르지 않고, 얼음이 물과 다르지 않다. 물이 곧 얼음이요, 얼음이 곧 물이다. 이를 반야심경주해(般若心經註解)[73]에서는 '이를테면 얼음이 곧 물이요, 물이 곧 얼음이라.'고 하였다. 如冰卽是水 水卽是冰

---

73 송계도인(松溪道人) 무구자(無垢子)가 반야심경을 풀이한 것이다.

다시 말해 번뇌심(煩惱心)도 보리심(菩提心)도 모두 나의 마음이다. 그러므로 번뇌가 곧 보리요, 보리가 곧 번뇌이다. 煩惱卽菩提 菩提卽煩惱

이를 모르면 마음에 대해서 또 사량하고 분별하여 항복기심(降伏其心)을 받을 수 없고, 눈덩이처럼 미혹한 마음만 불어나는 것이다.

참고로 이 대목을 능단금강경(能斷金剛經)[74]에서는
세존이시여, 모든 보살승(菩薩乘)에 뜻을 내는 자는 마땅히 어떻게 머물고, 어떻게 수행하고, 어떻게 그 마음을 섭수하여 복종시키오리까? 라고 좀 더 구체적으로 적시하고 있다. 世尊 諸有發趣菩薩乘者 應云何住 云何修行 云何攝伏其心

佛言 善哉善哉 須菩提
불언 선재선재 수보리

부처님께서 말씀하셨다. 매우 좋은 질문이다, 수보리야.

---

[74] 1권으로 이루어져 있으며, 당나라 의정(義淨)이 한역한 금강반야바라밀다경의 다른 번역이다.

如汝所說 如來 善護念諸菩薩 善付囑諸菩薩

여여소설 여래 선호념제보살 선부촉제보살

너의 말과 같이 여래는 모든 보살을 잘 보살피고 잘 당부하느니라.

汝今諦聽 當爲汝說

여금제청 당위여설

너희는 이제 자세히 들어라. 마땅히 너희들을 위하여 설하리라.

선재선재(善哉善哉)는 '훌륭하고 훌륭하도다', '지극히 훌륭하고 좋구나'라는 표현이다. 이를 남방 불교[75]에서는 싸두! 싸두! 싸두!(sadhu sadhu sadhu)라고 세 번 한다. 그러므로 선재(善哉)라는 표현은 상황에 따라서 훌륭하다, 옳다, 그렇다, 위대하다, 착하다 등의 표현으로 쓰인다. 보통은 '선재'라고 말하지 아니하고 거듭 표현해 '선재선재'라 하는 경향이 강하다. 경전에서는 부처님께서 제자의 의견에 동의하거나 칭찬할 때 주로 많이 사용한다. 다만 화엄경에 선

---

75 스리랑카, 미얀마, 태국, 라오스, 캄보디아 등의 남아시아에서 행하여지고 있는 불교를 말하며 흔히 테라와다(Theravada)라고 한다.

재동자(善財童子)[76]가 법을 구하는 과정을 담은 선재동자의 선재(善財)와 발음이 같음으로 혹여 헷갈리면 안 되니 노파심에 사족을 달아 놓는다.

대지도론(大智度論) 권53 석무생품(釋無生品)에 보면
기뻐하면서 칭찬하기를 '참으로 훌륭하십니다.'라고 한다. 재차 그런 칭찬을 하는 것은 기쁨이 극치에 이르렀기 때문이라고 하였다. 歡喜讚言 善哉善哉 再言之者 善之至也

북방 불교[77]에서는 법회 때 대중을 소개할 때나 누구를 칭찬하거나 위로할 때 손뼉을 치지만, 남방 불교는 법당에서 절대로 박수가 없으며 '싸두 싸두 싸두'라고 한다. 이를 잘 생각해 보면 본받을 만한 일이다. 왜냐하면 경전에도 항상 '싸두 싸두'라고 하였기 때문이다.

이어서 여래의 사명(使命)에 대해서 말씀하고 있다. 여래는 앉아서 누구에게 공양 받고 대접받고 그러고자 하는 것이 아니라, 오로지 여래는 모든 보살을 잘 보살피고 잘 당부하는 것이 사명이라고 적시(摘示)하고 있다.

---

[76] 화엄경 입법계품(入法界品)에 나오는 구도자의 이름으로 그는 53명의 선지식(善知識)을 찾아 천하를 역방(歷訪)하다가 마지막으로 보현보살(普賢菩薩)을 만나서 그의 십대원(十大願)을 듣는다. 그 공덕으로 아미타불의 국토에 왕생하여 입법계(入法界)의 큰 뜻을 이루었다.

[77] 중국, 일본 등의 북방에 전해진 불교를 북전불교(北傳佛敎)라고도 하며 이를 마하야나(Mahāyāna)라고도 한다.

여기서 다시 한번 수보리의 입장으로 돌아가 보면 수보리의 수행 경지가 엄청난 단계에 이르러 있음을 알 수가 있다. 마음이라는 단어, 그리고 그 마음을 어떻게 항복 받을 수 있느냐고 운을 뗀 것으로 보면 수보리는 이미 여기에 대한 부처님의 가르침을 듣고 알고 있었으나 훗날 중생들을 위하여 다시 한번 부처님께 여쭙고 있다. 그러므로 수보리는 금강경에서 부처님께서 보여 주신 제일의제(第一義諦)[78] 법문을 이미 깨달았다는 방증이기도 하다. 그러면서 자신의 물음으로 인하여 하열한 근기를 지닌 말세 중생들에게 부처님 법을 들을 수 있는 바탕을 마련하고 있다. 여기서 제일의제(第一義諦)라고 하는 것은 그것 자신이 진실인 이법(理法)을 말하는 것으로 열반, 진여, 실상, 중도 등의 진리를 말한다.

부처님은 수보리의 질문에 매우 흔쾌하게 말씀하신다. 그것참 매우 좋은 질문이다. 그리고 수보리의 말에 동의하심을 나타내고 있다. 이어서 부처님의 사자후 금강법회가 시작되는 것이다.

여금제청(汝今諦聽) 하라. 너는 이제 잘 들어라. 이러한 표현이다. 여(汝)는 대등한 관계나 손아랫사람들에 대한 이인칭(二人稱)이다. 제(諦)는 살피다, 자세하다, 이러한 뜻이다.

---

[78] 분별이 끊어진 상태에서 있는 그대로 파악된 진리. 분별이 끊어진 후에 확연히 드러나는 진리. 직관으로 체득한 진리를 말하며 여기서 제(諦)는 진리를 뜻한다.

법화경(法華經) 방편품에 보면

너는 이제 자세히 듣고 잘 생각하여라. 내가 마땅히 너희들을 위하여 분별해서 말하리라 하는 말씀도 이와 같은 뜻으로 쓰인 것이며 모든 경전에 자주 등장하는 표현이다. 汝今諦聽 善思念之 吾當爲汝 分別解說

60권본[79] 화엄경 권제29 심왕보살문아승기품(心王菩薩問阿僧祇品)에 보면 여금제청에 대해서 잘 나와 있으므로 이를 살펴보면 다음과 같다.

부처님께서 심왕보살에게 말씀하셨다. 착하고 착하다, 선남자여. 그대는 중생을 이롭게 하려고 이 여래·응공·등정각에게 부처 경계의 매우 깊은 뜻을 묻는구나. 선남자여, 그대는 지금 자세히 들어라. 나는 설명하리라. 佛告心王菩薩言 善哉善哉 善男子 饒益衆生故 乃能問此如來 應供 等正覺 佛智境界甚深之義 善男子 汝今諦聽 我當說之

당위여설(當爲汝說)은 부처님께서 제자들의 물음에 답하여 마땅히 진리를 일러주어 모든 중생을 멸도(滅度)시키겠노라고 선포한다. 이로써 삿됨을 물리치고 바른 법을 드러나게 함이니 파사현정(破邪顯正)이 비롯되는 것이다.

---

[79] 60권 화엄경은 동진(東晉)에서 불타발타라(佛馱跋陀羅)가 418년에 번역한 것이다. 그래서 이를 '동진의 번역본'이라는 뜻으로, 진역본(晉經)이라고 한다.

善男子善女人 發阿耨多羅三藐三菩提心

선남자선녀인 발아누다라삼막삼보리심

선남자 선여인으로 아누다라삼막삼보리심을 일으킨 이는

應如是住 如是降伏其心 唯然世尊 願樂欲聞

응여시주 여시항복기심 유연세존 원요욕문

마땅히 이처럼 머물고, 이처럼 그 마음을 항복 받을지니라. 그렇게 하겠습니다, 세존이시여. 바라건대, 즐겁게 듣고자 하나이다.

누구든지 깨달음을 구하고자 하는 자나, 불과(佛果)를 이루려고 하는 자가 있다면 반드시 이처럼 머물고 이와 같은 그 마음을 항복 받아라. 이것이 부처님의 단호한 태도다. 매사에 찰나 순간이라도 이 마음은 보리심에 머물며 번뇌, 망상, 욕망, 사량, 분별 등을 물리쳐서 청정한 마음을 내는 것이 곧 그 마음을 항복 받는 것이다.

응여시주(應如是住)는 '응당 이처럼 머물러라.' 하는 표현이다. 그러면 무엇을 어떻게 머물러야 하는가 하면, 진여의 마음에 머물러서 망령된 마음이 일어나지 않도록 하라 하심이다. 왜냐하면 참다운 마음 안에 여래가 있기에 이를 여래성(如來性) 또는 불성(佛性), 법성(法性) 등으로 표현하는 바 그대의 마음 안에 부처가 있으므로 그 부처를 스스로 찾으라고 한다. 그 마음을 항복 받으라고 하는 것은 곧 번뇌 망상에서 벗어난 자리가 진여의 자리가 되기 때문이다. 구마라집(鳩摩羅什)은 항복(降伏)이라는 표현을 썼지만 현장(玄奘) 스님은 섭복(攝伏)이라는 표현을 썼다.

유연(唯然)은 수보리의 표현으로 부처님의 말씀에 공경하게 답하며 따르겠다는 의미로 '예, 그렇게 하겠습니다.' 하는 말이다. 그러므로 유연(唯然)은 응낙하는 표현으로써 이를 조금 분리해서 살펴보면 유(唯)는 '예' 이렇게 쓰인 것이고, 연(然)은 '그렇게 하겠습니다.' 이렇게 쓰인 것이다.

원요욕문(願樂欲聞)은 '원하옵건대 저는 즐거이 듣고자 하옵니다' 하는 표현이다. 여기서 원(願)은 부처님께서 설하신 진리를 듣고 제가 깨닫기를 원하기에 원(願)이라 한 것이며, 요(樂)는 부처님의 설법을 기쁜 마음으로 듣겠다는 마음의 자세이다. 욕문(欲聞)은 자비스러운 가르침을 간절하게 듣기를 바라는 열정을 말한다.

법화경(法華經)의 수희공덕품(隨喜功德品)도 법화경을 듣고 따라 기뻐하며 이를 남에게 전했을 때 그 공덕은 수희(隨喜)한 공덕이라는 내용인데, 모두 '원요욕문'으로 이루어지는 것이다.

법문은 기뻐하는 마음으로 들어야지 제 생각을 마음속에 대못처럼 박아 놓고 들으면 자기 기준으로 법사의 법문을 저울질하고 사량분별(思量分別)하게 된다. 자신의 상(相)을 모두 평정해서 무너뜨려야 '원요욕문'이 되는 것이다. 그만큼 아상(我相)은 자신을 피곤하게 하는 법이니 마귀도 이보다 더 무서운 마귀가 없음이다. 원요욕문, 아무리 강조해도 지나치지 않는 말씀이다. 그러기에 원요욕문을 할 수 있도록 진리를 베푸시는 부처님의 마음이 곧 보리심(菩提心)을 드러내어 보이는 것이며, 자비심(慈悲心)의 실천이다.

십지경(十地經)[80] 가운데 보살극희지(菩薩極喜地)의 금강보살 게송에 '원요욕문'하는 마음을 나타내는 내용의 말씀이 있다.

如渴思冷水 如飢念美食
여갈사냉수 여기념미식

如病憶良藥 如衆蜂嗜蜜
여병억양약 여중봉기밀

이를테면 목마른 자가 냉수를 생각하듯이
이를테면 굶주린 자가 좋은 음식을 생각하듯이
이를테면 병든 자가 좋은 약을 찾듯이
이를테면 벌떼가 꿀에 매달리듯이 하여

此衆亦如是 願聞甘露法
차중역여시 원문감로법

---

80 화엄경의 십지품에 해당하는 같은 내용을 다룬 단일 경전이다.

우리도 이처럼
감로 법문을 듣고자 하옵니다.

80권 화엄경(華嚴經) 십지품에도 여러 대보살이 금강장보살을 향하여 게송으로 말하는 내용에도 이와 같은 말씀이 있다.

上妙無垢智 無邊分別辯
상묘무구지 무변분별변

宣暢深美言 第一義相應
선창심미언 제일의상응

최상이고 미묘하고 때 없는 지혜
끝없이 분별하는 훌륭한 변재
깊은 뜻 설명하는 아름다운 말
제일 되는 이치와 서로 따르며,

念持淸淨行 十力集功德
염지청정행 십력집공덕

辯才分別義 說此最勝地
변재분별의 설차최승지

기억하여 지니는 청정하온 행

열 가지 힘을 얻고 공덕 모으며
말 잘하는 솜씨로 뜻을 분별해
가장 수승한 십지(十地)법을 말씀하소서.

定戒集正心 離我慢邪見
정계집정심 이아만사견

此衆無疑念 惟願聞善說
차중무의념 유원문선설

정(定)과 계(戒)로 쌓아 모은 바른 마음이
아만(我慢)과 나쁜 소견 여의었으며
이 대중은 의혹한 생각이 없어
좋은 말씀 듣기를 원하나이다.

如渴思冷水 如飢念美食
여갈사냉수 여기념미식

如病憶良藥 如蜂貪好蜜
여병억양약 여봉탐호밀

목마를 때 냉수를 생각하듯이
굶주린 이 좋은 음식 생각하듯이
병난 이가 좋은 약 생각하듯이

벌떼가 단 꿀을 좋아하듯이

我等亦如是 願聞甘露法
아등역여시 원문감로법

우리도 오늘날 그들과 같이
감로 법문 듣기를 원하나이다.

　금강경 제2분은 제자가 부처님께 법을 청하는 모습을 드러내어 법회의 위의를 갖추고 있다. 수보리 제자가 부처님께 예의를 갖추고 법을 청하는 모습을 상상해 보라. 법희(法喜)가 저절로 날 것이다.

　제자가 부처님께 어떠한 법을 청했는가도 상당히 중요한 대목인데, 제자는 부처님께 자신의 신상이나 재물과 이익 등 시시콜콜한 질문을 한 것이 아니라는 것도 알아차려야 한다. 버섯을 따러 산에 가는 이는 버섯을 찾으려고 힘을 쏟고, 고기를 잡으러 가는 이는 고기 생각만 하듯이 진리를 구하는 이는 언제나 법을 구하려고 한다. 그러기에 수보리도 부처님께 저희가 어떻게 수행하여야 아누다라삼막삼보리, 다시 말해 위없는 깨달음을 얻을 수 있겠느냐고 질문을 한 것이다. 이에 부처님께서는 단 한 번도 '뜰 앞에 잣나무다' 등, 할(喝)을 하고, 봉(棒)을 든 적이 없다. 금강경이 혜능(惠能)을 시발점으로 일어난 화두선(話頭禪)으로 인하여 서서히 도가풍(道家風)으로 얼룩져서 경(經)의 본지는 시나브로 사라지고, 풍성한 말잔치가 되어 지금까지 이어지고 있음은 참으로 안타까운 일이다. 경(經)의 본지를 제대로 알려면 당연히 여러 부처님의 말씀을 들여다보아야 한다. 그것이 수행자의 기본이고, 불자의 사명이다.

  또 여기서 놓치면 안 되는 것은, 스승이라면 제자의 물음에 답할수가 있어야 한다. 부처님은 제자들의 물음을 단 한 번도 거절하신적이 없다. 수보리의 물음에 부처님은 기쁜 마음을 드러내셨으니 그것이 바로 선재선재(善哉善哉)다. 또한 제자의 질문에 스승으로서 당연히 답을 하여야 하니, 이것이 당위여설(當爲汝說)이다. 그리고 제자는 법을 들을 때 간절한 마음이 있어야 한다고 당부하심이 여금제청(汝今諦聽)이다. 법은 법을 설하는 자와 듣는 자가 있어야 이루어진다. 고로 산중에 든 나 홀로 도인은 세속의 불자 한 명만 못하다. 깨달음을 이루신 부처님을 보라. 단 한 번도 은거(隱居)하신 적이 없음이 이를 증명하고 있다.

제3 대승정종분大乘正宗分
· ·
대승의 바른 종지

佛告須菩提 諸菩薩摩訶薩 應如是降伏其心

부처님께서 수보리에게 말씀하셨습니다. 모든 보살마하살은 반드시 이처럼 그 마음을 항복 받을지니라.

所有一切衆生之類 若卵生 若胎生 若濕生 若化生 若有色 若無色 若有想 若無想 若非有想非無想 我皆令入無餘涅槃 而滅度之

존재하는 일체 중생들의 종류인, 알에서 태어나는 것, 태에서 태어나는 것, 습기에서 생기는 것, 변화하여 생기는 것, 형상이 있는 것, 형상이 없는 것, 생각이 있는 것, 생각이 없는 것, 생각이 있지도 않고 생각이 없지도 않은 것들을 모두 무여열반에 들게 하여 제도하느니라.

如是滅度無量無數無邊衆生 實無衆生得滅度者

이처럼 한량없고, 헤아릴 수 없고, 가없는 중생들을 제도하지만 실은 제도를 얻은 중생은 없느니라.

何以故 須菩提 若菩薩 有我相 人相 衆生相 壽者相 卽非菩薩

왜냐하면 수보리야, 만약 보살에게 나라는 상(相), 남이라는 상, 중생이라는 상, 수명에 대한 상이 있으면 곧 보살이 아니기 때문이니라.

대승정종 大乘正宗
대승의 바른 종지.

대승정종분은 대승의 골수를 드러내는 분(分)이라는 뜻으로 여기에도 금강경의 요긴한 가르침이 들어 있다.

대승(大乘)은 산스크리트어로 Mahā-yāna이다. 이를 음사하여 마하연나(摩訶衍那) 또는 마하연(摩訶衍)으로 표현하고, 다시 이를 한역하여 상승(上乘), 승승(勝乘), 제일승(第一乘)이라고도 하지만 대부분은 '대승'으로 통칭하여 부른다. 또 음사와 한역의 뜻을 합하여 상연(上衍)이라고도 한다. 참고로 경북 문경의 대승사(大乘寺)나 지금은 북한 땅 금강산에 있는 마하연사(摩訶衍寺) 등은 모두 대승이라는 이름을 따와서 사명(寺名)으로 삼은 것이다.

대승(大乘)에서 대(大)는 마하(Mahā)라는 뜻이니 이를 음사하여 마하(摩訶) 또는 마혜(摩醯)라고 한다. 다시 대(大)를 한역하여 승(勝) 또는 묘(妙), 더러는 다(多)라고 나타내고 있다. 그러나 이러한 의미는 독립적으로 거의 사용치 못하고 마하연나(摩訶衍那), 마하반야(摩訶般若), 마하살(摩訶薩) 등 다른 말과 결합하여 그 의미를 전달하고 있다.

부처님의 제자 가운데 가섭(迦葉)을 흔히 마하가섭이라고 하는데, 여기서 마하(摩訶)는 존칭(尊稱)으로 사용되는 예이다. 이외에도 티베트 불교 카규파의 교법 가운데 하나인 마하 무드라(Maha Mudra)에서 '마하' 역시 대(大)라는 의미로 쓰이기는 마찬가지이다. 이외에도 북방 불교의 경전에 '마하'라는 이름이 들어가 있는 것도 모두 같은 맥락이다.

우리는 여기서 하나 알아두어야 할 것이 있다. 초기 불교에도 '대승'이라는 표현이 있기는 하지만, 지금 우리가 사용하는 '대승'의 뉘앙스와는 좀 다르다. 북방 불교[81]에서는 툭하면 '대승'이라고 하지만 이를 잘못 이해하면 대승과 소승으로 편가름을 하거나, 아니면 소승을 깎아내리는 어리석음을 저지르는 일이 된다.

부파불교(部派佛敎)[82]의 한계를 느낀 무리가 새로운 불교를 흥기시키고 자신들의 가르침을 이전과 구분하여 자신들의 가르침이 더 뛰어남을 강조하기 위해 대승을 말하면서 소승을 폄하시키는 구별법으로 은근슬쩍 굳어져 버렸다. 여기서 대(大)는 크고 위대함을 말함이고 승(乘)은 배나 수레 등 탈것을 비유한다. 왜냐하면 부처님의

---

81 인도 아소카 왕 이후에 인도의 북방에서 일어나 티베트, 중국, 한국, 일본 등 아시아 북방으로 전파된 불교를 말한다.

82 부처님께서 열반에 들자 제자들 사이에 견해의 차이가 생겨 불멸 후 100년 경에 보수적인 상좌부(上座部)와 진보적인 대중부(大衆部)로 분열되고, 이어서 이 두 부파(部派 : 종파)로부터 여러 갈래의 분열이 일어나 불교가 여러 부파로 나뉘면서 전개되었던 시대의 불교를 말한다.

가르침으로 인하여 무명세계를 벗어나 깨달음의 세계로 가는 것을 마치 배나 수레를 타고 가는 것에 비유하는 것이기에 승(乘)이라는 표현을 쓰는 것이다.

마하연나(摩訶衍那 : Mahā-yāna)에서 연나(衍那)는 타는 것을 의미하는 뜻이기에 승(乘)이라고 표현한다. 이는 생사의 바다에 빠져서 허우적거리는 중생들을 열반의 언덕으로 실어 나른다는 의미이다. 여기에서 파생되는 가르침으로 일승(一乘), 이승(二乘), 삼승(三乘), 대승(大乘), 불승(佛乘) 등이 있다.

법화경(法華經) 비유품에 보면

만약 어떤 중생이 부처님의 법을 듣고, 믿으며, 부지런히 정진하여 온갖 지혜와 부처님의 지혜와 자연의 지혜와 스스로 깨달은 지혜와 부처님의 지견과 힘과 두려움 없음을 구하고, 한량없는 중생을 가엾이 여기어 안락하게 하며 천신과 인간 사람들을 이롭게 하며 모든 사람을 제도하면 이는 대승 보살이라고 한다고 하였다. 若有衆生 從佛世尊 聞法信受 勤修精進 求一切智 佛智 自然智 無師智 如來知見 力無所畏 愍念安樂無量衆生 利益天人 度脫一切 是名大乘菩薩

참고로 소승(小乘)의 대표적인 경(經)과 논(論)은 사분율(四分律), 오분율(五分律), 비바사론(毘婆沙論), 발지론(發智論), 구사론(俱舍論), 성실론(成實論) 등이 있다. 대승(大乘)은 반야경(般若經), 법화경(法華經), 중론(中論), 섭대승론(攝大乘論), 대승기신론(大乘起信論) 등이 있다. 또한 대승불교는 우리나라를 비롯하여 중국, 일본, 몽골,

베트남 등이며 소승불교는 미얀마, 태국, 스리랑카, 캄보디아, 라오스 등이다.

정종(正宗)이란 '바르고 으뜸 되는 취지'라는 말이며, 다르게 표현하면 종지(宗旨)이다. 금강경은 제3분이 정종(正宗)이며 종지(宗旨)이고, 금강경을 설하는 취지(趣旨)가 바로 제3분으로 핵심 요지이고 클라이맥스(climax)다.

광홍명집(廣弘明集)[83] 권제26에 보면
여래께서 49년간 인연 따라 가르침을 내리시고자 갖가지로 법을 설하셨다. 열반에 이르기까지 단지 성교(聖教)만 있었으니 그 말씀에 따라 반드시 고(苦)가 없어지게 된다. 그러나 이치로써 현리(玄理)를 말하여 정종(正宗)에 몽매하지 않고, 말이 비록 득실이 있더라도 온전한 이치는 어그러지기 어렵다. 그래서 법의(法依)를 세워야 영원히 단정하게 된다. 천마외도(天魔外道)도 감히 침범하지 못하고, 지혜의 해가 가라앉으면서부터 법운(法雲)이 널리 퍼졌으니 그와 같은 간책(簡冊)이 아니라면 이러한 공을 올릴 방도가 없었을 것이라고 하였다. 故如來一代四十九年 隨緣示教種種說法 及於涅槃但有聲教 計隨言說必致淪亡 然以義理談玄 正宗無昧 言雖得喪 全旨難乖 故立法依用永刊定 天魔外道莫敢侵陵 自慧日已沈 法雲遐布 非

---

83 당나라의 율사 도선(道宣, 596~667)이 지은 책이다. 644년에 찬술한 불교 서적으로 양(梁)나라 승우(僧祐)가 지은 홍명집(弘明集)을 확대 개정한 책이다. 도교의 불교에 대한 비난에 대하여 반박한 내용으로 불교의 우수성을 설명하고 동시에 옹호하는 내용이다.

夫簡冊 無由獻功

종정(宗正)을 한 나라에 비유하면 임금과 같다.

40권본 화엄경 권제12 입부사의해탈경계보현행원품(入不思議解脫境界普賢行願品)에 보면

이처럼 가지가지 정당한 종교와 사특한 종교들이 집에 있으면서 혹은 집을 떠나서 정성을 다하여 도를 닦거니와 모두 임금의 나라에 사는 것이며, 우리 임금이 교화를 펴서 유포하는 것이므로, 여러 학자는 옹기장이의 물레나 노끈과 같고, 기술을 배움은 흙을 파 오는 것과 같고, 임금이 교화함은 옹기장이가 흙을 이기는 것과 같고, 저와 남을 이롭게 함은 여러 가지 옹기를 만드는 것과 같나니, 임금의 힘이 아니면 공을 이루지 못하며, 교법이 없으면 어떻게 저와 남을 이롭게 하겠느냐고 하였다. 如是種種邪宗 正宗 在家 出家 精心道檢 皆依王國而得住持 竝因我王演化流布 故諸學者如世輪繩 藝業所修如聚泥土 王行正化如匠埏埴 巧益自他如成衆器 若無王力 功行不成 法滅無餘 況能利濟

나머지 분(分)은 제3분의 풀이에 해당한다고 할 만큼 제3분은 요긴한 가르침이다. 참고로 일본의 술을 우리는 흔히 정종(正宗)이라고 한다. 물론 일본말로 "まさむね[正宗] 마사무네 "이다. 자신들의 술이 세계에서 최고다라는 일본 사람들의 자부심이 보이지 않게 깔린 술의 이름인 것이다.

佛告須菩提 諸菩薩摩訶薩 應如是降伏其心

불고수보리 제보살마하살 응여시항복기심

**부처님께서 수보리에게 말씀하셨습니다. 모든 보살마하살은
반드시 이처럼 그 마음을 항복 받을지니라.**

부처님께서 수보리에게 이르는 말씀은 사실 간결하다. 그러나 근
기가 하열한 중생을 위하여 말이 보태지고 문장이 더해지는 것이다.
불과를 얻고 싶으면 별다른 방법이 없으니 자신의 마음을 조복(調
伏) 받으라는 가르침이다.

마음을 조복 받는다고 하는 것은 곧 중생 스스로가 부처가 될 수
있다는 메시지이기도 하다. 교종에서 말하는 성불, 선종에서 말하는
견성은 모두 마음[心]으로 인하여 이룰 수 있다는 가르침이다. 마음
은 모든 중생이 다 가지고 있으니 불성(佛性)은 평등한 것이다.

내 안에 부처가 있음을 확연하게 아는 것이 곧 지혜이며, 이것이
곧 정종이고 북방 불교에서 내세우는 대승이다. 이것을 확실하게 알
아야 부처님 가르침 만난 것에 감사하는 마음을 일으키게 된다. 이를
일러 '신심'이라 한다. 실차난타가 화엄경을 한역하여 중국 역사상
유일무이한 여황제인 당나라 측천무후(則天武后 624~705)에게 올리
자 황제가 감격하여 게송을 읊었으니 이것이 개경게(開經偈)이다.

無上甚深微妙法 百千萬劫難遭遇
무상심심미묘법 백천만겁난조우

我今聞見得受持 願解如來眞實義
아금문견득수지 원해여래진실의

위없이 깊고 깊어 미묘한 묘법,
백천만겁에도 만나기 어려워라.
제가 지금 보고 듣고 받아 지니오니
여래의 진실한 뜻 알기를 원합니다.

다시 말해 '참마음을 알면 곧 부처가 된다'는 가르침을 금강경에서
친절하게 제시하고 있다.

능엄경(楞嚴經)에 보면
부처님께서 말씀하셨다. 잘 들었다, 아난아. 너희들은 마땅히 알라.
일체중생이 시작 없는 아득한 옛적부터 생사를 계속하는 것은 다 상
주신심(常住眞心)의 성품이 맑고 밝은 본체를 알지 못하고, 온갖 허
망한 생각을 제 마음으로 잘못 아는 탓이며, 이 생각이 진실하지 못
한 까닭에 생사에서 윤회하느니라. 佛言善哉阿難 汝等當知 一切衆
生 從無始來 生死相續 皆由不知常住眞心 性淨明體 用諸妄想 此
想不眞 故有輪轉

네가 이제 더없이 높은 보리[無上菩提]의 진실하게 열린 밝은 성품

을 연마하고자 한다면, 마땅히 내가 묻는 말에 곧은 마음으로 대답하여라. 시방 여래께서도 같은 길을 따라 생사를 벗어나셨는데, 모두 곧은 마음으로 행하셨느니라. 마음과 말씀이 곧으신 까닭에 이처럼 지위(地位)의 시작에서 최종에 이를 때까지 그 중간에 조금도 구부러진 모양이 없으셨다고 하였다. 汝今欲研無上菩提眞發明性 應當直心訓我所問 十方如來同一道故 出離生死皆以直心 心言直故 如是乃至終始地位中間 永無諸委曲相

달마어록(達磨語錄)[84]에 다음과 같은 말씀이 있다.

我本求心不求佛 了知三界空無物
아본구심불구불 요지삼계공무물

若欲求佛但求心 只這心這心是佛
약욕구불단구심 지저심저심시불

나는 본래 마음을 찾고 부처를 찾지 않으니,
삼계가 비어서 물건이 없음을 밝게 안다.
만약 부처를 찾고자 한다면 다만 마음을 찾을지니,
단지 이 마음, 마음 하는 마음이 곧 부처라.

종경록(宗鏡錄) 권제14의 내용은 다음과 같다.

---

84 중국 선종의 초조(初祖)인 보리달마(菩提達磨)의 법문을 엮은 책이다.

묻는다. 석가문불은 중생의 마음으로 부처를 이룬다는 지견(知見)을 열어 주셨고, 달마 초조(達磨初祖)는 바로 사람의 마음을 가리켜 성품을 보아 부처를 이룬다고 했다. 이 한마음을 체달하는 것이 어떻게 부처가 되는 도리라고 하는가. 釋迦文佛開衆生心成佛知見 達磨初祖 直指人心 見性成佛 若體此一心 云何是成佛之理

답하기를 한마음은 움직이지 않고 모든 법은 성품[性]이 없다. 성품이 없으므로 모두가 다 부처가 된다. 荅 一心不動 諸法無性 以無性故 悉皆成佛

화엄경(華嚴經)[85]에서 말하였다.

불자여, 여래께서 정각을 이루실 때 그 몸 안에서 온갖 중생들이 정각 이룬 것을 널리 보셨고, 내지 일체 중생들이 열반에 드는 것을 널리 보셨나니, 모두가 동일한 성품이라. 華嚴經云 佛子 如來成正覺時 於其身中 普見一切 衆生成正覺 乃至普見一切衆生入涅槃 皆同一性

또 마음을 흔히 여래장(如來藏)이라고 한다.

---

85 원명은 대방광불화엄경(大方廣佛華嚴經)이며, 현재 한역본(漢譯本)으로는 권수에 따라 불타발타라(佛陀跋陀羅)가 번역한 60화엄과 실차난타(實叉難陀)가 번역한 80화엄, 반야(般若)가 번역한 40화엄경이 있다. 지금 소개하는 것은 80권 화엄경 권제52 여래출현품(如來出現品)에 나오는 말씀이다.

경(經)[86]에서는 여래장의 비유를 아홉 가지로 하고 있다. 여래장의 비유에는 마치 푸른 연꽃이 진흙탕 속에 있으면서 아직 진흙에서 나오지 못했을 때 귀히 여기는 사람이 없는 것과 같다 하고, 또 가난한 여인이면서 성인을 뱃속에 품고 있는 것과 같다 하고, 큰 값어치의 보배가 때가 긴 옷에 싸여진 것과 같다 하고, 또 순금으로 만든 상(像)이 해진 옷으로 가려진 것과 같다 하고, 암라나무의 꽃과 열매가 아직 벌어지지 못한 것과 같다 하고, 또한 멥쌀이 겨 속에 있는 것과 같다 하고, 금이 광물 속에서 있는 것과 같다 하고, 동상이 거푸집 속에 있는 것과 같다 하기도 한다. 모두가 이는 티끌 속에 부처가 있다는 이치이니, 이것과 대체로 같다. 又如來藏等經說有九種喩 喩如來藏 謂如靑蓮華在泥水中 未出泥 人無貴者 又如貧女而懷聖胎 如大價寶垢衣所纏 如摩尼珠落在深廁 如眞金像弊衣所覆 如菴羅樹華實未開 亦如稻米在糠糩中 如金在鑛 如像在摸 皆是塵中有佛身義 與此大同也

여기서 보살마하살(菩薩摩訶薩)은 근기가 뛰어난 수행자를 말하지만, 더 넓게 본다면 불도를 구하는 모든 수행자를 말한다. 그리고 보살마하살은 보살의 다른 이름이며, 한역하면 각유정(覺有情)이다.

마하살은 산스크리트어 마하삿트바(mahāsattva)를 줄여 음사한 표현이며, 한역하면 대유정(大有情)이다. 자신의 열반만을 목적에 두지 아니하고 대승의 이타적 행위로 말미암아 중생들을 유익하게 하

---

[86] 능가아발다라보경(楞伽阿跋多羅寶經) 등 여러 경전의 말씀을 종합한 것이다.

는 보살을 '보살마하살'이라고 한다. 지금 금강경(金剛經)에서 '보살마하살'이라고 한 것은 보살이라는 방편을 내세워 모든 중생에게 마음만 항복 받으면 불과를 얻을 수 있음을 밝혀 중생들을 유익되게 하기 위함이다.

따라서 법화경 비유품에서는 다음과 같이 말씀하셨다.

보살은 대승을 구하기 때문에 마하살(摩訶薩)이라 한다. 菩薩求此乘故 名爲摩訶薩

또한 대반야경 제9회 능단금강분(能斷金剛分)에 보면
선현아, 너희들은 정신을 차려서 듣고 잘 생각하라. 내가 자세히 설명해 주리라. 누구든지 보살승으로 향하는 이는 마땅히 이렇게 머무르고, 이렇게 수행하고, 이렇게 그 마음을 항복시켜야 한다고 하였다. 善現 汝應諦聽 極善作意 吾當爲汝分別解說 諸有發趣菩薩乘者 應如是住 如是修行 如是攝伏其心

所有一切衆生之類 若卵生 若胎生 若濕生 若化生 若有色
소유일체중생지류 약난생 약태생 약습생 약화생 약유색
若無色 若有想 若無想 若非有想非無想 我皆令入無餘涅槃
약무색 약유상 약무상 약비유상비무상 아개영입무여열반
而滅度之
이멸도지

존재하는 일체 중생들의 종류인, 알에서 태어나는 것, 태에서 태어나는 것, 습기에서 생기는 것, 변화하여 생기는 것, 형상이 있는 것, 형상이 없는 것, 생각이 있는 것, 생각이 없는 것, 생각이 있지도 않고 생각이 없지도 않은 것들을 모두 무여열반에 들게 하여 제도하느니라.

난생(卵生), 태생(胎生), 습생(濕生), 화생(化生)은 곧 사생(四生)을 말한다. 이러한 사생은 삼계의 육도를 윤회하는 중생들이 태어나는 방식에 따라서 분류한 것이다.

여기에 대해 구사론(俱舍論)[87]에서 밝히기를

첫째 난생(卵生)이란 알에서 태어나는 거위, 공작, 닭, 뱀, 물고기, 개미 따위의 중생들을 말한다.

두 번째 태생(胎生)이라고 하는 것은 모태에서 태어나는 사람, 코끼리, 말, 소, 돼지, 양, 나귀 따위의 중생을 말하는 것이다. 이는 어미의 배에서 잉태하여 태어난다고 하여 복생(腹生)이라고도 한다.

세 번째는 습생(濕生)이다. 대소변 더미, 하수도, 변소, 썩은 고기,

---

87 아비달마구사론(阿毘達磨俱舍論)의 줄인 말이며, 소승불교 교리의 대성서인 대비바사론(大毘婆沙論)의 강요서(綱要書)로 30권이다. 구사종(俱舍宗)의 근본 경전(經典)으로, 인도의 세친보살(世親菩薩, 320~400)이 소승(小乘) 시대에 저술한 논서로 아비달마(阿毘達磨)라는 교리에 대하여 백과사전처럼 엮은 해설서이다. 당(唐)나라 현장(玄奘) 스님이 번역했다.

수풀 등 습기에 의하여 태어나는 나방, 모기, 파리, 나비, 누에 등의 중생을 말한다. 그러기에 이를 인연생(因緣生) 또는 한열화합생(寒熱化合生)이라고 한다.

네 번째는 화생(化生)이다. 어디에도 의탁하지 아니하고 홀연히 생겨나는 제천(諸天), 지옥(地獄), 중유(中有) 등의 중생을 말한다. 이들 모두는 과거의 업력에 따라 화생한다. 이상의 사생 가운데 화생 중생이 가장 많다.

모든 중생은 지은 바 업에 따라 네 가지로 몸을 받기에 이를 사생신(四生身)이라고 한다. 네 가지 형태로 태어나기에 사생중류(四生衆流)가 되는 것이다.

그리고 유색(有色)과 무색(無色)을 말씀하고 있는데 유색이란 몸뚱이가 있는 중생 세계를 말함이고, 무색은 정신만 있는 중생 세계를 말함이다. 그 대표적인 것이 천인(天人)이나 귀신(鬼神) 등이다.

이어서 유상(有想)과 무상(無想)을 말하는데 유상은 정신활동을 하는 중생계(衆生界)를 말함이며, 무상은 아무 생각 없는 천계(天界)를 말한다.

삼계의 육도를 윤회하는 중생은 사실 고통의 연속이다. 왜냐하면 지은 바 과보에 따라 온갖 고통을 받으면서 끝없이 윤회를 거듭하기 때문이다. 태란습화 이외 방법으로 태어나는 중생은 없다. 그러기에 이러한 사생들의 고통을 통틀어 사생고륜(四生苦輪)이라고 한다.

사생 중생의 고통을 통틀어 사생고륜(四生苦輪)이라 하였으니, 이를 꿈에 비유하면 사생몽매(四生夢寐)이다. 태란습화로 태어나는 모든 중생은 꿈과 같이 허망한 것이다. 하여 삼계는 공화(空華)와 같고 사생은 꿈과 같다. 또한 사생의 중생은 의지하는 세 가지 세계가 있으니 욕계, 색계, 무색계이다. 이를 삼계라 하며 사생삼유(四生三有)라고 한다. 고로 삼유(三有)는 곧 욕계, 색계, 무색계를 말한다.

중생이 생활하는 세계는 세 종류로 구분하는데 그 하나는 욕계천(欲界天)이다. 이 세계는 지옥(地獄), 아귀(餓鬼), 축생(畜生), 아수라(阿修羅), 인간(人間), 천상(天上) 등을 총칭한다. 이러한 세계는 식욕(食慾), 수면욕(睡眠慾), 음욕(淫慾)이 있으므로 욕계(欲界)라 한다.

두 번째는 색계천(色界天)이다. 욕계 위에 있으며 욕계와 같은 식욕, 수면욕, 음욕은 여의었으나 아직 무색계와 같이 완전히 물질을 여의어 순 정신적인 것은 되지 못하는 중간 정도의 물적(物的) 세계이다. 선정(禪定)의 얕고 깊음에 따라 나누어 사선(四禪)으로 하고, 다시 십팔천(十八天)으로 나눈다.

세 번째는 무색계천(無色界天)이니 색계 위에 있어서 물질을 여의고 순 정신적 존재로써의 세계이다. 색계가 색신에 얽매어서 자유를 얻지 못함을 싫어하고 더 나아가서 들어가는 세계인데 이 세계는 온갖 형색은 없고 수(受), 상(想), 행(行), 식(識)의 사온(四蘊)만 있다.

또한 여기에 공무변처(空無邊處), 식무변처(識無邊處), 무소유처(無所有處), 비상비비상처(非想非非想處)의 사천(四天)이 있다. 이를 정리하면 욕계가 육천(六天)이며, 색계가 십팔천(十八天)이며, 무색계가 사천(四天)이 된다. 우리가 아침에 범종 타종 시 28추를 타종(打鐘)하는 것도 여기에서 기인한 것이다.

본문의 내용을 전체적으로 살펴보면 부처님께서는 삼계의 모든 중생을 제도하여 완전한 열반에 들게 하려고 하심을 알아차려야 한다. 다만 여기서는 삼계 중생을 사생으로 표현해서 말했을 뿐이다.

따라서 금강경에 열거한 난생(卵生), 태생(胎生), 습생(濕生), 화생(化生), 유색(有色), 무색(無色), 유상(有想), 무상(無想)을 통틀어 말하면 유정(有情), 무정(無情)의 중생을 말한다. 이러한 표현은 대방등대집경(大方等大集經), 대보적경(大寶積經), 대반야바라밀다경(大般若波羅蜜多經), 대승백복장엄상경(大乘百福莊嚴相經), 대승이취육바라밀다경(大乘理趣六波羅蜜多經), 보살장정법경(菩薩藏正法經), 십주경(十住經) 등에도 나타난다.

아개영입(我皆令入)에서 아(我)는 부처님이다. 부처님께서는 위에서 밝힌 유정·무정 중생을 모두 열반에 들게 하여 제도하고자 함이다. 이를 '아개영입 무여열반 이멸도지(我皆令入 無餘涅槃 而滅度之)'라고 한다.

이러한 부처님의 대원(大願)을 때에 따라서는 '열반'이라 하지 않고, '원각(圓覺)'이라 하기도 한다.

원각경(圓覺經)[88]에 보면

선남자야, 말법 세계의 중생들이 원각을 구하고자 하면 먼저 발심
하고, 맹세하여 말하기를 허공이 다하기까지 모든 중생을 내가 모두
구경(究竟)의 원각(圓覺)에 들게 하되, 원각에서는 깨달음을 취할 이
도 없고, 그저 나니 너니 하는 따위의 모든 상(相)을 없애리라고 말해
야 한다. 이처럼 발심하면 사견(邪見)에 빠지지 않으리라고 하였다.
善男子 末世衆生欲求圓覺應當發心作如是言 盡於虛空一切衆生
我皆令入究竟圓覺 於圓覺中無取覺者 除彼 我 人一切諸相 如是
發心不墮邪見

대승이취육바라밀다경(大乘理趣六波羅蜜多經)[89] 권제3에 보면

또한 원하건대 일체중생의 종류로써 난생이나 태생이나 습생이나
화생이나 혹은 색신이 있거나[有色] 색신이 없거나[無色] 혹은 생각
이 있거나 혹은 생각이 없거나 혹은 생각이 있지 않거나 생각이 없
지도 않거나 그들을 내가 모두 대 열반에 들게 하리다. 그리고 일체
중생이 다 6바라밀을 원만히 갖추고 위없는 부처님 몸의 백 가지 복
(福)의 장엄과 32상(相)과 80가지 좋은 모양[種好]을 갖추며 정수리

---

[88] 원각경(圓覺經)은 한 모임에서 12명의 보살이 차례로 나와서 세존과 문답을
통해 원각(圓覺)의 청정한 경지와 그 경지에 도달하는 수행법을 밝힌 경으로
대승불교의 근본이 되는 경전 가운데 하나다.

[89] 계빈국 반야(般若)가 한역한 경전이다.

등의 원광(圓光)이 백천의 태양보다 더하여 중생이 즐겁게 우러러 쳐다보고 싫어함이 없게 하리다. 또한 원하건대 시방세계 일체중생이 부처님같이 공덕으로 장엄하여야 한다고 하였다. 復願一切衆生之類 若卵生 若胎生 若濕生 若化生 若有色 若無色 若有想 若無想 若非有想非無想 我皆令入大般涅槃 一切衆生皆令圓滿六波羅蜜 具足成就無上佛身百福莊嚴 三十二相 八十種好 項背圓光過百千日 衆生樂見瞻仰無厭 復願十方世界一切衆生 功德莊嚴悉皆如佛

열반(涅槃)은 모든 번뇌에서 벗어나 영원한 진리를 깨달은 경지를 말한다. 흔히 열반은 유여열반(有餘涅槃)과 무여열반(無餘涅槃)으로 구분 짓는다. 열반은 산스크리트어 니르바나(Nirvana)의 음사어로 '번뇌의 불꽃을 불어서 끈다'는 뜻이다. 유여열반은 육체가 남아있지만 즐겁거나 즐겁지 않거나 하는 감각적인 경험을 한 상태이고, 이에 반하여 무여열반은 육체마저 사라져 즐겁거나 즐겁지 않은 감각을 더 이상 경험하지 않는 상태의 열반을 말한다. 다시 말해 부처님께서 깨달음을 이루신 그 법신의 몸은 유여열반이고, 부처님께서 사라쌍림 아래서 입멸하신 열반은 무여열반에 해당한다. 이를 달리 표현하여 유여해탈(有餘解脫), 무여해탈(無餘解脫)이라 하기도 한다. 열반이 결국 해탈이기 때문이다.

다시 말해 완전한 열반이라고 하는 것은 탐(貪), 진(嗔), 치(癡)가 아주 소멸한 상태를 말한다. 흔히 이를 멸번뇌(滅煩惱), 탈삼독(脫三毒)이라고 한다. 열반을 달리 표현하여 적멸(寂滅), 멸도(滅度), 이원(泥洹) 등으로 한역한다.

일체중생이라고 하였으니 이는 곧 자성중생(自性衆生)을 말한다. 중생은 마음을 떠나서 멸도를 얻을 수 없기 때문이다. 다시 말해 중생계가 곧 극락이나, 우리가 미망으로 얼룩져서 이를 분별해서 볼 뿐이다. 경전에서는 이를 공화(空華)라고 한다.

열반(涅槃)과 멸도(滅度)는 같은 의미로 이와 비슷한 표현은 반열반(般涅槃)이다. 지금 제3분에서는 무여열반(無餘涅槃)이라고 하였는데, 이는 온갖 번뇌를 다 없애고 분별하는 슬기를 떠나 육신까지도 없애 완전히 적정(寂靜)으로 들어간 경지를 말한다. 이를 정리하면 모든 번뇌의 얽매임으로부터 완전히 벗어난 경지로, 이를 이계(離繫) 또는 해탈이라고 한다.

대방등무상경(大方等無想經)⁹⁰ 권제4에 다음과 같은 말씀이 있다.

如來不涅槃 眞法無有滅
여래불열반 진법무유멸

爲諸衆生故 示現有滅度
위제중생고 시현유멸도

---

90 5세기 초 북량(北凉) 시대에 인도의 학승 담무참(曇無識)이 번역한 것으로 대운밀장(大雲密藏) 보살의 여러 가지 물음에 의해 삼매 등, 가지가지 불가사의한 해탈의 법문과 여래는 항상 하여 멸하지 않는 뜻을 설한 경이다.

여래께서는 열반하지 않으시고
진실한 법은 멸(滅)함이 없지만
모든 중생들을 위하여
멸도(滅度)가 있음을 나타내 보이십니다.

如來常不滅 爲衆方便說
여래상불멸 위중방편설

如來不思議 法僧亦復然
여래부사의 법승역부연

여래께서는 항상 하며 멸하지 않지만
중생을 위해 방편으로 말씀하시니
여래는 불가사의하고
법(法)과 승(僧)도 또한 그러합니다.

자, 이 대목을 정리하면 부처님이 이 세상에 오심과 더불어 불자의
목표가 무엇인지를 일러주고 있다. 부처님이 이 세상에 오심은 중생
을 모두 열반에 들게 함이라고 하였으니, 이를 되짚어 보면 '너희들
도 나처럼 부처가 될 수 있다'는 것을 확연하게 보여줌이다. 고로 중
생의 목표도 부처가 되는 것이다. 그러기에 만나고 헤어질 때 '성불
하세요'라고 하는 것이다.

법화경(法華經) 제16 여래수량품에 보면

나는 이 사바세계에 항상 있으면서 법을 설하여 교화하였느니라. 또 다른 세계의 백천만 억 나유타 아승기 국토에서도 중생을 지도하여 이익되게 하였느니라 하였다. 我常在此娑婆世界 說法敎化 亦於餘處百千萬億那由他阿僧祇國 導利衆生

금강경은 공(空)을 말하고자 함이 목적은 아니다. 공(空)이라는 이치를 내세워 중생을 열반으로 이끌고자 함이 목적이다. 법화경도 관세음보살을 믿으라고 하는 것이 아니라 관음이라는 방편을 내세워 중생을 일승(一乘)으로 이끌기 위함이며, 화엄경도 유심(唯心)을 내세워 그대가 곧 부처라는 도리를 일러주는 것이다. 따라서 모든 부처님의 말씀은 중생을 제도시키고자 하는 데 목적이 있는 것이다.

법화경 여래수량품에 보면
선남자들이여, 모든 부처님 부처님의 법이 다 이처럼 중생들을 제도하기 위한 것이므로 모두 진실하여 허망하지 아니 하다고 하였다. 善男子 諸佛如來 法皆如是 爲度衆生 皆實不虛

如是滅度 無量無數 無邊衆生 實無衆生 得滅度者
여시멸도 무량무수 무변중생 실무중생 득멸도자

이처럼 한량없고, 헤아릴 수 없고, 가없는 중생들을 제도하지만 실은 제도를 얻은 중생은 없느니라.

何以故 須菩提 若菩薩 有我相 人相 衆生相 壽者相 卽非菩薩

하이고 수보리 약보살 유아상 인상 중생상 수자상 즉비보살

왜냐하면 수보리야, 만약 보살이 나라는 상(相), 남이라는 상, 중생이라는 상, 수명에 대한 상이 있으면 곧 보살이 아니기 때문이니라.

이처럼 멸도를 얻어서 제도한 중생이 무량하여 산수로는 헤아릴 수 없는 가없는 모든 중생들을 제도하였지만 실은 제도를 얻은 중생이 없음이라고 하였다. 이는 하고도 하지 않음을 말함이니, 사상(四相)이 송두리째 무너진 경지를 말한다. 그것을 앞서 표현하기를 항복기심(降伏其心)이라고 하였다. 이 마음을 항복 받아서 조어(調御)하는 것이 곧 사상을 내지 않는 자리인 것이다.

그러면 지금부터 사상(四相)에 대해서 살펴보자. 아상(我相)은 오온으로 형성된 아(我)를 실체라고 잘못 생각하는 것을 말한다. 여기에 망령되게 집착하여 상(相)을 일으키는 것이다.

여기에 대해서 법집경(法集經)[91]의 말씀을 보면
아상을 지니고 있기에 구하고자 하는 대상이 있는 것이고, 구하려

---

91 보리유지(菩提流支)가 번역한 한역본이 전해진다. 불경에는 분단(分段)을 위해 경 안에 품(品)을 두는 것이 전통적인 상례인데, 이 경에는 품의 구별이 없고 다만 6권으로 분단되어 있다.

는 대상이 있으므로 번뇌의 오염이 있는 것이다. 아상에서 벗어나면 구하려는 어떤 욕구도 없고, 구하고자 하는 욕구가 없으므로 번뇌의 오염에서 벗어나며, 번뇌의 오염에서 벗어나므로 여래를 가리켜서 열반을 얻었다고 한다고 말씀하셨다. 有我相者則有所求 以有求故有煩惱染 離我相者無一切求 以無求故離煩惱染 以離煩惱染 是故如來名得涅槃

인상(人相)은 오온의 화합으로 생긴 나는 사람이니, 지옥취(地獄趣)나 축생취(畜生趣)와 다르다고 집착하는 견해를 말한다.

중생상(衆生相)은 자신의 몸은 오온이 화합하여 이루어진 참된 실체라고 고집하는 잘못된 견해를 말한다.

수자상(壽者相)은 오래 살고 싶어 하는 생각이나 수명을 유지하는 주체가 실재한다는 그릇된 관념이기에 생사를 초월하지 못한 상을 말한다.

사상(四相)을 좀 더 쉽게 설명해보면 아상(我相)은 '나'라는 개인을 근본으로 하는 일체의 생각과 행동이며, 인상(人相)은 '남'을 중심으로 하는 일체의 생각과 행동이며, 중생상(衆生相)은 괴로운 것을 싫어하고 즐거운 것만 좇아가는 일체의 생각과 행동이며, 수자상(壽者相)은 청정열반을 즐기어 영원히 거기에 머무르려고 하는 상을 말한다.

여기서 아주 요긴한 말씀을 하셨다. 사상이 없으면 곧 보살이다.

그러므로 보살은 우리가 흔히 듣는 관세음보살, 문수보살을 말하는 것이 아니라 부처를 말한다. 이를 토대로 다시 말하면, 사상(四相)이 없으면 곧 부처라고 말씀하시고 있다. 그러기에 사상(四相)이 있으면 곧 보살이 아니라고 단정 지어서 말씀하시는 것이다.

그러나 우리는 상(相)을 내기를 아주 좋아한다. 시도 때도 없이 금 란가사를 수하고, 어느 단체에 들어가서 이름 내기를 좋아하고, 무엇 하나 하더라도 자신의 이름을 새겨 놓으려고 하는 것 모두가 상(相) 노름에 빠진 것이다.

그런데 왜 부처님은 사상(四相)을 무너뜨리면 부처가 된다고 하였 을까? 관념을 초월하면 새로운 세상을 볼 수 있기 때문이다. 물이 개 울을 벗어나면 강에 이르고, 강을 벗어나면 바다에 이르는 법이다. 상(相)이라고 하는 것은 일정의 고정관념이다. 고정관념을 깨트리지 못하면 스스로 거기에 갇혀서 속박되어 사는 법이다.

이 육신은 시시각각으로 변해가고 있지만 아상이 있으면 이를 인 지하지 못한다. 인상은 내 것이 좋다고 생각하며 비교하는 마음이다. 중생상은 남이 하는데 나도 해야지 하는 관념이다. 그리고 수자상은 생명에 대한 집착으로 생사를 초월하지 못하는 상이다.

불교에서는 고정되고 불변하는 자아(自我)는 없다. 이를 무아(無 我)라고 한다. 이러한 이치를 관찰하는 것을 통틀어서 무아관(無我 觀)이라고 한다. 이를 공(空)의 관점에 빗대어 본다면 무아공(無我空)

이 되는 것이다. 사상이 무너지면 무아가 되는 것이고, 무아가 되면 상을 일으키지 않는 법이다.

불교에는 사홍서원(四弘誓願)이 있다. 이는 총괄적 원(願)이라고 하여 총원(總願)이라고도 한다. 일체의 보살이 처음 발심할 때 반드시 이 사홍서원을 발원한다. 이 소원은 넓고 크므로 홍원(弘願)이라 표현하고, 그 마음을 자제하므로 서(誓)라 하며, 뜻의 만족을 구하므로 원(願)이라 한다. 사홍서원은 사성제(四聖諦)와 관련되기 때문에 네 가지 서원이 생기는 것이다.

① 중생무변서원도 (衆生無邊誓願度)
중생이 가없지만, 기어코 건지리다. - 고제(苦諦)

② 번뇌무진서원단 (煩惱無盡誓願斷)
번뇌가 끝없지만, 기어코 끊으리다. - 집제(集諦)

③ 법문무량서원학 (法門無量誓願學)
법문은 끝없지만, 기어코 배우리다. - 도제(道諦)

④ 불도무상서원성 (佛道無上誓願成)
불도가 가없지만, 기어코 이루리다. - 멸제(滅諦)

사홍서원(四弘誓願)은 현재 공식 석상의 불교 의식에서 주로 법회가 끝났을 때 사용되고 있다. 사홍서원에서도 보듯이 중생을 다 제도

하겠다고 하였는데, 금강경(金剛經)에서는 실로 한 중생도 제도된 바가 없다고 하였다. 언뜻 보면 초심자는 이해가 잘되지 않을 수 있다.

제도(濟度)는 즉 성불을 말한다. 중생 중생마다 본래 갖추고 있는 것이 부처이다. 본성(本性)은 언제나 청정하고 요요(寥寥)하고 적적(寂寂)한 상태의 불성을 가지고 있지만, 자신의 마음은 결단코 자신이 제도할 뿐이다. 그래서 한 중생도 제도된 바가 없다고 말씀하신 것이다.

석가세존과 12보살들의 문답을 통해 대원각의 묘리를 설명한 원각경(圓覺經)에 보면, 일심이 청정하면 육진(六塵)이 청정하고 내지 시방세계가 다 청정하다고 하였다. 내 마음 하나가 부처이면, 일체법계 일체중생이 다 부처라는 말씀이다.

이처럼 내외적으로 무량한 중생을 멸도하였다 할지라도 만약에 일개 중생이라도 멸도함이 있거나 멸도하였다는 생각이 있으면, 이 멸도상(滅度想)이 다시 중생이 되어서 일멸일기(一滅一起)에 불과할 것이다. 고로 한 중생도 멸도한 생각이 없이 일체중생을 멸도해야 한다. 이러한 경지가 되어야 '무여열반'이 되는 것이며, 이것은 반야법으로 일체의 중생을 멸도한다. 그러한 연유로 금강경에서도 무량(無量), 무수(無數), 무변(無邊) 중생을 멸도했으나 실상에는 한낱 중생도 멸도를 얻은 자가 없다고 말한다.

헤아릴 수 없는 수많은 중생을 제도하여도 실로 제도된 바가 없다

고 하는 것에 대해서 이미 중생을 제도했다는 상(相)이 없음을 나타
냈노라고 설명을 하였는데, 이를 다시 줄여서 말하면 동체대비(同體
大悲)를 드러낸 것이다. 어머니가 자식에게 젖을 먹여 키우지만, 상
을 내지 않는 것이 곧 동체대비다.

　법화경의 궁자유(窮子喩)에 나오는 내용으로 보면
　부처님께서는 아버지가 가난한 아들을 구하는 것 같이 곧 중생을
위하여 어진 아버지가 되셨다. 이는 가난한 중생을 제 몸처럼 여기는
것이다. 그러나 부처님은 이를 으스대거나 뽐내지 않으셨으니 실로
한 중생도 구제한 적이 없다고 하는 것이다.

　중생은 상(相)을 멸하는 것이 급선무다. 마하반야바라밀경(摩訶般
若波羅蜜經) 권제19의 말씀을 추려서 살펴보면, 허공은 어떤 것이 나
와 거리가 멀고 가깝고를 분별하지 않는다고 하였다. 거울이 나의 모
습을 비추어 주지만 나 때문에 그대의 모습이 비쳤다고 분별하지 않
는다. 왜냐하면 분별심으로부터 사상이 시작되기 때문에 그러하다.
그러므로 분별하지 아니하면 평등상(平等相)을 얻을 수 있음이니, 이
것이 곧 동체대비다.

　본문에서 무량(無量), 무수(無數), 무변(無邊)은 고대 인도의 수목
(數目)이다. 참고로 화엄경 권제45에 보면 아승기아승기는 1아승기
전이고, 아승기전아승기전은 1무량(無量)이며, 무량무량은 1무량전
이고, 무량전무량전은 1무변이라고 하였다. 阿僧祇阿僧祇爲一阿僧
祇轉 阿僧祇轉阿僧祇轉爲一無量 無量無量爲一無量轉 無量轉無

量轉爲一無邊

따라서 무수(無數)는 인도말로 아승기(阿僧祇)이다. 무량, 무수, 무
변은 10 대수인 아승기(阿僧祇), 무량(無量), 무변(無邊), 무등(無等),
불가수(不可數), 불가칭(不可稱), 불가사(不可思), 불가량(不可量), 불
가설(不可說), 불가설불가설(不可說不可說) 가운데 세 가지를 언급한
것이다.

대승정종분의 말씀도 금과옥조(金科玉條) 같은 말씀이다. 부처님
께서 모든 중생을 분명 제도하셨건만 제도한 바가 없다고 하셨다. 다
시 말해 상(相)이 있으면 보살이 아니다. 상이 없으면 진심이지만 상
이 있으면 이는 조작된 마음이다.

사(思)에도 세 가지가 있으니 심려사(審慮思), 결정사(決定思), 동발
승사(動發勝思)이다. 심려사는 아직 결정되지 못한 사(思)를 말하고,
결정사는 이미 결정된 사(思)를 말하며, 동발승사는 장차 발동하는
사(思)를 말한다. 중생은 이러한 삼사(三思)로 인하여 상(相)을 내고
업(業)을 짓는 것이다.

금강경에서는 대승정종분을 통하여 전하고자 하는 '경의 본지'를
이미 드러내 놓고 있다. 부처가 되고 싶은가? 그럼 사상(四相)을 무
너뜨려라.

제4 묘행무주분妙行無住分

· ·

아름다운 보시는 집착이 없다

復次須菩提 菩薩於法 應無所住 行於布施 所謂不住色布施 不
住聲香味觸法布施

또한 수보리야, 보살은 반드시 어떤 것에도 머물지 말고 보시해야
하나니, 이를테면 사물에 머물지 말고 보시할 것이며, 소리와 향기와
맛과 감촉과 그 외의 온갖 것에 머물지 말고 보시해야 하느니라.

須菩提 菩薩應如是布施 不住於相 何以故 若菩薩不住相布施
其福德不可思量

수보리야, 보살은 반드시 이처럼 보시하여 형상에 머물지 말라. 왜
냐하면 만약 보살이 형상에 머물지 않고 보시하면 그 복덕은 가히 상
상할 수 없느니라.

須菩提 於意云何 東方虛空 可思量不 不也世尊

수보리야, 그대는 어떻게 생각하는가? 동쪽 허공을 모두 상상할 수
있는가? 상상할 수 없습니다, 세존이시여.

須菩提 南西北方 四維上下虛空 可思量不 不也世尊

수보리야, 남쪽·서쪽·북쪽과 네 간방과 위쪽과 아래쪽의 허공을

모두 상상할 수 있는가? 상상할 수 없습니다, 세존이시여.

須菩提 菩薩無住相布施福德 亦復如是 不可思量 須菩提 菩薩
但應如所教住

수보리야, 보살이 형상에 머물지 않고 보시하는 복덕도 또한 이와
같아서 가히 상상할 수 없느니라. 수보리야, 보살은 반드시 가르친 바
와 같이 머물지니라.

묘행무주 妙行無住
아름다운 보시는 집착이 없다.

묘행(妙行)을 글자 그대로 풀이하면 '묘한 행'을 말한다. 그렇다면
무엇이 묘한 행이라는 말인가? 신구의 삼업에 있어서 그 어디에도
걸림이 없는 청정한 행을 말한다.

여기에 대하여 구사론(俱舍論)에서 밝히기를 세 가지 묘행이란?
이것을 번역하면 신(身)·구(口)·의(意)가 모두 선업(善業)임을 알
아야 한다고 하였다. 三妙行者 飜此 應知 謂身語意一切善業

무주(無住)는 주착(住着)하지 않는다는 뜻이므로 집착이 없음을 말
한다. 따라서 '묘행무주'는 참된 보시는 보시하는 대상, 보시하는 물
품, 보시하는 상을 짓지 아니하므로 그것에 집착하지 아니하고 실천
할 때 그 복덕이 한량이 없다고 밝히는 가르침이다.

이러한 행위를 삼매에 대비하면 묘행삼매(妙行三昧)가 되며, 이는 백팔삼매(百八三昧)의 하나다.

대반야경(大般若經) 권제52 변대승품(辯大乘品)에 보면
세존이시여! 무엇을 묘행삼마지라고 합니까? 선현이여, 만일 이 삼마지에 머무를 때는 모든 등지(等持)로 하여금 비록 갖가지 미묘하고 훌륭한 행을 일으키게 하더라도 집착이 없게 하니, 그러므로 묘행삼마지라 한다고 하였다. 世尊 云何名爲 妙行三摩地 善現 謂若住此三摩地時 令諸等持雖起種種微妙勝行而無所執 是故名爲妙行三摩地

따라서 묘행은 '신구의(身口意)' 삼업을 지칭하는 표현이다. 삼업이 청정하면 집착이 없게 되므로 참다운 보시가 이로부터 시작된다는 가르침과 동시에, 극락에 이르는 길을 가르쳐 주고 있다. 삼계를 벗어나 나고 죽음에 결박되지 아니하려면 너희들은 이러한 묘행을 부지런히 수행하여 결코 방일(放逸)하지 말라는 가르침이다.

60화엄경 권제42에 다음과 같은 게송이 있다.

妙行爲女寶 四攝寶藏臣
묘행위녀보 사섭보장신

方便主兵寶 無上轉輪王
방편주병보 무상전륜왕

묘행은 보배스러운 여자가 되고
사섭법(四攝法)은 숨겨놓은 보배스러운 신하가 되며
방편은 보배의 주된 병사(兵士)가 되어
그는 위없는 전륜성왕(轉輪聖王)이 되었다네.

중생은 묘행으로 부처를 이룰 수 있음이다. 이를 정토종에서 보면 극락세계에 태어남이며, 선종에서 보면 견성(見性)이라 하고, 교종에서 보면 성불(成佛)이라고 할 뿐이지 그 근원과 본지는 조금도 어긋남이 없이 같다.

부자합집경(父子合集經)[92] 권제10 대범천왕수기품(大梵天王授記品)에 다음과 같은 말씀이 있다.

衆會若聞佛所說 心生淨信決定解
중회약문불소설 심생정신결정해

勤修妙行趣菩提 超出輪迴生死海
근수묘행취보리 초출륜회생사해

대중들이 만일 부처님 말씀을 들으면

---

[92] 11세기 중엽 인도 출신의 학승 일칭(日稱) 등이 한역하였다. 총 20권 27품으로 구성된 이 경은 부처님이 자기 아버지인 정반왕을 불도를 믿도록 교화한 것과 아수라왕을 비롯한 하늘의 왕들과 용왕들을 교화해 불도를 깨닫게 한 것에 대해 설법하고 있는 내용이다.

마음에 깨끗한 믿음을 내고 결단코 알아
부지런히 묘행을 닦고 보리로 나아가
윤회하는 생사의 바다를 뛰어넘을 것이다.

　모든 부처님의 말씀은 중생을 깨달음으로 인도하고자 하는 데 그 목적을 두고 있다. 금강경도 예외는 아니다. 이와 달리 위경은 부처를 등장시켜서 귀신 이야기나 꿈 이야기 등등으로 내용을 이끌고 나아가기에 경(經)이 아니고 이야기다. 금강경에서 제시하는 묘행무주(妙行無住)도 중생을 깨달음으로 이끄는 하나의 가르침이라는 것을 분명히 알아야 한다.

　법집경(法集經) 권제4에 보면 다음과 같다고 하였다.

如是諸妙行 爲與增上樂
여시제묘행 위여증상락

卽於彼天中 成無上正覺
즉어피천중 성무상정각

이와 같이 묘한 모든 행은
즐거움을 증가하여 주나니
곧 저 하늘에서
더할 나위 없는 정각(正覺)을 성취하리라.

위에서 이미 무주(無住)는 무착(無着)이라고 밝혀 두었다. 그러나 이를 다시 한번 거론하면 '무주'는 '머물러서 집착함이 없다'는 뜻이다. 집착이 없으면 자유롭다. 자유롭다는 것은 걸림이 없다는 것으로, 그 어떤 대상에 있어서 집착하는 마음을 일으키지 아니하므로 이를 해탈이라고 한다.

장자(莊子)[93]에 보면

북명(北冥)의 곤(鯤)이라는 물고기가 붕(鵬)이라는 새로 변해서 구만리 장천을 날아가지만, 붕(鵬)도 역시 바람에 의지하지 아니하면 조금도 날 수 없다고 하여 이 또한 올바른 소요유(逍遙遊)는 아니라고 하였다. '소요유'는 도교의 말로 하면 '동천(洞天)'이고 불교에서는 '극락'이다.

대반야경 권제55 변대승품(辯大乘品)에 보면

선현아, 마치 진여(眞如)의 성품은 머무는 것도 아니고 머물지 않는 것도 아닌 것처럼, 대승 또한 그러하여 머무는 것도 아니고 머물지 않는 것도 아니니라. 그 까닭이 무엇인가 하면, 진여의 성품은 머무름도 없고 머물지 않음도 없기 때문이니라. 왜냐하면 선현아, 진여의 성품은 진여의 성품이 공한 까닭이라고 하였다. 善現 如眞如性 非住非不住 大乘亦爾 非住非不住 所以者何 以眞如性無住無不

---

93 장자(莊子)의 이름을 딴 고전으로 남화진경(南華眞經) 또는 남화경(南華經)이라고 한다. 중국의 철학과 사상 가운데 특히 불교 선종에 막대한 영향을 미쳐서 선어록(鱔魚綠)은 장자를 모르고서는 이해할 수가 없을 정도다.

住 何以故 善現 眞如性眞如性空故

대보적경에서는 머무름이 없는 머무름이 있어야 진성(眞性)을 얻는다고 하였다. 이를 살펴보면 다음과 같다.

住於最勝道 無住爲安住
주어최승도 무주위안주

住於斯道者 能獲淸淨性
주어사도자 능획청정성

가장 거룩한 도에 머물러서
머무름 없으므로 머무름을 삼나니
이 도에 머무는 이는
능히 청정한 성품을 얻으리라.

'묘행무주'를 일러 공(空)이라고 한다. 머무르지 않는다는 것은 결국 이제(二諦)에 머무르지 아니하고, 중도에도 머무르지 않음이다.

이를 금강삼매경론(金剛三昧經論)에서 보면
이 가운데에 무주(無住)라고 한 것은 이제(二諦)에 머물지 않으면서 중간에도 있지 않고, 중간에 있지 않으면서 양극단을 떠난 것을 말하니, 이런 것을 무주처(無住處)라 한다고 하였다. 此中言无住者
不住二諦亦不在中雖不在中而離二邊 如是名爲无住處也

復次須菩提 菩薩於法 應無所住 行於布施

부차수보리 보살어법 응무소주 행어보시

또한 수보리야, 보살은 반드시 어떤 것에도 머물지 말고 보시해야 하나니,

所謂不住色布施 不住聲香味觸法布施

소위부주색보시 부주성향미촉법보시

이를테면 사물에 머물지 말고 보시할 것이며, 소리와 향기와 맛과 감촉과 그 외의 온갖 것에 머물지 말고 보시해야 하느니라.

부차(復次)는 앞말을 이어서 뒤이어 말하고자 할 때 쓰는 표현이며 보통은 또한, 또 등의 뜻이 있다.

응무소주 이생기심(應無所住 而生其心)이 아니라 지금 응무소주 행어보시(應無所住 行於布施)에 대해서 말씀하고 있다. 여기서 응무소주(應無所住)는 '응당 머무른 바 없이', 이러한 뜻이다. 그러기에 보시를 하더라도 마음의 상(相)을 내어 어디에 집착하여 고착시키지 말라는 뜻이다.

집착하지 말라고 하는 것은 구체적으로 무엇을 말하는가. 보시를 베풀고 그 행위에 대하여 무엇을 바라는 마음을 내지 말라는 것이다. 무엇을 바라는 마음으로 보시를 하였다면 이로부터 집착심이 작용하기 때문에 그러하다.

유가의 맹자(孟子) 첫머리에 보면

맹자[94]가 위나라 양혜왕(梁惠王)[95]을 만나자 왕이 말하기를 연로하신 선생께서 천 리 먼길을 오셨으니 장차 이 나라에 어떤 도움이 되겠느냐 하고 묻자, 맹자가 말하기를 왕이 이익을 생각하기에 신하들도 나라 걱정은 안 하고 각자의 이익을 생각하게 되므로 결국 나라는 위태롭게 된다고 하였다. 이 가르침은 결국 이(利)를 탐착하기에 진리의 본질을 묻지 못함과 같다.

벽암록(碧巖錄)[96] 제1칙에 보면

양무제(梁武帝)[97]는 달마(達磨)를 만나 그동안 자신이 이루어 놓은 천불천탑(千佛千塔)의 조성과 천권만론(千卷萬論)을 인쇄하였는데 그 공덕이 얼마나 되느냐고 은근히 자랑하며 너스레를 떨었다. 달마는 한마디로 아무런 공덕이 없다고 하였으니 이는 양무제의 집착된 보시를 경책하는 것이다.

---

[94] 공자의 사상을 발전시킨 전국시대의 유학자로 성선설(性善說)을 주장하였다.

[95] 위나라 제3대 왕이기에 주로 위혜왕(魏惠王)이라고 하며 36년간 재위했다.

[96] 중국 당나라 이후 불교 선승들이 전개한 대표적인 선문답을 가려 뽑아 설명한 책이다. 이 책은 설두중현(雪竇重顯) 선사가 펴낸 송고백칙(頌古百則)에 원오극근(圜悟克勤) 선사가 내린 해석을 첨가한 것이다.

[97] 양(梁)나라를 건국한 황제다.

보시(布施)는 물질적 또는 정신적으로 상대방에게 도움이 되도록 베푸는 모든 일을 말한다. 산스크리트어[98]로 dāna이며 이를 음사하여 단나(檀那)라고 한다. 한역하여 재시(財施), 친시(嚫施) 등으로 표현한다. 보시는 종교를 초월하여 모든 인류사에서 선한 일로 권장되어 온 공통된 덕목이므로 불교에서는 십바라밀 가운데 그 첫 번째이다.

보시는 그 내용에 따라 크게 두 가지로 분류하기도 하는데, 이를 이시(二施)라고 한다. 이외에도 삼시(三施) 또는 팔시(八施)가 있기도 하다. 여기서 이시(二施)라고 하는 것은 재시(財施)와 법시(法施)를 말한다. 여기에다 무외시(無畏施)를 더하면 '삼시'가 되는 것이다.

구사론(俱舍論)에서는
수지시(隨至施), 포외시(怖畏施), 보은시(報恩施), 구보시(求報施), 습선시(習先施), 희천시(希天施), 요명시(要名施), 위장엄심등시(爲莊嚴心等施)를 말하는데, 이를 팔시(八施)라고 한다. 갖추어 말하면 팔종시(八種施)가 되는 것이다.

대승불교에는 공관(空觀)에 입각하여 보시에 관한 보이지 않는 엄격한 규칙이 있는데, 이를 삼륜청정(三輪淸淨) 또는 삼륜체공(三輪體空)이라고 한다. 여기서 삼륜(三輪)이라고 하는 것은 보시하는 사람,

---

98 산스크리트어를 흔히 범어(梵語)라고 한다. 인도의 고전어로 힌두교, 대승불교, 자이나교 경전의 언어이자 수많은 인도 언어 가운데 고급 어휘의 근간을 구성하고 있다.

보시를 받는 사람, 보시하는 물건을 말함이다. 이 세 가지가 자성적인 실체가 없음을 자각하여 세 가지에 대하여 상을 내지 않는 것을 말한다.

대반야경(大般若經) 권제48에 보면

모든 보살마하살이 반야바라밀다를 수행할 때, 일체지지에 걸맞은 마음으로 반야바라밀다를 수행하되 얻은 바 없음을 방편으로 삼아 온갖 유정들과 함께 아누다라삼먁삼보리에 회향하며, 보시하는 이와 받는 이와 보시하는 물건을 보지도 않고 삼륜(三輪)이 청정하면서 보시를 하나니, 사리자여, 이러한 것을 모든 보살마하살이 반야바라밀다를 수행할 때 보시바라밀다의 큰 공덕의 갑옷을 입는다고 하였다. 諸菩薩摩訶薩修行般若波羅蜜多時 以應一切智智心而修般若波羅蜜多 以無所得而爲方便 與一切有情同共廻向阿耨多羅三藐三菩提 不見施者 受者 施物 三輪淸淨而行布施 舍利子 如是名爲諸菩薩摩訶薩修行般若波羅蜜多時 擐布施波羅蜜多大功德鎧

또한 심지관경(心地觀經)⁹⁹ 권제7 바라밀다품(波羅密多品)에 보면 다음과 같은 가르침이 있다.

三輪淸淨是檀那 以此修因德圓滿
삼륜청정시단나 이차수인덕원만

---

⁹⁹ 대승본생심지관경(大乘本生心地觀經)을 말한다. 계빈국(罽賓國) 반야(般若)가 한역하였으며, 8권으로 이루어져 있다.

當知證獲波羅蜜 唯由心淨不由財
당지증획바라밀 유유심정불유재

삼륜이 청정한 단나(檀那)이니
이처럼 닦은 까닭으로 덕이 원만하리라.
마땅히 알라, 바라밀을 깨달아 얻는 것은
오직 마음이 청정하기 때문이지 재물이 아니니라.

보시는 불교사상에 골고루 나타나 있다. 사섭법(四攝法)으로 보면
보시섭(布施攝)이 있고, 육바라밀에도 보시는 하나의 덕목으로 자리
잡고 있다. 또한 법화경(法華經)[100]에서는 연비(燃臂) 공양, 소신(燒
身) 공양 등 보시에 대하여 말씀하고 있기도 하다.

석문의범(釋門儀範)[101]에 보면

---

[100] 법화경(法華經)은 반야경, 유마경, 화엄경과 함께 초기에 성립된 대승 경전
으로 알려지고 있다. 법화경의 원명(原名)은 saddharmapuṇḍarīka Sūtra로써,
직역하면 '무엇보다도 바른 백련(白蓮)과 같은 가르침'이다. 이것을 중국어로
번역할 때 서진(西晉)의 축법호(竺法護)는 이 본래의 뜻에 따라 정법화경(正法華
經)이라고 한역하였고, 요진(姚秦)의 구마라집(鳩摩羅什, Kumārajīva)은 '바른
[正]'을 '묘(妙)'라고 해석하여 묘법연화경(妙法蓮華經)이라고 한역하였다. 그러
나 여기서는 묘법연화경을 말한다.

[101] 근대의 승려 진호석연(震湖錫淵, 1880~1965) 스님이 불교 의식을 집대성하
여 편찬한 책으로 상하 2권 1책으로 이루어져 있다. 이 책은 새로운 시대를 맞
아 전통적인 불교 의식의 정신을 살릴 수 있는 간결하고 새로운 의범(儀範)이
필요하게 됨에 따라 저자가 1933년에 집필을 시작, 1935년 4월에 탈고하여 간
행하였다.

예전에는 보시를 받으면 시주자의 은혜에 보답하기 위하여 진언을 암송하였는데, 이를 보시주은진언(布施主恩眞言)이라고 한다. 그 진언은 '옴 아리야 승하 사바하'이다.

성(聲), 향(香), 미(味), 촉(觸), 법(法)에도 머물지 말고 보시하라고 하였으니 이는 보시를 하되 그 과보에 집착하지 말라는 뜻이다. 보시의 과보를 바라면 간탐심(慳貪心)이 일어나기 때문이다. 간탐심이 일어나면 그만 사상에 얽매이게 되기 때문이다.

성 · 향 · 미 · 촉 · 법에 머물지 아니하고 보시하라고 하였으니 이는 곧 삼사(三事)를 말한다. 여기서 '삼사'라고 하는 것은 인식 기관, 인식 대상, 인식 작용 등 인식의 세 가지 작용을 말한다. 이는 곧 인(因)에도 집착하지 아니하고 과(果)에도 집착하지 않기에 무주(無住)가 되는 것이다.

須菩提 菩薩應如是布施 不住於相
수보리 보살응여시보시 부주어상

수보리야, 보살은 반드시 이처럼 보시하여 형상에 머물지 말라.

何以故 若菩薩不住相布施 其福德不可思量
하이고 약보살부주상보시 기복덕불가사량

172

왜냐하면 만약 보살이 형상에 머물지 않고 보시하면 그 복덕은 가히 상상할 수 없느니라.

보시는 크나큰 공덕이 이미 있으니 그 어떠한 집착도 하지 말라는 것이다. 그 공덕은 응당 무량한 공덕으로 인간의 생각으로는 도저히 상상할 수 없는 것이라고 함이다. 그러므로 보시하더라도 보시하였다는 관념이 일어나면 마음이 동시에 일어나기에 그 마음을 항복 받을 수 없는 것이다.

그러한 까닭에 마음과 경계가 있다, 없다 등 미세한 모든 것을 모조리 없애야 형상에 머물지 아니한다. 고로 분별하는 상이 없으므로 보시한다는 생각도 없고, 베푸는 보시물도 보이지 않기에 집착하지 아니하며, 그리고 이를 받는 사람도 분별하지 아니하는 것이 참다운 보시이기에 묘행(妙行)이 되고, 보시하였다는 마음에 머물지 않기에 무주(無住)가 되는 것이다.

그러나 여기서 우리가 하나 알아두고 넘어가야 할 것은 묘행무주분(妙行無住分)을 그냥 '아름다운 보시에는 집착이 없다', 이렇게만 보면 공부에 진척이 없다. 그렇게 되면 '보시'라는 단어의 함정에 빠지기 십상이다. 여기서 보시는 '집착'을 말하므로 '집착이 없는 오묘한 수행'이라고 봐야 한다. 다시 말해 보시라는 매개체를 이끌어 집착심의 병폐에 대해 말하는 것이다. 보시하면서 집착하지 말라는 가르침은 우리 마음도 그 어디에 안주할 대상이 따로 설정된 것은 아니기 때문이다.

다 같은 공덕이라도 유위(有爲)의 공덕과 무위(無爲)의 공덕에는
분명한 차이가 있다. 유위의 공덕은 유루공덕이며, 무위의 공덕은 무
루공덕이다. 따라서 보시하면서 형상에 머무르지 아니하면 적멸한
마음을 깨달아 얻음이니, 그 어떠한 경계에 미혹되거나 어둡지 아니
함이다. 반야론(般若論)[102]에 이르기를 만약 상이 없는 보시를 논한
다면 그 공덕은 이루 헤아릴 수 없이 지극하다고 하였다. 無相施功
德極難量

'보시'는 알고 보면 또 하나의 가르침인 방편의 문이다. 성인은 베
풀고 바라는 바가 없기에 그 과보의 이득을 생각지 아니함이다. 까닭
에 상이 없는 보시를 하여야 불도에 한 발짝 성큼 다가설 수 있다.

원각경(圓覺經)에 보면
선남자야, 말법 세계 중생들로서 장차 큰마음을 일으켜 선지식을
구하여 수행하려고 하는 이는 일체 바른 지견(知見)을 가진 사람을
구해야 할 것이니, 마음이 상(相)에 머물지 않으며, 성문이나 연각의
경계에 집착하지 않으며, 비록 진로(塵勞)의 모습을 나타내긴 하지만
마음은 항상 청정하며, 온갖 허물이 있는 듯이 보이나 맑은 행을 찬
탄하며, 중생들로 하여금 그른 계율에 들지 않게 하는 자여야 하느니
라 하고 말씀하셨다. 善男子 末世衆生將發大心求善知識欲修行者

---

102 금강반야론(金剛般若論)을 말하며, 수(隋)나라 때 달마급다(達磨笈多)가 613
년에 동경(東京)의 상림원(上林園)에서 번역하였다. 금강반야바라밀경에 대한
주석서로, 무착(無著)이 저술하였다. 7종으로 과단하여 경의 취지를 해석하며,
발심한 보살의 수행법에 관해 설명하였다.

當求一切正知見人 心不住相 不著聲聞緣覺境界 雖現塵勞心恒清
淨 示有諸過讚歎梵行 不令衆生入不律儀

須菩提 於意云何 東方虛空 可思量不
수보리 어의운하 동방허공 가사량부

수보리야, 그대는 어떻게 생각하는가? 동쪽 허공을 모두 상상
할 수 있는가?

不也世尊
불야세존

상상할 수 없습니다, 세존이시여.

須菩提 南西北方 四維上下虛空 可思量不
수보리 남서북방 사유상하허공 가사량부

수보리야, 남쪽·서쪽·북쪽과 네 간방과 위쪽과 아래쪽의 허
공을 모두 상상할 수 있는가?

不也世尊
불야세존

상상할 수 없습니다, 세존이시여.

무주상보시의 공덕을 지금 공간적 개념인 허공에 비유한다. 허공은 내외가 없고 피차가 없으며, 방위도 없고 형상도 없기에 모양이나 색깔도 없다. 그렇듯 무한하기에 무루공덕이 되는 것이다. 또한 허공은 형상이 없으므로 집착함이 없게 되는 것이다. 무착은 곧 무주요, 무주가 곧 무심(無心)이며, 무심이 곧 불심(佛心)이다. 그러므로 여기서도 방향에 눈을 빼앗기면 또 다른 방위를 설정하는 어리석음을 범한다. 방향은 다만 무주상보시의 공덕을 설명하고자 양념으로 넣은 것이다.

이러한 가르침은 참다운 보시로 인하여 중생이 가지고 있는 간탐심을 없게 함이지 결코 보시를 비방하는 것은 아니다. 미증유경(未曾有經)[103]에 보면 제석천이 야간(野干)[104]에게 물었다. 먹을 것을 보시하는 것과 법을 보시하는 것은 그 어떠한 공덕이 있겠느냐. 그러자 음식을 보시하는 것은 하루의 목숨을 구제하는 것이고, 진기한 보배와 재물을 보시하는 것은 1세(世)의 궁핍함을 구제하지만 이익의 속박을 증대하는 것이며, 법을 설해서 교화하는 것은 법시(法施)라 하는데 능히 중생들로 하여금 출세간의 도(道)로 가게 할 수 있음이라

---

[103] 후한 시대에 한역되었으나 역자는 알 수가 없다. 이 경은 진제(眞諦)가 한역한 불설무상의경(佛說無上依經) 제1 교량공덕품(校量功德品)을 요약한 것으로, 작은 불탑이나 불상을 조성하더라도 그 공덕이 매우 큼을 설한다.

[104] 불교 신화에 등장하는 야수(野獸)로 교활한 맹수라 여기고 있다.

고 하였다.

그러므로 알라. 대장부론(大丈夫論)[105]의 가르침을 추려서 살펴보면, 재물의 보시는 중생의 몸의 고통을 제거하는 것이며 법보시는 중생의 마음의 고통을 제거하는 것이다. 따라서 재물의 보시는 어리석은 사람들이 좋아하며, 법보시는 지혜로운 자가 좋아함이다. 까닭에 재보시는 현재의 즐거움을 주지만, 법보시는 능히 열반의 즐거움을 준다고 하였다.

보살의 보시는 삼륜이 청정한 까닭에 집착함이 없음이니 이를 비유하면 허공과 같다. 그러나 중생은 허공을 보고 또 동서남북으로 분별하지만, 허공은 본디 동서(東西)가 없고 종횡(縱橫)이 없다.

고로 일체법고왕경(一切法高王經)[106]의 말씀에는
사리불아, 비유하자면 허공은 그 크기를 헤아릴 수 없나니, 허공을 어떻게 생각으로 헤아려 알 수 있겠느냐고 하였다. 舍利弗 譬如虛空不可量取 云何 虛空可思議不

---

105 북량(北涼) 시대(397-439)에 도태(道泰)가 한역하였다. 이 논은 보살의 보시, 자비, 지혜, 보리, 발원에 대해 설하고 있다.

106 후위(後魏) 시대에 구담반야류지(瞿曇般若流支)가 542년에 정창사(定昌寺)에서 번역하였다. 별칭으로 일체법의왕경(一切法義王經)이라고도 한다. 비구와 보살이 보시의 은혜에 보답하는 법을 설한 경전이다. 경의 이름은 '으뜸가는 불법에 대하여 설한다'는 의미이다. 또한 이역본으로 제법용왕경(諸法勇王經)·제법최상왕경(諸法最上王經)이 있다.

참고로 사유(四維)는 건(乾)·곤(坤)·간(艮)·손(巽). 곧, 서북·서남·동북·동남의 네 방위, 상하(上下)는 위아래를 말하므로 하늘과 땅을 말한다.

須菩提 菩薩無住相布施 福德亦復如是 不可思量

수보리 보살무주상보시 복덕역부여시 불가사량

수보리야, 보살이 상에 머물지 않고 보시하는 복덕도 또한 이와 같아서 가히 상상할 수 없느니라.

須菩提 菩薩但應如所教住

수보리 보살단응여소교주

수보리야, 보살은 반드시 가르친 바와 같이 머물지니라.

보살이 형상에 머물지 아니하고 보시하는 복덕도 이와 같아서 가히 헤아려 그 분량을 따질 수 없는 것이다. 그러므로 수행도 형상에 머물러서 수행한다면 부처를 보는 것이 아니라 헛것을 보고 부처를 보았다고 하게 된다. 부처가 마음이거늘 어찌 무엇을 보았다고 하겠는가? 이는 모두 인위적으로 지어낸 말에 불과하다.

이를 모르면 출가 사문도 불상을 위할 뿐, 정작 사람을 위하지 않음이다. 부처님의 가르침은 '사람이 곧 부처'라는 가르침이다. 절에는 대웅전이 있어야 하고, 대웅전에는 석가모니불 상(像)이 있어야한다. 그 나머지 불상이나 보살상은 모두 방편의 이름으로 설정된 불상이다. 방편을 걷어내야 실상을 보듯이 불상이 없어야 불교가 사는길이다. 대웅전에 봉안하고 있는 불상은 믿음이 하열한 중생들을 위하여 믿음을 일으키는 수단으로 있는 것이지, 그 이상 그 이하도 의미가 없다. 이에 관해서는 금강경 제11 무위복승분(無爲福勝分)에 잘나와 있다.

보살이 형상에 머물지 아니하고, 보시하였다는 마음에도 집착하지않는다고 하는 것을 금강경에서는 '보살심'이라고 하였다.

복덕(福德)은 선행으로 인하여 받는 복스러운 공덕을 말하는 것이아니다. 보살이 머무름이 없는 마음을 성취하였을 때 능히 법신(法身)을 나타냄이니, 이를 복덕이라 한다. 또한 복덕으로 장엄한다고하는 것은, 이로써 지견(知見)이 나타나므로 무명을 타파하고 능히법신을 올곧게 드러냄이니, 이를 지혜장엄(智慧莊嚴)이라 한다.

이를 바로 알면 단응여소교주(但應如所教住)를 알아차림이다. 다만 수행자는 부처님 가르침대로만 머물라고 하였으니, 이는 집착심이 없음을 말한다. '나'라고 하는 마음이 있으면 이는 딱딱하게 굳어진 마음이므로 형상(形相)이다. 형상은 그 끝이 있지만 형상이 없으면 그 끝을 알 수가 없다. 따라서 제4분에서 말하고자 하는 금강경의가르침은 '무엇을 하든지 상(相)을 내고 하지 마라' 하는 것이다.

중생은 욕심에 그 끝이 없다. 욕심으로 인하여 집착하고 상(相)을 내는 것이다. 장자(莊子)[107]가 말하기를 뱁새도 깊은 숲속에 둥지를 틀지만, 그저 나뭇가지면 족하고 두더지가 황하의 물을 마시지만 배를 채우는 데 불과하다고 하였다. 鷦鷯巢於深林 不過一枝 偃鼠飮河 不過滿腹

묘행무주분(妙行無住分)을 정리하면 이러하다. 보시를 하더라도 상에 머물러서 보시하지 마라. 상이 없는 보시는 무량공덕을 얻게 되리라. 이것이 핵심이다. 이를 행하려면 아(我)가 없음을 관(觀)해야 한다. 나[我]가 없으면 남도 없다. 따라서 나와 남이 없으면 자심(自心)이 적멸할 것이다. 고로 자심이 적멸하면 모든 중생이 다 함께 적멸을 얻을 것이다. 이것이 묘행무주분(妙行無住分)의 묘미다.

---

[107] 춘추 시대 송나라 사람으로 이름은 주(周)이다. 도가 사상을 계승, 발전시킨 인물로 우언(寓言)으로 풀이된 장자(莊子)를 남겼다.

제5 여리실견분如理實見分

· ·

부처님의 참모습을 보라

須菩提 於意云何 可以身相 見如來不

수보리야, 그대는 어떻게 생각하는가? 육신으로써 여래를 볼 수 있겠는가?

不也世尊 不可以身相 得見如來 何以故 如來所說身相 卽非身相

아닙니다, 세존이시여. 육신으로써는 여래를 볼 수 없습니다. 왜냐하면 여래께서 육신이라고 말씀하신 것은 곧 육신이 아니기 때문입니다.

佛告須菩提 凡所有相 皆是虛妄 若見諸相非相 則見如來

부처님께서 수보리에게 말씀하셨습니다. 무릇 형상이 있는 것은 모두 다 허망하나니 만약 모든 형상을 형상이 아닌 것으로 보면 곧 여래를 보느니라.

여리실견 如理實見
부처님의 참모습을 보라.

여리실견(如理實見)은 '올바른 도리를 제대로 보라'는 표현이다. 부처님께서 수보리에게 묻기를 육신으로써 부처를 볼 수가 있느냐고 하자, 수보리가 즉답하기를 절대 그럴 수 없다고 답하고 있다. 수보리는 그만큼 법의 이치를 꿰뚫고 있는 부처님의 제자이다.

여리실견은 곧 여실지견(如實知見)이다. 따라서 부처님께서 말씀하신 '진실 그대로 안다'는 뜻이다. 여기에는 나의 생각은 추호도 용납하지 아니하며, 오직 부처님의 말씀만 여실히 필요하므로 '어김없는 부처님의 말씀'을 뜻한다. 여리실견(如理實見)을 벗어나면 전도견(顚倒見)이 된다. 반야심경에서는 전도몽상(顚倒夢想)이 여리실견의 대칭되는 표현이다.

여리(如理)는 여실(如實)과 같은 표현이다. 이에 따라 이치에 맞도록 적합하게 부응하는 것을 여리상응(如理相應)이라 한다. 부처님의 말씀은 그 어느 것 하나도 도리에 벗어남이 없으시니, 여리성(如理聲)이다. 이를 반야심경(般若心經)에서는 진실불허(眞實不虛)라고 하였다.

금강경의 여리실견분(如理實見分)은 그 누구든 부처를 구하고자 하는 이는 형상에 휘둘리지 말라는 요긴한 가르침이다. 왜냐하면 형상은 성주괴공(成住壞空)을 피할 도리가 없기 때문이다. 이러한 도리를 깨달아 알면 이때부터 법다운 법을 알아차리므로 여법(如法)이라고 한다.

수행자는 여법(如法)을 수순(循守)하여 수행하여야 한다. 여법하다는 것은 법에 의지하게 되는 근간이 되고 골수가 되므로 여법갈마(如法羯磨)가 됨이다. 이러한 가르침은 금강경 제13 여법수지분(如法受持分)에서 다시 밝히고 있다.

이처럼 '여리실견분'에서는 수행자가 무엇에 정점(頂點)을 찍어야 하는지 명확하게 제시하고 있다. 여리실견하면 여법수행(如法修行)이 뒤따르는 법이다. 그렇게 되면 누구를 만나더라도 부처님 가르침에 맞는 법을 베풀게 되므로 여법시(如法施)요, 여법설(如法說)이요, 여법어(如法語)요, 여법염불(如法念佛)이다. 이러한 이치로 참회하면 여법참회(如法懺悔)가 된다.

대지도론(大智度論) 권5에 보면
비유하자면 눈이 청정하고 열기가 없어 있는 그대로 누런색을 보면 누렇게 보는 것과 같다. 이처럼 마음에 헛된 망상이 없으면 청정한 지혜의 눈으로 모든 법의 실상을 본다고 하였다. 이것이 바로 여리(如理)요, 여실(如實)이요, 정견(正見)이다. 譬如人眼淸淨無熱氣 如實見黃是黃 如是除內心想智力 慧眼淸淨 見諸法實相

須菩提 於意云何 可以身相 見如來不

수보리 어의운하 가이신상 견여래부

수보리야, 그대는 어떻게 생각하는가? 육신으로써 여래를 볼 수 있겠는가?

不也世尊 不可以身相 得見如來

불야세존 불가이신상 득견여래

아닙니다, 세존이시여. 육신으로써는 여래를 볼 수 없습니다.

何以故 如來所說身相 卽非身相

하이고 여래소설신상 즉비신상

왜냐하면 여래께서 육신이라고 말씀하신 것은 곧 육신이 아니기 때문입니다.

부처는 심상(心相)으로 만나는 것이지 형상(形相)으로 만나는 대상이 아니다. 다만 차별상을 지어 보이기에 법신(法身), 보신(報身), 화신(化身)이 있지만 실상은 하나다. 법의 몸이 곧 부처이기에 삼신일체(三身一體)가 되는 것이다. 법신(法身)은 상이 없다. 고로 색신(色身)이 있을 수가 없다. 법신은 허공과 같다. 사람들은 법신을 찾으려고 하지 아니하고, 형상으로 부처를 찾으려고 부단히 애를 쓰는 경우가 허다하다. 이쯤에서 바로 알아두어야 한다. 부처는 모양이 없는 무신상(無身相)이다.

신상(身相)은 신체적인 특징과 신체적인 모습을 말하므로 삼십이상(三十二相)이 여기에 속한다.

정심계관법(淨心誠觀法)[108]에 보면

신상이라고 하는 것은 육도 중생의 음대(陰大)가 일시로 성립한 결과로써 현생이 드러난 과(果)에 감응하고, 과거의 인(因)에 응수하는 것이기 때문에 신상이라 한다. 신상에는 팔만사천 가지의 형태가 있으며, 의보(依報)와 정보(正報)가 각각 차별적으로 나타난 것이라고 하였다. 身相者 六道異類 陰大假成 感現前果 酬過去因 故名身相 身相有八萬四千種形 依正二報 各各差別

부처가 상(相)이 있다면 이는 유위(有爲)에 해당하기에 생주이멸(生住異滅)이 있게 마련이다. 그러나 부처님은 '부처는 색신에 의하여 생(生)하지 않는다'고 하셨다. 색신은 상(相)이 되는 것이고, 법신은 성(性)이 되는 이치이다. 이러한 이치를 바로 알고자 금강경 공부를 한다. 이걸 모르면 그만 귀신 굴에 들어가서 눈 앞을 가리게 된다.

대반니원경(大般泥洹經)[109]에서는

---

[108] 당나라 사문 도선(道宣)이 종남산에서 찬술하였다.

[109] 동진 시대에 법현(法顯)이 한역하였다.

여래의 몸 모양은 성문이나 벽지불이 아는 바가 아니니라. 이처럼 여래의 몸을 성취한 이것이 법신이라 더러운 것을 먹는 몸이 아닌데, 어떻게 병이 나고 괴로워하며 날기와 그릇과 같이 무너지는 일이 있겠는가? 교화를 받는 자를 따라서 늙고 병들고 죽는 것을 나타낼 뿐, 여래 법신은 금강과 같아 무너지지 않는다고 하였다. 如來身相者 非聲聞辟支佛所知 如是成就如來身者 是爲法身非穢食身 云何當 有若病若惱若壞如坏器耶 隨受化者現老病死 如來法身金剛難壞

또한 화수경(華手經)[110]에서는
참된 부처님의 신상은 가히 생각할 수 없다고 하였다 眞佛身相者 不可得思議

여리실견분에서 야보도천(冶父道川) 선사는 유명한 선시를 남겨 두었다.

身在海中休覓水 日行山嶺莫尋山
신재해중휴멱수 일행산령막심산

鶯啼燕語皆相似 莫問前三與後三
앵제연어개상사 막문전삼여후삼

---

110 구마라집이 한역하였다. 섭복덕경(攝福德經), 섭선근경(攝善根經), 섭제복덕경(攝諸福德經), 섭제선근경(攝諸善根經), 화수경(華首經) 등으로 불린다.

몸이 바다 가운데 있거늘 또 물을 찾지 마라.
매일 산 정상을 다니면서 산을 찾지 마라.
꾀꼬리 제비 울음이 서로 비슷하니
전삼(前三)과 더불어 후삼(後三)을 묻지 마라.

이는 사람들이 스스로 미혹하여 부처가 자기 마음 안에 있는 줄 모르고 바깥에서 부처를 찾겠다고 노고를 더하는 것과 같음이다. 두두물물(頭頭物物)이 묘용(妙用)하여 법성이 있음을 알면 차별을 지어서 제비다, 꾀꼬리다 구분치 않는 법이다. 그것이 바로 실상반야(實相般若)다.

佛告須菩提
불고수보리

부처님께서 수보리에게 말씀하셨습니다.

凡所有相 皆是虛妄 若見諸相非相 則見如來
범소유상 개시허망 약견제상비상 즉견여래

무릇 형상이 있는 것은 모두 다 허망하나니 만약 모든 형상을 형상이 아닌 것으로 보면 곧 여래를 보느니라.

이 부분을 금강경 사구게(四句偈)¹¹¹라고 한다. 무릇 있다고 여기는 '모든 형상은 본질적인 것이 빚어낸 작용에 불과하다'는 것이 요지이다. 위에서 이미 설명하였듯이 형상이 있는 것은 영원한 것이 없다. 그러므로 생주이멸(生住異滅)의 철리(哲理)를 벗어나지 못한다.

선종(禪宗)에서는 불립문자(不立文字)라고 하여, 깨달음을 말이나 문자로 내세우지 못하기에 마음에서 마음으로 전하는 것이라고 하였다. 형상이 있지만 이를 형상으로 보지 아니한다면 실상을 보게 되는 것이다. 그러므로 어떤 대상의 본체(本體)를 보지 말고 그 본바탕인 본질을 보아야 한다. 본질을 모르면 그만 대상에 휘둘려 맥을 못 추고 이리저리 끌려다니는 꼴을 면하기 어렵다.

여기에 대해서 부대사(傅大士)¹¹²가 말하기를
여래께서 몸의 모양을 드러낸 것은 세간의 정에 순응하기 위함이다. 사람들이 단견을 낼까 봐 두려워하여 방편으로 거짓 이름을 세운

---

111 4구(四句)로 된 게문(偈文)이다. 불교의 게송은 대개 4자 또는 8자를 1구(一句)로 하고, 4구(四句)를 1 게송으로 하고 있다. 사구게는 깨친 진리를 함축 요약하고 있어 매우 깊은 뜻을 담고 있다.

112 부대사(傅大士, 497~569)는 남조 진(陳)나라 때의 스님으로 성은 부씨(傅氏)고, 무주(撫州)에서 출생했다. 부대사라는 별칭 이외에 쌍림대사(雙林大師), 동양거사(東陽居士)라고도 한다. 24살 때 처자(妻子)도 버리고 집도 버린 채 소나무 아래 쌍림사(雙林寺)를 짓고 수행하다가 쌍림수 아래에서 깨달음을 얻었으며, 거침없는 수행으로 출가자와 재가자들로부터 존경받았다. 선종(禪宗)을 익혔고, 석전(釋典)을 깊이 연구하고 경론(經論)에 해박했다. 특히 양무제(梁武帝)를 귀의시켜 중국불교 발전에 이바지했다.

것이다. 그러기에 거짓으로 32상이라 하고 80종호 또한 헛된 소리이다. 몸이 있는 것은 깨달음의 체(體)가 아니니 모양[相]이 없어야 참다운 형상이라고 하였다. 如來擧身相 爲順世間情 恐人生斷見 權且立虛名 假言三十二 八十也空聲 有身非覺體 無相乃眞形

또한 야보도천(冶父道川) 선사는 산은 산이요 물은 물이로다. 부처님은 어느 곳에 계시는가? 라고 하였다. 山是山水是水 佛在甚麼處

예장종경(豫章宗鏡)[113] 선사가 다음과 같이 송하였다.

報化非眞了妄緣 法身淸淨廣無邊
보화비진요망연 법신청정광무변

千江流水千江月 萬里無雲萬里天
천강류수천강월 만리무운만리천

보신 화신은 참이 아니고 마침내 망령된 인연이라.
법신은 청정하여 무량 광대하거늘
일천 강에 물이 있음에 일천 강에 달이 비치고
만 리(萬里)에 구름이 없으니 만 리가 하늘뿐이라.

---

113 예장종경(豫章宗鏡) 스님의 생몰 연대는 알 수 없다. 송나라 때 스님으로 행해(行解)가 원융하고 삼장(三藏)에 박식하며 일진(一眞)의 묘(妙)를 이치에 맞게 논설하였다고 전한다.

미망이 없으면 사실을 사실대로 볼 것이지만 중생들은 미망으로 인하여 모두 미혹되게 보는 것이다. 그러므로 진리를 곡해하고 형상으로 부처를 찾으려고 한다.

형상이 있음은 화신(化身)을 말함이다. 그러나 인연에 따라 생긴 상(相)은 자성이 없어 허망하기에 세월을 이기지 못하고 무너지는 것이다. 그러므로 여리실견은 '너희들은 똑똑히 알아라. 부처님의 가르침은 형상을 좇아감이 아니요, 진리의 말씀에 따라 수순하는 것이라.'는 것을 분명히 말씀하고 있다.

그러나 대부분 수행자가 이를 말로만 외치기에 실(實)은 없고 공허만 메아리로 그쳐 숱한 불상을 일으키고, 탑을 조성하여 옥상옥(屋上屋)을 만들어 스스로 만족을 느꼈을지도 모른다. 그러나 진리의 측면에서 보면 초라하기 짝이 없다. 이로부터 불교는 점점 힘을 잃어가고 말았다. 초목도 비실거리면 각종 벌레가 달라붙듯이 그 어떠한 종교도 힘을 잃으면 우후죽순(雨後竹筍)처럼 큰스님, 선지식, 종단이 나타나는 법이다.

육신은 부모로부터 받지만 그 얼은 부처님께 받는 것이다. 얼은 곧 참마음이다. 논어(論語)에 보면 공자는 천생덕어여(天生德於予)[114]라고 하여 하늘이 나에게 덕을 생(生)하게 함이라고 하였다. 이렇듯 불교는 부처님의 얼을 믿고 따르는 종교이지 불상을 믿는 종교가 아니다.

---

114 논어 술이편(述而篇)에 나온다.

사람들은 불상을 아주 소중히 여기면서 정작 불상 안에 있는 얼을 찾으려고 하지 않는다. 불상이 삼십이상 팔십종호(三十二相 八十種好)라면 불상에 담긴 얼은 '다르마'가 되는 것이다. 불상은 후대에 그리스인들에 의하여 생겨난 산물(産物)이다. 불교 역사에서 불상이 없었던 시대를 무불상(無佛像) 시기라고 한다. 부처님의 가르침이 얼마나 존엄하고 고귀하며 숭고한가는 '무불상'의 사상을 보면 알 수가 있다. 금강경은 어떤 측면에서 '무불상'을 강조하고 있기도 하다.

불상을 '부처'라고 여김은 좌정관천(坐井觀天)이다. 하늘은 본디 넓고 넓어서 그 끝을 알 수가 없지만, 우물에서 바라본 하늘은 우물만 하다. 결국 우물가에 앉아 우물 안 하늘을 바라본다고 하는 것은 '무명세계'를 말한다.

40권 대반열반경 광명변조고귀덕왕보살품(光明遍照高貴德王菩薩品)에 보면

선남자야, 어두운 우물 속에 갖가지 칠보가 있는 것을 사람들도 알지만 어두워서 보지 못한다. 지혜 있는 사람이 방편을 알고서 등불을 가지고 가서 비추면 모두 보게 된다. 이 사람들은 여기서 생각하기를 '물과 칠보가 본래 없던 것이 지금 있다'고 하지 않는다. 열반도 그와 같아서 본래부터 있는 것이며, 지금 비로소 있는 것이 아니다. 번뇌가 어두워서 보지 못하는데, 큰 지혜인 여래가 알맞은 방편으로 지혜의 등을 켜서 보살들로 하여금 열반의 항상 하고, 즐겁고, 나이고, 깨끗함을 보게 하신다. 그러므로 지혜 있는 이는 본래 없던 것이 지금 있다고 말하지 않아야 한다고 하였다. 善男子 如闇室中井 種種七

寶 人亦知有 闇故不見 有智之人善知方便 然大明燈 持往照了 悉
得見之 是人於此終不生念 水及七寶 本無今有 涅槃亦爾 本自有
之 非適今也 煩惱闇故 眾生不見 大智如來以善方便燃智慧燈 令
諸菩薩得見涅槃常樂我淨 是故智者於此涅槃不應說言 本無今有

　형상이 있는 불상은 곧 방편이다. 그래서 불상을 방편불(方便佛)이
라고 하는 것이다. 형상의 불상을 자꾸 진불(眞佛)이라고 여긴다면
이는 장님이 코끼리를 만지는 격이다. 왜 그런가 하면 전체를 보지
못하고 일부인 한 단면만 보기 때문이다.

　기세경(起世經)[115]에 보면
　그때 경면왕(鏡面王)은 즉시 명을 내려 코끼리 조련사를 불러서 말
하였다. 그대는 속히 나의 코끼리가 있는 우리에 가서 코끼리 한 마
리를 내 앞으로 몰고 와서 여러 장님에게 보이라. 그때 코끼리 조련
사는 왕의 칙명을 받고 즉시 코끼리를 몰고 와서 왕의 궁 앞에 놓고
여러 장님에게 말하였다. 이것이 코끼리입니다.

　그때 여러 장님은 각각 손으로 그 코끼리를 만졌다. 그때 코끼리
조련사는 다시 여러 장님에게 말하였다. 그대들은 코끼리를 만져 본
뒤에 사실대로 왕에게 아뢰십시오. 그러자 여러 장님 중에 어떤 이는
코를 만졌고, 어떤 이는 어금니를 만졌고, 어떤 이는 귀를 만졌고, 어

---

115 수(隋)나라 때 사나굴다(闍那崛多, Jñānagupta)가 585년~600년 사이에 번
역하였으며, 그 내용은 대루탄경(大樓炭經)과 거의 유사하다.

떤 이는 머리·목·등·갈비·꼬리와 다리의 여러 신체 부분을 만지고 더듬었다. 그때 왕이 물었다. 장님인 너희들은 코끼리 생김새를 이미 알았느냐? 여러 장님이 함께 왕에게 대답하였다. 천왕이시여, 저희는 이미 코끼리의 생김새를 알았습니다. 그때 왕이 다시 물었다. 너희 장님들이 만약 코끼리의 생김새를 알았다면 코끼리는 어떤 모양이더냐?

그때 여러 장님 가운데서 코를 만져 본 이는 곧 왕에게 아뢰었다.
천왕이시여, 코끼리의 모양은 마치 동아줄과 같습니다.

어금니를 만져 본 이는 대답하였다.
천왕이시여, 코끼리의 모양은 말뚝과 같습니다.

귀를 만져 본 이는 대답하였다.
천왕이시여, 코끼리 모양은 키와 같습니다.

머리를 만져 본 이는 대답하였다.
천왕이시여, 코끼리 모양은 항아리와 같습니다.

목을 만져 본 이는 대답하였다.
천왕이시여, 코끼리는 집의 들보와 같습니다.

등을 만져 본 이는 대답하였다.
천왕이시여, 코끼리는 용마루와 같습니다.

갈비를 만져 본 이는 대답하였다.
천왕이시여, 코끼리 모양은 대자리와 같습니다.

넓적다리를 만져 본 이는 대답하였다.
천왕이시여, 코끼리 모양은 절구와 같습니다.

꼬리를 만져 본 이는 대답하였다.
천왕이시여, 코끼리는 비와 같습니다.

　그때 여러 장님은 제각기 이렇게 아뢰었다. 천왕이시여, 코끼리 모양은 그와 같은 것입니다. 천왕이시여, 코끼리 모양은 그와 같은 것입니다. 그러자 왕은 여러 장님에게 말하였다. 너희들은 코끼리인지 코끼리가 아닌지도 모르면서 하물며 코끼리의 모양을 알 수 있겠느냐? 그때 여러 장님은 각자 자기를 고집하며 서로 다투었는데, 저마다 손으로 그 얼굴들을 막고 서로 옳다고 말씨름하면서 상대를 헐뜯으며 각각 말하였다.

　분명 부처님은 형상이 부처가 아님이라고 했으며 법화경에는 일불(一佛) 외에는 모두 방편불이라고 하였다. 그러나 법안이 없으면 마치 '장님 코끼리 만지는 격'이라서 관음보살을 부처라 여기고, 아미타불을 부처라 여기지만 이는 모두 본불(本佛)이 아니요 적불(迹佛)이다. 그래서 당나라 한유(韓愈)는 우물 안에서 하늘이 작다고 여기지만 실재 하늘이 작은 것이 아니라고 하였다. 坐井而觀天 曰天小者 非天小也

신상(身相)은 응신(應身)을 말하며 법상(法相)은 법신(法身)을 말한다. 다시 이를 부처로 대비하여 보면 신상은 응신불(應身佛)이요, 법상은 법신불이다. 까닭에 신상은 환신(幻身)이며 법상은 진불(眞佛)이다. 이를 모르면 경(經)을 등한시하고 당우(堂宇)를 세우거나 탑을 조성하는 것을 참다운 불사라고 여기지만 실은 참 불사는 아니다. 그러므로 육신으로 여래를 보고자 한다면 여기서부터 어긋나게 된다.

부처님께서 수보리에게 짐짓 말씀하시기를 너는 신상으로 여래를 찾고자 하는 것은 아니냐고 묻자, 수보리는 즉시 답하기를 아니라고 하였다. 여리실견분은 이 대목에 요체(要諦)가 있음이다. 분명 아니라고 하였는데 상(相)에 빠져서 허우적거리는 자는 누구인가?

달마가 양나라 무제를 만나 천불천탑(千佛千塔)의 공덕은 없다고 하였는데 아직도 이를 알아차리지 못한다면 곤란하다. 아직도 양무제가 넘쳐나고 있다. 대웅(大雄)을 모신 대웅전이 장엄하게 있을진대 천불(千佛) 만불(萬佛)이 또 무슨 말인가?

형상이 있는 것은 결국 허망하다고 하였음을 재차 알아차려야 한다. 신라 때 화엄종을 창시한 의상(義湘 625~702) 스님의 법성게 첫 구절은 '법성은 원융하여 두 가지 상을 떠나서 있다'고 하여 법성원융무이상(法性圓融無二相)이라고 하였다.

여리실견분은 실상법신(實相法身)이 무엇인지에 대하여 콕콕 찍어 정답을 알려주기를 법신무상(法身無相)이라고 하였다.

범소유상(凡所有相)은 무릇 형상이 있는 것이라고 하였다. 이는 불상, 석탑, 건물 등만 말하는 것이 아니라 육진, 오온 등 제법을 통틀어서 말하는 것이다. 인연으로 인하여 이루어진 것은 모두 인연 따라 소멸되는 것이다. 그러나 중생은 천년의 계교를 꿈꾸기에 방일하고 나태해지는 원인이 된다.

금강반야바라밀다경론(金剛般若波羅蜜多經論)[116]에 보면

부처님께서 수보리에게 말씀하시기를 무릇 모습이 있다고 하는 것은 모두가 허망한 말이요, 만약 모든 모습을 모습이 아니라고 보면 곧 허망한 말이 아니니, 이처럼 모든 모습을 모습이 아니라고 보면 곧 여래를 볼 수 있느니라고 한 것과 같다. 이 구절에서는 유위법이 허망한 것임을 밝힌 것이라고 하였다. 佛告須菩提 凡所有相皆是妄語 若見諸相非相 則非妄語 如是諸相非相 則見如來 此句顯有爲虛妄故

'약견제상비상 즉견여래'에 대해서는 게송에 말하기를 '저것을 여의어야 곧 여래라 할 수 있다'고 한 것에 대하여 그곳에서는 세 가지 모습이 없으므로 모습과 모습 아닌 것이 상대(相對)가 되니, 저곳에서는 생(生)·주(住)·멸(滅)·이(異)의 실체를 얻을 수 없기 때문이라는 것이다. 이 구절은 여래의 몸은 유위로 만들어진 것이 아님을

---

116 509년에 호상국(胡相國)에서 보리유지(菩提流志)가 번역하였다. 주석서와 이역본으로는 8세기 초 의정(義淨)이 번역한 능단금강반야바라밀다경론석(能斷金剛般若波羅蜜多經論釋)이 있다.

밝힌 것이다. 보살이 이처럼 여래에 대하여 깨달아 알면 비록 부처님의 보리를 위해서 보시를 한다 하더라도 그 보살은 '법에 머무르지 않고 보시를 해야만 이와 같은 것을 성취할 것이라'는 의심이 생겨날 것이므로 이 의혹을 끊게 하기 위한 것이라고 하였다. 偈言 離彼 是如來 示現彼處三相無故 相非相相對故 彼處生住滅異體不可得 故 此句明如來體非有爲故 菩薩如是知如來爲佛菩提行於布施 彼 菩薩不住於法行於布施 成如是斷疑故

허망하지 않다고 하는 것은 진실함을 말한다.

능가경(楞伽經)에 보면
유위와 무위는 자체(自體)의 상(相)이 없다. 다만 저 범부가 어리석음과 망집으로 차별성이 있다고 분별하는 것이다. 마치 석녀가 꿈에서 아이를 껴안는 것을 보는 것과 같다고 하였다. 有爲無爲無自體 相 但彼凡夫愚癡妄執分別有異 猶如石女夢見抱兒

모든 상(相)이 상이 아니라는 것은 해탈덕(解脫德)이다. 이러한 이치를 똑바로 보라고 하는 것은 반야덕(般若德)이며, 이로써 여래를 본다고 하는 것은 법신덕(法身德)이다.

대열반을 갖추려면 세 가지 덕이 있어야 하는 이것이 법신덕, 반야덕, 해탈덕이다. 부처님께서 열반을 깨달아 얻으신 것은 법신덕이고, 나고 죽는 윤회를 끊으셨으니 해탈덕이며, 지극한 마음으로 듣고 깨달은 것은 반야덕이다.

부처님께서 우리에게 하신 말씀을 다시 곰곰이 생각해 보자.

凡所有相 皆是虛妄
범소유상 개시허망

若見諸相非相 則見如來
약견제상비상 즉견여래

무릇 형상이 있는 것은
모두 다 허망하나니
만약 모든 형상을 형상이 아닌 것으로 보면
곧 여래를 볼 것이다.

다시 말하면 형상을 좇지 말고 진리를 좇으면 돈오(頓悟)할 것이라
는 말씀이다.

월강정인록(月江正印錄)[117]에 보면 이러한 경지에 대하여 노래하
기를 다음과 같이 하였다.

四句偈勝七寶施 祇園會上百華春
사구게승칠보시 기원회상백화춘

---

117 원(元)나라 때 임제종의 월강정인(月江正印, 1268~1351) 선사의 어록집이다.

사구게(四句偈)가 칠보의 보시보다 뛰어나나니
기원회상에 백화(百花)가 난발한 봄이로다.

싸두! 싸두! 싸두!

제6 정신희유분正信希有分

••

바른 믿음을 내는 사람이 드물다

須菩提白佛言 世尊 頗有衆生 得聞如是言説章句 生實信不

수보리가 부처님께 여쭈었습니다. 세존이시여, 어떤 중생이 이와 같은 말씀을 듣거나 글귀를 보고 진실한 믿음을 낼 수 있겠습니까.

佛告須菩提 莫作是説 如來滅後 後五百歲 有持戒修福者 於此 章句 能生信心 以此爲實

부처님께서 수보리에게 말씀하셨습니다. 그런 말을 하지 말라. 여래가 열반한 뒤, 최후의 5백 세에도 계를 받아 지니고 복을 닦는 사람들이 있으리라. 그들은 이러한 글귀에 신심을 내고, 이러한 이치로써 진실을 삼으리라.

當知是人 不於一佛二佛三四五佛 而種善根 已於無量 千萬佛 所 種諸善根 聞是章句 乃至一念 生淨信者

반드시 알아야 한다. 이러한 사람들은 한 부처님이나 두 부처님이나, 셋, 넷, 다섯 부처님께만 선근을 심은 것이 아니다. 이미 한량없는 천만 부처님의 처소에서 여러 가지 선근을 심은 사람들이기에 이러한 말씀을 듣고 한 생각이라도 청정한 믿음을 내는 사람이니라.

須菩提 如來悉知悉見 是諸衆生 得如是無量福德

수보리야, 여래는 이 모든 중생이 이처럼 한량없는 복덕을 얻으리라는 것을 다 알고 다 보느니라.

何以故 是諸衆生 無復我相人相衆生相壽者相 無法相 亦無非法相

왜냐하면, 이 모든 중생은 더 이상 나라는 상이나 남이라는 상이나 중생이라는 상이나 수명에 대한 상이 없느니라. 그리고 옳은 법이라는 상도 없고 그른 법[非法]이라는 상도 없기 때문이니라.

何以故 是諸衆生 若心取相 則爲着我人衆生壽者 若取法相 卽着我人衆生壽者

왜냐하면, 이 모든 중생이 만약 마음에 어떤 상을 취하면, 곧 나와 남과 중생과 수명에 집착하게 되기 때문이니라. 만약 법의 상을 취해도 곧 나와 남과 중생과 수명에 집착하는 것이기 때문에 그러하다.

何以故 若取非法相 卽着我人衆生壽者 是故 不應取法 不應取非法

왜냐하면, 만약 옳은 법이 아니라고 하는 상을 취하여도 곧 나와 남과 중생과 수명에 집착하는 것이다. 그러므로 마땅히 옳은 법을 취하지도 말 것이며, 반드시 그른 법을 취하지도 말라.

以是義故 如來常說 汝等比丘 知我說法 如筏喻者 法尚應舍 何況非法

이러한 이치에 근거한 까닭에 여래가 늘 말하기를, 그대 비구들은 나의 설법을 뗏목의 비유처럼 알라. 옳은 법도 오히려 반드시 버려야 하거늘 하물며 그른 법[非法]이겠는가?

정신희유 正信希有
바른 믿음을 내는 사람이 드물다.

정신(正信)은 참되고 바르게 믿는 것을 말한다. 그러나 참된 믿음을 가진 사람은 참으로 보기가 어려울 정도로 지금의 세상은 말세다. 우리나라 불교가 불자를 배가시키고 살아남으려면 비 불교적인 모든 것을 송두리째 없애야 한다. 이러한 비 불교적인 모습을 청산하지 아니하고 세월이 가면 결국 암적인 적폐(積弊)로 남아 재앙을 불러 일으킬 것이다.

법당 뒤편에 떡하니 자리하고 있는 산신각, 또 다른 위치에서 우리를 미혹하게 만드는 용왕각, 칠성각, 부엌에 있는 조왕(竈王), 더 나아가서는 방편으로 설정된 관음전, 지장전, 약사전 등등이 모두 사라져야 부처님의 가르침에 대한 올바른 믿음이 생기(生起)한다.

윤달이면 흔히 생전예수재(生前豫修齋)를 하지만 지금은 생전예수재가 이름만 있지, 알고 보면 생전예수재는 전혀 이루어지지 않고 있다. 생전예수재에서 생전(生前)은 내가 죽기 전, 살아 있는 동안을 말한다. 예수(豫修)는 죽어서 극락에 가고자 미리 공덕을 닦아 놓는 것을 말한다. 그러므로 생전예수재는 자신이 지금까지 지은 죄업의 허물을 참회하는 법석이지, 죽은 자의 위패를 걸고 천도재를 지내는 법회는 아니다. 그러나 거의 모든 대부분의 사찰은 망자를 위한 재(齋)를 펼치는 자기모순에 빠지고 있다.

정신(正信)은 발심만 일으켜서 되는 것은 아니고 부처님의 말씀을 엮어 놓은 경(經)을 통해서 이루어지는 것이다. 또한 지금까지 배운 금강경도 정신(正信)에 대해서 말씀하시고 있다.

대보적경 권제81 호국보살회(護國菩薩會)에 보면 다음과 같은 가르침이 있다.

汝莫惜身命 持心如金剛
여막석신명 지심여금강

正問諸師道 莫捨正信意
정문제사도 막사정신의

그대는 몸과 목숨을 아끼지 말고
금강(金剛)과 같은 마음을 지녀서
모든 스승에게 길을 빠르게 물으면서
바른 믿음과 뜻을 버리지 마십시오.

정신(正信)은 올바른 믿음이다. 비록 불문에 들었지만 올바른 믿음을 일으키지 아니하면 진일보는커녕 많은 노고가 따르게 된다.

기신론(起信論)에 보면 다음과 같은 말씀이 있다.

爲欲令衆生 除疑捨邪執
위욕령중생 제의사야집

起大乘正信 佛種不斷故
기대승정신 불종부단고

중생들로 하여금
의심을 제거하고 삿된 집착 버리어
대승에 대한 올바른 믿음 일으켜서
불종자(佛種子)가 끊어지지 않게 하려는 까닭이다.

바른 믿음이 없으면 바른 법을 만나지 못하고 바른 스승을 만나지
못한다. 그래서 정신(正信)이 이처럼 중요한 것이다.

월등삼매경(月燈三昧經)[118]에 보면 송하기를 다음과 같이 하였다.

---

[118] 수나라 때 나련제야사(那連提耶舍, Narendrayaśas, 490~589)가 한역한 경이
다.

閻浮提內不信家 悉皆能令生正信
염부제내불신가 실개능령생정신

能令建立菩提心 亦復令彼得道果
능령건립보리심 역부령피득도과

염부제(閻浮提) 안에 신심 없는 집안들
모두 다 바른 믿음을 능히 내게 하며
나아가 보리의 마음을 능히 건립하게 하고
다시 그들로 하여금 도과(道果)를 얻게 한다네.

희유(稀有)는 매우 드물다는 표현이다. 사람들은 재물에 눈을 돌려서 세상 모든 일을 돈으로 해결하려고 하는 경향이 아주 크기에 진리를 찾는 사람은 만나기가 힘들 정도이다. 그만큼 이 세상은 핍박하게 돌아가고 있다. 올바른 스승을 만나기가 희유(稀有)한 것은 절이나 속세나 마찬가지가 되어 버렸다. 스님들은 출가하여 도를 구하기보다는 또 다른 자신의 영역으로 울타리 삼으려고 하는 경향이 강하고 속인들은 언론에 오르내리는 스님들을 찾아가기 바쁘다. 그러다가 만나지 못하면 스스로 풀죽어서 나중에는 스님을 욕하다가 부처를 욕하고, 정작 자신은 돌아보지 않는 어리석음을 범한다.

지금의 세상에는 정법을 만나기도 어렵다. 목련경을 바탕으로 예수재를 한다지만 아쉽게도 목련경(目蓮經)[119]은 위경이다. 부모의 은혜를 생각하도록 만든 부모은중경(父母恩重經)[120]도 위경이다. 이사를 할 때 흔히 독송하는 천지팔양신주경(天地八陽神呪經)[121]도 위경이다. 우리가 그토록 찾는 지장 신앙의 모체가 되는 지장경(地藏經)도 그러하다. 이외에도 광명진언(光明眞言)도 엉터리이기는 마찬가지다. 법회나 선사들의 재(齋)에 무당 박수들이 하는 살풀이나 지전무(紙錢舞) 등, 온갖 해괴한 일이 판을 치지만 이를 만류하는 눈 밝은 사문은 보기 드물다.

관념적인 타성에 젖어 의식에서 깨어나지 못하면 하루 일종식(一種食) 공양하신 부처님 전에 유교의 제기(祭器)에 떡, 과일만 산더미처럼 쌓아 올려 혹 무너져 부정할까 테이프를 붙이고 이쑤시개를 이용하는 꼼수나 부리게 되는 것이다.

법당 연등이 다른 사람보다 크기를 좋아한다면 이는 부처님 전에 등공양(燈供養)을 올린 것이 아니라 자신의 아상등(我相燈)을 올린

---

[119] 송나라 때 법천삼장(法天三藏)이 한역(漢譯)했다고 하나, 우란분경(盂蘭盆經)을 원본으로 대목건련의 효행에 다른 불제자의 효행을 더해서 만든 위경(僞經)이라는 설이 지배적이다.

[120] 불설대보부모은중경(佛說大報父母恩重經)을 말하며, 부모의 크고 깊은 은혜를 보답하도록 가르치는 내용이지만 위경(僞經)이라는 설이 지배적이다.

[121] 불설천지팔양신주경을 줄여서 팔양경(八陽經)이라고 하며 중국 당나라 삼장법사 의정 봉조가 역해를 한 것이다. 그렇지만 천지팔양신주경은 위경의 하나로 도교풍의 경이다.

것이다. 아상이 없어져야 남도 배려하고 자신도 배려하는 것이다.

세상이 제아무리 혼란스럽다고 하더라도 부지런히 선근(善根)을 심는 중생은 이 경문에 의지하여야 하는데, 이러한 믿음을 내는 이가 극히 드물다고 하는 말씀이다. 제5 여리실견분(如理實見分)에서는 상(相)을 좇지 말 것을 주문하였고, 제6분에서는 '말씀'은 '피안을 건너는 뗏목'이라고 하는 가르침을 펼치고 계신다.

여기에 대하여 대만의 남회근(南懷瑾 1918~2012) 선생의 견해를 보면 다음과 같다.

金鷄夜半作雷鳴 好夢惊回暗猶明
금계야반작뢰명 호몽량회암유명

悟到死生如旦暮 信知萬象一毛輕
오도사생여단모 신지만상일모경

한밤중에 금닭이 우레처럼 울어서
단꿈에서 깨어나자 어두움이 오히려 밝음이라네.
나고 죽음이 아침과 저녁 사이임을 깨닫고 보니
만상(萬象)이 하나의 깃털처럼 가벼움을 알겠도다.

須菩提白佛言 世尊 頗有衆生 得聞如是言說章句 生實信不

수보리백불언 세존 파유중생 득문여시언설장구 생실신부

수보리가 부처님께 여쭈었습니다. 세존이시여, 어떤 중생이 이와 같은 말씀을 듣거나 글귀를 보고 진실한 믿음을 낼 수 있겠습니까.

지금 수보리는 이러한 모든 것을 염려하여 다시 부처님께 여쭙는 것이다. 부처님, 어찌하면 말세의 중생들이 올바른 믿음을 낼 수 있겠습니까?

생실신부(生實信不)는 진실한 믿음을 낼 수 있겠느냐고 하는 표현이다. 진실을 이기는 것은 없다. 남녀 간의 사랑도 진실하면 아무런 탈이 없다. 하물며 부처님의 말씀을 진실로 믿는다면 자신의 영혼을 살찌울 것이다. 그러나 더러 부처를 팔아서 자신의 잇속을 챙기려고 하는데, 이는 진실의 도리에서 어긋나는 것이다.

수보리와 부처님은 지금 말세 중생을 걱정하고 있다. 말세 중생들이 부처님의 가르침을 보고 듣고 하여서 올바른 믿음을 일으키는 사람들이 드물다는 것은 그만큼 지금 우리가 암흑세계에서 살아가고 있다는 말이다.

진실한 믿음을 일으켜야 니르바나에 들 수가 있다. 그러기 위해서는 형상에 매달리지 말고 거룩한 부처님의 가르침을 수순하게 받아

들여 수행하여야 한다.

잡아함경 가운데 조토경(爪土經)에 보면
부처님 가르침에 의지하는 수행자는 손톱 위에 흙과 같이 적고 부처님 가르침에 의지하지 않는 수행자가 드넓은 대지의 흙처럼 많다고 말씀하셨다.

40권 대반열반경 가섭보살품에 보면
부처님께서 흙을 손톱 위에 두고 가섭에게 묻기를 이 흙이 많으냐? 시방세계에 있는 땅속의 흙이 많으냐? 선남자야, 어떤 사람이 이 몸을 버리고 도로 사람의 몸을 받으며 삼악도의 몸을 버리고 사람의 몸을 받으며 여러 근이 온전하여 나라의 중앙에 나며 바른 신심을 갖추어 도를 닦으며 도를 닦아서는 해탈을 얻으며, 해탈을 얻어서 열반에 드는 것은 손톱 위에 있는 흙과 같고, 사람의 몸을 버리고 삼악도의 몸을 받으며 삼악도의 몸을 버리고 도로 삼악도의 몸을 받으며 모든 근(根)이 갖추어지지 않아 변방에 태어나며 삿된 소견을 믿고 삿된 소견을 닦으며 해탈의 항상 하고 즐거운 열반을 얻지 못함은 시방세계에 있는 흙과 같다고 하셨다. 善男子 有人捨身還得人身 捨三惡身 得受人身 諸根完具 生於中國 具足正信 能修習道 修習道已 能得解脱 得解脱已 能入涅槃 如爪上土 捨人身已 得三惡身 捨三惡身 得三惡身 諸根不具 生於邊地 信邪倒見 修習邪道 不得解脱 常樂涅槃 如十方界 所有地土

부처님 당시에도 근기가 하열한 중생이 있어 부처님의 가르침을 따르기는 하지만 그 본지를 알아차리지 못하여 엉뚱한 길로 가고자 하는 사람이 있었듯이 지금 현세도 그와 같은 일이 일어나고 있음이다.

정신(正信)은 곧 실신(實信)이다. 대반야경 권제567에 보면 불도를 구하는 자는 보살이 그 일에 대하여 의혹이 없어 여실히 믿고 받들어 지닌다고 하였다. 諸菩薩於彼事中 無惑無疑如實信受

실심이 있어야 부처님 가르침을 받아들일 수가 있다. 실심이 없으면 자기의 깜냥을 부처님 가르침과 대비하려는 어리석음을 짓는다.

화엄경 권제7 세계성취품(世界成就品)에 보면
이때 보현보살이 도량에 한량없이 모인 대중들로 하여금 환희심을 내게 하고, 온갖 법에 즐겨하는 마음을 더하게 하고, 넓고 크고 진실한 신심과 지혜를 내게 하고, 넓은 문으로 법계장(法界藏)의 몸을 깨끗이 다스리게 하고, 보현의 서원 바다를 잘 세우고, 삼세가 평등한 데 들어가는 지혜의 눈을 다스리고, 온갖 세간을 두루 비추는 큰 지혜 바다를 증장하게 하고, 다라니의 힘을 내어 온갖 법 수레를 지니게 하고, 온갖 도량 가운데서 부처님 경계의 끝 간 데까지를 열어 보이고, 온갖 여래의 법문을 열고, 법계의 넓고 크고 깊은 온갖 지혜의 성품을 증장하게 한다고 하였다. 是時 普賢菩薩復欲令無量道場衆海生歡喜故 令於一切法 增長愛樂故 令生廣大眞實信解海故 令淨治普門法界藏身故 令安立普賢願海故 令淨治入三世平等智眼故 令增長普照一切世間藏大慧海故 令生陀羅尼力持一切法輪故

令於一切道場中盡佛境界悉開示故 令開闡一切如來法門故 令增
長法界廣大甚深一切智性故

　중생이 부처님 가르침에 대하여 바른 믿음을 일으키지 못하는 것
은 진리를 익히려 하지 아니하고 욕심을 내세워 무엇을 이루어 달라
고 하기 때문이다. 나의 실신(實信)에 따라 스승을 만나기 마련이다.
만약 정법을 전하려는 사람을 보거든 후원을 아끼지 않아야 한다. 그
러나 이러한 공덕을 지으려고 하는 이도 극히 드물다.

　대방광삼계경(大方廣三戒經)[122]에 다음과 같이 말씀하셨다.

　만일 여래의 공덕을 진실로 말하는 이가 있거든 수미산만큼의 전
단향(栴檀香) 가루를 그의 위에 흩고, 삼천세계만 한 큰 보배 일산을
만들어 그 사람의 머리 위에 받쳐 주어야 한다. 왜냐하면 가섭아, 신
심을 가지고 부처님의 명호를 부르는 진실한 신자도 적은데 더구나
신심을 가지고 부처님을 따라 출가하여 더러운 욕심을 멀리 떠나고
집착 없는 선정을 닦는 이는 참으로 드물기 때문이다. 가섭아, 내가
말하는 금계를 능히 가지고 이런 감로의 법을 믿고 아는 중생은 더
욱 드물다. 若有實說如來功德 應栴檀末如須彌山 以散其上作大
寶蓋 如三千界 於是人上虛空中侍 何以故 迦葉 能有信心稱佛名

──────
122 414년~426년 사이에 담무참(曇無讖)이 한역하였다. 이 경은 대승의 수행자
들이 지켜야 할 계율에 대해 설하는 경전으로 위없는 깨달음을 얻고자 한다면
마땅히 계율을 지켜야 함을 강조한다.

號 實信者少 況有信已從佛出家 遠離欲穢修無著禪 甚爲希有 迦
葉 若衆生能持於我所說禁戒 信解如是甘露之法 倍爲希有

장아함경에도 다음과 같은 가르침이 있다.

부처님께서 아난에게 말씀하셨다. 너는 여래의 정각도(正覺道)를
믿느냐? 아난이 대답했다. 예, 저는 진실로 부처님의 말씀을 믿습니
다. 佛告阿難 汝信如來正覺道不 對曰 唯然 實信

진실하게 믿어야 바른 믿음이 나온다. 바른 믿음은 정각을 이루는
근원이 되기에 이를 신근(信根)이라고 한다.

좌선삼매경(坐禪三昧經)[123]에 보면
한마음으로 진실하게 믿어서 움직이지 않으면 이것을 신근(信根)
이라 하며, 한마음으로 정밀하고 정성스럽게 도를 찾으면 이것을 정
진근(精進根)이라고 하며, 한마음으로 생각하여 잊어버리지 않으면
이것을 염근(念根)이라고 하고, 마음이 한곳에 머물러 또한 내달려
흩어지지 않으면 이것을 정근(定根)이라고 하며, 사유하고 분별하여
무상(無常) 등을 깨달으면 이것을 혜근(慧根)이라고 하니, 이 근(根)

---

[123] 요진(姚秦) 시대에 구마라집(鳩摩羅什, Kumārajīva)이 402년~407년 사이에
장안(長安)에서 한역하였다. 줄여서 선경이라 하고, 별칭으로 보살선법경·아
란야습선법·좌선삼매법문경이라고도 한다. 승우(僧祐)의 출가장기집(出三藏記
集)에 의하면, 이 불전은 어느 한 사람에 의해서 이루어진 것이 아니라 여러 사
람의 손에 의해서 이루어졌음을 밝히고 있다.

이 늘어나고 자라서 힘을 얻으면 이것을 다섯 가지 힘[五力]이라고 하였다. 一心實信不動 是名信根 一心精懃求道 是名精進根 一心 念不忘失 是名念根 心住一處亦不馳散 是名定根 思惟分別無常 等覺 是名慧根 是名增長得力 是名五力

佛告須菩提 莫作是說 如來滅後 後五百歲 有持戒修福者
불고수보리 막작시설 여래멸후 후오백세 유지계수복자

부처님께서 수보리에게 말씀하셨습니다. 그런 말을 하지 말라. 여래가 열반한 뒤, 최후의 5백 세에도 계를 받아 지니고 복을 닦는 사람들이 있으리라.

於此章句 能生信心 以此爲實
어차장구 능생신심 이차위실

그들은 이러한 글귀에 신심을 내고, 이러한 이치로써 진실을 삼으리라.

막작시설(莫作是說)은 '그런 염려의 말은 하지 말라, 나의 법은 영원히 단절치 아니하리라' 하는 뜻이다. 그래서 부처님의 말씀을 수레바퀴에 비유하여 법륜이라 한다. 법륜은 언제나 구르는 법으로 이를 법륜상전(法輪常轉)이라고 한다. 그렇다면 법륜은 누가 굴리는 것인가. 누가 이를 대신해 줄 수 있는 사람이 없다. 내가 곧 포교사(布教

師)가 되어야 한다. 아무리 진실한 가르침도 바르게 알지 못하면 한 낱 잠꼬대에 불과한 것이다.

육안(肉眼)의 차별상과 집착심으로 보시함은 무주가 아니다. 상(相)이 없이 보시함은 청정한 인(因)을 심음이기에 청정한 과(果)로써 결실을 보는 것이다. 이러한 주관과 객관을 모두 아울러야 하거늘 수보리는 의심을 일으켜서 크게 걱정하였지만, 부처님은 그런 말을 하지 말라는 충고로 수보리 말에 동의하지 않음을 보이셨다.

중생들이 뛰어난 근기가 있으면 응당 신심을 내어서 무주(無住)와 무상(無相)으로 실다움으로 삼는 법이다. 무상(無相)은 형상이 없으니 나를 앞세워 내놓을 것이 없어 지극히 현묘하기에 이를 허공에 비유하고, 무주(無住)는 머무름이 없기에 집착이 없는 법이니 이를 백운(白雲)에 비유한다.

그러나 예나 지금이나 올바른 믿음을 내는 사람이 드물어 아직도 부처님의 말씀을 멀리하고 불상에 집착하는 경향이 아주 강하다 보니 가는 절마다 당우는 퇴락하더라도 불상만 봉안하려고 한다. 이는 큰 문제다. 불교는 어떠한 상(相)을 믿는 종교가 아니다. 다시 말하면 대웅전의 불상을 믿는 종교가 아니라는 것이다. 불상은 다만 믿음을 일으키는 방편으로 설정된 것이다. 그러기에 불상에 영험이 있다고 한다면 이는 혹세무민이다.

고존숙어록(古尊宿語錄)[124]에 보면 당나라 무자화두(無字話頭)로 유명한 조주종심(趙州從諗)[125] 선사와 같이 눈 밝은 선지식은 이를 크게 염려하여 다음과 같이 송하였다.

金佛不渡爐 木佛不渡火
금불불도로 목불불도화

泥佛不渡水 眞佛內裏座
니불불도수 진불내리좌

쇠로 만든 부처는 용광로를 건너지 못하고
나무로 만든 부처는 불을 건너지 못하고
흙으로 만든 부처는 물을 건너지 못하고
진짜 부처는 내 안에 언제나 앉아 있는 법이다.

지금 우리의 신앙은 부처님의 가르침을 믿는 것이 아니다. 형상에

---

124 청원행사 계열의 선사 5명과 남악회향 계열의 선사 32명 등, 총 37명의 선사들을 중심으로 게송 등을 총 48권으로 편집한 것이다. 13세기 편찬된 이 선어록은 임제종 양기파 계통 선사들의 자료가 중심을 이루고 있다.

125 조주종심(趙州從諗, 778~897) 스님은 당나라 때 스님으로 검소한 생활을 하고 시주를 권하는 일이 없어 고불(古佛)이라는 칭송을 들었다. 송대(宋代)에 형성된 선종오가에 큰 영향을 끼쳤으며, 특히 화두를 많이 남겨 후대 선승들의 수행 과제가 되었다.

빠져 그것을 올바른 믿음이라 착각한 필시 우상숭배[126]이다. 불상을 발판 삼아 시급하게 촌각을 다투듯이 진리의 가르침으로 빠져들어야 한다. 경(經)을 중심으로 본다면 삼신(三身)도 모두 방편이다.

후오백세(後五百歲)라고 하는 것은 부처님께서 열반에 드신 뒤 다섯 번째 5백 년을 말한다. 이 시절이 되면 정법은 만나기가 어렵고, 그로 인하여 오직 불교를 비방하는 시기가 온다는 시절 인연을 뜻한다.

제1 오백 세는 부처님께서 열반에 드신 뒤 500년을 말하므로 아직 부처님의 가르침이 온전하게 남아 있어 누구나 부처님의 가르침을 듣고는 안목이 열리는 동안으로, 이 시기를 해탈견고(解脫堅固) 시기라고 말한다.

제2 오백 세는 부처님께서 열반에 드신 뒤 5백 년 시기로 선정수행이 견고하여 선정을 성취하는 이들이 많았으므로, 이 시기를 선정견고(禪定堅固) 시기라고 한다.

제3 오백 세는 부처님께서 열반에 드신 뒤 세 번째 5백 년 시기로 부처님의 가르침을 실행하려는 이는 적지만, 그래도 경전을 많이 독송하며 듣고 암송하면서 불법이 이어지는 동안으로 이 시기를 다문

---

126 물질적인 것이 초자연적 존재의 힘을 가지고 있다고 생각하여 숭배의 대상으로 믿거나 추앙하는 신앙을 말한다. 불상은 믿음을 일으키는 수단이지 불상 자체에 어떤 신력이 있다고 여기지 않기에 불교는 우상숭배가 아니다.

견고(多聞堅固) 시기라고 한다.

제4 오백 세는 부처님께서 열반에 드신 뒤 네 번째 5백 년 시기로 수행의 증과는 없지만, 그래도 많은 사람이 좋은 과보를 얻으려고 절이나 탑을 많이 일으키는 동안으로 이 시기를 조사견고(造寺堅固) 혹은 탑사견고(塔寺堅固) 시기라고 한다.

제5 오백 세는 부처님께서 열반에 드신 뒤 다섯 번째 5백 년 시기로 자설(自說)의 우위를 주장하는 무리가 늘어나서 사견(邪見)이 판을 치는 세상으로 불법은 점점 쇠퇴해지는 때를 말한다. 이 시기가 되면 수행은 안 하고 투쟁이 빈번하게 일어나므로 이 때를 투쟁견고(鬪諍堅固) 시기라고 한다.

그러나 지금 우리가 금강경을 공부하면서 이러한 관점으로 머리를 어지럽게 할 필요는 없다. 왜냐하면 위에서 열거한 그 어떠한 시기든 항상 나를 중심으로 이루어지기 때문에 굳이 부처님의 열반을 기준으로 그 때를 헤아릴 필요는 없다. 그냥 좀 편하게 '부처님께서 열반에 드신 뒤 아주 오랜 세월이 지나'면 이 정도로 이해하여도 된다.

이렇게 구분하는 것을 흔히 오오백년(五五百年)이라고 말한다. 이는 부처님께서 열반에 드신 후 5백 년 단위로 다섯 차례 나누어 그 시대의 상황과 흐름을 말하는 것으로 오개오백년(五個五百年)이라고 말하기도 한다. 참고로 말하면 대집경(大集經)[127]에서는 해탈견고, 선정견고, 지계견고, 다문견고, 투쟁견고라고 그 흐름을 약간 달리하기도 한다.

 그렇다고 부처님의 열반을 시기로 하여 흘러간 세월을 손꼽아 5백 년을 헤아린다면 이는 어리석은 일이다. 여래멸후(如來滅後) 5백 년은 바로 지금, 이 순간, 이 시간이다. 그리고 계를 받아 지니고 복을 닦는 사람도 바로 이 순간 우리다. 이어서 천만 부처님의 처소라고 하는 것도 부처님이 1천만 명이 있는 것이 아니라 혜안으로 보면 이 세상에 모든 것이 부처가 아님이 없으니 초목총림 두두물물(草木叢林 頭頭物物)이 부처 아님이 없다는 말이 되는 것이다.

 법화경 약왕보살본사품[128]에 보면

———

127 부처님이 시방(十方)의 불보살들에게 대승의 법을 설명한 경전으로 공사상(空思想)과 밀교적인 요소가 강한 경전이다. 원제는 대방등대집경(大方等大集經)이며, 공동역자는 지엄(智嚴), 보운(寶雲), 나련제야사(那連提耶舍, Narendrayaśas)이고, 60여 권의 대승 경전을 찬집한 것이다. 고려대장경에는 담무참(曇無讖) 등이 번역한 것이 실려 있다. 분량이 많아 무진의보살경(無盡意菩薩經), 대승대방등대집일장경(大乘大方等大集日藏經), 대승대방등대집월장경(大乘大方等大集月藏經), 대승수미장경(大乘須彌藏經), 불설명도오십교계경(佛說明度五十校計經)처럼 내용 일부가 별도의 경전으로 성립되기도 하였다.

128 약왕보살은 일월정명덕불의 시대에 이름을 '일체중생희견보살'이라고 했다. 부처가 입멸한 후 보은을 위하여 자신의 팔을 태워서 등명(燈明) 공양을 했다고 하는 고사(故事)가 설해지나, 부처님 열반 후에는 법화경을 유통하는 공덕이 이 소신공양(燒身供養)보다 크다고 되어 있다. 그리고 참된 불도수행이라는 것은 정법의 유포에 있음도 강조되고 있다.

만일 여래께서 멸도하신 후 5백 년에 이르러 어떤 여인이 이 경전을 듣고 그 설한 바와 같이 수행하면, 그 목숨을 다 마친 뒤 극락세계의 아미타불을 큰 보살 대중들이 둘러 있는 곳에 가서 연꽃 가운데의 보배 자리에 태어나리라고 하였다. 여기서 5백 세는 부처님께서 열반에 드신 후 정법(正法), 상법(像法)이 각각 5백 년씩 계속되는데 상법 5백 년을 가리킨다. 若如來滅後後五百歲中 若有女人聞是經典 如說修行 於此命終 卽往安樂世界 阿彌陁佛 大菩薩衆 圍繞住處 生蓮華中 寶座之上

정신희유(正信希有)는 참다운 믿음을 일으키고 계(戒)를 지키라는 뜻이다. 계(戒)는 악(惡)을 막아주어 마음이 안정되기 때문이다.

능엄경(楞嚴經) 말씀에 보면

부처님께서 아난에게 말씀하셨다. 네가 항상 들어온 바와 같이 나는 계율[毗奈耶]에서 수행해야 할 세 가지 결정된 뜻을 설해 왔다. 이른바 마음을 거둬들이는 계(戒)와 계에서 생기는 정(定)과 정에서 일어나는 혜(慧)이니, 이를 삼무루학(三無漏學)이라고 하였다. 佛告阿難 汝常聞我毘奈耶中 宣說修行三決定義 所謂攝心爲戒 因戒生定 因定發慧 是則名爲三無漏學

삼국지(三國志)[129]의 촉서 · 선주전(蜀書 · 先主傳)에 보면

---

129 진수(陳壽, 233~297)가 쓴 역사서 정사 삼국지와 나관중(羅貫中)의 역사소설 삼국지연의로 나뉜다. 이 둘은 이야기의 큰 줄기는 같지만 세세한 부분은 서로 다른 부분이 많다.

한(漢)나라 소열제(昭烈帝)인 유비(劉備 161~223)가 죽음을 앞두고 후주(後主)인 유선(劉禪 223~263)[130]에게 훈계하며 말하기를 나쁜 짓은 적더라도 해서는 안 되며, 착한 일은 적더라도 반드시 해야 한다고 하였다. *勿以惡小而爲之 勿以善小而不爲*

다만 여기서 알아두어야 할 것은 계(戒)는 불법을 수행하는 데 있어 밑받침이다. 그리고 수행자의 목적은 성불에 있다는 것도 놓쳐서는 안 된다.

이를 이해하면 계(戒) · 정(定) · 혜(慧), 삼학(三學)이 왜 필요한가를 분명하게 알 수 있다.

계(戒)

계를 지키면 그 마음이 청정하여 마음 편안함을 얻는다.

정(定)

마음이 편안하면 선정에 쉽게 들어갈 수 있다.

혜(慧)

선정을 얻으면 지혜가 일어나서 모든 것을 관조(觀照)하게 된다.

---

[130] 유비(劉備)의 아들이며 촉한(蜀漢)의 제2대 임금이다. 그러나 국력이 쇠약하여 위(魏)나라에 항복하였다.

삼학이 이토록 중요한 이유이다.

능생신심(能生信心)은 능히 신심을 내는 것을 말한다. 그렇다면 어떤 이유로 신심을 내는가 하면, 바른 법에 신심을 내는 것을 말한다. 바른 법을 듣는 것은 혜(慧)의 원인이 되므로 참다운 법을 듣는 것은 실로 뛰어난 일이다. 하물며 법을 듣고 나서는 다시 신심을 내지 않는 자가 있겠는가? 이렇듯 정신(正信)을 내는 것이 중요하다. 왜냐하면 정신(正信)으로 인하여 지옥·아귀·축생의 삼악도에 떨어지지 아니하고, 아누다라삼막삼보리를 구함에 절대로 물러서지 아니하는 바탕이 되기 때문이다.

덕호장자경(德護長者經)[131]에 보면 아래와 같은 가르침이 있다.

南無大智佛 釋師子如來
나무대지불 석사자여래

若能生信心 而得大利益
약능생신심 이득대이익

---

131 이 경은 수(隋)나라 때 나련제야사(那連提耶舍)가 한역한 경으로 월광동자경(月光童子經), 신일경(申日經), 신일아본경(申日兒本經)과 같이 외도(外道)를 신봉하는 덕호 장자(德護長者)가 부처님께 귀의한 것을 설함으로써 부처님에 대하여 악한 마음을 지닌 자라 하더라도 부처님을 믿는 마음을 가지고 불법을 닦으면 누구나 부처가 될 수 있음을 설한다. 별칭으로 시리굴다장자경(尸利崛多長者經)이라고도 한다.

큰 지혜이신 부처님
사자이신 여래께 귀의하여
만약 신심 낸다면
큰 이익 얻으리라.

이차위실(以此爲實)은 이와 같은 이치로 진실을 삼으라는 당부다.
누구든지 계를 지키고 정법의 가르침을 따르면 복된 삶을 이룰 것이
라고 하였다.

구사론(俱舍論) 권제18에는 복(福)을 세 가지로 나누어 설명하고
있다.

시류복(施類福)

보시하여 큰 부자의 복의 과보를 얻는 것을 말한다.

계류복(戒類福)

성(性)과 차(遮)의 두 가지 계를 가져와 하늘 세계에 나는 복을 말
한다.

수류복(修類福)

선정을 닦아서 해탈의 복과(福果)를 얻는 것을 말한다.

정신희유분(正信希有分)은 맹목적인 믿음을 허락하지 않는다.

當知是人 不於一佛二佛三四五佛 而種善根

당지시인 불어일불이불삼사오불 이종선근

반드시 알아야 한다. 이러한 사람들은 한 부처님이나 두 부처
님이나, 셋, 넷, 다섯 부처님께만 선근을 심은 것이 아니다.

已於無量 千萬佛所 種諸善根 聞是章句 乃至一念 生淨信者

이어무량 천만불소 종제선근 문시장구 내지일념 생정신자

이미 한량없는 천만 부처님의 처소에서 여러 가지 선근을 심은
사람들이기에 이러한 말씀을 듣고 한 생각이라도 청정한 믿음을
내는 사람이니라.

선근(善根)은 선(善)을 뿌리에 비유한 것이다. 그러므로 선근은 선
을 낳는 뿌리가 되고, 이로써 좋은 과보를 불러오는 좋은 업인(業因)
이 되는 것이다. 이는 삼선근(三善根)이라고 하여 무탐(無貪), 무진
(無瞋), 무치(無癡)이다. 그리고 선근을 다르게 표현하여 덕본(德本)
또는 선본(善本)이라고도 한다.

대반열반경(大般涅槃經)에 보면
보살마하살의 사무량심(四無量心)이 모든 선의 근본이 된다고 하
였다. 菩薩摩訶薩 四無量心 能爲一切諸善根本

또 구경일승보성론(究竟一乘寶性論)[132]에서는 다음과 같은 말씀이 있다.

種諸善根地 生彼菩提芽
종제선근지 생피보리아

次第漸增長 成如來樹王
차제점증장 성여래수왕

모든 선근(善根)의 씨앗을 땅에 심어
저 보리(菩提)의 싹을 냄으로써
차례차례로 점점 자라나서
여래의 나무 왕[樹王]을 이룬다.

부처님 전으로 나가자면 올바른 신심(信心)이 있어야 한다. '신심'은 불법승(佛法僧) 삼보를 믿고 의심하지 않는 마음을 말한다.

여기에 대해서 대승기신론(大乘起信論)[133]에 나오는 내용을 간략

_____

132 중국 후위(後魏) 시대에 늑나마제(勒那摩提, Ratnamati)가 508년에 낙양전(洛陽殿)에서 한역하였다. 이 논은 일승(一乘)의 보성(寶性), 즉 여래장에 대해 조직적으로 설한다. 줄여서 보성론(寶性論)·일승보성론(一乘寶性論)이라고 하며, 별칭으로 보성분별칠승증상론(寶性分別七乘增上論)이라고도 한다.

133 기신론(起信論)이라고도 하고 1책으로, 인도의 마명(馬鳴, Aśvaghoṣa, 100~160?)이 저술하였다고 하나 그의 생존연대가 불확실하여 중국에서 만들어

224

하게 살펴보면 신심에는 네 가지가 있다. 첫째는 근본을 믿음이니 진여 법을 생각하기를 좋아함이며, 두 번째는 부처님께 무량공덕이 있음을 믿는 것이다. 세 번째로는 불법에 큰 이익이 있음을 믿는 것이다. 네 번째는 출가 사문이 바르게 수행하여 자리이타를 할 수 있음을 믿는 것이다. 지금 여기서는 선근을 심어야 청정한 믿음이 나오는 것이라고 하였다.

그러므로 신심도 견고해야 한다. 이를 신심견고(信心堅固)라고 하는데, 믿는 마음이 견고해야 올바른 신심(信心)이 일어나는 것이다.

현우경(賢愚經)[134]에 보면

부처님께서 아난에게 이르시기를 불법이 이 세상에 나오면 그 이익이 아주 많음이다. 부처님께서 설하시는 모든 법은 진실로 깊고 미묘하여 허공을 나는 새도 불법의 소리를 좋아하는 인연으로 무량한 복을 받을진대 하물며 사람에게 비교하겠느냐. 신심이 견고하여 불법을 받아 지니는 사람이 얻는 과보는 그것과는 비교할 수도 없다고

―――――

진 것이라는 설도 있다. 원전인 산스크리트 원본은 전해지지 않고 있으나, 중국 양(梁)나라 때의 진제(眞諦)와 중국 당(唐)나라 측천무후 성력(聖曆) 3년 인도 출신의 학승 실차난타(實叉難陀, Śikṣānanda)의 한역본이 있으며 우리나라에는 실차난타의 한역본이 전해지고 있다.

134 위(魏)나라의 혜각·담학·위덕 등 8명의 스님이 서역의 타클라마칸 사막에 있던 우전국(于闐國)에 가서 삼장법사들로부터 들은 설법을 중국에 돌아와 번역하여 엮은 것이다. 445년 책으로 내고, 당시 양주에서 비유경(譬喩經)을 번역하고 있던 혜랑(慧朗) 스님이 이 책명을 현우경(賢愚經)이라 지었다.

하셨다. 佛告訴阿難 如來出世 饒益甚多 所說諸法 實爲深妙 乃至
飛鳥 緣愛法聲 獲福無量 豈況於人 信此牢固受持之者 所獲果報
難以爲比

유마경(維摩經) 관중생품 제7에는

그때 유마힐이 사리불에게 말하였다. 이 천녀는 지금까지 92억의
부처님께 공양을 올리고 나서 이미 보살의 신통력을 마음대로 쓰면
서 소원을 모두 이루고[具足], 무생법인[無生忍]을 얻었고, 이미 물러
섬이 없는 경지[不退轉]에 머물러 있습니다. 그 본원력(本願力) 때문
에 마음대로 모습을 나타내어 중생을 교화합니다라고 하였다. 爾時
維摩詰語舍利弗 是天女已曾供養九十二億諸佛 已能遊戲菩薩神
通 所願具足 得無生忍 住不退轉 以本願故 隨意能現 教化衆生

중국 선종 제6조 혜능(惠能)[135]이 말하기를

또한 과거 생 가운데에 모든 부처님께 공양하여 같은 선근을 심었
기 때문에 비로소 이와 같은 돈교와 법 얻은 인연을 듣게 된 것이다.
나의 가르침은 옛 성현들께서 전하신 것이지 나의 지혜가 아니라고
하였다. 亦是過去生中 供養諸佛 同種善根 方始得聞如上頓教得
法之因 教是先聖 所傳 不是惠能自智

---

135 당나라 때(638~713) 고승으로 속성은 노(盧), 시호는 대감 선사(大鑑禪士),
육조 대사(六祖大師)라고도 한다. 중국 선종의 제6조로서, 남선종(南禪宗)이라는
파를 형성하였으며, 그의 설법을 기록한 육조단경(六祖壇經)이 전한다.

須菩提 如來 悉知悉見 是諸衆生 得如是無量福德

수보리 여래 실지실견 시제중생 득여시무량복덕

수보리야, 여래는 이 모든 중생이 이처럼 한량없는 복덕을 얻으리라는 것을 다 알고 다 보느니라.

何以故 是諸衆生 無復我相人相衆生相壽者相

하이고 시제중생 무부아상인상중생상수자상

왜냐하면, 이 모든 중생은 더 이상 나라는 상이나 남이라는 상이나 중생이라는 상이나 수명에 대한 상이 없느니라.

無法相 亦無非法相

무법상 역무비법상

그리고 옳은 법이라는 상도 없고 그른 법[非法]이라는 상도 없기 때문이니라.

실지실견(悉知悉見)은 모든 것을 다 보고 모든 것을 다 안다는 표현이니, 이는 부처님의 위신력이다. 그러므로 부처님은 모든 것을 실답게 아시고 실답게 보심이니 전도망상(顚倒妄想)이 없다. 그러나 중생들은 미혹으로 인하여 자신의 알음알이를 내세우기에 한 치의 앞도 보지를 못한다. 이를 다른 종교에서는 전지전능(全知全能)하다고 표현한다.

36권 대반열반경 권제16에 보면

세간해라 함은 동방의 한량없는 아승기 세계를 모든 성문 · 독각은
알지 못하고 보지 못하고 이해하지 못하거니와 부처님께서는 모두
알고 모두 보고 모두 이해하나니, 남방 · 서방 · 북방과 네 간방과 상
방 하방도 그와 같으므로 부처님을 이름하여 세간해라 한다고 하셨
다. 이는 부처님의 실지실견(悉知悉見)을 말함이다. 世間解者 東方
無量阿僧祇世界一切聲聞 獨覺不知不見不解 諸佛悉知悉見悉解
南西北方 四維上下亦復如是 是故號佛爲世間解

여래께서 모든 것을 다 아시고 다 본다고 하는 것은 그 어디에도
치우침이 없는 중도로 보기 때문에 다 알고 다 보심이니, 이는 평등
심이기도 하다. 왜냐하면 그 어디에도 치우침이 없어야 실지실견(悉
知悉見)이 이루어지기 때문이다.

금광명최승왕경(金光明最勝王經)의 가르침에 보면

이러한 여러 가지 죄를 부처님께서는 진실한 지혜, 진실한 눈, 진
실한 증명, 진실한 평등으로 다 알고 다 보신다고 하였음이 이와 같
다. 如是衆罪 佛以眞實慧 眞實眼 眞實證明 眞實平等 悉知悉見

실지실견(悉知悉見)은 지안(智眼)을 말함이다.

능단금강경(能斷金剛經)[136]에서는 여기에 대하여 말씀하기를

---

[136] 중국 당(唐)대 703년에 의정(義淨)이 서명사(西明寺)에서 한역하였다. 이 경

부처님께서 지혜의 눈으로 다 아시고 다 보시나니, 한량없는 복이 생기나니 마땅히 이를 받아 지니라고 하였다. 佛以智眼悉知悉見 當生當攝無量福聚

도를 보는 것이 견(見)이요, 이로써 지혜[智]를 얻은 것이 득(得)이요, 따라서 깨달음은 증(證)이다. 이를 금강경에서는 실지실견(悉知悉見)이라 하였으며, 능가경(楞伽經)[137]에서는 거룩한 지혜에 반연하는 견해라고 하여 이를 성견(聖見)이라 한다.

화엄경(華嚴經)에 보면 마혜수라(摩醯首羅)[138]에 관한 말씀이 있다. 마혜수라는 천신의 이름으로 우주를 지배하는 위대한 신으로 원래

전은 대승불교의 대표적 저술 가운데 하나인 금강경(金剛經)의 또 다른 이역본으로, 부처님이 제자 수보리를 위해 금강과 같은 반야의 심오한 이치를 설하는 경전이다.

137 경의 제목 '능가아발다라보경'은 산스크리트어를 음역한 것이며, '능가에 들어가는 귀중한 경'이라는 뜻이다. 경이 설해진 곳이 바로 남해의 능가산이기 때문이다. 유송(劉宋) 시대에 구나발타라(求那跋陀羅, Guṇabhadra)가 443년에 양주(楊州)의 도량사(道場寺)에서 번역하였다. 유송 시대에 한역했기 때문에 송역(宋譯)이라고도 부른다. 여러 한역본 중에서도 산스크리트 원본에 가장 근접한 한역본으로 평가받고 있다. 이 경은 중국에서 번역된 이래로 선종의 소의경전으로 평가받을 만큼 많은 영향을 미쳤다. 능가경의 세 가지 한역본 중에서 가장 많이 읽힌 것은 바로 이 4권본인데, 주석서들 역시 거의 이 4권본을 저본으로 삼고 있다. 별칭으로 '4권능가'라고도 한다.

138 힌두교의 신(神)으로 우주의 창조·유지·파괴의 과정에서 파괴를 담당한다는 시바(śiva)를 말한다.

는 힌두교[139]의 3대 주요신 가운데 하나인 시바신의 다른 이름이다. 그러나 마혜수라는 언제부터인가 불교에 천부형(天部形)으로 흡수 되었으며, 특히 밀교에서는 중요한 수호신으로 이른바 대자재천(大自在天)이 되었다. 화엄경에 등장하는 마혜수라에 관한 말씀인 정행품(淨行品)을 살펴보면 다음과 같은 게송으로 전하고 있다.

摩醯首羅智自在 大海龍王降雨時
마혜수라지자재 대해용왕강우시

悉能分別數其滴 於一念中皆辨了
실능분별수기적 어일념중개변요

마혜수라(摩醯首羅)는 지혜가 자재하여
큰 바다의 용왕이 비를 내릴 때
다 능히 그 빗방울의 수를 분별하여
한 생각 가운데 모두를 분별하여 요지하나니라.

여래출현품(如來出現品)에서는
또 불자여, 비유컨대 큰 구름에서 큰비를 내리는 것을 대천세계의 일체중생들은 그 수효를 아는 이가 없으며, 그 수효를 계산하려면 한갓 발광할 뿐이거니와 오직 대천세계의 주인인 마혜수라(摩醯首羅)

---

139 인도에서 고대부터 전해 내려오는 브라만교(婆羅門敎)와 민간신앙이 융합 하여 발전한 종교로 인도교(印度敎)라고도 한다.

는 과거에 닦은 착한 뿌리의 힘으로 내지 한 방울까지라도 분명히 아느니라고 하였다. 復次佛子 譬如大雲 降霆大雨 大千世界 一切 衆生 無能知數 若欲算計 徒令發狂 唯大千世界主 摩醯首羅 以過 去所修善根力故 乃至一滴 無不明了

이로써 살펴보면 마혜수라의 실지실견(悉知悉見)도 참으로 대단한 것이다. 하여튼 실지실견은 권능(權能)을 나타내어 보이시는 것이며, 부처님께서 깨달아 얻으신 바 소견을 드러내는 것이다.

여기서도 실지실견(悉知悉見)이 가능할 수 있었던 것은 사상(四相) 을 버림으로써 얻어지는 과(果)이다.

아상(我相)은 지극히 자기중심적인 사고방식이다. 물론 모든 유정 물이 아상을 가지고 있지만, 인간처럼 아상이 강한 것이 문제이다. 이를 구마라집(鳩摩羅什)은 아상(我相)이라고 한역했지만 현장(玄奘) 스님은 아상(我想)이라고 한역하였다.

관찰제법행경(觀察諸法行經)에서는
나라는 상(相)과 내 것이라는 상을 버리는 것이며, 애착에 들어가 는 것을 멀리 여의어야 방편지(方便智)를 얻는다고 하였다. 捨於我 相 除我所相 遠離入著

인상(人相)은 나와 남을 구별하여 차별을 지어 상대방을 하열하게 보는 상을 말한다. 다 같은 인간의 모습을 하고 있더라도 좀 가졌다

고 하여 가난한 사람을 깔보거나, 종교가 다르다고 하여 배척하거나,
인종이 다르다고 죽고 죽이는 모든 일들은 모두 '인상'으로 인하여
일어나는 일들이다.

중생상(衆生相)은 남을 전혀 의식하지 아니하고 괴로운 것은 싫어
하며 자신의 즐거움만 탐내는 상이다. 오욕락을 탐하기에 이로써 다
른 중생을 해롭게 함이며, 스스로 중생이라는 생각을 가지기에 더더
욱 집착한다. 수자상(壽者相)은 인간은 선천적으로 일정한 수명을 가
지고 태어나기에 그 수명대로 살고 있다는 생각에 집착하는 것을 말
한다.

여기에 대하여 법상종(法相宗)[140]의 자은규기(慈恩窺基)[141] 스님의
찬술(贊述)에서는 세친(世親)의 아(我)라는 것은 일괄하여 삼세오온
(三世五蘊)의 차별을 관하는 집착이고, 과거의 아(我)가 서로 계속하
여 현재에 이르기까지 끊이지 않고 오는 것을 중생상이라 이름하며,
현재의 명근(命根)이 끊이지 않고 주(住)한다고 보는 것을 명자상(命

---

140 법상종은 유식사상(唯識思想)과 미륵신앙(彌勒信仰)을 기반으로 하여 성립
되었다. 법상종의 교의(教義)가 되는 유식사상은 중관파(中觀派)와 함께 인도
대승불교의 2대 학파를 이루는 유가행파(瑜伽行派)의 교학(教學)으로 중국에서
는 현장(玄奘) 스님이 소개하고 그의 제자 규기(窺基) 스님이 하나의 종파로 성
립시켰다.

141 자은규기(慈恩窺基, 632~682) 스님은 중국 당나라 초기의 승려로 법상종의
개조이다. 성유식론(成唯識論)연구에 힘써 성유식론술기(成唯識論述記) 등을 저
술하였다. 이에 의거하여 법상종이 시작되었다.

者相)이라 이름하고, 명근이 과거에 단멸하여 뒤에 육도(六道)에 태어난다고 보는 것을 수자상(壽者相)이라 한다라는 말을 들어 명자상은 인상(人相)을 말한다고도 해석하고 있다.

중생은 알음알이가 병이다. 그러므로 여기에 대해서 야보도천(冶父道川) 선사는 송(頌)하였다.

法相非法相 開拳復成掌
법상비법상 개권부성장

浮雲散碧空 萬里天一樣
부운산벽공 만리천일양

법상이니 법상이 아니니 하는 것
주먹을 펴면 다시 손바닥 되는 듯
뜬구름이 푸른 하늘에서 흩어지니
만 리의 하늘이 온통 푸른 하늘이다.

何以故 是諸衆生 若心取相 則爲着我人衆生壽者
하이고 시제중생 약심취상 즉위착아인중생수자

왜냐하면, 이 모든 중생이 만약 마음에 어떤 상을 취하면, 곧 나와 남과 중생과 수명에 집착하게 되기 때문이니라.

若取法相 卽着我人衆生壽者

약취법상 즉착아인중생수자

만약 법의 상을 취해도 곧 나와 남과 중생과 수명에 집착하는 것이기 때문에 그러하다.

何以故 若取非法相 卽着我人衆生壽者

하이고 약취비법상 즉착아인중생수자

왜냐하면, 만약 옳은 법이 아니라고 하는 상을 취하여도 곧 나와 남과 중생과 수명에 집착하는 것이다.

是故 不應取法 不應取非法

시고 불응취법 불응취비법

그러므로 마땅히 옳은 법을 취하지도 말 것이며, 반드시 그른 법을 취하지도 말라.

그러므로 반드시 옳은 법을 취하지도 말고, 반드시 그른 법을 취하지도 말아야 한다. 미세한 집착이라도 남아 있으면 그로써 병통(病痛)이 시작되는 것이다. 또 마음에 조금이라도 상(相)이 남아 있으면 사상에 휘둘려 집착하기도 한다.

사상은 곧 망상이다. 망상은 반야바라밀을 모르기 때문에 생겨나는 것이다. 삼박(三縛)이라는 것이 있는데 탐박(貪縛), 진박(瞋縛), 치박(痴縛)이다. 중생을 자유롭게 못 하고 거미줄처럼 묶어버리는 것은 삼독의 속박으로 이를 삼박이라고 한다.

여기에 대하여 60권 화엄경 십지품(十地品)에서 말씀하시기를
　마치 순금을 훌륭한 장인이 단련하면 더욱 순도가 높아지고 광택이 몇 곱절 뛰어나게 된다. 보살도 그와 같아서 명지(明地)에 머물면 세 가지 속박을 모으지 않기에 삿된 탐욕, 삿된 분노, 삿된 어리석음을 끊고 모두 선근이 더욱더 밝아질 것이라고 하였다. 譬如眞金 巧師鍊治 轉更精好 光明倍勝 菩薩亦如是住在明地 不集三縛故 斷於邪貪 邪瞋 邪癡 一切善根轉增明淨

　그러므로 중생들이 마음에 상을 취하면 곧 사상이 일어남이니 이를 사전에 억제하고 해결하려면 반야바라밀을 깨달아 얻어야 한다.

　종경록(宗鏡錄) 권제66의 가르침에서 인용하면 이러하다.

　금강반야경(金剛般若經)에 이르기를
　이 모든 중생이 만일 마음에 모양[相]을 취하면 곧 나[我]·인(人)·중생(衆生)·수자(壽者)에 집착할 것이니, 만일 법이라 하는 모양을 취하여도 역시 나·인·중생·수자에 집착할 것이며, 만일 법이 아닌 모양을 취하여도 역시 나·인·중생·수자에 집착할 것이라고 하였다. 만일 네 구절을 취하지 아니하면 이 땅을 자세히 살펴도 굳센 성품이 없으리니, 만일 굳셈의 진실이 없다면 주인도 없고 나[我]

도 없다. 그러므로 이 몸은 주인이 없어서 마치 땅과 같다고 설명한다. 金剛般若經云 是諸衆生若心取相 則着我人衆生壽者 若取法相 亦着我 人 衆生 壽者 若取非法相 亦着我 人 衆生 壽者也 若不取四句 則是觀地無剛性 若無剛實 則無主無我 故說是身無主 猶如地也

유마경(維摩經) 방편품에는

이 몸은 따로 주장하는 이가 없는 것이 마치 땅과 같으며, 나가 없는 것이 마치 불과 같으며, 오래지 못함이 지나가는 바람과 같으며, 사람이라 할 실체가 없는 것이 마치 한데 모여 이룩된 물과 같으며, 참되지 못하니 지·수·화·풍의 사대(四大)가 모인 것이라고 하였다. 是身無主 爲如地 是身無我 爲如火 是身無壽 爲如風 是身無人 爲如水 是身不實 四大爲家

그러므로 수행자는 상(相)을 취하는 취상(取相)에 휘둘리면 안 된다. 수행에 있어서 진일보하지 못하는 것은 상(相)을 취하기 때문이다. 가야산정경(伽耶山頂經)에 보면 두 가지 요약된 도가 있으니, 두 가지가 무엇인가 하면 첫째는 한량이 있는 도이고, 둘째는 한량이 없는 도이니, 한량이 있는 도라고 하는 것은 상(相)의 분별을 취하는 것이고, 한량이 없는 도라고 하는 것은 상의 분별을 취하지 않는 것이라고 하였다. 復有二種略道 何等爲二 一者有量道 二者無量道 有量道者取相分別 無量道者不取相分別

60권 화엄경 권제5에 보면

부처님은 오온으로 된 것이 아니라서 형상의 집착을 버려야 참으로 볼 수 있다고 하였다. 不以陰數爲如來 遠離取相眞實觀

以是義故 如來常說 汝等比丘 知我說法 如筏喩者

이시의고 여래상설 여등비구 지아설법 여벌유자

이러한 이치에 근거한 까닭에 여래가 늘 말하기를, 그대 비구들은 나의 설법을 뗏목의 비유처럼 알라.

法尙應捨 何況非法

법상응사 하황비법

옳은 법도 오히려 반드시 버려야 하거늘 하물며 그른 법[非法]이겠는가?

뗏목은 나무 또는 대나무, 풀 등을 엮어 물에 띄운 운송 수단인 수상 구조물을 말한다. 금강경에서는 뗏목을 비유로 들어 말씀하고 있으니 이를 선벌비유(船筏譬喩)라고 한다.

중아함경(中阿含經) 제54권 벌유경(筏喩經)에 보면 부처님은 아리타(阿梨吒) 비구에게 가르침을 주시기를 부처님의 법을 뗏목에 비유하여 설하였기에 벌유경 또는 아리타경(阿梨吒經)이라고도 한다.

또한 인도의 학승 파수발마(婆藪跋摩)가 지은 사제론(四諦論)[142]에 보면, 이처럼 벌유경에 설한 것과 같으니 바른 가르침도 오히려 버려야 하거늘 하물며 삿된 법은 말해 무엇 하겠는가? 하는 가르침이 있다. 如筏喻經說 法尚應捨 何況非法

보협경(寶篋經)[143]에는

대덕 수보리여, 부처님께서는 능히 나의 법을 알고 보면 저 떠도는 뗏목[筏]과 같은 것이라고 말씀하셨으니, 법도 오히려 버리는데 더구나 법이 아닌 것이겠습니까? 만일 법을 버리고 보면 법이라 하지도 못하고, 법이 아니라 하지도 못하는 것이라고 하였다. 大德須菩提 如佛所說 能知我法如筏喻者 法尚應捨況復非法 若法應捨 則不名法 不名非法

대승장엄경론(大乘莊嚴經論)[144] 권제6에는

---

[142] 인도의 학승 파수발마가 지었고, 6세기 중엽 인도 출신의 학승 진제가 번역하였다. 총 4권 6품으로 구성된 이 논은 불교의 네 가지 기본 이치인 사제에 대해 개괄적으로 상세히 설명하고 있다.

[143] 중국 유송(劉宋) 시대에 구나발타라(求那跋陀羅, Guṇabhadra)가 435년 ~443년 사이에 양도(楊都)의 와관사(瓦官寺)에서 번역하였으며, 이역본으로는 축법호(竺法護)의 불설문수사리현보장경(佛說文殊師利現寶藏經)이 있다.

[144] 4세기 후반부터 5세기 전반에 걸쳐 활약한 인도의 무착 보살이 저술하고 당나라의 파라파밀다라(波羅頗蜜多羅)가 번역하였다. 줄여서 대승엄론(大乘嚴論) 또는 장엄론(莊嚴論)·장엄체의론(莊嚴體義論)이라고도 한다. 보살이 수습해야 할 모든 종지(宗旨)의 법문을 해설하고 있다.

처음 배우는 보살이 뜻을 알아 깨달아 얻은 후에는 마땅히 법을 알아야 한다. 말하자면 수다라(修多羅) 등의 경법(經法)이 마치 뗏목의 비유와 같아서 다만 듣고서 환희를 내기만 해서는 안 된다. 왜냐하면 이 법은 마땅히 버려야 하기 때문이니, 비유하면 뗏목과 같기 때문이다. 이를 법을 안다고 하는 것이다라고 하였다. *初學菩薩得知義己 次應知法 謂能知修多羅等經法 猶如栰喩 不得但聞而生歡喜 何 以故 是法應捨 譬如栰故 是名知法*

이러한 말씀은 불법 안에서 모든 애착과 모든 소견과 모든 아만을 버리고 남김없이 끊어 집착하지 말라는 것이다. 이러한 가르침을 팔정도에 대비하면 정견(正見)에 해당한다.

대위덕다라니경(大威德陀羅尼經)[145] 권제8에 보면
정견(正見)은 뒤바뀜이 없으면서 온갖 바른 소견을 지니는 것이니, 그것을 여래는 소견이 없기 때문에 바른 소견이라고 설한다. 만일 바르게 분별한다면 그것을 여래는 분별이 아니기 때문에 바르게 분별하는 것이라고 설하며, 나아가 간략히 설해간다면 정삼매에 이르기까지 그것을 여래는 삼매가 아니기 때문에 바른 삼매라고 설한다.

여래의 설법은 모두가 소견을 여의기 때문이니 여래는 모든 소견

---

145 중국 수(隋)나라 때 사나굴다(闍那崛多, Jñānagupta)가 596년에 한역하였으며, 이 경은 다라니법과 그 위덕 및 여러 가지 선악 사상 등을 설한 경전이다. 줄여서 대위덕경(大威德經)·위덕다라니경(威德陀羅尼經)이라 한다.

에 집착하면서 설하지 않기에 설법하고, 염착을 여의기 위하여 설법하며, 염착하게 되지 않기에 설법한다.

그 가운데서 도라고 함은 분별이 없는 것이다. 만일 도를 분별한다면 오욕(五欲)의 처소에서 갈애로 분별하여 오욕의 공덕이 바로 도라고 할 것이다. 이 때문에 도가 있지 않은 것이 없을 것이니, 여래는 분별 때문에 욕심이 생긴다고 설하며 여래가 항시 모든 법의 근본을 설할 때는 마치 뗏목과 같다고 비유하니 반드시 이처럼 알아야 한다. 만일 깨달아 얻어 알면 법조차도 오히려 버려야 하는데 하물며 법이 아닌 것이겠는가? 라고 하였다. 於中正見者 無有顚倒 所有正見 處 彼如來說無有見故 是名正見 若正分別 彼如來說非分別故 名 爲正分別 乃至略說乃至正三昧 如來所說非三昧故 名正三昧 何 以故 如來說法 皆離諸見 如來不說執著諸見故說法 爲離染著如 來說法 如來不爲所染著故說法 於中道者 若無分別 何以故 若分 別道 則於五欲處渴愛分別 以五欲功德是言道也 是故無不有道者 如來說以分別故生欲 如來恒說諸法根本 猶如栰喩 應如是知 若 證知者 法尙應捨 何況非法

대반야경(大般若經)에는 뗏목의 비유를

색이 공함을 관(觀)하지 않고 색이 공하지 않음도 관하지 않는다고 설한 것과 같다. 이것은 공견(空見) 또한 집착이므로 반드시 부정해야 함을 말하는 것이다. 만약 또한 작용이 공하지 않다고 분별한다면 이 역시 버려야 한다. 이 두 집착은 큰 잘못이기 때문이다. 공을 버리지 않는다면 오류가 존재한다. 이처럼 여러 가지 견해들의 오류는 마

음을 어지럽힌다고 하였다. 不觀色空 不觀色不空 此謂空見亦是執
著 故須遮止 若復有作不空分別者 此亦應捨 以此二執 大過失故
非捨空者有過 如是種種諸見過患壞亂於心

뗏목 법문은 위대한 침묵을 말하고 있다.

사익범천소문경(思益梵天所問經)[146]과 승사유범천소문경(勝思惟梵
天所問經)에 보면 만약 설법상(說法相)을 마치 뗏목의 비유처럼 알
아서 법에도 의지하지 않고 법 아닌 것에도 의지하지 않으면 이것을
'성스러운 침묵'이라 하였다. 若知說法相如栰喩 不依法 不依非法
名聖默然

수호국계주다라니경(守護國界主陀羅尼經)[147] 권제8 반야근본사업
장엄품(般若根本事業莊嚴品)에는 뗏목의 비유처럼 이미 법의 체를
깨닫고 법이나 법 아닌 것에 머물지 않아야 함을 아는 것이 반야의

---

146 요진(姚秦) 홍시(弘始) 4년(402)에 구마라집(鳩摩羅什)이 한역한 것이다. 이
경전은 망명(網明) 보살이 사익범천 등을 위하여 모든 법이 공적(空寂)한 이유
를 설한 것이다. 줄여서 사익경(思益經) · 사익범천문경(思益梵天問經) · 사익의
경(思益義經) 등이라고도 한다. 축법호(竺法護)가 한역한 지심범천소문경(持心梵
天所問經)과는 동본 이역이다.

147 중국 당(唐)나라 때 반야(般若, Prajñā)와 모니실리(牟尼室利, Muniśrī)가
790년에 한역하였다. 이 경은 나라와 왕을 수호하는 다라니와 대승 보살도를
설한 경전이다. 줄여서 수호경(守護經) · 수호국계주경(守護國界主經) · 수호국
계경(守護國界經)이라 한다.

업이라고 하였다. 知如筏喩 旣悟法體 不住於法 及與非法 是般若業

지세경(持世經)[148] 권제1 초품(初品)에 보면

너희들 비구가 만약 나의 법이 뗏목의 비유와 같다고 알면 법도 더욱 마땅히 버려야 하는데 하물며 법이 아닌 것이겠느냐. 만약 법과 법 아닌 것을 버리면 이를 부처님을 본다고 한다. 무슨 까닭인가? 여래를 일러 일체의 법을 버린 자라고 하기 때문이라고 하였다. 汝等比丘 若知我法如栰喩者 法尙應捨 何况非法 若能捨法非法 是名見佛 何以故 如來名爲捨一切法者

바다를 뗏목으로 건넌 사람이 바다를 건넌 다음에 뗏목으로 인해서 바다를 건너게 된 은혜를 잊지 못하여 뗏목을 메고 간다면, 이것은 뗏목의 은혜를 갚는 것이 아니라 어리석은 행위이다. 오히려 다른 사람도 이 뗏목을 이용할 수 있도록 바닷가에 띄워 놓고 가는 것이 뗏목에 대해 할 일을 다 한 것이 된다. 따라서 '나는 이 뗏목의 비유로써 교법(敎法)을 배워 그 뜻을 안 뒤에는 버려야 할 것이지 결코 거기에 집착할 것이 아니라는 것을 말하였다. 그러므로 금강경에서는 너희들은 이 뗏목과 같이 내가 말한 교법까지도 버리지 않으면 안 된다. 하물며 비법(非法)이야 말할 것이 있겠느냐'라고 하였다.

---

148 후진(後秦) 시대에 구마라집(鳩摩羅什)이 402년~412년 사이에 장안(長安)에서 한역하였다. 이 경전은 5음(陰)·18성(性)·12입(入)·12인연·8성도 등을 설명하고, 과거 여러 부처님의 인연 이야기를 설하였다. 별칭으로 법인경(法印經)이라고도 한다.

금강경파취착불괴가명론(金剛經破取着不壞假名論)[149]에 보면 법도 오히려 버려야 하거늘 더구나 비법(非法)이겠는가 하는 말은 무슨 뜻인가? 냇물을 건너려고 할 땐 마땅히 먼저 뗏목을 취해야 하지만 저 언덕에 이르고 나서는 뗏목을 버려야 하는 것과 같다. 세존께서도 또한 그와 같이 고통의 냇물을 건너고자 하여 자량의 뗏목을 빌렸지만, 모든 과(果)를 뛰어넘어 열반(涅槃)의 언덕에 오르고 나면 즐거움의 원인조차도 오히려 여의어야 하거늘 더구나 괴로움의 원인이겠는가? 상협경(象脅經)에서 만약 생사(生死)의 바다를 벗어나 열반의 경계를 증득하려면 애(愛)와 비애(非愛)의 과보와 법(法)과 비법(非法)의 원인을 다 버려야 한다고 설한 것과 같다고 하였다. *法尙應捨 何況非法 此義云何 如欲濟川先應取筏 至彼岸已捨而去之 世尊 亦爾 欲度苦流假資糧筏 超一切果登涅槃岸 樂因尙離 何況苦因 如象脅經 說若出生死證涅槃界 愛非愛果 法非法因一切皆捨*

지금 금강경에서 부처님의 가르침을 뗏목에 비유하여 가르침을 주고자 하는 것은 무엇일까? 이를 골똘히 생각해 보아야 한다. 공부는 의심을 하고 궁구해 보아야지 그냥 그렇구나 하고 넘어가면 수박 겉핥기가 된다.

벌유(筏喩)는 부처님의 가르침을 뗏목에 비유한 것이다. 뗏목이 짐

---

149 금강반야바라밀경(金剛般若波羅蜜經)에 대한 주석이다. 줄여서 파취착불괴가명론(破取着不壞假名論)이라 하며, 별칭으로 공덕시론(功德施論)이라고도 한다. 공덕시(功德施, Guṇada)가 저술하였고, 중국 당나라 때 지바하라(地婆訶羅, Divākara)가 638년에 서경(西京)의 서태원사(西太原寺)에서 한역하였다.

을 싣고 목적한 곳에 이르는 수단인 것처럼 부처님의 가르침도 중생을 열반으로 인도하여 이르게 하는 방편이다. 그러므로 이를 뗏목에 비유한 것이다.

여기에 우리가 눈여겨보아야 하는 가르침이 있다. 그러므로 뗏목의 비유를 다시 살펴보아야 한다. 지금 부처님이 우리에게 전하고자 하는 메시지는 뗏목이다. 뗏목의 비유는 언설에 집착하여 부처님의 가르침인 본래 의도를 잃어버리는 것을 경계한다. 이러한 비유의 가르침을 벌유법(筏喩法)이라고 한다. 좀 더 넓게 확대하여 본다면 모든 부처님의 말씀은 모두 뗏목에 비유가 된다. 그러기에 부처님의 법문은 벌유법문(筏喩法門)이라고 한다.

강을 건너면 뗏목을 버리듯이 열반에 도달한 다음에는 정법도 버리고, 더 이상 모든 것에 집착하지 않아야 하기 때문이다. 그러므로 금강경에서는 정법도 버리는데 하물며 비법(非法)이야 두말할 나위가 없다고 말한 것이다.

600권 대반야경(大般若經)에 다음과 같은 말씀이 있는데
법에 집착하여도 안 되고 법 아닌 것에 집착하여도 안 된다고 하였다. 그러므로 부처님께서는 은근한 가르침으로 벌유법문을 설하신 것이니 지혜가 있는 모든 자들은 법도 마땅히 끊어야 하거늘 법 아닌 것들이야 말해서 무엇하겠는가? 하였다. 不應取法 不應取非法 是故如來密意而說筏喩法門 諸有智者法尙應斷 何況非法

중아함경의 벌유경(筏喩經)에도

부처님께서 승림급고독원(勝林給孤獨園)에 계실 때 솔개를 길들이던 아리타 비구에게 가르침을 주시는 말씀의 내용을 보면, 내가 너희들을 위하여 긴 세월 동안 뗏목 비유를 설한 것은 그것을 버리게 하고 그것을 받지 않게 하려 했기 때문이라고 하셨다. 我爲汝等長夜說筏喩法 欲令棄捨 不欲令受故

다시 벌유경(筏喩經)에 보면

이처럼 나는 너희들을 위하여 긴 세월 동안 뗏목의 비유법으로 설명하여 그것을 버리게 하고, 그것을 받지 않게 하려고 하였다. 만일 너희들이 내가 긴 세월 동안 설한 뗏목의 비유에 대해 잘 안다면 너희들은 마땅히 이 법도 버려야 하거늘 하물며 비법이야 말해서 무엇 하겠는가? 하는 가르침도 금강경의 가르침과 일맥상통하는 내용이다. 如是 我爲汝等長夜說栰喩法 欲令棄捨 不欲令受 若汝等知我長夜說栰喩法者 當以捨是法 況非法耶

또한 능가경(楞伽經)에 보면

부처님께서 능가왕에게 이르시기를 법도 오히려 버려야 하거늘 하물며 비법에 있어서 말씀하시겠는가? 하는 가르침이 있다. 法尙應捨 何況非法

'벌유법'으로 다시 우리의 수행 환경을 들추어보면 지금 우리의 모습은 어떠할까? 불상(佛像)은 믿음을 일으키는 수단이지 그 이상 그 이하도 아님을 분명히 알아야 한다. 이걸 모르고 어느 곳의 불상에 영험이 있다고 하거나, 그냥 맹목적으로 섬기는 대상으로 삼아 다른 종교로부터 우상(偶像)이라는 비판을 받는 것이다. 불교는 신을 섬기는 종교가 아니다. 그러기에 불상은 신불(神佛)이 될 수 없다. 여기서 한 발자국 더 나아가 금강경에서는 교설을 뗏목에 비유하여 이것마저도 버려야 할 대상이라고 하는 고귀한 가르침을 우리에게 설파하고 있다. 또한 사상(四相)에 대해서 다시 말하면 번뇌 망상마저도 툭하고 버리라고 하는 가르침을 주셨으니, 참으로 부처님은 위대한 사표(師表)가 되는 것이다.

이쯤에서 삼량(三量)을 알아두어야 한다. 삼량은 현량(現量), 비량(比量), 비량(非量)이다. 여기서 현량(現量)은 언어와 분별을 떠난 직접 지각이나 체험을 통하여 인식하는 것을 말하며, 비량(比量)은 추리로 인하여 인식하는 것을 말한다. 비량(非量)은 그릇된 지각과 그릇된 추리로 인식하는 것을 말한다. 그러기에 삼량에서 량(量)은 추측하여 헤아리거나 인식하는 것을 뜻한다. 그러므로 삼량은 인식을 성립하기 위하여 필수적으로 이루어지는 세 가지 조건이나 요소이다.

그러므로 부처님께서 사상을 버려라, 그리고 강을 건너면 뗏목을 버려라 하는 것도 모두 현량에 해당한다. 금강경에서는 이를 불안(佛眼)이라고 에둘러 표현한 것이다. 불안에 대해서는 이어지는 금강경 가르침을 통하여 다시 살펴볼 것이다. 범부 중생은 비량(比量), 비량(非量)으로 인식하기에 이를 금강경에서는 육안(肉眼)이라고 표현하였다.

비법(非法)은 법도에 어긋나는 것을 말함이니 곧 진실을 가로막고 번뇌를 일으키는 삿된 법을 말한다. 법에 맞지 않는 방편을 펴는 것을 비법방편(非法方便)이라고 한다. 법상(法相)이 중생의 병을 치료할 수 있는 양약과 같다면, 비법상(非法相)은 치료하여야 할 병과 같은 것이다. 고로 법상으로 비법상을 제어하고 조복 받는 것이다. 비법상이 차안(此岸)이라면 법상은 피안(彼岸)이 되는 것이다. 이를 금강경의 입장에서 본다면 바라밀(波羅蜜)이 된다.

다시 정리하면 법에도 집착하지 말아야 하거늘 응당 비법상이야 버려야 할 것은 두말할 나위 없다. 이어서 사상도 버려야 할 이유는 말할 필요조차 없다. 그래야 실상반야의 경지에 올라 공(空)의 이치를 터득할 수 있다.

이공(二空)이 있다. 이공이란 생공(生空), 그리고 법공(法空)을 말한다. 생공은 중생공(衆生空)을 줄여서 부르는 표현이다. 중생은 오온의 인연 등에 의탁하여 일시적으로 구성된 것이지 실체로 존재하지 않음이다. 이를 아공(我空), 인공(人空)이라고 하기도 한다. 다시 이를 금강경에 대비하여 보면 생공(生空)을 안다는 것은 아상·인상·중생상·수자상이 없음을 아는 것이다.

법공(法空)은 법에 자성적 실체가 없음을 말한다. 여기서 법(法)은 곧 진리를 말하므로 궁극적으로 부처님의 가르침을 말한다. 법공을 터득하였다고 함은 곧 법상, 그리고 비법상도 없음을 아는 것이다.

정신희유분을 마무리하면서 분명히 알아두어야 할 것은 뗏목도 버려야 할 대상이라는 것이다. 선종에서는 불립문자(不立文字)를 선(禪)을 추구하는 하나의 슬로건으로 내세워 하나의 종지(宗旨)로 삼고 있다. 그러나 선무당[150]이 사람 잡는다고 섣부르게 이를 해석하면 그만 곡학아세(曲學阿世)[151]가 되기 십상이다.

'불립문자'는 '문자를 세우지 않는다'는 뜻으로 이를 잘못 보면 경전을 멀리하라는 가르침으로 인식하게 된다. 하지만 여기서 '불립문자'가 우리에게 전하고자 하는 가르침은 '언어와 문자가 가지고 있는 함정에 빠지지 말라'고 우리를 경책하는 것이다. 언어와 문자에 빠지면 실참(實參)은 없고, 입만 나불거리며 아는 체하기에 그만 본질을 벗어나기 때문이다. 그러므로 체득(體得)하지 못하는 수행으로 인하여 그만 구피상피(狗皮象皮)가 된다. 불립문자나 교외별전(教外別傳)은 다 같은 맥락이다.

능가경의기(楞伽經義記)[152] 4권에 보면
법은 문자를 벗어나 있기 때문이다. 그러므로 대혜(大慧)여! 모든

---

150 서툴고 미숙한 무당으로 '선'이란 미숙하다는 뜻이다. 무업(巫業)을 직업으로 하는 사람만큼 가무새신(歌舞賽神)에 능숙하지 못한 무당을 이른다.

151 사기(史記) 유림열전(儒林列傳)에서 유래한 말이다. 학문을 굽혀 세상에 아첨한다는 뜻으로, 자신의 뜻을 굽혀가면서까지 세상에 아부하여 출세하려는 태도나 행동을 의미한다.

152 누구의 것인지는 망명(亡名)하여 알 수가 없다.

부처님과 보살은 한 글자도 설하지 아니하였으며 한 글자도 들음이 없는 것이다. 왜냐하면 법은 문자를 벗어난 것이기 때문이다. 요익(饒益)한 뜻을 설하지 못한 것이 아니라 언설은 중생의 망상이기 때문이다고 하셨다. 法離文字故 是故大慧 我等諸佛及諸菩薩 不說一字 不答一字 所以者何 法離文字故 非不饒益義說 言說者 衆生妄想故

벌유법문(筏喩法門)에 비교하여 장자(莊子)[153] 잡편에서 살펴보면 득어망전(得魚忘筌)이라는 가르침이 있다. 통발은 물고기를 잡는데 필요한 것이므로 물고기를 잡고 나면 통발은 잊어버려야 한다. 올가미는 토끼를 잡는 데 필요한 것이기에 토끼를 잡고 나면 올가미를 잊어버린다. 말이란? 생각을 전하기 위한 것이므로 생각을 전하고 나면 말을 곧 잊어버린다. 내가 어찌하면 말을 잊어버린 사람을 만나서 그와 더불어 이야기할 수 있겠는가? 라고 하였다. 筌者所以在魚 得魚而忘筌 蹄者所以在兎 得兎而忘蹄 言者所以在意 得意而忘言 吾安得夫忘言之人而與之言哉

진리에 도달하려고 갖은 방편과 수단을 이용하지만, 진리에 도달하여 절대적으로 초월한 경지에 이르면 그 모든 수단과 방편을 버리는 것이다.

---

153 장자(莊子, BC 369년 ~ BC 289년경)는 중국 고대 도가(道家)의 사상가로서 이름은 주(周)이며 송(宋)나라에서 태어나 맹자(孟子)와 동시대에 노자(老子)를 계승한 것으로 알려졌지만 그 실재성은 의심스럽다.

제5 여리실견분(如理實見分)에서는 육신의 부처를 찾지 말고 진리의 부처를 찾으라고 하였다. 이를 이어서 제6 정신희유분(正信希有分)에서는 바른 믿음이라는 것이 무엇인지를 제시하고 있다.

당나라 단하천연(丹霞天然 739~824) 선사는 유학을 공부하여 과거를 보기 위하여 장안으로 가다가 우연히 한 스님을 만나 법문을 듣고는 과거를 포기하고 불문에 들었다. 그가 마조도일 스님 문하에서 수행하던 중 법당에 들어가 불상의 목에 걸터앉았다. 이에 대중들이 매우 놀라 곧바로 마조 스님에게 알리자, 이에 마조 스님이 법당에 들어가 이르기를 '천연(天然)하도다' 하니 곧바로 내려와 마조 스님에게 갖은 예를 올리면서 말하기를 큰스님께서 내리신 법호에 감사드린다고 말했다. 이로써 단하 스님은 '천연'이라는 법호를 받았다.

경덕전등록(景德傳燈錄)[154]에 보면

단하 선사가 낙양(洛陽)에서 하룻밤을 유숙하려고 혜림사(惠林寺)를 찾았으나 그날은 엄동설한에 몹시도 추운 날씨였다. 이에 단하 스님은 법당의 목불을 끄집어내어 도끼로 쪼갠 뒤 불을 지펴 몸을 녹이고 있었다. 이에 연락을 받은 원주(院主) 스님이 황급히 뛰쳐나와 어쩌자고 목불을 쪼개어 불을 지피고 있느냐고 격앙된 목소리로 힐책하였다.

---

[154] 송나라 때 도원(道源)이 역대 부처와 조사들의 어록과 행적을 모아 엮은 불교서로 30권이며, 줄여서 전등록(傳燈錄)이라고 한다.

그러자 단하 스님이 대수롭지 않은 것처럼 천연덕스럽게 부지깽이로 숯덩이를 뒤적이면서 저는 부처님을 태워 사리를 얻을까 하는 중이라고 하였다. 원주가 다시 말하기를 목불인데 어찌 사리가 나오겠는가? 그러자 단하 스님이 말하기를 사리가 나오지 않을 바에야 나무토막에 불과하지, 부처라고 어찌 말할 수 있겠습니까? 법당에 남아 있는 나머지 두 분의 목불도 마저 불태워 버려야겠다고 말하였다.

후일에 이 고사(故事)가 단하소불(丹霞燒佛)이라고 하여 참선하는 이들의 공안(公案)이 되었다. 단하 선사는 세상 인연이 다하였음을 미리 알아차려 어느 날 목욕재계한 후 갓을 쓰고 지팡이를 들고 신을 신은 다음에 한 발을 떼고 그 발이 미처 땅에 떨어지기 전에 홀연히 입적하였다고 전한다. 단하소불에 관한 어록은 송전등록(宋傳燈錄), 조당집(祖堂集), 전등록(傳燈錄) 등에 실려 전해져 오고 있다.

단하 스님은 목불이 그저 나무로 만든 형상일 뿐임을 가르치고 있다. 제대로 된 믿음이라면 어떤 형상에도 집착해 사로잡히지 말 것을 보여준다. 종교라는 이름으로 인간을 억압하는 모든 것으로부터 자유로워져야 참된 종교임을 단하 스님은 이미 알아차리고 있었다. 그러나 불자는 불상에 사로잡혀 집착하고, 교인들은 십자가에 집착하여 허우적거리는 일이 여전히 비일비재하다.

우리나라 충북 단양군 대강면 사인암리 청련암(靑蓮庵)에서 수행하시던 노노대휘(老老大徽) 문하의 조성원(趙聖元) 스님도 한창 수행하실 때, '내가 부처다'라고 외치면서 아미타 불상을 도끼로 쪼아서 불살라 버렸다. 그래서 지금 청련암에는 대세지보살 상만 있고 짝을 이루었던 관세음보살은 제천 원각사(圓覺寺)에 봉안되어 있다.

불교는 석가모니 부처님께서 열반에 드신 후로부터 정법 시대는 마감된 것이나 마찬가지다. 그리고 무불상(無佛像) 시대에는 참다운 부처님 가르침이 존재하였지만, 유불상(有佛像) 시대가 자리를 잡으면서 다시 무불상 시대의 이념을 회복하지 못하고 있다. 참으로 안타까운 일이다.

제7 무득무설분無得無說分

••

얻음도 없고 설함도 없다

須菩提 於意云何 如來得阿耨多羅三藐三菩提耶 如來有所說法
耶

수보리야, 그대는 어떻게 생각하는가? 여래가 최상의 깨달음을 얻
었는가? 또 여래가 설법한 바가 있는가?

須菩提言 如我解佛所說義 無有定法名阿耨多羅三藐三菩提 亦
無有定法如來可說

수보리가 대답하기를 제가 부처님께서 말씀하신 뜻을 이해하기에는
정(定)해진 법이 없는 것을 이름하여 아누다라삼막삼보리라 하옵고
또한 정해진 법이 없는 것을 여래께서 가히 설법하셨나이다.

何以故 如來所說法 皆不可取 不可說 非法 非非法

왜냐하면 여래의 설법은 모두가 취할 수가 없으며, 말할 수도 없으
며, 옳은 법이 아니며, 그른 법도 아닙니다.

所以者何 一切賢聖 皆以無爲法 而有差別

왜냐하면 모든 성현은 모두가 조작이 없고 꾸밈이 없는[無爲] 법으
로써 온갖 차별을 꾸며서 펼쳐 보였기 때문입니다.

무득무설 無得無說

얻음도 없고 설함도 없다.

무득무설분(無得無說分)은 얻을 수 없는 부처님 법이라는 표현이다. 그러나 이러한 표현을 곡해하면 그 종지를 모르고 엉뚱하게 해석할 수 있다. 그러므로 앞서 설명한 뗏목의 비유를 명확하게 이해한다면 무득무설(無得無說)에 대해서 '아~ 그렇구나' 하고 이해할 수가있다. 이러한 관점을 이해하고 나면 부처님께서 열반에 드실 때 '나는 비록 49년 동안 설법을 하였지만 단 한마디도 한 적이 없다'고 하는 가르침을 비로소 이해할 수 있는 것이다.

다시 말해서 무득무설분은 부처님께서 말씀하신 법은 얻어 가질 것도 없고 말할 것도 없음의 도리를 밝힌 것이다. 이러한 가르침의 사상은 부처님께서 말씀하신 가르침을 중생의 근기와 그 상황에 따라 시의적절(時宜適切)하게 이루어진 것이므로 결정적인 법이 따로 없음을 우리에게 일러주는 가르침이다.

그러므로 무득(無得)은 모든 법이 자성적 실체가 없기에 이를 깨달아 대상에 대한 일체의 집착을 모두 떠난 자유로운 경지를 말함이다. 이를 무소득(無所得)이라고 한다. 그리고 이어지는 무설(無說)은 설할 수 없음을 말한다. 고로 설한 바도 없기에 얻을 것도 없다는 수준 높은 가르침인 것이다.

무설무문(無說無聞)이라는 표현이 있다. 이는 설함도 없고 들은 바도 없다는 말이다. 그러므로 이는 설하여도 설하는 상이 없고 들어도 듣는 상이 없는 경지이다. 아주 온전한 반야의 지혜가 성취된 경지를 뜻한다.

대방등대집경(大方等大集經) 3권에 보면

부처님의 음성은 마치 메아리와 같아서 설함도 없고 들음도 없는 것이 역시 이와 같다고 하셨다. 如來音聲如響相 無說無聞亦如是

금강경오가해설의(金剛經五家解說誼)[155]에 보면

부처님께서 말씀 없이 말씀하시는 설법은 산마루에 스쳐 지나가는 무심한 구름과 같고, 귀로 듣지 않고 부처님의 법문을 듣는 혜명 수보리여, 마치 바람과 달이 서로 소연(蕭然)한 것과 같음이라고 하였다. 如來無說說 出岫雲無心 慧命不聞聞 風月兩蕭然

속전등록(續傳燈錄)[156]에 보면 다음과 같은 게송이 있다.

---

155 1417년(태종 17)경 조선 초기의 스님인 함허기화(涵虛己和) 스님이 금강경오가해의 중요한 부분을 풀이한 책이다. 금강경오가해(金剛經五家解)는 구마라집(鳩摩羅什)이 번역한 금강경에 대한 주석서로, 당나라 종밀(宗密)의 찬요(纂要), 양나라 부대사(傅大士)의 찬(贊), 당나라 혜능(慧能)의 구결(口訣), 송나라 야보(冶父)의 송(頌), 송나라 종경(宗鏡)의 제강(提綱) 등의 책을 가리킨다. 저자는 이들 주석의 어려운 부분에 해석을 붙였는데, 이를 설의(說誼)라고 하였다.

156 36권으로 명(明)의 원극거정(圓極居頂)이 엮었다. 경덕전등록(景德傳燈錄)의 뒤를 이어 혜능(慧能) 문하 10세부터 20세까지 불법(佛法)을 계속 이어온 선승(禪僧)들의 계보와 행적, 법어(法語), 문답 등을 정리한 저술서이다.

無手人能行拳 無舌人解言語
무수인능행권 무설인해언어

손 없는 사람이 능히 주먹질하고
혀 없는 사람이 얘기할 줄 안다.

작법귀감(作法龜鑑)[157] 관음찬(觀音讚)에는 다음과 같다.

白衣觀音無說說 南巡童子不聞聞
백의관음무설설 남순동자불문문

瓶上綠楊三際夏 巖前翠竹十方春
병상녹양삼제하 암전취죽시방춘

백의관음 보살 설함 없이 설하시고
남순 동자는 들음 없이 들으시네.
화병 위의 녹색 버들 언제나 여름이요
바위 앞에 푸른 대는 시방에 봄을 알리네.

---

157 백파긍선(白坡亘璇, 1767~1852)이 1826년(순조 26)에 편찬한 불교 의식집이
다. 긍선(亘璇) 스님은 전북 무장(현 고창)에서 출생, 18세가 되던 정조 8년 4월
에 출가하였고, 24세가 되던 정조 15년에 화엄 종장 설파상언(雪坡尙彦)에게 구
족계를 받았다. 49세에 이르기까지 화엄강석에서 학인들을 지도했고, 64세 이
후에는 순창 구암사로 옮겨 선강법회(禪講法會)에 힘썼다. 저서로는 정혜결사
문·법보단경요해 등이 있다.

종용록(從容錄)[158] 제6칙 시중(示衆)에 보면

입을 열면 말할 수 없을 상황에서 오히려 혀 없는 사람은 말할 줄 알고, 발을 들고 일어나지 못하는 상황에서 발 없는 사람이 걸을 줄 안다. 만일 저 꽉 막힌 껍질 속에 떨어진다면 말에 얽매여 죽을 것이니 어찌 자유로운 구석이 있겠는가? 생·로·병·사라는 네 개의 산이 핍박해 올 때는 어떻게 벗어날 것인가? 라고 하였다. 示衆云 開口不得時 無舌人解語 擡脚不起處 無足人解行 若也落他殼中 死在句下 豈有自由分 四山相逼時 如何透脫

이처럼 '무득무설'은 모든 상을 떠나야 진리를 얻을 수 있다는 가르침이다. 그러므로 이를 소홀하게 지나칠 수는 없다. 왜냐하면 말하고 침묵하고 눈 깜박이고 하는 것이 모두 법을 설하는 것이니, 보고 듣고 알고 지각함이 어찌 듣는 것이 아니겠느냐고 한 까닭이다.

유마경(維摩經) 보살행품 제11에 보면

또 어떤 곳에서는 꿈, 환상, 그림자, 메아리, 거울 속의 그림자, 물에 비친 달, 더울 때의 아지랑이 등. 이 같은 비유로써 불사를 이룩하며, 어떤 경우는 음성, 언어, 문자로써 불사를 이룩하며, 어떤 경우에는 청정한 부처님 나라가 적막하여 말이 없으며[無言], 설함도 없고

---

[158] 천동각화상송고보은노인시중(天童覺和尙頌古報恩老人示衆)이라고도 부르며, 약칭하여 종용록(從容錄)이라고도 한다. 천동각화상(天童覺和尙)이라는 분이 고칙을 찬송(贊頌)한 것과 그 송고(頌古)에 대하여 만송노인(萬松老人)또는 보은노인(報恩老人)이 종용암(慫慂庵)이란 곳에서 평창(評唱) 혹은 시중(示衆)한 것을 합편(合編)한 것이다.

[無說], 보여지지도 않고[無示], 식별됨도 없고[無識], 무작(無作)·무위(無爲)로써 불사를 이룩하기도 한다. 아난이여, 이 같이 제불의 위의(威儀)와 행동거지[進止]와 그 밖의 모든 베푸는 일들이 불사 아님이 없다고 하였다. 有以夢 幻 影 響 鏡中像 水中月 熱時炎 如是等 喩而作佛事 有以音聲 語言 文字而作佛事 或有淸淨佛土 寂寞無言 無說 無示 無識 無作 無爲 而作佛事 如是 阿難 諸佛威儀進止 諸所施爲 無非佛事

따라서 부처님의 일거수일투족은 불사(佛事)가 아님이 없음을 알아야 한다. 이를 위의(威儀)라 하기도 하고, 무설(無說)이라 하기도 한다. 부처님은 이러한 가르침을 우리에게 주셨다.

화엄경(華嚴經) 권제48에 여래십신상해품(如來十身相海品)에 보면 여래의 미간(眉間) 사이에 거룩한 이로서의 몸매가 있으니 이름이 법계에 두루한 광명의 구름[遍法界光明雲]이다. 마니보(摩尼寶)의 꽃으로 장엄되고 큰 광명을 내쏘아 뭇 보배 빛을 갖춘 것이 마치 해와 달이 환하고 깨끗하여 그 광명이 시방의 국토를 널리 비춤과 같다. 그중에서는 온갖 부처의 몸이 나타나고, 다시 미묘한 음성이 나와서 모든 법을 널리 펴라고 하였음도 이와 같다고 하였다. 如來眉間有 大人相 名遍法界光明雲 摩尼寶華以爲莊嚴 放大光明 具衆寶色 猶如日月 洞徹淸淨 其光普照十方國土 於中顯現 一切佛身 復出 妙音 宣暢諸法

법화경(法華經) 서품(序品)에 보면

258

그때 부처님은 미간의 백호상으로부터 광명을 놓아 동방으로 1만 8천 세계를 골고루 빠짐없이 비추었으며 그 빛이 아래로는 아비지옥까지 비추고 위로는 아가니타천까지 비추었다. 그리고 이 세계에서 그 모든 세계의 육도 중생들을 모두 볼 수 있었다고 하였다. 爾時佛放眉間白毫相光 照東方萬八千世界 靡不周遍 下至阿鼻地獄 上至阿迦尼吒天 於此世界 盡見彼土六趣衆生

또 이어서 게송으로 말하였다.

諸佛神力 智慧希有
제불신력 지혜희유

放一淨光 照無量國
방일정광 조무량국

모든 부처님의 신통과
지혜는 희유하시어
하나의 청정한 광명을 놓으시어
한량없는 세계를 비추신다.

대승본생심지관경(大乘本生心地觀經) 서품에 보면
오늘 세존께서 가슴으로부터 금빛 광명을 내시니 비추는 곳마다 모두 금빛과 같아서 부처님이 나타내 보이신 뜻이 매우 깊어 모든 세간의 성문(聲聞)·연각(緣覺)으로는 모든 생각을 다 하더라도 능히 알지 못한다고 하였다. 今日世尊 從胸臆中放金色光 所照之處 皆如金色 佛所顯示意趣甚深 一切世間聲聞緣覺 盡思度量所不能 知

장자(莊子) 제21편 전자방(田子方)에서는 눈으로 보기만 해도 도가 있음을 안다고 하여 이를 목격도존(目擊道存) 또는 목격존도(目擊存 道)라고 한다. 공부자(孔夫子)가 온백설자(溫伯雪子)를 만나보려 했 으나 오랫동안 만나보지 못하다가 마침 만나게 되었는데 말 한마디 조차 없었다. 그가 나가자 자로(子路)는 괴이하게 여기면서 물었다. 부자께서는 온백설자를 만나려 하신 지가 오래였습니다. 무엇 때문 에 말 한마디도 없으십니까? 부자는 말하였다. 이 사람이라면 눈으 로 보기만 해도 도가 있다. 역시 말소리로는 용납할 수 없다고 하였 다. 夫子欲見溫伯雪子 久而不見 及見 寂無一言 及出 子路怪而問 曰 夫子欲見溫伯雪子久矣 何以寂無一言 子曰 若斯人者 目擊而 道存 亦不可以容聲者矣

영산회상(靈山會上)의 염화미소(拈花微笑)가 이와 같다. 따라서 부 처님은 하나의 꽃을 들어 말없이 법을 설하셨으니 이러한 가르침은 숭고한 불교 외에는 찾아볼 수가 없다. 연꽃에 무슨 법이 있다고 함 부로 말하지 마라. 미묘한 법문을 다만 연꽃에 비유하였을 뿐이다. 따라서 미묘한 법 또한 연꽃에 비유된다고 했다. 꽃이 필 적에는 곧 꽃술, 꽃받침, 씨 등의 갖가지가 나타나는 것이다. 중생의 마음이 열 리면 비지(悲智)와 행원(行願) 또한 열림에 비유한다. 이 묘한 법은 항상 머물러서 곧 한 마음의 부처가 되는 열매의 씨가 된다. 여래는

이 한 법을 얻었으므로 곧 온갖 법을 두루 갖추었다고 하였다. 亦喻
蓮華 華開之時 鬚蘂臺子 種種皆現 喻衆生心開 悲智行願 亦開 此
妙法常住 一心爲佛果種子 所以如來得此一法 具足一切法

이외에도 아미타경(阿彌陀經)의 보수지연분(寶樹池蓮分) 말씀이나
금수연법분(禽樹演法分)의 말씀도 모두 이와 같다.

須菩提 於意云何
수보리 어의운하

수보리야, 그대는 어떻게 생각하는가?

如來得阿耨多羅三藐三菩提耶 如來有所說法耶
여래득아누다라삼막삼보리야 여래유소설법야

**여래가 최상의 깨달음을 얻었는가? 또 여래가 설법한 바가 있
는가?**

앞서 부처님께서 우리에게 말씀하시기를 강을 건너면 뗏목을 버리
라고 하셨음을 상기하면서 지금의 법문을 살펴보아야 한다. 그리고
여기서는 부처님께서 수보리에게 역(逆)으로 질문을 하여 문제의 답
을 끌어내고 있다.

부처님께서는 깨달은 바도 없고 고구정녕하게 중생들을 위하여 49년 동안 법을 설하셨지만 실은 설한 바가 없다고 하시며 여래가 아누다라삼막삼보리를 얻은 적이 있느냐고 되묻고 있다.

부처님의 가르침을 교학(敎學)이라 한다. 그리고 선의 이치를 가르치는 것을 선학(禪學)이라고 한다. 그리고 이를 종취(宗趣)로 추구하는 무리에 따라서 교종(敎宗), 선종(禪宗)으로 구분하지만 넓은 의미에서는 교선(敎禪)이 함께 어우러져 있다는 것을 알아두어야 한다. 그리고 이를 추구하는 학파(學派)에 따라 다시 교학(敎學)과 선학(禪學)으로 나누기도 한다.

여기서 부처님의 가르침인 교(敎)는 배우는 대상이 아니라는 것을 염두에 두어야 한다. 그러면 교(敎)는 무엇이냐 하면 알아들어야 할 '말씀'이다. 이를 바탕으로 하여 우리가 나아갈 지표가 되는 것이다. 그러므로 경전을 보는 올바른 눈을 가져야 하고, 이를 경안(經眼)이라 한다. 경안이 없으면 어떠한 가르침도 제대로 흡수하지 못하여 부처님의 올곧은 가르침을 곡해하거나, 아니면 자기의 생각을 더 하여 그만 이상하게 흘러가게 되는 것이다.

조선 중기의 휴정(休靜) 스님이 제자 유정(惟政)에게 선교(禪敎)의 요결(要訣)을 전수하기 위해 지은 선교결(禪敎訣)[159]에 보면 선은 부

---

[159] 조선의 휴정(休靜) 스님이 지었으며, 이 책은 제자 유정(惟政) 스님에게 전하기 위한 것으로 선(禪)과 교(敎)의 차이점을 간결하게 저술한 책이다.

처님의 말씀이고 교는 부처님의 가르침이다. 교(敎)는 말로써 말 없는 곳에 이르게 하고, 선(禪)은 말 없는 것으로써 말 없는 곳에 이르게 한다고 하였다. 공부자는 이를 골똘히 생각해 볼 필요가 있다. 禪是佛心 敎是佛語也 敎也者 自有言 至於無言者也

그러나 언제부터인지 우리나라 불교는 선(禪)을 우위에 두고 교(敎)를 하열하게 대하는 경우가 더러 있는데 이는 크게 잘못된 풍토이다. 교선(敎禪)은 언제나 대등하게 함께하는 것이지 거기에다가 중생의 안목으로 우열(優劣)을 가린다면 이는 스스로 자기의 눈을 후벼 파서 봉사를 만드는 격이다.

법화현의(法華玄義)[160]에 보면
무릇 실상은 그윽하고 그 이치는 오묘하도다. 깎아지른 산골짜기를 오르고자 한다면 긴 사다리가 있어야 하듯이 참된 근원에 계합하고자 한다면 반드시 교행을 통해야 한다. 그러므로 교행을 문으로 삼는다고 하셨다. 夫實相幽微 其理淵奧 如登絶壑 必假飛梯 欲契眞源 要因敎行 故以敎行爲門

———

160 중국 수(隋)나라 승려이며 천태종(天台宗)의 개조(開祖)인 지의(智顗) 스님이 저술한 책으로 전 10권이며, 묘법연화경현의(妙法蓮華經玄義)라고도 한다. 지의 스님이 만년에 옥천사(玉泉寺)에 머물면서 묘법연화경 다섯 자를 여러 가지 관점에서 해석하여 천태교학(敎學)의 교리적 원리를 전개한 것을 그의 제자 관정(灌頂)이 필록(筆錄)한 책으로, 주석서보다는 일종의 불교개론(佛敎槪論)의 성격을 띠고 있다. 이 책은 법화문구(法華文句), 마하지관(摩訶止觀)과 함께 법화삼대부경(法華三大部經)이라 일컬어지는 천태종의 근본 전적으로, 특히 교의면(敎義面)에서 불교 전반에 커다란 영향을 미치고 있다.

대반야경(大般若經) 제9회 능단금강분(能斷金剛分)에서는

부처님께서 선현에게 말씀하셨다. 네 뜻에 어떠하냐? 여래가 생각하기를 내가 설법한 것이 있다고 하겠느냐? 선현아, 너는 지금 행여나 그런 생각을 말라. 무슨 까닭이겠느냐. 선현아, 만일 여래가 설법한 것이 있다고 말하면 이는 나를 비방하는 것이요, 잘 받아들인 것이 아니니라. 무슨 까닭이겠느냐. 선현아, 법을 설한 것을 법을 설했다고 하는 것은 법을 얻을 수 없기 때문이니 그러므로 법을 설한다고 하느니라고 하셨다. 佛告善現 於汝意云何 如來頗作是念 我當有所說法耶 善現 汝今勿當作如是觀 何以故 善現 若言如來有所說法 卽爲謗我 爲非善取 何以故 善現 說法說法者 無法可得故名說法

다시 본론으로 돌아와 보자. 부처님께서 말씀하시기를 뗏목을 타고 강을 건넌 후 그래도 뗏목이 필요하냐고 반문을 한 다음의 문장이므로, 여기서 뗏목을 타고 강을 건넌다고 하는 것은 곧 차안(此岸)에서 피안(彼岸)에 이르렀다고 한다. 그렇다면 교설은 방편에 해당하므로 방편을 버리고 일승에 이르렀음이니, 이는 부처님께서 수보리에게 더 이상 의심을 내지 않게 하기 위해서 이러한 질문을 하신 것이다. 그러나 이어지는 수보리의 답변을 보면 수보리는 이미 부처님의 의중을 간파하고 있음을 알 수 있다. 그러기에 수보리의 법력도 상당하였음을 엿볼 수가 있는 대목이기도 하다. 이를 마음속에 두고 다시 이어지는 말씀을 살펴보자.

須菩提言 如我解佛所說義 無有定法名阿耨多羅三藐三菩提

수보리언 여아해불소설의 무유정법명아누다라삼막삼보리

수보리가 대답하기를 제가 부처님께서 말씀하신 뜻을 이해하기에는 정(定)해진 법이 없는 것을 이름하여 아누다라삼막삼보리라 하옵고

亦無有定法如來可說

역무유정법여래가설

또한 정해진 법이 없는 것을 여래께서 가히 설법하셨나이다.

부처님의 질문에 수보리가 답하기를 부처님께서 설하신 법 가운데 아누다라삼막삼보리라고 단정 지어서 결정할 만한 법이 없다고 답을 하고, 또한 부처님께서 설하셨다고 할 결정적인 법도 없다고 답하고 있다.

응신(應身)[161], 화신(化身)[162]도 진불(眞佛)이 아니라고 하였으니 또한 부처님의 광대한 설법도 실은 모두 방편설(方便說)에 해당한다. 고로 부처님은 일법(一法)도 설하신 바가 없음이 되는 것이다. 그러기에 이를 '무유일법(無有一法)'이라고 하여 '하나의 법도 없다'고 한

―――――

161 중생을 제도하기 위하여 중생의 근기(根機)에 맞게 나타난 부처이다.

162 중생을 구제하기 위하여 부처님이 변하여 중생의 몸이 된 변화신을 말한다.

다. 이를 좀 더 갖추어 말하면 '무유일법가득(無有一法可得)'이라고 하여 '얻을 수 있는 법이 하나도 없다'는 표현이 되는 것이다.

무유정법(無有定法)에서 무유(無有)는 본래 없다, 하는 표현이고 정법(定法)은 정해진 법이라는 표현이다. 이를 합하여 살펴보면 '정해진 법이 본래 없다'는 뜻이다. 그러나 초보 수행자는 이러한 논리를 이해하기가 어려울 것이다. 가령 예를 들면 어떠한 법이 딱 '이것이 진리다'고 이름한다면 그것은 곧 진정한 진리가 아니다. 그 진리라고 이름한 것은 '진리'라는 올가미 속에 갇혀 버리는 것이다. 부처님께서 경전마다 이 경전이 최고 최상의 진리라고 말씀하신 것은 모든 말씀은 중생의 근기에 맞추어 방편으로 설하셨기 때문이다. 그러므로 이를 역으로 생각해 보면 곧 무유정법이 된다. 다시 말해 부처님의 가르침은 우리를 바라밀로 이끌기 위하여 있는 것이지 진리라는 그 이름으로 존재하기 위하여 있는 것이 아니다.

다시 말해 중생은 그 근기가 각자 달라서 부처님은 중생의 근기에 맞추어 법을 설하였기에 팔만대장경이 있는 것이다. 고로 중생을 바라밀로 이끄는 데 있어서 딱히 정해진 법은 없다. 왜냐하면 부처님의 말씀도 모두 중생을 이끄는 방편설(方便說)이기 때문이다.

일자불설(一字不說)이라는 표현이 있다. 부처님께서 말씀하신 경지는 말이나 글로써 표현할 수 없다는 뜻이다. 다시 말해 체득한 경지의 깨달음이라는 것은 말이나 글로써 표현할 수 없지만 이를 중생에게 전하려고 언어를 임시로 빌려서 나타내는 것이기에 이를 일자

불설이라고 한다.

능가경(楞伽經) 집일체불법품에 보면

대혜가 부처님께 무엇이 제일의(第一義)입니까 하고 여쭙자 부처님께서 말씀하시기를 말은 제일의가 아니며 말의 내용도 제일의가 아니다. 왜냐하면, 제일의란 성인의 즐거움이니, 말이 들어가는 곳이 제일의이지 말이 제일의는 아니다. 제일의란 성지(聖智)가 스스로 깨달아 얻는 것이지 언설망상이 깨닫는 경계가 아니다. 그러므로 언설망상은 제일의를 드러내지 못한다. 말이란 생기고 없어지며 동요하고 전전하며 인연으로 생긴다. 전전하여 인연으로 생기는 것은 제일의를 드러내 보이지 못한다고 하였다. 佛告大慧 非言說是第一義 亦非所說是第一義 所以者何 謂第一義聖樂言說所入是第一義 非言說是第一義 第一義者聖 智自覺所得 非言說妄想覺境界 是故言說 妄想 不顯示第一義 言說者 生滅動搖展轉因緣起 若展轉因緣起者 彼不顯示第一義

다시 능가경 권제3 일체불어심품(一切佛語心品)에 보면

대혜가 다시 부처님께 말씀드렸다. 세존께서 말씀하시기를 나는 어느 날 밤에 최고의 정각[最正覺]을 얻었고 어느 날 밤에 열반에 들어가는데, 그 중간에 한 마디도 말하지 않았다. 과거에도 말하지 않았고 미래에도 말하지 않을 것이며, 부처의 말이라고 하지도 않는다고 하셨습니다고 하였다. 大慧復白佛言 如世尊所說 我從某夜得最正覺 乃至某夜入般涅槃 於其中閒乃至不說一字 亦不已說 當說不說是佛說

이 구절은 구경의 경계는 언어를 떠나 있음을 선언하고 있다. 또 이 같은 일자불설(一字不說)의 입장은 선불교의 불립문자(不立文字)의 입장과 같아서 능가경이 선불교로부터 크게 환영받았던 원인 중 하나가 되었다. 그렇지만 언어가 아주 부정되는 것은 아니다. 언어와 깨달음이 서로 상보적(相補的)인 역할을 하고 있음을 능가경 스스로 설하고 있다. 그것이 바로 설통(說通), 종통(宗通)의 교설이다.

설통(說通)은 중생들의 마음이 응하는 바에 갖가지로 설하여 경전을 이루는 것을 말하며, 종통(宗通)은 수행자가 자심(自心)이 나타내는 갖가지 망상을 떠나고 모든 심·의·의식을 초월하는 것을 말한다. 설통은 언어이며, 종통은 깨달음이라 할 수 있다. 불교의 열반 개념은 자심이 나타내는 망상을 잘 깨닫는 것이며, 자각성지(自覺聖智)를 얻는 것이다.

선사동자경(善思童子經)[163]에 다음과 같은 게송이 있다.

如是佛及法 此經中所說
여시불급법 차경중소설

---

[163] 중국 수(隋)나라 때 사나굴다(闍那崛多, Jñānagupta)가 591년에 한역하였다. 이 경은 부처님께서 선사 동자에게 위없는 깨달음에 대해 설하신 경전이다. 이역본으로 대승정왕경(大乘頂王經)·불설대방등정왕경(佛說大方等頂王經)이 있다.

諸佛不可說 諸法亦復然

제불불가설 제법역부연

이와 같은 부처님과 법을

이 경에서 설하였다네.

모든 부처란 설할 수가 없는 것

모든 법도 역시 이와 같다네.

아누다라삼막삼보리를 줄여 나타내면 보리(菩提)라고 할 수 있다. 보리를 다시 한역하여 깨달음인 각(覺), 깊은 깨달음의 이치를 나타내는 도(道)라고 한다. 이는 최고의 진리를 말한다. 모든 수행자는 이를 향하여 매진하는 것이다.

부처님은 중생에게 깨달음을 성취하도록 안내하시는 분이다. 이러한 부처님의 가르침을 광장설상(廣長舌相)이라고 한다.

화엄경(華嚴經) 십인품에 보면

이 보살이 일체중생을 잘 살펴보고 넓고 긴 혀로 연설하나니, 그 음성이 걸림 없이 시방세계에 두루 퍼져 듣는 이의 자격을 따라 각각 달리 이해케 하느니라. 음성이 일어나지 아니함을 알지만은 음성을 널리 나타내며, 말할 것이 없는 줄 알지만은 모든 법을 말하며, 묘한 소리가 평등하여 종류를 따라 이해하되 모두 지혜로써 분명히 아신다고 하였다. 此菩薩 善能觀察一切衆生 以廣長舌相 而爲演說 其聲無礙 遍十方土令隨所宜聞 法各異 雖知聲無起 而普現音聲

雖知無所說 而廣說諸法 妙音平等 隨類各解 悉以智慧 而能了達

何以故 如來所說法 皆不可取 不可說 非法 非非法
하이고 여래소설법 개불가취 불가설 비법 비비법

왜냐하면 여래의 설법은 모두 취할 수가 없으며, 말할 수도 없으며, 옳은 법이 아니며, 그른 법도 아닙니다.

所以者何 一切賢聖 皆以無爲法 而有差別
소이자하 일체현성 개이무위법 이유차별

왜냐하면 모든 성현은 모두 조작이 없고 꾸밈이 없는[無爲] 법으로써 온갖 차별을 꾸며서 펼쳐 보였기 때문입니다.

부처님의 설법은 취할 수도 없고, 말할 수도 없으며, 법도 아니며, 법이 아닌 것도 아니라고 하셨다. 초보 불자는 이를 이해하기가 상당히 어려울 것이다. 이를 이해하려면 이어지는 말씀인 소이(所以)라는 문구로 이어지는 문장을 더 살펴보아야 한다. 소이(所以)는 '왜냐하면'이라는 뜻을 가지고 있다. 앞서 문장을 이어받아 보충해 설명하고 있기 때문이다.

부처님의 법은 심법(心法)이기에 이를 심교(心敎)라고 한다.

270

그러기에 입능가경(入楞伽經)[164]에 보면

대승으로 모두 제도하는 문은 모든 부처님의 마음을 근본으로 삼는다고 하였다. 분명히 기억해 둘 필요가 있다. 大乘諸度門 諸佛心第一

송나라의 영명연수(永明延壽) 스님이 저술한 주심부(註心賦)[165] 첫머리에는 각왕동품(覺王同稟)을 주해(註解)하면서 첫머리에 내세운 말씀이 능가경(楞伽經)에 나오는 부처님의 가르침은 마음으로 근본을 삼기에 별다른 문이 없다는 것을 인용하였다. 佛語心爲宗 無門爲法門

부처님은 곧 심법(心法)이다. 마음은 본래 정해진 것이 없음이니 어찌 형상(形相)이 있을 수가 있겠는가? 마음은 그 모양이 없지만 우리가 본심을 지니지 못하고 한 생각을 일으켜서 갖가지 망상을 일으키기에 본심은 잃어버리고 오만 물상이 생각대로 나타나는 것이다. 본심은 우리가 가야 할 고향과도 같은 이치에서 본고향(本故鄕)이 되는 것이다. 지금 우리는 진성을 잃어버리고 타향 객지를 떠돌아다니는 방랑자 신세를 면치 못하고 있음을 알아야 한다. 고로 본고향은

---

164 입능가경을 보통 능가경이라고 부르는데, 모두 10권 18품으로 되어 있다. 부처님이 깨달은 모든 이치는 그 어떤 말로도 표현할 수 없는 신비로운 것이라고 설법하고 있다. 6세기 초 북위(北魏)의 보리유지가 번역한 것이다.

165 송나라 영명연수(永明延壽) 스님이 자신이 저술한 종경록(宗鏡錄) 100권을 축약하여 4권으로 다시 편집한 것이 주심부(註心賦)이다.

본심이 되는 것이며 본심을 달리 말하면 불성, 법성, 여래장, 영식(靈識), 영지(靈知), 영서화(靈瑞華) 등등 그 이름만 달리할 뿐이다.

부처님 가르침의 핵심은 모든 중생이 부처님의 가르침을 듣고 성도(成道)를 이루게 설하신 말씀으로 곧 설법이다. 그러므로 부처님은 수많은 가르침을 우리에게 전하셨다. 이토록 많은 법문을 하신 당사자인 석가세존께서 여기서는 중생을 위하여 한마디도 한 적이 없으며 또한 중생의 성도를 이루기 위하여 고정된 법도 없다고 말씀하신 것은 모든 법이 방편설이기 때문이다.

금강경의 아누다라삼막삼보리(阿耨多羅三藐三菩提)라는 표현은 결국 '성도'를 말한다. '성도'는 곧 '성불'을 뜻하는 것임을 알아두어야 한다. 그러므로 부처님께서 설하신 법은 정해진 법이 없고 이를 이름하여 '아누다라삼막삼보리'라 한 것이다.

부처님의 가르침은 소설법(所說法)과 소증법(所證法)이 있다. 소설법은 부처님께서 설하신 가르침으로 교법을 말하는 것이며, 소증법은 부처님께서 증득하신 법을 말한다.

보성론(寶性論)[166]에 권2에 보면

---

[166] 4권 11품으로 이루어져 있으며 북위(北魏)의 늑나마제(勒那摩提)가 한역하였다. 인도 대승불교의 여래장 사상을 조직적으로 설명하고 있는 대표적 논서이며, 정식 명칭은 구경일승보성론(究竟一乘寶性論)으로 한역된다.

법에는 두 가지가 있음이다. 그 두 가지란 무엇을 말하는가 하면 첫째는 소설법(所說法)이고, 두 번째는 소증법이다. 소설법이란 부처님께서 설하신 수다라 등이니 명자(名字), 장구(章句), 신(身) 따위에 속한다. 이러한 소설법은 도를 깨달아 얻을 때 멸하는 것이니 이를 비유하자면 강을 건너면 뗏목을 버리는 것과 같다고 하였다. 法有二種 何等爲二 一所說法 二所證法 所說法者 謂如來說 修多羅等名字章句身所攝故 彼所說法 證道時滅 如捨船栰

소증법(所證法)은 부처님께서 깨달아 얻으신 법을 말한다. 여기에 대해서 보성론(寶性論)에 나오는 내용을 좀 간추려서 살펴보면 부처님의 법이 유위상에 속하는 것이라면 이는 허망한 것이다. 고로 허망한 것이라면 그 법은 실(實)이 아니며, 실이 아니라면 진제(眞諦)가 아니며, 진제가 아니라면 곧 무상이니 만일 무상이 아니라면 귀의할 만 것은 아니라고 하였다. 若虛妄者彼法非實 若非實者彼非眞諦 非眞諦者卽是無常 若無常者非可歸依

그러므로 소증법이 있으면 소설법은 따라나오는 것이다. 여기서 '아누다라삼막삼보리'는 증득한 법이 된다. 이는 소증법이 되는 것이고, 본문에 나오는 여래소설법(如來所說法)은 소설법이 된다. 그러나 무득무설분에서 소설법만 말씀하시고 소증법에 대해 말씀이 없는 것은 소설법만 제대로 알면 소증법은 저절로 알게 되기 때문이다.

무득무설(無得無說)이라는 분제(分題)에 나타나 있듯이 부처님의 가르침은 유위상이 아니기에 취할 수가 없다. 고로 부처님의 말씀도 바라밀에 이르면 버려야 할 대상이기에 결국은 설한 바가 없다고 한다. 이러한 입장에서 본다면 소증법이나 소설법도 일정한 법이 없는 것이다. 그러므로 취할 수도 없는 것이다.

불가취(不可取), 불가설(不可說)이라고 하였으니 취할 수도 없고, 말할 수도 없다. 고로 불가취는 부처님의 법을 바르게 들을 때를 말함이니, 바르게 들으면 버려야지 취하는 대상이 아니다. 불가설은 바르게 설할 때를 말함이니, 이 역시도 취하는 대상은 아니다. 고로 이는 분별을 떠난 것이다. 분별성(分別性)이 드러나게 되면 무엇이든지 사량(思量)하여 저울질하기에 취하는 대상이 된다. 그러므로 불가취는 결국 귀로 듣는 것을 말함이고, 불가설은 음성이 아니다. 그러나 여기서는 '불(不)'이라는 부정이 들어가 있으니, 진리는 귀로 들어서 얻을 수가 없으며, 음성으로 얻어지는 것도 아니다. 고로 마음이 동하여 얻어지는 것이다.

언어도단(言語道斷)이라는 표현이 있다. 이를 언어도과(言語道過) 또는 명언도단(名言道斷)이라고도 하는데, 그냥 간단히 들여다보면 '말의 길이 끊어졌다'는 표현이다. 여기서 말하고자 하는 바는 이에 논리를 붙여서 설명할 수 없는 오묘하고 절대적인 경지를 말함이다. 이를 더 세밀하게 살펴보면 '언어도단 심행멸처(言語道斷 心行滅處)'라고 표현을 하는데, 이는 언어를 빌려서도 표현할 수가 없고 사고로 생각하여 짐작조차도 할 수 없다는 표현이다. 고로 마음 작용이 미치지 못하는 절대적인 경지이기에, 사량 분별하는 마음이 끊어진 경계를 말한다. 고로 무엇을 취하고 무엇을 설하는 경계의 자리가 아닌 것이다.

노자(老子)[167] 첫머리에 보면

도(道)를 가히 도(道)라고 한다면 상도(常道)가 아니고, 명(名)을 가
히 명이라고 한다면 상명(常名)이 아니라고 하였다. 道可道 非常道
名可名 非常名

도(道)라고 하는 것은 언어로써 표현하려고 하나 할 수가 없는 것
이다. 왜냐하면 도는 언어를 초월하여 있기 때문이다. 이는 언어의
한계성을 지적한 것이다. '언어'는 그 무엇을 언어라는 테두리 안에
갇히도록 결박하는 성향이 강하다. 또 언어는 어떤 사물을 대하는 데
있어 그 사물의 실체를 그대로 드러내지 못하고 그만 평이하게 하는
경향이 강하기 때문이다.

이를 금강경의 무득무설(無得無說)의 측면에서 본다면 여래의 법
은 '불가취 불가설'이 되는 것이다. 부처님의 말씀을 언어의 테두리
안에 있도록 가두어 둔다면 오래된 고목이나 박제(剝製)가 된 동물
처럼 그 형상만 있지 기능은 생기를 잃어버린 것과 같다. 다시 말해
흐르는 실개천을 가두어 버리면 강해(江海)에 이르지 못하듯이 진리
가 언어의 테두리에 갇히게 되면 석수(石獸)와 다를 바 없는 것이다.

---

167 중국 고대의 사상가이며 도가(道家) 학파의 시조이며 출생과 사망에 대해
서는 약 BC. 571년~BC. 471년으로 추정할 뿐이다. 성은, 이(李), 이름은 이(耳),
자는 담(聃), 호는 백양(伯陽)이다.

유마경(維摩經) 가운데 견아촉불품에도

일체의 언어가 모두 다 끊어졌다는 표현이 있다. 一切言語道斷

인왕호국경(仁王護國經)[168] 관여래품에는

가지는 것도 아니요 버리는 것도 아니며, 큰 것도 아니요 작은 것도 아니며, 보는 것도 아니요 듣는 것도 아니며, 깨닫는 것도 아니요 아는 것도 아닙니다. 마음의 작용이 사라지고 말의 길이 끊어져서 진제(眞際)와 같고 법성(法性)과 동등하니, 저는 이러한 모양으로써 여래를 봅니다, 하는 가르침이 있다. 非取非捨非大非小 非見非聞非覺非知 心行處滅言語道斷 同眞際等法性 我以此相而觀如來

무위(無爲)라는 것은 조작과 작위가 없다는 의미이다.

노자(老子) 제37장에 보면 도는 항상 하지도 않으면서도 하지 않는 것이 없다고 하였다. 道常無爲而無不爲

무위법(無爲法)이라고 하면 무위를 본성으로 하는 법이기에 이것이 곧 진여법이 되는 것이다. 여기에는 생멸하지 않는 법을 말하므로

---

168 인왕경(仁王經)은 동일한 원본의 두 가지 한역 경전인 불설인왕반야바라밀경(佛說仁王般若波羅蜜經), 인왕호국반야바라밀다경(仁王護國般若波羅蜜多經)의 약칭이다. 또한 두 경전은 모두 인왕반야경(仁王般若經) 또는 인왕호국경(仁王護國經)이라고도 약칭한다. 전자는 후진(後秦) 시대에 구마라집(鳩摩羅什)이 번역한 것이며, 후자는 당나라 시대인 765년에 불공(不空, 705~774)이 번역한 것이다. 두 경전은 번역 용어에서 차이가 있을 뿐 내용상으로는 차이가 없다.

이는 곧 적멸(寂滅)이 되는 것이다. 따라서 의식은 생멸(生滅)이 있지만, 지혜는 적멸(寂滅)이 되는 것이다.

모든 성현이 다 무위법으로 차별이 있기 때문이라고 하였다. 이를 다시 보면 모든 성인은 무위법으로 증득하였지만 다만 중생의 근기가 깊고 얕음이 있으므로 차별을 두어 말할 뿐이다. 그러므로 중생도 이러한 이치를 요달하면 무위법을 얻는 것이다.

여기에 대해 금강경오가해(金剛經五家解)의 야보도천(冶父道川) 선사의 어록을 살펴보면 다음과 같은 말씀이 있다.

正人說邪法 邪法悉歸正
정인설사법 사법실귀정

邪人說正法 正法悉歸邪
사인설정법 정법실귀사

江北成枳江南橘 春來都放一般花
강북성지강남귤 춘래도방일반화

바른 사람은 삿된 법을 말하더라도
사법이 모두 정(正)에 들어옴이라.
삿된 사람이 비록 바른 법을 전하더라도
정법이 모두 사법으로 돌아감이라.

강북에서는 탱자가 되고 강남에서는 귤이 되지만
봄이 오면 모두가 똑같이 꽃이 핌이라.

그렇다고 하여 부처님의 가르침이 언설을 무조건 배제하는 것은
아니다.

화엄경(華嚴經) 수미정상게찬품에 보면 승혜보살(勝慧菩薩)이 부
처님의 신력을 받들어 시방을 관찰하고 나서 게송으로 말씀하시기
를 다음과 같이 하였다.

譬如暗中寶 無燈不可見
비여암중보 무등불가견

佛法無人說 雖慧莫能了
불법무인설 수혜막능요

비유컨대 어둠 속에 있는 보배를
등불 없이는 볼 수 없듯이
부처님 법도 말하는 사람이 없으면
비록 지혜는 있더라도 능히 알지 못함이라.

또 하나 알아두어야 할 것은 무득무설분(無得無說分)을 염두에 두
고 제5 여리실견분(如理實見分)에 보면, 부처님은 수보리에게 이르
기를 그대는 상(相)으로써 여래를 볼 수가 있느냐 질문하시고 수보

리는 형상으로써 여래를 볼 수 없음이라고 답을 하였다. 그러면서 부처님은 수보리에게 깨우쳐 주시기를 '무릇 존재하는 모든 형상은 다 허망한 것이니 만약 모든 형상을 형상 아님을 깨달아 얻는다면 곧 여래를 보리라'고 하였다. 무득무설분의 요지와 더불어 견주어 생각하면 공부에 많은 도움이 될 것이다. 凡所有相 皆是虛妄 若見諸相 非相 則見如來

참고로 불교에는 사대교법(四大教法)이 있다. 이를 줄여 흔히 사설(四說)이라고 하기도 하며, 네 가지 바른 언설이라고 하여 사성언(四聖言)이라고도 한다. 이를 살펴보면 다음과 같다.

1. 견견설(見見說)
본 것을 보았다고 말하는 것.

2. 문문설(聞聞說)
들은 것을 들었다고 말하는 것.

3. 식식설(識識說)
인식한 것을 인식했다고 말하는 것.

4. 지지설(知知說)
아는 것을 안다고 말하는 것.

이러한 가르침을 좀 더 공부해 보려면 중아함경(中阿含經) 가운데 실려 있는 설지경(說智經)에 자세히 나와 있다.

　모든 성현은 그 어떠한 조작이 없고 꾸밈이 없는 법으로 온갖 차별을 꾸며서 펼쳐 보였다고 하였다.

화엄경 불부사의품에 보면

　불자여! 모든 부처님 세존이 열 가지 법이 있어 한량없고 그지없는 법계에 두루 하였으니, 무엇이 열인가?

　① 모든 부처님이 그지없이 청정한 몸이 있어 여러 길에 들어가되 물들지 아니하며, ② 모든 부처님이 그지없이 막힘이 없는 눈이 있어 온갖 법을 모두 분명하게 보며, ③ 모든 부처님이 그지없고 막힘이 없는 귀가 있어 온갖 음성을 모두 알며, ④ 모든 부처님이 그지없는 코가 있어 부처님의 자유자재한 저 언덕에 이르며, ⑤ 모든 부처님이 넓고 긴 혀가 있어 묘한 음성을 내어 법계에 두루 하며, ⑥ 모든 부처님이 그지없는 몸이 있어 중생들의 마음을 따라서 다 볼 수 있게 하느니라. ⑦ 모든 부처님이 그지없는 뜻이 있어 걸림 없이 평등한 법신에 머물며, ⑧ 모든 부처님이 그지없고 걸림 없는 해탈이 있어 다함이 없는 큰 신통의 힘을 나타내며, ⑨ 모든 부처님이 그지없이 청정한 세계가 있어 중생의 좋아함을 따라서 여러 가지 세계를 나타내며 한량없는 가지가지 장엄을 구족 하지만 그 가운데 물들지 아니하며, ⑩ 모든 부처님이 그지없는 보살의 행과 원이 있어 원만한 지혜를 얻고 자유자재하게 유희하여 온갖 부처님의 법을 다 통달하느니라. 불자여! 이것이 여래·응공·정등각(正等覺)의 법계에 두루 가득한 그지없는 열 가지 부처님의 법이니라고 하였다. 佛子 諸佛

世尊 有十種法 普遍無量無邊法界 何等爲十 所謂一切諸佛有無
邊際身 色相清淨 普入諸趣 而無染著 一切諸佛有無邊際無障礙
眼 於一切法 悉能明見一切諸佛有無邊際無障礙耳 悉能解了一切
音聲 一切諸佛有無邊際鼻 能到諸佛自在彼岸 一切諸佛有廣長舌
出妙音聲 周遍法界 一切諸佛有無邊際身 應衆生心 咸令得見 一
切諸佛有無邊際意 住於無礙平等法身 一切諸佛有無邊際無礙解
脫 示現無盡大神通力 一切諸佛有無邊際清淨世界 隨衆生樂 現
衆佛土 具足無量 種種莊嚴 而於其中 不生染著 一切諸佛 有無邊
際菩薩行願 得圓滿智 遊戲自在 悉能通達一切佛法 佛子 是爲如
來應正等覺 普遍法界無邊際 十種佛法

금강경에서는 뗏목 법문을 설하셨다. 그러나 이를 터득하지 못하
면 그냥 한낱 메아리와 같이 공허한 소리로 들릴 뿐이다. 불법은 고
통의 바다를 건너는 방편이다. 그렇다면 강물[바다]이 무엇인가. 곧
번뇌의 강, 고통의 강이다. 이를 건너고자 하면 뗏목이 필요한 법이
다. 따라서 부처님께서 설하신 팔만사천법문이 모두 뗏목이다. 그러
나 강을 건너 뭍에 다다랐어도 여전히 뗏목의 노를 젓고 있다면 오
히려 고통과 번뇌만 가져올 뿐이다. 진짜 불교를 아는 사람은 석가모
니 부처님 외에는 찾지를 아니한다. 그래야 방편 법문을 제대로 이해
한 사람이다.

얻음도 없고 설함도 없다고 하셨다. 그러므로 여기에 대해 분별심
을 드러내면 그만 혼란해진다.

대지도론(大智度論)[169] 제29에 보면

범부들이 세간의 법을 분별하기 때문에 얻는 바가 있는 것 같이, 모든 선근의 공덕도 그와 같아서 세간의 마음만을 따르기 때문에 얻은 바가 있다고 했을 뿐 부처님의 마음에는 얻는 바가 없다고 하였다. 如凡夫人 分別世間法故有所得 諸善功德亦如是 隨世間心故 說有所得 諸佛心中則無所得

여래상인 응신불은 속제로 보면 있으나 진제로 보면 없는 것이다. 그러나 사람들은 법신불은 찾지 아니하고 보신불, 화신불만 찾으려고 하기에 부처님 가르침의 골수를 못 보는 것이다. 그러다 보니 자구(自求) 전각을 세우고 여러 불보살을 봉안하는 것이다. 금강경에서는 분명하게 가르침을 주고 있다. 형상이나 소리로 부처를 찾지 마라. 그러나 과연 이를 골수에 사무치게 이해는 자가 몇이나 될까? 법은 사라지고 불상만 넘쳐난다면 보통 문제가 아니다.

법화경 제16 여래수량품에 보면

선남자들이여, 부처님은 중생들이 작은 법을 좋아하여 박덕하고, 업이 무거운 이를 보고는 이 사람들을 위하여 말하기를 내가 젊어서 출가하여 최상의 깨달음을 얻었노라고 하였다. 그렇지만 내가 참으로 성불한 지는 오래되었지만 다만 방편으로 중생들을 교화하여 불도에 들어오게 하려고 이런 말을 하는 것이라고 하였다. 諸善男子

---

169 구마라집이 한역하였으며 줄여서 대론(大論)·지도론(智度論)·지론(智論)이라 하며 100권으로 이루어져 있다.

如來見諸衆生 樂於小法 德薄垢重者 爲是人說 我少出家 得阿耨
多羅三藐三菩提 然我實成佛已來 久遠若斯 但以方便 教化衆生
令入佛道 作如是說

부처님은 그 무엇을 하더라도 상(相)을 드러내지 않으신다.

천수경(千手經)[170]에 보면
무위심내기비심(無爲心內起悲心)이라고 무위(無爲)한 가운데 비심
(悲心)을 일으키라고 하였다. 따라서 유위심(有爲心)은 부처님 가르
침이 아니다.

관찰제법행경(觀察諸法行經) 수기품에 아래와 같은 말씀이 있다.

應當入諸波羅蜜 自功德中未曾念
응당입제바라밀 자공덕중미증념

---

170 당(唐)나라 때 가범달마(伽梵達磨, Bhagavaddharma)가 번역하였는데, 총 1
권이다. 천수천안관세음보살의 다라니를 설명하는 것이 주요 내용이다. 천수경
은 대일경(大日經)보다 먼저 성립된 밀교 경전으로 잡밀에 속하며, 그런 까닭에
다라니 지송을 통해서 얻을 수 있는 현세 이익적인 공덕이 강조된다. 본래 명칭
은 천수천안관자재보살광대원만무애대비심대다라니경(千手千眼觀自在菩薩廣大
圓滿無㝵大悲心大陀羅尼經)으로, 한량없는 손과 눈을 가지신 관세음보살이 넓고
크고 걸림 없는 대자비심을 간직한 큰 다라니에 관해 설법한 말씀이라는 뜻이
다.

聞他功德不瞋惡 有爲無爲心平等
문타공덕불진악 유위무위심평등

응당 모든 바라밀에 들어가
자신의 공덕은 생각하지 말며
남의 공덕을 듣고 성내고 미워하지 말고
유위(有爲)와 무위(無爲)에 마음이 평등하여야 한다.

대승비분다리경(大乘悲分陀利經)[171] 제22 장엄품에 보면
보살마하살이 장엄된 만인(滿忍)을 얻어 제일의제(第一義諦)를 관
찰하고, 무애(無礙)를 얻어 일체삼계(一切三界)를 짓되 함이 없는 마
음[無爲心]으로 하니, 모든 중생들을 대하는 마음도 또한 무위(無爲)
인 것이다. 이 무외삼매(無畏三昧)의 사문법(沙門法)은 모든 법 중에
서 마음이 허공 같고 손바닥처럼 평평하다고 하였다. 菩薩摩訶薩得
莊嚴滿忍觀第一義 菩薩摩訶薩得無㝵作 一切三界無爲心 於諸衆
生心亦無爲 是無畏三昧沙門法 其有一切法中心如虛空平如掌者

여래의 법은 정해진 법이 없다. 그러므로 중생의 근기에 따라 팔
만사천법문이 생겨나는 것이다. 이는 중생의 인연에 따라 제도하시
기 위하여 설하시는 말씀이다. 따라서 법화경에도 숱한 보살이 등장

---

171 진(秦)나라(350~431) 때 번역되었으며, 번역자는 미상이다. 이 경전은 예토
(穢土)에서 성불하신 석가모니불의 자비심을 강조하여 석가모니불을 백련화로,
다른 여러 부처님을 보통의 꽃들로 비유했다.

하고 화엄경에도 선재 동자를 내세워 여러 부류의 사람을 만나 법을 설하셨으니 이는 유위법이다. 그러나 이를 본연한 자성으로 보면 정법(定法)은 없다. 부처님의 말씀은 중생을 깨닫게 함이지 그 외 목적은 없다. 이를 모르면 법을 또다시 딱딱한 화석으로 만들어 인쇄술이 고도로 발달한 요즘에도 동판, 석판, 도판(陶板) 등 다양한 대장경을 만들게 되는 것이다. 마치 없는 불보살을 버젓이 만들어 내어 부처를 버리고 보살을 좇듯이 본(本)은 모르고 말(末)에 집착하여 스스로 무명의 세계로 뛰어드는 격이다.

제8 의법출생분依法出生分

· ·

법에 의지해서 깨닫는다

須菩提 於意云何 若人 滿三千大千世界七寶 以用布施 是人 所
得福德 寧爲多不

수보리야, 그대는 어떻게 생각하는가? 만약 어떤 사람이 삼천대천
세계에 가득한 칠보를 가지고 널리 보시하였다면, 이 사람이 얻는 복
덕이 얼마나 많겠는가?

須菩提言 甚多世尊

수보리가 사뢰었습니다. 아주 많습니다. 세존이시여!

何以故 是福德 卽非福德性 是故如來説福德多

왜냐하면 이 복덕은 곧 복덕성(性)이 아닙니다. 그러므로 여래께서
복덕이 많다고 말씀하신 것입니다.

若復有人 於此經中 受持乃至四句偈等 爲他人説 其福勝彼

만약 어떤 사람이 이 경 가운데서 네 글귀만이라도 받아 지녀서 남을
위해 말해 주었다면, 그 복덕이 앞의 복덕보다 훨씬 뛰어나리라.

何以故 須菩提 一切諸佛 及諸佛阿耨多羅三藐三菩提法 皆從
此經出

왜냐하면 수보리야, 모든 부처님과 모든 부처님의 최상의 깨달음의
도리는 다 이 경전으로부터 나왔기 때문이니라.

須菩提 所謂佛法者 卽非佛法

수보리야, 이른바 불법이란 곧 불법이 아니니라.

의법출생 依法出生

법에 의지해서 깨닫는다.

의법출생분은 법에 의지하여 태어난다는 가르침이다. 그러므로 의
법(依法)은 법에 의거(依據)한다는 표현이며, 출생(出生)은 어느 것을
모체(母體)로 하여 태어난다는 뜻이다. 그렇다면 여기서 법에 의지한
다고 하였으니 과연 법이라는 것은 어떠한 개념을 가지고 있을까. 법
은(法恩) 산스크리트어로 다르마(dharma)라고 한다.

부처님 당시 인도에서 법이라는 것은 관례(慣例), 관습(慣習), 풍습
(風習), 규범(規範), 의무(義務), 진리, 진실 등 아주 다양하게 보편적
으로 전개된 용어이다. 그러나 종교적으로 보면 진리를 인식하는 규
범으로 자리를 잡게 된다. 그리고 dharma를 음사하여 달마(達磨 ·
達摩)라고 나타내고 있다.

부처님의 교법을 '다르마'라고 하며 이는 근본적인 가르침이 되기에 종교라고 한다. 또한 종교의 버팀목이 되는 근간이 된다. 종교가 형성되자면 교주, 교리, 제자가 있어야 하기에 여기서 다르마는 곧 교리에 해당한다. 그러므로 불자라면 당연히 부처님의 가르침에 의지해야 한다. 이를 흔히 귀의법(歸依法)이라고 한다.

교량공덕경(校量功德經)[172]에 보면

선남자와 선여인이 순수하고 맑은 마음으로 말하되, 나는 이제 부처님께 귀의합니다, 법에 귀의합니다, 승가에 귀의합니다, 하고 얻는 공덕은 저 복덕으로는 백분의 1에도 미치지 못하고, 천분의 1에도 미치지 못하며, 백천만분의 1에도 미치지 못하고, 나아가 산수 비유로도 미칠 수 없다고 하였다. 善女人 以淳淨 心 作如是言 我今歸依佛 歸依法 歸依僧 所得功德 於彼福德百分不及 一 千分不及一 百千萬分不及一 乃至 筭數譬喻所不能及

그러면 왜 법에 의해서 출생한다고 하였는가? 여기서 법은 심법(心法)이므로 그 근간은 마음을 말한다. 세간의 모든 법은 마음을 따라 생멸한다. 그러기에 마음 따라 법이 일어나고, 마음 따라 법이 멸한다. 이를 '심생법생 심멸법멸(心生法生 心滅法滅)'이라고 한다.

---

[172] 수(隋)나라 때 사나굴다(闍那崛多, Jñānagupta)가 586년에 한역하였다. 원제는 불설희유교량공덕경(佛說希有校量功德經)이며 줄여 교량공덕경(校量功德經)이라고 하며, 별칭으로 희유희유교량공덕경(希有希有校量功德經)이라고 한다.

이 마음이 체(體)가 되는 것이고, 법이 곧 상(相)이 되는 것이며, 심상(心相)이 있으므로 생멸이 있게 된다. 마음이 곧 본체가 되니 생멸이 없는 것이다.

항상 진심이 드러나 있으면 망견은 홀연히 사라지게 되므로 본체를 잃어버릴 염려가 없다. 본체를 잃어버리면 그만 업식(業識)이 허망한 인연을 좇아서 일어나기에 미망으로 가려져서 고통스러운 업을 받는다.

능가경(楞伽經)에 보면 다음과 같은 가르침이 있다.

藏識若淸淨 諸識浪不生
장식약청정 제식랑불생

依法身有報 從報起化身
의법신유보 종보기화신

장식(藏識)[173]이 만약 청정하다면
모든 식(識)의 파랑[浪] 생기지 않으며
법신에 의하여 보신(報身)이 있고
보신에 의하여 화신(化身)이 일어난다.

───

173 아뢰야식(阿賴耶識)을 말한다. 진제(眞諦)는 무몰식(無沒識)이라 하였고, 현장(玄奘)은 장식(藏識)이라고 하였다.

그러나 중생의 살림살이는 미혹하여 갈팡질팡한다. 여기에다 또 다른 집착이라는 혹을 붙여서 고통을 받는 줄도 모르고 그 고통을 제거하고자 사주보고, 부적 쓰고, 별의별 짓을 다 하지만 정작 자신의 자성을 돌이켜 볼 줄 모르는 어리석음을 범한다. 그러기에 지금 부처님은 금강경의 설법을 통하여 '금강(金剛)의 밥'과 '반야(般若)의 진수성찬'을 마련하였으니 이걸 체득하면 비로소 의법출생(依法出生)이 되는 것이다.

의법출생분의 마무리 가르침을 보면 일체 모든 부처님과 모든 부처님의 아누다라삼막삼보리법이 모두 금강경에서 나온다고 하셨다. 이로써 양(梁)나라 무제의 아들인 소통(蕭統)은 금강경을 분판(分判)하여 이 부분을 의법출생분이라고 한 것이다.

최승왕경(最勝王經)[174]에 보면

이렇게 법의 여여에 의지하고 여여의 지혜에 의지하여 가지가지 부처님의 법을 말하고, 가지가지 연각의 법을 말하고, 가지가지 성문의 법을 말한다. 법의 여여에 의지하고 여여의 지혜에 의지하여 온갖 부처님의 법을 자재하게 성취한다. 이것을 제일가는 생각할 수 없는 일[不可思議]이라 하느니라. 마치 허공에 그림을 그려서 장식거리를 만든다는 것은 생각하기 어려운 것과 같다. 이와 마찬가지로 법의 여

---

[174] 당(唐)나라 때 의정(義淨)이 703년에 서명사(西明寺)에서 한역하였다. 원제는 금광명최승왕경(金光明最勝王經)이며 줄여서 최승왕경·금강명경(金剛明經)이라고도 한다.

여에 의지하고, 여여의 지혜에 의지하여, 부처님의 법을 성취한다는 것도 또한 생각하기 어려운 일이라고 하였다. 如是依法如如 依如如智 說種種佛法 說種種獨覺法 說種種聲聞法 依法如如 依如如智 一切佛法自在成就 是爲第一不可思議 譬如畫空作莊嚴具 是難思議 如是依法如如 依如如智 成就佛法亦難思議

따라서 참다운 수행자는 법에 의지하여 안락을 얻는다.

합부금광명경(合部金光明經)[175]에 다음과 같은 가르침이 있다.

譬如諸鳥雀 不能銜香山
비여제조작 불능함향산

煩惱依法身 不爲煩惱動
번뇌의법신 불위번뇌동

---

[175] 수(隋)나라 때 석보귀(釋寶貴)가 597년에 대흥선사(大興善寺)에서 편집하였다. 이역본으로 금광명경·금광명최승왕경이 있다. 동일한 산스크리트본에 대한 이역 경전들 중 414~426년 경에 담무참(曇無讖)이 한역한 금광명경(金光明經) 총 19품을 구역(舊譯)이라 한다. 당(唐)나라 때(703년) 의정(義淨)이 한역한 금광명최승왕경(金光明最勝王經) 총 31품을 신역(新譯)이라고 한다. 분량 면에서는 금광명경보다 많고 금광명최승왕경보다 적다. 내용과 구성면에서는 세 가지 이역본들 사이에 큰 차이가 없다. 다만 합부금광명경과 금광명최승왕경의 몇몇 품들이 금광명경의 사이사이에 첨가된 형식으로 되어 있다.

비유하면 모든 새들
향산(염부제 제일의 산)을 입에 물 수 없듯
번뇌는 법신을 의지하나
법신은 번뇌에 움직이지 않네.

불자의 의지처는 '다르마'이다. 그러므로 부처님의 가르침을 보배라고 한 것이다.

대지도론(大智度論) 제25권에 보면
또 보살은 이 법무애지 속에 들어가서 항상 법만 믿고 사람은 믿지 않으며, 항상 법에 의지하고 법이 아닌 것에는 의지하지 않는다. 법에 의지한다 함은 법이 아닌 일은 없다는 것이다. 왜냐하면 이 사람은 온갖 이름과 말이 스스로 서로가 떨어져 있음을 알기 때문이라고 하였다. 復次 菩薩入是法無㝵智中 常信法 不信人 常依法 不依非法 依法者 無非法事 何以故 是人一切諸名字及語言知自相離故

須菩提 於意云何

수보리 어의운하

수보리야, 그대는 어떻게 생각하는가?

若人 滿三千大千世界七寶 以用布施 是人 所得福德 寧爲多不

약인 만삼천대천세계칠보 이용보시 시인 소득복덕 영위다부

만약 어떤 사람이 삼천대천세계에 가득한 칠보를 가지고 널리 보시하였다면, 이 사람이 얻는 복덕이 얼마나 많겠는가?

수보리가 지금 중생의 입장에 서서 의문을 나타내자 부처님은 다시 수보리에게 법을 설하여 수많은 중생을 구제하려 함이다. 그렇다면 수보리는 무엇을 의심하였는가. 제5 여리실견분(如理實見分)에서 형상으로 부처를 섬기지 말라고 하는 가르침과 또한 제7 무득무설분(無得無說分)에서의 부처님은 법을 설하지 아니하였기에 가히 얻을 바도 없다는 가르침이다. 이러한 의문을 풀어주기 위하여 지금 삼천대천세계에 가득한 칠보를 가지고 보시를 한다면 이 사람이 얻는 부처님의 가피는 얼마나 되겠느냐 하는 질문으로 수보리의 의심을 거두는 가르침을 주고자 하심이다.

삼천대천세계(三千大千世界)는 고대 인도인들의 세계관으로 우주 전체를 통틀어 일컫는 표현이다. 이를 줄여서 삼천대계(三千大界), 대천세계(大千世界), 삼천국토(三千國土) 등으로 말한다.

수미세계(須彌世界)를 1천 개를 합치면 소천세계(小千世界)라고 하고, 소천세계를 다시 1천 개 합치면 중천세계(中千世界)가 되고, 중천세계를 다시 1천 개 합치면 대천세계(大千世界)가 형성되는 것이다. 이를 모두 합하면 세 번을 합쳤기에 삼천세계(三千世界)가 되는 것이다. 그러므로 삼천대천세계라고 함에 있어서 삼천은 대천세계(大千世界)가 생겨난 배경을 설명하는 것이며, 이러한 세계도 부처님의 교화가 미치는 영역이다.

보요경(普曜經)[176]에 보면 부처님은 삼천대천세계를 다스리며 뭇 중생을 교화하심이라. 시방세계에 헤아릴 수 없는 중생이 제도를 받지 않은 이가 없음이라고 하셨다. 領三千大界 訓化諸群生 十方不可稱 莫不蒙濟度

이러한 세계를 가득 채우고도 남을 칠보를 가지고 보시를 한다면 거기에 상응해서 얻을 복덕은 과연 얼마나 되겠느냐고 부처님이 수보리에게 반문(反問)하고 있음이다. 먼저 칠보(七寶)에 대해서는 경전마다 조금 다르게 나타내고 있지만, 보편적으로 칠보라고 하면 금(金), 은(銀), 유리(瑠璃), 파려(玻瓈), 자거(硨磲), 산호(珊瑚), 마노(瑪瑙) 등을 가리킨다. 그러므로 여기서 칠보라는 개념은 아주 귀중하여 값이 나가는 보석이나 귀금속을 말한다. 그러기에 중생이 그토록 가지고 싶어 하는 재화(財貨)로 예를 들어 이렇게 설명을 하는 것은 그만큼 우리를 빨리 이해시키기 위한 또 하나의 방편인 것이다.

참고로 경전에 나오는 칠보는 동이(同異)하다고 하였는데 여기에 대해서 좀 더 살펴보면 다음과 같다.

보편적인 칠보

금(金), 은(銀), 유리(瑠璃), 파려(玻瓈), 산호(珊瑚), 마노(瑪瑙), 자거(硨磲).

---

[176] 308년 서진(西秦)에서 축법호(竺法護) 스님이 방광대장엄경(方廣大莊嚴經)의 이본을 바탕 삼아 한역한 것으로 추정되는 경전이다.

반야경(般若經)의 칠보

금, 은, 유리, 파려, 산호, 마노, 호박(琥珀).

아미타경(阿彌陀經)의 칠보

금, 은, 유리, 파려, 마노, 자거, 적주(赤珠).

법화경(法華經)의 칠보

금, 은, 유리, 파려, 마노, 자거, 매괴(玫瑰).

불지론(佛地論)의 칠보

금, 은, 유리, 마노, 자거, 파치가(頗置迦), 진주(珍珠).

미타경(彌陀經), 화엄경, 대지도론의 칠보

금, 은, 유리, 파려, 적주, 자거(硨磲), 마노(碼碯).

금광명경(金光明經)의 칠보

금, 은, 유리, 자거(硨磲), 마노(碼碯) 진주(眞珠), 산호(珊瑚).

이외에도 복개정행소집경(福蓋正行所集經), 부자합집경(父子合集經), 호국존자소문대승경(護國尊者所問大乘經), 금광명최승왕경(金光明最勝王經), 기세경(起世經), 기세인본경(起世因本經), 대길의신주경(大吉義神呪經), 대루탄경(大樓炭經), 대반열반경(大般涅槃經), 대보적경(大寶積經), 정법염처경(正法念處經) 등에도 다양하게 나타난다.

이와 같이 칠보는 경전마다 다르게 나타나고 있음을 참고로 알아두었으면 한다. 그리고 세간에서 흔히 말하는 칠보단장(七寶丹粧)이라는 표현은 그 어원의 근거가 바로 부처님의 말씀에서 비롯된 것이라 여겨진다.

보시(布施)를 하여 복을 지음에 있어 '무루복'과 '유루복'이 있다. 무루(無漏)는 유루(有漏)의 대칭되는 표현으로, 누(漏)는 마치 물통에 물이 새어 누설(漏泄)되는 것을 말한다. 그러므로 무루는 누설되지 않는 온전한 것이고, 유루는 그 다함이 있기에 언젠가는 모두 누설되는 것을 말한다. 복(福)에도 무루복은 영원한 복이 되는 것이며, 유루복은 세월이 지나면 복이 다함을 말한다. 유루보다는 무루가 당연히 견고하기에 무루견고(無漏堅固)라고 하며, 새는 것이 없어서 견고하다는 것이다. 그러기에 부처님의 깨달음과 그 가르침은 무루묘법(無漏妙法)이라고 한다.

법화경(法華經) 안락행품에 보면
부처님은 무루의 묘법을 설하시어 한량없는 많은 중생을 제도하시고 그 이후에 열반에 드시니 마치 연기가 사라지고 등불이 꺼진 것과 같음이라고 하였다. 說無漏妙法 度無量衆生 後當入涅槃 如煙盡燈滅

다시 본론으로 돌아와서 어마어마한 칠보로써 보시를 한 공덕은 결국 재시(財施)를 표현한 것이다. 곧 유루공덕을 말한다. 어찌 되었든 간에 보시는 선근(善根)의 공덕임에는 틀림이 없다. 이러한 보시도 세 가지로 나누어 삼종선근(三種善根)이라고 하여 보시(布施), 자비(慈悲), 지혜(智慧)를 말한다.

여기에 관한 말씀은 인왕호국경(仁王護國經) 보살행품에 보면 부처님께서 파사익(Pasenadi)[177] 왕에게 가르침을 주시는 내용 가운데 성종성(性種性) 보살은 보시, 자비, 지혜, 세 가지 선근을 일으킨다는 말씀이 있다. 起施慈慧三種善根

이러한 칠보 비유는 사구게(四句偈)로 예를 들어 부처님은 설명을 이어가고 있으므로 이를 눈여겨 살펴보아야 한다.

須菩提言 甚多世尊

수보리언 심다세존

수보리가 사뢰었습니다. 아주 많습니다, 세존이시여.

何以故 是福德 卽非福德性 是故如來說福德多

하이고 시복덕 즉비복덕성 시고여래설복덕다

왜냐하면 이 복덕은 곧 복덕성(性)이 아닙니다. 그러므로 여래께서 복덕이 많다고 말씀하신 것입니다.

---

177 원어로는 프라세나지트(prasenajit)이며, 중인도 코살라(Kosala)국의 왕이다.

부처님의 질문에 수보리의 답변이 '아주 많습니다'로 이어진다. 이는 수보리가 부처님의 질문하시고자 하는 의중을 이미 파악하였기에 아주 많다고 한 것이다. 그렇다 하더라도 수보리가 유위(有爲)에 휘둘리지 아니한 것은 이어지는 대답을 보면 금방 알 수가 있다.

재보시(財布施)는 적고 많음을 떠나 그 수량이 있기에 유한한 것이다. 그러기에 이로 지은 복은 유루복(有漏福)이 되는 것이다. 그러므로 수보리가 이러한 이치를 모르지는 아니하였으니, 삼천대천세계를 가득 채운 재보시로 보면 그 수량이 많다는 것을 나타내기에 수보리가 아주 많다고 답을 한 것이다. 이로써 알아야 할 것은 수보리가 여기서 아주 많다고 한 것은 실은 많지 아니하고 적음을 우회적으로 에둘러 표현한 것이다.

하이고(何以故)는 '왜냐하면', '왜 그러냐 하면', '어찌하여', 이러한 뜻이다. 이를 굳이 영문으로 나타내면 'because'에 해당하며 이는 뒤 문장이 앞 문장의 원인이 될 때 주로 쓰는 표현이다.

이 복덕은 곧 복덕성(福德性)이 아니라고 하였으니, 이를 다시 말하면 이러한 복덕은 복덕의 본성을 지니지 않음이라고 답을 한다. 복덕(福德)이라고 하는 것은 선한 행위나 또는 그로 인하여 얻어지는 선한 과보를 말함이다. 이를 산스크리트어로는 푼야(puṇya)라고 하며 한역하여 '공덕'이라고 표현한다.

복덕의 성품인 복덕성이라는 것은 곧 복덕을 지음에 능소(能所)가 없다. 여기에는 시비(是非)와 득실(得失)에 천착하여 달라붙을 수 없으니 복덕성이라고 한다. 여기서 복덕(福德)에다 성(性)을 붙여서 복덕성이라고 굳이 말씀하신 것은 복덕을 지음에 있어서 그 주체는 마음이 되기 때문에 마음을 나타내는 성(性)을 덧붙여 복덕성이라고 한 것이다. 고기(古記)에는 사복(事福)이라고 나온다. 여기에 업(業)을 붙이면 사복업(事福業), 전(田)을 붙이면 사복전(事福田)이라고 한다.

불도를 성취하기 위해서는 복덕문(福德門)과 지혜문(智慧門)을 통과해야 한다. 복덕문이 선업을 쌓기 위한 문이라면 지혜문은 진리를 깨닫기 위한 모든 행위를 말한다. 여기에다 굳이 문(門)이라고 붙인 것은 반드시 통과해야 하는 대상이기 때문이다.

칠보로 가득히 보시한다면 이는 유상(有相)이지 무상(無相)은 아닌 것이다. 이와 같은 행위를 유위(有爲)라고 하며, 이러한 공덕은 유루(有漏)에 해당하기에 지금 '참다운 복덕의 성품이 없음'이라고 답한 것이다.

노자(老子) 도덕경 제3장에 보면
무위(無爲)하면 다스려지지 않는 것이 없다고 하였다. 爲無爲 則 無不治

그러기에 무위는 인위(人爲)를 하지 않음이다. 곧 천리(天理)대로 행하는 것을 말한다. 보시를 하면서 상(相)을 낸다고 덕지덕지 이름을 새겨 추잡스럽게 한다면 이는 노자가 말하는 무위(無爲)에서 한참 멀어지는 것이다. 금강경에서 부처님께서 말씀하신 아상(我相)의 그물에 걸려 스스로 상(相)을 치켜세워 빠져나가지 못하고 어깨를 으쓱거리는 것이다.

그러나 부처님께서 복덕이 많다고 말씀하셨으니 이는 앞서 칠보를 삼천대천세계에 가득 보시함에 있어 그 '행위'를 말한 것이다.

若復有人 於此經中 受持乃至四句偈等 爲他人說 其福勝彼
약부유인 어차경중 수지내지사구게등 위타인설 기복승피

만약 어떤 사람이 이 경 가운데서 네 글귀만이라도 받아 지녀서 남을 위해 말해 주었다면, 그 복덕이 앞의 복덕보다 훨씬 뛰어나리라.

수보리 제자의 답변을 들으시고 나서 부처님께서 다시 수보리에게 가르침을 주고 계심이다. 약부유인(若復有人)은 만약 어떤 사람이라는 표현이니, 모든 중생을 말한다. 그러므로 지금 부처님께서는 수보리라는 제자를 앞세워 모든 중생을 대상으로 법을 설하고 계신 것이다.

사구게(四句偈)에서 사구(四句)는 일반적으로 8언 4구로 이루어진 게송을 말한다. 그러므로 사구게는 4행시, 4구로 이루어진 게송이다.

그러나 때에 따라서는 자수(字數)의 많고 적음을 떠나 불법의 요체가 되는 부분을 나타내기도 한다. 그러기에 대부분의 경전마다 사구게라도 남에게 전해주면 그 공덕이 실로 엄청나다고 말씀하신 것이다. 게(偈)는 산스크리트어로 가타(gāthā)를 한역하여 게(偈)라고 한다. 물론 금강경도 사구게를 설정하여 이를 남에게 전할 것을 당부하는 가르침이 있다.

이러한 부처님의 가르침을 실천해 옮기는 것이 곧 바라밀(波羅蜜)이다. 그러니 생각해 보라. 우리는 과연 남을 위하여 부처님의 말씀을 얼마나 전하고 있는가. 이를 행하는 것을 이름하여 '포교'라고 한다. 금강경은 '사구게'라는 단어가 여섯 번이나 등장할 만큼 그 중요성을 강조하고 있다.

대승본생심지관경(大乘本生心地觀經)에 보면
선남자 선여인이 위없는 큰 보리심을 일으켜서 얻을 것이 없음에 머무르고, 모든 중생이 이 마음을 똑같이 일으키도록 권유하여 진실한 가르침인 사구게 게송 하나라도 중생에게 보시함으로써 무상정등보리로 향하게 한다면 이를 진실바라밀이라고 한다고 하셨다. 若善男子善女人 發起無上大菩提心 住無所得 勸諸衆生同發此心 以眞實法一四句偈 施一衆生 使向無上正等菩提 是名眞實波羅蜜多

여기서 말하는 사구 게송을 소개하면 다음과 같다.

제1구는 제5 여리실견분(如理實見分)에 나오는 게송이다.

凡所有相 皆是虛妄
범소유상 개시허망

若見諸相非相 則見如來
약견제상비상 즉견여래

무릇 형상이 있는 것은
모두가 다 허망하니
만약 모든 형상을 형상이 아닌 것으로 보면
곧 여래를 보리라.

제2구는 제10 장엄정토분(莊嚴淨土分)에 나오는 말씀이다.

不應住色生心 不應住聲香味觸法生心
불응주색생심 불응주성향미촉법생심

應無所住 而生其心
응무소주 이생기심

응당 색에 머물러서 마음을 내지 말며,
응당 성 · 향 · 미 · 촉 · 법에 머물러서 마음을 내지 말 것이며,
응당 머무는 바 없이

그 마음을 낼지니라.

제3구는 제26 법신비상분(法身非相分)에 나오는 게송이다.

若以色見我 以音聲求我
약이색견아 이음성구아

是人行邪道 不能見如來
시인행사도 불능견여래

만약 색신으로써 나를 보거나
음성으로써 나를 구한다면
이 사람은 사도를 행함이라.
능히 여래를 보지 못하리라.

제4구는 제32 응화비진분(應化非眞分)에 나오는 말씀이다.

一切有爲法 如夢幻泡影
일체유위법 여몽환포영

如露亦如電 應作如是觀
여로역여전 응작여시관

일체 현상계의 모든 생멸법은

꿈, 환상, 물거품, 그림자 같으며
이슬과 같고 또한 번개와도 같으니
응당 이와 같이 관할지니라.

그러므로 금강경 가운데 위 게송의 뜻만 제대로 알아도 저절로 금강심(金剛心)이 돈발(頓發)하고, 그로 인하여 보리심이 증장하여 불과를 이루게 된다는 가르침이 함축되어 있는 것이다. 이러한 가르침을 통하여 참다운 포교와 참다운 보시, 참다운 바라밀을 부처님은 우리에게 제시하고 있다.

위에서 사구게(四句偈)로 소개한 '장엄정토분'의 내용은 엄격한 잣대를 들이대면 사구게는 아니다. 그러나 금강경의 가르침에서 중요한 말씀 가운데 한 구절이므로 여기 소개했음을 밝혀 두고자 한다.

게(偈)와 송(頌)은 어떻게 다를까?

게(偈)는 산스크리트어로 나타내면 gāthā이며 이를 음사하여 가타(伽陀)로 나타내고, 한역하여 풍송(諷誦), 조송(造頌), 게송(偈頌)이라고 한다. 게를 넓은 의미로 보면 십이분교(十二分敎) 가운데 하나다. 게(偈) 앞에 산문(散文)이 없고 직접 운문(韻文)으로 기록한 교설을 고기송(孤起頌)이라 하고, 게 앞에 산문이 있어 여기에 운문을 덧붙여 그 뜻을 중복되게 나타내면 이를 중송게(重頌偈)라고 한다. 그러나 좁은 의미에서 게(偈)는 단지 가타(伽陀)만을 말한다.

송(頌)은 교법을 드러내거나 불보살의 공덕을 찬탄하는 형식으로 일종의 노래다.

이를 정리하면 게(偈)는 교리를 직접으로 말하고, 송(頌)은 교를 찬탄하는 내용이다. 그러나 후대에 이 두 가지를 합하여 게송(偈頌)이라고 흔히 말하며 대개 사언(四言), 오언(五言), 칠언(七言)으로 이루어졌다.

그렇다면 부처님은 보시를 행함에 있어 왜 재보시와 법보시를 비교하셨을까? 재보시는 유루복(有漏福)이라면 법보시는 무루복(無漏福)이기 때문이다. 고로 법보시로 인하여 타인이 실상반야(實相般若)를 깨우치게 하면 그 사람은 금강심을 일으켜 바라밀로 이르게 하기 때문에 곧 그 복은 무루복이 되는 것이다. 그러므로 유루복과 무루복을 비교하면서 우리에게 무루복을 지으라고 권장하고 계신다.

또 우리가 여기서 알아야 할 것은 사구게로 무루복을 지으라고 하였는데, 굳이 운문(韻文)을 따져서 사구게를 단정 지어 말하는 것은 아니다. 자신이 금강경을 공부하면서 마음에 와닿는 게송이나 부처님 말씀 가운데 중요한 가르침의 문장을 남에게 전해 주는 것도 넓은 의미에서 모두 사구게에 포함되는 것이다.

대집경(大集經)[178] 권제45 호탑품(護塔品)에 보면

---

[178] 대방등대집경(大方等大集經)을 말하며 담무참(曇無讖)이 한역하였다. 경명

가령 어떤 선남자가 사천하에 가득한 일곱 가지 보배로써 여래를 공양한다 할지라도 이 대승의 일장대수기경을 원만히 갖추어 듣는 중생이 있다면, 이 중생의 공덕은 앞의 공양한 자보다 백 배도 미치지 못하고, 백천억 배도 미치지 못하고, 나아가 산수(算數)로써 헤아릴 수 없으리라. 그러므로 대왕이여, 만약 이 깊고 깊은 경전을 듣는 자가 있다면, 그 복덕은 한량이 없으리라고 하였다. 若善男子 以四天下滿中七寶布施如來 復有衆生 具足聞此大乘日藏大授記經一心聽者 於前福德百倍不及 百千億倍不及 乃至算數所不能及 大王 若有聽是甚深經典 其福難量

또한 대보적경(大寶積經)[179] 권제60 문수사리수기회(文殊師利授記會)에 보면

(經名) 중의 대방등(大方等)이라 함은 대승 경전을 통칭하는 말이다. 대집(大集)이라 함은 많이 모았다는 말이니, 대승의 교리를 많이 모았다는 뜻이다. 그렇게 볼 수 있는 근거로 이 경의 해혜보살품(海慧菩薩品)에서 "이 경은 큰 보배의 덩어리[大寶聚]"라고 하였고, 불가설보살품(不可說菩薩品)에서는 "이 경은 대승을 많이 모은 것[方等大集]"이라 하였고, 무진의보살품(無盡意菩薩品)에서도 "많이 모은 경[大集經]"이라고 하였다. 이 경의 이름에는 여러 가지 경전을 많이 모았다는 뜻도 있으며, 많은 무리가 모여서 법문을 들었다는 뜻도 포함되어 있다.

[179] 당나라 때에 서역에서 초청되어 온 보리유지(菩提流支)가 황제의 명을 받들어 706년~713년 사이에 번역하였다. 이역본으로는 북량(北涼) 때 담무참(曇無讖)이 번역한 대방광삼매경(大方廣三昧經)이 있다. 이 경은 보리유지(菩提流支, Bodhiruci)가 많은 개별 경들을 집성한 것으로 일종의 혼합경전이라고 할 수 있다. 이러한 점에서 범어 ratnakūṭa의 번역어인 '보적(寶積)'은 '보배를 쌓는다'는 의미에서 한 걸음 더 나아가 '법보를 쌓는다'는 의미와도 통한다.

만약 어느 보살이 이 부처님 세계의 장엄과 공덕에 관한 법문을 받아 지니고 읽고 외우며 다시 마음을 일으켜 문수사리가 배운 것을 따라 일곱 걸음을 걷는다면, 이 공덕을 비교하건대 앞의 칠보로 보시하는 공덕은 백분의 일에도 미치지 못하고 나아가 산수와 비유로도 미치지 못한다고 하였다. 若有菩薩 於此莊嚴功德佛刹法門受持讀誦復能發心 隨文殊師利所學行於七步 此二功德 比前七寶布施功德 百分不及一 乃至算數譬喻所不能及

보살장경(菩薩藏經)[180]에는

사리불아, 만약 선남자 선여인이 삼천대천세계에 가득한 칠보로 여래께 보시하더라도, 선남자 선여인이 앞에서 권청한 공덕은 이보다 한량없이 뛰어나니라고 하였다. 舍利弗 若善男子 善女人三千大千世界布滿七寶布施如來 若善男子 善女人前勸請功德勝此功德無量無邊

대가섭문대보적정법경(大迦葉問大寶積正法經)[181]에는

또 저 모든 여래들과 성문 제자들이 열반에 드신 뒤에 다시 칠보로 각기 탑을 세운다면 선남자야, 이 복덕은 한량없고 가없다. 그러나 어떤 사람이 이 보적정법(寶積正法)의 일구(一句), 일게(一偈)를 수

---

180 양(梁)나라 때 승가바라(僧伽婆羅, Saṅghabhara)가 517년에 양주(楊州)에서 한역하였으며, 이 경은 보살의 참회법을 설한 경전이다.

181 북송(北宋) 시대에 시호(施護, Dānapāla)가 986년에 한역하였다. 이 경은 보살이 닦아야 할 불도의 기본을 설한다. 줄여서 정법경이라 한다.

지하고 해설하는 공덕보다는 못할 것이라고 하였다. 又彼諸如來及
聲聞弟子入涅槃後 復以七寶各起塔廟 善男子 如是福德無量無邊
不如有人於此寶積正法受持解說一句一偈 功德勝彼

불명경(佛名經)[182] 권제8에서는

　가령 어떤 사람이 삼천대천세계에 가득한 칠보로 보시할지라도 그
보시하는 공덕으로는 무구 부처님의 명호를 듣고서 받아 지니고 읽
어 외우는 공덕에 비교하면 천만분의 일에도 미치지 못하고, 내지 산
수(算數)로도 미치지 못할 것이라고 하였다. 若復有人 以滿三千大
千世界七寶布施 比聞無垢佛名受持讀誦功德 千萬分不及一 乃至
算數所不能及

십주비바사론(十住毘婆沙論)[183] 권제6에 보면

　부처님께서 사리불에게 말씀하시기를 만약 선남자 선여인이 항하
모래만큼 많은 삼천대천세계에 가득 찬 칠보로써 모든 부처님께 보
시하는 것과 또 어떤 사람이 모든 부처님께 법륜 굴리기를 권청하
는 이것과 비교한다면 이 복이 보다 훌륭하다고 하셨다. 佛告舍利弗
若善男子善女人 以滿恒河沙等 三千大千世界七寶布施諸佛 若復

---

[182] 북위(北魏) 시대에 보리유지(菩提流支)가 520년~524년 사이에 한역하였다.

[183] 용수(龍樹)가 저술하였고, 중국 후진(後秦) 시대에 구마라집(鳩摩羅什,
Kumārajīva)이 402년~412년 사이에 한역하였다. 이 논은 대방광불화엄경(大
方廣佛華嚴經)의 십지품(十地品) 가운데 초지(初地)와 제2지를 주석했다. 줄여서
십주론(十住論)·십주비바사(十住毘婆沙)라고 한다.

有人 勸請諸佛 轉法輪 此福爲勝

대수긴나라왕소문경(大樹緊那羅王所問經)[184] 제4권에 보면

아난아, 만일 이 경을 받들어 지녀 한 사구게(四句偈)라도 대중 가운데서 설명하면 그 복이 훌륭하다. 왜냐하면 이 보시를 법시(法施)라 하여 모든 보시 중에서 최상이기 때문이다. 이 보시는 곧 법시로써 이것을 훌륭한 버림이라 하는 것은 법을 버리기 때문이요, 이것을 최상의 받음이라 하는 것은 법을 받기 때문이며, 이것을 최상의 가짐이라 하는 것은 법을 가지기 때문이라고 하였다. 阿難 若於是經受持乃至一四句偈 在大衆中廣爲人說 其福爲勝 何以故 如是之施名爲法施 諸施中最 如是之施卽是法施 是爲勝捨 謂捨於法 是名上受 謂受於法 是名上持 謂持於法

보살지지경(菩薩地持經) 권제9에서는

방편을 들은 까닭에 부지런히 닦아 정진하고 바른 법을 들은 까닭에 몸과 목숨을 아끼지 않으며, 안좌의 어떤 물건도 베풀지 않는 것이 없고 어떤 어른께도 공경치 않음이 없으며, 어떠한 정교(正敎)도 봉행치 않는 것이 없고, 몸이 괴롭다 하여 법을 구하지 않는 일이 없

---

184 요진(姚秦) 시대에 구마라집(鳩摩羅什)이 402년~409년 경 장안(長安)에서 한역하였다. 이 경은 반야 공사상에 기초한 대승보살의 실천을 강조하며, 적극적인 중생구제를 위한 방편바라밀을 설하였다. 약칭으로 긴나라왕경(緊那羅王經)·대수긴나라경(大樹緊那羅經)·대수긴나라왕문경(大樹緊那羅王問經)이고, 별칭으로 대수긴나라왕입작일체법문행경(大樹緊那羅王入作一切法門行經)·선설부사의법품(宣說不思議法品)이라고도 한다.

어 좋아하는 마음으로 한 네 구의 게송만 들어도 삼천대천세계의 큰 보배무더기를 좋아하기보다 더 뛰어나다고 하였다. 因聞方便勤修精進 聞正法故不惜身命 無內外物而不布施 無有尊重而不恭敬 無有正教而不奉行 無有身苦而不求法 以愛念心聞一四句偈 勝於愛念三千大千世界大珍寶聚

참고로 다른 경전의 사구게는 다음과 같다.

화엄경(華嚴經)[185] 승야마천궁품(昇夜摩天宮品)의 말씀이다.

心如工畫師 能畫諸世間
심여공화사 능화제세간

五蘊實從生 無法而不造
오온실종생 무법이불조

마음은 화가와 같아서
능히 모든 세상일을 다 그려내지만
오온이 다 마음으로부터 나온 것이라서

[185] 당나라 중종 임금의 사성(嗣聖) 12년~16년까지(서기695년~699년) 5년 동안에 실차난타(實叉難陀)가 한역하였다. 당나라 때 번역하였다고 해서 당본화엄경이라 하고, 80권으로 되었다고 해서 80화엄이라고도 한다. 또 동진(東晋) 때 불타발타라(佛馱跋陀羅)가 한역한 36권 본을 구역이라 함에 대하여 이 경을 신역화엄경이라고 한다.

무슨 법이나 못 짓는 것이 없다.

화엄경 승야마천궁품(昇夜摩天宮品)에 보면 다음과 같다.

若人知心行 普造諸世間
약인지심행 보조제세간

是人則見佛 了佛眞實性
시인즉견불 요불진실성

어떤 사람이 만약 마음이
모든 세간을 만들어내는 줄을 안다면
이 사람은 바로 부처님을 친견하여
부처님 진실성을 아는 것이다.

다시 화엄경 승야마천궁품(昇夜摩天宮品)에 보면 다음과 같은 가
르침이 있다.

若人欲了知 三世一切佛
약인욕요지 삼세일체불

應觀法界性 一切唯心造
응관법계성 일체유심조

만일 어떤 사람이
삼세의 일체 부처님을 알고자 한다면
마땅히 법계의 성품을 보라.
모든 것이 마음으로 지은 것이니라.

법화경(法華經) 방편품에는 다음과 같다.

諸法從本來 常自寂滅相
제법종본래 상자적멸상

佛子行道已 來世得作佛
불자행도이 내세득작불

모든 법은 본래부터
항상 고요한 것이니
불자들이 이런 도를 행하면
오는 세상 부처 되리라.

열반경(涅槃經)에는 다음과 같은 가르침이 있다.

諸行無常 是生滅法
제행무상 시생멸법

生滅滅己 寂滅爲樂

생멸멸이 적멸위락

모든 행(行)은 무상하니
이것이 생멸법(生滅法)이네.
생멸(生滅)조차 사라지고 나면
적멸(寂滅)이 즐거움이 되네.

아함경(阿含經)[186]에서는 이같이 말씀하신다.

諸惡莫作 衆善奉行

제악막작 중선봉행

自淨其意 是諸佛敎

자정기의 시제불교

---

186 아함(阿含)은 아가마(āgama)를 소리나는 대로 적은 것이고, '전해온 가르침'이라는 뜻이다. 불교 최초의 경전이 팔리어로 된 니카야(nikāya)이고, 여기에 해당하는 산스크리트본이 아가마(āgama)이다. 이 아가마를 한문으로 번역한 것이 아함경으로, 이 경은 하나의 경 이름이 아니라 초기 불교시대에 성립된 약 2천 개의 경전들을 통틀어 이르는 명칭이다. 여기에는 붓다의 가르침이 대부분 원형 그대로 담겨 있어 불교의 본바탕이라고 할 수 있다. 한역된 아함에는 네 가지가 있다. ① 장아함경(長阿含經), ② 중아함경(中阿含經), ③ 잡아함경(雜阿含經), ④ 증일아함경(增一阿含經)이다. 이에 해당하는 니카야는 다음과 같다. ① 디가 니카야(dīgha-nikāya), ② 맛지마 니카야(majjhima-nikāya), ③ 상윳타 니카야(saṃyutta-nikāya), ④ 앙굿타라 니카야(aṇguttara-nikāya)이다.

모든 악을 짓지 말고
온갖 선을 받들어 행하라.
스스로 그 마음을 깨끗하게 하는 것
이것이 곧 모든 부처님의 가르침이다.

무량수경(無量壽經)에는 다음과 같다.

其佛本願力 聞名欲往生
기불본원력 문명욕왕생

皆悉到彼國 自致不退轉
개실도피국 자치불퇴전

저 부처님 본원력으로 말미암아
그 이름만 듣고도 왕생하길 원하는 자는
모두 다 빠짐없이 그 국토에 이르러
저절로 불퇴전(不退轉)의 지위에 오르리.

원래 사구게(四句偈)는 4구로 이루어진 게송 또는 4구로 된 한시의 형식을 말하였다. 나중에는 자수에 관계없이 경론과 불법의 요체가 되는 뜻이 담긴 게송이 사구게에 포함되었다.

부처님은 중생을 안타까이 여겨 참다운 복을 지을 수 있는 방법을 제시하고 있다. 칠보의 공덕은 유위(有爲)에 해당하고 법보의 공덕은 무위(無爲)에 해당한다. 까닭에 참다운 법보를 아는 사람은 법시를 통하여 복덕을 증장(增長)할 수 있다고 밝히셨다.

화엄경 권제66 입법계품에 보면 선재동자가 명지(明智) 거사를 찾아가 해탈에 대한 법문을 듣게 되는데 이를 살펴보면 이때 선재동자는 명지(明智) 거사에게서 이 해탈문을 듣고, 저 복덕 바다에 헤엄치고, 복덕밭을 다스리고, 복덕산을 쳐다보고, 복덕 나루에 나아가고, 복덕 광을 열고 복덕의 법을 보고, 복덕의 바퀴를 깨끗이 하고, 복덕 덩이를 만들고, 복덕의 힘을 내고, 복덕의 세력을 늘리면서 점점 남방으로 가서 사자궁성을 향하여 법보계(法寶髻) 장자를 참방하였다고 하였다. 爾時 善財童子 於明智居士所 聞此解脫已 游彼福德海 治彼福德田 仰彼福德山 趣彼福德津 開彼福德藏 觀彼福德法 淨彼福德輪 味彼福德聚 生彼福德力 增彼福德勢 漸次而行 向師子城 周偏推求寶髻長者

何以故 須菩提 一切諸佛 及諸佛阿耨多羅三藐三菩提法
하이고 수보리 일체제불 급제불아누다라삼막삼보리법

왜냐하면 수보리야, 모든 부처님과 모든 부처님의 최상의 깨달음의 도리는 다

皆從此經出
개종차경출

이 경전으로부터 나왔기 때문이니라.

부처님께서 금강경을 통하여 과연 추구하고자 하는 것은 무엇일까? 불자는 그것을 항상 가슴 깊이 새기고 수행을 해야 한다. 이걸 망각하고 자신의 재산만 불리려고 하거나 죽은 조상만 들먹이며 기도만 한다면 이는 반야의 마음을 덮어버리는 것이고, 바라밀(波羅蜜)로 가는 길은 점점 더 요원(遙遠)해지는 것이다.

부처님은 우리가 궁극적으로 도달해야 하는 곳을 딱 짚어서 말씀하셨다. 그것이 곧 '아누다라삼막삼보리'이다. 금강경에서는 '아누다라삼막삼보리'라는 단어만 하여도 무려 29번이나 나온다. 그만큼 아누다라삼막삼보리가 이 경을 설하는 핵심 포인트 중 하나라는 말이다. 그러므로 이 경전의 제목이 곧 금강반야바라밀경(金剛般若波羅蜜經)이며, 이를 추구하기 위해서는 금강의 마음으로 반야를 일으켜 아누다라삼막삼보리를 증득하여야 곧 바라밀에 도달한다.

고로 모든 부처님의 깨달음은 이 경전에서 나왔다고 하였다. 이로써 이 분(分)의 분판(分判)을 곧 의법출생분(依法出生分)이라고 한다.

須菩提 所謂佛法者 卽非佛法
수보리 소위불법자 즉비불법

수보리야, 이른바 불법이란 곧 불법이 아니니라.

부처님은 지금 우리에게 의심의 명제(命題)를 던져 놓고 다시 그 명제의 근원을 말씀하여 주시는 것으로 금강경의 흐름을 이어가고 있다. 이를 설명하고자 하시는데, '왜 그런가'에 해당하는 '하이고(何以故)'라는 표현이 무려 38번이나 등장한다.

지금 여기서 불법(佛法)이라는 것은 곧 불법이 아니라고 하셨다. 이는 불법이라는 것을 상(相)으로 인식하여 본다면 이는 취착(取着)하는 바로, 그만 실다움을 잃어버리는 것이다. 왜냐하면, 불법이라는 것은 무지한 중생들을 깨우쳐 주기 위하여 방편으로 제불(諸佛)과 제법(諸法)이 생긴 것이기에 이로써 중생들이 아누다라삼먁삼보리를 증득하면 버려야 할 대상으로 주(住)함이 없는 것이다. 그러기에 불법이 곧 불법이 아니라고 하신 것이다.

고로 고인이 말하기를 내게 한 권의 책이 있건만 종이와 먹으로 이루어진 것은 아니라서 펼쳐보면 한 글자도 없거늘 언제나 큰 광명을 발하고 있음이라고 하신 것이다. 我有一券經 不因紙墨成 展開無一字 常放大光明

채근담(菜根譚)[187]에도 다음과 같은 내용이 있다.

---

187 명나라 말기에 홍자성(洪自誠)이 지은 어록집이다. 유교를 중심으로 불교·도교를 가미하여 처세법을 가르친 경구적(警句的)인 단문 약 350조로 되어 있다.

사람들의 마음속에는 누구나 한 권의 참스러운 문장이 있건만 모두 옛사람들의 부스러기 글로 인하여 굳게 갇혀 있고, 누구나 한가락의 참된 음악을 지니고 있지만 모두 현란한 노래와 춤으로 인하여 파묻혀 있음이라. 배우는 사람은 모름지기 외물(外物)을 쓸어내고 본래의 마음을 찾아야 비로소 참된 문장과 음악을 누릴 수 있을 것이다. 人心有一部眞文章 都被殘編斷簡封錮了 有一部眞鼓吹 都被妖歌艶舞湮沒了 學者須掃除外物 直覓本來 纔有個眞受用

제9 일상무상분一相無相分

..

진리는 어떤 형상도 없다

須菩提 於意云何 須陀洹 能作是念 我得須陀洹果不

수보리야, 그대는 어떻게 생각하는가? 수다원이 생각하기를 나는
수다원의 과위를 얻었노라 하겠는가?

須菩提言 不也世尊 何以故 須陀洹 名爲入流 而無所入 不入色
聲香味觸法 是名須陀洹

수보리가 대답하였습니다. 아닙니다, 세존이시여. 왜냐하면 수다
원은 이름이 성인의 흐름에 들었다는 말이오나 실은 어디에 들어가는
것이 아닙니다. 사물이나 소리나 향기나 맛이나 감촉, 마음의 대상이
나 그 외의 무엇에도 들어가는 것이 아닙니다. 그 이름이 수다원일 뿐
이기 때문입니다.

須菩提 於意云何 斯陀含 能作是念 我得斯陀含果不

수보리야, 그대는 어떻게 생각하는가? 사다함이 생각하기를 나는
사다함의 과위를 얻었노라고 하겠는가?

須菩提言 不也世尊 何以故 斯陀含 名一往來 而實無往來 是名
斯陀含

수보리가 대답하였습니다. 아닙니다, 세존이시여. 왜냐하면 사다함은 이름이 한 번 갔다 온다는 말이지만, 실은 가고 옴이 없습니다. 그 이름이 사다함일 뿐이기 때문입니다.

須菩提 於意云何 阿那含 能作是念 我得阿那含果不
　수보리야, 그대는 어떻게 생각하는가? 아나함이 생각하기를 나는 아나함의 과위를 얻었노라 하겠는가?

須菩提言 不也世尊 何以故 阿那含 名爲不來 而實無來 是故 名阿那含
　수보리가 대답하였습니다. 아닙니다, 세존이시여. 왜냐하면 아나함은 되돌아오지 않는 자라고 불리지만 실은 되돌아오지 않음이 없는 것을 아나함이라 하기 때문입니다.

須菩提 於意云何 阿羅漢 能作是念 我得阿羅漢道不
　수보리야, 그대는 어떻게 생각하는가? 아라한이 생각하기를 내가 아라한의 도를 얻었노라 하겠는가?

須菩提言 不也世尊 何以故 實無有法名阿羅漢 世尊 若阿羅漢 作是念 我得阿羅漢道 卽爲着我人衆生壽者
　수보리가 대답하였습니다. 아닙니다, 세존이시여. 왜냐하면 실제 아라한이라 하는 법이 없기 때문입니다. 세존이시여, 만약 아라한이 생각하기를 나는 아라한의 도를 얻었노라고 하면 이는 곧 나와 남과 중생과 수명에 집착한 것이 되기 때문입니다.

世尊 佛說我得無諍三昧人中 最爲第一 是第一離欲阿羅漢 我
不作是念 我是離欲阿羅漢

세존이시여, 부처님께서 저를 다툼이 없는 삼매를 얻은 사람 가운데
서 제일이라고 말씀하셨습니다. 이는 욕심을 떠난 제일가는 아라한입
니다. 그러나 저는 욕심을 떠난 아라한이라는 생각을 하지 않습니다.

世尊 我若作是念 我得阿羅漢道 世尊則不說 須菩提是樂阿蘭
那行者 以須菩提實無所行 而名須菩提 是樂阿蘭那行

세존이시여, 제가 만약 나는 아라한의 도를 얻었다고 생각한다면,
세존께서는 곧 수보리에게 고요한 행을 좋아하는 사람이라고 말씀하시
지 않았을 것입니다. 수보리는 실로 고요한 행을 한 바가 없습니다. 그
냥 부르기를 수보리는 고요한 행을 좋아하는 사람이라고 할 뿐입니다.

일상무상 一相無相

진리는 어떤 형상도 없다.

일상무상분(一相無相分)의 주요 가르침은 하나 된 모습이지만 모
습이 없다는 가르침이다. 그러므로 일상(一相)이라는 표현은 절대적
으로 하나가 되었다는 뜻이다. 여기에는 어떠한 차별이나 대립도 없
기에 모든 현상이 있는 그대로 평등한 자리를 말한다. 무상(無相)은
모든 사물과 집착을 떠난 불성의 자리를 말하는 것이므로 결국 마음
을 말한다. 하나 된 존재가 되려면 피아(彼我)가 없어야 하기에 여기
에는 상대적인 개념을 떠나 완전한 하나가 되는 것으로 분별이 없는

자리이다.

무상(無相)은 두 가지 상[二相]이 없음이니 공(空)이라는 개념과 같은 맥락이다. 제법의 실상을 나타내는 것으로 결국 이 자리는 진여(眞如), 열반(涅槃), 보리(菩提) 등이 되는 것이다.

여기에 관한 가르침은 대보적경(大寶積經) 5권에 보면
모든 법의 본성은 모두 공(空)이며, 모든 법의 자성에는 정해진 본성이 없음이로다. 만일 공(空)이라면서 본성이 없다면 모든 법은 하나의 상[一相]이기에 무상(無相)이라 하는 것이며 무상으로 제법은 청정하게 되는 것이다. 만일 공(空)이면서 본성이 없다면 모든 법은 상으로써 나타낼 수가 없다. 마치 허공이 본성이 없기에 상으로써 나타내지 못하는 것과 같아서 모든 법에 이르기까지 이와 같음이로다. 이렇게 공(空)이면서 본성이 없는 도리는 무엇에도 오염되지 않고 청정하지도 않음이로다고 하였다. 一切諸法 本性皆空 一切諸法 自性無性 若空無性 彼則一相 所謂無相 以無相故 彼得清淨 若空無性 彼 不可以相表示 如空無性 不可以相表示 乃至一切諸法 亦復如是 是空無性 非染非淨

또한 대반야경(大般若經) 597권에도 보면
번뇌에 뒤섞여 물든 모든 법은 전도된 채 나타나 있다. 전도된 모든 것은 하나도 빠짐없이 상이 없으며, 상이 없는 모든 것은 그 어느 것도 말로 표현할 수가 없다. 그러므로 상이 있는 법 그대로가 무상이다고 하였다. 諸雜染法 顚倒現前 諸顚倒者 皆是無相 諸無相者

皆不可說 故有相法 是無相

모든 중생에게는 본래 상이 없음이다. 상이라고 하는 것은 모두 망심으로 인한 것이다. 다시 말해 마음에 상이 없으면 그것이 곧 불심이다. 우리가 조작되고 인위적인 분별심을 일으키지 아니하면 그것이 곧 여래의 성품이니 여래의 성품에는 상이 없는 것이다.

일상무상을 보살십지(菩薩十地)에 비유하면 제8 부동지(不動地)에 해당한다고 보아도 크게 무리가 없다. 부동지는 완전한 진여를 깨달아 얻어 조금도 동요를 일으키지 않는 경지를 말한다. 그러기에 일상무상이 그러한 경지가 되는 것이다.

법견심(法見心)이 있다. 이를 다시 말하면 법견(法見)이라고도 하는데 법이라는 관념에 집착하는 것은 정견(正見)이 아니다. 법에 대한 집착이 없는 견해에 이르러야 정견이다.

법견(法見)은 법에 대한 견해를 말한다. 이를 포괄적으로 보면 법에 대하여 집착하는 견해와 법이라는 관념에 집착하는 견해를 아울러 뜻한다. 수행의 척도에 따라서 자신이 주장하는 법만 옳다고 내세우고 다른 법은 틀리다고 하면서 종단을 만들거나 자신도 모르게 스스로 사이비 교주가 되기도 한다. 그러기에 법견에 따라서 정견(正見)도 일어나고 사견(邪見)도 일어나는 것이다.

여기에 대해서 나옹어록(懶翁語錄)[188]에 보면

결정코 이 일대사(一大事) 일을 꼭 깨우치고자 한다면 모름지기 대신심을 일으키고 견고한 의지를 내세워 이전에 배웠거나 이해한 부처에 대한 견해나 법에 대한 견해를 한꺼번에 빗자루질로 쓸어서 바닷속에 버려 더 이상 들먹이지 말라고 하였다. 決欲了此段大事 須發大信心 立堅固志 將從前所學所解佛見法見 一掃掃向大洋海裏去 更莫擧着

지금 우리가 배우고 있는 분제(分題)인 일상무상(一相無相)을 가장 잘 나타내고 있는 금강경(金剛經)의 말씀은 '모든 형상 있는 것은 모두가 허망하니 모든 형상을 본래 형상이 아닌 것을 알면 곧 진실한 모습을 보게 된다'는 가르침이다. 凡所有相 皆是虛妄 若見諸相非相 則見如來

일상무상(一相無相)을 깨달아 얻으면 곧 대열반(大涅槃)이 되는 것이다. 대열반의 성품은 공(空)하기에 이는 적멸무위(寂滅無爲)한 모습이다. 따라서 대열반도 그 모습이 없기는 마찬가지로 일상무상이다.

---

188 나옹어록의 정식 명칭은 나옹화상어록(懶翁和尙語錄) 또는 나옹화상가송(懶翁和尙歌頌)이라고 한다. 이 어록은 1379년(우왕 5)에 중간된 고려의 고승 나옹혜근(懶翁惠勤)의 어록과 가송집으로 스님의 직계 제자인 각련(覺璉) · 각뢰(覺雷)가 수집하고 혼수(混修)가 교정하여 간행하였다.

여기에 대하여 본업경(本業經)[189]에는

금강 삼매에 들면 한 모습이자 모습이 없으며 적멸무위(寂滅無爲)하니 무구지(無垢智)라 이름한다고 하였다. 入金剛三昧一相無相 寂滅無爲 名無垢地故

60권 화엄경 권제12에 보면 다음과 같은 게송이 있다.

平等法界一 具足無量義
평등법계일 구족무량의

常樂觀三世 一相無相法
상락관삼세 일상무상법

법계는 평등하여 하나이지만
한량없는 이치를 모두 갖추고
항상 삼세 관찰하기 좋아하나니
그것은 한 모양의 모양 없는 법이네.

잡비유경(雜譬喻經)에 보면 다음과 같은 말씀이 있다.

부처님께서도 이와 같다. 중생들이 무명(無明)의 물을 마시고 언제

---

189 축불념(竺佛念)이 전진(前秦) 시대인 374년에서 요진(姚秦) 시대(384~417) 사이에 한역하였다고 알려져 있다.

나 모두 미쳤기 때문에 만일 큰 성인께서 항상 '모든 법은 나지도 않고 멸하지도 않는다. 어떤 모양도 모양이 없는 것이다'라고 말씀하시면, 반드시 큰 성인을 미쳤다고 말할 것이다. 그러므로 부처님은 중생의 생각을 그대로 따라 '현재에 이 법은 좋고 이 법은 나쁘다. 이것은 유위법(有爲法)이요, 이것은 무위법(無爲法)이다.'라고 말씀하시는 것이다. 如來亦如是 以衆生服無明水一切常狂 若聞大聖常說 諸法不生不滅 一相無相者 必謂大聖爲狂言也 是故如來隨順衆生 現說諸法是善是惡 是有爲是無爲也

일상무상분을 살펴보려면 먼저 성문사과(聲聞四果)를 염두에 두어야 한다. 이는 성문승(聲聞乘)이 수행을 통하여 깨달아 얻는 네 가지 과위를 말한다. 네 가지 과위가 수다원과, 사다함과, 아나함과, 아라한과이다. 이는 네 가지 계위(階位)의 성문승을 일컫는 표현이다. 이를 사성(四聖) 또는 사사문과(四沙門果)라고도 하며, 대승사과(大乘四果)의 상대어로 소승사과(小乘四果)라고 하기도 한다.

소승사과는 예류과(預流果), 일래과(一來果), 불환과(不還果), 아라한과(阿羅漢果)이다. 대승사과는 '보살사과'라고도 하며 아비달마 불교의 사과설을 대승의 십지에 적용하여 초지에 오르면 수다원, 제8지에 오르면 사다함이며, 제10지가 아나함이며 불지(佛地)가 곧 아라한이라는 견해를 펴는 사상을 말한다. 초기 불교와 대승불교에서 부처님을 넓은 의미로 보면 아라한이 되는 것이다.

성문사과에 대한 표현은 비단 금강경에만 있는 것은 아니다.

잡아함경(雜阿含經)[190] 가운데 사과경(四果經)에 보면

그때 세존께서 여러 비구에게 말씀하시기를 사념처(四念處)를 많이 수행하고 익히면 마땅히 사과라고 하며 네 가지 복리를 얻는다. 무엇이 네 가지인가? 수다원과, 사다함과, 아나함과, 아라한과이다라고 하였다. 爾時 世尊告諸比丘 於四念處多修習 當得四果 四種福利 云何爲四 謂須陀洹果 斯陀含果 阿那含果 阿羅漢果

용수보살(龍樹菩薩)[191]이 짓고 구마라집(鳩摩羅什)이 한역한 중관론송(中觀論頌)[192] 가운데 관사제품(觀四諦品)에 보면 다음과 같은 게송이 있다.

---

190 초기 불교의 경전으로 잡아함경은 총 50권 1,362경으로 이루어져 있다. 그 내용이 짧은 경전을 모은 것을 말하며, 남방 불교에서는 이를 상윳타니까야(saṃyutta-nikāya, 相應部)라고 한다. 다른 아함경에 들어 있지 않은 아함부 경전들을 모아놓은 것으로, 가장 원시적인 경전의 모습을 띠고 있다. 이 경전은 고공·무상·무아·팔정도에 관한 교리를 아주 간단한 형태로 싣고 있다. 이 경전과 내용상 연관된 경으로는 1권 27경을 수록하고 있는 역자 미상의 잡아함경과 16권 364경으로 역시 역자 미상의 별역잡아함경이 있다.

191 인도의 승려로 대승불교의 교리를 체계화하는 데 크게 이바지하여 대승 8종의 종조(宗祖)로 불린다. 원래의 이름은 나가르주나(Nagarjuna)이며, 용수(龍樹)는 산스크리트어로 용(龍)을 뜻하는 나가(naga)와 나무[樹]를 뜻하는 아가르주나(agarjuna)를 한자로 옮겨 표기한 것이다. 한국·중국·일본 등 동북아시아 지역에서는 모두 용수라는 이름으로 나타내며, 존칭(尊稱)으로 용수보살(龍樹菩薩)이나 용수대사(龍樹大士)라고 부르기도 한다.

192 이 논은 모두 4권으로 용수가 짓고 구마라집이 한역한 것이다. 이 중론(中論)은 중송(中頌) 또는 중관론(中觀論)이라고도 부르기도 한다.

若無有四果 則無得向者
약무유사과 즉무득향자

以無八聖故 則無有僧寶
이무팔성고 즉무유승보

만일 사과(四果)가 존재하지 않는다면
(과보를) 얻은 자도 (과보로) 향하는 자도 없네.
여덟 부류의 성인이 없으니
승보도 존재하지 않는다네.

이러한 네 가지 과위를 흔히 사향사과(四向四果)라고 하는데 이는
수행단계의 사향(四向)과 사과(四果)를 통틀어 말한다. 그러기에 이
를 사향사득(四向四得)이라고도 한다. 그 나머지는 다음 도표를 참고
하면 이해가 쉬울 것이다.

계위	산스크리트어	음역	구역(舊譯)	신역(新譯)
제1위	śrota-āpanna	수다원	입류(入流)	예류(預流)
제2위	sakṛd-āgāmin	사다함	일왕래(一往來)	일래(一來)
제3위	anāgāmin	아나함	불래(不來)	불환(不還)
제4위	arhat	아라한	응공(應供)	아라한(阿羅漢)

須菩提 於意云何 須陀洹 能作是念 我得須陀洹果不
수보리 어의운하 수다원 능작시념 아득수다원과부

수보리야, 그대는 어떻게 생각하는가? 수다원이 생각하기를 나는 수다원의 과위를 얻었노라 하겠는가?

須菩提言 不也世尊
수보리언 불야세존

수보리가 대답하였습니다. 아닙니다, 세존이시여.

何以故 須陀洹 名爲入流 而無所入 不入色聲香味觸法
하이고 수다원 명위입류 이무소입 불입색성향미촉법

왜냐하면 수다원은 이름이 성인의 흐름에 들었다는 말이오나 실은 어디에 들어가는 것이 아닙니다. 사물이나 소리나 향기나 맛이나 감촉, 마음의 대상이나 그 외의 무엇에도 들어가는 것이 아닙니다.

是名須陀洹
시명수다원

그 이름이 수다원일 뿐이기 때문입니다.

수다원(須陀洹)은 산스크리트어로 śrota-āpanna이며 성문사과 가운데 제일 첫 번째 단계이다. 이를 구역에서는 입류(入流), 지류(至流), 역류(逆流)라고 한역한다. 신역에서는 예류(預流)라고 한다. 이는 처음으로 성자의 길에 들어간 이, 혹은 그 경지에 다다른 이를 가리키는 표현이다.

수다원과(須陀洹果)라는 것은 수다원 과위(果位)를 얻은 사람을 말한다. 처음으로 성스러운 경지에 들어선 사람을 말하는 것으로 이로써 삼결(三結) 혹은 88 수면을 끊은 그 경지에 이른 자를 말한다. 그러나 아비달마에서는 견도 16심에 도달한 경지를 가리킨다고 밝히고 있다.

여기서 과(果)라고 하는 것은 나무 열매라는 원래의 뜻이 있지만 점차로 그 뜻이 변하여 원인에 따라 생긴 결과의 법으로써 쓰이게 된 것이다. 그러므로 인(因)으로 인하여 맺어진 결과를 과(果)라고 한다. 그러나 여기에서는 수행의 완성 또는 구극(究極)을 말한다.

지금 금강경에서는 표상으로 반야바라밀을 내세우고 있다. 그러므로 사과(四果)를 앞세워 볼 것이 아니라 반야바라밀을 앞세우고 보아야 한다. 중생은 집착으로 인하여 병통(病痛)이 되는 것이다. 그러기에 이에 따라 아집(我執), 법집(法執)이 생겨나는 것이니 지금 말하는 사과도 이를 염두에 두고 살펴보아야 한다. 반야바라밀로 보면 제법무아(諸法無我), 제상비상(諸相非相)이 되는 것이다.

다시 수다원(須陀洹)으로 돌아와 보자. 수다원은 사과에서 첫 번째 과위이다. 수다원에 들기 전에는 어디서 주(住)하고 있었느냐 하면 다름 아닌 중생의 무리에 주(住)하고 있었다. 그러므로 중생에서 벗어나 성인에 드는 첫 번째 과위가 수다원이다.

위에서 중생의 병은 집착이라고 하였다. 중생의 집착이라는 것은 결국 무엇을 구하는 것을 말한다. 그러나 우리가 그렇게 구하고자 하는 것도 결국 고통으로 이어져서 마무리한다. 구하고자 하나 구하지 못함도 고통이기에 이를 구득불고(求得不苦)라고 하며, 사랑하는 사람을 만나게 되어도 결국 헤어지는 고통이 따르기에 이를 애별리고(愛別離苦)라고 한다. 참고로 불교에서는 일곱 가지 고통을 칠고(七苦)라고 하는데, 생(生)·노(老)·병(病)·사(死)·원증회(怨憎會)·애별리(愛別離)·구부득(求不得)이다.

그러므로 수행에 수행을 더하여서 색(色)이 공(空)과 다르지 아니하다는 이치를 깨달아서 색즉시공(色卽是空)을 알아차려야 한다. 또한 모든 상(相)이 상이 아니라는 것을 깨달아 제상비상(諸相非相)을 사무치게 알아서 색(色), 성(聲), 향(香), 미(味), 촉(觸), 법(法)에 집착하지 아니하여 구하는 마음이 일어나지 아니하면 수다원과에 들어가는 것이다. 이를 다시 말하면 성인의 도에 들어가는 것이니 이를 입도(入道)라 하고, 결국 색·성·향·미·촉·법에 걸리지 아니하는 경지에 이른 것이니 이를 수다원과라고 한다.

색·성·향·미·촉·법은 결국 육진(六塵) 경계를 말한다. 육진은 중생의 심성을 더럽히는 육식(六識)의 대상계(對象界)로 색·성·향·미·촉·법의 육경(六境)을 말한다. 그런데 이를 왜? 진(塵)이라고 하는가. 위에서 열거한 육경이 육근을 통하여 중생의 깨끗한 마음을 더럽혀 오염시키고 중생의 진성(眞性)을 덮어서 흐리게 하는 역할을 하므로 이를 진(塵)이라고 한다.

화엄경(華嚴經) 입법계품에 보면

그때 선재동자는 이 모든 보물이나 내지 남자, 여자나 여섯 대상 [六塵境界]에는 조금도 애착이 없고, 다만 최고의 법을 생각하여 일심으로 선지식을 만나기만 원하면서 점점 다니다가 대광왕(大光王) 이 거처하는 누각에서 그리 멀지 아니한 사거리에서 여의주 보배로 만든 연화장 광대장엄 사자좌에 앉아 있는 것을 보았다고 하였으니 중생이 육진 경계만 여의면 곧 성인이 되는 것이다. 爾時 善財童子 於此一切珍寶妙物 乃至男女 六塵境界 皆無愛着 但正思惟究竟 之法 一心願樂見善知識 漸次遊行 見大光王 去於所住樓閣 不遠 四衢道中 坐如意摩尼寶蓮華藏廣大莊嚴師子之座

원각경(圓覺經)[193] 문수보살장에서는

선남자여, 지음이 있는 사유(思惟)는 유위의 마음에서 일어나는 것 이니 다 육진의 망상 인연 기운이요, 실제 마음의 체는 아니다. 이미 허공 꽃과 같으니 이러한 사유를 사용해서 부처님 경계를 분별한다

---

193 원각경의 원명은 대방광원각수다라요의경(大方廣圓覺修多羅了義經)이다. 1권 12장으로 이루어져 있다. 당(唐)나라 영휘(永徽) 연간에 북인도 계빈국(罽賓國)의 불타다라(佛陀多羅, Buddhatrāta) 스님이 한역하였다. 대승(大乘)·원돈(圓頓)의 교리를 설한 것으로 주로 관행(觀行)에 대한 설명인데, 문수(文洙)·보현(普賢)·미륵보살 등 12보살이 부처님과 일문일답하는 형식을 취하면서 진리를 펼치는 내용이다. 우리나라에서는 금강경, 능엄경, 대승기신론 등과 함께 불교 전문 강원의 사교과(四敎科) 과정의 필수과목으로 학습됐다.

면, 마치 허공 꽃이 다시 허공 열매를 맺는 것과 같아서 망상만 점점 더해질 뿐이니, 옳지 못하니라 하고 말씀하셨다. 善男子 有作思惟 從有心起 皆是六塵 妄想緣氣 非實心體 已如空華 用此思惟 辨於 佛境 猶如空華 復結空果 展轉妄想 無有是處

또한 능엄경(楞嚴經)의 번뇌탁(煩惱濁)에 대한 말씀으로는

또 네가 마음속으로 기억하고 식별하고 외우고 익힐 때, 성품은 알고 보는 작용을 일으키고, 모양은 여섯 경계[六塵]를 나타내고 있으나, 경계를 떠나면 모양이 없고, 지각[覺]을 떠나서는 성품이 없는 것이 서로 짜여서 허망을 이뤘으니, 이것을 세 번째 겹쳐 쌓임의 번뇌탁(煩惱濁)이라고 하였다. 又汝心中憶識誦習 性發知見容現六塵 離塵無相離覺無性相織妄成 是第三重名煩惱濁

임제록(臨濟錄)[194]에 보면

그대들의 한 생각 마음이 삼계를 만들어 내고 인연을 따라 경계에 꺼들리어 육진 경계로 나누어진다고 하였다. 爾一念心生三界 隨緣 被境 分爲六塵

수다원에 대해서 다시 말하면 수다원은 욕망의 미혹함을 단절하고 성자의 반열에 드는 것으로 입류(入流)라고 한다. 이를 신역에서는

---

194 중국불교 임제종(臨濟宗)의 개조인 의현(義玄, ?~867) 스님의 법어(法語)를 수록한 책으로 원명은 진주임제혜조선사어록(鎭州臨濟慧照禪師語錄)이라고 한다. 2권으로 이루어져 있으며 스님의 제자인 삼성(三聖), 혜연(慧然)이 편집하였다.

예류(預流)라 하는데, 예(預)는 처음이라는 뜻으로 쓰여서 성문(聲聞)의 초입(初入) 단계가 되는 것이다.

그런데 본문을 보면 수다원이 수다원과를 얻었음에도 그 어느 곳에도 머물지 아니하지만 다만 그 이름이 수다원이라고 하였다. 이는 무슨 말씀인가. 수다원이 곧 수다원과를 얻었다는 상을 내면 곧 상에 집착하는 것이니 진정한 수다원과를 얻었다고 할 수 없음다. 그러기에 에둘러서 이러한 표현을 한 것이다. 이외에도 부처님께서 수보리에게 사과(四果)에 대하여 말씀하시며 가르침을 주신다.

須菩提 於意云何 斯陀含 能作是念 我得斯陀含果不
수보리 어의운하 사다함 능작시념 아득사다함과부

수보리야, 그대는 어떻게 생각하는가? 사다함이 생각하기를 나는 사다함의 과위를 얻었노라고 하겠는가?

須菩提言 不也世尊
수보리언 불야세존

수보리가 대답하였습니다. 아닙니다, 세존이시여.

何以故 斯陀含 名一往來 而實無往來 是名斯陀含
하이고 사다함 명일왕래 이실무왕래 시명사다함

왜냐하면 사다함은 이름이 한 번 갔다 온다는 말이지만, 실은 가고 옴이 없습니다. 그 이름이 사다함일 뿐이기 때문입니다.

부처님께서 수다원과에 이어서 사다함(斯多舍)에 대해서 수보리에게 가르침을 주시는 말씀이다. 사다함은 성문사과 가운데 두 번째 단계로 산스크리트어로는 sakṛd-āgāmin이다. 이를 음사하여 사갈리다가미(沙羯璃陀伽彌)라고 표현하지만 거의 쓰임이 없다. 사다함을 한역하여 일래(一來) 또는 일왕래(一往來)라고 하는데, 이는 한 번 이 세상에 돌아오는 사람이라는 뜻이다.

사다함을 번뇌의 단절과 연결하여서 설명하면 이는 욕계의 제1품에서 제5품에 속하는 수소단(修所斷)의 번뇌를 끊은 성자를 말한다. 여기에 대해서 좀 더 엄격하게 잣대를 들이대면 욕계의 제6품에 속하는 수소단의 번뇌를 끊기 직전까지의 수행자를 사다함향(斯多舍向)이라고 한다.

여기서 수소단(修所斷)이란 수도에 의해 또는 수도를 하면서 끊어야 할 번뇌를 말한다. 수소단에 대해서 설일체유부(說一切有部) 또는 구사론(俱舍論), 대승아비달마집론(大乘阿毗達磨集論) 등에서 설명하고 있지만 불학(佛學)에 익숙지 아니하면 난해하다. 그러므로 여기서 수소단에 대한 설명은 수행자가 끊어야 할 번뇌라는 정도로만 이해하여도 무방하다.

사다함에 대해서 송나라 법운(法雲) 스님이 서술한 번역명의집(翻

譯名義集)¹⁹⁵에 보면 사다함은 일왕래(一往來)라고 한역한다. 또한 금강소(金剛疏)에서는 이 사람은 이곳에서 죽어서 한 번 하늘로 갔다가 한 번 인간계로 오면 온갖 고통을 다할 수 있다고 하였다.

대지도론(大智度論)에서는 사다함을 식기가미(息忌伽彌)라고 하였는데, 여기서 식기(息忌)는 일(一)을 뜻하고 가미(伽彌)는 래(來)를 뜻한다. 그러므로 일래(一來)라고 한역하였다.

또한 사교의(四教義)¹⁹⁶에서는 사다함을 박(薄)이라고 한역을 하였는데, 이는 앞에서 이미 많은 번뇌를 끊었으므로 아직 끊지 못한 것이 적기 때문에 박(薄)이라고 한역한 것이다.

증일아함경(增壹阿含經) 성문품에 보면

저 어떤 이를 빈타리꽃과 같은 사문이라고 하는가? 혹 어떤 사람은 삼결사(三結使)를 이미 모두 끊고 음욕과 성냄, 어리석음이 엷어져서 사다함을 이루어 이 세상에 한 번 와서야 괴로움의 끝을 벗어난다. 그러나 만일 조금 지체한 이라면 이 세상에 와서 괴로움의 끝

---

195 송나라의 고승 법운(法雲, 1088~1158)이 불교 경전에 나오는 산스크리트어로 한역(漢譯)된 단어를 정리하여 해설을 붙인 것으로, 전체 약 2,000여 단어를 수록하고 있다. 법운은 송나라 쑤저우[蘇州]에 있던 경덕사(景德寺)의 승려로서 경사(經史)에 널리 달통하였으며 법호는 보윤대사(普潤大師)이다.

196 12권. 수(隋)나라의 지의(智顗) 스님이 지었으며, 세존의 가르침을 내용에 따라 분류한 장교(藏教)·통교(通教)·별교(別教)·원교(圓教)를 해설한 저술로 이는 천태사교의(天台四教義)의 준말이다.

을 벗어나지만 만일 용맹스러운 이라면 곧 거기에서 괴로움의 꿈을
완전히 벗어남이다. 비유하자면 마치 빈타리꽃을 아침에 꺾으면 저
물어서 시들어지는 것과 같은 이치이다. 이것을 이름하여 빈타리꽃
과 같은 사문이라고 하느니라 하였다. 彼云何名爲似黃藍花沙門 或
有一人 斷三結使 成須陀洹不退轉法 必至涅槃 極遲 經七死七生
或復家家 一種 猶如黃藍之花朝取暮長 此比丘亦復如是 三結使
盡 成須陀洹 不退轉法必至涅槃 極遲 至七死七生 若求方便勇猛
意者 家家 一種便成道迹 是謂名爲黃藍花沙門

그러므로 사다함 과(果)를 성취한 수행자를 사다함과(斯多舍果)라
고 한다.

별역잡아함경(別譯雜阿含經)[197] 제8권에 보면
또 여쭙기를 어떤 경지를 사다함이라고 합니까? 부처님께서 마하
남에게 이르기를 세 가지 결박을 끊고 음욕, 분노, 어리석음이 엷어
지면 이를 사다함이라 하느니라고 말씀하셨다. 又問 云何而得 斯陀
舍果 佛告摩訶男 斷三結已 薄婬怒癡 名斯陀舍

수행의 계위(階位)인 성문사과 가운데 제2 사다함과를 얻고 제3
아나함과를 얻기 전까지의 계위를 사다함과승도(斯陀舍果勝道)라 한
다. 여기서 승도(勝道)를 붙인 것은 사다함과에서 더욱더 뛰어난 과
위를 얻기 위하여 앞으로 나아가는 도(道)의 뜻이 있기 때문이다.

---

197 진나라 때(350~430) 한역되었지만 역자는 전하지 않는다.

사다함과를 깨달아 얻은 도를 사다함도(斯陀含道)라고 일컫는다. 또한 사다함은 일래(一來)라는 뜻이 있으므로 일래도(一來道)라고 하기도 하며, 사다함과를 깨달아 얻은 성자를 사다함인(斯陀含人)이라고 한다.

여기에 대해서 보살본행경(菩薩本行經)[198]에 보면

설령 수백 명의 수다원과를 깨달아 얻은 성자에게 보시하고 앞서 말한 비람에서 보시한 것과 염부제의 사람에게 보시한다 해도 그것을 통해 얻는 복된 과보는 한 분의 사다함과를 깨달아 얻은 성자에게 보시한 것만 못함이라. 이러한 보시는 그 복이 매우 많고 또한 앞에 한 보시의 과보를 넘어선다고 하셨다. 設施百須陀洹 幷前比藍 所施閻浮提人 所得福報 不如施一斯陀含人 其福甚多 亦過其上

사다함을 너무 어렵게 생각하면 계속 어려워질 뿐이다. 사다함은 성문사과 가운데 두 번째 과위에 해당한다고 이미 공부하였다. 또한 한 번 왔다 간다고 하여 일래(一來)라는 뜻이 있다고도 하였다. 그러면 무엇이 한 번 왔다 가느냐? 이것이 관건이다. 이는 불도를 구하고자 수행하면서 망념이 한 번 일어났다가 이를 알아차려서 몰록 없어지는 것을 말한다. 그러기에 두 번은 속지 않고 한 번에 끝남으로 이를 일래(一來)라고 한다.

---

[198] 불설보살본행경(佛說菩薩本行經)의 역자는 알 수 없으며 3세기경 번역되었다. 총 3권으로 구성되었으며, 이 경은 깨달음을 얻고 사람들을 교화하기 위해 모든 것을 다하였다는 부처님의 전생 이야기를 서술하고 있다.

須菩提 於意云何 阿那含 能作是念 我得阿那含果不
수보리 어의운하 아나함 능작시념 아득아나함과부

수보리야, 그대는 어떻게 생각하는가? 아나함이 생각하기를 나는 아나함의 과위를 얻었노라 하겠는가?

須菩提言 不也世尊
수보리언 불야세존

수보리가 대답하였습니다. 아닙니다, 세존이시여.

何以故 阿那含 名爲不來 而實無不來 是故 名阿那含
하이고 아나함 명위불래 이실무불래 시고 명아나함

왜냐하면 아나함은 되돌아오지 않는 자라고 불리지만 실은 되돌아오지 않음이 없는 것을 아나함이라 하기 때문입니다.

사다함에 이어서 성문사과 가운데 세 번째인 아나함(阿那含)에 대한 가르침을 주고 계신다. 아나함을 산스크리트어로 나타내면 anāgāmin이며, 이를 중국인들은 음사하여 아나가미(阿那伽彌)라고 표현을 하였다. 다시 이를 줄여 나함(那含)이라고 하였다.

아나가미를 한역하여 불환(不還), 불래(不來), 불래상(不來相)으로 나타낸다. 이는 이미 욕계의 구품의 미혹을 모두 끊어버렸기에 다시는 욕계에 돌아와 몸을 받고 태어나지 않는다는 뜻으로 불환(不還)이라고 한다.

아나함과의 계위에 이르는 성자(聖者) 가운데 9품의 미혹을 모두 단절하면 아나함과(阿那含果)라고 하고, 7품이나 8품을 단절하면 아나함향(阿那含向)이라고 하며, 7품과 8품을 함께 단절하고 나머지 1품과 2품도 대치하여 무루의 뿌리가 되면, 반드시 한 번 더 욕계에 태어남이다. 그러기에 이를 일간(一間)이라고 한다.

또한 아나함과는 오종불환(五種不還), 칠종불환(七種不還), 구종불환(九種不還) 등으로 구분한다. 여기에 대하여 불교사전에서는 다음과 같이 나타내고 있다.

오종불환(五種不還)
불환과(不還果)의 성자를 완전한 열반에 이르는 과정에 따라 다섯 가지로 나눈 것이다.

① 중반(中般) : 욕계에서 색계에 이르는 도중에 완전한 열반을 이루는 성자.

② 생반(生般) : 색계에서 곧바로 완전한 열반을 이루는 성자.

③ 유행반(有行般) : 색계에서 오랫동안 수행하여 완전한 열반을 이루는 성자.

④ 무행반(無行般) : 색계에서 수행하지 않아도 오랜 시간이 지나
　　면 저절로 완전한 열반을 이루는 성자.

⑤ 상류반(上流般) : 색계의 맨 밑에 있는 범중천(梵衆天)에서 색계
　　의 맨 위에 있는 색구경천(色究竟天)이나 무색계의 맨 위에 있
　　는 유정천(有頂天)에 이르러 완전한 열반을 이루는 성자.

칠종불환(七種不還)
불환과(不還果)의 성자를 완전한 열반에 이르는 과정에 따라 일곱
가지로 나눈 것으로 오종불환에 이어 현반, 무색반이 추가된 것이다.

⑥ 현반(現般) : 욕계에서 바로 완전한 열반을 이루는 성자.

⑦ 무색반(無色般) : 욕계에서 무색계에 이르러 완전한 열반을 이
　　루는 성자.

구종불환(九種不還)
불환과(不還果)의 성자를 완전한 열반에 이르는 과정에 따라 아홉
가지로 나눈 것으로 그 내용은 다음과 같다.

① 속반(速般) : 욕계에서 색계에 이르는 도중에 곧바로 완전한 열
　　반을 이루는 성자.

② 비속반(非速般) : 욕계에서 색계에 이르는 도중에 얼마간의 시

간이 지나 완전한 열반을 이루는 성자.

③ 경구반(經久般) : 욕계에서 색계에 이르는 도중에 오랜 시간이 지나 완전한 열반을 이루는 성자.

④ 생반(生般) : 색계에서 곧바로 완전한 열반을 이루는 성자.

⑤ 유행반(有行般) : 색계에서 오랫동안 수행하여 완전한 열반을 이루는 성자.

⑥ 무행반(無行般) : 색계에서 수행하지 않아도 오랜 시간이 지나면 저절로 완전한 열반을 이루는 성자.

⑦ 전초(全超) : 색계의 맨 밑에 있는 범중천(梵衆天)에서 중간에 있는 모든 천(天)을 뛰어넘어 색계의 맨 위에 있는 색구경천(色究竟天)이나 무색계의 맨 위에 있는 유정천(有頂天)에 이르러 완전한 열반을 이루는 성자.

⑧ 반초(半超) : 범중천에서 몇 개의 천(天)을 뛰어넘어 색구경천이나 유정천에 이르러 완전한 열반을 이루는 성자.

⑨ 변몰(遍歿) : 범중천에서 모든 천(天)을 두루 거쳐 색구경천이나 유정천에 이르러 완전한 열반을 이루는 성자.

당나라 혜림(慧琳)[199] 스님이 편찬한 불교 용어사전인 일체경음의(一切經音義)[200]에 제22권 가운데 신역대방광불화엄경 초발심공덕품에 보면, 아나함은 불환(不還)이라고 한역한다. 이는 탐욕 등을 단절하고 수도위의 9품 미혹이 모두 사라져 이때부터 색계로 향상하여 태어나고 더 이상 돌아와 욕계의 몸을 받고 태어나지 않으므로 불환이라고 한다고 하였다. 阿那含 此云不還 斷欲修九品惑盡 從此上生色界 更不還來 受生欲界 故名不還也

또한 중아함경(中阿含經) 가운데 실려 있는 사경(思經)에 보면

만일 이처럼 자심을 행하여 해탈을 구하고자 무량한 신행으로 잘 수행하는 사람이라면 반드시 아나함을 얻거나 혹은 그 이상 계위에 오를 것이라고 하였다. 若有如是行慈心解脫 無量善與者 必得阿那含 或復上得

아나함과에 대해서 대지도론(大智度論) 제23권에 보면

부처님께서 열반에 드실 때가 될 즈음에도 제자 아난(阿難) 등과

---

199 혜림(慧琳, 737~820) 당나라 때의 승려로 소륵국(疏勒國) 사람이며, 속성(俗姓)은 배(裵) 씨다. 경사(京師) 서명사(西明寺)에 주석했다. 처음에 불공삼장(不空三藏)을 섬겼다. 내외 학문에 정통했고, 특히 훈고(訓詁)에 뛰어나 각종 자서(字書)를 인용하여 불의(佛意)를 살펴 정리하고 시비를 상세하게 가렸다. 대장음의(大藏音義) 1백 권을 편찬했는데, 이 책은 일체경음의(一切經音義)라고도 하며, 혜림음의(慧琳音義)라고도 부른다.

200 당나라 혜림(慧琳) 스님이 편찬한 불교 용어 사전이다.

더불어 아직 탐욕에서 벗어나지 못한 모든 무리는 팔성도(八聖道)[201]
를 잘 수행하기 이전의 단계였기에 모두 애통하게 울면서 슬퍼하였
고, 탐욕 등에서 벗어난 아나함의 성직자들은 모두 놀았으며, 번뇌가
다 사라진 아라한들은 그 마음이 전혀 동요하지 아니하고 다만 세간
을 인도하시는 눈이 없어졌음이라고 말할 뿐이라고 하였다. 佛取涅
槃時 阿難等諸未離欲人 未善修八聖道故皆涕泣憂愁 諸離欲阿那
含皆驚愕 諸漏盡阿羅漢其心不變 但言世間眼滅

다시 여기에 대해서 수(隋)나라 혜원(慧遠) 스님[202]이 불교 교리를

---

201 팔성도는 곧 팔정도를 말한다. 산스크리트어 āryāṣṭāṅgika-mārga, 팔리어
ariya-aṭṭhaṅgika-magga로 괴로움의 소멸에 이르는 여덟 가지 바른길을 말한
다.
(1) 정견(正見) : 바른 견해. 연기(緣起)와 사제(四諦)에 대한 지혜. (2) 정사유(正
思惟) : 바른 생각. 곧, 번뇌에서 벗어난 생각, 노여움이 없는 생각, 남에게 해를
끼치지 않는 생각 등. (3) 정어(正語) : 바른말. 거짓말, 남을 헐뜯는 말, 거친 말,
쓸데없는 잡담 등을 삼감. (4) 정업(正業) : 바른 행위. 살생이나 도둑질 등 문란
한 행위를 하지 않음. (5) 정명(正命) : 바른 생활. 정당한 방법으로 적당한 의식
주를 구하는 생활. (6) 정정진(正精進) : 바른 노력. 이미 생긴 악은 없애려고 노
력하고, 아직 생기지 않은 악은 미리 방지하고, 아직 생기지 않은 선은 생기도
록 노력하고, 이미 생긴 선은 더욱 커지도록 노력함. (7) 정념(正念) : 바른 마음
챙김. 신체, 느낌이나 감정, 마음, 모든 현상을 있는 그대로 통찰하여 마음 챙김.
(8) 정정(正定) : 바른 집중. 마음을 하나의 대상에 집중·통일시킴으로써 마음
을 가라앉힘.

202 혜원(慧遠, 523~592)은 수나라 때의 승려로 속성(俗姓)은 이(李)씨고, 감숙
(甘肅) 돈황(敦煌) 사람이다. 배우기를 좋아했고, 3살 때 출가할 마음을 굳혔다.
일찍 아버지를 잃고 13살 때 체도(剃度)하여 스님이 되었고, 20세에 구족계(具
足戒)를 받았다. 담은(曇隱)에게 5년 동안 사분율(四分律)을 배우고, 7년 동안 법

저술한 대승의장(大乘義章) 제11권에 보면 아나함은 불환(不還)이라고 한역한다. 소승 법에서는 더 이상 욕계로 돌아와 몸을 받고 태어나지 않는 성자를 아나함이라 하고, 또한 25유[203] 가운데 지나간 단계를 따라서는 거듭하여 태어나지 아니하는 성자도 아나함이라고

상(法上, 495~580)의 가르침을 받았으며 저서로는 유마의기(維摩義記)ㆍ대반열반경의기(大般涅槃經義記)ㆍ관무량수경의소(觀無量壽經義疏)ㆍ무량수경의소(無量壽經義疏)ㆍ대승의장(大乘義章) 등이 있다. 선정(宣政) 원년(578) 북주(北周)가 제(齊)나라를 멸망시키자 무제(武帝)가 고승들을 궁전에 모아 불교를 폐하겠다고 선포했지만, 승려 가운데 아무도 말을 꺼내지 못했는데, 스님만 강력하게 항의하니 무제도 어쩌지 못했다. 얼마 뒤 급군(汲郡) 서산(西山)에 잠입하여 수행을 열심히 닦았다. 수나라가 들어서자 불려 장안(長安)에 가서 정영사(淨影寺)에 머물렀다. 이 때문에 정영혜원(淨影慧遠)으로 불렸다. 이곳에서 항상 강설하니 사방에서 7백여 명의 학자들이 몰려들었다. 문제(文帝) 개황(開皇) 12년(592) 황명을 받들어 번역을 맡았는데, 얼마 뒤 입적했다. 학계(學系)는 지론남도파(地論南道派)에 속하며, 석의(釋義)의 조(祖)라고 일컬어질 정도로 당시 석의학의 제1인자였으며, 기골호법(氣骨護法)의 스승이었다. 저서는 50여 권이 넘는데, 대승의장(大乘義章) 28권이 특히 유명하다. 그 밖의 저서에 지지소(地持疏)와 십지소(十地疏), 화엄소(華嚴疏), 열반소(涅槃疏) 등이 있다.

203 미혹한 중생의 생존 상태를 스물다섯 가지로 나눈 것이다. 지옥(地獄)ㆍ아귀(餓鬼)ㆍ축생(畜生)ㆍ아수라(阿修羅)의 사악취(四惡趣), 동승신주(東勝身洲)ㆍ남섬부주(南贍部洲)ㆍ서우화주(西牛貨洲)ㆍ북구로주(北俱盧洲)의 사주(四洲), 사왕천(四王天)ㆍ도리천(忉利天)ㆍ야마천(夜摩天)ㆍ도솔천(兜率天)ㆍ낙변화천(樂變化天)ㆍ타화자재천(他化自在天)의 육욕천(六欲天)ㆍ초선천(初禪天)ㆍ대범천(大梵天)ㆍ제이선천(第二禪天)ㆍ제삼선천(第三禪天)ㆍ제사선천(第四禪天)ㆍ무상천(無想天)ㆍ정거천(淨居天)ㆍ공무변처천(空無邊處天)ㆍ식무변처천(識無邊處天)ㆍ무소유처천(無所有處天)ㆍ비상비비상처천(非想非非想處天)의 사무색(四無色)이다.

한다. 여기에 대하여 대승 법에서는 이를 두 가지로 해석한다. 첫째
는 거듭 애착을 일으키지 아니하고 번뇌를 털어 없앴기 때문에 고로
불환이라고 한다. 두 번째는 욕계에서 거듭 분단생사(分段生死)²⁰⁴의
남은 과보를 받지 아니하므로 불환이라고 한다. 그러므로 경전에서
는 결코 거듭 육신이나 벌레의 몸 등 부정한 몸을 받고 태어나지 않
는 성자를 아나함이라고 한다. 설사 다시 태어난다고 하더라도 응신,
화신일 뿐이니 정해진 위치가 어느 곳에 있겠는가? 라고 하였음이
다. 阿那含者此名不還 小乘法中更不還未欲界受身 名阿那含 又
於二十五有之中隨所過處不重受生名阿那含 大乘法中釋有兩義
一不重起愛拂煩惱故名不還 二不重受欲界地中分段殘報故曰不
還 故經說言 更不重受肉身虫身不淨之身名阿那含 設更受生但是
應化 位在何處

아나함의 과위를 성취하면 아나함과(阿那舍果)라고 한다. 그러므
로 아나함과는 욕계 구품의 미혹을 모두 끊은 과위로 이를 불환과
(不還果)라고 한다.

여기에 대해서 장아함경(長阿含經) 제8권 가운데 실려 있는 중집
경(衆集經)에 보면 사사문과는 수다원과 사다함과 아나함과 아라한

---

²⁰⁴ 삼계(三界)에서 태어나고 죽는 일을 되풀이하는 범부의 생사를 말함이다.
각자 과거에 지은 행위에 따라 신체의 크고 작음과 목숨의 길고 짧음이 구별된
다고 하여 분단(分段)이라 한다.

과라고 하였으므로 세 번째 계위에 해당하는 것이 곧 아나함과이다
고 하였다. 四沙門果 須陀洹果 斯陀含果 阿那含果 阿羅漢果

　4세기경 인도 불교의 교의학자(敎義學者)인 하리발마(訶梨跋摩
?~?)[205]가 저술한 성실론(成實論)[206]에서는 아나함과는 욕계의 모든
번뇌를 끊은 경지라고 하였다. 阿那含果者 能斷欲界 一切煩惱

205　산스크리트어 Harivarman를 음사한 표현이며, 사자개(獅子鎧) · 사자주(師
子胄)라 번역한다. 3~4세기 중인도 바라문 출신으로 인도철학에 정통했다. 상
키아학파에 속해 있었으나 나중에는 설일체유부(說一切有部)의 학자 구마라
타(鳩摩羅馱, kumāralāta)에게 발지론(發智論)의 강의를 들었고, 이어서 경량부
(經量部)와 공관(空觀)의 영향을 받아 대승불교를 연구한 후에 성실론(成實論)
20권을 저술하였다.

206　16권으로 하리발마(訶梨跋摩)가 지었으며 구마라집(鳩摩羅什)에 의해
411~412년에 번역되었다. 산스크리트 원전은 전해지지 않고 한역본(漢譯本)
만 전해진다. 내용은 발취(發聚) · 고제취(苦諦聚) · 집제취(集諦聚) · 멸제취(滅
諦聚) · 도제취(道諦聚)의 5취 202품으로 분류된다. 발취(1~35품)에 불(佛) · 법
(法) · 승(僧) 삼보(三寶)에 대한 설명이 있고, 고제취(36~94품)에는 현실을 구성
하는 심리적 요소와 물질적 요소에 대해 설명한다. 집제취(95~140품)에서는 업
(業)과 번뇌에 대해서, 멸제취(141~154품)에서는 열반(涅槃)에 대하여, 그리고
도제취(155~202품)에서는 깨달음을 실현하기 위한 지혜와 선정(禪定)에 대하여
서술했다. 내용의 제목은 부파불교(部派佛敎)의 중심 교리이나, 그에 대한 대승
적(大乘的) 해석도 보이며, 설일체유부(說一切有部)의 해석은 배제하고 주로 경
량부(經量部)의 입장에서 설명하고 있다. 또 바이세시카(vaiśeṣika)학파 · 상캬
(sāṃkhya)학파 · 냐야(nyāya)학파 · 자이나(jaïna)교 등의 학설도 상세히 설명
하고 있다. 성실론은 현재 여러 대장경(大藏經)에 편입되어 전승되고 있다.

당(唐)나라 이통현(李通玄)[207] 장자가 저술한 신화엄경론(新華嚴經論)[208] 제18권에 보면

이 성자는 한 번 욕계로 와서 태어난 다음 과(果)를 깨달아 얻으므로 일래과(一來果)라 하고 아나함과에 머물도록 한다고도 하여 불환(不還)이라고 한역한다. 이러한 뜻은 욕계의 구품의 미혹을 모두 끊었다는 뜻이다. 이 계위 이후에는 색계에 태어나고 더 이상 욕계로 와서 태어나지 아니하기에 불환이라고 한다고 하였다. 今此聖者 一度來欲界生 故名一來果 云教住阿那含果 此云不還 謂斷欲界九品惑盡 從此生色界 更不來欲界受生 故名不還

욕계로 돌아와 태어나지 않는 계위를 아나함도(阿那舍道)라고 하며, 이를 아나함과(阿那舍果) 또는 불환과(不還果)라고 한다. 아나함

---

207 이통현(李通玄, 635~730) 당나라 창주(滄州) 태원(太原) 사람으로 스스로 제주(帝冑)라 불렀는데, 세계(世系)는 분명하지 않다. 고금의 사실에 해박했고, 유교와 불교에 정통했는데 특히 화엄경 연구에 심혈을 기울였다. 현종(玄宗) 개원(開元) 7년(719) 새로 번역한 화엄경을 가지고 정양(定襄)에서 우현(盂縣) 대현촌(大賢村)에 와서 문을 닫아걸고 논(論)을 썼는데, 3년 동안 문밖을 일절 나오지 않았다. 다시 남곡(南谷)의 고불당(古佛堂)으로 옮겨 5년을 보냈다. 저서에 신화엄경론(新華嚴經論)과 화엄경결의론(華嚴經決疑論)이 있다. 화엄법계(華嚴法界)의 원융(圓融)한 뜻을 잘 드러낸 것이 정치하기 그지없어 사람들의 존중을 받았다. 선종(宣宗) 대중(大中) 연간에 민(閩)의 스님 지녕(志寧)과 송나라 때의 스님 혜연(惠研)이 이 책의 취지를 자세히 밝혀 화엄경합론(華嚴經合論) 120권을 완성했고 널리 세상에 퍼졌다.

208 신화엄경론은 40권으로 이루어져 있으며 당(唐)나라의 이통현(李通玄) 장자가 지었으며 80권 화엄경의 특징을 열 가지로 나누어 서술한 다음, 이 경의 취지와 체계를 밝히고 문장의 뜻을 풀이한 저술이다.

과를 깨달아 얻은 성자가 태어나는 천계(天界)를 아나함천(阿那含天)
이라고 한다.

아나함의 설명을 마무리하면 다음과 같다. 아나함은 천상에 태어
나 다시 욕계로 돌아오지 않으므로 불래(不來)라고 하였다. 이는 곧
성문사과의 수행자가 다시는 욕심과 욕망, 노여움과 분노가 일어나
지 않는 것을 말한다. 천상은 하늘 어디에 있는 곳이 아니라 우리들
의 마음에 있다는 것을 알아야 한다.

須菩提 於意云何 阿羅漢 能作是念 我得阿羅漢道不
수보리 어의운하 아라한 능작시념 아득아라한도부

**수보리야, 그대는 어떻게 생각하는가? 아라한이 생각하기를
내가 아라한의 도를 얻었노라 하겠는가?**

須菩提言 不也世尊
수보리언 불야세존

수보리가 대답하였습니다. 아닙니다, 세존이시여.

何以故 實無有法名阿羅漢
하이고 실무유법명아라한

왜냐하면 실제 아라한이라 하는 법이 없기 때문입니다.

世尊 若阿羅漢 作是念 我得阿羅漢道 卽爲着我人衆生壽者
세존 약아라한 작시념 아득아라한도 즉위착아인중생수자

세존이시여, 만약 아라한이 생각하기를 나는 아라한의 도를 얻었노라고 하면 이는 곧 나와 남과 중생과 수명에 집착한 것이 되기 때문입니다.

성문사과 가운데 마지막 계위인 아라한과(阿羅漢果)에 대해서 지금 언급하고 있다. 아라한은 산스크리트어로 arhat이다. 이를 음사하여 아라한(阿羅漢)이라고 한다. 이를 다시 의역하여 응공(應供), 응진(應眞), 살적(殺賊), 불생(不生), 무생(無生), 무착(無着), 무학(無學), 진인(眞人) 등으로 나타내지만 주로 '응공' 아니면 '응진'으로 나타낸다. 혹은 '진인'으로 나타내는 것이 보통이고, 다시 이를 줄여서 나한(羅漢)이라고 하기도 한다.

여기서 여래십호를 살펴보면 여래(如來), 응공(應供), 정변지(正遍知), 명행족(明行足), 선서(善逝), 세간해(世間解), 무상사(無上士), 조어장부(調御丈夫), 천인사(天人師), 세존(世尊)이다. 아라한은 여래십호 가운데 하나이다. 왜냐하면 아라한이 곧 '응공'이기 때문이다. 곧 아라한은 부처님을 지칭한다. 그러나 우리가 여기서 착각해서 안 되는 것이 청도 모 사찰에서 유명세를 치르고 있는 나반존자(那畔尊者)를 흔히 나한이라고 하는데 이는 어디까지나 출처도 없이 만들어낸

존자(尊者)로 불교와는 아무 관련이 없는 먼 나라 이야기이다.

나반존자는 흔히 독성(獨聖)이라고도 말하는데 우리나라에만 있는 고유의 신앙 대상이다. 부처님 재세시 빈두로파라타(賓頭盧頗羅墮) 존자와 같이 여겨서 신앙의 대상으로 삼고 있지만 이는 옳지 못한 일이다. 이렇듯 나반존자를 섬기는 신앙의 형태는 남방 불교는 물론 북방 불교 어디에서도 찾아볼 수 없다. 다만 우리나라에서만 나반존자를 봉안하고 이를 흔히 독성각(獨聖閣)이라고 한다. 그러나 독성에 대해서는 어느 경전이나 논소(論疏), 그리고 사기(史記)에도 전혀 찾아볼 수 없다는 것을 꼭 알아두어야 한다. 나반존자는 오백나한들의 이름에도 결코 등장하지 않는다.

아라한은 불생(不生)이라고 의역한다고 하였다. 여기에 대해서 경전의 근거를 들어 살펴보면 잡아함경(雜阿含經) 제5권에 '나는 생이 이미 다하였고 청정한 행도 실현하였으며, 할 일도 이미 다 마쳤으니 다음 생에 태어나지 않으리라는 것을 스스로 안다'고 하였다. 我生已盡 梵行已立 所作已作 自知不受後有

대지도론(大智度論) 제3권에 보면 아라한에 관해서 설명하고 있다. 여기에 보면 아라한은 모든 번뇌의 도적을 물리치고[破賊. 殺賊], 모든 유루가 사라져 인천의 공양을 받을 만하며[應供], 더 이상 태어나지 않음이라[不生]고 하였다.

다시 대지도론(大智度論)에 보면

어찌하여 아라한이라 하는가? 아라(阿羅)는 도적이요, 한(漢)은 깨뜨림이니, 곧 모든 번뇌의 도적을 깨뜨리기 때문에 아라한이라 한다. 또한 아라한은 모든 누(漏)가 다하였기 때문에 온갖 세간과 하늘과 사람의 공양을 받을 수 있다. 또한 아(阿)는 부정하는 것이요, 나한(羅漢)은 태어남이니, 곧 다시는 뒷세상에 태어나지 않으므로 아라한이라 한다고 하였다. 云何名阿羅漢 阿羅名賊 漢名破 一切煩惱賊 破是名阿羅漢 復次阿羅漢一切漏盡故 應得一切世間諸天人供養 復次阿名不 羅漢名生 後世中更不生 是名阿羅漢

다시 대비바사론(大毘婆沙論)²⁰⁹에 제94권에 보면

또한 아라(阿羅)는 모든 번뇌를 말함이고 한(漢)은 살해한다는 의미이다. 이는 예리한 지혜의 칼로 번뇌라는 도적을 살해하여 조금이라도 남아 있지 못하게 하므로 아라한이라고 한다. 또한 나한은 생(生)이고 아(阿)는 무(無)를 말하기 곧 무생(無生)을 말함으로 아라한이라고 한다. 그들은 모든 세계와 모든 윤회까지의 갖가지 생에서 일어나는 생사 법에서는 더 이상 태어나지 않기 때문이다. 또한 한(漢)은 악하고 선하지 않은 법을 모두 가리키고 아라(阿羅)는 악하고 선하지 않은 모든 법에서 멀리 벗어난다는 뜻이기에 아라한이라고 한다. 이 가운데 악하다는 말은 선하지 않은 업을 가리키고 선하지 않다는 말은 모든 번뇌를 가리킨다. 선한 법을 가로막기 때문에 선하지 않다고 하며 이는 선을 거스른다는 뜻이다고 하였다. 復次阿羅者 謂

---

²⁰⁹ 아비달마대비바사론(阿毘達磨大毘婆沙論)을 말하고 200권으로 이루어져 있으며, 현장(玄奘) 스님이 한역한 논서이다.

一切煩惱 漢名能害 用利慧刀害煩惱賊 令無餘故名阿羅漢 復次
羅漢名生 阿是無義 以無生故名阿羅漢 彼於諸界諸趣諸生生死法
中不 復生故 復次漢名一切惡不善法 言阿羅者 是遠離義 遠離諸
惡不善法故 名阿羅漢 此中惡者謂不善業 不善者謂一切煩惱 障
善法故說爲不善 是違善義

금강경주해(金剛經註解)²¹⁰에서는 아라한에 대해서 밝히기를

범어 아라한은 무학(無學)이라고 한역하며 이는 성문의 제4과이
다. 이 지위는 삼계의 모든 번뇌를 끊어 모두 사라진 궁극의 진리로
써 배울 법이 남아 있지 아니하므로 무학이라고 한다고 하였다. 梵
語阿羅漢 華言無學 此聲聞第四果也 謂位斷色界煩惱俱盡 究竟
眞理 無法可學 故名無學

그러므로 아라한이 성취하는 궁극적인 깨달음을 아라한과(阿羅漢
果)라고 한다. 아라한과를 깨달아 얻으면 삼계의 모든 번뇌가 남김없
이 사라지게 되는 것이다.

여기에 대해서 잡아함경(雜阿含經)의 말씀을 보면

어떤 것을 아라한과라고 하는가? 만일 저들이 탐욕도 사라지고 진
에(瞋恚)도 영원히 사라졌다면 이를 아라한과라 한다고 하였다. 何
等爲阿羅漢果 若彼貪欲永盡 瞋恚永盡 愚癡永盡 一切煩惱永盡

210 금강반야바라밀경주해(金剛般若波羅密經註解)를 말함이며 요진(姚秦) 시대
에 삼장 법사이신 구마라집(鳩摩羅什)이 주해하였다.

是名阿羅漢果

유마경(維摩經) 제7 관중생품[211]에도 다음과 같은 말씀이 있다.

천녀는 물었다. 사리불이여, 당신은 아라한과[羅漢道]를 얻었습니까? 사리불이 말하였다. 아무런 얻을 만한 것도 없으므로[無所得] 얻었습니다. 천녀는 말하였다. 제불 보살님도 그와 같이 얻을 만한 것이 없으므로 얻은 것입니다. 天曰 舍利弗 汝得阿羅漢道耶 曰 無所得故而得 天曰 諸佛菩薩 亦復如是 無所得故而得

참고로 아라한이 익히지 않는 열한 가지 법을 아라한소불습십일법(阿羅漢所不習十一法)이라고 한다. 이는 증일아함경(增壹阿含經)[212] 권제46 방우품(放牛品)에 실려 있는 말씀이다.

방우품 제47에 보면 상사리불(象舍利弗)은 대답하였다.
그렇다. 너희들 말과 같다. 법복을 버리고 세속 생활로 도로 돌아가는 아라한은 없다. 아라한이 행하지 않는 열한 가지 법이 있다. 열한 가지란 어떤 것인가?
1. 번뇌가 다한 아라한은 결코 법복을 버리고 세속 생활로 도로 돌

---

211 유마경의 관중생품은 보살이 중생을 어떻게 관찰하고 어떠한 자비를 갖는가에 대해서 설하고 있다.

212 증일아함경은 앙굿따라 니카야(aṅguttara-nikāya, 增支部)에 해당하는 경전으로 51권 471경이다. 사제(四諦)·육도(六度)·팔정도(八正道) 등과 같이 법수(法數)를 순서대로 분류하여 엮은 경전이다.

아가지 않는다.

2. 번뇌가 다한 아라한은 결코 더러운 행을 익히지 않는다.

3. 번뇌가 다한 아라한은 절대 살생하지 않는다.

4. 번뇌가 다한 아라한은 절대 도둑질하지 않는다.

5. 번뇌가 다한 아라한은 결코 음식을 남기지 않는다.

6. 번뇌가 다한 아라한은 절대 거짓말하지 않는다.

7. 번뇌가 다한 아라한은 결코 무리를 지어 서로 돕지 않는다.

8. 번뇌가 다한 아라한은 결코 추악한 말을 하지 않는다.

9. 번뇌가 다한 아라한은 끝내 의심이 없다.

10. 번뇌가 다한 아라한은 절대 두려워하지 않는다.

11. 번뇌가 다한 아라한은 결코 다른 스승에게 배우지 않고, 또다시 태(胎)를 받지도 않는다. 象舍利弗報曰 如是 如汝所言 無有阿羅漢還捨法服 習白衣行者 有十一法阿羅漢所不習者 云何爲十一 漏盡阿羅漢終不捨法服 習白衣行 漏盡阿羅漢終不習不淨行 漏盡阿羅漢終不殺生 漏盡阿羅漢終不盜 漏盡阿羅漢食終不留遺餘 漏盡阿羅漢終不妄語 漏盡阿羅漢終不群類相佐 漏盡阿羅漢終不吐惡言 漏盡阿羅漢終不有狐疑 漏盡阿羅漢終不恐懼 漏盡阿羅漢終不受餘師 又不更受胞胎

아라한은 응당 공양받을 대상이다. 그러므로 아라한을 응공(應供)이라고 하는 것이며, 이에 격을 갖추어 나타내면 아라한소응공양(阿羅漢所應供養)이라고 한다.

아라한에 대해서는 이 정도로 살펴보고 다시 본문으로 돌아가 보

자. 아라한이 아라한의 과위를 얻고도 얻은 바가 없다고 하였으니 마음은 어디에 고정하여 집착할 수 없기 때문이다. 만약 얻은 바가 있다고 한다면 이는 사상에 집착되어 있으므로 어긋나는 것이다.

그러므로 실무유법(實無有法)이라는 단어를 눈여겨볼 필요가 있다. 이는 하나로 고정된 법은 없다는 가르침이다. 이를 명확하게 이해하면 곧 그것을 이름하여 아라한이라 한다.

世尊 佛說我得無諍三昧人中 最爲第一
세존 불설아득무쟁삼매인중 최위제일

세존이시여, 부처님께서 저를 다툼이 없는 삼매를 얻은 사람 가운데서 제일이라고 말씀하셨습니다.

是第一離欲阿羅漢 我不作是念 我是離欲阿羅漢
시제일이욕아라한 아부작시념 아시이욕아라한

이는 욕심을 떠난 제일가는 아라한입니다. 그러나 저는 욕심을 떠난 아라한이라는 생각을 하지 않습니다.

다툼이 없는 삼매는 곧 고요한 삼매를 말한다. 이를 무쟁삼매(無諍三昧)라고 하는데, 이는 공(空)의 이치를 명철하게 깨달아 거기에 머물러서 다른 것과 다투지 않는 삼매를 말한다. 금강경에서 무쟁삼매를 잘 이해하고 깨달아 얻은 제자는 수보리이다. 그러므로 무쟁삼매를 깨달아 얻으면 마음이 번뇌에 휘둘리지 않는 것이다.

60권 본 화엄경(華嚴經) 제16권에 보면
일체중생으로 하여금 그 마음이 무쟁삼매에 편안하게 머물러 일체법이 성품이 없음을 성품으로 삼는 것을 깨닫게 한다는 말씀이 있다.
令一切衆生其心安住無諍三昧 解一切法無性爲性

쟁심(諍心)이 없는 마음을 무쟁심(無諍心)이라고 한다. 여기서 쟁심(諍心)이란 과연 무엇일까? 이는 상대방의 허물을 찾아내어 논쟁에서 이기고자 하는 마음을 말한다.

아비달마구사론(阿毘達磨俱舍論) 제27권 분별지품에 보면 무쟁(無諍)이란 이런 것이다. 이를테면 아라한은 유정의 괴로움이 번뇌로 말미암아 생겨나는 것을 관찰하고 자기의 몸이 복전 중에 뛰어난 것임을 스스로 아는데, 다른 이의 번뇌가 다시 자기를 인연으로 하여 생겨날까 두려워하여 고의로 이와 같은 형태의 지(智)를 낳아 생각한다. 이러한 방편에 의해 다른 유정들로 하여금 자기의 몸을 인연으로 하여서는 더 이상 탐(貪)·진(瞋) 등을 낳지 않게 하리라. 즉 이러한 행(行)은 모든 유정류의 번뇌의 다툼[諍]을 능히 종식시키기 때문에 무쟁이라 이름한 것이라고 하였다. 言無諍者 謂阿羅漢觀有情苦由煩惱生 自知己身福田中勝 恐他煩惱復緣己生 故思引發如是相智由此方便令他有情不緣己身生貪瞋等 此行能息諸有情類煩惱諍故得無諍名

구사론(俱舍論)²¹³ 게송에 보면 다음과 같은 말씀이 있다.

無諍世俗智 後靜慮不動
무쟁세속지 후정려부동

三洲緣未生 欲界有事惑
삼주연미생 욕계유사혹

무쟁(無諍)은 세속지(世俗智)로써
뒤의 정려(靜慮)에 의지하여 부동(不動)이
세 주(洲)에서 일으키며, 아직 생겨나지 않은
욕계의 유사혹(有事惑)을 소연으로 한다.

무쟁삼매를 다르게 표현하면 무쟁정(無諍定)이라고도 한다. 또한 부처님 제자로서 금강경에 등장하는 수보리를 무쟁제일(無諍第一)이라 하기도 한다. 무쟁이라는 표현은 중생에게 번뇌가 일어나지 않도록 하고 또한 다른 사람의 번뇌를 그치게 하는 지혜를 말한다.

---

213 아비달마구사론 27권, 아비달마구사론본송(阿毘達磨俱舍論本頌) 1권에 실려 있다.

낙영락장엄방편품경(樂瓔珞莊嚴方便品經)[214]에 보면

어떤 여인이 수보리에게 말하기를 대덕 수보리여, 부처님께서는 그대에게 무쟁제일이라고 칭송하였습니다. 수보리가 말하기를 그대가 말한 것과 같으니라. 대덕 수보리여, 무쟁에는 행해야 하고 행하지 아니할 것이 있습니까? 그러자 수보리가 말하기를 여인이여! 무쟁에는 행해야 할 것도 행하지 아니하여야 할 것도 없음이라고 하였다. 女言 大德須菩提 世尊說汝行無諍第一 須菩提言 姉 如汝所言 女言 大德須菩提 無諍者有行非行耶 須菩提言 姉 是無諍者無行非行

본문에 보면 욕심을 떠난 아라한이라고 하였으니 이는 견혹(見惑)을 모두 끊었음을 의미한다. 견혹을 견사혹(見思惑)이라고도 한다. 이는 견사혹(見思惑), 진사혹(塵沙惑), 무명혹(無明惑)을 삼혹(三惑)이라고 하는데 삼혹 가운데 견사혹이 첫 번째이다. 견사혹은 견혹(見惑)과 사혹(思惑)의 합성어이며, 여기서 혹(惑)은 번뇌를 의미한다. 그러므로 혹(惑)은 미혹(迷惑)을 말하기에 무명(無明)을 말한다. 아라한과를 깨달아 얻은 성자는 이러한 미혹이 없기에 아라한이라 한다.

---

214 요진(姚秦) 시대에 계빈국(罽賓國) 출신의 학승이었던 담마야사(曇摩耶舍)가 번역하였다. 이 경을 다른 이름으로 전녀신보살문답경(轉女身菩薩問答經)이라고도 한다.

世尊 我若作是念 我得阿羅漢道

세존 아약작시념 아득아라한도

세존이시여, 제가 만약 나는 아라한의 도를 얻었다고 생각한다면,

世尊則不說 須菩提是樂阿蘭那行者

세존즉불설 수보리시요아란나행자

세존께서는 곧 수보리에게 고요한 행을 좋아하는 사람이라고 말씀하시지 않았을 것입니다.

以須菩提 實無所行 而名須菩提 是樂阿蘭那行

이수보리 실무소행 이명수보리 시요아란나행

수보리는 실로 고요한 행을 한 바가 없습니다. 그냥 부르기를 수보리는 고요한 행을 좋아하는 사람이라고 할 뿐입니다.

아란나(阿蘭那)에 대해서 승조(僧肇) 스님[215]은 무쟁(無諍) 또는 적

---

215 승조(僧肇, 384~414) 스님은 중국 진(晉)나라 시절 구마라집(鳩摩羅什) 문하에서 인도 용수계(龍樹系)의 대승불교를 공부했다. 그가 남긴 논문집 조론(肇論)은 대승의 공(空)사상에 대한 깊은 이해를 보여 준 것으로 후세에 큰 영향을 끼쳤다. 소년 시절부터 서사가(書寫家)로 고용되어 생계를 꾸려나가는 동안에 유교와 역사의 고전에 통할 수 있게 되었는데, 특히 노장사상(老莊思想)을 좋아

정(寂靜)이라고 한역하였다.

여기에 대해서 좌선삼매경(坐禪三昧經)²¹⁶에 보면
무쟁이란 중생을 보호하여 다툼이 일어나지 않도록 한다고 하였
다. 無諍者 將護衆生 令不起諍也

그러므로 아란나행(阿蘭那行)은 다툼과 욕심이 없는 무쟁삼매(無
諍三昧)를 다르게 표현한 말이다. 그러면 다툼과 욕심이 없다는 뜻은
무엇인가. 다툼과 욕심이 일어나는 마음을 모조리 항복 받아 공(空)
의 자리에 편안히 머무는 것을 말한다.

지금까지 성문사과²¹⁷를 살펴보았는데, 다른 경전과 다르게 얻은

하였다. 그러나 노자의 도덕경(道德經)도 흡족하지 못하다고 느꼈는데, 유마경
(維摩經)을 읽고 환희가 넘쳐나 불문에 귀의하여, 20세 무렵에는 벌써 장안(長
安)에 그 이름이 알려지게 되었다. 때마침 구자국(龜玆國)의 구마라집(鳩摩羅什)
스님이 고장(姑臧)에 왔다는 말을 듣고 찾아가 인도 용수계(龍樹系)의 대승불교
를 공부했다. 401년 구마라집이 장안에서 후진 왕의 명을 받고 국가사업으로
불전의 대번역과 강술을 시작하자, 그의 가장 훌륭한 제자로서 활약하였기에
승략(僧䂮), 도항(道恒), 승예(僧叡)와 함께 구마라집 문하의 사철(四哲)로 일컬
어진다.

216 소승과 대승의 선관(禪觀)을 종합한 불경으로 중국 천태종과 선종의 발생
에 큰 영향을 준 불경이다. 대승불교와 소승불교의 선관을 종합한 것으로, 402
년 구마라집(鳩摩羅什)이 한역했다.

217 성문들이 수행으로 도달하는 네 가지 경지로 수다원과(須陀洹果) · 사다함
과(斯陀含果) · 아나함과(阿那含果) · 아라한과(阿羅漢果)를 말한다.

바가 분명히 있거늘 실로 얻은 바가 없다고 하였다. 이는 집착심이 없음을 말한다. 그러므로 이는 공(空)의 진리에 안착하였음을 의미한다.

또한 우리가 여기서 알아두어야 할 것은 부처님도 엄연히 성문사과 가운데 아라한에 해당한다. 그리고 금강경은 대승불교에서 선(禪)의 입장을 대변한다고 하여 널리 보급되어 봉독 되는 경전이지만 성문사과는 곧 소승사과를 말한다.

소승에서는 수다원(須陀洹)을 소따빳띠(sotāpatti), 사다함(斯陀含)을 사까다가미(sakadāgāmī), 아나함(阿那舍)을 아나가미(anāgāmī), 아라한(阿羅漢)을 아라하뜨(arahat)라고 한다. 그리고 여기에 기인하여 사쌍팔배(四雙八輩)가 있다. 이를 도표로 나타내면 다음과 같다.

사쌍(四雙)	팔배(八輩)	
	도(道 magga)	과(果 phala)
수다원(sotāpanna)	수다원 도	수다함 과
사다함(sakadāgāmi)	사다함 도	사다함 과
아나함(anāgāmi)	아나함 도	아나함 과
아라한(arahant)	아라한 도	아라한 과

다시 말해 사쌍팔배(四雙八輩)는 사쌍팔인(四雙八人), 사향사과(四向四果)와 같은 표현이다. 성문승을 수행의 계위에 따라 넷으로 분류하되 각각을 다시 향(向)과 과(果)로 나눈 것이기에 사향사과라고 한

다. 이를 다시 살펴보면 둘씩 짝지어 넷이 되기 때문에 사쌍(四雙)이라고 하며, 통틀어서 여덟 계위가 되기에 팔배(八輩)라고 한다.

장아함경(長阿含經)[218] 제2권 가운데 유행경(遊行經)에 보면
수다원을 향하고 수다원을 얻었으며, 사다함을 향하고 사다함을 얻었으며, 아나함을 향하고 아나함을 얻었으며, 아라한을 향하고 아라한을 얻었으니 이 네 쌍의 여덟 무리를 부처님 제자 중 현명하고 성스러운 대중이라고 하니 매우 공경할 만한 세상의 복전(福田)이라고 하셨다. 向須陀洹 得須陀洹 向斯陀含 得斯陀含 向阿那含 得阿那含 向阿羅漢 得阿羅漢 四雙八輩 是謂如來賢聖之衆 甚可恭敬 世之福田

---

218 남방 불교에서는 디가 니카야(dīgha-nikāya, 長部)라고 한다.

제10 장엄정토분莊嚴淨土分
· ·
정토를 장엄하다

佛告須菩提 於意云何 如來 昔在然燈佛所 於法有所得不

부처님께서 수보리에게 말씀하셨습니다. 그대는 어떻게 생각하는가? 여래가 옛적에 연등 부처님 처소에서 법을 얻은 것이 있는가?

不也世尊 如來在然燈佛所 於法實無所得

아닙니다, 세존이시여. 여래께서는 연등 부처님 처소에 계실 적에 법에 대하여 실로 얻은 것이 없습니다.

須菩提 於意云何 菩薩 莊嚴佛土不 不也世尊 何以故 莊嚴佛土者 則非莊嚴 是名莊嚴

수보리야, 그대는 어떻게 생각하는가? 보살이 불국토를 아름답게 꾸미는가? 아닙니다, 세존이시여. 왜냐하면 불국토를 장엄한다는 것은 곧 장엄이 아니며, 그 이름이 장엄일 뿐이기 때문입니다.

是故 須菩提 諸菩薩摩訶薩 應如是生清淨心 不應住色生心 不應住聲香味觸法生心 應無所住 而生其心

그러므로 수보리야, 모든 보살마하살은 반드시 이처럼 텅 빈[清淨] 마음을 낼지니라. 반드시 사물에 머물지 말고 마음을 낼 것이며, 반드시 소리와 냄새와 맛과 감촉과 그 외의 어떤 것에도 머물지 말고 마음을 낼지니라. 그래서 마땅히 머무는 바 없이 그 마음을 낼지니라.

須菩提 譬如有人 身如須彌山王 於意云何 是身爲大不
수보리야, 비유하자면 마치 어떤 사람의 몸이 수미산만 하다면 그대는 어떻게 생각하는가? 그 몸을 크다고 하겠는가?

須菩提言 甚大世尊 何以故 佛說非身 是名大身
수보리가 사뢰었습니다. 아주 큽니다, 세존이시여. 왜냐하면 부처님께서 말씀하신 것은 몸이 아니며, 그 이름이 큰 몸일 뿐이기 때문입니다.

장엄정토 莊嚴淨土
정토를 장엄하다.

장엄(莊嚴)은 웅장하고 위엄있게 꾸미는 것을 말한다. 그러나 여기서는 이식(耳飾)이나 갖가지 장신구로써 무엇을 치장하여 꾸미는 것은 결코 아니며 다만 이상적인 불국토를 완성하는 것이 곧 장엄이다.

정토(淨土)는 부처님이 사는 깨끗한 세상을 말함이니 곧 가장 이상적인 불국토를 말하는 것이다. 이는 무량수경(無量壽經)에 나오는 말씀 가운데 청정국토라는 말이 이와 같다. 그러기에 정토는 곧 부처님의 나라를 말하는 것이다. 깨달으면 누구나 거기에 안주할 수 있다.

이를 다르게 표현하여 불계(佛界), 불국(佛國), 불찰(佛刹) 등으로 나타낸다. 정토에 반하여 우리가 사는 세계는 예토(穢土)라고 한다. 예토는 더러운 땅이라는 뜻으로 여기에 사는 중생들은 갖가지 고통을 참고 견뎌야 하기에 감인세계(堪忍世界)라고 한다.

정토도 그 보는 견해에 따라 세 가지가 존재한다. 우리가 앞으로 이르러야 하는 정토는 내세정토(來世淨土)이며, 지금 이루어야 하는 정토는 정불국토(淨佛國土)이며, 이미 이루어져 있는 정토는 상적광토(常寂光土)라 한다.

특히 상적광토는 천태종(天台宗)에서 주창하는 사토(四土) 가운데 하나로 법신이 머무는 정토(淨土), 법성토(法性土), 상적광(常寂光), 적광정토(寂光淨土), 적광국(寂光國), 적광토(寂光土), 적광(寂光) 등 다양하게 나타내고 있다. 이곳은 생멸이나 번뇌가 없고 항상 지혜 광명이 찬란하게 비추므로 상적광토라고 한다. 또 법신, 반야, 해탈 등 열반삼덕이 바탕이 되어 상락아정(常樂我淨)이라는 열반의 사덕을 모두 갖춘 곳이다.

관무량수경의소(觀無量壽經義疏)에는
상적광토에 대해서 밝히기를 상(常)은 곧 법신이고, 적(寂)은 바로 해탈을 말함이며, 광(光)은 곧 반야를 말함이라고 하였다. 常寂光者 常 法身 寂 解脫 光 般若

위에서 말한 사토(四土)는 무엇인가? 이를 갖추어 말하면 사불토

(四佛土), 사종불토(四種佛土), 사종정토(四種淨土), 사종국토(四種國土)라고도 한다. 이는 중국 천태종의 천태지의(天台智顗) 스님이 이론을 세운 네 가지 불국토를 말한다. 범부와 성인이 함께 머무는 범성동거토(凡聖同居土), 성문이나 연각으로 과(果)를 얻은 이나 십지 이전 보살들이 태어나는 삼계 밖의 정토(淨土)로써 이들은 견혹(見惑)과 사혹(思惑)을 끊었으나 아직 무명의 번뇌를 다 끊지 못하였기에 유여(有餘)라고 하며, 이들이 머무는 국토를 방편유여토(方便有餘土), 중관(中觀)을 닦아 무명을 끊음으로써 진실한 과보를 받아 걸림 없는 보살들의 세계인 실보무장애토(實報無障礙土), 그리고 위에서 설명한 상적광토(常寂光土)를 말한다.

이외에도 종파(宗派)와 학자들의 견해에 따라 다음과 같은 견해를 나타내고 있기도 하다. 부처님께서 변화시킨 칠보의 오진(五塵)[219]으로 화토(化土)의 체(體)를 삼기 때문에 이를 화정토(化淨土)라 하고, 세간 일반의 어리석은 범부들이 번뇌를 가진 채로 깨달음에 대한 마음을 일으켜 수행으로 감득하는 세계를 사정토(事淨土), 중도의 이치를 깨달아 얻은 이가 태어나는 실보정토(實報淨土), 진여법성으로써 본체를 삼는 법성정토(法成淨土) 등으로 구분하기도 한다.

정토에 대해서 여러 경전을 통하여 살펴보면 다음과 같다.

---

219 중생(衆生)의 진성(眞性)을 더럽혀 번뇌를 일으키는 다섯 가지로, 색(色)·성(聲)·향(香)·미(味)·촉(觸)을 오경(五境)이라 하기도 한다.

대보적경(大寶積經) 권제37에는

가령 위와 같은 세계에 내지 큰불이 일어나 타더라도 여래께서 그 가운데서 경행(經行)하거나 섰거나 앉거나 눕는다면 거기서는 팔공덕수(八功德水)[220]가 저절로 땅에서 솟아날 것이라고 하였다. 假使如上世界乃至大洞然等 如來在中若依經行若住坐臥 其處自然八功德水出現於地

열반경(涅槃經)에는

그때 삼천대천세계가 부처님 신력으로써 땅이 부드럽고 언덕과 구렁과 모래와 자갈과 가시밭과 독한 풀들이 없으며, 여러 가지 보배로 장엄한 것이 마치 서방 무량수불(無量壽佛)의 극락세계와 같았다고 하였다. 爾時 三千大千世界以佛神力故 地皆柔軟 無有丘墟 土沙礫石荊蕀毒草 衆寶莊嚴 猶如西方無量壽佛極樂世界

유마경(維摩經) 불국품에는

이때 부처님께서 발가락으로 땅을 누르셨다. 곧바로 삼천대천세계가 헤아릴 수 없이 많은 진귀한 보배로 장식된 것이고, 마치 보장엄불(寶莊嚴佛)의 헤아릴 수 없이 많은 공덕으로 장엄한 나라와 같았다고 하였다. 於是佛以足指按地 卽時三千大千世界 若干百千珍寶

---

[220] 여덟 가지 특성이 있는 물이다. 극락정토에 있는 연못의 물은 맑고, 시원하고, 감미롭고, 부드럽고, 윤택하고, 온화하고, 갈증을 없애 주고, 신체의 여러 부분을 성장시키며, 또 수미산 주위에 있는 바닷물은 감미롭고, 시원하고, 부드럽고, 가볍고, 맑고, 냄새가 없고, 마실 때 목이 상하지 않고, 마시고 나서 배탈이 나지 않는다고 한다.

嚴飾 譬如寶莊嚴佛 無量功德寶莊嚴土

법화경(法華經) 오백제자수기품에서는

부루나에게 법명(法明)이라는 부처님이 될 것이라는 수기를 주면서 하시는 말씀을 보면, 그 부처님은 항하의 모래같이 많은 삼천대천세계로써 한 불국토로 삼으리라. 칠보로 땅이 되어 그 땅이 평평하기가 손바닥 같아서 산과 등성이와 골짜기와 시내와 개울과 구렁이 없고, 칠보로 만든 누대와 누각이 그 안에 가득하리라 하였다. 其佛以恆河沙等三千大千世界 爲一佛土 七寶爲地 地平如掌 無有山陵 谿澗溝壑 七寶臺觀

관음수기경(觀音授記經)[221]에는

보살마하살은 중생들을 사랑하고 불쌍하게 여김이 무량하며, 정토(淨土)를 장엄(莊嚴)함이 무량하다고 하였다. 菩薩摩訶薩 慈愍衆生 無量 莊嚴淨土無量

화엄경 권제60 입법계품에서는 장엄에 대해서 더 구체적으로 나타내고 있다.

이때 세존께서 보살들의 생각함을 아시고, 큰 자비로 문이 되고 큰 자비로 머리가 되고 크게 자비한 법으로 방편을 삼아 허공에 충만하사 사자의 기운 뻗는 삼매[師子頻申三昧]에 드시었다. 爾時 世

---

221 담무갈(曇無竭, dharmodgata)이 한역했다.

尊知諸菩薩心之所念 大悲爲身 大悲爲門 大悲爲首 以大悲法而
爲方便 充徧虛空 入師子頻申三昧

　이 삼매에 드시니 모든 세간이 모두 깨끗하게 장엄하여지고, 그
때, 이 크게 장엄한 누각이 별안간에 넓어져서 끝닿은 데가 없으니,
금강으로 땅이 되고 보배 왕으로 위에 덮고, 한량없는 보배 꽃과 마
니 보배들을 가운데 흩어서 곳곳에 가득하였으며, 유리로 기둥이 되
고 모든 보배가 합하여 된 대광(大光) 마니로 장엄하고, 염부단금(閻
浮檀金)과 여의(如意) 보배를 그 위에 얹어서 장엄하게 꾸몄으며, 솟
은 누각이 높이 어울리고 구름다리가 곁으로 뻗었으며, 추녀와 지붕
이 마주 닿았고 문과 바라지가 서로 향하였으며, 섬돌과 축대와 마루
들이 모두 갖춰졌다. 모든 것을 다 진기한 보배로 장식하였는데, 그
보배들은 하늘이나 사람의 형상으로 되었으며 튼튼하고 훌륭하고
기묘하기가 세상에 제일이며, 마니 보배로 그물이 되어 그 위에 덮이
었고, 문마다 곁에 당기와 번기를 세웠는데 모두 광명을 놓아 법계와
도량 밖에 두루 하였고, 층층대와 난간들은 한량이 없어 이루 말할
수 없는데 모두 마니 보배로 되었다. 入此三昧已 一切世間普皆嚴
淨 于時 此大莊嚴樓閣忽然廣博無有邊際 金剛爲地 寶王覆上 無
量寶華及諸摩尼普散其中處處盈滿 瑠璃爲柱 衆寶合成 大光摩尼
之所莊嚴 閻浮檀金如意寶王周置其上以爲嚴飾 危樓迴帶 閣道傍
出 棟宇相承 窻闥交映 階墀軒檻種種備足 一切皆以妙寶莊嚴 其
寶悉作人 天形像 堅固妙好 世中第一 摩尼寶網彌覆其上 於諸門
側悉建幢幡 咸放光明普周法界道場之外 階隥 欄楯 其數無量不
可稱說 靡不咸以摩尼所成

그때 또 부처님의 신통으로 서다림(逝多林)이 홀연히 커져서 말할 수 없는 부처 세계의 티끌 수 국토들과 면적이 같았는데, 묘한 보배들이 사이사이 장엄하고 말할 수 없는 보배가 땅에 깔렸으며, 아승기 보배로 담이 되고 보배 다라수(多羅樹)가 길 좌우로 장엄하였으며, 그 사이에는 한량없는 내가 있는데 향수가 가득하여 출렁거리고 소용돌이로 돌며, 온갖 보배로 된 꽃이 물결을 따라 오른쪽으로 돌면서 저절로 불법의 음성을 내고, 부사의한 보배로 된 분다리(芬陀利) 꽃은 봉오리와 활짝 핀 것들이 물 위에 가득히 퍼졌는데, 여러 보배 꽃, 나무들이 언덕에 줄지어 섰으며, 여러 가지 정자들은 헤아릴 수 없는 것이 언덕 위에 차례로 벌려 있어 마니 그물로 덮었다. 爾時 復以佛神力故 其逝多林忽然廣博 與不可說佛刹微塵數諸佛國土其量正等 一切妙寶間錯莊嚴 不可說寶徧布其地 阿僧祇寶以爲垣牆 寶多羅樹莊嚴道側 其間復有無量香河 香水盈滿 湍激洄澓 一切寶華隨流右轉 自然演出佛法音聲 不思議寶芬陀利華 菡萏芬敷 彌布水上 衆寶華樹列植其岸 種種臺榭不可思議 皆於岸上次第行列 摩尼寶網之所彌覆

아승기 보배는 광명을 놓고 아승기 보배로 땅을 장엄하였으며, 여러 가지 향을 사르니 향기가 진동하고, 다시 한량없는 갖가지 당기를 세웠으니, 이른바 보배 향 당기 · 보배 옷 당기 · 보배 번(幡) 당기 · 보배 비단 당기 · 보배 꽃 당기 · 보배 영락 당기 · 보배 화만 당기 · 보배 방울 당기 · 마니 보배 일산 당기 · 큰 마니 보배 당기 · 광명이 두루 비추는 마니 보배 당기 · 모든 여래의 이름과 음성을 내는 마니 왕 당기 · 사자 마니 왕 당기 · 모든 여래의 본생 일을 말하는 바다 마니 왕 당기 · 모든 법계의 영상을 나타내는 마니 왕 당기들이 시방에 두루 하여 열을 지어 장엄하였다. 阿僧祇寶放大光明 阿僧祇寶莊嚴其地 燒衆妙香 香氣氛氳 復建無量種種寶幢 所謂 寶香幢 寶衣幢 寶幡幢 寶繪幢 寶華幢 寶瓔珞幢 寶鬘幢 寶鈴幢 摩尼寶蓋幢 大摩尼寶幢 光明徧照摩尼寶幢 出一切如來名號音聲摩尼王幢 師子摩尼王幢 說一切如來本事海摩尼王幢 現一切法界影像摩尼王幢 周徧十方 行列莊嚴

그때 서다림 위의 허공에는 부사의한 하늘 궁전 구름 · 수없는 향나무 구름 · 말할 수 없는 수미산 구름 · 말할 수 없는 풍류놀이 구름 · 미묘한 음성을 내어 여래를 찬탄하는 말할 수 없는 보배 연꽃 구름 · 말할 수 없는 보배 자리 구름 · 하늘 옷을 깔고 보살이 위에 앉아 부처님 공덕을 찬탄하는 말할 수 없는 천왕의 평상으로 된 마니 보배 구름 · 말할 수 없는 백진주 구름 · 말할 수 없는 붉은 진주 누각 장엄거리 구름 · 말할 수 없는 금강을 비 내리는 견고한 진주구름이 허공에 가득하게 퍼져 있어 훌륭하게 장식하였다. 時 逝多林上虛空之中 有不思議天宮殿雲 無數香樹雲 不可說須彌山雲 不可說妓樂雲 出美妙音歌讚如來不可說寶蓮華雲 不可說寶座雲 敷以天衣菩薩坐上歎佛功德不可說諸天王形像摩尼寶雲 不可說白眞珠雲 不可說赤珠樓閣莊嚴具雲 不可說雨金剛堅固珠雲 皆住虛空周帀徧滿 以爲嚴飾

왜냐하면 여래의 선근이 부사의하며, 여래의 선한 법[白法]이 부사의하며, 여래의 위엄과 힘이 부사의하며, 여래가 한 몸으로 자재하게 변화하여 모든 세계에 두루 하는 것이 부사의하며, 여래가 신통한 힘으로써 모든 부처님과 부처님 국토의 장엄을 그 몸에 들어오게 함이 부사의하며, 여래가 한 티끌 속에 모든 법계의 영상을 나타냄이 부사의하며, 여래가 한 털구멍 속에 과거에 모든 부처님을 나타내심이 부사의하며, 여래가 낱낱 광명을 놓는 대로 모든 세계에 두루 비침이 부사의하며, 여래가 한 털구멍에서 모든 세계의 티끌 수 같은 변화하는 구름을 내어 여러 부처님 국토에 가득함이 부사의하며, 여래가 한 털구멍 속에 모든 시방세계의 이루고 머물고 무너지는 겁[成住壞劫]을 두루 나타냄이 부사의한 연고였다. 何以故 如來善根不思議故 如來白法不思議故 如來威力不思議故 如來能以一身自在變化徧一切世界不思議故 如來能以神力令一切佛及佛國莊嚴皆入其身不思議故 如來能於一微塵內普現一切法界影像不思議故 如來能於一毛孔中示現過去一切諸佛不思議故 如來隨放一一光明悉能徧照一切世界不思議故 如來能於一毛孔中出一切佛刹微塵數變化雲充滿一切諸佛國土不思議故 如來能於一毛孔中普現一切十方世界成住壞劫不思議故

이 서다림 급고독원(給孤獨園)에서 부처님 국토가 청정하게 장엄한 것을 보듯이, 시방의 온 법계 허공계에 가득한 모든 세계에서도 이처럼 보나니, 이른바 여래의 몸이 서다림에 계신데 보살 대중이 다 가득함을 보며, 모든 장엄을 비 내려 구름을 보며, 모든 보배를 비 내려 광명이 밝게 비추는 구름을 보며, 모든 마니 보배를 비 내려 구름을 보며, 모든 장엄한 일산을 비 내려 부처님 세계를 뒤덮는 구름을 보며, 모든 하늘의 몸을 비 내려 구름을 보며, 모든 꽃, 나무를 비 내려 구름을 보며, 모든 의복 나무[衣樹]를 비 내려 구름을 보며, 모든 보배 화만과 영락(瓔珞)을 비 내려 끊이지 아니하여 온 땅 위에 두루 하는 구름을 보며, 모든 장엄거리를 비 내려 구름을 보며, 모든 중생의 형상 같은 가지가지 향을 비 내려 구름을 보며, 모든 미묘한 꽃 그물을 비 내려 계속하고 끊이지 않는 구름을 보며, 모든 천녀를 비 내려 보배 당기 번기를 들고 허공 속에서 오고 가는 구름을 보며, 모든 보배 연꽃을 비 내려 꽃과 잎 사이에서 가지가지 음악 소리가 저절로 나오는 구름을 보며, 모든 사자좌를 비 내려 보배 그물과 영락으로 장엄하는 구름을 보는 것이다. 如於此逝多林給孤獨園見佛國土 淸淨莊嚴 十方一切盡法界 虛空界 一切世界亦如是見 所謂 見如來身住逝多林 菩薩衆會皆悉徧滿 見普雨一切莊嚴雲 見普雨一切寶光明照曜雲 見普雨一切摩尼寶雲 見普雨一切莊嚴蓋彌覆佛刹雲 見普雨一切天身雲 見普雨一切華樹雲 見普雨一切衣樹雲 見普雨一切寶鬘 瓔珞相續不絕周徧一切大地雲 見普雨一切莊嚴具雲 見普雨一切如衆生形種種香雲 見普雨一切微妙寶華網相續不斷雲 見普雨一切諸天女持寶幢幡於虛空中周旋來去雲 見普雨一切衆寶蓮華於華葉間自然而出種種樂音雲 見普雨一切師子座寶網瓔珞而爲莊嚴雲

위에서 이미 설명하였듯이 정토는 곧 불국토를 말함이다. 이는 곧 부처님 나라이며 부처님의 세계이다. 어디에 위치하여 고정된 것이 아니고 보살의 서원과 수행에 따라 건립된 나라를 말한다. 그러기에 시방정토(十方淨土)에 시방제불(十方諸佛)이 있는 것이다.

다시 말해 정토라는 것은 진리의 세계이며 깨달음의 세계이다. 정토는 이미 온전하게 마련되어 있는 것이지만 다만 중생들이 미망으로 인하여 이를 보지 못한다. 미망이 없는 마음이 곧 청정한 마음이므로 청정한 마음이 곧 부처라고 한다. 淸淨心是佛

그러면 금강경에서 말하는 청정심은 도대체 무엇인가? 이는 색(色)·성(聲)·향(香)·미(味)·촉(觸)·법(法)에 집착하지 말라는 가르침이다. 그러므로 이것을 염두에 두고 장엄정토분을 살펴보기를 권한다.

佛告須菩提 於意云何 如來 昔在然燈佛所 於法有所得不
불고수보리 어의운하 여래 석재연등불소 어법유소득부

부처님께서 수보리에게 말씀하셨습니다. 그대는 어떻게 생각하는가? 여래가 옛적에 연등 부처님 처소에서 법을 얻은 것이 있는가?

不也世尊 如來在然燈佛所 於法實無所得
불야세존 여래재연등불소 어법실무소득

아닙니다, 세존이시여. 여래께서는 연등 부처님 처소에 계실 적에 법에 대하여 실로 얻은 것이 없습니다.

부처님께서 지금 수보리에게 부처님의 과거사 인연으로 우리에게 이해를 돕고자 설명을 하는 것이다.

부처님이 옛적이라고 하였으니 여기서 부처님은 석가모니 부처님이며, 옛적이라는 것은 석가모니 부처님이 과거 전생에 수메다라 수행자로 있을 때를 말한다. 수메다에 대해서는 이어지는 연등 부처님과 함께 설명하고자 한다.

연등불(燃燈佛)은 산스크리트어로 Dipaṃkara이다. 과거불(過去佛) 가운데 한 부처님이시며, 석가모니 부처님이 전생에 수행하던 단계에 있을 때 수기를 주었던 부처님이시다. 연등 부처님을 제화갈라(提和竭羅)라 하며, 연등불(燃燈佛)이라는 한역 외에도 정광불(錠光佛 · 定光佛) 또는 등광여래(燈光如來)라고 하기도 한다. 또 하나 여기서 알아두어야 할 것은 연(燃)과 연(然)을 통용하여 쓰고 있으며, 정광불에서 정(定)이나 정(錠)이 다 함께 통용되고 있음도 알아두어야 한다.

수행본기경(修行本起經)[222] 현변품에 다음과 같은 내용이 있다.

석가모니 부처님이 전신이었던 어린 무구광(無垢光) 보살은 유행

---

[222] 2권으로 후한(後漢) 시대에 서역의 학승이었던 축대력(竺大力) 스님과 강맹상(康孟詳)이 공역하였다. 부처님의 전생과 현생에서 출가하여 깨달음을 이루기까지의 경위를 설하고 있으며 그리고 나서 처음으로 두 상인(商人)으로부터 음식을 공양받고, 그들에게 설법하여 교화하기까지의 행적을 설한 경이다.

을 마치고 본국으로 돌아오자 자신의 마을에 연등 부처님이 오신다
는 소식을 행인한테서 듣게 되었다. 행인이 말하기를 정광 부처님께
서 오늘 오시므로 공양을 마련하고 있습니다. 나이 어린 보살은 부처
님이라 함을 듣고 기뻐서 뛰며 옷과 털이 숙연하여져서 물었다. 부처
님은 어디서 오시며, 어떻게 공양하게 됩니까? 행인이 대답하였다.
오직 꽃과 향, 비단 당기와 번기(藩幟)만으로 합니다. 行人答曰 錠光
佛 今日當來 施設供養 儒童聞佛歡喜踊躍 衣毛肅然 佛從何來 云
何供養 行人對曰 唯持花香繒綵幢幡

이에 보살은 곧 성으로 들어가서 공양 거리를 애써 구하며 잠깐에
두루 돌았지마는 끝내 얻을 수가 없었느니라. 나라 사람이 말하였다.
왕께서 꽃과 향을 금하고 있습니다. 7일이 되면 혼자만 공양하려고
한답니다. 보살은 이 말을 듣고 매우 언짢았지만 부처님이 이내 동자
의 마음을 알아채셨다. 그때 한 여인이 병에 꽃을 담아 가졌는지라
부처님께서 광명을 놓아 꽃병을 환히 비춰 유리병으로 변화시켜 안
팎에서 서로 보이게 하자, 보살이 나아가서 게송으로 말하였느니라.
於是菩薩 便行入城 勤求供具 須臾周匝 了不可得 國人言 王禁花
香 七日獨供 菩薩聞之 心甚不樂 須臾佛到 知童子心 時有一女 持
瓶盛花 佛放光明 徹照花瓶 變爲琉璃 內外相見 菩薩往趣 而說頌
曰

銀錢凡五百 請買五莖花
은전범오백 청매오경화

奉上錠光佛 求我本所願
봉상정광불 구아본소원

은전이 모두 합해 5백이 있으니
다섯 송이의 꽃을 사기를 청합니다.
정광 부처님께 받들어 올려
나의 본래 소원을 구하겠습니다.

여인은 그때 게송으로 보살에게 대답하였느니라.

此花直數錢 乃顧至五百
차화직수전 내고지오백

今求何等願 不惜銀錢寶
금구하등원 불석은전보

이 꽃의 값어치는 불과 몇 전인데
5백 전(錢)으로 사려고 하십니까?
지금 어떠한 소원을 구하기에
은전의 보배를 아끼지 않는 것입니까?

보살은 곧 대답하였느니라.

不求釋梵魔 四王轉輪聖

불구석범마 사왕전륜성

願我得成佛 度脫諸十方

원아득성불 도탈제시방

제석 · 법왕 · 악마 왕을 구하는 것도 아니요,

사천왕과 전륜성왕 구하는 것도 아니며,

소원은 내가 부처를 이루어

온갖 시방을 제도 해탈함입니다.

女言善快哉 所願速得成

여언선쾌재 소원속득성

願我後世生 常當爲君妻

원아후세생 상당위군처

여인은 흔쾌히 말하였느니라.

소원을 빨리 이루소서.

바라건대 저는 다음 세상에 태어나서는

언제나 당신의 아내가 되게 하소서.

보살은 곧 대답하였느니라.

女人多情態 壞人正道意
여인다정태 괴인정도의

敗亂所求願 斷人布施心
패란소구원 단인보시심

여인이란 애정과 교태가 많은지라
사람의 바른 도의 뜻을 무너뜨리고
구한 바의 서원을 어지럽히며
사람들의 보시(布施)하려는 마음을 끊게 합니다.

여인은 보살에게 대답하였느니라.

女誓後世生 隨君所施與
여서후세생 수군소시여

兒子及我身 今佛知我意
아자급아신 금불지아의

저는 맹세코 다음 세상에 태어나서
아이들과 그리고 나의 몸까지
당신이 남에게 보시하려 하면 따르겠으니
이제 부처님께서는 저의 뜻을 아시리다.

仁者慈愍我 唯賜求所願

인자자민아 유사구소원

此華便可得 不者錢還卿

차화편가득 불자전환경

당신이 나를 사랑하고 가엾이 여겨

내가 원하는 바를 들어주시겠다면

이 꽃을 곧 얻으실 수 있겠지만

들어주지 않겠다면 돈을 도로 당신께 드리리라.

卽時思宿命 觀視其本行

즉시사숙명 관시기본행

以更五百世 曾爲菩薩妻

이갱오백세 증위보살처

곧바로 전생을 생각하여

그의 본래 행을 자세히 살펴보매

5백 생 동안을 지나오면서

거듭하여 보살의 아내였다.

이에 보살이 곧 허락하고 기뻐하면서 꽃을 받아 떠나가는지라, 매우 기뻐하며, 지금 저는 연약한 여인이므로 나아가 뵐 수 없습니다.

두 송이 꽃을 맡기오니 부처님께 올려 주소서! 라고 하였느니라. 그 때 부처님이 이르셨는데, 국왕과 신하와 인민이며 장자와 거사들이 권속들에게 에워싸여 수천 겹 수백 겹이었으므로, 보살은 나아가 꽃을 흩으려 하였지마는 나아갈 수조차 없었다. 於是便可之歡喜受花 去 意甚大悅 今我女弱 不能得前 請寄二華 以上於佛 卽時佛到 國 王臣民 長者居士 眷屬圍遶 數千百重 菩薩欲前散花 不能得前

부처님은 유동보살(儒童菩薩)의 지극한 뜻을 아시고 변화로 땅을 질편하게 만드시어 사람들이 양쪽으로 갈라서게 하셨다. 보살은 비로소 나아가게 되어 곧 다섯 송이 꽃을 흩었더니 모두가 공중에 머물러서 꽃 일산으로 변화되어 70리를 덮었으며, 두 송이 꽃은 부처님의 두 어깨 위에 머물러서 마치 뿌리에서 난 것 같았으므로 보살은 기뻐하면서 머리를 풀어 땅에 깔며, 부처님께서 밟으시옵소서! 라고 하였느니라. 佛知至意 化地作泥 人衆兩披 爾乃得前 便散五 華 皆止空中 變成花蓋 面七十里 二花住佛兩肩上 如根生 菩薩歡 喜布髮著地 願尊蹈之

부처님은 말씀하시기를, 어찌 밟을 수가 있겠느냐? 라고 하시자, 보살은 대답하기를, 오직 부처님만이 밟으실 수 있사옵니다. 佛言 豈 可蹈乎 菩薩對曰 唯佛能蹈

부처님은 비로소 밟으시고 서서 웃으시니, 입안에서 오색의 광명이 나와 입으로부터 일곱 자를 떠나서는 두 줄기로 나누어지면서 한 줄기의 광명은 부처님을 세 번 돌고 삼천대천세계를 비추시어 안 비친 데가 없게 하시고, 정수리로 들어간 다른 한 줄기의 광명은 아래로 18 지옥에 들어가서 고통이 한꺼번에 편안하여지게 하셨느니라. 佛乃蹈之 卽住而笑 口中五色光出 離口七尺 分爲兩分 一光繞佛三匝 光照三千大千剎土 莫不得所 還從頂入 一光下入十八地獄 苦痛一時得安

여러 제자는 부처님께 아뢰기를, 부처님께서는 헛되이 웃지 않으시니 그 뜻을 말씀하여 주소서. 諸弟子白佛言 佛不妄笑 願說其意

부처님이 말씀하시기를, 너희들은 이 동자를 보느냐? 라고 하시므로, 제자들은 네, 보았나이다. 佛言 汝等見此童子不 唯然已見

세존은 말씀하시기를, 이 동자는 무수한 겁 동안 배운 바가 깨끗하여 마음을 항복 받고 목숨을 버리며 욕심을 버리고, 공(空)을 지키며 일으키지도 않고 없애지도 아니하며, 치우침이 없는 사랑으로 덕과 행과 서원을 쌓아서 이제야 얻었느니라 하셨느니라. 世尊言 此童子 於無數劫 所學淸淨 降心棄命 捨欲守空 不起不滅 無倚之慈 積德行願 今得之矣

부처님은 동자에게 말씀하기를, 너는 지금으로부터 100겁 후에 부처님이 되리니, 명호는 석가문(釋迦文), 한역으로는 능인[能人] 여래·무소착(無所着)·지진(至眞)·등정각(等正覺)이라고 할 것이며, 겁의 이름은 파타(波陀)요, 한역으로는 위현[爲賢], 세계의 이름은 사부(沙拜), 한역으로는 공외국토[恐畏國土]이리라. 佛告童子 汝却後百

劫 當得作佛 名釋迦文(漢言能人)如來無所着至眞等正覺 劫名波
陀(漢言爲賢) 世界名沙柽(漢言恐畏國土)

위에서 무구광(無垢光) 그리고 유동보살(儒童菩薩)은 모두 석가모
니 부처님의 전생인 수메다를 말함이다. 산스크리트어로는 Sumed-
ha이며 이를 다시 한역하여 선혜(善慧)라고 한다.

자타카(Jataka)[223]에 보면
선혜는 연등 부처님 시대에 바라문으로 아마라바타라는 마을에서
머무를 때 연꽃을 공양하였고, 진흙 길에서 연등 부처님을 만나자 자
기 머리카락을 풀어헤쳐서 연등 부처님이 그것을 밟고 지나가도록
하였다.

그러나 이러한 이야기는 여러 경전에서 변형되어 전하며 그의 이
름도 경전마다 다르게 나타난다. 대지도론(大智度論)에서는 수마제
(須摩提), 사분율(四分律)에서는 미각(彌却), 증일아함경(增壹阿含經)
에서는 운뢰(雲雷), 불본행집경(佛本行集經)에서는 운(雲), 육도집경
(六度集經)에서는 유동(儒童), 대승본생심지관경(大乘本生心地觀經)
에서는 마납선인(摩納仙人), 수행본기경(修行本起經)에서는 무구광
(無垢光) 등으로 한역하였다는 것도 알아두면 공부에 혼란이 없을

---

223 본생(本生)·본생경(本生經)·본생담(本生譚)이라는 뜻이며 부처님의 수많
은 전생 이야기를 다루고 있다. 당시 인도의 민간에 널리 유포되고 있던 전설
과 우화 속의 인물 하나를 부처님의 전생으로 꾸며서 불교 설화로 변경시킨 것
이다. 이것을 그림이나 부조로 나타내면 본생도(本生圖)라고 한다.

것이다.

다시 본문으로 돌아와서 여래가 옛적에 연등 부처님 처소에서 법을 얻은 바가 있느냐고 하자 법을 얻은 바가 없다고 하였다. 이는 진실한 법은 주고받을 것이 없기 때문이다. 여기에 대해서는 이미 제7 무득무설분(無得無說分)에서 공부를 하였으므로 이를 다시 상기해 보아야 한다.

아누다라삼먁삼보리법은 연등불이 선혜에게 줄 수 있는 것이라면 이는 무위법이 아닌 유위법이 된다. 고로 어긋나는 것이다. 그러므로 법을 주어서 받았다고 하면 천하의 중생들에게 거짓말을 하는 망어(妄語)가 된다. 다만 선혜가 자신 마음속에 부처가 있음을 '연등불'이라는 인연을 빌려서 깨달음을 얻었다는 것이다.

고로 법은 취(取)하는 대상이 아니고 취할 수 없음이라고 하면서 경(經)에서는 이를 불가취(不可取)라고 하였다. 그러므로 설하지 아니하고 취하지도 아니하는 공(空)의 도리가 성립되기에 불가설(不可說)이고, 불가취(不可取)가 되는 것임을 알아야 한다.

법은 밖으로 좇아서는 찾을 수가 없다. 왜냐하면 형상이 있는 물질이 아니기 때문이다. 따라서 마음으로 말미암아 깬 것이므로 주고자 하나 줄 수가 없고, 받고자 하나 받을 수가 없다. 그러므로 얻었으나 얻은 바가 없다고 하는 것이다.

이러한 논리를 지혜로 말하면 무상지(無相智)이며, 모양이 없기에 법신(法身)이라고 한다.

60권 화엄경(華嚴經) 권제20 금강당보살십회향품에 보면 다음과 같은 가르침이 있다.

心不在內外 心亦無所有
심부재내외 심역무소유

妄取故有法 不取則寂滅
망취고유법 불취즉적멸

마음은 안에도 밖에도 있지 않고
마음은 또 아무 데도 없는 것인데
허망하게 취하기에 법이 있나니
취하지 아니하면 없는 것이네.

佛子如是知 法空無自性
불자여시지 법공무자성

諸法無自在 最勝覺無我
제법무자재 최승각무아

불자들이여 이렇게 알라.

법은 공하여 자성이 없고
모든 법에는 자재함 없나니
부처님은 나가 없음 깨달으셨네.

如如等衆生 覺法性如是
여여등중생 각법성여시

彼見不思議 無相智不惑
피견부사의 무상지불혹

진여와 같은 것 중생 같나니
법의 성품이 이런 줄 알면
그는 바로 불가사의한 이치를 보고
모습 없는 지혜에 의혹 없으리.

대방광총지보광명경(大方廣總持寶光明經)[224]에서는 다음과 같은
말씀이 있다.

眞如妙相非有無 以無相智能解了
진여묘상비유무 이무상지능해요

---

224 북송(北宋) 때 법천(法天)이 한역하였으며, 줄여서 보광명경 또는 총지보광
명성이라고도 한다. 법계의 무자성과 공(空)에 대해 설명하면서, 보살의 보광명
총지 법문 및 10주 법문, 총지 다라니 수지 공덕 등을 설한다.

如是差別往集會 一一天上悉聽聞
여시차별왕집회 일일천상실청문

진여의 오묘한 모습[妙相]은 유무(有無)가 아니라는 것을
무상(無相)의 지혜로써 이해하여 알 수 있으니
이처럼 차별적인 이들이 찾아와 모여들고
낱낱의 천상(天上)이 다 듣습니다.

우리는 앞서 성문사과에 관해서 공부하였다. 수행자가 사과를 깨달아 얻지 못하면 무생법인(無生法忍)을 얻을 수 없다. 그렇다면 '무생법인'이라는 것은 무엇인가? 모든 법이 공(空)하여 그 자체의 고유한 성질을 갖지 아니하고, 생멸 변화를 넘어서 있음을 깨달아 그 진리에 편안하게 머물러서 마음이 미동(微動)도 하지 않는 것을 말한다.

다만 여기서 부처님은 수행자들의 의심을 뚝하니 끊어 주기 위하여 수보리의 입을 빌려 '나는 연등 부처님의 처소에서 실로 어떠한 진리를 얻은 바가 없다'고 하심이다.

능엄경(楞嚴經) 제4권에 보면 연야지두(演若之頭)에 대한 이러한 비유가 있다.

미혹한 성품을 지닌 실라벌성[225]의 연야달다(演若達多)가 갑자기

---

[225] 산스크리트어 śrāvastī의 음사한 표현으로 곧 사위성(舍衛城)과 같은 표현이다.

이른 새벽에 거울로 자기 얼굴을 비추어 보다가 거울 속에 있는 머리는 눈썹과 눈이 가히 볼 만한데, 자기 머리에는 얼굴도 눈도 보이지 않는다고 성을 내면서 이것을 도깨비라고 여겨 까닭 없이 미쳐 달아났으니 너는 그것을 어떻게 생각하느냐? 이 사람이 무슨 인연으로 까닭 없이 미쳐 달아났겠느냐? 하는 가르침이 있다. 이는 연야달다가 거울을 처음 보는지라 거울 속에 비친 얼굴을 자기 얼굴이 아닌 다른 사람의 얼굴로 보아 정작 자기 얼굴은 거울에 비치지 아니한다고 착각하는 것이다. 이는 모두 허망한 마음으로 미혹해서 자신의 본래면목을 보지 못하여 그러한 것이지 머리는 본래 그 자리에 있는 것이다. 室羅城中演若達多 忽於晨朝 以鏡照面 愛鏡中頭眉目可見 責己頭不見面目 以爲魑魅 無狀狂走

법화경 오백제자수기품(五百弟子授記品)에 보면 마치 어떤 사람이 자기 옷 속에 보배를 간직하고 있으면서도 그것을 스스로 알지 못하고 궁핍하게 타향에서 걸식하며 돌아다니는 것과 같음을 비유하는 의주비유(衣珠譬諭)가 있다.

마하승기율(摩訶僧祇律)[226] 제7권에 보면

5백 마리 원숭이가 한적한 숲속에서 놀다가 니구율(尼俱律) 나무에 이르렀을 때 우물 속에 달이 빠져있음을 보고 원숭이 무리가 의

---

[226] 동진 시대에 불타발타라(Buddhabhadra, 佛馱跋陀羅)와 법현(法顯)이 번역한 것으로 4대 율장 즉, 마하승기율 · 사분율 · 오분율 · 십송율 가운데 하나다. 산스크리트어로 Mahāsaṅghikavinaya라고 한다. 이 율은 다른 율(律) 들과 달리 대중부(大衆部)의 전승 계율로 총 40권으로 이루어져 있다.

논하여 달을 건지려고 서로서로가 꼬리를 연결하여 나뭇가지를 붙잡고 달을 건지려다가 모두 물에 빠지고 말았다는 가르침이 있다. 佛告諸比丘 過去世時 有城名波羅奈 國名伽尸 於空閑處有五百獼猴 遊行林中 到一尼倶律樹 樹下有井 井中有月影現 時獼猴主見 是月影 語諸伴言 月今日死落在井中 當共出之 莫令世間長夜闇冥 共作議言 云何能出 時獼猴主言 我知出法 我捉樹枝 汝捉我尾 展轉相連 乃可出之 時諸獼猴 如主語 展轉相捉 小未至水 連獼猴 重 樹弱枝折一切獼猴墮井

　이러한 내용을 수중착월(水中捉月) 또는 원후취월(猿猴取月), 수저노월(水底撈月)이라고 한다.

　이 같이 갖가지 비유를 들어 부처님이 우리를 가르치고자 하는 것은 중생이 미망으로 인하여 미혹하여 그만 본지(本旨)가 어긋나게 되기 때문이다. 연야달다가 자기 얼굴을 남의 얼굴로 착각하였다고 하더라도 미망에서 벗어나면 그것이 자기 얼굴임을 알게 되는 것이 곧 묘명(妙明)이다. 법화경(法華經)의 의주비유(衣珠譬諭)에서 가난한 사람이 자기 옷 속에 보배가 있음을 나중에 알았다고 하는 것도 모두 중생들 개개인의 마음에 불성이 있음을 깨우쳐 주고자 함이다. 이러한 불성이 드러나면 곧 부처인 것이지 무엇을 주고받는 도리가 아니다.

　다음 게송은 북송 시대 소동파(蘇東坡 1037~1101)의 여동생 소소매(蘇小妹)의 게송으로 알려졌지만, 정확한 근거가 아니므로 여기서는 고덕(古德)의 말씀으로 소개하고자 한다.

月磨銀漢轉成圓 素面舒光照大千
월마은한전성원 소면서광조대천

連譬山山空捉影 孤輪本不落靑天
연비산산공착영 고륜본불낙청천

달이 은하수를 돌고 돌아 둥글고 밝으니
하얀 얼굴 잔잔한 빛은 대천세계를 비추네.
성성이들은 팔을 벌려 물속의 달을 잡으려고 하지만
달은 본래로 청천에서 떨어지지 아니하였네.

법신은 형상이 없음이다. 그러나 수행자가 이를 잘못 알면 법신을
형상화하려고 하는데 이는 법신을 대신할 수가 없다.

심지관경(心地觀經)[227]에 보면 다음과 같은 가르침이 있다.

法身無形離諸相 能相所相悉皆空
법신무형이제상 능상소상실개공

---

227 본제(本題)는 대승본생심지관경(大乘本生心地觀經)이다.

如是諸佛妙法身 戲論言辭相寂滅

여시제불묘법신 희론언사상적멸

법신은 형체도 없고 모든 모양도 떠나서

주체의 모습과 객체의 모습이 모두 비었나니

이처럼 모든 부처님의 묘한 법신은

희롱하고 말하는 모양도 적멸하셨다.

초일명삼매경(超日明三昧經)[228]에서는

법신은 형상이 없되 두루 온갖 것에 들어가며 또한 들어가는 바도 없고 들어가지 않는 바도 없다고 하였다. 法身無形普入一切 亦無所入無所不入

종경록(宗鏡錄)[229] 권제18에서는

또 허공을 부처의 몸에 비유한 것은 곧 법성신(法性身)이니, 허공은 모양이 없어 방향에 따라 늘어나거나 줄어듦이 있지 아니하며, 법신은 형상이 없어 보신 · 화신에 의하면서 세밀함과 거침을 나타낸

---

228 불설초일명삼매경(佛說超日明三昧經)은 중국 서진(西晉) 시대에 섭승원(聶承遠)이 265년~290년 사이에 번역하였다. 이 경은 초일명 삼매를 얻는 방법과 초일명 삼매를 통해서만 깨달음을 얻을 수 있음을 설한 경전이다. 줄여서 '초일명경'이라고 한다.

229 이 논(論)은 송나라 때 영명연수(永明延壽) 선사가 대승 경전 60부와 300여 명에 이르는 고승들의 가르침을 엮은 것이다. 별칭으로 심감록(心鑑錄) · 심경록(心境錄) · 종감록(宗鑑錄)이라고도 한다.

것은 아니라고 하였다. 又若以虛空 喩佛身 卽法性身 以虛空無相
故 不隨方隅而有增減 以法身無形故 非依報化而現精麤

이러한 가르침을 갈무리하듯이 화엄경 권제77에 보면
모든 화신불은 공경하는 마음으로부터 일어난다고 하였다. 一切
化佛從敬心起

須菩提 於意云何 菩薩 莊嚴佛土不

수보리 어의운하 보살 장엄불토부

**수보리야, 그대는 어떻게 생각하는가? 보살이 불국토를 장엄
하였느냐?**

不也世尊 何以故 莊嚴佛土者 則非莊嚴 是名莊嚴

불야세존 하이고 장엄불토자 즉비장엄 시명장엄

**아닙니다, 세존이시여. 왜냐하면 불국토를 장엄한다는 것은 곧
장엄이 아니며, 그 이름이 장엄일 뿐이기 때문입니다.**

부처님께서 다시 수보리에게 질문을 하시기를 보살이 불국토를 아
름답게 장엄하느냐고 묻자, 수보리는 부처님 질문의 의도를 알아차
리고 불국토를 장엄한 적이 없으며 다만 그 이름이 장엄되는 것이라
고 답하고 있다.

그렇다면 이게 무슨 말씀일까? 우리는 그토록 법당을 장엄하려 하고 도량을 장엄하려고 애를 쓰는데, 지금 부처님은 불국토를 장엄한 적이 없다고 하시니 기필코 그 진의가 있을 것이다.

만약에 진귀한 칠보로 불국토를 장엄한다고 하면 이는 형상이 있는 장엄이니 세월에 따라서 성주괴공(成住壞空)을 면치 못하는 신세로 전락할 것이다. 이러한 불사는 공부 안 하는 사문들과 어리석어 이를 따르는 불자들이 행하는 저열한 장엄에 속하는 것이기에 그 복력이 미미하다. 여기에 반하여 금강반야(金剛般若)의 지혜를 가지고 있는 자는 한 생각을 사무치게 돌이켜 견성한다면 시방세계가 부처 아님이 없고, 불국토 아님이 없기에 실로 구족한 장엄이 되는 것이다. 그러므로 꾸밈이 없는 장엄으로 뛰어난 장엄을 하는 것이기에 그 이름을 곧 장엄이라고 한다.

법화경(法華經) 서품에 보면
부처님께서 무량의경(無量義經)을 설하시고 무량의처삼매(無量義處三昧)에 들어가시자 그때 하늘에서는 만다라 꽃과 큰 만다라 꽃과 만수사 꽃과 큰 만수사 꽃을 비 오듯 내리어 부처님과 여러 대중에게 뿌려졌으니 온 세계는 여섯 가지로 진동하였다고 하시는 말씀도 모두 마음으로 인하여 일어나는 것이다. 是時天雨曼陀羅華 摩訶曼陀羅華 曼殊沙華 摩訶曼殊沙華 而散佛上 及諸大衆 普佛世界 六種震動

유마경(維摩經)의 방편품에도

청정한 법으로 말미암아 여래의 법신이 생겼다고 하셨음도 모두 이와 같은 이치이다. 淸淨法 生如來身

유마경(維摩經) 불국품에도 다음과 같은 말씀이 있다.

그러므로 보적아, 만약 보살이 정토를 얻고자 한다면 마땅히 그 마음을 맑게 해야 한다. 그의 마음이 맑음에 따라서 불국토도 곧 맑아지기 때문이다. 是故寶積 若菩薩欲得淨土 當淨其心 隨其心淨 則佛土淨

자성미타 유심정토(自性彌陀 唯心淨土)라는 가르침이 있다. 중생의 자성이 곧 아미타불이고, 마음이 곧 정토라는 가르침이다. 여기에 대해서 신라의 성승(聖僧)이었던 원효 스님은 예토(穢土)와 정국(淨國)이 본래 '일심'이라고 하였다.

금강경에서 부처님께서 우리에게 진정한 불국토의 장엄이 무엇인가에 대해서 확실한 가르침을 주시고 있음이다.

대승의장(大乘義章)에서는 불토(佛土)에 대하여 논(論)하기를

정토라고 말함은 경(經) 가운데 더러 불찰(佛刹)이라 이름하기도 하고, 혹은 불계(佛界)라고도 하며 혹은 불국(佛國)이라고도 하고, 혹은 불토(佛土) 혹은 이를 다시 말하여 정찰(淨刹), 정계(淨界), 정국(淨國), 정토(淨土)라고도 한다. 찰(刹)이라고 하는 것은 곧 천축 사람들의 말이므로 이를 번역하지 아니하므로 곳곳에 다른 이름이 있음

이다. 이를 통틀어 부처가 있는 곳을 일러 불찰(佛刹)이라 하며, 불세계(佛世界)는 세간의 국토와 경계하기에 중생들이 모여 있는 곳을 기세간(器世間)이라 한다. 계(界)는 곧 계(界)와 분별하여 부처님의 거주하는 곳과는 다름으로 이를 분별하고자 계(界)라고 한다. 또 부처를 따라서 머무르는 곳이 각각 다름으로 또한 다르게 경계 지음이다. 만약 부처님의 경계라면 불세계(佛世界)라 이름하고 불국이라고 말한다. 사람들이 여기에 섭(攝)하는 바 나라[國]라고 본다면 불(佛)과 국(國)을 구분 짓는다. 까닭에 불국이라는 이름은 불토라고도 하며, 이는 안신(安身)하는 처(處)를 이름하여 토(土)라 하고 부처에 대비하여 이름하여 불토(佛土)라 한다고 하였다. 言淨土者 經中或時名佛刹 或稱佛界 或云佛國 或云佛土 或復說爲淨刹淨界淨國淨土 刹者是其天竺人語 此方無翻 蓋乃處處之別名也 約佛辨處 故云佛刹 佛世界者 世謂世間國土境界 盛衆生處名器世間 界是界別 佛所居處 異於餘人故名界別 又佛隨化住處各異 亦名界別 約佛辨界 名佛世界 言佛國者 攝人之所 目之爲國 約佛辨國 故名佛國 言佛土者 安身之處 號之爲土 約佛辨土 名爲佛土

수나라 천태종의 천태지의(天台智顗 538~597) 스님은 불국토를 네 가지로 나누어 보았다. 이는 사불토(四佛土), 사종불토(四種佛土), 사종정토(四種淨土), 사종국토(四種國土) 등으로 불리기도 한다.

범성동거토(凡聖同居土)

인계와 천계의 범부와 성문과 연각의 성인들이 함께 사는 국토를 말한다. 이를 달리 표현하여 염정동거토(染淨同居土) 또는 염정국토

(染淨國土)라고도 한다.

방편유여토(方便有餘土)

아라한, 벽지불, 지전보살 등이 거주하는 국토이다. 이들은 방편도를 닦아 견혹(見惑), 사혹(思惑)을 끊으므로 방편이라고 한다. 그러나 중도실상(中道實相)을 아는 무명의 근본혹(根本惑)이 남아 있기에 유여(有餘)라고 하며, 이를 달리 표현하여 방편토(方便土), 유여토(有餘土)라고도 한다.

실보무장애토(實報無障礙土)

부분적인 무명을 끊은 보살이 사는 곳을 말한다. 이곳은 진실한 도로써 무애자재한 국토를 과보로 받기 때문에 실보무장애토라고 한다. 이를 달리 표현하여 실보토(實報土), 과보국(果報國)이라고 하며 여기는 오직 보살의 거처이다.

상적광토(常寂光土)

근본무명을 완전히 끊고 묘각의 구경과(究竟果)를 성취한 부처님이 계시는 국토이다. 그러므로 상주하는 법신과 적멸한 해탈과 광명을 말하는 반야국토(般若國土)로 이성토(理性土)라고도 한다.

불토(佛土)를 나눔에 있어 종파나 고승의 소견에 따라 이종(二種)·삼종(三種)·사종(四種) 등이 있으나 여기서는 보편적으로 널리 통용되는 천태지의 스님의 사불토(四佛土)를 소개하였다.

장엄(莊嚴)은 꾸밈을 말하므로 단장(丹粧) 또는 엄식(嚴飾)이라는 뜻이 있다. 이를 다시 사장엄(事莊嚴)과 이장엄(理莊嚴)으로 나누어 보아야 한다. 사(事)의 장엄은 몸이나 형상을 꾸미개로 꾸민 것을 말하므로, 칠보로써 장엄하거나 오채(五彩)를 이용한 장엄이 여기에 속한다. 이(理)의 장엄은 말씀의 장엄이므로 팔만사천법문이 여기에 속한다.

모든 부처님이 실제로 칠보를 이용하여 장엄을 한 적이 없으나 온 국토를 장엄하였다고 하는 것은 모두 이장엄(理莊嚴)에 해당한다.

경전에 따라서 이를 다양하게 적용하고 있다.

대집경(大集經) 권제1에는

부처님께서 말씀하셨다. 선남자야, 보살에게 네 가지 영락장엄이 있느니라. 첫째는 계(戒) 영락장엄이요, 둘째는 삼매(三昧) 영락장엄이요, 셋째는 지혜(智慧) 영락장엄이요, 넷째는 다라니(陀羅尼) 영락장엄이다. 계장엄에 한 가지가 있으니, 말하자면 중생을 해치는 마음이 없는 것이라. 世尊 今正是時 唯垂宣說 佛言 善男子 菩薩有四 瓔珞莊嚴 一者戒瓔珞莊嚴 二者三昧瓔珞莊嚴 三者智慧瓔珞莊嚴 四者陁羅尼瓔珞莊嚴 戒瓔珞莊嚴有一種 謂於衆生無有害心

아미타경(阿彌陀經)에는

사리불아, 극락 국토에는 칠보로 된 연못이 있으니, 팔공덕수(八功德水)가 그 안에 가득 차 있느니라. 연못 바닥에는 금모래가 깔려 있고, 사방의 계단은 금·은·유리(琉璃)·파리(頗梨)로 이루어져 있느니라. 또 그 위에는 누각이 있는데, 역시 금·은·유리·파리·자거(車栗)·붉은 구슬[赤珠]·마노(馬瑙)로 장엄하게 꾸며져 있느니라. 연못 속에는 연꽃이 피어 있는데, 그 크기가 수레바퀴만 하며, 푸른색에서는 푸른 빛이 나고 황색에서는 황색 빛이 나고 붉은색에는 붉은빛이 나고 흰색에서는 흰빛이 나며, 맑고도 미묘한 향기가 나느니라. 사리불아, 극락 국토는 이와 같은 공덕(功德)과 장엄(莊嚴)을 이루고 있느니라. 又舍利弗 極樂國土有七寶池 八功德水充滿其中 池底純以金沙布地 四邊階道 金 銀 琉璃 頗梨合成 上有樓閣 亦以金 銀 琉璃 頗梨 車璖 赤珠 馬瑙而嚴飾之 池中蓮華 大如車輪 青色青光 黃色黃光 赤色赤光 白色白光 微妙香潔 舍利弗 極樂國土成就如是功德莊嚴

이렇듯 불국토를 장엄한다는 것은 이장엄(理莊嚴)이므로 이는 법성의 진토(眞土)가 된다. 따라서 불국토를 장엄한다고 하는 것은 곧 꾸미는 장엄이 아니라 그 이름이 장엄이라고 하신 것이다.

是故 須菩提 諸菩薩摩訶薩 應如是生淸淨心
시고 수보리 제보살마하살 응여시생청정심

그러므로 수보리야, 모든 보살마하살은 반드시 이처럼 텅 빈[淸淨] 마음을 낼지니라.

不應住色生心 不應住聲香味觸法生心 應無所住 而生其心

불응주색생심 불응주성향미촉법생심 응무소주 이생기심

반드시 사물에 머물지 말고 마음을 낼 것이며, 반드시 소리와 냄새와 맛과 감촉과 그 외의 어떤 것에도 머물지 말고 마음을 낼 지니라. 그래서 마땅히 머무는 바 없이 그 마음을 낼지니라.

부처님께서 불국토 장엄을 어찌하면 진정하게 장엄하는가 하는 가르침에 이어서 좀 더 자상하고 세밀하게 재차 가르침을 주시는 말씀이다. 불국토 장엄은 다름이 아닌 자신이 본디 가지고 있는 불성을 드러내는 것이니, 곧 청정심을 드러내면 그것을 일러 '견성'이라고 하는 것이다. 견성하면 곧 성불함이니, 이것으로 불국토를 장엄하라는 가르침이다.

보살이 불국토를 장엄하고자 한다면 응당 청정한 마음을 지녀라. 청정한 마음은 어떻게 일어나는 것인가. 그것은 다름이 아닌 '색 · 성 · 향 · 미 · 촉 · 법에 휘둘리지 말라'는 가르침이다.

중생은 색 · 성 · 향 · 미 · 촉 · 법으로 인하여 무엇이든지 취하려고 하기에 삼독심이 일어나는 것이다. 삼독심이 있는 마음자리는 예토이지 불국정토가 아니다. 그러므로 육근 · 육진이 공(空)함을 알면 집착함과 분별함이 없기에 통연(洞然)[230]하고도 명백(明白)하게 되는

---

230 막힘이 없고 확 트여서 밝고 환한 것을 말한다. 이는 모든 분별이 소멸하여 확 트인 상태이기에 분별과 망상이 일어나지 않는 휑한 상태를 말한다.

400

것이다. 이러한 반야의 작용으로 인하여 견성할 수 있는 것이다.

그러므로 금강경에서 아주 중요하게 여기는 말씀 가운데 하나가 '응당 머문 바 없이 그 마음을 내라'는 것이다. 이를 응무소주 이생기심(應無所住而生其心)이라고 한다.

중국 선종 제6조인 혜능(慧能 638~713) 스님은 영남 땅 신주(新州)에서 홀어머니를 봉양하기 위하여 저잣거리에 땔나무를 팔아서 생계를 유지하며 살았다. 어느 날 시장에 나무를 팔러 가다가 금강경 가운데 '응무소주 이생기심'이라는 소리를 듣고 출가하게 되었다고 한다.

'응당 머문 바 없이 그 마음을 내라'는 것은 결국 집착심을 없애라는 말씀이다. 여기에 대해서 유마경(維摩經) 관중생품에 보면 다음과 같은 가르침이 있다.

그때 유마힐의 방 안에는 한 천녀(天女)가 있어서 여러 보살이 설법하는 것을 보고 듣고서 그녀는 곧 몸을 나타내 하늘 꽃을 보살들과 부처님의 훌륭한 제자들 위에 뿌렸다. 보살들 위에 뿌려진 꽃은 땅에 떨어져 버렸지만, 훌륭한 제자들 위에 뿌려진 꽃은 그들의 몸에 붙어 떨어지지 않았다. 모든 제자는 신통력으로 꽃을 떼어내 버리려 하였으나 떼어내지 못하였다. 時維摩詰室有一天女 見諸天人聞所說法 便現其身 卽以天華 散諸菩薩大弟子上 華至諸菩薩 卽皆墮落 至大弟子 便着不墮 一切弟子 神力去華 不能令去

이러한 가르침은 곧 집착심을 말한다. 이는 곧 무심과 분별심을 말한다. 왜냐하면 꽃은 분별이 없건만 다만 사람들이 분별심으로 집착하기 때문이다. 그러므로 불국토의 장엄은 스스로 그 마음을 깨끗하게 한 것을 말하고 따라서 불국토라는 것은 유심정토(唯心淨土)다.

마음이 청정하면 마음의 그림자인 세계가 바로 정토다. 이를 바로 알면 온종일 국토를 장엄한다고 할지라도 실제로는 취할 만한 장엄의 형상이 없으므로 집착할 만한 장엄의 법도 없다. 본래의 마음은 인위적인 조작이 없음이다.

수행자는 남의 시비를 말하지 않아야 하며 자신의 마음 바탕에서 늘 지혜를 내어 평등한 자비를 베풀며 마음을 낮추고 모든 중생을 공경하는 마음이 있어야 참다운 수행자다. 여기서 마음 바탕이라고 하는 것은 자성(自性)을 말함이다.

당나라 대감혜능(大鑑慧能 638~713)이 말하기를 수행자는 마땅히 남의 시비를 하지 마라. 스스로 내가 능하고 내가 잘 안다고 하여 후학을 업신여긴다면 청정한 마음이 아니라고 하였다.

따라서 응무소주(應無所住)는 응당 머문바 없는 마음이니 이는 무위적정(無爲寂靜)한 마음을 말하며, 조금도 흔들림이 없는 마음이므로 이는 마음의 본체(本體)를 나타낸 것이다. 이생기심(而生其心)은 응무소주에 감응한 마음으로 묘용(妙用)이라 하고, 이를 몸에 비유하면 법왕신(法王身)이다.

금강경오가해(金剛經五家解)[231]에서 야보도천(冶父道川) 선사는 응무소주이생기심(應無所住而生其心)에 대하여 다음과 같이 송(頌)하였다.

山堂靜夜坐無言 寂寂寥寥本自然
산당정야좌무언 적적요요본자연

何事西風動林野 一聲寒鴈唳長天
하사서풍동림야 일성한안려장천

산당의 고요한 밤에 말없이 앉았는데
적적하고 고요함이 본디 그러한데
무슨 일로 서풍이 숲을 흔드는가?
찬 기러기 외마디 울음소리 장천을 울리누나.

그 어디에 집착하여 마음을 내는 것은 망심이다. 색에 머물지 않고 마음을 내는 것이 진심(眞心)이다. 망념이 일어나면 무명으로 빠져들고 지혜가 비추어지면 몰록 밝아진다. 밝으면 번뇌가 사라지고 어두우면 망심이 다투어 일어나게 된다. 까닭에 청정한 마음은 색(色)·성(聲)·향(香)·미(味)·촉(觸)·법(法)에도 머물지 않는다.

---

231 금강경에 대한 부대사(傅大士)의 찬(贊)과 육조(六祖)의 구결(口訣)과 규봉(圭峯)의 찬요(纂要) 및 야보(冶父)의 송(頌), 종경(宗鏡)의 제강(提綱)을 합친 책이다.

須菩提 譬如有人 身如須彌山王 於意云何 是身爲大不

수보리 비여유인 신여수미산왕 어의운하 시신위대부

수보리야, 비유하자면 마치 어떤 사람의 몸이 수미산만 하다면 그대는 어떻게 생각하는가? 그 몸을 크다고 하겠는가?

須菩提言 甚大世尊 何以故 佛說非身 是名大身

수보리언 심대세존 하이고 불설비신 시명대신

수보리가 사뢰었습니다. 아주 큽니다, 세존이시여. 왜냐하면 부처님께서 말씀하신 것은 몸이 아니며, 그 이름이 큰 몸일 뿐이기 때문입니다.

불교의 가르침에서 가장 이상적이고 가장 높은 산은 수미산(須彌山)이다. 그리고 이 산의 정상에는 제석천(帝釋天)[232]이 있으며, 해와 달은 수미산의 허리를 돈다고 여긴다. 고대 인도의 우주관으로는 세계의 중심에 있는 산이다. 화엄경(華嚴經)에도 수미산에 관한 비유가 무려 107번이나 나올 정도로 불교에서는 자주 등장하는 산이며 'Sumeru' 또는 'Meru'라 한다. 이를 다시 한역하여 묘고산(妙高山)이라고 한다.

---

232 제석천은 수미산 정상에 있는 하늘 도리천의 주인으로, 수미산 중턱의 사천왕을 거느리고 불법과 불제자를 보호한다는 명목으로 인도 힌두교의 인드라 신을 수용한 것이다.

지금 여기서 비유하는 논지를 잘 들여다보아야 한다. 잘못 이해하면 상당히 헷갈리기 때문이다. 어떤 사람의 몸이 수미산만 하다고 비유하고 있으니 이는 수미산이 아니라 작은 동산에 비유하였다 하더라도 상(相)이 있는 것이니 허망한 몸뚱이가 되는 것이다. 그러므로 실답지 못하기에 수보리가 대답하기를 유위법인 형상으로 보면 크기는 크지만, 이는 부처님께서 말씀하신 무위의 개념이 아니기에 부처님께서 말씀하신 몸은 아니며, 다만 그 이름이 몸이라고 한 것뿐이라고 답한 것이다.

　그러므로 형상으로 불국토를 장엄할 수 있는 것은 아니다. 법신을 깨달아 얻으면 그 몸이 시방세계와 견주어도 절대 작지 않음이니 수미산에 비유하는 형상의 몸하고는 비교조차 할 수가 없는 것이다.

　이 세상에서 가장 장대(長大)한 몸은 법신이 되기에 참다운 장엄정토도 법신으로만 가능한 것이다. 지금 장엄정토분을 마무리하면서 우리를 법신의 위대함을 인식시키기 위한 자리로 슬쩍 옮겨 놓고 있다.

　심대(甚大)는 매우 크다는 뜻이며 여기에는 두 가지 뜻이 내포되어 있다. 하나는 법체(法體)를 말함이다. 이를 법신(法身)이라 하고 또 하나는 위(位)를 말하며 법위(法位)가 그러하다. 형상이 있는 색신은 제아무리 크다고 할지라도 한계가 있으며, 형상이 없는 법신은 불가사량(不可思量)하여 그 끝을 측량할 수 없어 무변신(無邊身)의 몸이 되는 것이다. 따라서 수보리가 몸이 매우 크다고 한 것은 보신(報身)

을 말함이고 몸 아닌 몸을 말하는 비신(非身)은 법신을 말함이다. 따라서 보신은 유위신(有爲身)이며 법신은 무위신(無爲身)이다.

보성론(寶性論)[233]에 보면 다음과 같은 말씀이 있다.

如來無爲身 自性本來淨
여래무위신 자성본래정

客塵虛妄染 本來自性空
객진허망염 본래자성공

여래는 무위신이어서
자성(自性)이 본래 청정한지라
객(客)·진(塵)의 허망이 더럽히지만
본래의 자성은 공(空)할 뿐이라.

불자는 부처를 구함에 있어서 게을리하면 안 된다. 유가의 논어(論語)에 보면 한 가지에 뜻을 두고 마음을 흐트러지지 않게 하는 것을 주일무적(主一無適)이라고 하였다. 불자는 쉼 없이 정진을 해야 한다. 이를 바퀴에 비유하면 쉼 없이 법륜을 굴려야 하는 것이다.

---

233 구경일승보성론(究竟一乘寶性論)을 말하며 줄여서 보성론(寶性論)·일승보성론(一乘寶性論)이라고 한다. 별칭으로 보성분별칠승증상론(寶性分別七乘增上論)이라고도 한다. 중국 후위(後魏) 시대에 늑나마제(勒那摩提, Ratnamati)가 508년에 낙양전(洛陽殿)에서 한역하였다.

제11 무위복승분無爲福勝分

••

무위의 복이 가장 뛰어나다

須菩提 如恒河中所有沙數 如是沙等恒河 於意云何 是諸恒河
沙 寧爲多不

수보리야, 저 항하에 있는 모래 수처럼 그렇게 많은 항하가 있다면
그대의 생각은 어떤가? 그 모든 항하에 있는 모래의 수는 얼마나 많겠
는가?

須菩提言 甚多世尊 但諸恒河 尚多無數 何況其沙

수보리가 사뢰었습니다. 아주 많습니다, 세존이시여. 단지 저 모든
항하의 수만 하여도 무수히 많은데 하물며 그 가운데 있는 모래이겠습
니까.

須菩提 我今實言告汝 若有善男子善女人 以七寶滿爾所恒河沙
數三千大千世界 以用布施 得福多不

수보리야, 내가 이제 진실한 말로 그대에게 이르리라. 만약 어떤 선
남자 선여인이 저 항하의 모래 수처럼 많은 삼천대천세계에 칠보를 가
득 채워 널리 보시하였다면 그가 얻은 복이 얼마나 많겠는가?

須菩提言 甚多世尊

수보리가 대답하였습니다. 매우 많습니다, 세존이시여.

佛告須菩提 若善男子善女人 於此經中 乃至受持四句偈等 爲
他人說 而此福德 勝前福德

부처님께서 수보리에게 말씀하셨습니다. 만약 선남자 선여인이 이
경전 가운데서 네 글귀만이라도 받아 지녀서 남을 위하여 설명하여 준
다면 이 복덕은 앞의 복덕보다 훨씬 뛰어나리라.

무위복승 無爲福勝
무위의 복이 가장 뛰어나다.

무위복승분(無爲福勝分)은 금강경의 사상을 단적으로 잘 드러내고
있는 분(分) 가운데 하나다. 어떤 상(相)도 짓지 말고 어떤 대상에도
머물지 말라는 가르침을 주시고 있기 때문이다.

무위(無爲)는 인위(人爲)를 끼치지 않는 것으로 조작과 작위(作爲)
가 없다는 표현이다. 유위법은 생주이멸(生住異滅)이 있지만, 무위법
은 곧 생멸이 없는 니르바나의 경지를 말한다. 그러나 대부분 불자는
불사에 동참하면서 자신의 이름을 새기지 못하여 안달복달하는 경
우가 많다. 여기서 무위는 '조건이 없으며 상이 없는' 경우를 말한다.

무위무상(無爲無相)이라는 표현이 있다. 이는 지어냄도 없고 상도

없다는 표현으로 무엇을 억지로 지어낸 인위적 작용도 없고 고정적이고 실체적인 어떠한 상도 없음을 말한다. 이와 비슷한 표현으로 무위무작(無爲無作)이 있다.

무위(無爲)라는 표현은 도가(道家)에서도 자주 표현하는 용어이며 그 표현과 상황에 따라서 다양하게 적용되지만 노자(老子)에서는 무작위(無作爲)를 뜻하는 표현이다.

따라서 노자 도덕경 제63장에 보면
억지로 함이 없이 행하고, 일하는 바 없이 일하고, 맛없는 맛을 본다고 하였다. 爲無爲 事無事 味無味

이어서 복(福)이라는 것은 세속에서 말하는 그러한 복을 말하는 것이 아니다. 세간 그리고 출세간의 행복을 얻도록 하는 행위를 아울러서 일컫는 말이기에 과보로써 이루어지는 복덕 또는 공덕을 말한다.

대지도론(大智度論) 제15권에서 살펴보면 다음과 같다.

부처님 도를 이루고자 함에는 모두 두 가지 문이 있으니, 첫째는 복덕이고 두 번째는 지혜이다. 보시, 지혜, 인욕 등을 행하는 것을 복덕문(福德門)이라 하고, 모든 법의 실상을 아는 것인 마하반야바라밀은 지혜문(智慧門)이라고 한다. 보살은 복덕의 문에 들어가 모든 죄를 없애고 원하는 것을 모두 얻는 것이다. 만약 원하는 대로 되지 않는다면 죄의 번뇌로 가려졌기 때문이라. 欲成佛道凡有二門 一者福

德 二者智慧 行施戒忍是爲福德門 知一切諸法實相摩訶般若波羅
蜜 是爲智慧門 薩入福德門 除一切罪所願皆得 若不得願者 以罪
垢遮故

보시경(布施經)[234]에서는 37가지의 보시의 공덕을 말하는데 여기서 여섯 번째에 보면 다음과 같은 말씀이 있다.

여섯째는 가르침에 의한 보시이니, 마음에 취(取)하는 상(相)을 여의어 무위(無爲)의 복을 얻는다. 六依敎施 心離取相 得無爲福

복승(福勝)에서 승(勝)은 가장 뛰어나다, 빼어나다, 이러한 뜻으로 쓰였다. 이를 불가에서는 수승(殊勝)하다는 표현으로 나타내고 있다. 수승하다는 것은 뛰어나다, 비할 데가 없다, 훌륭하다, 좋다, 썩 좋아서 나무랄 곳이 없다 등의 의미를 지니고 있다. 수승한 과보를 낳게 하는 원인을 수승복전(殊勝福田)이라고 하며 아주 뛰어난 지혜를 수승지(殊勝智)라고 한다.

무위복이 가장 뛰어나다고 하는 것은 많은 사람이 금강경을 받아지녀서 독송하고 또 다른 사람에게 이 경을 권장하기 위함이다. 무위복승(無爲福勝)이란 결국 아상·인상·중생상·수자상이 없는 것을 말한다. 따라서 사상이 없으면 청정한 마음이니 이를 불심(佛心) 또

---

[234] 불설보시경(佛說布施經)으로 10세기 말 인도 출신의 학승 법현(法賢)이 번역하였다. 1권으로 된 이 경은 부처님이 시주하는 것에 대해 설법하고 있다.

는 금강심(金剛心), 무심(無心)이라고 한다.

須菩提 如恒河中所有沙數 如是沙等恒河 於意云何
수보리 여항하중소유사수 여시사등항하 어의운하

수보리야, 저 항하에 있는 모래 수처럼 그렇게 많은 항하가 있다면 그대의 생각은 어떤가?

是諸恒河沙 寧爲多不
시제항하사 영위다부

그 모든 항하에 있는 모래의 수는 얼마나 많겠는가?

須菩提言 甚多世尊 但諸恒河 尚多無數 何況其沙
수보리언 심다세존 단제항하 상다무수 하황기사

수보리가 사뢰었습니다. 아주 많습니다, 세존이시여. 단지 저 모든 항하의 수만 하여도 무수히 많은데 하물며 그 가운데 있는 모래이겠습니까?

항하(恒河)는 산스크리트어의 gaṅgā를 말하며 이를 음사하여 항가(恒伽)라고 한다. 인도의 성하(星河)로써 영어로는 갠지스(Ganges)강이라고 하지만, 대부분 경전에는 '항하'로 표현이 되어 있다.

인도에서 '항하'는 단순히 흘러가는 물이 아니다. 인도인들은 물을 신앙의 대상으로 삼았기에 강변에는 무수한 성지가 생겨났으며, 또한 항하의 물로 목욕하면 죄를 씻어낼 수 있다고 믿었다. 죽음 후 자신의 유골이 항하에 뿌려지기를 원하고 있을 정도로 신성한 강이다. 여기서 강(江)과 하(河)의 차이점을 알아야 한다. 강(江)은 상류가 마르지 않지만, 하(河)는 때에 따라서 강의 상류가 마르는 것을 말한다. 그러기에 중국에는 황하(黃河)가 있고, 인도에는 항하(恒河)가 있으며, 부처님께서 고행 후 목욕하신 곳도 니련선하(尼連禪河)라는 것을 참고로 알아두어야 한다.

부처님은 기원정사 앞에 흐르고 있는 항하의 모래를 예로 들면서 수보리에게 질문을 하셨다. 항하에는 모래가 셀 수 없이 많거늘 이 모래 수만큼 항하가 있다면 네 생각은 어떠하냐? 그리고 그 항하만큼 모래의 수는 많겠느냐? 적겠느냐? 하고 묻자 수보리는 실로 엄청나서 가히 헤아릴 수 없다고 답변하고 있다. 이러한 항하의 모래 비유는 무궁무진(無窮無盡)함을 말하고 있다.

부처님 말씀에는 항하(恒河) 또는 항하의 모래를 뜻하는 항하사(恒河沙)가 자주 등장한다. 대부분 헤아릴 수 없음에 대한 비유로 쓰인다. 그 가운데 하나를 살펴보면 다음과 같다.

심지관경(心地觀經) 권제6에 보면
세간의 오욕도 또한 이와 같아서 하나하나의 욕락(欲樂)이 각기 능히 8만 4천의 미세한 진로(塵勞)를 끌어 일으켜서, 어리석은 범부를 흐리게 하여 지옥이나 아귀나 축생이나 그 외 어려운 곳에 떨어져 큰 고뇌를 받게 하거든, 하물며 모든 번뇌에 탐착한 것을 구족함에랴. 항하사와 같이 수 없는 모든 부처님이 세간에 나시어 설법하고 교화하시더라도 세월[隙光]이 빨라서 끝내 뵙지 못하여 항상 악도에 있기를 자기 집같이 하고, 겨를 없는 가운데 처하기를 놀이터 동산처럼 하는 것이라고 하였다. 世間五欲亦復如是 一一欲樂各能引起八萬四千微細塵勞 迷惑愚夫 令墮地獄餓鬼畜生及餘難處受大苦惱 何况具足貪着諸塵 如恒河沙無數諸佛 出興於世說法教化 隙光迅疾終不得見 常在惡道猶於自家 處無暇中如戲園觀

항하를 천당래(天堂來)라고도 하는데 이는 천당에 흐르는 그 물이 내려온다는 뜻이다.

범망경고적기(梵網經古迹記)[235]에 보면
불가설이라는 것은 수의 명칭이다. 이 수를 일(一)로 삼아 쌓아서 백천 개의 갠지스강의 모래알처럼 많은 법문에 이른다. '갠지스강'이라는 것은, 향산(香山)의 정상에 있는 무열뇌지(無熱惱池)에서 (사방에 하나씩) 네 개의 강이 흘러나오는데, 이것은 동쪽으로 흐르는 강이다. 물의 폭은 40여 리(里)이다. 범어를 바르게 음사하면 긍가(殑

---

235 태현(太賢, ?~?)이 편찬하였다. 그는 원측(圓測)의 고족인 도증(道證)의 제자이다. 그가 경주 남산의 용장사(茸長寺)에 머물 때 1장 6척의 미륵보살 석상 주위를 돌면 석상도 태현을 따라 얼굴을 돌렸다는 기록과 경덕왕(景德王) 12년(753) 여름 큰 가뭄이 들었을 때 태현이 금광명경(金光明經)을 강의하면서 비가 내리기를 기원하자 대궐의 우물물이 높이 솟구쳤다는 기록이 전한다.

伽)라고 해야 하고, 별도의 바른 번역은 없으며, 의역어는 천당래(天堂來)이다. 강의 발원지가 산의 정상에 있어서 사람들이 보지 못한다. 구사론(俱舍論)에서는 신통력이 없으면 도달할 수 없다고 한 것과 같다. 단지 그 물이 높은 곳에서 흘러서 떨어지는 것을 볼 수 있을 뿐이다. 당시 세속의 사람들이 마침내 '천당래'라고 하였다는 내용이 있다. 不可說 數名也 此數爲一 積至百千恆沙法門 恆河者 香山頂 無熱惱池 流出四河 此東河 水寬四十餘里 梵語 應言殑伽 無別正 翻 義天堂來 河源山頂 人所不見 如俱舍云 無通不能至 但見彼水 高澍而下 時俗遂言天堂來也

또 해심밀경소(解深密經疏)[236] 권제2의 논(論)에 보면

이 항하는 부처님이 태어나신 곳이자 유행하시던 곳이니, 제자들이 눈으로 직접 보았기 때문에 비유로 삼은 것이다. 모든 사람의 경서에서는 다 항하를 복덕 있는 길한 강으로 여기니, 그 안에 들어가 씻는 자는 모든 죄와 때의 악을 다 없앨 수 있다고 한다. 사람들이 이 강을 공경하여 섬기고 모두 함께 알고 있으므로 항하사를 비유로 삼은 것이다. 다시 또 나머지 강의 이름은 자주 바뀌는데, 이 항하의 이

---

236 원측(圓測, 613~696)이 지었다. 그는 신라 왕족 출신으로 15세에 당나라에 유학하여 원법사(元法寺)에 머물면서 비담론(毗曇論) 등을 공부하였다. 현장(玄奘)이 귀국한 이후에는 신역 유식학 경론을 공부하였다. 칙명을 받아 서명사(西明寺)의 대덕이 되었고, 일조(日照) 삼장이 밀엄경(密嚴經) 등을 한역할 때 으뜸이 되었다. 또 부름을 받고 동도(東都)에 들어가 신역 화엄경을 번역하였으나 마치지 못한 채 696년 7월 22일에 낙양(洛陽)의 불수기사(佛授記寺)에서 입적하였다.

름은 세세토록 바뀌지 않는다. 이런 이유로 항하사를 비유로 삼고 나머지 강은 취하지 않은 것이라고 하였다. 是恒河是佛生處遊行處 弟子眼見 故以爲喻 諸人經書 皆以恒河爲福德吉河 若入中洗者 諸罪垢惡皆悉除盡 以人敬事此河 皆共識知 故以恒河沙爲喻 復 次餘河名字喜轉 是恒河世世不轉 以是故 以恒河沙爲喻 不取餘 河

항하의 모래는 과연 몇 개나 될까?

해심밀경소(解深密經疏) 권제2에 보면
어떤 계산으로도 알 수 없고, 오직 부처님과 법신 보살만이 그 수를 알 수 있다. 부처님과 법신 보살은 모든 염부제의 티끌들이 생하고 멸한 것이 어느 정도(多少)인지 다 세어서 알 수 있는데, 하물며 항하사의 모래는 어떻겠는가 하는 내용이 있다.

다음과 같은 일화도 있다.

부처님께서 기원정사 밖 숲속에 있는 나무 아래 앉아 계시는데 한 바라문이 부처님 처소에 와서 부처님께 물었다. 이 숲에는 어느 정도의 나뭇잎이 있습니까? 부처님이 즉시 어느 정도의 수가 있다고 대답하셨다. 바라문이 마음속으로 누가 이것을 확증해서 알겠는가 하는 의심이 들었다. 바라문은 가서 한 나무 가에 이르러 소량의 나뭇잎을 따 가지고 다시 돌아와 부처님께 물었다. 정확히 몇 개의 나뭇잎이 있습니까? 부처님이 즉시 어느 정도의 나뭇잎이라고 대답하셨다. 그가 땄던 그 갯수대로 말씀하시자, 바라문이 알고 나서 마음으로 크게 공경하고 믿으면서 부처님께 출가를 청하였고, 나중에 아라한도(阿羅漢道)를 얻었다. 이런 이유로 부처님은 항하의 모래의 수를 아신다는 것을 알 수 있다. 一切算數所不能知 唯有諸佛及法身菩薩能知其數 佛及法身菩薩 一切閻浮提中微塵生滅多少皆能數知 何況恒河沙 如佛在祇桓外林中樹下坐 有一婆羅門 來到佛所 問佛此林有幾許葉 佛 便答有若干數 婆羅門心疑 誰證知者 婆羅門去 至一樹邊取小樹葉 還來問佛 定有幾葉 佛 答云 少若干葉如其所取語之 婆羅門知已 心大敬信 求出家 後得阿羅漢道 以是故知佛能知恒河沙數

'무궁무진'이라는 것은 곧 무궁진(無窮盡)을 말하는 것으로 이는 다함이 없는 것을 말한다. 그러기에 아무리 써도 그 바닥을 드러내지 않음이니 무궁(無窮)이요, 무진(無盡)이다. 마치 부처님께서 중생에게 베푸는 공덕이 무진장(無盡藏)한 것과 같은 이치이다.

금강경오가해 설의(說誼)에 보면 다음과 같은 말씀이 있다.

一恒河沙數無窮 沙等恒河亦無盡
일항하사수무궁 사등항하역무진

一性中有恒沙用 如恒沙用法無盡
일성중유항사용 여항사용법무진

416

一一恒沙亦無盡 一一法有恒沙用
일일항사역무진 일일법유항사용

하나의 항하 모래 수도 무궁하지만
모래 수와 같은 항하도 또한 무진(無盡)하다.
한 성품 가운데는 항하사와 같은 묘용이 있으며
항하사와 같은 묘용의 그 법도 다함이 없다.
낱낱의 항하사 또한 무진하기에
낱낱의 법 가운데도 항하사와 같은 작용이 있다.

須菩提 我今實言告汝 若有善男子善女人
수보리 아금실언고여 약유선남자선녀인

수보리야, 내가 이제 진실한 말로 그대에게 이르리라. 만약 어떤 선남자 선여인이

以七寶滿爾所恒河沙數 三千大千世界 以用布施 得福多不
이칠보만이소항하사수 삼천대천세계 이용보시 득복다부

저 항하의 모래 수처럼 많은 삼천대천세계에 칠보를 가득 채워 널리 보시하였다면 그가 얻은 복이 얼마나 많겠는가?

須菩提言 甚多世尊
수보리언 심다세존

수보리가 대답하였습니다. 매우 많습니다, 세존이시여.

부처님께서 수보리에게 이르시기를 만약에 어떤 이가 신심이 있어서 금은보화로써 항하의 모래 수량처럼 많은 삼천대천세계에 가득채워 보시하였다면 그 공덕이 많지 않겠느냐고 질문을 하고 있다.

이러한 비유를 교량(校量)이라고 한다. 교량은 비교상량(比較商量)이라는 표현을 줄여 나타낸 것이다. 물건이나 혹은 공덕이 적고 많음을 비교하여 헤아리는 것을 말한다.

교량난승공덕(校量難勝功德)이라는 표현이 있다. 이는 중생들이 가지고 있는 일반적인 사고방식으로는 헤아리고 따질 수 없는 수승한 공덕을 말한다.

또한 어떤 공덕을 찬탄하면서 먼저 하나의 공덕을 들어 그 크기를 알게 하고 나서 그것에 비교하여 더더욱 큰 공덕이 있음을 알도록 찬탄하는 방식이다. 자은규기(慈恩窺基 632~682) 스님은 이것을 교량탄(校量歎)이라고 하였다. 그러나 천태지자(天台智者 538~597) 스님과 가상길장(嘉祥吉藏 549~623) 스님은 이를 두고 격량탄(格量歎)이라고 하였다. 그러므로 교량탄이나 격량탄은 다 같은 이치다.

금강경(金剛經)에서는 무위복승분(無爲福勝分)이 여기에 해당한다면 법화경에서는 수희공덕품(隨喜功德品)이 여기에 해당한다. 이를 염두에 두고 다시 이 분(分)을 살펴보면 먼저 부처님은 항하의 모래 수로 비유하시고 나서, 다시 비유하시기를 항하 모래 수만큼 많은 삼천대천세계를 비유하셨다. 이 모두 교량(校量)에 해당한다.

부처님께서 수보리에게 가설(假說)을 내세워 항하의 비유, 칠보의 비유 등을 들어 말씀하심은 모두 중생의 근기에 맞추어 설명하시기 위함이다. 이는 모두 언설(言說)의 상(相)을 떠난 것이라고 할 수 있다. 그렇다면 부처님은 왜 이러한 비유를 들어 우리에게 가르침을 주고자 하시는가. 중생들은 진실한 이치를 바로 보지 못하기에 바른 깨우침을 주고자 갖가지 비유를 들어 설명하여 바르게 가르쳐 바른 믿음을 주고자 하기 위함이다.

아금실언(我今實言)에서 실(實)은 진실로, 또는 참말로, 이러한 뜻이 있다. 그러나 실언(實言)은 곧 명심해서 들으라는 뜻이기도 하다. 진리의 가르침은 명심하여 듣지 아니하면 그냥 그렇구나! 하고 흘려버려 마음에 새겨두지 않기 때문이다. 그러기에 '실언'은 부처님의 간곡하신 말씀으로 보아도 무방하다.

대반야경 권제522에 보면
나는 지금 진실한 말로써 너에게 이르니, 청정한 믿음이 있는 이들이 부처님을 버리지 않고자 하고, 법을 버리지 않고자 하고, 승가를 버리지 않고자 하며, 다시 세법을 버리지 않고자 하고, 승가를 버리지 않고자 하며, 다시 삼세의 모든 부처님께서 깨달아 얻으신 위없는 바르고 평등한 깨달음을 버리지 않고자 하면, 반드시 매우 깊은 반야바라밀다를 버리지 않아야 하느니라. 이와 같은 것을 우리들 모든 부처님이 모든 제자를 경계하고 가르치는 법이라고 하였다. 我今實言告汝 諸有淨信 欲不捨佛 欲不捨法 欲不捨僧 復欲不捨三世諸佛所證無上正等菩提 定不應捨甚深般若波羅蜜多 如是名爲我等諸佛教誡教授諸弟子法

칠보(七寶)로 보시한다고 하였으니 여기서 칠보라는 단어에 고착되어 자신을 가둘 필요는 없다. 칠보는 곧 중생들이 가장 아끼고 귀하게 여기는 금은보화 등을 말한다. 우리는 예불을 할 때 지심귀명례(至心歸命禮)라고 한다. 여기서 명(命)은 곧 목숨을 말한다.

대승기신론(大乘起信論)에 보면
귀명진시방(歸命盡十方)이라는 표현이 있다. 이는 중생들은 뭐니뭐니 해도 자신의 목숨을 가장 아낀다는 표현으로, 이러한 자신의 목숨까지 바치는 마음으로 부처님께 귀의한다는 뜻이다. 이러한 관점에서 볼 때 보시를 함에도 자신이 가지고 있는 가장 아끼고 귀하게 여기는 모든 것이 곧 칠보에 해당한다.

참고로 마명(馬鳴) 보살이 짓고 진제(眞諦)가 한역한 기신론(起信論)[237]에 보면 다음과 같은 게송이 있다.

---

[237] 여기 게송은 진제가 한역한 기신론에서 인용하였다.

歸命盡十方 最勝業遍知

귀명진시방 최승업변지

色無碍自在 救世大悲者

색무애자재 구세대비자

끝없는 시방 세계에서

가장 수승한 업으로 두루 아시고

색(色)이 걸림 없이 자재하시며

세상을 구제하시는 대비하신 분과

及彼身體相 法性眞如海

급피신체상 법성진여해

無量功德藏 如實修行等

무량공덕장 여실수행등

그리고 그 몸의 본체와 모습으로써

법성(法性)과 진여(眞如)의 바다인

무량한 공덕의 갈무리[無量功德藏]와

여실히 수행하시는 분들께 귀의하나이다.

삼천대천세계(三千大千世界)는 고대 인도인들의 우주관으로 우주 전체를 지칭하는 표현이다. 그러니 삼천대천세계는 우주 전체를 말하는 것이라고 보면 된다. 그리고 삼천대천세계를 줄여서 흔히 삼천대천(三千大千), 삼천세계(三千世界), 삼천계(三千界), 대천세계(大千世界)라고도 한다.

기세경(起世經)[238] 권제1에 보면

비구들아, 이 천 세계는 마치 주라(周羅)[239]와 같은데, 소천(小千)세계라 한다. 비구들아, 그렇게 많은 주라의 1천 세계를 바로 제2의 중천(中千) 세계라 한다. 비구들아, 이러한 제2의 중천 세계를 하나의 수[一數]로 하여 다시 천(千)의 세계가 차면 이것을 삼천대천세계라 한다. 비구들아, 이 삼천대천세계는 동시에 성립되며, 동시에 성립된 뒤에 다시 무너지며, 동시에 무너지고 난 뒤에 다시 도로 성립되며, 동시에 성립되고 나서 편안히 머무르게 된다. 이처럼 세계가 두루 다 타 버리면 무너졌다고 하고, 두루 다 일어나면 성립되었다 하며, 두루 머무르면 편안히 머무른다고 하니, 이것이 두려움 없는 한 부처님 세계의 중생들이 사는 곳이 된다고 하였다. 諸比丘 此千世界 猶如周羅周羅者隋言髻名小千世界 諸比丘 爾所周羅一千世界 是名第二中千世界 諸比丘 如此第二中千世界以爲一數 復滿千界 是名三千大千世界 諸比丘 此三千大千世界同時成立 同時成已而復散壞 同時壞已而復還立 同時立已而得安住 如是世界周遍燒已 名爲散壞 周遍起已 名爲成立 周遍住已 名爲安住 是爲

---

238 수나라 때 사나굴다(闍那崛多)가 10권으로 한역한 것으로 세계의 성립과 파괴에 대해 설한 경전이다. 그 내용은 대루탄경(大樓炭經)과 거의 유사하다.

239 주라(周羅)는 수(隋)나라 말로 계(髻)이다.

無畏一佛刹土 衆生所居

　수미세계(須彌世界)를 1천 개를 합치면 소천세계(小千世界)가 된다. 다시 소천세계를 1천 개를 합치면 중천세계(中千世界)라고 하며, 중천세계를 다시 1천 개를 합치면 대천세계가 되는 것이다. 그러므로 그 비유가 실로 어마어마한 것이다. 그만큼 불교는 도량의 범위가 큰 종교이다. 이러한 가르침이 있는 부처님의 말씀에 자질구레하게 믿음을 낸다면 이는 큰 문제가 있는 것이다.

　삼천대천세계를 가득 채울 칠보로써 보시한다면 그 공덕이 크겠느냐고 하는 질문에 '예 그렇습니다.'라고 대답하고 있다. 여기서 수보리가 심다(甚多)라고 하였으니, 이는 '매우 많다' 또는 '굉장하다'는 뜻이다. 또한 부처님의 가르침에 거역하지 아니하고 순응하며 다음의 가르침을 기다리고 있다.

佛告須菩提 若善男子善女人 於此經中 乃至受持四句偈等
불고수보리 약선남자선녀인 어차경중 내지수지사구게등

부처님께서 수보리에게 말씀하셨습니다. 만약 선남자 선여인이 이 경전 가운데서 네 글귀만이라도 받아 지녀서

爲他人說 而此福德 勝前福德
위타인설 이차복덕 승전복덕

남을 위하여 설명하여 준다면 이 복덕은 앞의 복덕보다 훨씬 뛰어나리라.

부처님께서 수보리에게 다시 이르시기를 누구라도 금강경 가운데 사구게를 받아 지녀서 남을 위하여 전법을 한다면 그 복덕이 삼천대천세계에 칠보로 보시한 공덕보다도 더 수승할 것이라고 말씀하셨다.

여기서 선남자 선여인은 신심이 돈독한 불자라고 보아도 되지만 굳이 그러할 필요는 없다. 선남자 선여인은 '누구라도', 이렇게 보아도 무방하다. 선남자 선여인을 다르게 표현하면 청신사(淸信士), 청신녀(淸信女)가 되는데, 여기서 청(淸)은 믿음이 청정한 불자를 말한다. 청신사는 우바새(優婆塞)를 말함이며 청신녀는 우바이(優婆夷)를 말한다.

'누구라도 사구게를 받아 지녀서' 이러한 표현으로 여기서 사구게는 '짧은 말씀 하나라도' 이러한 뜻도 되지만 궁극적으로는 금강경의 묘리(妙理)를 이해하는 자로, 이를 '받아 지녔다'고 한다. 왜냐하면 묘리를 모르면 누구에게 부처님 법을 전할 자신도 없고, 또한 상대방이 되물으면 그냥 어물쩍 넘어가게 되기 때문이다.

그러므로 부처님이 우리에게 항하사와 삼천대천세계의 칠보 보시를 비유로 들어 우리의 믿음을 흥기 시키고 나서 하시는 말씀은, 곧 금강경의 묘리를 터득하면 앞서 비유보다 훨씬 더 수승한 복전이 될 것이라는 가르침을 주고 계심이다. 왜냐하면 항하사 비유와 칠보 비유는 헤아리기가 어렵다는 표현이나 결국 유한(有限)하다는 의미가 있어 유위법이지만, 경전의 말씀을 깨달아 얻어 그 묘리를 터득하는 것은 곧 무위법으로 앞서 말한 유위의 보시와는 비교가 불가능한 것이다.

금강경의 묘리를 남에게 전달하는 보시는 곧 '다 함이 없는 공덕'으로 이러한 공덕을 곧 무궁공덕(無窮功德)이라고 한다. 그러므로 부처님은 우리에게 '무궁공덕'을 지으라고 말씀하신다.

재공의례(齋供儀禮)에서 공덕을 찬탄하는 게송을 공덕게(功德偈)[240]라고 하는데 이를 살펴보면 다음과 같다. 여기에는 어마어마한 뜻이 숨어 있음이다.

願以此功德 普及於一切
원이차공덕 보급어일체

我等與衆生 當生極樂國
아등여중생 당생극락국

---

240 법화경 약초유품에서는 '이러한 공덕으로 전부에 보급하여 저희와 여러 중생 부처님 도를 이룰지어다'고 하였다. 願以此功德 普及於一切 我等與衆生 皆共成佛道

同見無量壽 皆共成佛道
동견무량수 개공성불도

바라옵건대 이러한 공덕이
모든 곳에 널리 보급되어
나와 더불어 중생들은
내생에는 극락 국토에 태어나고
다 함께 아미타불을 친견하여
모두 성불할지어다.

부처님의 말씀을 남에게 전달하는 공덕은 실로 무진장하여 필설
(筆舌)로써는 다하지 못한다. 또한 작은 냇물이 모여서 강이 되고 바
다가 되고 씨줄과 날줄이 교차하고 교차하여 베를 짜내듯이 작은 공
덕이라 할지라도 모이고 모이면 숲을 이루는 것이니 이를 공덕총림
(功德叢林)이라고 한다.

공덕의 모태(母胎)가 되는 것을 공덕모(功德母)라고 한다. 여기에
대해서 화엄경에서는 믿음이 곧 공덕의 어머니라고 하였다.

60권 본 화엄경(華嚴經)²⁴¹ 현선수보살품에 보면

---

241 동진(東晉) 시대에 북인도 출신 불타발타라(Buddhabhadra, 佛馱跋陀羅,
359~429)가 양주(楊州) 도량사(道場寺)에서 418년~422년에 한역하였다. 또는
진(晋)나라 때인 398년에 번역을 시작하였다고도 한다. 줄여 화엄경이라고 하
며, 별칭으로 구역화엄경(舊譯華嚴經)·육십화엄(六十華嚴)·진본화엄경(晋本華

부처님의 바른 가르침을 깊이 믿고 또한 보살이 행하는 도를 믿으며 바른 마음으로 부처님과 보살에 대한 믿음을 가지나니 보살은 이에 따라 초발심을 하게 되기에 믿음은 도의 근원이며 공덕의 모태가 되어서 전부의 선한 법을 기르며 갖가지 의혹을 모두 없애어 다시없는 보리를 열어 보인다고 하였다. 深信諸佛及正法 亦信菩薩所行道 正心信向佛菩提 菩薩因是初發心 信爲道元功德母 增長一切諸善法 除滅一切諸疑惑 示現開發無上道

믿음이 있다는 것은 확신에 찬 믿음을 말함이다. 이는 곧 부처님께서 말씀하신 묘리를 깨달아 얻은 것으로, 이로써 바른 믿음이 나오는 것이다. 금강경에서 사구게를 받아 지녀서 남에게 베푸는 보시를 강조함은 곧 법보시를 말한다.

법보시(法布施)는 다른 사람에게 부처님의 가르침을 전해 주거나 설해 주어서 다른 이로 하여금 불문에 들게 하거나 깨달음을 얻게 하는 계기를 마련해 주는 것이다. 그 공덕은 실로 불가사의한 것으로 이를 줄여 법시(法施)라고도 한다. 법시는 실로 불가사의하다는 것을 증명하기 위하여 앞서 항하사(恒河沙) 비유, 칠보 비유를 든 것이다.

보시할 때 보시를 하는 사람을 시자(施者)라 하고, 보시를 받는 사람을 수자(受者)라 하며, 보시하는 물건을 시물(施物)이라고 한다. 이

嚴經) · 진경화엄경(晋經華嚴經)이라고도 한다. 이외에도 반니원경(般泥洹經) · 마하승기율(摩訶僧祇律) · 달마다라선경(達摩多羅禪經) 등이 있다.

세 가지가 공한 것을 삼공(三空)이라고 한다.

여기에 대하여 대반야경(大般若經)[242] 제392권에 보면

모든 선남자야 승의제(勝義諦) 중에는 보시, 보시를 하는 사람, 보시를 받는 사람, 보시하는 물건, 보시의 과보 등이 모두 본래 없는 것이다. 이와 같은 것은 모두 본성이 공하고 본성이 공한 가운데서 취할 만한 것은 없으며, 여러 가지 본성이 공함도 또한 취할 수가 없는 것이다. 이처럼 선현아, 보살마하살은 보시바라밀을 수행할 때 비록 중생에게 스스로 보시를 베풀고 다른 사람에게도 보시를 권유하지만 보시바라밀행에서는 보시를 하는 사람, 보시를 받는 사람, 보시하는 물건, 보시의 과보 등을 찾아볼 수가 없다. 이와 같은 보시바라밀다를 무소득바라밀다라 한다고 하였다. 諸善男子 勝義諦中 都無佈施 亦無施者 亦無受者 亦無施物 亦無施果 如是諸法 皆本性空 本性空中 無法可取 諸法空性 亦不可取 如是 善現 諸菩薩摩訶薩 修行佈施波羅蜜多時 雖于有情 自行于施 亦勸他施 而于佈施 施者

---

242 당(唐)나라 때 현장(玄奘)이 방주(方州)의 옥화궁사(玉華宮寺)에서 660년 또는 659년에 번역을 시작하여 663년에 완성하였다. 한역 불전(漢譯佛典) 중 반야부 계통의 경전을 집대성한 총서(叢書)로 모두 600권이다. 반야부 경전의 약 4분의 3을 차지하는 방대한 경으로, 전체가 16회로 이루어져 있는데 제1회와 제11회 이하는 현장이 처음 번역한 것이고, 나머지는 이미 번역된 것을 현장이 다시 번역한 것으로 주된 내용은 공(空)에 관한 말씀이다. 줄여서 대반야경(大般若經)이라고 하며, 별칭으로 대품경(大品經)·대품반야(大品般若)·대품반야경(大品般若經)·6백부 반야(般若)라고도 한다. 6백 권 390품 4백 6십여만 자로 이루어진 이 경전은 화엄·법화·열반 등 대승의 5대 경전 중에서도 가장 방대한 양을 담고 있다

受者 施物 施果皆無所得 如是佈施波羅蜜多 名無所得波羅蜜多

　'재시'보다는 '법시'가 수승하다고 가르침을 주고 있다. 보시는 베풂이다. 따라서 보시는 사랑을 베푸는 것이다. 아무리 보시한다고 하더라도 사랑하는 마음이 없으면 곤란하다. 부처님께서 말씀하신 칠보의 베풂은 물질적 베풂이고, 법의 베풂은 정신적인 베풂이다. 따라서 제11분의 말씀을 요약하면 '부처님의 말씀이 재물보다 낫다'는 통이 큰 가르침이다.

제12 존중정교분尊重正教分

· ·

올바른 가르침을 존중하라

復次須菩提 隨說是經 乃至四句偈等 當知此處 一切世間天人
阿修羅 皆應供養 如佛塔廟 何況有人盡能受持讀誦

또 수보리야, 이 경을 해설하되 단지 네 글귀만 하더라도 반드시 알
라. 이곳에는 모든 세간의 천신과 사람과 아수라가 다 마땅히 부처님
의 탑에 공양하는 것과 같이 해야 한다. 하물며 어떤 사람이 이 경을
모두 다 받아 지니고 읽고 외우는 일이겠는가?

須菩提 當知是人成就最上第一希有之法 若是經典所在之處 則
爲有佛若尊重弟子

수보리야! 반드시 알라. 이 사람은 가장 높고 제일가는 희유한 법을
성취한 것이다. 또한 이 경전이 있는 곳이라면 부처님과 훌륭한 제자
들이 함께 계시는 것이 되느니라.

존중정교 尊重正教
올바른 가르침을 존중하라.

존중(尊重)은 높여 귀중하게 여기는 것을 말한다. 존(尊)은 우러러

본다는 표현이며, 중(重)은 중요하게 대한다는 뜻이다. 정교(正敎)는 삿된 가르침이 아닌 바른 가르침을 말한다. 금강경의 입장에서 보면 금강경이 곧 정교(正敎)이다.

존중에 대해서 화엄경(華嚴經) 권제11 비로자나품에 보면 대위광(大威光) 동자가 부처님의 위신력을 받들어 모든 권속을 위하여 게송으로 설하는 장면이 있는데 내용은 다음과 같다.

汝等應生歡喜心 踊躍愛樂極尊重
여등응생환희심 용약애락극존중

我當與汝同詣彼 若見如來衆苦滅
아당여여동예피 약견여래중고멸

너희들은 응당 환희심을 내어서
좋아 뛰고 즐겨하며 존중하여라.
나도 너희와 함께 거기에 나아가리니
만약 여래를 뵈게 되면 모든 고통을 소멸하리라.

결국 존중(尊重)은 찬탄(讚歎)과 같은 맥락이며 존중하면 이를 선양(宣揚)해야 하는 것이다. 이를 포교라고 하며, 부처님께서 삼계에 권위를 드러내심도 모두 정교로 말미암아 나오는 것이다. 이를 부처에 비유하면 불력(佛力)이라 하고, 법에 비유하면 법력(法力)이라고 한다.

40권 화엄경 권제31 보현행원품(普賢行願品)²⁴³에 보면

능히 모든 부처님과 보살과 선지식의 가르침을 존중히 여기며, 가르침을 존중하므로 모든 법이 공하고 고요한 줄을 관찰하며, 법이 공함을 깨달으면 마음이 가는 대로 걸림이 없고, 연기(緣起)를 깊이 통달하여 원인이 없다는 소견을 여의고 잘못된 소견을 없애며, 바른 도를 닦아 익히고, 바른 도에 들어가서는 진실한 지혜를 얻으며, 진실한 지혜를 얻으므로 이 해탈을 얻어 깊은 법계를 깨달아 얻는다고 하였다. 能於一切諸佛菩薩善知識敎 心生尊重 尊重敎故 勤求觀察諸法空寂 悟法空已 其心所向 皆無罣礙 深達緣起 離無因見 滅邪見心 修習正道 入正道已 得眞實智 得實智故 得此解脫 證深法界

정교(正敎)는 바른 가르침을 말하므로 사사로움을 허용하지 않는다. 따라서 부처님의 가르침은 정교(正敎)이며, 부처님 가르침을 벗어나는 것은 사교(邪敎)다.

치문경훈(緇門警訓)에 실려 있는 송(宋)나라 고산원(孤山圓) 법사의 면학편(勉學篇)에 보면 정교(正敎)에 대해 다음과 같은 가르침이 있다.

凡民之學不怠 可以至於賢
범민지학불태 가이지어현

---

²⁴³ 입부사의해탈경계보현행원품(入不思議解脫境界普賢行願品)을 말한다.

賢人之學不息 可以至於聖

현인지학불태 가이지어성

평범한 백성이 배움을 게을리하지 않으면
현인에 이를 수 있고
현인이 배움을 게을리하지 않으면
성인에 이를 수 있다.

치문경훈주(緇門警訓註)[244]에서 성현(聖賢)에 대하여 밝히기를 또 다음과 같이 하였다.

밝은 신령스러움으로 통철하게 들여다보는 것을 일컬어 성(聖)이라 한다. 또 성(聖)은 정(正)과도 같아서 정교(正敎)로써 사람들을 가르치기 때문에 범부를 초월하고 성인에 버금가는 자를 현인(賢人)이라 한다. 靈明洞鑑曰聖 又聖猶正也 以正敎誨人也 超凡亞聖曰賢

復次須菩提 隨說是經 乃至四句偈等 當知此處
부차수보리 수설시경 내지사구게등 당지차처

---

244 치문경훈(緇門警訓)은 원나라 승려 영중(永中)이 송나라 택현의 치림보훈(緇林寶訓) 1권을 중편 증보한 것으로, 명나라 여근(如巹)이 다시 증보하여 펴낸 것이다. 이를 백암성총(栢庵性聰, 1631~1700)이 진주 지리산 쌍계사에서 다시 주해한 것이다.

또 수보리야, 이 경을 해설하되 단지 네 글귀만 하더라도 반드시 알라.

一切世間天人阿修羅 皆應供養 如佛塔廟
일체세간천인아수라 개응공양 여불탑묘

이곳에는 모든 세간의 천신과 사람과 아수라가 다 마땅히 부처님의 탑에 공양하는 것과 같이 해야 한다.

何況有人盡能受持讀誦
하황유인진능수지독송

하물며 어떤 사람이 이 경을 모두 다 받아 지니고 읽고 외우는 일이겠는가?

이 분(分)은 금강경의 올바른 진리를 받들어 존중하라는 가르침이다. 정교(正敎)의 가르침인 금강경의 가르침 가운데 짧은 경전 말씀 하나라 할지라도 응당 일체세간·천인·아수라가 부처님의 탑묘(塔廟)에 응당 공양 올리고 공경하는 것처럼 해야 한다는 말씀이다.

이 가르침을 잘 살펴보면 불교가 나아갈 바를 명확히 제시하고 있다. 이에 정치적인 수식어를 갖다 붙이면 진보가 되는 것이다. 그러나 우리는 틀에 갇힌 불교에 알게 모르게 침익(沈溺)되어 있어 그것을 모를 뿐이다.

반야의 묘리를 전하는 금강경의 짧은 게송 하나를 제대로 알면 이 것이야말로 부처님의 사리탑과 다를 바가 없다는 가르침을 그냥 어물쩍하게 넘어가면 곤란하다. 변하지 않는 종교나 국가는 정체(停滯)를 거듭하다가 결국 힘없이 주저앉게 되는 법이다. 종교는 우리에게 끊임없이 변화하라고 메시지를 주고 있다. 그렇지 아니하면 대자유인이 될 수 없기 때문이다. 이러한 도리를 바로 알면 기도 가운데 보살을 친견한 것은 별로 대수롭지 않은 일이다. 다만 자성의 변화가 일어날 때 벅찬 환희심으로 성불의 길로 나아갈 수 있음을 잠시라도 잊어서는 안 된다.

부차(復次)는 앞의 문장을 이끌어서 설명하는 과정이다. 문장의 흐름을 보면 앞 문장과 연속하여 이루어지는 문장이 되는 것이다. 그러면 여기서 앞의 문장이라는 것은 무엇인가? 항하사 비유와 칠보 공양 비유를 말한다.

사구게(四句偈)는 사구(四句)로 된 짧은 게송을 말하지만, 전체적으로 보면 금강경의 짧은 구절도 모두 여기에 포함된다. 한역본 금강경에서는 다음과 같이 세 개의 사구게가 전하고 있다.

1구는 제5 여리실견분(如理實見分)에 나오는 말씀이다.

凡所有相 皆是虛妄
범소유상 개시허망

若見諸相非相 則見如來

약견제상비상 즉견여래

무릇 형상 있는 것은
모두가 허망하나니
모든 형상을 본래 형상이 아닌 것을 알면
곧 진실한 모습을 보게 되리라.

2구는 제26 법신비상분(法身非相分)에 나오는 말씀이다.

若以色見我 以音聲求我

약이색견아 이음성구아

是人行邪道 不能見如來

시인행사도 불능견여래

만약 색신으로서 나를 보거나
음성으로써 나를 구하고자 한다면,
이 사람은 사도를 행하는 자이기에
능히 여래를 보지 못 하리라.

3구는 제32 응화비진분(應化非眞分)에 나오는 말씀이다.

一切有爲法 如夢幻泡影
일체유위법 여몽환포영

如露亦如電 應作如是觀
여로역여전 응작여시관

일체의 함이 있는 현상계의 모든 생멸법은
꿈과 같고, 환상과 물거품과 그림자 같으며,
이슬과 같고 또한 번개와도 같으니,
응당 이처럼 관할지니라.

이처럼 사구게는 경전의 내용을 요약하여 잘 나타내고 있다. 그러기에 경전에서는 사구게의 중요성을 내세우고 있다. 또한 견해에 따라서는 제10 장엄정토분(莊嚴淨土分)에 나오는 내용을 사구게로 삼기도 한다.

不應住色生心 不應住聲香味觸法生心
불응주색생심 불응주성향미촉법생심

應無所住 而生其心
응무소주 이생기심

응당 색에 머물러서 마음을 내지 말며,
응당 성 · 향 · 미 · 촉 · 법에 머물러서 마음을 내지 말 것이요,

응당 머문 바 없이

그 마음을 낼지니라.

일체세간 천인아수라(一切世間 天人阿修羅)라고 하였으니 이는 곧
이종세간(二種世間)을 말한다. 이종세간은 곧 중생과 비중생(非衆生)
을 말하는 것으로 여기서 일체세간은 중생에 해당하며 천인아수라
는 비중생에 해당한다.

대지도론(大智度論) 제2권에 보면 다음과 같은 내용이 있다.

이종세간(二種世間)을 아나니 첫째는 중생이요, 둘째는 비중생이
다. 나아가 실상 그대로 세간과 세간의 원인을 알며, 세간의 멸(滅)과
출세간의 도를 안다. 세간을 안다고 함은 세속의 알음알이 같은 것은
아니며, 또한 외도의 알음알이도 아니다. 세간은 무상한 까닭에 고
(苦)이며, 고(苦)인 까닭에 무아(無我)라고 아는 것이다. 知二種世間
一衆生 二非衆生 及如實相知世間 世間因 知世間滅 出世間道 復
次 知世間 非如世俗知 亦非外道知 知世間無常故苦 苦故無我

아수라(阿修羅)는 산스크리트어[245]의 asura를 음사한 표현이다. 아
수라는 흔히 전투를 좋아하는 악신으로 표현되고 있지만, 이는 어디

---

[245] 인도 · 유럽 어족 가운데 인도 · 이란 어파에 속한 인도 · 아리아어 계통으
로 고대 인도의 표준 문장어다. 전 인도의 고급 문장어로 오늘날까지 지속되는
데, 불경이나 고대 인도 문학은 산스크리트어로 기록되었다.

까지나 후대에 날조된 것이지 원래 아수라는 불법을 수호하는 선신
(善神)으로 묘사되었다. 그러므로 금강경에서 아수라는 귀신(鬼神)이
나 악신(惡神)이 아닌 호법선신(護法善神)으로 등장하는 것이다.

탑묘(塔廟)는 곧 사리탑을 말한다. 여기서 눈여겨볼 것이 있는데
이를 간과하고 지나치면 안 된다. 부처님의 사리를 모신 탑(塔)이나
묘(廟)가 중요한 게 아니라 그것보다 더 존귀한 것이 있으니, 부처님
의 가르침인 진리가 더 중요하다고 지금 에둘러서 말한다. 이를 다시
들여다보면 부처님께서 말씀하신 '진리'가 곧 '진정한 부처님'이라는
표현이다. 그러므로 불법(佛法)이 있는 자리는 일체세간 천인아수라
가 응당 공양하고 공경하는 자리가 되는 것이다. 청법(聽法)과 호법
(護法)이 동시에 이루어지는 것이다.

탑묘(塔廟)라는 표현이 나오는 데는 이유가 있다. 불교는 원래 불
상이 없는 종교이다. 다시 말하면 부처님의 가르침을 따르는 종교이
지 형상을 숭배하는 종교는 아니다. 까닭에 불상이 태동하기 전에는
탑파(塔婆) · 보리수(菩提樹) · 불좌(佛座) · 불족(佛足) · 법륜(法輪)
등을 묘사하여 부처님처럼 여겼기 때문에 불상(佛像)이라는 표현을
쓰지 아니하고 탑묘라고 한 것이다.

탑묘에 공양을 올린다고 하는 것은 여러 가지가 있을 수 있으나 향
(香) · 꽃 · 번(幡) · 개(盖) · 의복(衣服) · 기악(技樂)은 물론이거니와
합장하거나 예배드림도 모두 공양에 속한다.

심구상응(心口相應)이라는 표현이 있다. 이는 마음과 입이 상응한다는 표현이다. 이를 다시 말하면 마음에 품은 생각과 말이 곧 일치한다는 뜻이 된다. 지금 일체세간 천인아수라가 응당 탑과 묘(廟)에 공양하고 공경한다고 하였다. 이는 마음으로 공양하고 공경하며 입으로 부처님을 찬탄함이다. 고로 마음이 곧 부처요, 입이 곧 법(法)이니, 이로써 '심구상응'이 되는 것이다.

육조단경(六祖壇經)[246] 반야품 제2에 보면

선지식아, 마하반야바라밀은 범어로써 이를 한역하면 큰 지혜로 피안에 이른다는 뜻이다. 이것은 마음으로 행할 것이며 입으로 외우는 데 있지 아니함이다. 입으로만 외우고 마음으로 행하지 아니하면 허깨비, 이슬, 번개 등과 같이 허망하며 입으로 외울 뿐만 아니라 마음으로도 행하면 마음과 입이 서로 상응하는 것이라고 하였다. 善知識 摩訶般若波羅蜜是梵語 此言大智慧到彼岸 此須心行 不在口念 口念心不行 如幻如化 如露如電 口念心行 則心口相應 本性是佛 離性無別佛

하물며 그러할진대 누구라도 금강경을 읽고 외우고 받아 지녀서 독송한다면 그 공덕이야 말해서 무엇하겠느냐고 하셨다. 이는 무슨 말씀인가. 앞의 항하사 비유와 삼천대천세계의 칠보 공양 비유는 모두 유루복(有漏福)이라면, 무위복승에서 말씀하시는 복은 무루복(無

---

[246] 중국 선종(禪宗)의 제6대조 혜능의 일대기로 남종선(南宗禪)의 근본이 되는 선서(禪書)이다. 엄밀히 말하면 경(經)이 아니라 조사 어록(祖師語錄)이다.

漏福)이다. 그러므로 유루복은 무루복에 비교가 안 되는 것이다.

보살영락경(菩薩瓔珞經)[247] 권제10 공양사리품(供養舍利品)의 말씀을 추려서 살펴보면 다음과 같다.

선남자 선여인이 천하의 칠보의 탑 및 한 천하의 전신 사리에 비단·꽃·양산·온갖 향으로 공양하더라도 법신의 바른 가르침[正教]을 받아 지니고 외우는 것만 못하나니, 그 복은 매우 많아서 비유로써 견줄 수 없느니라. 왜냐하면 네 천하의 칠보의 탑 및 네 천하의 전신 사리에서 공양하고, 아울러 네 색신 여래·지진·등정각에게 공양 올리는 것은 모두 법신을 말미암아 공양을 얻기 때문이라. 善男子善女人 受持諷誦 法身政教 其福甚多 不可以譬喻爲比 何以故供養四天下七寶塔 及四天下全身舍利 及供養四色身如來至眞等正覺 皆由法身而得供養

須菩提 當知是人成就最上第一希有之法
수보리 당지시인성취최상제일희유지법

수보리야! 반드시 알라. 이 사람은 가장 높고 제일가는 희유한 법을 성취한 것이다.

---

247 388년 7월에 축불념(竺佛念)에 의하여 장안(長安)에서 한역되었으며, 성불하기 이전의 보살로서의 부처님에 관해서 말하고 있다.

若是經典所在之處 則爲有佛若尊重弟子
약시경전소재지처 즉위유불약존중제자

**또한 이 경전이 있는 곳이라면 부처님과 훌륭한 제자들이 함께
계시는 것이 되느니라.**

부처님의 당부가 이어지고 있다. 수보리야, 너는 응당 바로 알아두
어라. 금강경 가운데 말씀 하나라도 명철하게 이해를 한다면 이는 세
상에서 가장 숭고하고 보기 드문 법을 성취한 것이라고 말씀을 하고
계신다.

부처님의 법을 바로 알아듣는 자는 다름이 아닌 무상(無相), 그리
고 무주(無住)의 진리를 깨우친 자이다. 이들은 무상정등각(無上正等
覺), 다시 말해 아누다라삼막삼보리법을 성취한 것이니 최상(最上)이
며, 제일(第一)이며, 희유(稀有)한 것이라고 말씀하시는 것이다. 다시
말해 최상의 법이기에 정교(正敎)이며, 제일가는 법이기에 존중받는
가르침이 되는 것이다.

또 부처님은 말씀하시기를 금강경이 있는 자리는 곧 부처님과 부
처님의 뛰어난 제자들이 함께하는 자리라고 하였다. 다시 말해 가
장 높고 희유한 법은 다름이 아닌 부처님이라는 것이다. 그러므로 불
(佛)과 법(法)은 서로 대등한 관계이다. 불교에서 말하는 불법승(佛法
僧) 삼보는 부처님과 가르침이 있고, 그에 따라서 가르침을 전하는
승(僧)이 당연히 있게 되는 것이다.

금강경을 설하신 주재자는 석가모니 부처님이기에 금강경을 보고 듣고 설하는 자리는 응당 부처님이 함께하여 둘러싸심이기에 불보가 되는 것이며, 금강경의 주체가 반야바라밀(般若波羅蜜)이기에 법보가 성립되는 것이다.

불자는 반드시 알아야 한다. 부처님의 말씀이 곧 부처님을 대신하는 것이다. 그러하니 불상보다 불경이 비교할 수 없을 정도로 우위에 있다. 따라서 참다운 불사는 전각을 짓고 탑 등을 일으키는 것이 아니다. 불경이 곳곳에 넘쳐나야 참다운 불사를 하는 것이요, 진정으로 부처님의 은혜를 조금이라도 갚는 길이다. 인도 마우리아 왕조의 제3대 왕(B.C. 268?~B.C. 232?)인 아소카왕[248]도 석주를 세운 적이 있지만 그 어디에도 불상을 봉안했다는 기록은 없다.

대반열반경 권제16에 보면

선남자야, 부처님 여래의 비밀스러운 법장도 그와 같아서 말세(末世)의 나쁜 비구들이 부정한 물건을 쌓아 두고, 사부대중에게 여래가 마침내 열반에 든다고 말하며, 세간 경전을 읽고 부처님 경전을 공경하지 않거든, 이러한 나쁜 일이 세상에 나타날 때, 여래가 이런 나쁜 일을 없애고 잘못 생활하는 이양을 여의게 하려고 이 경전을 연설하나니, 만일 비밀스러운 법장인 이 경전이 없어지고 나타나지 아니할 적에는, 부처님 법도 없어지는 줄을 알아야 한다고 말씀하셨다. 善男子 諸佛如來秘密之藏亦復如是 爲未來世諸惡比丘畜不淨物 爲

---

248 아소카왕은 불전에 따라 아육왕(阿育王), 무우왕(無憂王)이라고도 한다.

四衆說如來畢竟入於涅槃 讀誦世典 不敬佛經 如是等惡現於世時
如來爲欲滅是諸惡 令得遠離邪命利養 如來則爲演說是經 若是經
典秘密之藏滅不現時 當知爾時佛法則滅

　다시 본문에 보면 약시경전소재지처(若是經典所在之處)라는 문구
에서 약(若)은 '만약'으로 쓰인 것은 아니며, 명사와 명사를 연결 짓
는 역할을 한다. 여기서는 '또', '또한' 그 정도의 의미로 쓰인 것이다.

　부처님은 진정한 법당이 무엇인지를 우리에게 아주 잘 보여 주고
계심이다. 법당만 덩그러니 하고 그 안에 수행자가 없다면 이는 진정
한 법당이라고 볼 수 없다. 불자는 금강경을 통하여 자각해야 한다고
주문하는 것이다. 자각하지 않으면 그냥 구태(舊態)를 답습해 나가다
가 통함이 없는 막다른 골목에 다다라 그만 좌절한다. 고로 금강경이
우리에게 보내는 또 하나의 메시지는 '자각하여 성성하게 깨어 있으
라'는 것이다.

　금강경을 부처님 탑묘에 공양하는 것처럼 대하라고 한 것은 불보
(佛寶)의 위대함과 법보(法寶)의 위대함을 함께 나타낸 것이며, 훌륭
한 제자들이 있다고 하는 것은 승보(僧寶)의 존중함을 나타낸 것이
다.

제13 여법수지분如法受持分

··

여법하게 받아 지녀라

爾時 須菩提白佛言 世尊 當何名此經 我等云何奉持

그때 수보리가 부처님께 사뢰었습니다. 세존이시여, 이 경의 이름을 무엇이라 해야 합니까? 그리고 저희가 어떻게 받들어 지녀야 합니까?

佛告須菩提 是經名爲金剛般若波羅蜜 以是名字 汝當奉持 所以者何 須菩提 佛說般若波羅蜜 則非般若波羅蜜 是名般若波羅蜜

부처님께서 수보리에게 말씀하셨습니다. 이 경의 이름은 금강반야바라밀이다. 그대들은 반드시 이러한 이름으로 받들어 지니도록 하라. 왜냐하면 수보리야, 부처님이 말한 반야바라밀이란 곧 반야바라밀이 아니고 그 이름이 반야바라밀일 뿐이기 때문이니라.

須菩提 於意云何 如來有所說法不

수보리야, 그대는 어떻게 생각하는가? 여래가 법을 설한 바가 있는가?

須菩提白佛言 世尊 如來無所說

수보리가 부처님께 대답하였습니다. 세존이시여, 여래께서는 법을 말씀하신 바가 없습니다.

須菩提 於意云何 三千大千世界 所有微塵 是爲多不

수보리야, 그대는 어떻게 생각하는가? 삼천대천세계에 있는 모든 티끌이 많다고 하겠는가?

須菩提言 甚多世尊

수보리가 대답하였습니다. 아주 많습니다, 세존이시여.

須菩提 諸微塵 如來說非微塵 是名微塵 如來說世界 非世界 是名世界

수보리여! 여래는 티끌들을 티끌이 아니라고 말하나니 이것은 그 이름이 티끌일 뿐이며 여래가 말하는 세계 또한 세계가 아니고 그 이름이 세계일 뿐이니라.

須菩提 於意云何 可以三十二相 見如來不

수보리야, 어떻게 생각하는가? 서른두 가지의 거룩한 상호로써 여래를 볼 수 있겠는가?

不也世尊 不可以三十二相 得見如來 何以故 如來說三十二相 卽是非相 是名三十二相

아닙니다, 세존이시여. 서른두 가지의 거룩한 상호로써는 여래를 볼 수 없습니다. 왜냐하면, 여래께서 말씀하신 서른두 가지의 거룩한 상호는 곧 상호가 아니고 그 이름이 서른두 가지의 거룩한 상호일 뿐이기 때문입니다.

須菩提 若有善男子善女人 以恒河沙等身命布施 若復有人 於
此經中 乃至受持四句偈等 爲他人說 其福甚多

　수보리야, 만약 어떤 선남자 선여인이 항하의 모래 수와 같은 수많
은 목숨을 바쳐 널리 보시한 사람이 있고, 또 어떤 사람은 이 경전 가
운데서 네 글귀만이라도 받아서 남을 위하여 설명해 주었다면 그 복이
훨씬 많으니라.

여법수지 如法受持

여법하게 받아 지녀라.

　이 분(分)은 금강경을 법답게, 여법하게 받아 지니라는 가르침이
다. 그러므로 여기서 여(如)는 여여(如如)하다는 뜻으로 법이(法爾)와
같은 표현이다.

　방광반야경(放光般若經)[249] 권제16 구화품(漚恕品)에 보면
　수보리가 여쭙기를 어떤 것이 여여(如如)한 것입니까? 부처님께
서 말씀하셨으니 진제(眞諦)와 같은 것이다고 하였다. 云何如如 佛
言 如眞際

　이러한 말씀은 반야경(般若經) 권제21에도 나온다.

---

249 서진(西晉)의 무라차(無羅叉)와 축숙란(竺叔蘭)이 함께 번역한 불경이다. 대
반야경을 달리 번역한 것으로 97품 20권이다.

세존이시여, 무엇이 여여한 상과 같은 것인지요? 실제(實際)와 같으니라. 世尊 云何如如相 如實際

수지(受持)는 '받아 지녀서 마음으로부터 기억하고 잊지 않는다'는 뜻이다. 그러면 왜 수지를 이토록 강조하는가. 바라밀을 실천하기 위해서는 정법을 수지하여야 한다. 그리해야 무명에서 벗어날 수가 있으며, 그로 인하여 열반에 이를 수 있기에 '정법'은 반드시 갖추어야 할 필수조건이 되는 것이다. 그러하기에 모든 경전은 수지를 그토록 강조하고 있음이다.

수지(受持)하면 더불어 따라붙는 용어가 있으니, 곧 수지독송(受持讀誦)이다. 경전을 지녀서만 되는 것이 아니고 그와 더불어 행을 실천해야 한다. 고로 수지는 경전을 받아 지니는 것이고, 독송은 경전을 읽는 것으로 곧 적극적인 실천을 말한다.

독송(讀誦)에 대해서는 후대에 이르러 독(讀)과 송(誦)을 따로 분리하였다. 이때 독(讀)은 경전을 눈으로 보는 것을 말하고, 송(誦)은 경전을 보지 아니하고 암송하는 것을 말한다.

수지란 무엇인가?

인왕호국반야경소(仁王護國般若經疏)[250]에 보면

---

[250] 신라의 사문 원측(圓測)이 인왕반야경(仁王般若經)을 주석한 6권 2책이다.

믿음의 힘 때문에 듣고서 받들어 행하는 것을 수(受)라고 하며, 억념(憶念)의 힘 때문에 오래도록 잃지 않는 것을 지(持)라고 한다고 하였다. 信力 故聞而奉行爲受 念力 故 久久不失爲持

대지도론(大智度論) 제33권 원문에 보면
남김없이 수지하고자 함이란 듣고 받들어 행하는 것은 받아들이고[受], 오래오래 잃지 않는 것을 지님[持]이라고 하였다. 盡欲受持者 聞而奉行爲受 久久不失爲持

그러므로 이와 같이 인용한 바가 좀 다른 면이 있다는 것도 참고로 밝혀 두는 바이다.

경전을 수지하는 것은 곧 부처님의 말씀을 수지한 것이다. 법화경(法華經) 방편품에서는 이를 수지불어(受持佛語)라고 한다.

법화경(法華經) 방편품[251]에 보면
부처님께서 말씀하시기를 너희들은 한마음으로 부처님의 말씀을 믿고 이해하고 수지해야 할 것이니, 왜냐하면 모든 부처님의 말씀은 허망하지 않으니라. 나머지 승(乘)이란 있지 아니하고 오직 일불승만 있을 뿐이라고 하였다. 汝等當一心 信解受持佛語 諸佛如來 言

---

251 석존은 모든 중생을 평등하게 성불시키기 위해 이 세상에 출현하였다는 것을 명확히 한다. 그리고 성문(聲聞), 연각(緣覺), 보살(菩薩)이라는 세 종류의 수행자를 위한 세 종류의 가르침인 삼승은 방편의 가르침으로 실제는 모든 중생이 평등하게 성불할 수 있는 유일한 불승이 있다는 것을 명확히 한다.

無虛妄 無有餘乘 唯一佛乘

여법수지(如法受持)는 불자의 사명이다. 따라서 법을 받들지 아니
한다면 이는 참다운 불자가 아니다. 불상(佛像)만 받들고 법을 등한
시한다면 이 역시도 그러하다.

40권본 화엄경 권제20에 보면

모든 여래를 내가 모두 받들어 섬기고 공경하고 공양하여 기쁘게
하였더니, 저 여러 여래께서 나를 위하여 가지가지 바른 법을 연설하
는 것을 내가 모두 기억하며 법답게 받아 지니었고, 한 글자 한 구절
도 잊어버리지 아니하였으며, 저 낱낱 여래 계신 데서 온갖 법문을
칭찬하여, 한량없는 중생에게 이익을 주었고, 낱낱 여래 계신 데서
삼세 법계 광을 나타내어 넓은 법계에 머무는 몸을 얻었으며, 일체
지의 광명에 들어가서 온갖 보현보살의 행에 들어갔다고 하였다. 一
切如來於中出現 我皆承事恭敬供養 令其歡喜 彼諸如來爲我演說
種種正法 我皆憶念 如法受持 乃至不忘一文一句 於彼一一諸如
來所 偁揚讚歎一切佛法 爲無量衆生廣作利益 於彼一一諸如來所
得現三世法界藏 住廣大法界身 得入一切智光明 入一切普賢行

爾時 須菩提白佛言 世尊 當何名此經 我等云何奉持
이시 수보리백불언 세존 당하명차경 아등운하봉지

그때 수보리가 부처님께 사뢰었습니다. 세존이시여, 이 경의

이름을 무엇이라 해야 합니까? 그리고 저희가 어떻게 받들어 지녀야 합니까?

佛告須菩提 是經名爲金剛般若波羅蜜 以是名字 汝當奉持
불고수보리 시경명위금강반야바라밀 이시명자 여당봉지

부처님께서 수보리에게 말씀하셨습니다. 이 경의 이름은 금강반야바라밀이다. 그대들은 반드시 이러한 이름으로 받들어 지니도록 하라.

수보리가 부처님께 여쭙기를 이 경의 이름을 무엇이라고 하면 좋겠습니까? 하자, 부처님께서 이 경의 제명(題名)을 말씀하시기를 '금강반야바라밀경'이라 하라고 하셨다. 그러므로 어찌 보면 금강경은 여기서 종결을 지었다고 보아도 크게 무리가 없을 것이다.

현대 미국의 불교학자이며 반야경전학에 있어서 권위자였던 에드워드 콘즈(Edward Conze 1904~1979)는 금강경의 대의는 여기서 마무리되었다고 말했다. 참고로 에드워드 콘즈는 금강경 연구 · 불교학 입문 · 반야경의 존재론 등 다수의 저서를 남겼던 미국 불교학의 원로이다. 경전의 흐름을 보면 사실이 그러하다. 어찌 보면 존중정교분(尊重正敎分) 이후는 사족(蛇足)이 될 수도 있다는 것이다.

금강반야경소론찬요(金剛般若經疏論纂要)[252]에서는

금강(金剛)에 대해서 밝히기를 금강은 견고함 때문에 어떤 것도 파괴되지 아니하기에 반야의 체(體)에 비유함이고, 금강의 예리함은 모든 사물을 능히 깨트릴 수 있기에 반야의 용(用)에 비유하였다. 따라서 전자는 반야의 체(體)에 대한 비유이기에 이는 실상반야(實相般若)를 나타내고, 후자는 반야의 용을 나타내기에 관조반야를 나타냄이라고 하였다. 金剛者 梵云跋折羅 力士所執之杵是此寶也 金中最剛故名金剛 帝釋有之 薄福者難見 極堅極利喩般若焉 無物可能壞之 而能碎壞萬物 涅槃經云 譬如金剛無能壞者 而能碎壞一切諸物 無著云 金剛難壞 又云 金剛能斷又云 金剛者細牢故 細者智因故 牢者不可壞故 皆以堅喩般若體 利喩般若用

여당봉지(汝當奉持)에서 여(汝)는 중생을 말함이고 당(當)은 당연히, 응당, 마땅히, 이러한 표현이다. 봉지(奉持)는 받들어 지니라는 말씀이다. 이는 경(經)의 위대성을 드러낸 것이며 또한 이 경을 바탕으로 수행하라는 분부이기도 하다.

따라서 '여당봉지'는 "너희들은 응당 금강반야바라밀경을 받들어 지니라"는 뜻이다. 부처님께서 이 경의 제목을 말씀하시고 우리에게 부촉하시는 바가 금강경을 봉지(奉持)하라는 당부임을 잠시라도 잊어서는 안 된다. 그러면 어떤 것이 진정한 봉지(奉持)에 해당하는가. 금강경의 책을 항시 지녀서 수지하고 독송하는 것도 좋지만 궁극적

---

[252] 당나라 규봉종밀(圭峰宗密) 스님이 서술한 금강경 찬요(纂要)이다.

으로 이것을 뛰어넘어 금강경을 통하여 부처님이 우리에게 주지하고자 하는 사실을 명철하게 꿰뚫는 것이 진정한 봉지이다. 그리하면 여당봉지는 곧 여법수지(如法受持)가 되는 것이다.

所以者何 須菩提 佛說般若波羅密 則非般若波羅密
소이자하 수보리 불설반야바라밀 즉비반야바라밀

왜냐하면 수보리야, 부처님이 말한 반야바라밀이란 곧 반야바라밀이 아니고

是名般若波羅蜜
시명반야바라밀

그 이름이 반야바라밀일 뿐이기 때문이니라.

부처님께서 수보리에게 왜 이 경의 이름을 금강반야바라밀이라고 하였는가에 대해서 그 이유를 밝히고 계심이다. 왜냐하면 반야바라밀(般若波羅蜜)은 금강경의 핵심이기 때문이다. 그렇다면 반야바라밀이란 무엇인가? 이는 곧 지혜의 완성 또는 지혜를 통하여 피안의 세계로 건너가는 것을 말한다. 이를 반야바라밀다(般若波羅蜜多) 또는 반야바라밀(般若波羅蜜)이라고 한다.

'반야바라밀'을 한역하여 혜도피안(慧度彼岸), 지도(智度), 명도(明

度), 보지도무극(普智度無極) 등으로 표현하나 거의 사용치 않는다.

중생을 위하여 제법의 실상을 비추고 모든 지혜를 궁구하여, 생사로 고통받는 차안을 건너 열반의 피안에 도달하고자 하는 보살이 지녀야 할 큰 지혜를 일컫는 말이 바로 '반야바라밀'이다.

반야(般若)는 산스크리트어로 프라즈냐(Prajñā)이며 이는 지혜라는 뜻이다. 바라밀(波羅蜜)은 산스크리트어 파라미타(paramita)로 '최상' 또는 '완전하다'는 뜻이다. 그러므로 반야바라밀은 완전한 지혜를 말한다.

그러나 우리는 이를 좀 더 살펴볼 필요가 있다. 파라미타(paramita)의 음사어가 바라밀(波羅蜜)이다. 파라마(parama)는 최상(最上), 완전(完全), 이러한 뜻이 있다. 여기서 파라미타(paramita)는 여성형 단어 파라미(parami)에 추상 명사화 기능을 하는 접미사 타(ta)를 붙인 표현이다. 그 뜻은 '완전', '극치(極致)'이다. 이러한 뜻을 중국이나 티베트 등의 번역자들은 파라(para)를 '저쪽'이라고 번역을 하였는데, 이를 한문으로 나타내면 피안(彼岸)이다. 다시 이를 도피안(度彼岸)으로 한역하였다.

반야바라밀은 구체적으로 반야부(般若部) 경전에 나타난 공(空)에 대한 철저한 이해, 곧 어떤 것에도 자성적 실체가 없다는 것을 터득하여 아는 지혜를 말한다.

대품반야경(大品般若經)²⁵³ 제1권에 보면

다시 사리불이여, 보살이 보살보다 뛰어난 지위에 도달하고자 한다면 반야바라밀을 배워야 하고, 성문과 벽지불의 지위를 넘어서 불퇴전 지위에 도달하고자 한다면 반야바라밀을 배워야 한다. 보살이 육신통에 머물고자 한다면 반야바라밀을 배워야 하고, 모든 중생의 의지가 지향하는 것을 알고자 한다면 반야바라밀을 배워야 하고, 보살이 모든 성문 벽지불보다 뛰어난 지혜를 얻고자 한다면 반야바라밀을 배워야 한다고 하셨다. 復次 舍利弗 菩薩摩訶薩 欲上菩薩位 當學般若波羅蜜 欲過聲聞辟支佛地住阿惟越致地 當學般若波羅蜜 菩薩摩訶薩 欲住六神通 當學般若波羅蜜 欲知一切衆生意所趣向 當學般若波羅蜜 菩薩摩訶薩欲勝一切聲聞辟支佛智慧 當學般若波羅蜜

다시 한번 여기서 원문을 살펴보면 부처님께서 말씀하신 반야바라밀은 반야바라밀이 아니고 그 이름이 반야바라밀이라고 하셨다. 이러한 논지를 펴는 것은 다른 종교에서는 찾아볼 수가 없는 표현이다. 그렇다면 부처님은 왜 반야바라밀을 말씀하시고 이는 참다운 반야바라밀이 아니며 그 이름이 반야바라밀이라고 하셨는가. 그것은 팔만사천법문은 모두 우리를 열반으로 이끌어 가려는 방편일 뿐이기

---

253 대승불교 초기의 경전이다. 반야공관(般若空觀)을 설명한 기초 경전으로 원제는 마하반야바라밀경(摩訶般若波羅蜜經)이다. 이만오천송반야(二萬五千頌般若)라고도 한다. 이는 구마라집(鳩摩羅什) 번역의 마하반야바라밀경(摩訶般若波羅蜜經) 27권과 같으며, 구마라집(鳩摩羅什) 번역의 소품반야경(小品般若經) 10권과 다르기에 구별한 이름이다.

때문이다. 그러므로 우둔한 중생이 명자(名字)의 상이나 언어의 상에 취착(取着)하여 휘둘리는 것을 염려하여 노파심에 미리 말씀하시는 것이다.

왜? 그러한 말씀을 하셨는가. 금강반야바라밀이라는 것은 곧 금강반야바라밀이 아니라 그 이름이 금강반야바라밀이라는 것이다. 다시 말해 금강반야바라밀을 어떤 물건처럼 고정의 대상이 된다면 이는 정해진 법이 된다. 여기에는 생멸이 있기에 금강반야가 성립되지 않게 된다. 그러나 이러한 진리를 중생들에게 전하기 위해서는 언설(言說)을 빌리지 않으면 전할 수 없기에 방편으로 설한 것이다.

다시 말해 금강반야바라밀은 명자(名字)와 언설(言說)을 초월하여 자신의 자성에 영명(靈明)하게 응하여 반야의 실상을 깨달아 얻는다면 이로써 담적(湛寂)한 공(空)의 도리를 알아 상(相)도 없고 체(體)도 없는 도리로써 금강반야바라밀을 밝힐 수가 있는 것이다.

부처님은 우리에게 문자의 한계를 뛰어넘어야 법안(法眼)이 열릴 수 있다는 것을 제시하고 있다. 우리가 알고 있는 알음알이는 분별과 시비를 낳지만, 알음알이를 바탕으로 지혜가 증장되면 반야심으로 생멸을 파할 수 있는 것이다. 고로 생멸이 다 하면 피안에 이르게 됨이다. 그러나 아직 마음 한구석에 얻은 바가 있다고 취착한다면 피안과는 거리가 멀게 되는 것이다. 고로 한 법도 가히 얻고도 얻은 바가 없어야 피안에 이를 수 있다.

須菩提 於意云何 如來有所說法不

수보리 어의운하 여래유소설법부

수보리야, 그대는 어떻게 생각하는가? 여래가 법을 설한 바가 있는가?

須菩提白佛言 世尊 如來無所說

수보리백불언 세존 여래무소설

수보리가 부처님께 대답하였습니다. 세존이시여, 여래께서는 법을 말씀하신 바가 없습니다.

부처님께서 다시 수보리의 공부를 점검하시기를 너는 아직도 부처님께서 설한 바 법이 있다고 생각하느냐 하는 질문에 수보리는 부처님께서는 설하신 바가 없다고 대답하는 모습이다.

이는 부처님께서 지금까지 말씀하신 바 금강경의 본체와 본지를 적나라하게 드러내고 있음이다. 이미 앞서 금강반야바라밀이 명자와 언설의 상을 여의어야 진정한 금강반야바라밀의 법문을 제대로 경청하여 이해한 자라고 하셨다. 지금 다시 부처님이 법을 설하신 바가 있느냐 하는 질문의 요지도 그러하다.

그렇다면 왜? 부처님은 분명 법을 설하셨거늘 법을 설하신 바가 없다고 하시는가. 이는 반야바라밀을 설명하기 위하여 언설을 빌렸지만 반야바라밀의 실상은 언설의 성품을 초월하기 때문이다.

여래무소설(如來無所說)이라고 하였다. 이는 여래는 말씀하신 바가 없다는 뜻이다. 이러한 표현은 이미 앞서 제7 무득무설분(無得無說分)에서 한 번 나왔다. 여기서는 여래께서 설하신 법은 모두 취할 수도 없으며 말할 수도 없고, 법도 아니며 법이 아닌 것도 없기 때문이라는 말씀의 가르침이 그와 같다. 如來所說法 皆不可取不可說 非法非非法

실상의 세계는 '불가취 불가설'이라고 하셨다. 이는 방편설(方便說)을 말씀하시는 것이다. 그러므로 증득한 실상의 입장에서 본다면 말씀하신 바가 없다는 것이다.

그러나 여법수지분에서 여래무소설(如來無所說)은 무득무설분의 입장과는 사뭇 다르다. 왜냐하면 무득무설분에서 여래무소설은 제불동설(諸佛同說)이기 때문이다. 모든 부처님, 일체제불(一切諸佛)이 이구동음(異口同音)으로 모두 이 법을 설하셨기 때문에 지금 여래무소설이라고 하신 것이다.

須菩提 於意云何 三千大千世界 所有微塵 是爲多不
수보리 어의운하 삼천대천세계 소유미진 시위다부

수보리야, 그대는 어떻게 생각하는가? 삼천대천세계에 있는

모든 티끌이 많다고 하겠는가?

須菩提言 甚多世尊

수보리언 심다세존

수보리가 대답하였습니다. 아주 많습니다, 세존이시여.

須菩提 諸微塵 如來說非微塵 是名微塵 如來說世界 非世界

수보리 제미진 여래설비미진 시명미진 여래설세계 비세계

수보리여! 여래는 티끌들을 티끌이 아니라고 말하나니 이것은 그 이름이 티끌일 뿐이며 여래가 말하는 세계 또한 세계가 아니고

是名世界

시명세계

그 이름이 세계일 뿐이니라.

금강경에서 삼천대천세계라는 표현은 제8 의법출생분(依法出生分)에서 보면 어떤 사람이 삼천대천세계에 가득한 칠보로써 보시하는 공덕의 내용이 있었다. 제11 무위복승분(無爲福勝分)에서의 어떤 선남자 선여인이 칠보로써 항하의 모래 수만큼 많은 삼천대천세계를 가득 채워 보시한 공덕에 관한 말씀에 이어, 지금 제13 여법수지분(如法受持分)에 다시 나오는 표현이다. 그러나 여법수지분에 나오는 삼천대천세계는 앞의 두 번의 비유와 달라서 지금은 삼천대천세계 그 자체를 말씀하고 계신다.

부처님은 수보리를 통하여 중생의 의심을 제거해 주고자 다시 예를 들어 말씀하심이다. 앞서 여래가 법을 설한 바가 있느냐? 하는 질문에 수보리가 사뢰기를 여래는 말씀하신 바가 없다고 답하였다. 이러한 질문과 답변을 아직 이해하지 못한 미혹한 중생들을 위하여 다시 한번 예를 들어 설명하시는 것이다.

삼천대천세계의 모든 티끌도 결국 형상이기는 마찬가지이다. 이러한 삼천대천세계를 화엄경에서는 화장찰해(華藏刹海)라 하기도 한다. 여기서 찰(刹)은 절을 나타내는 표현이 아니라 '세계'의 뜻으로 쓰였다.

삼천대천세계를 논하기 전에 먼저 무기(無記)에 대하여 알아두어야 한다. 무기는 삼성(三性)[254]의 하나로 '선'이라 할 수도 없고 '악'이라 할 수도 없는 중성적인 성격의 유루법을 말한다. 다시 말해 '선'에는 '선과'가 따르고 '악(惡)'에는 '악과'가 따르지만, '무기'에는 선악의 구별이 없으므로 과보를 초래하지 않는 것이다.

앞의 두 번이나 비유한 삼천대천세계의 비유는 모두 보시의 공덕을 말한다. 하지만 이는 선악으로 물들 수가 있다. 왜냐하면 보시하

---

254 삼성(三性)은 선(善), 불선(不善), 무기(無記)를 말한다.

면서 번뇌가 물들면 그만 악이 물들 수 있기 때문이다. 그러나 여법수지분의 삼천대천세계 비유는 곧 무기법(無記法)의 비유이다. 그러기에 삼천대천세계도 미진(微塵)이며, 이 미진이 모여지면 세계가 되는 것이다. 미진에는 선악이 없으므로 인하여 실상의 이치에는 오히려 무기법이 더 실상에 가까운 것이 된다. 이를 공(空)의 이치에서 보면 선도 아니고 악도 아닌 무기법이요, 곧 공이라 함으로 이를 무기공(無記空)이라고 한다.

다시 원문을 들여다보면 미진이 모여서 세계가 되고 세계가 분산되면 다시 미진이 된다. 이로써 살펴보면 미진을 버리니 세계가 없음이며, 세계를 떠난 미진이 없는 법이니 이는 곧 미진이 아니요, 세계가 아니다.

마치 한 생각으로 인하여 수없는 번뇌가 생기고, 한 생각이 쉬면 팔만사천 번뇌 망상이 몰록 사그라져서 보리가 생기는 것이다. 고로 번뇌가 보리며 보리가 번뇌이지, 굳이 따로 구별하고자 애쓸 필요가 없다. 번뇌니 보리니 이 모든 것이 그 이름이 번뇌고 보리이지 그 근간은 둘이 아니기 때문이다.

장자(莊子)[255] 제물론에 보면

---

255 장자(莊子)라고 흔히 말하지만, 남화경(南華經) 또는 남화진경(南華眞經), 장자남화경(莊子南華經)이라 하기도 한다. 이는 중국 전국시대의 대표적인 도가 사상가인 장주(莊周)가 지었다고 전하는 책이다.

장주(莊周)가 꿈에 나비가 되어 꽃들 사이를 훨훨 날아다녔지만 자기가 장주임을 알지 못했다. 문득 꿈에서 깨어나 보니 자신은 엄연한 장주였다. 도대체 장주가 꿈에 나비가 되었던 것인지 나비가 꿈에 장주가 되었던 것인지 알 수가 없었다. 여기서도 장주가 곧 나비이며 나비가 곧 장주이다. 이러한 우화의 내용을 흔히 호접지몽(胡蝶之夢)이라고 한다. 昔者莊周夢爲胡蝶 栩栩然胡蝶也 自喩適志與 不知周也 俄然覺 則蘧蘧然周也 不知周之夢爲胡蝶 胡蝶之夢爲周與

조선(朝鮮)이 임진왜란을 당하자 승병을 일으켜서 나라를 구하는 데 선봉장이 되었던 서산대사(西山大師 1520~1604)[256]의 어록인 청허당집(淸虛堂集)에 삼몽사(三夢詞)라는 시가 있다. 주인과 객, 그리고 꿈속의 사람이라고 말하는데, 그 제삼자 역시 이름만 달리하였을 뿐이지 결국 한 사람인 것이다.

主人夢說客 客夢說主人
주인몽설객 객몽설주인

今說二夢客 亦是夢中人
금설이몽객 역시몽중인

주인이 객에게 꿈을 말하는데

---

256 휴정(休靜) 스님을 말하며, 조선 중기 1520(중종 15)~1604(선조 37) 때 스님이다. 승군장(僧軍將)이며 평안도 안주 출신으로 서산대사는 스님의 별호이다.

객도 주인에게 꿈을 말하더라.
지금 꿈 이야기를 하는 두 사람 모두
또한 꿈속 사람이로다.

須菩提 於意云何 可以三十二相 見如來不
수보리 어의운하 가이삼십이상 견여래부

**수보리야, 어떻게 생각하는가? 서른두 가지의 거룩한 상호로
써 여래를 볼 수 있겠는가?**

不也世尊 不可以三十二相 得見如來
불야세존 불가이삼십이상 득견여래

**아닙니다, 세존이시여. 서른두 가지의 거룩한 상호로써는 여래
를 볼 수 없습니다.**

何以故 如來說三十二相卽是非相 是名三十二相
하이고 여래설삼십이상즉시비상 시명삼십이상

**왜냐하면, 여래께서 말씀하신 서른두 가지의 거룩한 상호는 곧
상호가 아니고 그 이름이 서른두 가지의 거룩한 상호일 뿐이기
때문입니다.**

부처님은 수보리에게 이르시기를 너는 어찌 생각하느냐, 여래의 거룩한 상호로써 여래를 볼 수 있겠느냐 질문하시고 수보리는 결정코 볼 수 없다고 답을 하였다.

삼십이상(三十二相)은 부처님만이 가지고 있다는 32가지 신체적인 특징을 말함이다. 이는 고대 인도의 이상적인 군주인 전륜성왕[257]에 대한 믿음과 그 믿음을 둘러싼 당시 점술과 관상에 지대한 영향을 받은 것으로 보고 있다. 이는 부처님뿐만 아니라 보살, 범천, 제석 등의 몸매에 갖추어진 32가지 뛰어난 상호를 말함이다. 이를 달리 표현하여 삼십이대인상(三十二大人相), 삼십이대사상(三十二大士相), 삼십이대장부상(三十二大丈夫相), 대인삼십이상(大人三十二相) 등 다양하게 나타내고 있다. 또 이를 줄여 대인상(大人相), 대사상(大士相), 대장부상(大丈夫相), 사팔상(四八相)이라고도 하지만 거의 모두가 '삼십이상'으로 통용되고 있다. 삼십이상은 부처님께만 미세하게 감추어져 있어 보기 힘든 80종호(種好)와 함께 상호(相好)라고 일컫는다.

'삼십이상'에 대해서는 경전마다 그 견해를 조금씩 달리하고 있다. 대체적으로 대지도론(大智度論) 제4권에 나오는 견해를 따르는 것이 일반적이다. 대지도론의 내용은 다음과 같이 전개되고 있다. 이번 기회에 제대로 한번 살펴보고자 대지도론에 나오는 32상에 관한 전문

---

[257] 인도 신화에서 통치의 수레바퀴를 굴려 세계를 통일·지배하는 이상적인 제왕이다. 정의·정법(正法)으로써 전륜왕 또는 윤왕이라고도 약칭한다.

을 신고자 한다.

관상(觀相) 보는 이들이 말하기를 대왕의 태자께는 실로 32상이 있으십니다. 만약 집에 계시면 전륜성왕이 되실 것이요, 만약 집을 떠나시면 반드시 부처를 이룰 것입니다. 다시 왕이 어떤 것이 32상인가? 하고 물으니, 관상 보는 이가 대답했다. 諸相師言 地天太子實有三十二大人相 若在家者當作轉輪王 若出家者當成佛 王言 何等三十二相 相師答言

1. 족안평상(足安平相)

첫째는 발바닥이 안정되고 평평하게 선 모습이니, 발바닥이 모두 땅에 닿아서 바늘 하나 용납할 틈도 없이 꼭 닿습니다. 一者足下安平立相 足下一切着地間無所受 不容一針

2. 족천폭륜상(足千輻輪相)

둘째는 발바닥의 이륜의 모습이니, 천 폭과 테와 바퀴가 있습니다. 이 셋은 자연히 성취된 것으로 인간의 손이 필요하지 않으며, 하늘의 장인바치[258]인 비수갈마도 이렇듯 묘한 모습은 지어내지는 못합니다. 어째서 짓지 못하는가? 이 비수갈마 같은 하늘의 장인바치들은 없어지거나 숨지 않는 지혜를 가졌지만, 이 윤상은 착한 업으로 얻어진 것이다. 하늘의 장인바치들은 태어나는 과보에서 으

---

258 손으로 물건을 만드는 일을 업으로 하는 장인(匠人)을 낮잡아 이르는 말이다.

레 이 지혜를 얻지만 윤상은 선근을 행한 지혜로 얻는다. 비수갈마 등은 한세상의 수행으로 얻은 지혜이지만, 윤상은 한량없는 겁 동안 수행으로 생긴 지혜이다. 그러므로 비수갈마도 만들지 못하니, 하물며 다른 장인바치이겠는가. 二者足下二輪相千輻輞轂三事具足 自然成就不待人工 諸天工師毘首羯磨不能化作如是妙相 問曰 何以故不能 答曰 是毘首羯磨 諸天工師不隱沒智慧 是輪相善業報 是天工師生報得智慧 是輪相行善根智慧得 是毘首羯磨一世得 是智慧 是輪相從無量劫智慧生 以是故毘首羯磨不能化作 何況餘工師

3. 수지직장상(手指纖長相) 또는 지직장상(指纖長相)

셋째는 손가락이 긴 모양이니, 손가락이 가늘고 길며 단정하고 곧아서 부드럽게 이어지며, 손마디에 높낮이가 있다. 三者長指相 指纖長端直 次第備好指節參差

4. 수족유연상(手足柔軟相) 또는 수족세연상(手足細軟相)

넷째는 발꿈치가 넓고 평평한 모양이다. 四者足跟廣平相

5. 수족만강상(手足縵綱相) 또는 수족강만상(手足綱縵相)

다섯째는 손 발가락 사이에 그물이 있는 모양이니, 마치 기러기 발가락을 펴면 곧 드러나고 오므리면 곧 사라지는 것과 같다. 五者手足指縵網相 如鴈王張指則現不張則不現

6. 족근만족상(足跟滿足相) 또는 족근원장상(足跟圓長相)

여섯째는 수족이 유연한 모습이니, 부드럽기가 마치 섬세한 겁 파털 같아서 다른 이의 수족보다 뛰어나다. 六者手足柔軟相 如細 劫波毳勝餘身分

7. 족부고상(足趺高相) 또는 족부단후상(足趺端厚相)

일곱째는 발등이 높고 풍만한 모양이니, 발을 땅에 디디면 넓지 도 않고 좁지도 않다. 발바닥 색깔은 붉은 연꽃 같고 발가락 사이 의 그물과 발 주변의 색깔이 참산호빛 같으며, 발톱은 맑은 적동 같으며, 발등은 순금 빛이고 발등 주변에 난 털은 푸른 비유리 같 다. 이렇듯 그 발 전체가 장엄하고 예쁘니, 마치 온갖 보배를 단 신 발이 갖가지로 장엄되어 있는 것 같다. 七者足趺高滿相 以足蹹地 不廣不狹 足下色如赤蓮華 足指間網及足邊色如眞珊瑚 指爪如 淨赤銅 足趺上眞金色 足趺上毛靑毘琉璃色 其足嚴好 譬如雜寶 屐種種莊飾

8. 천여녹왕상(腨如鹿王相)

여덟째는 이니연(伊泥延)[259]의 종아리 같은 모양이니, 마치 이니 연 사슴의 허벅지같이 차츰차츰 가늘게 뻗어 있다. 八者伊泥延腨 相 如伊泥延鹿腨隨次備纖

---

259 이니연(伊泥延)은 산스크리트어 aiṇeya의 음사로 사슴 이름이다.

9. 수과슬상(手過膝相) 또는 입수미슬상(立手靡膝相)

아홉째는 똑바로 서면 손이 무릎에 닿는 모양이니, 구부리거나 고개를 들지 않고 서서 손으로 무릎을 만질 수 있다. 九者正立手摩膝相 不俯不仰以掌摩膝

10. 마음장상(馬陰藏相) 또는 세봉장밀상(勢峯藏密相)

열째는 남근이 드러나지 않는 모습이니, 마치 잘 길들인 코끼리나 말의 그것과 같다. 보살이 아누다라삼막삼보리를 얻었다면 제자들이 무슨 인연으로 드러나지도 않는 남근을 보았는가? 뭇사람들을 제도하고 뭇 의혹을 끊기 위하여 드러나지 않는 남근의 모습을 보여 주었다. 또한 어떤 이는 이렇게 말한다. 부처님께서 말이나 코끼리로 변하여 제자들에게 보이면서 나의 숨은 남근의 모습도 이와 같으니라 하셨다. 十者陰藏相 譬如調善象寶馬寶 問曰 若菩薩得阿耨多羅三藐三菩提 時諸弟子何因緣見陰藏相 答曰 爲度衆人決衆疑故示陰藏相 復有人言 佛化作馬寶象寶示諸弟子言 我陰藏相亦如是

11. 신종광상(身縱廣相), 신분원만상(身分圓滿相) 또는 신광홍직상(身廣洪直相)

열한째는 몸의 너비와 길이가 균등한 모습이니, 마치 니구로다 나무와 같이 보살의 몸도 가지런해서 중앙에서 사방으로의 길이가 균등하다. 十一者身廣長等相 如尼拘盧陀樹 菩薩身齊爲中四邊量等

12. 모공생청색상 (毛孔生青色相)

열둘째는 터럭이 위로 향한 모양이니, 몸의 털이 모두 위를 향해 누워 있다. 十二者毛上向相 身有諸毛生 皆上向而稱

13. 신모상미상 (身毛上靡相) 또는 신모우선상 (身毛右旋相)

열셋째는 한 모공에 하나의 터럭이 자라는 모습이니, 터럭이 어지럽지 않고 푸른 유리 빛이며, 털들은 오른쪽으로 나부끼어 위로 향해 있다. 十三者一一孔一毛生相 毛不亂青琉璃色 毛右靡上向

14. 신금색상 (身金色相)

열넷째는 금빛을 띠는 모습이다. 무엇이 금빛인가? 무쇠가 금 옆에 있으면 돋보이지 못한다. 지금 현재의 금도 부처님 계실 때의 금에다 견주면 돋보이지 않고, 부처님 계실 때의 금을 염부나금(閻浮那金)에다 견주면 돋보이지 않고, 염부나금을 큰 바다 안의 전륜성왕이 다니는 길의 금모래에다 견주면 돋보이지 않고, 금모래를 금산에다 견주면 돋보이지 않고, 금산을 수미산에다 견주면 돋보이지 않고, 수미산을 삼십 삼천의 영락의 금에다 견주면 돋보이지 않고, 삼십 삼천의 영락의 금을 염마천의 금에다 견주면 돋보이지 않고, 염마천의 금을 도솔타천의 금에다 견주면 돋보이지 않고, 도솔타천의 금을 화자재천의 금에다 견주면 돋보이지 않고, 화자재천의 금을 타화자재천의 금에다 견주면 돋보이지 않고, 타화자재천의 금을 보살의 몸빛에다 견주면 돋보이지 않나니, 이러한 빛을 금빛 모습이라 한다. 十四者金色相 問曰何等金色 答曰 若鐵在金邊則不現 今現在金比佛在時金則不現 佛在時金比閻浮那金

則不現 閻浮那金比大海中轉輪聖王道中金沙則不現 金沙比金
山則不現 金山比須彌山則不現 須彌山金比三十三諸天瓔珞金
則不現 三十三諸天瓔珞金比焰摩天金則不現 焰摩天金比兜率
陀天金則不現 兜率陀天金比化自在天金則不現 化自在天金比
他化自在天金則不現 他化自在天金比菩薩身色則不現 如是色
是名金色相

15. 상광일장상(常光一丈相) 또는 상광일심상(常光一尋相)

　열다섯째는 한 길이나 되는 빛을 내는 모양이니, 사방으로 모두
한 길의 광명으로 둘러싸인 채 부처님이 그 복판에 계시는데, 단엄
함이 으뜸이다. 마치 여러 하늘이나 여러 왕의 보배 광명이 밝고
맑은 것과 같다. 十五者丈光相 四邊皆有一丈光 佛在是光中端嚴
第一 如諸天諸王寶光明淨

16. 피부세활상(皮膚細滑相)

　열여섯째는 섬세하고 엷은 피부 모양이니, 먼지나 흙이 몸에 묻
지 않는 것이 마치 연꽃잎에 물이 묻지 않는 것과 같다. 보살은 마
른 흙산 가운데서 경행을 해도 흙이 발에 묻지 않으니, 마치 수람
풍(隨藍風)이 불어와서 흙산을 날려버려 먼지가 되게 하더라도 한
티끌도 부처님 몸에는 들러붙지 않는 것과 같다. 十六者細薄皮相
塵土不着身 如蓮華葉不受塵水 若菩薩在乾土山中經行 土不着
足 隨藍風來吹破土山 令散爲塵乃至一塵不着佛身

17. 칠처평만상(七處平滿相) 또는 칠처충만상(七處充滿相)

열일곱째는 일곱 곳이 두툼하고 단정한 모습이니, 두 손·두 발·두 어깨·목덜미 등 일곱 곳이 모두 두툼하고 단정하며 그 빛이 청정하여 다른 이의 몸매보다 뛰어나다. 十七者七處隆滿相 兩手兩足兩肩項中七處 皆隆滿端正色淨勝餘身體

18. 양액만상(兩腋滿相)

열여덟째는 양 겨드랑이가 융만(隆滿)해 있는 모습이니, 지나치게 나오지도 않았고 지나치게 들어가지도 않았다. 十八者兩腋下隆滿相 不高不深

19. 신여사자상(身如獅子相)

열아홉째는 상반신이 마치 사자와 같은 모양이다. 十九者上身如師子相

20. 신단직상(身端直相)

스무째는 크고 곧게 뻗은 몸의 모양이니, 모든 사람 가운데서 몸이 가장 크고 곧다. 二十者大直身相 於一切人中身最大而直

21. 견원만상(肩圓滿相) 또는 견박원만상(肩髆圓滿相)

스물한째는 어깨가 원만하고 좋은 모양이니, 일체의 잘 갖추어진 어깨 가운데서 이와 같은 이는 아무도 없다. 二十一者肩圓好相 一切治肩無如是者

22. 40치상(四十齒相)

　스물둘째는 40개의 치아가 있는 모양이니, 더 많지도 않고 적지도 않다. 다른 사람들은 치아가 32개이고, 몸의 뼈가 3백여 개이며, 머리의 뼈는 아홉이다. 보살은 치아의 뼈가 많고 머리의 뼈는 적으나, 다른 사람은 치아의 뼈가 적고 머리의 뼈가 많다. 그러므로 다른 사람의 몸매와는 다르다. 二十二者四十齒相 不多不少餘人 三十二齒 身三百餘骨 頭骨有九 菩薩四十齒 頭有一骨 菩薩齒 骨多頭骨少 餘人齒骨少頭骨多 以是故異於餘人身

23. 치백제밀상(齒白齊密相) 또는 치제평밀상(齒齊平密相)

　스물셋째는 치아가 가지런한 모습이니, 모든 치아가 균등하여 굵은 것도 없고, 가는 것도 없으며 들쑥날쑥하지도 않다. 치아가 조밀하게 들어차 있어 모르는 사람은 치아가 하나라고 생각하며, 치아 사이에는 털 하나도 용납하지 않는다. 二十三者齒齊相 諸齒 等無麤無細不出不入 齒密相人 不知者謂爲一齒 齒間不容一毫

24. 사아백정상(四牙白淨相)

또는 아치선백유광명상(牙齒鮮白有光明相)

　스물넷째는 치아가 흰 모습이니, 설산의 광채보다도 희다. 二十四者牙白相 乃至勝雪山王光

25. 협거여사자상(頰車如獅子相) 또는 사자협거상(獅子頰車相)

　스물다섯째는 사자와 같은 뺨의 모양이니, 마치 짐승의 왕인 사자의 평평하고 넓은 뺨과 같다. 二十五者師子頰相 如師子獸中王

平廣頻

26. 인중진액득상미상(咽中津液得上味相)

또는 득최상미상(得最上味相)

스물여섯째는 모든 맛 가운데 최고의 맛을 얻는 모습이니, 어떤 사람은 이렇게 말한다. 부처님은 음식을 입에 넣으면 일체의 음식이 모두 최상의 맛을 이룬다. 그것은 왜냐하면 모든 음식 가운데 가장 좋은 맛의 원인이 있기 때문이다. 이러한 상호가 없는 사람은 그러한 인연을 일으키지 못하므로 최상의 맛을 얻지 못한다. 또한 어떤 사람은 이렇게 말한다. 보살이 음식을 집어 입에다 넣으면 이때 인후의 양쪽 주변으로부터 감로가 흘러나와 여러 맛과 어울린다. 그 맛이 청정하기에 맛 가운데 최고의 맛을 얻는다. 二十六者 味中得上味相 有人言 佛以食着口中 是一切食皆作最上味 何以故 是一切食中有最上味因故 無是相人不能發其因故 不得最上味 復有人言 若菩薩擧食着口中 是時咽喉邊兩處 流注甘露和合諸味 是味清淨故 名味中得上味

27. 광장설상(廣長舌相) 또는 설부면지발제상(舌覆面至髮際相)

스물일곱째는 큰 혀의 모습이니, 이 보살의 큰 혀는 입에서 나와서는 온 얼굴을 덮으며 나아가 머리카락 살피까지 덮는다. 하지만 다시 입으로 들어가도 입안을 가득 채우는 일은 없다. 二十七者大舌相 是菩薩大舌從口中出覆一切面分 乃至髮際 若還入口 口亦不滿

28. 범음심원상(梵音深遠相) 또는 범음성상(梵音聲相)

스물여덟째는 범의 소리를 내는 모습이니, 마치 범천왕의 입에서 다섯 가지 소리가 나는 것과 같다. 곧 첫째는 깊기가 우레 같음이요, 둘째는 맑고 투명하게 울려 퍼져 멀리까지 들리며, 듣는 이는 모두 기뻐함이요, 셋째는 마음으로 공경하고 사랑함이요, 넷째는 분명해서 알기 쉬움이요, 다섯째는 듣는 이가 싫어하지 않음이다. 보살의 음성도 그와 같아서 이러한 다섯 가지 소리가 입에서 나오면 가릉빈가의 소리가 되니, 마치 가릉빈가 새의 소리처럼 사랑스럽다. 또한 북소리와도 같으니, 마치 큰 북소리처럼 깊고 멀리 울린다. 二十八者梵聲相 如梵天王五種聲從口出 其一深如雷 二淸徹遠聞聞者悅樂 三入心敬愛 四諦了易解 五聽者無厭 菩薩音聲亦如是 五種聲從口中出 迦陵毘伽聲相 如迦陵毘伽鳥聲可愛 鼓聲相 如大鼓音深遠

29. 안색여감청상(眼色如紺靑相) 또는 목감청상(目紺靑相)

스물아홉째는 짙푸른 눈의 모습이니, 마치 아름다운 청련화와 같다. 二十九者眞靑眼相 如好靑蓮華

30. 안첩여우왕상(眼睫如牛王相)

서른째는 소의 눈썹 모습이니, 마치 소의 눈썹이 길고 잘 생겨 어지럽지 않은 것과 같다. 三十者牛眼睫相 如牛王眼睫長好不亂

31. 미간백호상(眉間白毫相)

서른한째는 정수리에 육계가 있는 모습이니, 보살은 뼈 상투가

있어 마치 주먹이 머리 위에 있는 것 같다. 三十一者頂髻相 菩薩
有骨髻如拳等在頂上

32. 정성육계상(頂成肉髻相), 무견정상(無見頂相)
또는 오슬니사상(烏瑟膩沙相)

서른둘째는 흰 터럭 모양이니, 흰 터럭이 눈썹 사이에 났는데
높지도 않고 낮지도 않다. 희고 맑은 것이 오른쪽으로 돌았고, 길
이가 다섯 자나 된다. 三十二者白毛相 白毛眉間生不高不下 白
淨右旋舒長五尺

관상 보는 이가 말했다. 대왕의 태자께서 지니신 서른두 가지 위대
한 이의 모습은 이와 같습니다. 보살은 이처럼 이 상호들을 구족했던
것이다. 相師言 地天太子三十二大人相如是 菩薩具有此相

참고로 백모상(白毛相)을 미간백호상(眉間白毫相) 또는 백호상(白
毫相)이라고 한다. 이러한 삼십이상은 시대에 걸쳐서 불상에 두루 반
영되고 있기도 하지만 시대나 지역에 따라 그 표현 양식은 다르게
나타나고 있다.

지금까지 설명한 32상으로 여래를 본다고 하는 것은 형상으로 여
래를 본다고 하는 것이다. 이는 금강반야바라밀경의 참다운 말씀을
이해하지 못한 것이다. 왜냐하면 부처님께서 갖추고 있는 거룩한 32
상도 모두 일진법계(一塵法界)이기 때문이다.

32상에 대해서는 제5 여리실견분(如理實見分)에서도 가히 신상으로 여래를 볼 수 있겠느냐? 하는 질문에 수보리는 신상으로 여래를 볼 수 없음이라고 답을 하였다. 그리고 제13 여법수지분(如法受持分)에 다시 등장하는 가르침이다.

32상도 신상(身相)이다. 신상은 곧 사대의 인연으로 이루어진 것이기에 이는 유위(有爲)에 해당하고 생멸이 있다. 그러기에 사구게(四句偈)로 이어지는 법문으로 말씀하시기를 무릇 있는 바, 상은 모두 허망한 것이니 만약 모든 상이 상 아님을 보면 곧 여래를 본 것이라고 하신 것이다. 凡所有相 皆是虛妄 若見諸相非相 則見如來

여기에 대해서 제32 응화비진분(應化非眞分)에도 일체의 함이 있는 법은 꿈과 같고, 환상이며 물거품과 그림자 같으며, 이슬과 같고 또한 번개와도 같으니, 응당 이처럼 관하라고 하였다. 이는 모두 현상계의 생멸법은 참다운 모습이 아니라는 가르침이다. 一切有爲法 如夢幻泡影 如露亦如電 應作如是觀

그러므로 금강경에서는 상(相)이 곧 상(相)이 아니라는 것을 터득해야 반야 실상을 볼 수가 있다고 하였다. 이를 상즉비상(相卽非相)이라고 한다. 불자는 불상의 존재하는 이유를 분명하게 알아야 한다. 불상은 하열한 근기를 가진 중생들을 위하여 믿음을 일으키는 수단으로 있는 것이다. 이걸 모르고 불상에 무슨 영험이 있다고 여긴다면 이는 스스로 우상(偶像)을 숭배하는 불자가 되는 것이다. 우상이라는 것은 어떤 형상이 마치 영험이 있다고 여기는 것을 말한다. 그러므로 공부자는 여기에 속으면 안 된다.

須菩提 若有善男子善女人 以恒河沙等身命布施 若復有人
수보리 약유선남자선여인 이항하사등신명보시 약부유인

**수보리야, 만약 어떤 선남자 선여인이 항하의 모래 수와 같은
수많은 목숨을 바쳐 널리 보시한 사람이 있고, 또 어떤 사람은**

於此經中 乃至受持四句偈等 爲他人說 其福甚多
어차경중 내지수지사구게등 위타인설 기복심다

**이 경전 가운데서 네 글귀만이라도 받아서 남을 위하여 설명해
주었다면 그 복이 훨씬 많으니라.**

보시는 피안에 이르는 제일가는 기본 덕목이며 실천행이다. 그러
나 피안에 이르기 위해서 바라밀을 여섯 가지로 제시하였으니 이를
육바라밀이라 한다. 여기서 제일 첫 번째 행이 보시바라밀이다. 피안
을 금강경에서는 불국토(佛國土)라 표현하고 있다.

금강경의 소중함은 이미 앞서 칠보를 보시하는 공덕의 비유와 금
강경 가운데 사구게(四句偈)라도 수지 독송하고 남을 위해 설해주는
공덕과 비교하여 설명하였다. 다시 말해 재물로써 그 비유를 들었지
만 지금 여법수지분에서는 중생이 칠보보다 더 소중하게 아끼는 목

숨을 들어 비유하고 있다는 점이 다를 뿐이다.

그러므로 목숨보다도 더 소중한 것이 금강경이다. 금강경은 우리를 차안에서 피안으로 인도하는 경이기 때문이다. 신명(身命) 보시는 그 공덕이 뛰어날지라도 개오(開悟)하고는 거리가 있다. 그러나 금강경에 내재되어 있는 짧은 말씀 하나라도 보고 듣고 이해하여 이를 깨달아 얻고 다른 사람에게 전하면 삼천대천세계의 칠보로 가득하게 채워서 보시한 공덕, 그리고 신명을 받쳐서 보시한 공덕보다 훨씬 더 뛰어난 공덕이 된다. 왜냐하면 중생은 부처님의 말씀으로 인하여 본성을 밝힐 수 있기 때문이다.

또한 앞서 말씀하신 칠보 보시는 외시(外施)에 해당하지만, 신명의 보시는 내시(內施)임을 말씀하고 계신다. 외시 복덕보다는 내시 복덕이 더 뛰어나지만, 그래도 금강경 한 구절을 전하는 것과는 비교조차 할 수 없다. 그래서 부처님은 금강경을 이웃에게 전하라고 가르침을 주시는 것이다.

그러면 왜 부처님은 금강경 가운데 한 글자라도 남에게 전해 주라고 신신당부하시는 것일까? 이는 금강경으로 인하여 중생들이 미망에서 벗어날 수 있고, 그 가르침이 금강경이기 때문이다. 미망에서 벗어난다면 이는 곧 생사의 원인을 끊을 수 있는 계기가 된다. 고로 생사의 원인을 끊는다는 것은 곧 피안에 이를 수 있다는 것이다. 금강경은 그만큼 소중한 경전이다.

위타인설(爲他人說)은 다른 사람에게도 이 법의 가르침을 말해주라는 법의 유통을 말한다. 이러한 행위를 전법륜(轉法輪)이라고 하며 또한 포교(布敎)라고 한다. 법을 전함은 불자의 임무이다.

무희망경(無希望經)[260]에 보면

법사와 비구가 이 경전을 듣고 기뻐하며 독실하게 믿고서 의심하지 않고, 망설이는 생각을 품지 아니하여 받아 지니고 외우고, 마음 속에 품고 있으면서 구족하게 분별하여 다른 이를 위하여 설명하면 그 공덕이 이와 같다고 하였다. 法師比丘 聞此經典 欣然篤信 而不以疑 不懷猶豫 受持諷誦 抱在心懷 具足分別 爲他人說 功德如是

---

260 서진(西晉) 시대에 축법호(竺法護, Dharmarakṣa)가 266년~313년 사이에 한역하였다. 별칭으로 무소희망경(無所希望經)·무소희망경(無所悕望經)·상보경(象步經)·상액경(象腋經) 등으로도 불린다. 이 경은 전체 1권으로 이루어져 있다. 이 경은 보살이 선정을 하면 사람을 구제하는 여섯 가지 방법을 깨달을 수 있고, 세상을 허무한 것으로 볼 수 있으며, 많은 복덕도 얻을 수 있다는 것을 설법하고 있다.

제14 이상적멸분離相寂滅分

· ·

일체의 상을 떠나 적멸하다

爾時 須菩提 聞説是經 深解義趣 涕淚悲泣 而白佛言 希有世尊
그때 수보리가 이 경을 설하심을 듣고, 그 뜻을 깊이 깨달아 알고는
눈물을 흘리고 슬피 울면서 부처님께 말씀드렸습니다. 참으로 희유합
니다, 세존이시여.

佛説如是甚深經典 我從昔來所得慧眼 未曾得聞如是之經
부처님께서 설하신 이처럼 깊고깊은 경전은, 제가 옛적부터 지금까
지 닦아 얻은 바 지혜의 눈으로는 일찍이 이와 같은 가르침은 듣지 못
하였습니다.

世尊 若復有人 得聞是經 信心清淨 則生實相 當知是人 成就第
一希有功德
세존이시여! 만약 어떤 사람이 이 경을 얻어듣고 신심이 청정하면
곧 실다운 진리의 경계[實相]가 생길 것이오니, 이 사람은 마땅히 제
일 희유한 공덕을 성취한다는 것을 알았습니다.

世尊 是實相者 則是非相 是故 如來説名實相
세존이시여, 이 실상이란 것은 곧 실상이 아닙니다. 그러므로 여래

께서 말씀하시기를 이름이 실상이라고 하셨습니다.

世尊 我今得聞如是經典 信解受持 不足爲難 若當來世 後五百
歲 其有衆生 得聞是經 信解受持 是人則爲第一希有
　세존이시여, 제가 이와 같은 경전을 얻어듣고 믿고 이해하여 받아
가지는 것은 그리 어렵지 않으나, 만일 다음 세상 5백 년 뒤에 어떤 중
생이 이 경전을 얻어듣고 믿고 이해하여 받아 지닌다면, 그 사람이야
말로 참으로 제일 희유한 사람이 될 것입니다.

何以故 此人 無我相人相衆生相壽者相
　왜냐하면 그 사람은 나라는 상도, 남이라는 상도, 중생이라는 상도,
수명에 대한 상도 없기 때문입니다.

所以者何 我相卽是非相 人相衆生相壽者相卽是非相 何以故
離一切諸相 則名諸佛
　무슨 까닭인가 하면 아상은 상(相)이 아니요, 인상·중생상·수자
상도 곧 상이 아니기 때문입니다. 왜냐하면 온갖 상을 여읜 이를 부처
라 하기 때문입니다.

佛告須菩提 如是如是 若復有人 得聞是經 不驚不怖不畏 當知
是人 甚爲希有
　부처님께서 수보리에게 말씀하셨습니다. 그러하다, 그러하다. 만
일 어떤 사람이 이 경을 듣고 놀라지 않고 겁내지 않으며 두려워하지
않으면, 이 사람은 참으로 희유한 사람이다.

何以故 須菩提 如來說第一波羅蜜 非第一波羅蜜 是名第一波
羅蜜

왜냐하면 수보리야, 여래가 말하는 제일 바라밀은 제일 바라밀이 아
니므로 이름을 제일 바라밀이라 하기 때문이니라.

須菩提 忍辱波羅蜜 如來說非忍辱波羅蜜

수보리야, 인욕바라밀(忍辱波羅蜜)을 여래는 인욕바라밀이 아니라
고 말하였느니라.

何以故 須菩提 如我昔爲歌利王 割截身體 我於爾時 無我相 無
人相 無衆生相 無壽者相

왜냐하면 수보리야, 내가 옛날 가리왕(歌利王)에게 몸을 베이고 찢
길 적에 아상도 없고 인상도 없고 중생상도 없고 수자상도 없었기 때
문이다.

何以故 我於往昔節節支解時 若有我相人相衆生相壽者相 應生
瞋恨

왜냐하면 내가 마디마디 사지를 찢길 적에 만약 아상·인상·중생
상·수자상이 있었더라면 응당 성을 내어 원망하였을 것이니라.

須菩提 又念過去於五百世 作忍辱仙人 於爾所世 無我相 無人
相 無衆生相 無壽者相

수보리야, 또 저 과거 5백 년 동안 인욕선인(忍辱仙人)이 되었을 때
를 생각건대, 그때에도 아상도 없고 인상도 없고 중생상도 없고 수자

상도 없었느니라.

是故 須菩提 菩薩 應離一切相 發阿耨多羅三藐三菩提心 不應
住色生心 不應住聲香味觸法生心 應生無所住心

그러므로 수보리야, 보살은 마땅히 모든 상을 떠나서 최상의 깨달음
에 대한 마음을 일으키도록 하라. 형상에 휘둘리지 말고 마음을 내며
마땅히 소리 · 냄새 · 맛 · 감촉이나 그 어떠한 법에도 휘둘리지 말고
마음을 낼 것이며 마땅히 머무는 바 없는 마음을 내야 한다.

若心有住 則爲非住 是故 佛説菩薩 心不應住色布施

설사 마음에 머묾이 있어도 곧 머무는 것이 아니니 그러므로 부처님
은 말하기를 보살은 마음이 마땅히 형상에 휘둘리지 말고 보시하라고
하였느니라.

須菩提 菩薩 爲利益一切衆生 應如是布施 如來説一切諸相 卽
是非相 又説一切衆生 則非衆生

수보리야, 보살은 모든 중생을 이롭게 하려고 응당 이처럼 보시 하
나니 여래가 말한 모든 상은 곧 상이 아니며, 또 일체중생도 곧 중생이
아니니라.

須菩提 如來是眞語者 實語者 如語者 不誑語者 不異語者

수보리야, 여래는 참다운 말만 하는 사람이며, 사실만을 말하는 이
며, 진여의 말만 하는 이며, 거짓말은 하지 않는 이며, 사실과 다른 말
은 하지 않는 이니라.

須菩提 如來所得法 此法無實無虛

수보리야, 여래가 얻은 바 진리는 이 법이 실다움도 없고 헛됨도 없음이니라.

須菩提 若菩薩 心住於法 而行布施 如人入闇 則無所見 若菩薩 心不住法 而行布施 如人有目 日光明照 見種種色

수보리야, 만약 보살이 마음을 어떤 법에 머물러 보시한다면 마치 사람이 어두운 곳에 들어가서 아무것도 볼 수 없는 것과 같다. 만약 보살이 마음을 온갖 것에 머물지 않고 보시하는 것은 마치 햇빛이 밝게 비칠 적에 밝은 눈으로 온갖 사물들을 분별하여 볼 수 있는 것과 같다.

須菩提 當來之世 若有善男子善女人 能於此經 受持讀誦 則爲 如來 以佛智慧 悉知是人 悉見是人 皆得成就無量無邊功德

수보리야, 다음 세상에서 만약 어떤 선남자 선여인이 능히 이 경을 받아 지니고 읽고 외우면, 곧 여래가 부처님의 지혜로써 이 사람을 다 알며, 이 사람을 다 보나니 모두가 한량없고 가없는 공덕을 남김없이 성취하게 되리라.

이상적멸 離相寂滅
일체의 상을 떠나 적멸하다.

이상적멸(離相寂滅)에서 이상(離相)은 상을 여위었다는 표현이다. 그러므로 앞서 설하신 32상으로는 여래를 볼 수가 없다는 반증을 말하는 분(分)이 되는 것이다. 그러나 우리는 상(相)에 몹시 집착하는 경우가 많다. 그러므로 불상도 불교의 교주이신 석가모니불 한 분만 봉안하면 된다. 그 이외 군더더기로 수많은 불상을 봉안하는 경우를 왕왕 볼 수 있는데, 여기에는 금강의 묘심(妙心)이나 반야의 지혜가 결코 없는 것이다. 종교는 누구에게 외면을 보여 주는 가르침이 아니라 내면을 살찌우는 가르침이 되어야 한다.

금강경에서는 상(相)이라는 단어가 많이 등장하는 편이다. 여기서 상이라고 하는 것은 우리들이 병적으로 가지고 있는 아집(我執), 집착(執着), 고집(固執), 애착(愛着) 등을 말한다. 이러한 착심은 곧 마음의 장벽을 만들기에 실상을 보지 못하는 요인이 된다. 그러기에 금강경에서 우리에게 실상을 보라고 한다. 그러므로 실상관조(實相觀照), 실상반야(實相般若)라는 말을 강조한다.

실상(實相)은 만물이 가지고 있는 그대로의 참모습을 말한다. 여기에는 시비와 분별이 없음이다. 그러면 곧 적멸을 얻을 수 있음을 가르쳐 주고 계심이다. 적멸은 평상심(平常心)으로 보아도 무방하다.

따라서 이상(離相)하면 적멸(寂滅)에 들어간다는 말씀이 바로 이 품(品)이다.

금강삼매경(金剛三昧經)[261]에 보면 다음과 같은 말씀이 있다.

---

261 번역자 미상으로 북량(北涼) 시대(397~439)에 한역되었다. 부처님이 여러

性空寂滅時 是法是時現
성공적멸시 시법시시현

離相故寂住 寂住故不緣
이상고적주 적주고불연

바탕이 공하고 적멸할 때에
이 법은 이 때에 나타나나니
모습을 여윈 까닭에 고요히 머물고
고요히 머물기에 연유하지 아니하네.

월등삼매경(月燈三昧經)[262]에서는 다음과 같은 말씀이 있다.

諸法無相亦離相 恒常無相相空寂
제법무상역리상 항상무상상공적

空寂無欲無取捨 是以寂定不可得
공적무욕무취사 시이적정불가득

모든 법은 모습도 없고 모습을 여윌 것도 없으며
항상 모습 없으니 그 모습 공(空)하여 고요하네.

———

보살과 비구들의 질문에 일승(一乘) 진실(眞實)에 대하여 설한다.

262 송나라 때 석선공(釋先公)이 한역하였다.

공적(空寂)하기에 바랄 것도 없고 취하고 버릴 것도 없으니
그런 까닭에 고요한 선정은 얻을 것이 없다네.

그러나 사람들은 진리는 상(相)이 없다고 하였음에도 이를 제대로
알아듣지 못하여 자꾸 상(相)을 구하려고 한다. 까닭에 상(相)이 없
는 법은 등한시하고, 상(相)이 있는 불상만 지극정성으로 위하게 되
는 것이다.

대반야경 권제8에 보면
위없는 보리는 증득할 수 있는 법이 아닙니다. 그대가 지금 증득하
려 하면 그것은 말장난입니다. 무슨 까닭인가 하면 위없는 보리는 형
상을 떠나 고요하거늘, 그대가 지금 증득하려 함은 말장난이 되기 때
문입니다라고 하였다. 無上菩提非可證法 汝欲證者便行戲論 何以
故 無上菩提離相寂滅 仁今欲取 成戲論故

화엄경 권제13 광명각품(光明覺品)에 보면 또 다음과 같다.

如來非以相爲體 但是無相寂滅法
여래비이상위체 단시무상적멸법

身相威儀悉具足 世間隨樂皆得見
신상위의실구족 세한수락개득견

여래 몸은 색상(色相)으로 된 것 아니라서

형상 없고 적멸한 법이건마는
모든 색상 모든 위의 갖추어 있어
세간에서 마음대로 보게 되더라.

중생은 근기에 따라서 부처를 보려고 한다. 상근기는 이상(離相)으로 부처를 보려고 하지만, 근기가 하열하면 상(相)으로 부처를 보려고 한다. 그러므로 이 품(品)은 진정한 부처는 무엇인가를 가르쳐주고 있다.

爾時 須菩提 聞說是經 深解義趣 涕淚悲泣 而白佛言 希有世尊
이시 수보리 문설시경 심해의취 체루비읍 이백불언 희유세존

그때 수보리가 이 경을 설하심을 듣고, 그 뜻을 깊이 깨달아 알고는 눈물을 흘리고 슬피 울면서 부처님께 말씀드렸습니다. 참으로 희유합니다, 세존이시여.

佛說如是甚深經典 我從昔來所得慧眼 未曾得聞如是之經
불설여시심심경전 아종석래소득혜안 미증득문여시지경

부처님께서 설하신 이처럼 깊고 깊은 경전은, 제가 옛적부터 지금까지 닦아 얻은 바 지혜의 눈으로는 일찍이 이와 같은 가르침은 듣지 못하였습니다.

수보리가 부처님의 설법을 듣고 묘한 금강의 도리를 깊이 이해하여 부처님을 떠올려 생각해서 마음으로부터 부처님을 사랑하고 공경하는 마음이 자신도 모르게 저절로 생겨남이 심해의취(深解義趣)다. 따라서 '심해의취' 하면 부처님께서 설하신 말씀을 기억하여 잊지 아니하기에, 그 마음은 점점 묘명(妙明)해지는 것이며 이로부터 참답게 귀의하므로 정례(頂禮)가 따르는 것이다.

제대로 알면 기억하게 되어 있다. 모르면 기억을 못하고 어설프게 알면 긴가민가하게 된다. 그러므로 경(經)에서 요득(了得)하라, 요달(了達)하라, 증득(證得)하라는 뜻이 바로 이 때문이다.

40권 화엄경 권제6 보현행원품(普賢行願品)에 보면
저 부처님들의 말씀하는 법문에서 나오는 음성을 선재동자가 모두 듣고 기억하여 잊지 아니하며, 생각하고 관찰하며, 또 부처님들과 보살들의 헤아릴 수 없는 모든 삼매문과 자재한 신통 변화를 보기도 하였다고 하였다. 彼諸如來 所說法門 所出言音 善財童子 悉能聽受 憶持不忘 思惟觀察 亦見諸佛 及諸菩薩 不可思議 諸三昧門 自在神變

수보리가 눈물을 흘리고 슬피 울었다고 하였다. 이는 부처님으로부터 지금까지 들을 수 없었던 금강반야바라밀을 얻었으니 감격의 눈물을 흘린 것이다. 그리고 수보리는 금강경의 공덕을 수희찬탄하고 있음이다. 이는 신심(信心)이 청정하다는 뜻이기도 하다. 그렇다면 믿음이 청정하다는 것은 무엇을 나타내는 표현인가. 부처님께서 설하신 말씀에 의심이 조금도 없다는 것을 말한다. 까닭에 수보리는 법을 들음에 감격하였음이다.

금광명경(金光明經)[263]에 보면 다음과 같은 말씀이 있다.

若有敬禮 讚歎十力
약유경례 찬탄십력

信心淸淨 無諸疑網
신심청정 무제의망

만약 부처님[十力]께 예경하고
찬탄하오면
믿는 마음 깨끗하여
모든 의심 없어지나니.

화엄경 권제14에서는
보살마하살은 이렇게 온갖 선근을 관찰하고는 신심이 깨끗해지고 대비심을 기른다고 하였다. 菩薩摩訶薩如是觀諸善根 信心淸淨 長養大悲 以諸善根

---

263 5세기 중엽 인도 출신의 학승 담무참이 번역하였다. 총 4권 19품이며, 금으로 된 북에서 울려 나오는 이 경의 설법을 믿고 자기의 죄를 참회하면 자신은 물론 나라와 왕도 귀신들의 보호를 받게 된다는 것을 설하고 있다.

비바사론(毘婆沙論) 권제5에는 다음과 같은 게송이 있다.

若人種善根 疑則華不開
약인종선근 의칙화불개

信心淸淨者 華開則見佛
신심청정자 화개즉견불

만약 사람이 착한 뿌리 심으면서
의심하면 곧 꽃이 피지 않겠지만
믿는 마음이 깨끗한 이는
꽃이 피며 곧 부처님을 뵙는다.

금강반야바라밀을 참으로 얻었다고 하심은 곧 참다운 부처를 만난 것이니, 어찌 감격하지 않을 수 있겠는가? 형상을 부처로만 여기던 중생들이 이러한 사실을 증득하면 진불(眞佛)을 만남이니, 이는 벅찬 환희심과 감동으로 체감하는 법열(法悅)을 나타낸 것이다.

형상과 법상(法相)마저도 여의면 곧 번뇌와 미혹이 사라짐이니, 이로써 진불을 만나는 것이다. 우리는 이러한 명쾌한 도리를 모르기에 부처를 등지고 부처를 찾는 격이니 이 얼마나 몽매한 일이던가? 그러므로 수보리는 참다운 진리를 모르고 헤맸던 자신의 신세를 진심으로 참회하고 있는 것이다.

석씨계고략(釋氏稽古略)[264] 또는 전법정종기(傳法正宗記)[265]에 보면 당나라 무진장(無盡藏) 비구니는 열반경(涅槃經)을 항상 수지하며 독송을 하였는데, 육조혜능을 만나 비로소 혜안이 열리게 되었다고 한다. 무진장 비구니의 시법게(示法偈)에 보면 다음과 같은 선시(禪詩)가 있다.

終日尋春不見春 芒鞋踏破嶺頭雲
종일심춘불견춘 망혜답파령두운

歸來偶把梅花嗅 春在枝頭已十分
귀래우파매화후 춘재지두이십분

종일토록 봄을 찾아 헤맸건만 봄은 보지 못했네.
짚신 신고 이산 저산 찾아다니다가

---

264 원(元)나라 각안(覺岸 14세기경) 스님이 지었으며, 중국 불교사 연구에 큰 공헌을 한 문헌이다. 중국의 역사시대에 따라 인도와 중국의 불교사를 편년체로 기술하였다. 줄여서 계고략이라 부르기도 한다. 최고의 명칭은 계고수감(稽古手鑑)이었고 1354년 다시 교정본을 내어 석씨계고략이라 하였다. 염상(念常)의 불조역대통재(佛祖歷代通載)의 영향을 많이 받아 곳곳에 그 책의 내용을 인용한 사례가 보인다. 모두 4권이다.

265 송(宋)나라의 계숭(契嵩, 1007~1072)이 지었으며, 선종에 전하는 조사의 법맥을 다룬 책이다. 당시에는 선종이 내세우는 서천 28조설(西天二十八祖說)을 부정하고 24조로 단절되었다는 주장이 있었는데, 이에 대하여 선종의 입장을 밝히고 석가에서 제33조 혜능(慧能)으로 이어지는 법맥을 강조하였다. 모두 9권이다.

집으로 돌아올 때 우연히 매화 향기 맡으니
봄은 가지 위에 이미 와 있었네.

다시 말해 심외구법(心外求法)은 토끼 뿔을 구하는 것과 같음이다. 우리가 마치 그와 같다. 늘상 부처와 같이 자고 일어나고 늘 함께하지만 이러한 도리를 모르기에 부처를 찾는다고 산수 좋은 곳을 찾아 헤매는 것이다. 그러기에 금강경(金剛經)에서는 신상도 여의고 법상도 여의면, 진불이 몰록 드러남이라고 가르치는 것이다. 그러나 무지몽매하면 진불과 적멸을 또 다르게 구분 지어 왈가불가한다.

종일토록 봄을 찾아 헤맸다고 하였으니, 여기서 봄은 곧 불성을 말한다. 진심(眞心)이 곧 진여불성(眞如佛性)이다. 그러나 이를 모르면 우왕좌왕한다. 그러므로 춘재오심(春在吾心)의 도리를 뼈저리게 체득해야 한다.

금강경에서 수보리는 부처님의 말씀에 여섯 번이나 감동을 하게 되는데, 이를 금강반야경소논찬요간정기회편(金剛般若經疏論纂要刊定記會編)[266] 권제7에 보면 다음과 같다.

---

[266] 후진(後秦) 시대에 구마라집(鳩摩羅什)이 한역(寒疫)하고 당 나라 때 규봉종밀(圭峰宗密) 스님이 소(疏)하였으며, 송나라 때 장수자선(長水子璿) 스님이 기록하였다.

1. 문법비제(聞法悲啼)

　그때 수보리가 이 경을 설하심을 듣고, 그 뜻을 깊이 깨달아 알고는 눈물을 흘리고 슬피 울면서 부처님께 말씀드렸습니다. 참으로 희유합니다, 세존이시여. 爾時 須菩提 聞說是經 深解義趣 涕淚悲泣 而白佛言 希有世尊

2. 신생실상(信生實相)

　세존이시여, 만약 어떤 사람이 이 경을 얻어듣고 신심이 청정하면 곧 실다운 진리의 경계[實相]가 생길 것이오니 이 사람은 마땅히 제일 희유한 공덕을 성취한다는 것을 알았습니다. 世尊 若復有人 得聞是經 信心淸淨 則生實相 當知是人 成就第一希有功德

3. 대창난이(對彰難易)

　세존이시여, 제가 이와 같은 경전을 얻어듣고, 믿고, 이해하여 받아 가지는 것은 그리 어렵지 않으나, 만일 다음 세상 5백 년 뒤에 어떤 중생이 이 경전을 얻어듣고, 믿고, 이해하여 받아 가진다면, 그 사람이야말로 참으로 제일 희유한 사람이 될 것입니다. 世尊 我今得聞如是經典 信解受持 不足爲難 若當來世 後五百歲 其有衆生 得聞是經 信解受持 是人卽爲第一希有

4. 명무아인(明無我人)

　왜냐하면 그 사람은 나라는 상도 없고, 남이라는 상도 없고, 중생이라는 상도 없고, 수명에 대한 상도 없기 때문입니다. 何以故 此人 無我相 無人相 無衆生相 無壽者相

5. 법집겸망(法執兼亡)

무슨 까닭인가 하면 아상은 곧 상(相)이 아니요, 인상·중생상·수자상도 곧 상이 아니기 때문입니다. 所以者何 我相卽是非相 人相衆生相壽者相卽是非相

6. 진성불고(盡成佛故)

왜냐하면 온갖 상을 여읜 이를 부처라 하기 때문입니다. 何以故 離一切諸相 則名諸佛

다시 본문을 살펴보면 심해의취(深解義趣)라고 하였으니 이는 아주 중요한 가르침이다. 경전의 깊은 뜻을 바로 알라는 가르침이기 때문이다. 경(經)은 수지하고 독송하는 데 목적이 있는 것이 아니다. 그러한 행위로써 그 깊은 뜻을 올바르게 바로 아는 데 그 목적이 있다. 알고 나면 경(經)도 결국 거추장스럽지만 모르면 경(經)을 의지해야 한다. 그러나 경의 뜻을 알려고 하지 않고 독송하는 데만 머물러 있다면 아뿔싸, 이는 큰 문제이다. '심해의취'는 아무리 강조해도 결코 지나치지 않는 책려(策勵)이다.

화엄경(華嚴經) 십회향품에도 모든 부처님의 경계를 깊이 이해하면 무진한 선근을 얻는다고 하였다. 深解一切佛境界故 得無盡善根

다시 화엄경 십지품(十地品)에 보면 의취(意趣)에 대한 말씀이 나오는데 여기서 의취는 지취(志趣)와 같은 뜻이다.

求種種經書 其心無厭倦
구종종경서 기심무염권

善解其義趣 能隨世所行
선해기의취 능수세소행

갖가지 경전을 구하여도
싫증나거나 게으른 마음이 없고
그 이치를 잘 알아서
능히 세상 행을 따라간다.

유마경(維摩經) 불국품에서는 보적이 부처님 전으로 나아가 게송으로 찬탄하는 그 가운데 다음과 같은 내용이 있다.

法王法力超群生 常以法財施一切
법왕법력초군생 상이법재시일체

能善分別諸法相 於第一義而不動
능선분별제법상 어제일의이부동

위대한 법왕의 법력 중생을 뛰어넘어
항상 가르침[法財]을 모두에게 베푸시고
온갖 법상(法相)을 바르게 판단[善分別]하시니
진리다운 모습[第一義] 잃지 않으십니다.

조당집(祖堂集)²⁶⁷ 제19권이나 경덕전등록(景德傳燈錄)²⁶⁸ 제11권에 보면 당(唐)나라의 영운지근(靈雲志勤 ?~?) 선사는 참선한 지 30년 만에 깨쳤다고 하였다. 곧 심해의취를 알았다는 말과 같으며 여기서 선사의 오도송을 살펴보면 다음과 같다.

三十來年尋劍客 幾逢落葉幾抽枝
삼십래년심검객 기봉낙엽기추지

自從一見桃華後 直至如今更不疑
자종일견도화후 직지여금경불의

30년 동안 칼을 찾던 나그네가
봄가을을 몇 번이나 만났던가?
복숭아꽃이 활짝 핀 것을 한번 보고 나서
모든 의심이 한꺼번에 없어졌네.

---

267 석가모니불을 비롯한 과거칠불로부터 당나라말 오대(五代)까지의 선사(禪師) 253명의 행적과 법어 · 게송 · 선문답을 담고 있다. 모두 20권으로 952년 남당(南唐)의 천주(泉州) 초경사(招慶寺)에 머물던 선승 정(靜)과 균(筠)이 편찬하였으며, 서문은 초경사 주지 정수선사 문등(文燈)이 썼다.

268 송(宋)나라의 도원(道源)이 1004년에 지었으며 30권이다. 과거칠불(過去七佛)에서 석가모니불을 거쳐 달마(達磨)에 이르는 인도 선종(禪宗)의 조사(祖師)들과 달마 이후 법안(法眼)의 법제자들에 이르기까지의 중국의 전등법계(傳燈法系)를 밝혔다.

참고로 기봉낙엽기추지(幾逢落葉幾抽枝)는 기회낙엽우추지(幾回落葉又抽枝)로 전하기도 한다.

금강경을 공부하는 자도 금강경에서 말하고자 하는 대강(大綱)을 바로 알아차리는 것이 곧 심해의취(深解義趣)다. 심해의취하면 곧 크나큰 정진력(精進力)을 얻는 것이다. 정진력을 얻으면 공부는 일취월장하여 대장부(大丈夫)의 길로 나아가는 든든한 버팀목이 되는 것이다.

화엄경 제78권 입법계품(入法界品)에 보면 다음과 같은 말씀이 있으니 참고하여 되새겨 보기를 바란다.

선남자여, 마치 사람이 두려움 없는 약을 가지면 다섯 가지 공포를 떠남이니, 무엇이 다섯 가지인가? 이른바 불에 능히 타지 않고, 독에 능히 걸리지 않고, 칼에 능히 상하지 않고, 물에 능히 빠지지 않고, 연기에 능히 취하지 않음이니라. 보살마하살도 역시 그와 같아서 온갖 지혜의 보리심의 약을 얻으면, 탐욕의 불에 타지 않고, 성내는 독에 걸리지 않고, 의혹의 칼에 상하지 않고, 존재의 흐름에 빠지지 않고, 깨닫고 살피는 [覺視] 연기에 취하지 않음이라. 善男子 譬如有人 得無畏藥 離五恐怖 何等爲五 所謂火不能燒 毒不能中 刀不能傷 水不能漂 煙不能熏 菩薩摩訶薩亦復如是 得一切智菩提心藥 貪火不燒 瞋毒不中 惑刀不傷 有流不漂 諸覺觀煙不能熏害

수보리는 부처님으로부터 미증유(未曾有) 법문을 들었음을 고백함과 동시에 그 기쁨을 표현하고 있다. 경전은 언제나 현재 진행형이므로 수보리만 미증유법을 들은 게 아니라, 우리도 지금 미증유법을 듣고 있다는 것을 알아두어야 한다.

이백불언(而白佛言)에서 이(而)는 앞의 말을 이어받는다는 표현이다. 백불언(白佛言)은 부처님께 거짓 없이 진실하게 말씀을 올린다는 의미로, 이는 말씀을 올림에 있어서 예를 갖춘다는 표현이다.

희유세존(希有世尊)에서 희(希)는 바란다는 표현이지만 희(希)의 고자(古字)가 드물다는 희(稀)이기에 희(希)와 상통해서 쓰였다. 불교에서 희유(希有)를 달리 나타내면 미증유(未曾有)이다. 이를 세속적인 표현으로 전대미문(前代未聞) 또는 전고미문(前古未聞), 선대미문(先代未聞)이라 하거나 전에도 없었고 후에도 없을 것이라는 공전절후(空前絶後), 천지가 아직 열리지 않은 혼돈의 상태를 말하여 아직까지 아무도 하지 못하는 일을 처음으로 해냄을 이르는 파천황(破天荒)과 같은 뜻으로도 취한다.

심심경전(甚深經典)은 곧 심심불법(甚深佛法)과 같은 표현이다.

천수경(千手經)에서 경을 펼치는 개경게의 내용인 '위없이 깊고 깊은 미묘한 법'이라고 찬탄하는 '무상심심미묘법(無上甚深微妙法)'과 같은 뜻이다.

그러므로 심심경전이라는 표현은 부처님을 찬탄하고 법을 찬탄하는 탄백이므로 부처님의 법은 대법(大法)이며, 가르침으로 보면 대교(大敎)이며, 법을 설하는 부처님은 대왕(大王)이 되는 것이다.

世尊 若復有人 得聞是經 信心淸淨 則生實相 當知是人
세존 약부유인 득문시경 신심청정 즉생실상 당지시인

세존이시여! 만약 어떤 사람이 이 경을 얻어듣고 신심이 청정하면 곧 실다운 진리의 경계[實相]가 생길 것이오니, 이 사람은 마땅히

成就第一 希有功德
성취제일 희유공덕

제일 희유한 공덕을 성취한다는 것을 알았습니다.

世尊 是實相者 則是非相 是故 如來說名實相
세존 시실상자 즉시비상 시고 여래설명실상

세존이시여, 이 실상이란 것은 곧 실상이 아닙니다. 그러므로 여래께서 말씀하시기를 이름이 실상이라고 하셨습니다.

실상을 증득하려면 금강경을 수지하여 깊이 이해를 하면 될 것이라고 확약하는 말씀이다. 신심이 청정하여 실상이 생겨날 것이라고 하였으니, 이는 이 마음자리가 곧 부처임을 알게 된다는 것이다. 그러므로 실상을 증득하면 현상에 집착하지 않는 것이다.

실상(實相)은 산스크리트어로 tattvasya laksanam이다. 그러나 이를 명확하게 꼬집어서 무엇이라고 말하는 것인지는 분명하지가 않다. 일본의 불교 학자인 나카무라[中村]는 번역하기를 진실하다는 생각으로 번역을 하였다. 그러나 대체적으로 실상이라고 하면 연기(緣起), 법계(法界), 필경지(畢竟智), 제일의공(第一義空), 무상(無相), 무자성(無自性), 공(空), 진여(眞如), 법성(法性), 무위(無爲), 열반(涅槃), 일여(一如), 실성(實性) 등을 내포하고 있기에 설법의 흐름에 따라 적절하게 접목을 하여야 한다. 지금 우리가 배우고 있는 금강경에서는 진여(眞如) 또는 실성(實性)이라는 측면이 강하기에 이를 순우리말로 해석하면 곧 '참모습'이라 할 수 있다.

40권 본 대반열반경(大般涅槃經)[269] 제40권에 보면
모든 법의 속성은 모조리 허망하고 임시적이다. 그것이 소멸한 경계에 따라서 붙인 이름을 실(實)이라 하며 그것이 곧 실상이다. 이를 법계(法界), 필경지(畢竟智), 제일의제(第一義諦), 제일의공(第一義空)이라고 한다고 말씀하셨다. 一切諸法 皆是虛假 隨其滅處 是名爲實 是名實相 是名法界 名畢竟智 名第一義諦 名第一義空

---

[269] 40권 대반열반경은 421년 북량(北涼)의 담무참(曇無讖)이 40권 13품으로 한역한 불설대반열반경을 말하며, 이를 흔히 북본열반경(北本涅槃經)이라 하기도 한다.

무량의경(無量義經)[270] 설법품 제2에는

헤아릴 수 없는 많은 도리는 하나의 법으로부터 발생한다. 그 하나의 법이라고 하는 것은 어떤 상(相)에도 제한되지 않는 무상(無相)이다. 이와 같이 무상은 상(相)도 없고 상 아닌 것도 없다. 상도 없고 상 아닌 것도 없다면 그것을 실상이라고 말씀하셨다. 無量義者 從一法生 其一法者 無相也 如是無相 無相不相 不相無相 名爲實相

실상은 어떠한 차별도 존재할 수가 없다. 이를 실상무상(實相無相)이라고 한다. 금강경에서는 지금 실상을 강조하고 있다.

금강경찬요간정기(金剛經纂要刊定記)[271] 제4권에 보면

실상을 법이라고 한다. 실상을 아는 지혜를 얻으면 어떤 상도 없고, 어떤 결과도 없기 때문에 버려야 한다고 말한다. 실상에는 어떠한 차별도 없기 때문이라고 하였다. 實相名法 得實相智 無相無得故云應捨 以實相無相故

---

270 재(齊)나라의 담마가타야사(曇摩伽陀耶舍)가 번역했다 하기도 하고, 인도의 학승으로 중국에서 활동하였던 구나발타라(求那跋陀羅)가 번역했다고도 하며 중국에서 지은 것이라고도 한다. 481년에 간행되었다. 예로부터 법화삼부경의 하나로 알려져 왔으며 법화경의 개경(開經)이라고도 부른다. 경전의 명칭은 묘법연화경 서품에서 유래하였다는 설도 있고, 자체 내용에서 유래하였다는 설도 있다.

271 북송(北宋) 때 장수사(長水寺)에 머물면서 화엄학을 널리 설파하였던 자선(子璿) 스님이 편찬한 것이다.

실상을 제대로 알면 '즉시에 부처를 볼 수가 있다(則見如來)'고 하였다. 현전(現前)에서 견성할 수 있음을 말한다. 부처님의 물음에 수보리는 실상이 곧 실상이 아니라고 하였다. 이를 역으로 다시 살펴보면 곧 실상이 되는 것이다. 다만 실상이라는 틀 안에 가두어 두지 않는 것이며 이를 물상처럼 여겨 집착하지 않음이다. 그러므로 실상은 상(相)이 아닌 것이다.

누구라도 신심이 청정하면 실상을 얻을 수 있다고 하였다. 이러한 도리를 알면 당연한 것이고, 모르면 긴가민가한다. 신심이 청정하다는 것은 믿음이 실로 청정함이다. 여기에는 시비와 분별과 집착이 없고, 사상이 송두리째 무너진 자리를 말함이다. 고로 이 경지에 이르면 세상 만물이 부처가 아님이 없음을 아는 실상을 증득하는 것이다. 곧 실상법신(實相法身)을 성취한다. 그러므로 금강경에서는 이를 무주무상(無住無相)의 도리로 법연을 펼쳐 나가고 있는 것이다.

世尊 我今得聞如是經典 信解受持 不足爲難 若當來世
세존 아금득문여시경전 신해수지 부족위난 약당래세

세존이시여, 제가 이와 같은 경전을 얻어듣고 믿고 이해하여 받아 가지는 것은 그리 어렵지 않으나, 만일 다음 세상

後五百歲 其有衆生 得聞是經 信解受持 是人則爲第一希有
후오백세 기유중생 득문시경 신해수지 시인즉위제일희유

5백 년 뒤에 어떤 중생이 이 경전을 얻어듣고 믿고 이해하여 받아 지닌다면, 그 사람이야말로 참으로 제일 희유한 사람이 될 것입니다.

何以故 此人無我相人相衆生相壽者相
하이고 차인무아상인상중생상수자상

왜냐하면 그 사람은 나라는 상도, 남이라는 상도, 중생이라는 상도, 수명에 대한 상도 없기 때문입니다.

所以者何 我相卽是非相 人相衆生相壽者相卽是非相
소이자하 아상즉시비상 인상중생상수자상즉시비상

무슨 까닭인가 하면 아상은 상(相)이 아니요, 인상 · 중생상 · 수자상도 곧 상이 아니기 때문입니다.

何以故 離一切諸相 則名諸佛
하이고 이일체제상 즉명제불

왜냐하면 온갖 상을 여읜 이를 부처라 하기 때문입니다.

먼저 제일희유공덕에 대해서 말씀하고 있으시다. 중생들이 금강경의 내용을 바르게 이해한다면 이는 '제일희유공덕'이라는 가르침이다. 경전을 수지하고 독송하는 것도 좋지만 바르게 이해를 하여야 한다. 그것이 열반으로 가는 핵심 포인트이기 때문이다. 그러나 대부분 사람들은 바르게 이해하기보다 그냥 주문처럼 경전을 봉독한다. 그러면 그만큼 얻어지는 공덕이 적은 것이다. 바르게 이해하면 바른 신심이 나기에 향상일로(向上一路)로 나아갈 수 있다.

여기에 대하여 야보도천(冶父道川) 스님은 말씀하시기를

어렵고 어려움이여! 마치 평지에서 푸른 하늘에 오른 것과 같고 쉽고도 쉬움은 옷을 입은 채로 한숨 자고 나서 깸과 같음이라. 배가 가는 것은 삿대를 잡은 이 마음대로니 누가 파도가 땅으로부터 일어난다고 말하리오라고 하였다. 難難 難如平地 上靑天 易易 易似和衣一覺睡 行船盡在把稍人 誰道波濤從地起

부처님 당시에도 사도(邪道)가 있었거늘 하물며 말세 중생들은 이장(二障)이 있어서 더더욱 정법 만나기도 어렵고 바른 가르침을 전하는 사문과 도반을 만나기도 어렵다. 여기서 '이장'이라고 하는 것은 번뇌장(煩惱障)과 소지장(所知障)을 말한다. 번뇌장은 열반을 장애하는 번뇌이다. 소지장은 알아야 할 바에 대한 앎, 즉 보리를 장애하는 번뇌를 말한다. 이는 번뇌를 유식종(唯識宗)의 입장에서 바라다본 견해이다. 그러기에 이러한 말세의 중생들이 금강경을 신해수지(信解受持) 한다면 이는 참으로 희유한 불자가 되는 것이다.

장차로 다가오는 오백세 중생들이 이 경을 받아 지니고 수행을 한다면 이는 제일 희유한 공덕이라고 하셨다. 여기서 오백세(五百歲)는 곧 오백년(五百年)을 말하는 것이니, 세(歲)는 곧 년(年) 또는 세(世)

가 되는 것이다. 금강경에서 이어지는 법문 가운데 인욕수행을 말씀하시는 부분에서는 오백세(五百世)로 표현하였다.

오백세(五百歲)에 대해서는 금강경 가운데 제6 정신희유분에서 이미 설명을 하였다. 이를 다시 들추어보면 해탈견고(解脫堅固), 선정견고(禪定堅固), 다문견고(多聞堅固), 탑사견고(塔寺堅固), 투쟁견고(鬪爭堅固) 시대를 각각 5백 년으로 설정한 시기를 말한다.

그러나 이를 가만히 들여다보면 후오백세(後五百歲) 중생들 가운데 금강경을 수지 독송하는 이는 제일가는 희유한 공덕을 얻을 수 있다고 하셨다. 후오백세는 지금 내가 금강경을 펼치고 공부하는 바로 이 시간, 이 자리를 말한다. 왜냐하면 부처님의 말씀은 시공을 초월하기 때문이다.

금강경에서는 제일희유공덕에 대해서 앞서 가르침에는 실상이 곧 실상이라는 이름뿐이며, 상이 아니라는 사실을 증득한 중생은 곧 제일희유공덕을 성취하는 자라고 하셨다. 이를 망각해서는 안 된다. 이걸 염두에 두고 다시 이어지는 법문을 살펴보아야 한다.

금강경을 통해서 우리의 자성이 원래로 청정본연(淸淨本然)하여 영겁토록 변치 않는 금강심(金剛心)이라는 것을 증득하여야만 제일가는 희유공덕을 성취할 수 있음을 지금 말씀하시고자 한다. 그러므로 경을 보면 골수의 가르침을 알아차려서 깨달아야 한다. 그것이 곧 부처님께서 경을 설하시는 목적이지 숱한 경을 설하기 위한 목적이 아닌 것이다.

우리가 사는 세상을 법화경(法華經)에서는 불이 활활 타고 있는 화택(火宅)으로 비유하였다. 그러므로 중생의 세상을 삼계화택(三界火宅)이라고 설정하여 여기에서 빠져나와서 살길을 택하는 것은 오직 일불승(一佛乘)뿐이라고 하셨다. 그러나 지금 금강경에서는 그대가 제일 희유한 공덕을 성취하려면 어디에도 휘둘리지 않는 마음자리를 찾아서 부동지(不動地)에 이른다면 그것이 곧 금강이라고 말씀하신다.

또한 법화경에서는 불난 집의 비유가 곧 차안(此岸)을 말하는 것이며 금강경에서는 뗏목을 타고 강을 건너기 이전이 곧 차안인 것이다.

고통을 참아야만 하는 세상이 우리가 사는 사바세계이기에 이를 감인(堪忍)이라고 한다. 이러한 화택(火宅)에서 벗어나려면 진정한 가르침인 부처님의 말씀에 의지해야 한다는 것은 두말할 나위 없음이다. 그러나 중생들은 자기 눈높이에 따른 사람과 어울리고 무리를 짓기 마련이다. 그러기에 부처님의 말씀이 아무리 훌륭하다고 할지라도 이를 잘 전하는 스승이 되는 법사가 필요한 것이다. 결국 좋은 법사를 만나야 바른 안목이 열리는 것이다.

법화경에 보면 부처님께서 아무리 귀중하고 소중한 보배로운 말씀을 전해 주고자 하여도 교만심이 가득 찬 5천 명의 중생들이 자리를 뜨고 만다고 하였다.

법화경 비유품(譬喩品)에 다음과 같은 말씀이 있다.

만약 어떤 사람들이 법화경을 믿지를 아니하고 이 경전을 오히려 훼방한다면 일체 세간의 부처님의 종자가 끊어짐이라. 若人不信 毀 謗此經 斷一切 世間佛種

법화경에서는 5천 명의 비구들이 훼방하며 자리를 떠났다고 하였다. 그리고 금강경에서는 사상(四相)이 없는 자가 제일 희유한 사람이라고 하였다. 중생은 사상으로 하여금 증상만(增上慢)을 일으키기 때문이다.

만(慢)은 남을 업신여기면서 자신을 내세우는 것을 말한다. 여기에도 일곱 가지가 있으니 이를 칠만(七慢)이라고 한다.

① **만(慢)**
자신보다 못한 자에 대해서 항상 자신이 더 뛰어나다고 생각하고, 동등한 자에 대해서는 자신 스스로가 동등하다고 교만해지는 것으로 곧 우월감(優越感)을 말한다.

② **과만(過慢)**
자기와 동등한 자에 대해서 자기가 뛰어나다고 생각하고, 자기보다 뛰어난 자에 대해서는 동등하다고 생각하기에 결국 자신과 동등한 이에게 우월감을 가지고 뻐기는 것을 말한다.

③ 만과만(慢過慢)

자기보다 뛰어난 자에 대해서 거꾸로 자기 쪽이 뛰어나다고 생각하는 것으로 이는 자신보다 뛰어난 자에게 저 스스로 잘난 체함이다.

④ 아만(我慢)

자기 멋대로의 생각에 집착하는 것으로 자신의 능력을 뽐내며 남을 업신여기는 것이다.

⑤ 증상만(增上慢)

법문 등을 올바르게 이해, 증득(證得)하지 않았는데 자기는 이미 증득했다고 생각하는 것으로 이는 중생심이 가득함에도 자신 스스로 성도했다고 기고만장한 것을 말한다.

⑥ 비만(卑慢)

자기보다 훌륭하게 뛰어난 자에 대해서 자기는 아주 조금만 열등할 뿐이라고 생각한다. 다시 말해 나도 그 정도는 된다고 스스로 내세우는 것을 말한다.

⑦ 사만(邪慢)

자기는 덕이 없는데도 불구하고 덕이 있다고 생각하는 것으로 이는 자신은 늘 악행을 일삼으면서도 이를 스스로 덮어두고 남이 못하는 것을 자신이 했노라고 하면서 스스로 영웅심을 드러내 보이려 하는 마음을 말한다.

만(慢)도 마음 작용이고 사상(四相)도 역시 마음 작용이다. 그리고 이러한 마음을 고거심(高擧心)이라고 하며 이와 상대어(相對語)는 침하심(沈下心)이다.

여기에 대하여 구사론(俱舍論) 제19권 분별수면품에서는 칠만(七慢)을 열거하면서 이것들은 모두 마음을 고거(高擧)하게 만들기 때문에 만(慢)이라고 이름한다고 하였다. 且慢隨眠差別有七一慢二過慢三慢過慢四我慢五增上慢六卑慢七邪慢 令心高擧總立慢名

또한 송나라 영명연수(永明延壽) 스님이 저술한 종경록(宗鏡錄)[272] 제52권에서는 다음과 같이 말하고 있다.

아만이라고 하는 것은 거만하고 오만스러운 것으로 집착한 바의 나를 믿고 마음으로 하여금 뽐내게 하기 때문에 아만이라고 이름한다. 我慢者 謂倨傲 恃所執我 令心高擧 故名我慢

사상(四相)이 곧 상(相)이 아닌 줄 바르게 알면 사상에 집착하지 아

---

272 북송(北宋)의 법안종(法眼宗)에 속하는 영명연수(永明延壽) 스님이 저술하였으며 100권으로 이루어져 있다. 스님은 이를 다시 줄여서 주심부(註心賦)라는 이름으로 4권을 편찬하였다. 대승불교의 경론 60부와 중국·인도의 성현 300인의 저서를 비롯해 선승(禪僧)의 어록·계율서·속서 등을 널리 인용 방증했다. 그 내용상의 뜻은 마음 밖에 따로 부처가 없고[心外無佛], 온갖 것이 다 법[觸目皆法]임을 나타내고 있으며, 선교일치(禪敎一致)를 체계적으로 밝혀 놓았다.

니함이니 고로 사상은 본래로부터 없는 것이다. 다만 마음 작용을 설명하고자 하기에 억지로 이름을 붙여서 말한 것뿐이다. 그러기에 사상도 결국 공(空)함을 알았다면 여기서 한 발 더 나아가면 법(法)도 역시 공(空)한 것이다.

이러한 상(相)을 여의고 나면 곧 부처가 되는 것이다. 고로 부처님은 금강경을 통하여 우리에게 일체 모든 상(相)을 여의고 나면 무애인(無礙人)이 된다고 가르침을 주시는 것이다. 왜냐하면 무애인이 곧 자유인(自由人)이고, 천진인(天眞人)이며 해탈인(解脫人)이기에 결국 불(佛)이라고 이름을 붙이는 것이다.

이를 능엄경(楞嚴經)에서는 부처님께서 부루나(富樓那)에게 가르침을 주시기를 눈병 걸린 사람으로 비유를 들어 설명하셨다.

또 사람이 눈병에 걸렸으면 허공에서 헛꽃을 보겠으나 눈병이 나으면 꽃이 허공에서 사라진 것과 같으니라. 어떤 어리석은 사람이 저 허공 꽃이 사라진 빈자리에서 꽃이 다시 나오기를 기다린다면, 너는 이 사람을 생각해 보아라. 어리석겠느냐? 슬기롭겠느냐? 이에 부루나가 답하기를 원래 꽃이 없는 허공에서 허망하게 생기고 사라짐을 보고, 꽃이 허공에서 사라졌다고 본 자체가 이미 뒤바뀐 일인데, 여기에 다시 꽃이 나오도록 억지를 쓴다면, 참으로 어리석고 미친 짓입니다. 어찌 이런 미친 사람을 두고 어리석다거나 슬기롭다고 하겠습니까. 亦如瞖人見空中花 瞖病若除華於空滅 忽有愚人 於彼空花 所滅空地待花更生 汝觀是人爲愚爲慧 富樓那言 空元無花妄見生

滅 見花滅空已是顚倒 勅令更出斯實狂癡 云何更名如是狂人爲愚
爲慧

　이를 추려서 나타내면 허공의 꽃은 원래 꽃이 아니므로 눈병이 완
치되면 이는 저절로 사라지는 것이다. 그러나 중생들은 허공의 꽃을
잡으려고 안간힘을 쓰기도 한다. 그러므로 올곧은 수행자는 허공도
취하지 아니하고, 허공의 헛꽃도 취하지 아니하므로 열반인(涅槃人)
이 되는 것이다. 고로 사상도 허공의 헛꽃이기는 마찬가지이다. 그러
나 어리석은 중생은 허공의 헛꽃도 허망한 것이거늘 여기에다 한술
더 떠서 헛꽃에서 열매를 맺기를 기다리는 자가 부지기수이다. 밝은
대낮에 다시 해를 찾는 격이 되는 것이다.

佛告須菩提 如是如是
불고수보리 여시여시

부처님께서 수보리에게 말씀하셨습니다. 그러하다, 그러하다.

若復有人 得聞是經 不驚不怖不畏 當知是人 甚爲希有
약부유인 득문시경 불경불포불외 당지시인 심위희유

**만일 어떤 사람이 이 경을 듣고 놀라지 않고 겁내지 않으며 두
려워하지 않으면, 이 사람은 참으로 희유한 사람이다.**

何以故 須菩提 如來說第一波羅蜜 非第一波羅蜜

하이고 수보리 여래설제일바라밀 비제일바라밀

是名第一波羅蜜

시명제일바라밀

왜냐하면 수보리야, 여래가 말하는 제일 바라밀은 제일 바라밀이 아니므로 이름을 제일 바라밀이라 하기 때문이니라.

금강경에서 희유(希有)라는 표현이 모두 여섯 번이 나오는데 이 구절의 말씀이 마지막이다. 그리고 이를 다시 살펴보면 다음과 같다.

제2 선현기청분(善現起請分)

희유하십니다, 세존이시여. 여래께서는 모든 보살들을 잘 보살펴 주시고, 모든 보살들에게 잘 당부하십니다. 希有世尊 如來善護念諸菩薩 善付囑諸菩薩

제12 존중정교분(尊重正教分)

하물며 어떤 사람이 이 경을 모두 다 받아 지니고 읽고 외우는 일이겠는가? 수보리야, 반드시 알라. 이 사람은 가장 높고 제일가는 희유한 법을 성취한 것이다. 何況有人盡能 受持讀誦 須菩提 當知是人 成就最上第一希有之法

제14 이상적멸분(離相寂滅分)

참으로 희유합니다, 세존이시여. 부처님께서 설하신 이와 같이 깊

고 깊은 경전은, 저가 옛날부터 지금까지 닦아 얻은 지혜의 눈으로써
는 일찍이 이와 같은 가르침은 듣지 못하였습니다. 希有世尊 佛說
如是甚深經典 我從昔來所得慧眼 未曾得聞如是之經

　여시여시(如是如是)는 아주 긍정적인 표현으로 쓰였다. 그렇고말
고, 또는 그러하고 그러하다는 표현이다. 여차여차(如此如此)하다와
엇비슷한 것 같지만 그 실상은 좀 다르다.

　이상적멸분(離相寂滅分)의 여시여시(如是如是)에 대해서 부대사
(傅大士)는 명쾌한 가르침을 주고 있다.

　如能發心者 應當了二邊
　여능발심자 응당요이변

　涅槃無有相 菩提離所緣
　열반무유상 보리이소연

　발심하여 능히 도를 구하고자 하는 사람은
　집착하는 온갖 실체를 응당 알아야 한다.
　열반이라는 것은 모양이 있는 것이 아니며
　깨달음은 온갖 반연(攀緣)을 벗어나는 것이다.

　無乘及乘者 人法兩俱捐
　무승급승자 인법양구연

欲達眞如理 應當識本法
욕달진여리 응당식본법

가르침도 배울 것도
나와 법에 대한 집착을 함께 버림이다.
진여의 참다운 뜻을 알고자 한다면
본디 그 근원의 자리를 알아야 한다.

또한 여시(如是)는 이와 같은 믿음이니 곧 올바른 말씀을 믿는 것
이다. 부처님의 가르침은 곧 믿음에서 출발한다.

화엄경 권제14 현수품(賢首品)에 보면 다음과 같은 게송이 있다.

信爲道元功德母 長養一切諸善法
신위도원공덕모 장양일체제선법

斷除疑網出愛流 開示涅槃無上道
단제의망출애류 개시열반무상도

믿음은 도의 근본 공덕의 어머니이며
모든 선법을 길러냄이라.
온갖 의심의 그물 끊고 애착을 벗어나
위없는 열반의 도를 열어 보임이라.

이를 보면 믿음은 아무리 강조하여도 지나치지 않음이다.

60권 화엄경(華嚴經) 현수보살품에도 다음과 같은 말씀이 있다.

信能捨離諸染着 信解微妙甚深法
신능사리제염착 신해미묘심심법

信能轉勝成衆善 究竟必至如來處
신능전승성중선 구경필지여래처

믿음으로 인하여 갖가지의 집착 버리게 하고
믿음으로 인하여 미묘하고 깊은 법 알게 되며
믿음으로 인하여 갈수록 더 모든 선을 이루게 하여
끝내는 여래 땅에 이르게 함이라.

불자는 부처님의 가르침에 언제나 여시(如是)하여야 한다. 그렇다면 어떻게 하여 '여시여시' 할 수 있을까?

여기에 대해서 무상의경(無上依經)[273] 여래계품에 보면 다음과 같은 가르침이 있다.

---

273 이 경은 양(梁)나라 때 진제(眞諦)가 한역한 경으로 대방등여래장경·부증불감경과 함께 여래장 사상을 설한 경전이다. 그러나 이 경은 부증불감경과는 입장을 달리하며 여래계(如來界)와 관련해서 여래장 사상을 높이고 있다.

이와 같이 아난아, 일체의 여래는 과거 세상에 인지(因地)에 있으면서 중생 경계의 청정한 자성도 객진번뇌에 더럽혀짐을 알았으며, 모든 부처와 여래는 이러한 생각을 하였다. 객진번뇌는 중생의 청정한 경계 속에 들어가지 않는다. 이 번뇌의 때는 밖으로 덮고 가릴 뿐이며, 허망한 사유(思惟)가 쌓고 일으키는 것이다. 우리들은 능히 일체중생을 위하여 깊고 오묘한 법을 설하여 번뇌의 장애를 없애리라. 응당 하열한 마음을 내지 아니하고 큰 아량으로 해서 모든 중생에 대하여 존중하는 마음을 내고, 큰 스승에 대하여 공경함을 일으키고, 반야를 일으키고, 대비를 일으키리라. 이 다섯 가지 법에 의지하여 보살은 아비발치[不退轉]의 지위에 들 수 있게 되었다. 如是阿難 一切如來 昔在因地 知衆生界自性淸淨 客塵煩惱之所汚濁 諸佛如來 作是思惟 客塵煩惱 不入衆生淸淨界中 此煩惱垢爲外障覆 虛妄思惟之所構起 我等能爲一切衆生 說深妙法除煩惱障 不應生下劣心 以大量故 於諸衆生生尊重心 起大師敬 起般若 起闍那 起大悲 依此五法 菩薩得入阿鞞跋致位

만약 이다음에 또 어떤 사람이 이 경전을 얻어들으면 신심이 청정하여져서 곧 실상이 생길 것입니다. 그리고 이 사람은 제일가는 희유한 공덕을 성취한 사실을 반드시 알아야 할 것입니다. 若復有人得聞是經 信心淸淨 則生實相 當知是人 成就第一希有功德

만일 다음 세상 오백년 뒤에 어떤 중생이 이 경전을 얻어듣고 믿고 이해하여 받아 가진다면, 그 사람이야말로 참으로 제일 희유한 사람이 될 것입니다. 若當來世 後五百歲 其有衆生得聞是經 信解受持

是人則爲第一希有

만약 또 어떤 사람이 이 경을 듣고 놀라지도 않고, 겁내지도 않으며, 두려워하지도 않는다면, 반드시 알라. 이 사람도 대단히 희유한 사람이니라. 若復有人 得聞是經 不驚不怖不畏 當知是人甚爲希有

다시 이를 정리하면 희유(希有)는 아주 보기가 어려워서 극히 드물다는 표현이다. 이와 같은 표현으로 맹구치부목(盲龜値浮木)이라는 말이 있다.

법화경(法華經) 묘장엄본사품에도
또 외눈박이 거북이가 떠 있는 나무의 구멍을 만나는 것과 같습니다. 이제 우리가 숙세의 복이 두터워서 금생에 불법을 만났습니다 하는 표현이 있다. 又如一眼之龜 値浮木孔 而我等宿福深厚 生値佛法

우리는 흔히 이와 같은 표현을 맹귀부목(盲龜浮木)이라고 한다. 잡아함경(雜阿含經) 가운데 실려 있는 맹귀경(盲龜經)에는 여기에 관한 내용이 아주 잘 나와 있다. 또한 맹귀우목(盲龜遇木) 또는 맹귀치부목(盲龜値浮木)도 모두 같은 표현이다. 이러한 말씀은 대반열반경(大般涅槃經)의 순타품, 고귀덕왕보살품 등에도 실려 있다.

침개상투(針芥相投)라는 표현이 있다. 이는 하늘 꼭대기에서 바늘을 떨어트려 겨자씨에 꽂히게 한다는 뜻이다. 고산수선천침(高山垂

線穿針)이라고 높은 산에서 실을 드리워 바늘귀를 꿰는 것과 같다고 하는 표현도 이와 비슷한 의미로 쓰인다.

제위경(提謂經)[274]에 사람 몸 받기가 어려운 것을 표현하기를

어떤 사람이 수미산 꼭대기에서 가늘고 가는 실을 아래로 내렸는데 한 사람은 밑에서 바늘을 가지고 기다리는데 그 중간에 회오리바람이 사납게 불어서 실 끝이 휘날리게 되므로 실 끝이 바늘구멍에 들어가기가 정말 힘들다고 하였다. 如有一人 在須彌山上 以纖縷下之 一人在下 持針迎之 中有旋嵐猛風吹縷 難入針孔

우리가 늘 지송하는 천수경(千手經)에서는 '희유'라는 표현을 대신해 백천만겁난조우(百千萬劫難遭遇)라고 하였다.

금강경을 받아 지니거나 얻어듣거나 하여도 놀라지 아니하고 겁내지 않으며 두려워하지 않는다면 이는 희유한 사람이라고 하였다. 왜냐하면 그는 금강경의 개략과 골수를 아는 자이니 놀라워하거나 두려워함이 없을뿐더러 오히려 쾌재를 부르며 덩실덩실 춤을 추는 자일 것이기 때문이다.

고로 이를 법화경(法華經)에 비유한다면

불난 집에서 철없이 놀고 있는 아이들을 꺼내기 위하여 양거(羊車), 녹거(鹿車), 우거(牛車)를 가지고 유인해 놓고는 정작 이를 주지

---

[274] 갖춘 이름은 제위바리경(提謂波利經)이다.

아니하고 대백우거(大白牛車)를 주듯이 일불승을 아는 자는 불난 집에 들어가서 놀지 아니함과 마찬가지이다.

또한 반야심경(般若心經)에서는
마음에 걸림이 없고 걸림이 없으므로 두려움도 없어서 뒤바뀐 헛된 생각을 멀리 떠나 마침내 열반에 들어감이라고 하였다. 心無罣碍 無罣碍故 無有恐怖 遠離顚倒夢想 究竟涅槃

여기서 '무가애고 무유공포(無罣碍故 無有恐怖)'를 금강경의 입장에서 본다면 불경(不驚), 불포(不怖), 불외(不畏)에 해당한다.

고로 금강경의 가르침을 기쁘게 받아 지니는 자는 일불승을 아는 자이다. 이를 근기에 비유한다면 상근기에 해당한다. 이러한 사람을 만나는 것은 예나 지금이나 희유한 일이다.

불경(不驚)은 놀라지 아니함이니 여기서 경(驚)은 한결같이 놀라워하고 두려워하는 것을 말하는 것이다. 불포(不怖)는 겁내지 아니함이니 여기서 포(怖)는 담력이 겁약한 것을 말한다. 불외(不畏)는 두려워하지 아니함이니 여기서 외(畏)는 눈앞에 일어나는 상황을 매우 싫어하는 것을 뜻한다.

그러므로 경(驚)은 처음으로 불문에 들거나 또는 금강경을 받아 지녀서 '아~ 이런 경도 있고 이런 말씀도 있구나' 하면서 불도를 수행하는 것이며, 포(怖)는 경전의 내용을 겁내는 것이니 이는 이승(二乘)

의 경지에서 일어나는 마음인 것이다.

법화경(法華經)에도 사리불이 부처님께 법을 청하자 부처님은 이를 물리치는데 다음 내용의 장면을 삼지삼청(三止三請)이라고 한다.

그때 부처님께서 사리불에게 이르시기를 그만두어라, 그만두어라. 모름지기 다시 말하거니와 만약 내가 이 일을 말한다면 일체 세간의 모든 하늘과 또 모든 사람들이 마땅히 놀라고 의심을 할 것이다. 고로 일승의 근기는 경전의 내용을 알아차려서 찬탄하지만 이승의 근기는 겁내고 두려워한다. 爾時佛告舍利弗 止止 不須復說 若說是事 一切世間諸天及人皆當驚疑

외(畏)는 외도(外道)와 사도(邪道)들에게서 일어나는 마음이다.

다시 이 부분을 마무리하는 차원에서 부가적인 설명을 하자면 금강경의 철리(哲理)를 아는 이는 결코 두려워하지 아니하고 이 경을 찬탄할 것이다.

이를 법화경 법사품(法師品)의 입장에서 본다면
그 어떤 중생이 불도를 구하는 자로서 이 법화경을 혹은 보고, 혹은 듣고, 이해하여 받아 지니는 자라면 마땅히 알라. 이 사람은 아뇩다라삼막삼보리를 얻기가 가까우리라고 하셨음과 같은 흐름이다. 其有衆生 求佛道者 若見 若聞 是法華經 聞已信解受持者 當知是人 得近阿耨多羅三藐三菩提

이어서 제일 바라밀 말씀이 있다. '제일바라밀'이라고 하는 것은 육바라밀 가운데 가장 첫 번째인 보시바라밀(布施波羅蜜)을 말한다. 여래가 말씀하신 '제일바라밀'이 곧 제일 바라밀이 아니며 다만 이름이 '제일바라밀'이라고 하셨다. 보시를 함에 있어서도 집착하는 마음을 내지 아니하고 보시함이니 이는 무주상보시(無住相布施)의 복덕을 말한다. 보시는 사량하고 분별하는 마음이 없이 기꺼이 내놓은 것이니 진정한 보시이다. 그러기에 보시를 하고 자신의 이름을 각자(刻字)하는 것은 진정한 무주상보시는 아닌 것이다.

제일바라밀은 무주상보시(無住相布施)이지만 지금 금강경 전체로 놓고 보면 이는 사상(四相)을 여의는 것이 곧 반야바라밀이 되는 것이다. 염불하고 다라니를 한다고 할지라도 그냥 무심하게 해야지 자꾸 무엇을 구하겠다는 생각이 앞서면 보리심은 묻혀버리고 만다.

須菩提 忍辱波羅蜜 如來說非忍辱波羅蜜
수보리 인욕바라밀 여래설비인욕바라밀

수보리야, 인욕바라밀(忍辱波羅蜜)을 여래는 인욕바라밀이 아니라고 말하였느니라.

何以故 須菩提 如我昔爲歌利王 割截身體 我於爾時
하이고 수보리 여아석위가리왕 할절신체 아어이시

왜냐하면 수보리야, 내가 옛날 가리왕(歌利王)에게 몸을 베이고 찢길 적에

無我相 無人相 無衆生相 無壽者相
무아상 무인상 무중생상 무수자상

아상도 없고 인상도 없고 중생상도 없고 수자상도 없었기 때문이다.

인욕바라밀(忍辱波羅蜜)은 육바라밀 가운데 세 번째 바라밀이다. 여기서 인(忍)은 욕됨을 참는 것이며 욕(辱)은 자신을 욕보이는 비방과 수치를 받아들이는 일이다. 사상을 여의면 누가 자신을 비방하고 욕을 하고 다닐지라도 거기에 상(相)을 두지 아니함이니 아(我)가 없기에 남들을 원망하는 마음도 없는 것이다.

여기서 이공(二空)을 먼저 살펴보아야 한다. 공(空)은 여러 가지 뜻으로 쓰이나 인공(人空), 법공(法空)이 그 근간이 된다. 인공은 생공(生空) 또는 아공(我空)이라고도 한다. 아공(我空)은 분별하는 인식 주관의 작용이 끊어진 상태를 말하며, 법공(法空)은 인식 주관에 형성된 현상에 대하여 분별이 끊어진 상태를 말한다.

가리왕(歌利王)은 부처님 본생담(本生譚)에 나오는 포악한 왕의 이름이다. 가리왕에서 '가리'라는 표현은 산스크리트어의 kāli를 음사한 것이다. 이를 한역하면 악세(惡世), 악생(惡生), 악세무도(惡世無

道) 등으로 나타내므로 이를 한역하여 악생왕(惡生王), 악세왕(惡世王), 악세무도왕(惡世無道王) 등으로 나타낸다. 또한 음사하여 가리왕(哥利王), 갈리왕(羯利王), 가리왕(迦梨王), 가릉가왕(迦陵伽王), 갈능가왕(羯陵伽王), 가람부왕(迦藍浮王) 등으로도 나타낸다. 가리왕은 위에서 설명하였듯이 그 성정이 포악하고 여색(女色) 때문에 선인의 팔다리와 몸을 잘라내었다고 한다.

본생담(本生譚) 제313 감인종본생담(堪忍宗本生譚)[275]에 보면
옛날 가람부(迦藍浮)라는 가시국왕(迦尸國王)이 바라나시[波羅奈]에서 나라를 다스리고 있을 때 보살은 8억의 재산을 가진 어떤 바라문 집에 태어났다. 그 이름은 군다카 쿠라마[坤達伽 庫瑪拉]로 성년이 되어서는 득차시라(得叉尸羅)에서 온갖 학예를 닦은 뒤 한 가정을 이루었다. 그 양친이 죽자 쌓아 둔 보물을 보고 그는 생각하였다. 우리 친족들은 이처럼 보물을 쌓아 두고서도 가져가지 못했다. 그러나 나는 이것을 가져가지 않으면 안 된다.

그리하여 그는 자신의 재산을 적당한 사람들에게 보시한 뒤 설산(雪山)에 들어가 거기서 오랫동안 살았다. 그러다가 소금과 식초를 구하기 위해 마을로 내려와 차츰 바라나시에 이르러 그 국왕의 동산에서 묵고 이튿날 탁발하기 위해 성내로 다니다가 장수(將帥)의 집 앞을 지났다. 군수는 그의 좋은 행의(行儀)를 보고 감복하여 자기 집으로 청하였다. 그리하여 자신을 위해 준비해 둔 음식을 공양하고 그

275 Jataka 313: Khantivādi-jātaka

동산에 머물도록 약속시켰다.

어느 날 가람부왕은 술에 잔뜩 취해 궁녀들을 데리고 위의가 당당하게 동산으로 들어가 왕의 자리로 쓰는 반석 위에서 마음에 드는 한 여자의 무릎을 베고 누웠다. 가무와 음악에 익숙한 궁녀들은 곡을 연주하였으니 그의 영화스러움은 마치 제석천왕과 같았다.

잠시 후 왕이 잠들자 궁녀들은 우리가 노래를 부르며 하는 것은 왕을 위해서다. 그런데 왕은 벌써 잠들었으니 더 이상 노래할 필요가 없다면서 궁녀들은 비파, 북 따위를 여기저기 던져 버리고는 동산으로 다니면서 꽃과 과일과 나뭇잎을 주우면서 즐거워하고 있었다.

이 때에 보살은 그 동산에 있는 꽃이 만발한 사라나무 밑에서 집 떠난 즐거움을 맛보면서 기세 좋은 사자처럼 앉아 있었다. 궁녀들은 여기저기 돌아다니다가 그 보살을 보고 여러분 이리 오십시오. 이 나무 밑에 어떤 스님이 앉아 계십니다. 우리는 대왕님이 깨실 때까지 저분에게 무엇이든지 한번 물어보자며 보살께 예배하고 그 주위에 앉아 말하였다.

우리에게 좋은 이야기를 말씀해 주십시오. 보살은 궁녀들을 위해 설법하였다. 그때 그 궁녀는 무릎을 흔들어 왕을 깨워 일어났으나 다른 궁녀들이 보이지 않자 궁녀들은 다 어디 갔느냐고 물었다.

대왕님, 궁녀들은 저기 수행자(修行者) 주위에 앉아 있습니다. 왕은 화를 내어 칼을 들고는 저 나쁜 행자 놈 하면서 달려갔다. 궁녀들은 안색이 변해 오는 왕을 보자 그중에서 왕의 마음에 드는 자가 가서 왕의 손에서 칼을 빼앗으며 왕을 달래자 왕은 보살 가까이 다가서며 물었다.

사문아, 그대의 종지(宗旨)는 무엇이냐? 대왕님, 감인종(堪忍宗)입니다. 그 감인이란 무엇인가? 욕설을 듣거나 두들겨 맞아도 성내지 않는 것입니다. 왕은 그러면 네게 감인의 힘이 있나 시험해 보리라고 하면서 도적의 목을 베는 관리를 불러왔다. 그는 도끼와 가시 달린 채찍을 들고 누런 옷을 입고서 빨간 화환을 가져와 왕에게 표하고 곧 아뢰었다.

무슨 일을 시키시렵니까. 이 행자를 땅바닥에 쓰러뜨리고는 가시 달린 채찍으로 전후좌우 사방에서 2천 대씩 내리쳐라. 그는 분부대로 하였다. 보살은 살가죽이 벗겨지고 부서지고 살이 찢어져 피가 흘러나왔다.

왕은 다시 물었다. 네 종지는 무엇이냐. 대왕님, 감인종입니다. 당신은 그 감인이 내 가죽 안에 있다고 생각하시지만 대왕님, 그것은 가죽 안에 있지 않습니다. 당신이 볼 수 없는 내 마음의 내부에 숨겨져 있습니다.

목 베는 관리는 또 물었다. 대왕님 또 무엇을 하리이까? 이 악한 행자의 두 팔을 끊어라. 그는 보살의 손을 도끼로 끊었다. 그다음에는 두 발을 다 끊으라고 명령하여 두 발을 끊었다. 손과 발끝에서는 깨어진 항아리에서 흘러나오는 기름처럼 피가 흘러나왔다.

왕은 또 보살에게 물었다. 너는 무슨 종지냐. 감인종입니다. 당신은 그 감인이 내 손, 발끝에 있다고 생각하는 모양이지마는 그렇지 않습니다. 내 감인은 보다 깊은 곳에 숨겨져 있습니다. 왕이 또 보살의 귀와 코를 베라고 명령하자 관리는 귀와 코를 베었으니 보살의 온몸은 피투성이가 되었다.

왕은 또 보살에게 물었다. 네 종지는 무엇이냐. 대왕님, 감인종이라는 종지입니다. 그러나 당신은 그 감인이 귀나 코끝에 있다고 생각해서는 안 됩니다. 내 감인은 아주 깊은 마음에 숨겨져 있습니다. 왕은 이 나쁜 행자 놈아, 그러면 너의 그 감인에 기대앉아 있어라 하고 발로 보살을 차고는 그 자리에서 떠났다.

왕이 떠나자 장수는 보살의 몸에서 피를 닦아내고 손, 발, 귀, 코끝을 헝겊으로 싸맨 뒤 보살을 천천히 앉히고 한쪽에 앉아 스승님, 만일 스승님이 성내실 일이 있거든 스승님께 대해 저런 포악한 짓을 한 저 왕에 대해 성내십시오. 그리고 다른 사람에 대해서는 성내지 마십시오 하고는 다음 게송을 읊었다.

汝之手與足 耳鼻均斷落
여지수여족 이비균단락

大雄者 對彼起怒意
대웅자 대피기노의

당신의 손과 발
귀와 코를 뗀 사람
대웅(大雄)이여
저 자에 대해 성을 내어라.

그리하여 이 나라를 망하게 하지 말라고 하자 이 말을 듣고 보살은
게송으로 답하였다.

我之手與足 耳鼻均斷落
아지수여족 이비균단락

彼王之壽長 如我之無怒
피왕지수장 여아지무노

나의 손과 발
귀와 코를 끊은 사람
저 왕은 오래 살아라.
이것은 나는 성내는 일 없기 때문이다

왕이 동산을 떠나 보살의 시야에서 사라질 때 24만 유순이나 두터
운 이 대지는 견고한 베의 조각처럼 찢어지면서 무간지옥에서 물이

나와 대대로 전해 오는 빨간 모포로 싸는 것처럼 왕을 빨아들였다. 그는 동산 입구에서 대지에 빨려들어 무간지옥에 떨어졌다. 그리고 보살은 그날 죽었다. 관리와 성내의 사람들은 모두 향과 꽃을 들고 와서 보살을 조문했다. 보살이 설산 지방으로 갔다는 사람도 있으나 이는 사실이 아니다.

昔時說堪忍 堪忍有沙門
석시설감인 감인유사문

迦尸 王行惡 切斷達安息
가시왕행악 절단달안식

옛날 감인을 주장하는 사문이 있었다.
그는 그 감인에 의해
가시국왕의 악행으로
몸이 베이고 안식(安息)에 이르렀다.

殘忍之暴行 辛辣之行果
잔인지폭행 신랄지행과

彼王地獄中 悟此蒸煮苦
피왕지옥중 오차증자고

그처럼 잔인한

그 행의 과보는 고통이었나니
그 가시국왕은 지옥에 들어
그 불에 볶이면서 그것을 깨달았다.

이상의 두 게송은 부처님의 게송이다.

부처님은 이 법화(法話)를 마치고 다시 사제(四諦)의 진리를 설명하셨다. 그때 성내기 잘하는 그 비구는 불환과(不還果)에 들고 또 그 밖의 많은 사람은 예류과(預流果)와 그 이외의 과(果)에 들었다. 부처님은 다시 전생과 금생을 결부시켜 그때의 그 가람부왕은 지금의 저 제바달다요, 그 장수는 저 사리불이며, 그 감인종의 행자는 바로 나였다고 말씀하셨다.

대지도론 제14권 초품(初品)에 있는 인욕바라밀의 의미에 대한 설명을 보면 다음과 같이 실려져 있다. 자주 보는 내용이 아니므로 원문을 역해하여 모두 싣고자 한다.

또한 수행자는 항상 자심(慈心)을 행하고 비록 고뇌의 산란함이 이 몸을 핍박하더라도 꼭 참고 받아들여야 한다. 復次行者常行慈心雖有惱亂遍身必能忍受

비유하자면 찬제선인이 큰 숲속에서 인욕을 수행하고 자(慈)를 행하였다. 그때 가리왕이 모든 궁녀를 거느리고 숲속으로 들어와 놀다가 음식을 먹고 나서 왕은 잠시 잠이 들어 쉬게 되었다. 譬如羼提仙

人 在大林中修忍行慈 時迦利王將諸婇女入林遊戲 飲食既訖王小
睡息

　모든 궁녀들이 꽃 숲에서 노닐다가 선인을 보고는 공경심이 더해
져서 예배를 드리고 한쪽에 앉아 있었다. 선인은 그때 모든 궁녀들을
위하여 자비와 인욕을 찬탄하며 설하였으니 그 말이 미묘하여 듣는
자는 싫증이 나지 않아 아주 오랫동안 돌아가지 아니하였다. 諸婇女
輩遊花林間 見此仙人加敬禮拜在一面立 仙人爾時爲諸婇女讚說
慈忍 其言美妙聽者無厭 久而不去

　가리왕이 잠에서 깨어나 보니 궁녀가 보이지 않자 칼을 빼 들고 찾
아다니다가 선인 앞에 있는 것을 보고는 교만과 질투심이 불같이 일
어나서 성난 눈으로 칼을 빼 들고는 선인에게 말하기를 너는 뭐 하
는 물건이냐? 라고 물었다. 迦利王覺不見婇女拔劍追蹤 見在仙人
前立 憍隆盛 瞋目奮劍而問仙人 汝作何物

　선인이 답하여 말하기를 저는 지금 인욕을 닦고 자(慈)를 행합니
다. 그러자 왕은 그러면 내자 지금 너를 시험해 보겠다며 예리한 칼
로 너의 귀와 코를 벨 것이며 너의 손발을 자를 것이니 그래도 만약
화내지 않는다면 네가 인욕을 닦았음을 인정하겠노라 말하니, 그러
자 선인은 마음대로 하라고 하였다. 仙人答言 我今在此修忍行慈
王言 我今試汝 當以利劍截汝耳鼻斬汝手足 若不瞋者知汝修忍
仙人言任意

왕은 즉시 칼을 뽑아 선인의 귀와 코를 베고 그의 손발을 자르고는 선인에게 묻기를 네 마음이 움직이는가? 라고 물었더니 저는 자(慈)와 인욕을 수행하였기에 마음이 부동입니다 하고 대답을 하였다. 왕이 말하기를 네 한 몸은 여기에서 세력도 없으니 비록 입으로 부동을 말할지라도 누가 믿겠느냐? 라고 말하였다. 王卽拔劍截其耳鼻斷其手足 而問之言 汝心動不 答言 我修慈忍心不動也 王言 汝一身在此無有勢力 雖口言不動誰當信者

그러자 선인이 서원하기를 만약 제가 참으로 자(慈)와 인욕을 수행하였다면 피는 응당 우유가 될 것이라고 말하자 즉시 피가 우유로 변하였다. 그러자 왕은 매우 놀라 궁녀들을 데리고 갔다. 이때 숲의 용신이 이 선인을 위하여 천둥과 벼락을 쳐서 왕은 독해를 당하여 죽었으므로 궁전으로 돌아가지를 못하였다. 이러한 까닭에 고뇌의 산란함 속에서도 인욕을 행할 수 있노라고 말한다. 是時仙人卽作誓言 若我實修慈忍血當爲乳 卽時血變爲乳 王大驚喜 將諸婇女而去 是時林中龍神爲此仙人雷電霹靂 王被毒害沒不還宮 以是故言於惱亂中能行忍辱

이와 같은 내용을 줄여서 '가리왕할절인욕선(歌利王割截忍辱仙)'이라고 하는 것이며 그 내용은 위와 같다. 대지도론에 나오는 찬제(羼提 kṣānti)를 한역하여 나타내면 '인욕(忍辱)'이다.

인욕에도 두 가지가 있다. 생인(生忍)과 법인(法忍)이다. 보살은 생인을 실천하여 무량한 복덕을 얻고, 법인을 실천하여 무량한 지혜를 얻음이다. 고로 복덕과 지혜를 갖추었기에 원하는 것대로 얻음이다.

그렇다면 보살은 무엇으로 찬제바라밀을 구족하는가. 마음이 부동하기에 찬제바라밀을 구족한다. 마음이 부동하다는 표현인 심부동(心不動)에 대해서는 구마라집(鳩摩羅什)이 한역한 대품반야경(大品般若經) 서품에 보면 '마음이란 움직이지 않는 것인 까닭에 인욕바라밀다를 구족해야 한다'고 하였다. 心不動故 應具足羼提波羅蜜

또한 대지도론(大智度論) 외에도 4세기 말 계빈국(罽賓國)[276]의 학승이었던 승가발징(僧伽跋澄) 등이 번역한 승가나찰소집경(僧伽羅刹所集經)에도 이와 비슷한 내용이 실려 있으니 이를 소개하고자 한다. 참고로 여기서 등장하는 가람부왕은 가리왕과 같은 표현임을 가리왕에 대하여 살펴볼 때 이미 밝혀두었으니 혼돈하면 안 된다.

그때 가람부왕이 깊은 산속에 들어가 사슴 사냥을 하다가 마침 산속에서 인욕선인을 보고는 앞으로 나가 무릎을 꿇고 물었다. 그대는 깊은 산중에서 무슨 도를 구하십니까? 그러자 인욕선인이 답하기를 인욕을 구합니다.

그러자 왕은 스스로 살펴보지도 아니하고 또한 살펴보려 하지도 않고 스스로 시험하고자 하여 곧바로 이런 말을 하였다. 그렇다면 내가 이제 그대의 손과 발을 자를 것이오. 그러면서 곧 선인의 수족을

---

276 펀자브(Punjab) 북쪽, 카불(Kabul) 동쪽에 있던 고대 국가다.

자르고는 다시 묻기를 지금 당신은 무슨 도를 구하시오. 그러자 인욕선인은 여전하게 답하기를 나는 인욕의 도를 구합니다. 그리고서는 즉시 인욕의 덕을 찬탄하자, 그때 왕은 더더욱 노여움을 나타내면서 그의 목숨을 해치려 하였다.

그때 선인은 이미 손발이 잘렸으나 서원을 세워 말하기를, 나는 세세생생에 분노를 내지 않고 또한 분노가 없게 하리라. 그러자 가람부왕은 모든 법이 다 허망함을 깨달았다.

대지도론에 나오는 인욕선인에 관한 이야기는 모두 본생담(本生譚)에 기인한 내용이다.

인욕바라밀도 인욕바라밀이 아니요, 그 이름이 인욕바라밀이라고 하셨다. 이를 되짚어 보면 부처님은 이미 그러한 경지에 올라섰다는 말씀이다. 그러면 무엇이 그러한 경지인가. 마음이 공(空)했다는 말씀으로, 삼공(三空)이 그러하다는 방증이다.

삼공은 아공(我空·人空), 법공(法空), 구공(俱空)을 말한다.

여기에 대해서 금강경찬요간정기(金剛經纂要刊定記) 제1권에 보면 삼공이란 아공·법공·구공이다. 금강경에서 '나'라고 하는 상(相), 사람이라고 하는 상(相) 등은 없다고 하신 것이 곧 아공이다. '나'라고 하는 상은 변함이 없는 상이 아니다고 한 것이 바로 법공이며, 모든 형상을 벗어나면 부처라고 말한 것이 곧 구공이라고 하였다. 三

空者 我空 法空 俱空也 如下經云 無我相人相等 我空也 我相 是非
相等 法空也 離一切相 名諸佛 是俱空也

여기에 대해 유식학(唯識學)에서는 변계소집성(遍計所執性), 의타
기성(依他起性), 원성실성(圓成實性) 등 삼성(三性)에 의거하여 설명
한다. 이는 무성공(無性空·無體空), 이성공(異性空·遠離空), 자성공
(自性空) 등 세 가지를 말한다.

성유식론(成唯識論)[277] 제8권에서는
공(空)에는 세 가지가 있음이다. 첫째는 무성공이니 본성이 없기
때문이며, 둘째는 이성공이니 잘못 집착한 것[遍計所執性]과는 그 성
질이 다르기 때문이며, 셋째는 자성공이니 무성공과 이성공이 나타
내는 것을 본성으로 하기 때문이라고 하였다. 空有三者 一無性 空
性非有故 二異性空 與妄所執自性異故 三自性空 二空所顯爲自
性故

부처님은 삼공을 구족하셨으므로 무심(無心)의 경계에 이르신 것
이다. 그러기에 이를 악물고 참는 것이 아니라 무심의 경계에서 인욕
을 하는 것이니 수순한 인욕이 되는 것이다.

---

277 인도의 유가행파가 사상적으로 발전한 절정시대의 사상을 인도의 학승 호
법이 이론과 실천 전반에 걸쳐 간결하게 정리한 책이다.

何以故 我於往昔節節支解時

하이고 아어왕석절절지해시

왜냐하면 내가 마디마디 사지를 찢길 적에

若有我相人相衆生相壽者相 應生瞋恨

약유아상인상중생상수자상 응생진한

만약 아상·인상·중생상·수자상이 있었더라면 응당 성을
내어 원망하였을 것이니라.

須菩提 又念過去於五百世 作忍辱仙人 於爾所世

수보리 우념과거어오백세 작인욕선인 어이소세

수보리야, 또 저 과거 5백 년 동안 인욕선인(忍辱仙人)이 되었을
때를 생각건대, 그때에도

無我相 無人相 無衆生相 無壽者相

무아상 무인상 무중생상 무수자상

아상도 없고 인상도 없고 중생상도 없고 수자상도 없었느니라.

하이고(何以故)는 '왜냐하면', 이러한 표현이다. 부처님이 찬제선인
으로 수행을 할 때에 극악한 가리왕에게 사지를 마디마디 잘렸을 때

사상이 있었더라면 그를 원망하고 비통한 마음을 낼 것인데, 사상을 여의었으므로 그러한 마음이 동하지 아니한 것이라는 말씀이다. 고로 사상(四相)이 모조리 무너진 것으로써 곧 인욕바라밀의 자량으로 삼는 것이다.

사상도 모두 마음으로 인하여 일어나고 소멸이 된다. 선가(禪家)에서 흔히 사용하는 표현 가운데 비풍비번(非風非幡)이라는 말이 있다. 이는 바람이 움직이는 것인가? 아니면 깃발이 움직이는 것인가? 라는 공안이다. 중국 선종 육조 혜능(慧能) 스님이 광주 법성사(法性寺)에 이르렀을 때, 깃발이 바람에 펄럭거리는 것을 보고 어떤 학인은 바람이 불어 깃발이 펄럭거린다고 하고, 또 다른 학인은 깃발이 움직이는 것이라고 논쟁 아닌 논쟁을 벌였다. 이를 지켜보던 혜능 스님이 나서서 말하기를, 바람이 움직이는 것도 아니고 깃발이 움직이는 것도 아니며 오직 그대들의 마음이 움직이는 것이라 하였다는 가르침이다.

우리는 여기서 그냥 간과해서는 안 될 것이 있다. 바람이 움직인다. 깃발이 움직인다. 이러한 논리는 그것에 집착하여 보는 인식의 방법이다. 이를 망념(妄念) 또는 망상(妄想)이라고 한다. 본래 한 물건도 없다는 선지(禪旨)의 입장에서 본다면 그러한 현상과 본질을 간과해야만 견성에 다다를 수 있다.

찬제선인이 가리왕에게 사지를 잘렸어도 성내지 아니하였다는 것도 모두 마음의 소치(所致)이며, 혜능 스님이 바람이냐 깃발이냐 논쟁을 잠재운 것도 모두 마음을 바탕으로 두고 있기는 마찬가지이다.

　수행으로 인하여 얻어지는 성과(聖果)는 하루아침에 얻어지는 것이 아니다. 선방에 몇 년 앉았다고 해서 오도송(悟道頌)을 지어내는 것은 생각해 볼 일이다. 부처님도 인욕 수행을 오백생 동안 하셨기에 얻어지는 성과라는 것을 바로 알면 오도송이라는 제목으로 함부로 세상에 알릴 바는 못 되는 것이다. 그러므로 승속을 떠나 수행자는 부단(不斷) 없이 수행해야 한다. 이를 천수경(千手經)에서는 '원아불퇴보리심(願我不退菩提心)'이라고 하여 보리심에서 물러나지 않기를 간절히 원한다.

　조론(肇論)[278]으로 유명한 중국의 승조(僧肇 384~414) 스님을 황제가 벼슬에 나올 것을 종용하였다. 그러나 이에 응하지 아니하자 어명을 어긴 죄로 참살하였다. 참살을 당하기 전에 지은 시를 여기서 한 번 살펴보면서 인욕바라밀을 떠올려 보았으면 한다.

　　四大原無我 五蘊本來空
　　사대원무아 오온본래공

---

278 인연 따라 일어나는 모든 현상의 공성(空性)과 불이(不二)를 중시한 물불천론(物不遷論)과 부진공론(不眞空論), 반야의 참 뜻을 밝힌 반야무지론(般若無知論), 열반은 언어 밖에서 드러난다고 설한 열반무명론(涅槃無名論)으로 구성되어 있다.

將頭臨白刃 猶似斬春風

장두임백인 유사참춘풍

사대는 원래 나의 존재가 아니라서

오온도 본래부터 공(空)이라네.

장차 번뜩이는 칼날을 목에 대지만

마치 봄바람을 베는 것과 같구나.

승조 스님의 사세시(辭世時)에는 다음과 같이 전하기도 하나 그 맥락은 같다고 보면 된다. 四大原無主 五蘊本來空 將頭就(臨)白刃 猶似斬春風

사상(四相), 다시 말하면 일체의 모든 상(相)을 무너뜨리면 아누다라삼막삼보리를 성취한다. 중생은 항상 그 사상이 그림자처럼 따라붙어서 문제가 되는 것이다.

중국 불교에서는 보살계의소(菩薩戒義疏)[279]에 근거하여 대승보살이 수계를 받을 때 십인계(十忍戒)를 내세우기도 하였는데, 이를 살펴보면 다음과 같다.

---

[279] 범망경은 천태지의(天台智顗)의 보살계의소(菩薩戒義疏)에 의해 주석된 뒤, 법장(法藏)이나 태현(太賢) 등의 주석가들에 의해 한층 더 대승적으로 주석되었다.

1. 할육식응(割肉食鷹)

대지도론(大智度論) 등에 나오는 할육식응(割肉食鷹), 비둘기를 살리기 위해 살을 베어 놓겠는가?

2. 투신아호(投身餓虎)

보살투신사아호기탑인연경(菩薩投身飼餓虎起塔因緣經)에 나오는 전거로 하여 투신아호(投身餓虎), 눈 속에 굶주린 범에게 몸을 줄 수 있는가?

3. 작두사천(斫頭謝天)

대반열반경(大般涅槃經)에 나오는 작두사천(斫頭謝天), 설산동자(雪山童子)가 인행을 할 때 한 구절의 법을 듣기 위하여 나찰에게 목을 베어 받칠 수 있겠는가?

4. 절골출수(折骨出髓)

도행반야경(道行般若經)[280] 제9 살타파륜보살품에 나오는 것으로 절골출수(折骨出髓)는 상제보살(常啼菩薩)이 반야 지혜를 얻기 위해 뼈를 분질러 골수를 내었다는 일화이다.

5. 도신천등(挑身千燈)

현우경(賢愚經) 범천정법육사품(梵天請法六事品)에 나오는 내용

---

[280] 10권으로 후한(後漢)의 지루가참(支婁迦讖)이 번역하였다. 소품반야경(小品般若經)의 다른 번역이다.

으로 부처님이 전생에 건사니바리[虔闍尼婆梨] 왕으로 있을 때 법문 듣기를 원하자 노도차(勞度差) 바라문이 왕을 시험해 보려고 말하기를, 왕의 몸을 쪼개어 천 개의 등불을 켠다면 법을 설하겠다고 하자 건사니바리 왕이 기꺼이 응하여 천 개의 등을 켰다는 도신천등(挑身千燈)이다. 그대의 몸으로 부처님을 찬탄하기 위해 천등(千燈)을 켤 수 있겠는가?

6. 도안보시(挑眼布施)

지도론(智度論)에 나오는 도안보시(挑眼布施)에 대해서는 여러 가지 설이 있으니 여기에서는 사리불의 일화를 소개하고자 한다. 사리불존자가 전생에 탁발을 나갔을 때 어떤 바라문이 사리불을 시험하려고 눈이 필요하다고 하여 사리불이 눈을 빼주었더니 그냥 땅에 던지고서는 발로 밟아 버렸다. 그러자 중생제도 그만하고 자신의 공부만 하겠다고 하는 생각을 낸 허물로 성문승이 되었다는 전생담이다.

7. 박피사경(剝皮寫經)

낙법(樂法) 바라문의 설화로 요법 바라문이 10여 년 동안 갖은 고행을 다 하면서 수행하기에 이를 시험하고자 제석천왕이 낙법 바라문 앞에 나타나 내가 너에게 무상법문을 설할 테니 피부를 벗겨서 종이로 만들고 피로써 먹을 삼고 뼈로써 붓을 삼아 내가 말한 바를 다 적을 수 있겠느냐고 하자, 낙법 바라문이 자신의 피부를 벗겨 볕에 말리는 순간 바라문의 모습은 사라지고 공중에서 제석천을 찬탄하는 소리와 부처님의 법문이 울려 퍼졌다는 일화가 박피사경(剝皮寫經)이다. 이외에도 다르게 전하는 일화도 있다.

8. 자심결지(刺心決志)

자심결지(刺心決志)는 자신의 심장을 도려내어 성불을 다짐할 수 있겠는가?

9. 소신공불(燒身供佛)

소신공불(燒身供佛)은 법화경(法華經) 약왕보살본사품에 나오며 자신의 몸을 태워서 부처님께 바칠 수 있는가?

10. 자혈쇄지(刺血灑地)

대반야바라밀다경에 보면 자혈쇄지(刺血灑地)가 나오는데 이는 가뭄에 목마른 식물에 피를 뽑아 뿌릴 수 있는가? 하는 일화로 원문은 아응자신출 혈쇄지(我應刺身出 血灑地)이다.

이외에도 금광명경 제17 사신품(捨身品)의 말씀을 추려서 살펴보면 다음과 같다.

지나간 세상에 마하라타(摩訶羅陁)라는 임금이 있어 세 명의 태자를 낳았는데, 맏아들은 마하파나라(摩訶波那羅)라 했고, 둘째 아들은 마하제바(摩訶提婆)라 했으며, 막내아들은 마하살타(摩訶薩陀)라고 했다.

이들 삼형제는 숲으로 유행을 나섰다가 호랑이 한 마리를 보았는데 마침 출산한 지 7일이 지났었다. 새끼 일곱 마리가 어미를 빙 둘러싸고 있었는데, 굶주림으로 인하여 야위어서 머잖아 죽을 것 같았다.

첫째 왕자가 굶주림의 핍박을 받으면 반드시 도리어 새끼를 잡아먹는 것은 아닐까 의심하자, 셋째 왕자가 물었다. 이 호랑이가 먹는 것은 어떤 것입니까? 첫째 왕자가 대답했다. 이 호랑이는 싱싱하고 더운 고기와 피만을 먹는다네. 셋째 왕자가 다른 왕자에게 말했다. 누가 능히 이 호랑이에게 먹이를 줄 수 있겠는가?

둘째 왕자가 말했다. 이 호랑이는 굶주림에 지쳐서 남은 목숨이 얼마 되지 않아 다른 곳에서 음식을 구할 수도 없으며, 설사 다른 곳에서 음식을 구한다고 하더라도 목숨을 부지하지는 못할 것이니, 누가 이 호랑이를 위해 신명(身命)을 아끼지 않겠는가?

셋째 왕자는 이렇게 생각했다. 나는 옛날부터 이 몸을 여러 번 버렸다. 도무지 이익이 없는데 다시 이 몸을 관찰해보니, 마치 물 위에 뜬 거품과 같고 시신을 먹고 사는 온갖 벌레가 많아서 청정하지 못하고 싫어할 만하다. 나는 이제 이 몸을 버려서 적멸무상(寂滅無上)의 법신(法身)을 구하리라. 형들이 막으면 어려울 것이라 생각해 함께 길에서 돌아왔다. 그러나 도중에 살타는 몸을 숨겨서 다시 호랑이가 있는 곳에 와 이렇게 맹세했다. 나는 이제 모든 중생을 이롭게 하고 보리를 구하기 위해 버리기 어려운 것을 버리겠노라.

그래서 굶주린 호랑이 앞에 누웠지만 호랑이가 능히 어찌하질 못했다. 그러자 두루 다녔으나 칼을 구할 수도 없게 되자, 즉시 마른 대나무 가지로 목을 찔러 피를 내고, 높은 산 위에서 호랑이 앞으로 몸을 던졌다. 이때 땅은 여섯 가지로 진동하였다. 호랑이가 즉시 왕자의 몸에서 나오는 피를 핥고 그 살을 먹으니, 오로지 뼈만 남아 있었다. 두 형은 땅이 크게 진동하는 것을 보고는 동생이 몸을 버린 것은 아닐까 의심했다. 그래서 함께 호랑이 앞에 돌아와 보니, 과연 그와 같은 상태였다.

부처님께서 말씀하셨다. 이때의 살타는 지금의 나 자신이고, 대왕인 마하라타(摩訶羅陁)는 지금의 두단(頭檀)이고, 왕의 부인은 지금의 마야(摩耶)이며, 첫째 왕자는 지금의 미륵(彌勒)이고, 둘째 왕자는 지금의 조달(調達)이다. 호랑이는 구이(瞿夷)이고, 호랑이 새끼 일곱 마리는 지금의 다섯 비구와 사리불과 목건련이라고 하였다.

도무극경(度無極經)[281]에서는

옛날 살바달왕(薩婆達王)은 중생에게 널리 보시했는데, 그 최선에 다함이 넘칠 정도였다. 천(天)이 자기 지위를 빼앗을까 걱정해서 그를 찾아가 시험을 했다. 제석천은 즉시 몸을 나타내서 변왕(邊王)에게 명령했다.

---

[281] 이 경전은 오(吳)나라 때인 251년에 강승회(康僧會)가 번역한 것으로 12부경에서 본생경(本生經)에 속하는 경전이다. 부처님이 보살이었을 때 이야기인 전생담(前生譚)을 모아 기록한 것이다. 6도(度)는 6바라밀의 구역(舊譯)으로 시(施) · 계(戒) · 인(忍) · 진(進) · 선(禪) · 명(明)을 말한다.

살바달왕은 자비의 혜택이 넘쳐흐르고 복덕이 높고 높아서 내 지위를 빼앗을까 걱정이 되노라. 즉시 제석천은 매로 변화하고, 변왕은 비둘기가 되어서 왕의 발 아래로 가서 두려움에 떨며 말했다. 슬픕니다, 대왕이시여. 제 목숨이 경각에 달렸습니다. 왕이 말했다. 두려워하지 말라. 내가 이제 너를 살려 주겠노라.

매가 뒤이어 와서 말했다. 비둘기가 이리로 왔는데, 비둘기는 제 먹이입니다. 부디 왕께서는 돌려주십시오. 왕이 말했다. 비둘기가 이리로 온 것은 목숨을 구하려는 것이다. 진정 고기를 얻고 싶다면, 즉시 주겠노라.

매가 말했다. 오직 비둘기만을 원할 뿐 나머지 고기는 필요 없습니다. 왕이 말했다. 어떤 것을 주어야 네가 비둘기를 기쁘게 떠나도록 놓아줄 수 있겠는가? 매가 말했다. 만약 왕께서 자비로운 은혜로 중생을 불쌍히 여겨 왕의 넓적다리 살을 베어서 비둘기와 바꾸신다면, 제가 흔쾌히 받아들이겠습니다. 왕은 크게 기뻐하면서 스스로 넓적다리 살을 벴다. 그리고는 비둘기와 대비해 무게를 달도록 해서 매에게 주도록 했다. 비둘기의 무게가 더 나갔지만, 몸을 벤 살이 다했기 때문에 더 이상 어떻게 할 수 없었다. 고통이 한량없었지만, 왕은 자비와 인내로써 다시 측근의 신하에게 명령했다.

나를 죽여 골수의 무게를 달아서 매에게 주도록 하라. 나는 부처님의 계율을 받들면서 중생의 위난을 구제하겠다. 비록 온갖 고뇌가 있을지라도 마치 미풍과 같을 뿐이니, 어찌 태산을 움직일 수 있겠는가?

매는 본래의 모습으로 회복한 뒤 절을 하면서 물었다. 대왕께선 어떤 뜻을 지니셨기에 고뇌도 그 정도로 여기십니까? 나는 제석천이나 비행황제(飛行皇帝)에 뜻을 두고 있지 않다. 내가 중생을 관찰해 보니 눈먼 어둠[盲冥] 속에 빠져 있었다. 그래서 부처를 구하여 저 중생을 제도하려는 서원을 세웠다.

제석천이 놀라서 말했다. 저는 대왕께서 제 지위를 빼앗으려 한다고 생각했습니다. 그래서 왕을 시험한 것입니다. 왕이 말했다. 내 몸의 상처를 치료해서 예전처럼 회복시켜다오. 항상 보시를 행하겠노라. 천상의 약을 바르자 상처가 단박에 나았다. 제석천은 절을 하면서 대왕 주위를 세 번 돌고 난 뒤 기뻐하면서 떠나갔다.

참고로 이 이야기는 시비왕본생(尸毘王本生)과 거의 같다.

열반경(涅槃經)에 보면 다음과 같은 내용이 있다.

과거 불일(佛日)이 아직 나오지 않았을 적에 나는 당시 바라문이 되어서 보살행을 닦고 있었다. 경전을 두루 구하러 다녔지만 그 이름[名字]조차도 듣지 못했다. 설산에서 좌선하면서 부지런히 고행을 닦고 있을 때, 석제환인(釋提桓因)이 나찰로 변했는데 그 형상이 매우 무서웠다. 그는 과거의 부처님께서 설하신 반 구절의 게송을 큰 소리로 외웠다.

제행무상 시생멸법(諸行無常 是生滅法)

모든 행은 무상하니, 이는 생멸법이니라.

이렇게 설한 후 문득 멈추었다. 나[雪行者]는 이 반 구절의 게송을 들자 기쁜 마음이 들어서 사방을 둘러보았으나 사람은 없고 오직 나찰만이 보였다. 내가 이렇게 말했다. 마침 게송을 듣고서 내 마음을 깨우쳤는데 이는 나찰이 설한 것인가, 아니면 설하지 않은 것인가?

나찰이 나에게 대답했다. 나는 여러 날 동안 아무것도 먹지 못했습니다. 굶주림과 목마름이 너무 심한 나머지 마음이 혼란되어 말이 잘못된 것이지, 나의 본심이 아는 바가 아닙니다. 나는 다시 그에게 말했다. 그대가 설한 것은 뜻이 그래도 좀 완전하지 않네. 만약 나를 위해 이 게송을 다 설해 준다면, 나는 반드시 종신토록 그대의 제자가 되겠노라.

나찰이 대답했다. 당신은 단지 법만 생각할 뿐 나의 굶주림은 생각하지 않으니, 실로 설할 수 없습니다. 나는 즉시 물었다. 어떤 것을 먹는가? 나찰이 대답했다. 제가 먹는 것은 오로지 사람의 따뜻한 살이고, 마시는 것은 오로지 사람의 뜨거운 피입니다.

단지 이 게송을 온전히 알려 준다면, 늘 몸을 보시하리라. 누가 당신 말을 믿겠습니까? 여덟 자(字)를 위해서 아끼는 몸을 버리다니 말이요. 나는 즉시 대답했다. 견고하지 못한 몸을 버리고 금강(金剛)의 몸을 얻는 것이네. 모든 부처님과 보살들은 이 일을 증득할 수 있었다네. 그러자 나찰이 즉시 반 절을 설하였다.

생멸이이 적멸위락(生滅二己 寂滅爲樂)

생멸하는 것이 멸하니, 적멸이 즐거움이 된다.

그리고 말하기를 당신은 이미 구족한 게송의 뜻을 들었으니, 마땅히 내게 몸을 보시하여야 하오. 그때 나는 기뻐 뛰면서 돌이나 나무 곳곳에다 그 게송을 써놓았다. 그리고 즉시 높은 나무에 올라가 스스로 몸을 던져 떨어졌다. 나찰은 다시 제석천의 몸을 회복해서 나를 안아다 땅에 놓았다. 이러한 인연으로 나는 12겁을 초월해서 미륵보다 앞서 보리를 성취한 것이다.

是故 須菩提 菩薩 應離一切相 發阿耨多羅三藐三菩提心

시고 수보리 보살 응리일체상 발아누다라삼막삼보리심

그러므로 수보리야, 보살은 마땅히 모든 상을 떠나서 최상의 깨달음에 대한 마음을 일으키도록 하라.

不應住色生心 不應住聲香味觸法生心 應生無所住心

불응주색생심 불응주성향미촉법생심 응생무소주심

형상에 휘둘리지 말고 마음을 내며 마땅히 소리 · 냄새 · 맛 · 감촉이나 그 어떠한 법에도 휘둘리지 말고 마음을 낼 것이며 마땅히 머무는 바 없는 마음을 내야 한다.

若心有住 則爲非住 是故 佛說菩薩 心不應住色布施
약심유주 즉위비주 시고 불설보살 심불응주색보시

설사 마음에 머묾이 있어도 곧 머무는 것이 아니니 그러므로 부처님은 말하기를 보살은 마음이 마땅히 형상에 휘둘리지 말고 보시하라고 하였느니라.

부처님이 우리에게 교시(敎示)하는 사항이다. 부처가 되고 싶거든 일체 상을 떠나서 정각의 깨달음을 일으키도록 하여라. 이러한 가르침이다. 금강경은 반야부(般若部)에 속하는 경전이다. 반야의 실체를 드러내려면 사상을 여의라고 하였다. 반야실상(般若實相), 반야실체(般若實體)는 모두 일체 상을 떠나야만 그 실상을 드러내는 것이기에 어디에도 집착하여 휘둘리는 마음을 내지 말라고 하신 것이다.

고로 모든 부처님도 사상을 여의어서 무상대도(無上大道)를 이루신 것이다. 사상을 여의어야 완전한 바라밀을 이룰 수 있다. 그렇다면 어떻게 일체의 상에 휘둘리지 아니하고 자유로울 수가 있는가?

여기에 대하여 부처님은 응당 어디에도 집착하는 그 마음을 내지 말라는 가르침을 주고 계시는 것이다. 중생은 집착하여 사량(思量)하고 분별하기에 그로 인하여 미오(美惡)와 시비(是非)가 일어나는 근원이 되기 때문이다.

일체상(一切相)이라고 하는 것은 곧 마음을 일으키는 근원이 되는 색(色)·성(聲)·향(香)·미(味)·촉(觸)·법(法)을 말한다. 고로 이를 여의면 부처가 된다. 여기에다 여러 가지 이름을 붙여서 불(佛), 여래(如來), 법신(法身), 열반(涅槃), 바라밀(波羅蜜), 피안(彼岸), 각(覺) 등으로 나타낸다. 부처와 중생의 차이는 바로 여기에 있는 것이다. 휘둘리면 중생이고 휘둘리지 않으면 부처이다.

무소주(無所住)는 머무는 곳이 없는 것을 말한다. 다시 말하면 마음에 집착하는 대상이 없음을 말한다. 여기에 대하여 인도의 논사 세친(世親)이 해석한 것을 인도의 학승 진제(眞諦)가 한역한 섭대승론석(攝大乘論釋)²⁸² 제13권에 보면 다음과 같은 가르침이 있다.

보살은 생사와 열반의 차이를 보이지 않음이로다. 반야로써 말미암아 생사에 머물지 아니하며 자비로 말미암아 열반에도 머물지 아니함이다. 만약 생사를 분별한다면 생사계에 머물 것이고 열반을 분별한다면 열반에 머물 것이나 보살은 무분별지를 얻었기에 분별하는 대상이 없음이로다. 따라서 머무는 곳도 없는 것이다. 菩薩不見生死涅槃異 由般若不住生死 由慈悲不住涅槃 若分別生死 則住生死 若分別涅槃 則住涅槃 菩薩得無分別智 無所分別 故無所住

---

282 4세기경 무착(無著)이 지은 섭대승론(攝大乘論)에 대한 주석서이며 진제(眞諦), 달마급다(達摩笈多), 현장(玄奘) 스님 등의 세 가지 한역본이 있다. 또한 한역된 시기를 따져서 진제 스님의 한역본은 구본(舊本)이라 하고, 현장 스님의 한역본을 신역(新譯)이라고 한다. 참고로 위의 문장은 신역본의 내용을 인용한 것이다.

지금 금강경에서는 무소주심(無所住心)을 강조하고 있다. 어디에도 머물지 않는 집착 없는 마음, 다시 말해 일체의 대상이 공(空)함을 깨달아 집착하지 않는 것을 말함이다. 무소주심은 곧 깨달음의 경지를 뜻한다. 보살은 응당 어디에도 머무를 바가 없기에 이를 무소주처(無所住處)라고 한다.

세친(世親) 보살이 짓고 현장(玄奘) 스님이 한역한 섭대승론석(攝大乘論釋) 제5권에 보면 다음과 같은 말씀이 있다.

부처님의 안주(安住)하는 곳에 머무르신다고 하는 것은 부처님께서 안주하시는 바 안주함이 없는 곳에 머무는 것을 말한다. 이것은 곧 의식적인 노력 없이 자연스럽게 불사(佛事)를 짓고 휴식 없이 머무는 공덕이다. 이른바 이 안주하는 가운데 항상 불사를 짓고 휴식 없이 머무는 것이다. 住於佛住者 謂住佛所住 無所住處 是無功用佛事不休息住功德 謂此住中常作佛事無有休息

이러한 가르침이 좀 생소하고 언뜻 이해가 되지 않는다면 금강삼매경론(金剛三昧經論)[283]을 통하여 더 살펴보면 다음과 같다.

마음이 머무는 바가 없다는 말은 머무는 대상으로써 처소가 없다는 뜻이다. 처소에 머무는 바가 없다는 뜻은 머무르는 주체로서의 마음이 없다는 뜻이다. 心無住處者 無所住處故 無處住心者 無能住

---

283 금강삼매경에 대한 신라국의 원효(元曉) 스님이 주석한 논소이다.

心故

　우리는 제10 장엄정토분(莊嚴淨土分)에서 '응당 머무는 바 없이 그 마음을 내라'는 가르침인 '응무소주 이생기심(應無所住 而生其心)'을 살펴보았다. 이를 다시 되새겨 보면서 '이상적멸분'의 말씀을 보면 '응당 머무른 바 없이 그 마음을 내라'는 가르침이 바로 '응생무소주심(應生無所住心)'인 것이다.

　의상(義湘 625~702)[284] 스님의 법성게(法性偈)[285]에 보면
이사명연무분별(理事冥然無分別)이라고 하였는데, 이는 이(理)와 사(事)가 그러함에 분별 또한 없다는 말씀이다. 여기서 이(理)는 일체상의 본성을 말함이며, 사(事)는 본성의 작용으로 인하여 드러나는 현상으로 곧 일체상이다. 이어서 명연(冥然)은 어둡다는 표현이므로 분별하여 나누지 않음을 말하는 것이므로, 알고 보면 이사(理事)가 무애(無礙)한 것이다. 고로 원융(圓融)하여 실성(實性)이 되는 것이다. 이러한 이치도 모두 주(住)하지 않은 마음의 경지에서 볼 때 그러하다는 것이다.

　부처님은 또한 말씀하시기를 보시함에 있어서도 형상에 휘둘리지

---

[284] 신라의 사문으로 당나라로 유학 후 귀국하여 우리나라 화엄종(華嚴宗)의 개조(開祖)이자 화엄십찰을 건립하였다.

[285] 신라국 의상(義湘, 625~702) 스님이 지은 것으로 7언 30구로 이루어져 있으며, 화엄일승법계도(華嚴一乘法界圖)에 수록되어 있다.

않는 마음으로 보시를 하라고 하셨다. 이 역시도 집착함이 없는 마음으로 보시하라는 가르침이다. 진정한 보시는 주는 자도 이롭고 받는 자도 이로움이다. 고로 일체중생을 이익되게 하는 보시가 진정한 보시이다.

본생담(本生譚)에 보면

부처님이 전생에 시비왕(尸毘王)으로 있을 때에 매에 쫓기는 비둘기를 위하여 자신의 몸을 보시하는 장면이 있다. 이를 대지도론 제4권을 통하여 추려서 살펴보면 다음과 같은 스토리를 가지고 있다. 비수갈마(毘首羯磨)[286]는 비둘기로 변하고 석제환인(釋提桓因)[287]은 매로 변하여 장차 부처가 될 시비왕을 시험한다. 이러한 내용을 담은 그림을 시비왕본생도(尸毘王本生圖)라고 하는데 중국에서는 돈황(燉煌) 석굴 등에서 더러 볼 수 있다. 우리나라에서는 보기가 드무나 김해시 한림면 정암사 삼계주전(三界主殿) 벽화에 보면 있다. 또한 이를 부조로 나타낸 것이 있으니 동국대박물관에 소장되어 있는 국보 제209호로 지정된 보협인석탑(寶篋印石塔)[288]에 시비왕에 관한 부조가 있다. 공부자들의 이해를 돕고자 그 내용의 대강을 소개하고자 한다.

---

286 제석천왕의 신하로서 건축, 조각, 공예 등을 맡은 신이기에 공교천(工巧天)이라 하기도 한다.

287 도리천(忉利天)의 주인인 제석천(帝釋天)을 말한다.

288 충남 천안시 북면 대평리 탑골계곡 절터에서 반출된 것으로 고려시대 특수형 석탑이며, 이는 10세기 중반 남중국 오월(吳越)의 국왕이었던 전홍숙(錢弘俶)이 조성한 보협인탑(寶篋印塔)을 따라서 만든 것이다.

그때 매가 가까운 나뭇가지 위에 앉았다가 시비왕에게 말했다. 내 비둘기를 돌려주시오. 그것은 내가 얻은 것입니다. 왕이 매에게 말했다. 내가 먼저 이것을 얻었지 그대가 얻은 것이 아니다. 내가 처음에 뜻을 (구제하고자) 세울 때 이것을 얻었고 일체중생들도 모두 그(비둘기)를 구제하고자 한다. 是時鷹在近樹上 語尸毘王 還與我鴿此我 所受 王時語鷹 我前受此非是汝受 我初發意時 受此一切衆生皆 欲度之

매가 따졌다. 왕께서 모든 중생을 제도하고자 하셨다면 나 역시도 그 일체중생이 아니겠습니까? 왜 나만은 가엾게 여기지 않으시고 오늘 나의 먹을 먹이를 빼앗으십니까. 그러자 왕이 물었다. 그대는 어떤 먹잇감이 필요한가? 나는 내게 귀의하는 중생들이 있으면 반드시 구호해 주리라고 서원하였다. 그대는 어떤 먹잇감이 필요한가? 그러면 당연히 주겠노라. 鷹言 王欲度一切衆生 我非一切耶 何以獨不 見愍 而奪我今日食 王答言 汝須何食 我作誓願其有衆生 來歸我 者必救護之 汝須何食亦當相給

매가 말했다. 나는 방금 잡은 따뜻한 살코기를 원합니다. 이에 왕이 생각하기를 그러한 것은 얻기 어렵다. 스스로 살생을 하지 않고서는 얻을 수가 없지 않느냐. 내 어찌 하나를 죽이고 다른 하나를 준다는 말인가? 곧 생각이 정해지자 스스로 게송으로 말하였다. 鷹言 我 須新殺熱肉 王念言 如此難得 自非殺生無由得也 我當云何殺一 與一 思惟心定卽自說偈

是我此身肉 恒屬老病死
시아차신육 항속노병사

不久當臭爛 彼須我當與
불구당취란 피수아당여

나의 이 육신은
항상 늙고, 병들고, 죽음에 속하나니
머지않아 썩어 냄새가 날 것이니
모름지기 그대가 요구하면 나는 마땅히 주리라.

이렇게 생각하고는 곧 사람을 불러 칼을 가져오게 하여서 스스로
자신의 다리 살을 베어 매에게 주었다. 그러자 매가 말했다. 왕께서
비록 따뜻한 고기를 나에게 주셨으나 응당 이치에 맞게 비둘기의 무
게만큼만 주셔야 합니다. 왕께서는 저를 속이지 마십시오. 왕은 저울
을 가져오라 분부하였다. 如是思惟已 呼人持刀自割股肉與鷹 鷹語
王言 王雖以熱肉與我 當用道理令肉輕重得與鴿等勿見欺也 王言
持稱來

그리하여 살과 비둘기를 비교하니, 비둘기의 무게는 점점 무거워
지는데 왕의 살은 더욱 가벼워졌다. 왕은 다시 사람을 시켜서 두 다
리의 살을 다 베게 하였으나 또한 가벼워서 모자랐다. 그러자 두 장
딴지, 두 팔, 가슴, 목, 척추 등을 베어 온몸의 살을 다해도 비둘기는
역시 무겁고 왕의 살은 여전히 가벼웠다. 以肉對鴿 鴿身轉重王肉

轉輕 王令人割二股亦輕不足 次割兩兩臗兩乳項脊 擧身肉盡 鴿
身猶重 王肉故輕

　그때 옆에 있던 신하와 친척들이 장막을 쳐서 구경하는 사람들을
보지 못하게 막았다. 지금 왕의 이러한 모습을 차마 보일 수 없다. 시
비왕이 말했다. 사람들을 막지 말고 모두 들어와서 보도록 하고 게송
으로 말하였다. 是時近臣內戚 安施帳幔 卻諸看人 王今如此無可
觀也 尸毘王言 勿遮諸人聽令入看 而說偈言

天人阿修羅 一切來觀我
천인아수라 일체래관아

大心無上志 以求成佛道
대심무상지 이구성불도

하늘과 사람과 아수라들은
모두 와서 나를 보거라.
큰마음과 위없는 뜻으로
불도를 이루기 소원하노라.

若有求佛道 當忍此大苦
약유구불도 당인차대고

不能堅固心 則當息其意
불능견고심 즉당식기의

만약 누구나 불도를 구하고자 한다면
이 큰 고통을 마땅히 참아야 된다.
그 마음이 견고하지 못한다면
마땅히 그 뜻을 접어야 하리라.

이때 왕이 피 묻은 손으로 저울을 잡고 올라서려고 하면서 마음을 다하여 온몸으로 비둘기를 대신하려 결심하였다. 매가 말했다. 대왕이시여, 이 일은 어렵습니다. 무엇 때문에 그렇게 하십니까. 차라리 비둘기를 저에게 돌려주셨으면 합니다. 왕이 말했다. 비둘기가 와서 나에게 귀의하였으니 절대로 그대에게 줄 수는 없다. 나는 한량없이 몸을 잃었지만, 중생에게 이익을 주지는 못했다. 이제 몸으로써 불도를 구하여 바꾸고자 한다. 是時菩薩 以血塗手攀稱欲上 定心以身盡以對鴿 鷹言 大王此事難辨 何用如此以鴿還我 王言鴿來歸我終不與汝 我喪身無量於物無益 今欲以身求易佛道

그리고 손으로 저울을 잡고 매달렸다. 이때 왕은 살이 다하고 힘줄이 끊어져서 자기 몸을 가누지 못하였으므로 아무리 올라가려고 하여도 쓰러지기에 스스로를 꾸짖어 말하기를, 너 스스로 지탱하고 혼미하지 말라. 모든 중생이 근심과 고통의 큰 바다에 빠져있다. 너 혼자 큰 서원을 세워 모두를 제도하고자 했거늘 어찌하여 게을리하고 괴로워하고 있느냐. 이 고통은 매우 적고 지옥의 고통은 매우 많으니, 이로써 서로 견주어 보건대 16분의 1에도 오히려 미치지 못한다. 지금 나에게는 지혜·정진·지계·선정이 있건만 오히려 이 고통을 걱정하거늘 하물며 지혜가 없는 지옥 속의 사람들이랴. 以手攀稱 爾 時菩薩 肉盡筋斷不能自制 欲上而墮自責心言 汝當自堅勿得迷悶 一切衆生墮憂苦大海 汝一人立誓欲度一切 何以怠悶 此苦甚少地 獄苦多 以此相比於十六分猶不及一 我今有智慧精進持戒禪定 猶 患此苦 何況地獄中人無智慧者

왕은 일심으로 다시 저울에 오르고자 매달리면서 곁의 사람에게 자신을 부축해 달라고 말했다. 이때 왕은 마음의 결정에 전혀 후회 가 없었으니, 모든 하늘·용왕·아수라·귀신·사람들이 모두 크게 칭찬하며 말하기를 한 마리의 작은 새를 위해서도 이러하니 이 일은 참으로 희유한 일이라. 是時菩薩 一心欲上復更攀稱 語人扶我 是 時菩薩 心定無悔 諸天龍王阿修羅鬼神人民皆大讚言 爲一小鳥乃 爾 是事希有

그러자 곧 대지가 여섯 가지로 진동을 하였으며 바다에서는 파도 가 일고, 고목(枯木)에 꽃이 피었으며, 하늘에서는 향기로운 비를 내 리고 또한 아름다운 꽃을 흩날리며, 천녀들은 노래로써 찬탄하였다. 반드시 성불하시리라. 이때 사방의 신선들이 모두 와서 이렇게 찬탄 했다. 이는 참으로 보살이다. 반드시 일찍 성불하실 것이다. 卽時大 地爲六種振動 大海波揚枯樹生華 天降香雨及散名華 天女歌讚必 得成佛 是時念我四方神仙皆來讚言 是眞菩薩必早成佛

그러자 매가 비둘기에게 말했다. 이렇게 시험해 보았으나 끝내 몸과 목숨을 아끼지 않으니, 이는 참으로 보살이라 하며 곧 게송으로 말하였다. 鷹語鵑言 終試如此不惜身命 是眞菩薩 卽說偈言

慈悲地中生 一切智樹牙
자비지중생 일체지수아

我曹當供養 不應施憂惱
아조당공양 불응시우뇌

자비의 땅 가운데서
온갖 지혜의 나무가 생겼으니
우리들은 마땅히 공양할지언정
근심, 걱정 드려서는 안 되리라.

비수갈마가 석제환인에게 말했다. 천주(天主)시여! 그대는 신통력이 있으시니, 이 왕의 몸을 본래와 같이 회복시켜 주옵소서! 석제환인이 말했다. 내 힘을 빌릴 필요가 없다. 이 왕께서는 스스로 서원할 것이다. 보리심의 환희로 몸과 목숨을 아끼지 아니하여 일체중생에게 감화를 일으켜서 불도를 구할 생각을 일으킬 것이라고 말하였다. 毘首羯磨 語釋提桓因言 天主汝有神力 可令此王身得平復 釋提桓因言 不須我也 此王自作誓願大心歡喜 不惜身命感發一切令求佛道

제석천이 다시 왕에게 물었다. 그대는 고통스럽게 살을 베어도 마음이 괴롭지 않는가? 왕이 말했다. 내 마음은 기쁘니, 괴롭지도 않고 괴로움에 빠지지도 않았다. 帝釋語人王言 汝割肉辛苦心不惱沒耶 王言 我心歡喜不惱不沒

제석천이 말하기를, 누가 그대의 마음이 괴로움에 빠지지 않았다는 것을 믿겠는가? 이때 왕이 진실한 서원을 세웠다. 나는 살을 베이고 피가 흘렀어도 성을 내지 않고 근심하지도 고뇌하지도 않으며, 일심으로 번민함도 없이 불도를 구하는 자이기에 나의 몸은 곧 본래와 같이 회복될 것이다. 帝釋言 誰當信汝心不沒者 是時菩薩作實誓願 我割肉血流不瞋不惱 一心不悶以求佛道者 我身當卽平復如故

그 말을 마치자마자 몸은 다시 본래와 같이 회복되니, 사람들과 천인들이 모두 이것을 보고는 크게 감격해 기뻐하면서 이러한 일은 처음 보는 일이라고 찬탄하였다. 이 대보살은 반드시 부처를 이루실 것이다. 우리들은 마땅히 마음을 다하여 공양드려야 하리라. 원하옵건대 빨리 불도를 이루시어 저희들을 헤아려 주시옵소서. 卽出語時身復如本 人天見之皆大悲喜歎未曾有 此大菩薩必當作佛 我曹應當盡心供養 願令早成佛道 當念我等

이때 석제환인과 비수갈마는 제각기 하늘 세계로 돌아갔다. 이와 같은 갖가지 모습들이 단(보시)바라밀의 원만함이라고 한다. 是時釋提桓因毘首羯磨各還天上 如是等種種相 是檀波羅蜜滿

물론 이와 같은 말씀은 보살본생만론(菩薩本生鬘論)에서는 시비왕 구합명연기(尸毘王救鴿命緣起)라는 제목으로 실려 있으며 또한 현우경(賢愚經), 찬집백연경(撰集百緣經), 불설보살본행경(佛說菩薩本行經), 중경찬잡비유(衆經撰雜譬喻)경 등에도 전하는데 이는 보시바라밀의 상징으로 설정되어 있다.

삼국유사(三國遺事)[289]의 원종흥법 염촉멸신(原宗興法厭觸滅身) 조(條)에 다음과 같은 내용이 있다.

법흥왕이 말했다. 살을 베어 저울로 달아서 장차 새 한 마리를 살리려 했고 피를 뿌려 목숨을 끊어서 일곱 마리 짐승을 스스로 불쌍히 여겼다. 나의 뜻은 사람을 이롭게 하는 것인데 어찌 죄 없는 사람을 죽이겠느냐. 너는 비록 공덕을 남기려 하지만 죽음을 피하는 것만 못 할 것이다. 王曰 解肉秤軀 將讀一鳥 洒血摧命 自怜七獸 朕意利人 何殺無罪 汝雖作功德 不如避罪

참고로 해육평구(解肉秤軀)는 시비왕에 관한 이야기이고, 쇄혈최명(洒血摧命)은 보살투신사아호기탑인연경(菩薩投身飼餓虎起塔因緣經)[290]에 나오는 말씀으로 태자가 산속에서 수행할 때, 눈 오는 어느 날 어미 호랑이가 먹이를 구하지 못하여 일곱 마리 새끼와 함께

---

[289] 고려 충렬왕때 일연(一然) 스님이 신라·고구려·백제 3국의 유사를 모아서 지은 역사서이다.

[290] 북양 고창국(高昌國) 사문이었던 법성 스님이 한역하였다.

굶어 죽어가는 것을 보고는 자신의 몸을 던져 굶주린 어미와 새끼의 생명을 보존했다는 내용이다. 그리고 원종흥법 염촉멸신(原宗興法 厭髑滅身)은 법흥왕이 불법을 일으키고 염촉이 순교를 하였다는 의미이다. 여기서 원종(原宗)은 법흥왕을 말함이고 염촉(厭髑)은 이차돈(異次頓)을 말한다. 또한 노파심에서 사족을 달면 쇄(洒)[291]와 주(酒)를 혼동하여서는 안 된다.

다시 대지도론에는 단바라밀(檀波羅蜜)은 어떻게 완성하는가 하는 물음에 대하여, 일체를 베풀어도 걸림이 없고 자신의 몸까지 베풀지라도 마음은 아끼는 것이 전혀 없음이라고 답한다. 이를 비유하자면 시비왕이 비둘기에게 자신의 몸을 베푼 것과 같음이라고 하였다.

須菩提 菩薩 爲利益一切衆生 應如是布施
수보리 보살 위이익일체중생 응여시보시

수보리야, 보살은 모든 중생을 이롭게 하려고 응당 이처럼 보시 하나니

如來說一切諸相 卽是非相 又說一切衆生 則非衆生
여래설일체제상 즉시비상 우설일체중생 즉비중생

---

291 쇄(洒)는 물을 뿌리는 것을 말한다. 그러므로 쇄(灑)와 같은 맥락으로 쓰이기도 한다.

여래가 말한 모든 상은 곧 상이 아니며, 또 일체중생도 곧 중생이 아니니라.

보시는 일체중생을 이익되게 하려고 보시하는 것임을 응당 알아야 한다. 그렇다면 일체중생을 이익되게 한다는 것은 어떠한 보시인가? 이는 어디에도 집착하지 않는 마음으로 보시함을 말한다. 여기에 대해서는 이미 부처님의 본생담(本生譚)을 통하여 밝힌 바가 있으니 이를 떠올려서 공부하면 도움이 될 것이다.

중생의 보시는 대부분 자기의 이익과 영달을 바라지만 보살의 보시는 일체중생을 이익되게 한다. 이로써 무루공덕을 짓는 것이기에 이를 무량공덕(無量功德)이라고 한다.

무량공덕은 곧 그 공덕이 한량이 없다는 뜻이다. 이는 어떤 실천행으로 인하여 그에 상응하는 과보가 아주 수승함을 말한다. 보살은 이러한 공덕을 한량없이 간직하고 있기에 이것을 일컬어 표현하기를 무량공덕장(無量功德藏)이라고 한다.

기신론 논소(論疏) 가운데 진제(眞諦) 스님이 한역한 귀경게(歸敬偈)에 보면 다음과 같은 표현이 있다.

歸命盡十方 最勝業遍知
귀명진시방 최승업변지

色無礙自在 救世大悲者
색무애자재 구세대비자

귀명하옵니다. 온 시방세계에서
가장 빼어난 수승한 업으로 두루 아시며
걸림이 없이 자재한 몸을 나투시어
중생들을 구제하시는 자비로운 분

及彼身體相 法性眞如海
급피신체상 법성진여해

無量功德藏 如實修行等
무량공덕장 여실수행등

그 몸의 모습과
법의 성품은 진여의 바다와 같아
무량공덕 갖추고 있어
참 진리를 여실하게 닦으신 이여!

유마경(維摩經)에 불국품에 보면
부처님은 중생의 몸을 나타내시어 대의왕(大醫王)이 되어 온갖 병
[煩惱]을 잘 치료하며, 병에 따라 마땅한 약을 주어 복용토록 하였다.
헤아릴 수 없는 공덕을 모두 성취하여 무량한 부처님의 나라를 깨끗
이 장엄하였다. 하여 그를 보거나 듣는 자는 이익을 입지 않은 자가

아무도 없었다고 하였다. 以現其身 爲大醫王 善療衆病 應病與藥
令得服行 無量功德皆成就 無量佛土皆嚴淨 其見聞者 無不蒙益

경전마다 거의 부처님의 무량공덕을 찬탄하고 있음이다. 그 일례
로 화엄경은 무려 44번이나 부처님의 무량공덕을 찬탄하고 있다.

또한 법화경 화성유품(化城喩品)에도 범천왕들이 부처님 앞에서
이구동성으로 부처님을 찬탄하는 게송이 있다.

世尊甚希有 難可得値遇
세존심희유 난가득치우

具無量功德 能救護一切
구무량공덕 능구호일체

세존께서 매우 희유하시어
만나 뵈옵기 매우 어려우며
한량없는 공덕을 갖추시어
모든 중생들을 능히 구호하십니다.

능엄경(楞嚴經)에는 다음과 같은 내용이 있다.

부처님께서 아난에게 이르시기를 이 모든 중생이 비록 그 자신이
복을 짓지 못했을지라도, 시방 여래께서 지니신 공덕을 다 이 사람에

게 주시나니, 이 공덕으로 하여금 항하사 아승기 불가설, 불가설 겁 동안 항상 모든 부처님과 한 곳에 같이 태어나게 되며, 이 한량없는 공덕으로 여럿이 함께 태어나서 자라는 악차(惡叉) 열매 덩어리처럼 같은 곳에서 수행하며 영원토록 헤어지는 일이 없느니라. 此諸衆生 縱其自身 不作福業 十方如來 所有功德 悉與此人 由是得於恒河 沙 阿僧祇不可說 不可說劫 常與諸佛 同生一處 無量功德 如惡叉 聚 同處熏修 永無分散

화엄경 십회향품(十廻向品)에서는 금강당보살이 부처님의 위신력 을 찬탄하는 가운데 사무량심(四無量心)을 게송으로 설하시는 말씀 에 다음과 같은 내용이 있다.

不爲自身求快樂 但欲救護諸衆生
불위자신구쾌락 단욕구호제중생

如是發起大悲心 疾得入於無礙地
여시발기대비심 질득입어무애지

자신의 한 몸을 위하여 쾌락을 구하지 않고
다만 모든 중생 구제하여 보호하려고
이와 같이 대비심을 일으키므로
걸림 없는 지위에 빨리 드시네.

여래가 말씀한 일체상(一切相)을 금강경에서는 모두 여몽환포영

(如夢幻泡影)으로 설정하고 있다. 중생도 사상(四相)에 휘둘리는 삶을 살아가게 되는데, 이를 단절코자 수행하여 진성으로 들어가 망념을 없애게 되면 망령된 사상(四相)이 없어지기에 중생이라는 상(相)도 없어지게 된다. 고로 일체중생도 곧 중생이 아니라는 것이다. 다시 말해 상을 여의지 못하면 중생이요, 상을 여의면 부처가 되는 것이다. 그러므로 중생도 곧 중생이 아닌 것이다.

일체제상(一切諸相)은 곧 사상을 말한다. 불교에서 중생이다, 부처다 하여 마음을 기준으로 삼아 미망(迷妄) 속에 살아가는 것을 중생이라 하고, 깨달은 삶을 살아가는 것을 부처라고 한다. 다시 말해 사상이라는 것은 사물을 인식함에 있어서 그 실상을 제대로 보지 못하고 분별로 인하여 보는 것을 말한다. 그러므로 부처님은 일체제상을 실상으로 인식하시기에 여기에다 미추(美醜)를 붙여 분별을 일으키지 아니하시는 것이다.

광석보리심론(廣釋菩提心論) 권제4에서는
보살은 일체의 모습이 모두 허깨비 같은 일임을 관해서 모습과 공용의 행하는 바가 모두 어긋나거나 장애함이 없음을 진실로 요달해 아는 것이라고 하였다. 菩薩 觀一切相 皆如化事 眞實了知 相用所行 悉無違尋

불교는 부처님의 가르침을 깨닫는 것을 아주 중요하게 여기는 종교이다. 무조건 어떤 신을 믿고 추종하여 복을 얻고, 자신이 지은 죄에 참회를 구하는 종교가 아니라 스스로 깨우치기를 유도하는 종교이다. 그러므로 각안(覺眼)으로 보면 일체의 모든 상에도 분별을 일으키지 아니한다. 더불어 일체중생을 보는 눈도 그러하다. 그러기에 모든 중생도 곧 중생이 아님이라고 한 것이다.

須菩提 如來是眞語者 實語者 如語者 不誑語者 不異語者

수보리 여래시진어자 실어자 여어자 불광어자 불이어자

수보리야, 여래는 참다운 말만 하는 사람이며, 사실만을 말하는 이며, 진여의 말만 하는 이며, 거짓말은 하지 않는 이며, 사실과 다른 말은 하지 않는 이니라.

須菩提 如來所得法 此法無實無虛

수보리 여래소득법 차법무실무허

수보리야, 여래가 얻은 바 진리는 이 법이 실다움도 없고 헛됨도 없음이니라.

진어(眞語), 실어(實語), 여어(如語), 불광어(不誑語), 불이어(不異語)는 부처님의 근간을 나타내는 오종어(五種語)이다. 그러기에 여기에 함축된 깊은 뜻을 알아야 한다.

실어(實語)는 진실어(眞實語)를 말함이니 거짓이 아닌 참다운 말이다. 고로 '실어', '불광어', '불이어'로 비로소 '육도만행의 문'을 여는 것이다. 이 문에 들어오는 자는 곧 참다운 부처님의 가르침에 훈습되는 것이다. 그러나 불교는 문(門) 없음을 문으로 삼는다. 가르침도 또한 그러하다.

진어(眞語)와 여어(如語)는 진제(眞諦)를 말하므로 이는 곧 공(空)의 이치를 말한다. 실어(實語)는 중도실상의 이치를 말함이며, 불광어(不誑語), 불이어(不異語)는 도리를 따름을 말함이니 곧 속제(俗諦)의 이치를 말한다.

오종어(五種語)에 대해서 대위덕다라니경(大威德陀羅尼經)²⁹² 권제8에 보면 다음과 같은 말씀이 있다.

아난아, 어느 것이 다섯 가지 언어의 일인가? 과거 언어의 일과 미래 언어의 일과 현재 언어인 음성의 일과 증득하여 아는 언어의 일과 온갖 중생에게 두려움이 없음을 주는 언어의 일이니, 이것을 바로 다섯 가지 언어의 일이라고 하니라. 阿難 於彼之中 何者是五種語言事 過去語言事 未來語言事 現在語言音聲事 證知語言事 一切衆生與無畏語言事 是爲五種語言事

유가사지론(瑜伽師地論) 97권에서는 다음과 같이 말씀하셨다.

---

292 중국 수(隋)나라 때 사나굴다(闍那崛多, Jñānagupta)가 596년에 한역하였다. 이 경은 다라니법과 그 위덕 및 여러 가지 선악 사상 등을 설한 경전이다. 줄여서 대위덕경(大威德經)·위덕다라니경(威德陀羅尼經)이라 한다.

다섯 가지의 말이라고 하는 것은 첫째는 때에 알맞은 말이요, 둘째는 이치에 알맞는 말이요, 셋째는 분량에 알맞는 말이요, 넷째는 고요한 말이요, 다섯째는 정직한 말이다. 應如是語者 謂五種語 一應時語 二應理語 三應量語 四寂靜語 五正直語

무엇이 때에 알맞는 말이냐 하면, 어수선하거나 갑자기 머트러운 생각을 하거나, 들으려 하지 않거나, 바른 위의로 편안히 머무르지 않거나 하는 것이 아닐 때를 말하는 그것이다. 또, 먼저 처음 할 일을 말한 연후에 찬양 격려하고서 바르게 말을 꺼내야 하며, 또 다른 이의 말이 끝나기를 기다려서 비로소 말을 꺼내야 하나니, 이와 같은 종류의 모두를 때에 알맞는 말이라 한다. 云何應時語 謂非紛擾或遣尋思 或不樂聞 或不安住正威儀時而有所說 又應先序初時所作 然後讚勵 正起言說 又應待他語論終已 方起言說 如是等類一切當知名應時語

무엇이 이치에 알맞는 말이냐 하면, 네 가지 도리에 의하여 이치의 이익을 이끌면서 사실에 맞게 말함을 이치에 알맞는 말이라 한다. 云何應理語 謂依四道理 能引義利 稱實而語

무엇이 분량에 알맞는 말이냐 하면, 문귀가 뚜렷하고 그러한 말에 알맞도록 결단하며, 구하는 바가 있으면 그것만을 설명하여 더하지도 않고 덜하지도 않으며, 섞여 어지럽거나 이치 없는 문장을 설명한 것이 아니니, 이러한 종류들을 분량에 알맞는 말이라고 한다. 名應理語 云何應量語 謂文句周圓 齊爾所語 決有所須 但說爾所 不增

不減 非說雜亂無義文辭 如是等類 名應量語

제4 적정어(寂靜語)와 제5 정직어(正直語) 설명은 생략한다.

불자는 굳은 믿음이 있어야 한다. 믿음 없이 복만 구하려고 한다면 그러한 믿음은 이내 흔들리게 된다. 도심(道心) 가운데 의식(衣食)이 있고, 의식 가운데 도심이 있는 것이다. 여기서 도심은 관념(觀念)이며, 의식은 경계(境界)를 말한다. 고로 부처님의 말씀은 진실한 것이기에 허망함이 없다. 이를 반야심경(般若心經)에서는 진실불허(眞實不虛)라고 한다.

다시 말해 '진어'에서 진(眞)은 진여를 말함이고, '실어'에서 실(實)은 실상(實相)을 말함이다. 이를 바탕으로 여어(如語), 불광어(不誑語), 불이어(不異語)가 동반하게 되는 것이다. 진여실상(眞如實相)을 알면 무릇 형상이 있는 것은 모두 다 허망한 것임을 알게 된다고 하였다. 이를 흔히 범소유상 개시허망(凡所有相 皆是虛妄)이라고 하며, 제5 여리실견분(如理實見分)에 나오는 말씀이다.

또한 제6 정신희유분(正信希有分)에서는 법상도 없으며 또한 법 아닌 상도 없다고 하였다. 無法相 亦無非法相

중생은 오종어(五種語)로 인하여 놀라지 아니함이며[不驚], 무섭지 아니함이며[不怖], 두렵지 아니하기에[不畏] 부처님의 말씀을 능히 취하여 신해수지(信解受持)하는 바탕이 되는 것이다. 또한 전도망상

(顚倒妄想)에서 벗어나 언제나 부처님의 가르침을 따라서 실천하는 불자가 되는 것이다.

아미타경(阿彌陀經)[293]의 동참권신분에 보면

부처님께서 각기 그 국토에서 광장설상(廣長舌相)으로 삼천대천세계에 두루 미치도록 참되고 진실한 말씀으로 너희 중생들은 마땅히 이 불가사의한 공덕을 칭찬하는 모든 부처님께서 호념하시는 이 경(經)을 믿어야 한다고 하셨다. 各於其國 出廣長舌相 遍覆三千大千世界 說誠實言 汝等衆生 當信是稱讚不可思議功德一切諸佛所護念經

이어서 여래가 얻은 법은 무실무허(無實無虛)라고 하였다. 이는 부처님의 법은 실다움도 없고 헛됨도 없다는 표현이다. 여기서 무실(無實)은 실체가 없다는 뜻이다. 이러한 말씀은 모든 법은 연기에 의하여 존재하는 것이기에 설령 그것이 있는 것처럼 보인다고 하여도 그 자성적 실체는 찾을 수가 없는 것이다.

대지도론(大智度論) 제14권에 보면

모든 법은 파초(芭蕉)와 같아서 일체가 마음에서 생겨남이다. 만일 법에 실체가 없다는 것을 알면 이 마음 또한 공(空)이 된다. 만약 어

---

293 정토종의 소의경전으로 일체제불소호념경(一切諸佛小護念經)이라고도 하며, 줄여서 미타경·호념경이라고 한다. 전해오는 한역서(漢譯書)에는 구마라집(鳩摩羅什)의 아미타경과 현장(玄奘)의 칭찬정토불섭수경(稱讚淨土佛攝受經), 구나발타라(求那跋陀羅)의 소무량수경(小無量壽經)이 있다.

떤 사람이 공을 잊지 않고 생각한다면 이것은 불도를 수행하는 것이 아니라고 하였다. 諸法如芭蕉 一切從心生 若知法無實 是心亦復空 若有人念空 是則非道行

화엄경 제44권 십통품(十通品)[294]에 무실무허(無實無虛)에 대한 말씀이 있다.

불자여, 보살마하살이 온갖 법을 아는 지혜의 신통으로써, 온갖 법은 이름이 없고, 성품이 없고, 오는 것도 없고, 가는 것도 없고, 다른 것도 아니고, 다르지 않은 것도 아니며, 가지가지도 아니고, 가지가지 아닌 것도 아니며, 둘도 아니고, 둘 아닌 것도 아니며, 나도 없고, 견줄 것도 없으며, 나지도 않고, 없어지지도 않으며, 흔들리지도 않고, 무너지지도 않으며, 진실도 없고, 허망도 없으며, 한 모양이고, 모양도 없으며, 없는 것도 아니고, 있는 것도 아니며, 법도 아니고, 법 아님도 아니다. 佛子 菩薩摩訶薩 以一切法智通 知一切法 無有名字 無有種性 無來無去 非異非不異 非種種非不種種 非二非不二 無我無比 不生不滅 不動不壞 無實無虛 一相無相 非無非有 非法

---

294 열 가지 큰 삼매를 설하고 나서 삼매로부터 다시 열 가지 신통을 일으키는 십통품(十通品)을 설하시는 품이다. 여기서 십통(十通)은 다음과 같다. 1. 선지타심지신통(善知他心智神通). 2. 무애천안지신통(無碍天眼智神通). 3. 지과거제겁숙주지신통(知過去際劫宿住智神通). 4. 지진미래제겁지신통(知盡未來際劫智神通). 5. 무애청정천이지신통(無碍清淨天耳智神通). 6. 무체성무동작왕일체불찰지신통(無體性無動作往一切佛刹智神通). 7. 선분별일체언사지신통(善分別一切言辭智神通). 8. 무수색신지신통(無數色身智神通). 9. 일체법지신통(一切法智神通). 10. 입일체법멸진삼매지신통(入一切法滅盡三昧智神通).

非非法

무실무허는 둘이 아닌 도리를 밝히는 것이다. 무실(無實)은 진공(眞空)을 말함이고, 무허(無虛)는 묘유(妙有)를 말한다. 이로써 어느 것에도 걸리지 않는 실다운 법이 되는 것이다. 다시 말하면 진공은 체(體)가 되고, 묘유는 용(用)이 되는 것이다. 체용(體用)은 불이(不二)하기에 모양이 있는 것도 아니고 없는 것도 아니며 원융하다고 한다. 진공묘유의 경계를 체득하면 곧 일진법계(一眞法界)을 증득함이다.

須菩提 若菩薩 心住於法 而行布施 如人入闇 則無所見
수보리 약보살 심주어법 이행보시 여인입암 즉무소견

수보리야, 만약 보살이 마음을 어떤 법에 머물러 보시한다면 마치 사람이 어두운 곳에 들어가서 아무것도 볼 수 없는 것과 같다.

若菩薩 心不住法 而行布施 如人有目 日光明照 見種種色
약보살 심부주법 이행보시 여인유목 일광명조 견종종색

만약 보살이 마음을 온갖 것에 머물지 않고 보시하는 것은 마치 햇빛이 밝게 비칠 적에 밝은 눈으로 온갖 사물들을 분별하여 볼 수 있는 것과 같다.

보시함에 있어도 중생심과 보살심이 있기 마련이다. 여기에 대한 기준은 집착심이다. 그러므로 마음을 양변(兩邊)으로 말씀하고 계시다. 하나는 보시를 하고도 집착하는 마음, 또 다른 하나는 집착심이 없는 보시다. 심주어법(心住於法)은 자기 마음에 이미 조건을 붙여 놓은 것이니, 보시를 하고도 자기 기준대로 조건을 정하여 이러쿵저러쿵함이다.

성인의 보시는 심부주법(心不住法)이라서 어디에도 집착하여 머물지 않는 마음이다. 고로 삼제(三際)가 청정한 마음이다. 여기서 삼제라고 하는 것은 삼세와 거의 같은 표현으로 과거·현재·미래를 말한다. 전제(前際)는 과거이고, 후제(後際)는 미래이며, 중제(中際)는 현재를 말함이다. 무한한 시간과 공간의 전체를 아울러서 나타내는 표현이다. 고로 성인의 보시는 삼륜(三輪)이 청정한 것이다.

집착은 곧 상(相)과 연결된다. 다시 본문에 보면 눈이 밝은 사람은 무실(無實)이며 고로 이러한 사람은 보시에 있어서 집착함이 없기에 무허(無虛)가 되는 것이다. '눈이 있는 사람에게 햇볕을 비추면' 이렇게 말씀하셨으니 여기서 일광(日光)은 곧 큰 지혜를 뜻함이니 반야지(般若智)인 불지(佛智)를 말한다.

온갖 사물을 밝게 비추어 보기에 분별할 수 있다고 하였다. 이는 견성(見性)함을 비유한 것이다. 고로 일광명조(日光明照)는 반야의 도리를 체득하여 여실공(如實空)을 명철하게 하라는 것을 말한다.

견종색색(見種色色)은 갖가지 사물을 보는 것을 말함이다. 무집착하는 보시에 대한 공덕은 가히 불가사의하지만 이를 꿰뚫어 아는 것이니 곧 심공무실(心空無實)이 되는 것이다.

다시 이를 정리해보자. 태양과 같은 눈은 정지(正智)이기에 이로써 무명을 능히 타파할 수 있는 것이다. 고로 일광명조(日光明照)라고 한다.

집착하는 마음으로 보시를 하는 것을 어두운 방으로 들어가는 것에 비유하여 입암(入闇)이라고 말씀하였다. 그러므로 어두움을 나타내는 암(闇)은 곧 근진(根塵)의 경계를 뜻한다.

햇볕은 언제 어디서나 빈부귀천을 가리지 아니하고 누구에게나 골고루 비춘다. 그러니 사물을 제대로 보지 못함은 사람의 허물이지 해의 허물이 아니다. 그러하기에 부처님께서 무실무허의 진리를 말씀하신 것이다. 그 가르침을 모른다면 그것은 부처님의 허물이 아니라 곧 중생의 허물이 되는 것이다.

화엄경(華嚴經) 십행품[295]에서 부처님께서 말씀하시기를

불자들이여, 이 보살이 큰 시주가 되어 가진 물건을 모두 다 보시하는데, 그 마음이 평등하여 뉘우치거나 아낌이 없으며, 과보를 바라지 아니하며, 이름을 구하지 아니하며, 이양(利養)을 탐하지도 아니하며, 다만 일체중생을 구호하며, 일체중생을 거두어 주며, 일체중생을 이익이 있게 하려는 것이라고 하셨다. 佛子 此菩薩 爲大施主 凡所有物 悉能惠施 其心平等 無有悔吝 不望果報 不求名稱 不貪利養但爲救護一切衆生 攝受一切衆生 饒益一切衆生

금강경 제4 묘행무주분(妙行無住分)에도
보살은 모든 중생을 이롭게 하려면 마땅히 이와 같이 보시해야 한다고 하셨다. 菩薩 爲利益一切衆生 應如是布施

또한 대살차니건자소설경(大薩遮泥乾子所說經)[296] 일승품에 보면 부처님께서 단바라밀을 찬탄하시며 게송으로 말씀하셨다.

欲求無上道 修行諸功德
욕구무상도 수행제공덕

---

296 6세기 초 인도 출신의 학승 보리유지가 번역하였으며 총 10권 12품으로 이루어져 있다. 이 경은 주로 불도를 이루기 위해서는 경우에 맞게 여러 가지 수단과 방법을 써야 하며, 왕은 부처님이 가르치신 대로 백성들을 다스려야 한다는 말씀과 오직 부처님만이 아무런 허물도 없다는 것에 대해 설법하고 있다. 이역본으로는 구나발타라의 불설보살행방편경계신통변화경(佛說菩薩行方便境界神通變化經) 3권이 있다.

破於慳貪心 布施最第一
파어간탐심 보시최제일

위없는 도를 구하고자 한다면
모든 공덕 닦고 이를 행해야 한다.
아끼고 탐내는 마음 부수려면
보시가 최상이요 제일이다.

미증유인연경(未曾有因緣經)[297]에서는
음식을 보시하면 하루의 목숨을 건지고, 진기한 보물을 보시하면
한평생의 복을 건지거니와, 나고 죽는 것이 커지고 늘어나는 것은 인
연에 얽매여 있기 때문이라고 하셨다. 布施飮食 濟一日之命 施珍
寶物 濟一世之福 增益生死 繫縛因緣

우바새계경(優婆塞戒經)[298] 잡품 제19에 보면
선남자여, 만약 능히 재물을 덧없는 것으로 보고, 모든 중생을 외
아들 같은 생각으로 보면, 이 사람은 구걸하는 자에게 능히 베풀 수
있을 것이라고 하셨다. 善男子 若能觀財是無常相 觀諸衆生作一子

---

297 6세기 초 중국의 학승 담경(曇景)이 번역하였다. 2권으로 된 이 경은 부처
님과 비말리왕, 그리고 4명의 돌계집들의 전생 이야기를 통해 라후라와 파사익
왕을 교화한 내용을 서술하고 있다.

298 재가불자들을 위한 지침서로써 선생(善生)이라는 장자의 아들과 세존과의
문답형식으로 구성된 책으로 재가불자들의 자세를 친절하고 상세하게 설명한
경전이다.

想 是人乃能施於乞者

　영가현각(永嘉玄覺 637~713)[299] 스님의 증도가(證道歌)에 보면 다음과 같은 가르침이 있다.

　住相布施生天福 猶如仰箭射虛空
　주상보시생천복 유여앙전사허공

　勢力盡箭還墜 招得來生不如意
　세력진전환추 초득래생불여의

　상에 휘둘리는 보시는 하늘에 나는 복이나
　마치 허공에 화살을 쏘는 것과 같도다.
　그 힘이 다하면 화살은 도로 떨어지나니
　내생에는 생각과 같지 않은 과보를 부를 것이다.

須菩提 當來之世 若有善男子善女人 能於此經 受持讀誦
수보리 당래지세 약유선남자선여인 능어차경 수지독송

---

299 당(唐)나라의 선승으로 절강성(浙江省) 온주(溫州) 영가(永嘉) 출신이며 호는 일숙각(一宿覺), 어려서 출가하여 천태지관(天台止觀)에 정통하였다. 온주 용흥사(龍興寺)에서 수행하였으나 후에 조계(曹溪)의 혜능(慧能)을 찾아가 문답하여 인가(印可)를 받고 하룻밤을 묵은 후 다시 용흥사로 돌아와 선풍(禪風)을 크게 일으킨 스님이다.

수보리야, 다음 세상에서 만약 어떤 선남자 선여인이 능히 이 경을 받아 지니고 읽고 외우면,

則爲如來 以佛智慧 悉知是人 悉見是人 皆得成就無量無邊功德
즉위여래 이불지혜 실지시인 실견시인 개득성취무량무변공덕

곧 여래가 부처님의 지혜로써 이 사람을 다 알며, 이 사람을 다 보나니 모두가 한량없고 가없는 공덕을 남김없이 성취하게 되리라.

금강경의 공덕을 밝히는 가운데 이 부분은 네 번째에 해당한다.

첫 번째는 제8 의법출생분(依法出生分)에 나와 있다.
만약 어떤 사람이 금강경 가운데 사구게 하나라도 받아 지녀서 남을 위하여 일러 준다면 그 복덕이 저보다 나을 것이다. 若復有人 於此經中 受持乃至 四句偈等 爲他人說 其福勝彼

두 번째는 제11 무위복승분(無爲福勝分)에 나와 있다.
만약 선남자 선여인이 이 경 가운데 사구게라도 지녀서 남을 위하여 일러 준다면 이 복덕은 앞에서 말한 바 복덕보다 수승할 것이다. 若善男子善女人 於此經中 乃至受持四句偈等 爲他人說 而此福德勝前福德

세 번째는 제13 여법수지분(如法受持分)에 나와 있다.

만약 누구라도 이 경 가운데에 내지 사구게 등만 수지하여서 남을 위하여 전해 준다면 그 복이 훨씬 많으리라. 若復有人 於此經中 乃 至受持四句偈等 爲他人說 其福甚多

금강경의 소중함을 다시 한번 일깨워주는 말씀이다. 그러기에 누구라도 금강경을 믿고, 이해하고, 받아 지닌다면 그 공덕은 한량이 없으리라는 것을 증명하시는 말씀이다. 이를 신해수지(信解受持)라고 한다. 그렇다면 부처님은 우리에게 왜 그토록 금강경을 받아 지니기를 권유하는가. 금강경을 잘 이해하면 곧 실상반야를 증득할 수 있기 때문에 그러하다.

금강행자는 먼저 금강경에 대해 믿음을 일으켜서 지성으로 독송하고, 사경하여 금강경에 나오는 부처님의 말씀을 이해하여야 한다. 왜냐하면 아는 만큼 신심이 열리고 법을 보는 안목이 넓어지기 때문이다.

부처님은 지혜로써 이러한 수행자에 대하여 굽어 살펴보고 계신다고 하였으니 이는 법신이 늘 상주하고 있기 때문이다. 법신상주(法身常住)는 금강경을 펼칠 때마다 이루어지는 것이다. 이러한 사실을 뼈저리게 증득하면 공덕이 성취되는 것이며, 보살도를 성취하는 것이기에 곧 성불할 수 있는 지름길이 되는 것이다. 그러기에 금강경을 수지하고 독송하여 자성(自性)이 곧 부처임을 깨달을 수 있게 되는 것이다.

법화경(法華經) 제8 오백제자수기품에 보면

우리는 부처님의 공덕을 이루 다 말할 수 없느니라. 오직 부처님께
서는 우리들의 깊은 마음으로 본래 바라는 바를 능히 아신다고 하셨
다. 我等於佛功德 言不能宣 唯佛世尊 能知我等 深心本願

제15 지경공덕분持經功德分

· ·

금강경을 지니는 공덕

須菩提 若有善男子善女人 初日分 以恒河沙等身布施 中日
分 復以恒河沙等身布施 後日分 亦以恒河沙等身布施 如是無量
百千萬億劫 以身布施

수보리야, 만약 어떤 선남자 선여인이 아침나절에 항하의 모래 수와
같이 많은 몸으로 보시하고, 낮에 또 항하의 모래 수와 같이 많은 몸으
로 보시하며, 저녁때에 또한 항하의 모래 수와 같이 많은 몸으로 보시
해서, 이렇게 하기를 한량없는 백·천·만·억겁 동안 몸으로써 보시
하더라도,

若復有人 聞此經典 信心不逆 其福勝彼 何況書寫受持讀誦 爲
人解説

만일 다시 어떤 사람이 이 경전을 듣고 믿는 마음이 거슬리지 아니하
면, 그 복은 앞의 복보다 훨씬 뛰어나느니라. 그런데 하물며 이 경전
을 베껴 쓰고, 받아 지니고 읽고 외워서, 널리 여러 사람에게 해설하
여 주는 일이겠는가?

須菩提 以要言之 是經 有不可思議不可稱量無邊功德 如來爲
發大乘者説 爲發最上乘者説

수보리야, 요점만을 말한다면, 이 경은 생각할 수도 없고, 설명할 수도 없고, 끝도 없는 공덕이 있느니라. 여래는 대승의 마음을 낸 사람들을 위하여 이 경을 설하며, 최상승의 마음을 낸 사람들을 위하여 이 경을 설하느니라.

若有人 能受持讀誦 廣爲人說 如來悉知是人 悉見是人 皆得成就不可量 不可稱無有邊不可思議功德

만약 어떤 사람이 이 경을 받아 지니고, 읽고 외우며, 널리 많은 사람을 위하여 설명한다면, 여래는 이 사람이 헤아릴 수 없고, 일컬을 수 없고, 끝도 없고, 생각할 수도 없는 공덕을 성취하였음을 모두 알고 모두 보노라.

如是人等 則爲荷擔如來阿耨多羅三藐三菩提 何以故 須菩提 若樂小法者 着我見人見衆生見壽者見 則於此經 不能聽受讀誦 爲人解說

이러한 사람들은 곧 여래의 최상의 깨달음을 온몸으로 짊어진 것이 된다. 왜냐하면 수보리야, 만약 작은 법을 좋아하는 사람은 나라는 소견, 남이라는 소견, 중생이라는 소견, 수명에 대한 소견에 집착하여 곧 이 경전을 듣고, 받아들이거나 읽고 외우지 못하며, 다른 사람들을 위하여 설명하여 주지도 못할 것이기 때문이니라.

須菩提 在在處處 若有此經 一切世間 天人阿修羅 所應供養 當知此處 則爲是塔 皆應恭敬 作禮圍繞 以諸華香 而散其處

수보리야, 어떤 곳이든 만약 이 경전만 있으면 모든 세간의 천신들과 사람들과 아수라들에게 응당 공양받을 것이다. 마땅히 알라. 이곳은 곧 부처님의 탑을 모신 곳이 된다. 모두 반드시 공경하고 예배를 드리며, 주위를 돌면서 여러 가지 꽃과 향을 그곳에 뿌리느니라.

지경공덕 持經功德
금강경을 지니는 공덕.

지경(持經)은 단순히 경전을 지닌다는 표현이 아니다. 여기서 지경은 신해수지(信解受持)를 말한다. 신해수지에 대해서는 이미 설명하였으니 여기서는 그 의미에 대하여 생략하고자 한다.

다만 신해수지에서 신해(信解)는 믿고 이해하여서 더 이상 의심이 없는 확실한 믿음을 말한다. 이는 공덕과 깨달음의 기본조건이 된다.

대승본생심지관경(大乘本生心地觀經) 제3권 보은품의 게송에 보면 부처님께서 지광(智光) 장자에게 말씀하시는 다음과 같은 가르침이 있다.

若欲爲佗廣分別 無智人中勿宣說
약욕위타광분별 무지인중물선설

一切凡愚衆生類 聞必生疑心不信
일체범우중생류 문필생의심불신

만일 남을 위해 자세히 분별하고 싶더라도
지혜 없는 사람에겐 말하지 말라.
모든 어리석은 중생의 무리는
들으면 반드시 의심을 내어 믿지 않는다.

若有智者生信解 念念觀察悟眞如
약유지자생신해 염념관찰오진여

十方諸佛皆現前 菩提妙果自然證
시방제불개현전 보리묘과자연증

만일 지혜 있는 이가 믿음을 내어
생각마다 관찰하여 진여를 깨치면
시방 부처님이 모두 앞에 나타나시어
보리 묘과를 저절로 깨달아 얻으리라.

또한 법화경(法華經) 제17 분별공덕품에 보면 부처님께서 미륵보살에게 말씀하셨다.

어떤 중생이 부처님의 수명이 이처럼 장구함을 듣고 한 생각이라도 믿음을 내면, 그가 얻는 공덕은 한량이 없노라. 其有衆生 聞佛壽命 長遠如是 乃至能生 一念信解 所得功德 無有限量

그러므로 '신해'하려면 경을 지녀야 하기에 소명태자는 이 분(分)

을 지경공덕분(持經功德分)이라고 한 것이다.

청량징관(淸凉澄觀)[300] 스님은 80권 화엄경을 신해행증(信解行證)의 네 부분으로 나누어 해석하였다. 이를 화엄사분(華嚴四分)이라고 한다. 그러므로 신(信)은 믿음을 나타내는 것이며, 해(解)는 경전의 말씀을 이해하는 것을 말한다. 행(行)은 수행을 말하며 증(證)은 신(信), 해(解), 행(行)으로 인하여 불법을 깨달아 얻는 것을 말한다.

신해(信解)하는 만큼 경안(經眼)이 열리기에 경안이 높아지면 부처님의 말씀을 의심하지 아니하고 믿고 이해하는 수행의 경계에 다다르게 된다. 이를 신해행지(信解行地)라고 한다.

경을 지니게 되면 천불천탑(千佛千塔)과 사리를 모시는 것과 같아서 경이 있는 그 자리가 바로 뛰어난 법당이 된다. 그러나 이를 모르면 경은 등지고 불상에는 지극한 예배를 하게 된다. 세상사는 뭐든지 알아야 힘이 나는 법이다. 부처님 말씀은 알면 알수록 힘이 생겨난다. 그러므로 경(經)을 꼭 소지해야 한다. 왜냐하면 진짜 부처님은 바로 경전이기 때문이다.

대집경(大集經) 권제18 허공장보살품에 다음과 같은 말씀이 있다.

---

300 청량징관(淸凉澄觀, 1546~1623) 스님은 명나라 때의 스님이며 호(號)는 감산(憨山)이다. 스님은 주굉(袾宏), 진가(眞可), 지욱(智旭)과 함께 명나라 4대 고승(高僧)으로 손꼽힌다.

若有能發 菩提心者
약유능발 보리심자

護持此經 功德復勝
호지차경 공덕부승

만약에 어떤 사람이
보리심을 냄으로써
이 경전을 옹호해 가진다면
그 공덕은 다시 뛰어나리라.

須菩提 若有善男子善女人 初日分 以恒河沙等身布施
수보리 약유선남자선녀인 초일분 이항하사등신보시

수보리야, 만약 어떤 선남자 선여인이 아침나절에 항하의 모래
수와 같이 많은 몸으로 보시하고,

中日分 復以恒河沙等身布施 後日分 亦以恒河沙等身布施
중일분 부이항하사등신보시 후일분 역이항하사등신보시

낮에 또 항하의 모래 수와 같이 많은 몸으로 보시하며, 저녁때
에 또한 항하의 모래 수와 같이 많은 몸으로 보시해서,

如是無量百千萬億劫 以身布施

여시무량백천만억겁 이신보시

이렇게 하기를 한량없는 백·천·만·억겁 동안 몸으로써 보시하더라도,

若復有人 聞此經典 信心不逆 其福勝彼

약부유인 문차경전 신심불역 기복승피

만일 다시 어떤 사람이 이 경전을 듣고 믿는 마음이 거슬리지 아니하면, 그 복은 앞의 복보다 훨씬 뛰어나느니라.

何況書寫受持讀誦 爲人解說

하황서사수지독송 위인해설

그런데 하물며 이 경전을 베껴 쓰고, 받아 지니고 읽고 외워서, 널리 여러 사람에게 해설하여 주는 일이겠는가?

금강경의 공덕을 밝히고 있는 말씀으로 듣는 공덕, 서사(書寫) 공덕, 포교 공덕 등을 말씀하고 있다. 이 부분을 교량문경공덕(校量聞經功德)이라고 한다. 여기서 교량(校量)이라고 하는 것은 비교상량(比較商量) 공덕을 줄여서 부르는 표현으로 이는 공덕의 많고 적음을 비교하여 헤아려서 추량(推量)하는 것을 뜻한다.

초일분(初日分), 중일분(中日分), 후일분(後日分)은 하루를 삼분(三分)으로 나눈 것이다. 초일분은 조신(早晨)이라 하여 이른 아침을 말하고, 중일분은 중오(中午)에 해당하는 정오로 점심때를 말하고, 후일분은 만상(晩上)으로 저녁때를 말한다. 하루를 아침, 낮, 저녁으로 나눈 것이다. 다시 말하면 상오(上午), 중오(中午), 하오(下午)이다.

여기에 대하여 승조(僧肇)는 초일분(初日分)은 인(寅)·묘(卯)·진시(辰時)이며, 중일분(中日分)은 사(巳)·오(午)·미시(未時)이며, 후일분(後日分)은 신(申)·유(酉)·술시(戌時)라고 하였다.

어느 불자가 아침나절에 항하의 모래 수만큼 보시하고, 낮이 되면 다시 항하의 모래 수만큼 보시하고, 저녁나절이면 다시 항하의 모래 수만큼 보시하기를 한량없는 겁 동안과 백천만 억겁 동안 보시하더라도 금강경을 신해수지(信解受持) 하는 공덕하고는 비교할 수 없음을 말한다.

금강경은 그만큼 가치가 있는 경전이며 또한 불가사의한 경전임을 말씀하시는 것이다. 그러므로 금강경을 지녀서 신해(信解) 하면 무량무변한 공덕을 성취할 수 있다.

그렇다면 무엇을 성취할 수 있다는 말씀인가. 반야(般若)의 바른 지혜를 성취할 수 있다. 반야지(般若智)는 곧 불지(佛智)를 말하므로 불지를 성취한다는 것은 무상정등각(無上正等覺)을 성취할 수 있음이다. 이를 경전에서는 주로 아누다라삼막삼보리라 한다. 금강경은 이러한 공덕이 있기에 실로 불가사의하다.

경전을 소지하되 그 내용을 모른다면 이는 어두운 사람이 다시 어두운 곳으로 들어가 아무것도 보이는 바가 없음과 마찬가지라고 하였다. 이를 금강경에서는 '여인입암 즉무소견(如人入闇 則無所見)'이라 하였다. 그러나 금강경의 바른 뜻을 안다면 눈 밝은 사람이 다시 햇볕을 밝게 비추어 온갖 사물을 볼 수 있는 것과 같다고 하였다. 이를 '여인유목 일광명조 견종종색(如人有目 日光明照 見種種色)'이라고 하였다.

무량백천만억겁(無量百千萬億劫)이라고 하였으니 이는 한량없는 겁을 말한다.

화엄경(華嚴經) 제30 아승지품에서는 한량없는 수를 다음과 같이 나타내었다.

아승지씩 아승지가 한 아승지 제곱이요, 아승지 제곱씩 아승지 제곱이 한 한량없음이요, 한량없음씩 한량없음이 한 한량없는 제곱이요, 한량없는 제곱씩 한량없는 제곱이 한 그지없음이요, 그지없음씩 그지없음이 한 그지없는 제곱이니라. 阿僧祇阿僧祇爲一阿僧祇轉 阿僧祇轉阿僧祇轉爲一無量 無量無量爲一無量轉 無量轉無量轉 爲一無邊 無邊無邊爲一無邊轉

그러므로 수만 번 사람 몸을 받아서 보시한다고 할지라도 금강경

한 구절을 제대로 알아 남에게 보시하는 공덕보다 못하다고 한 것이다. 이를 실로 엄청난 비유인 백천만 억겁의 세월로 비유한 것이다.

이러한 공덕에 대해서는 제8 의법출생분(依法出生分)에 보면
삼천대천세계를 칠보로 가득 채워 보시한다면 그 복덕이 많겠느냐고 하는 부처님의 질문에 수보리가 답하고, 부처님이 다시 이르시기를 만약에 다시 어떤 사람이 이 경 가운데서 사구게 등을 받아 지녀 남을 위하여 연설하여 주면 그 복은 저 복보다 공덕이 크나니 어찌한 까닭이냐. 수보리야, 모든 부처님과 모든 부처님의 아누다라삼막삼보리법에 이르기까지 모두 이 경을 따라 나왔음이라고 하였다. 一切諸佛 及諸佛阿耨多羅三藐三菩提法 皆從此經出

제11 무위복승분(無爲福勝分)에 보면
만약 어떤 선남자 선여인이 저 항하의 모래 수처럼 많은 삼천대천세계에 가득한 칠보를 가지고 널리 보시하였다면 그가 얻은 복이 얼마나 많겠는가? 이 질문에 대하여 수보리가 대답하기를 매우 많습니다, 세존이시여. 부처님께서 수보리에게 말씀하셨습니다. 만약 선남자 선여인이 이 경전 가운데서 네 글귀만이라도 받아 지녀서 남을 위하여 설명하여 준다면 이 복덕은 앞의 복덕보다 훨씬 뛰어나리라 하셨다. 須菩提言 甚多世尊 佛告須菩提 若善男子善女人 於此經中乃至受持四句偈等 爲他人說 而此福德勝前福德

그렇다면 어찌하여 부처님의 말씀은 그렇게 엄청나고 위대하여서 불가사의한 공덕이 있다는 말인가. 부처님께서는 금강경(金剛經) 제

14 이상적멸분(離相寂滅分)을 통하여 말씀하시기를, 다음과 같이 그 증명을 몰록 드러내셨다. 이를 여래오어(如來五語) 또는 금구소설(金口所說)이라 하기도 하는데 이를 살펴보면 다음과 같다.

진어자(眞語者)
부처님은 참다운 말씀을 하시는 분이다.

실어자(實語者)
부처님은 실다운 말씀을 하시는 분이다.

여어자(如語者)
부처님은 사실 그대로 말씀을 하시는 분이다.

불광어자(不誑語者)
남을 속이는 말을 하지 않는 분이다.

불이어자(不異語者)
다르지 않은 말씀을 하지 않는 분이다.

그런데 하물며 이 경전을 베껴 쓰고, 받아 지니고 읽고 외워서, 널리 여러 사람에게 해설하여 주는 일이야 말할 나위가 있겠는가 하고 말씀하신 것이다. 법화경(法華經) 법사품에 보면 오종법사(五種法師)에 대한 말씀이 있다.

수지법사(受持法師)

경전의 가르침을 진실로 받아들이는 법사.

독경법사(讀經法師)

경전을 소리 내어 봉독하는 법사.

송경법사(誦經法師)

경전을 암송하는 법사.

해설법사(解說法師)

경전의 가르침을 남에게 설명하는 법사.

서사법사(書寫法師)

경전을 베껴 쓰는 법사.

그러므로 오종법사는 누구라도 될 수 있다. 여기에 대한 실천이 필요할 뿐이다. 이로써 법륜이 구르는 것이고 물러서지 않는 믿음이 증장한다. 이를 금강경의 입장에서 본다면 우리가 금강경을 늘 지녀서 읽고, 외우고, 남에게 전달하고, 베껴 써 포교한다면 이 복덕이야말로 뛰어난 복 밭이 되는 것이다.

須菩提 以要言之 是經 有不可思議不可稱量無邊功德

수보리 이요언지 시경 유불가사의불가칭량무변공덕

수보리야, 요점만을 말한다면 이 경은 생각할 수도 없고, 설명할 수도 없고, 끝도 없는 공덕이 있느니라.

如來爲發大乘者說 爲發最上乘者說
여래위발대승자설 위발최상승자설

여래는 대승의 마음을 낸 사람들을 위하여 이 경을 설하며, 최상승의 마음을 낸 사람들을 위하여 이 경을 설하느니라.

이요언지(以要言之)라고 하였다. 이는 '아주 중요한 말씀'이며, '말씀의 핵심'을 말한다. 그러기에 '가르침의 요점'이 되는 것이다. 이어지는 문장 가운데 시경(是經)은 곧 금강경을 말하는 것으로 금강경에는 불가사의(不可思議)가 있고, 불가칭량(不可稱量) 하기에 무변공덕(無邊功德)이 있다고 하셨다. 이로써 금강경의 현덕(顯德)을 드러내는 것이다. 이를 통틀어 말하자면 금강경은 사량(思量)할 수도 없고 칭량(稱量)할 수도 없는 공덕이 내재하여 있어 실로 불가사의(不可思議)한 것이다.

부처님께서는 대승의 마음을 일으킨 자와 최상승의 마음을 낸 자에게 금강경을 설하시는 것이라고 말씀하셨다. 다시 말해 매일 하루에 세 번씩 백천만 억겁 동안 자기 몸을 보시한다고 할지라도 금강경의 한 구절을 남에게 전하는 것만 못하다고 하였다. 이로써 금강경이 대승의 경전이며 최상승의 경전이고, 실로 불가사의함을 알아차려야 한다. 고로 금강경은 이요언지(以要言之)가 되는 것이다.

여래의 수레는 대승(大乘)이다. 대승은 곧 보살승(菩薩乘)이다. 고로 대승의 마음을 낸 자는, 금강경을 배우는 자는 물론이고 남을 위하여 전해 주는 자를 말한다. 왜냐하면 일체중생이 금강경을 통하여 바라밀다(波羅蜜多)를 얻을 수 있기 때문이다. 이를 다시 말하면 보도중생(普渡衆生) 하고자 하는 목적이 바로 부처님께서 금강경을 설하시는 정점(頂點)인 것이다. 그러기에 대승의 말씀이라고도 한다.

최상승(最上乘)은 곧 불승(佛乘)을 말한다. 고로 최상승의 마음을 가진 자는 지혜가 광대(廣大)하여 능히 자성(自性)을 볼 수 있는 자이기에 물질이 모두 공(空)함을 깨달아 이변(二邊)에 치우치지 않는다. 가히 그 심량(心量)이 광대하여 무주(無住)의 마음을 내기에 최상승인 불지(佛地)에 이른 자를 말한다.

부처님은 삼승의 방편을 들어 말씀하시나 일승(一乘)만이 진실함이며, 그 나머지 이승(二乘)은 진실이 아니기에 버려야 하는 대상이다. 일승은 곧 마음으로 귀납된다.

여기에 대하여 마조도일(馬祖道一)[301] 선사는 말하기를 마음 밖에 따로 부처가 없고 부처 밖에 따로 마음이 없다고 한 것이다. 心外無別佛 佛外無別心

---

[301] 당대(唐代)의 선승(禪僧)으로 남악회양(南嶽懷讓)의 법을 이었고 평상심(平常心)이 도(道)라는 유명한 가르침이 있다.

능엄경(楞嚴經)에도 보면

여래는 항상 모든 법이 생겨나는 것은 유심(唯心)에서 나타난 경계이며, 모든 인과(因果)와 세계, 그리고 미진(微塵)은 마음으로 자체를 이룬다고 설하셨다. 如來常說 諸法所生 唯心所現 一切因果 世界 微塵 因心成體

화엄경(華嚴經) 야마궁중게찬품에는 다음과 같은 게송이 있다.

若人欲了知 三世一切佛
약인욕요지 삼세일체불

應觀法界性 一切唯心造
응관법계성 일체유심조

만일 어떤 사람이
삼세의 모든 부처님을 알고자 한다면
마땅히 법계의 모든 성품을 관찰할 것이니
마음으로 된 줄을 알라.

유마경(維摩經) 불국품에서는

만약 보살이 정토를 얻고자 한다면 마땅히 그 마음을 맑게 해야 한다. 그의 마음이 맑음에 따라서 불국토도 곧 맑아지기 때문이라고 하셨다. 若菩薩欲得淨土 當淨其心 隨其心淨 則佛土淨

10권 입능가경(入楞伽經)[302] 총품에 다음과 같은 가르침이 있다.

種種隨心轉 惟心非餘法
종종수심전 유심비여법

心生種種生 心滅種種滅
심생종종생 심멸종종멸

여러 가지 마음에 따라 다르지만,
유심(惟心)이요, 다른 법이 아니다.
마음이 생(生)하면 여러 가지가 생하며,
마음이 멸(滅)하면 여러 가지가 멸한다.

대승의 수행자, 최상승의 수행자는 견성을 하고자 발심해야 한다.
견성이 곧 성불이기 때문이다. 그러므로 이 경의 제목도 금강반야바
라밀경이라고 한 것이다.

부처님의 모든 가르침을 다섯 가지로 정리하여 오교(五教)라 한다.
여기에 대하여 당나라 법장(法藏) 스님은 다음과 같이 분류하였다.

1. 소승교(小乘教 : 아함경)
2. 대승시교(大乘始教 : 해심밀경)

---

3. 종교(終敎 : 능가경 · 승만경)

4. 돈교(頓敎 : 유마경)

5. 원교(圓敎 : 화엄경)

물론 종파에 따라 그 분류하는 방법은 다르다. 그러나 오교는 모두 마음으로 귀납한다는 것을 알아야 한다.

앞서 배운 제14 이상적멸분(離相寂滅分)에서

부처님께서 말한 제일 바라밀은 곧 제일 바라밀이 아니고 그 이름이 제일바라밀이라고 하셨다. 佛說第一波羅密 非第一波羅密 是名第一波羅密

이 가르침을 제대로 이해한다면 대승의 마음이 일어나고 최상승의 마음이 일어나는 것이다.

若有人 能受持讀誦 廣爲人說 如來悉知是人 悉見是人
약유인 능수지독송 광위인설 여래실지시인 실견시인
皆得成就不可量 不可稱無有邊不可思議功德
개득성취불가량 불가칭무유변불가사의공덕

만약 어떤 사람이 이 경을 받아 지니고, 읽고 외우며, 널리 많은 사람을 위하여 설명한다면, 여래는 이 사람이 헤아릴 수 없고, 일컬을 수 없고, 끝도 없고, 생각할 수도 없는 공덕을 성취하였음을 모두 알고 모두 보노라.

　약유인(若有人)은 '만약 어떤 사람'이라는 말이다. 여기에는 빈부귀천도 없고 고관대작도 없는 절대적 평등함으로 모든 사람을 가리지 않고 말한다. 그만큼 불교는 보편적인 종교이다.

　누구라도 금강경을 받아 지녀서 수지하고 독송하며 또한 남을 위하여 금강경의 말씀을 전하는 이가 있다면 하였다. 이는 앞서 배운 대승심(大乘心)을 말하고, 최상승심(最上乘心)을 말한다. 그렇다면 이러한 행위가 왜 대승심이며 최상승심인가? 여기에는 자리이타(自利利他)가 내재해 있기 때문이다. 자리이타는 무엇인가. 나도 반야바라밀을 이루고 남도 반야바라밀을 이루는 것이다. 부처님은 이를 극찬하여 가히 공덕을 헤아릴 수 없기에 금강경에는 불가계량(不可計量)이라고 하였다. 또한 그 공덕의 숫자를 헤아릴 수 없기에 불가칭수(不可稱數)라 하였다. 그러므로 그 공덕이 무량하고 무변하기에 무량무변(無量無邊)이고, 이러한 공덕은 불가사의하다고 하신 것이다.

　그러니 누구든 아누다라삼막삼보리를 얻고 싶으면 누구라도 이 법을 전하라. 그러면 정등정각(正等正覺)을 얻을 것이다. 이를 다시 역설하면 광위인설(廣爲人說)하라는 가르침이다.

　광위인설(廣爲人說)은 곧 포교(布敎)를 말함이다. 부처님 법만이 오직 진리이니 당당하게 전법하라는 뜻이다.

대반열반경(大般涅槃經)에 보면 순타(純陀)에게 이르기를

그대는 이제 마지막으로 보시한 복으로 사람들을 위하여 자세히 말하여 듣는 이들이 생사를 되풀이하는 무명의 기나긴 밤[長夜]에서 안락을 얻도록 하여야 한다고 하였다. 告淳陁言 汝今應以最後施福 廣爲人說 令得聞者長夜獲安

광위인설(廣爲人說)은 늘 장애가 따르기 마련이다. 그러나 부처님 법에 의지하여 법 전하는 것을 놓쳐서는 안 된다.

60권 화엄경 권제10에 보면

그러므로 나는 지금 이런 고초를 당하더라도 참고 견뎌야 할 것이니, 그것은 중생들을 가엾이 여기기 때문이요, 그들을 이롭게 하려 하기 때문이며 그들을 안온하게 하려 하기 때문이요, 그들을 포섭하려 하기 때문이며 그들을 버리지 않으려 하기 때문이요, 또 그들이 물러나지 않고 끝내는 위없는 보리를 성취하게 하려 하기 때문이다. 그러므로 나도 부처님의 행하신 법을 닦아야 한다고 하였다. 是故我 今 雖遭苦毒 應當忍受 爲愍傷衆生故 饒益衆生故 安隱衆生故 攝 取衆生故 不捨衆生故 欲令衆生得不退轉究竟成就無上菩提 佛所 行法 我當修行

다시 말해 모든 부처님도 반야바라밀을 의지해서 정등정각을 이루어 중생을 성불의 길로 인도하였다. 우리도 이러한 가르침을 본받아서 홍법을 해야 한다. 경(經)의 흐름을 보면 금강경을 수지독송(受 持讀誦)하고, 여기에서 한 걸음 더 나아가 광위인설(廣爲人說)하라고

하심이다.

수지독송하고 광위인설하였다고 해서 상(相)을 내지 마라. 여래는 실지시인(悉知是人)하고 실견시인(悉見是人)이라고 하셨다. 이러한 사람을 능히 다 알고 다 보는 위신력(威神力)이 있기 때문이다. 이것이 여래의 권세이고 능력이기에 이를 권능(權能) 또는 위신력이라고 한다.

이러한 부처님의 위신력을 세간해(世間解)라고 하며 이는 여래십호(如來十號) 가운데 하나로 지세간(知世間)이라고 하기도 한다. 이는 산스크리트어에서는 loka-vid라고 하며 중국에서는 이를 음사하여 로가비(路迦憊)라고 하였다. 세간해라는 표현은 부처님은 세간의 모든 것을 잘 아신다는 것으로 부처님의 덕을 나타내는 명호이다

40권 본 대반열반경(大般涅槃經)[303] 제18권 범행품에 보면
선남자야, 세간해란 무엇인가. 선남자야, 세간이란 오온을 가리키고 해(解)는 안다는 뜻이다. 부처님은 오온을 잘 아시기에 고로 세간

---

303 대반열반경은 담무참(曇無讖, Dharmakṣema) 스님이 번역한 40권 본과 혜엄(慧嚴) 스님이 번역한 36권 본이 있다. 40권을 북본(北本)이라 하고 36권 본을 남본(南本)이라고 한다. 그러나 우리나라에는 북본이 더 널리 알려져 있다. 줄여서 열반경이라 하며, 별칭으로 대본열반경(大本涅槃經)·북본열반경(北本涅槃經)이라고도 한다. 열반부 중에 열반부를 대표하는 경전이며, 분량이 가장 많고 내용상으로도 가장 완비된 것으로 평가받는다. 가장 널리 읽히는 경전 가운데 하나이다.

해라고 한다. 또한 세간이라는 것은 오욕을 가리키고 해(解)란 집착하지 않는다는 뜻이라고 하였다. 善男子 云何世間解 善男子 世間者名爲五陰 解者名知 諸佛世尊 善知五陰故名世間解 又世間者名爲五欲 解名不着

如是人等 則爲荷擔如來阿耨多羅三藐三菩提
여시인등 즉위하담여래아누다라삼막삼보리

이러한 사람들은 곧 여래의 최상의 깨달음을 온몸으로 짊어진 것이 된다.

何以故 須菩提 若樂小法者 着我見人見衆生見壽者見
하이고 수보리 약락소법자 착아견인견중생견수자견

왜냐하면 수보리야, 만약 작은 법을 좋아하는 사람은 나라는 소견, 남이라는 소견, 중생이라는 소견, 수명에 대한 소견에 집착하여

則於此經 不能聽受讀誦 爲人解說
즉어차경 불능청수독송 위인해설

곧 이 경전을 듣고, 받아들이거나 읽고 외우지 못하며, 다른 사람들을 위하여 설명하여 주지도 못할 것이기 때문이니라.

금강경을 수지독송하고 광위인설한 사람은 곧 여래의 아누다라삼막삼보리법을 짊어진 것이라고 하였으니, 곧 깨달음을 얻을 수 있음을 말씀하시는 것이다. 다시 말하면 금강경을 제대로 공부하면 이 속에 바라밀의 길이 있다는 것을 알려주고 계신다. 고로 전법도생(傳法度生)이 곧 삼보의 은혜를 갚는 길인 것이다. 그리고 담(擔)은 짊어지고 멘다는 뜻이므로 곧 자력 신앙을 말하는 것으로 타력 신앙은 아니라는 뜻이기도 하다.

고로 고덕(古德)이 말하기를 다음과 같이 송하였다.

假使頂戴經塵劫 身爲床座遍大千
가사정대경진겁 신위상좌변대천

若不說法度衆生 畢竟無能報佛恩
약불설법도중생 필경무능보불은

설사 경전을 머리에 이고, 진겁(塵劫)의 시간을 보내고,
부처님께 이 몸이 의자가 되어 시방에 내놓더라도
만약 전법하여 중생을 제도하지 못한다면,
마침내 부처님 은혜를 갚지 못하는 무능한 자가 되리라.

이를 곰곰이 되새겨 보아야 한다. 다음 게송은 아래와 같이 전하기도 하지만 그 뜻은 앞의 내용과 같다.

假使頂戴經塵劫 身爲床座滿三千
가사정대경진겁 신위상좌만삼천

若不傳法利衆生 畢竟無能申報者
약불전법이중생 필경무능신보자

대승의 가업을 이어 나아가는 것은 수지(受持), 독송(讀誦)이다. 그러나 작은 믿음을 내는 사람은 금강경을 수지하고 독송하지만 남을 위하여 법을 전하지 못하는 사람이거나 또는 금강경의 말씀을 받아들이지 못하는 사람이다. 이러한 병통(病痛)은 어디에 있는가. 바로 사상(四相)에 침익(沈溺)되어 있는 까닭이다.

법화경(法華經) 방편품에 부처님께서 진리를 말씀하려고 하시자 그 자리에 있던 5천 명이 자리를 뜨고 말았다는 내용이 있다. 모두 사상(四相)으로 얼룩져 있었기 때문이다.

화엄경(華嚴經) 현수품에 보면 다음과 같은 게송이 있다.

有以三千大千界 頂戴一劫身不動
유이삼천대천계 정대일겁신부동

彼之所作未爲難 信是法者乃爲難
피지소작미위난 신시법자내위난

삼천대천세계를 머리에 이고
한 겁 동안 몸을 움직이지 않더라도
그렇게 하는 것은 어렵지 않거니와
이 법을 믿는 것이 어렵다.

경전에는 없지만 불조역대통재(佛祖歷代通載)[304] 또는 황벽무념선사성혼록(黃蘗無念禪師醒昏錄) 등에 보면 삼불능(三不能)이라는 표현이 있다. 부처님도 어찌할 수 없는 세 가지 일을 말한다.

1. 불능면정업(不能免定業)

이미 과보가 결정된 정업(定業)을 바꾸는 것은 불가능하다.

2. 불능도무연(不能度無緣)

불법과 인연이 전혀 없는 무연중생(無緣衆生)을 제도하기는 어렵다.

3. 불능진중생(不能盡衆生)

중생계 전체를 거두어 제도하는 것은 어렵다.

------

304 조선 성종 3년, 1472년에 의경세자(懿敬世子)의 아내이자 세조의 맏며느리였던 인수대비(仁粹大妃)가 승하(昇遐)한 세조와 예종의 명복과 시어머니인 정희 대왕대비와 성종의 장수를 빌기 위해 1472에 편찬하여 간행한 불교 전기이며, 총 22권 7책으로 이루어져 있다. 이 책은 전라남도 담양군 담양읍 용화사에 소장되어 있으며, 대한민국 보물 제737호이다.

사상(四相)은 곧 아집(我執)과 법집(法執)으로 나누어 볼 수가 있다. 아집(我執)은 자기중심적인 생각으로 자기의 좁은 소견을 내세워 다른 사람의 입장이나 의견을 전혀 고려치 않는 편협한 집착을 말한다. 이를 아견(我見) 또는 인아견(人我見), 인집(人執), 생집(生執)이라 하기도 한다. 그리고 법집은 모든 현상은 불변하므로 실체가 있다고 여기는 집착으로 이 두 가지를 합해서 이집(二執)이라고 한다.

그러기에 대승의 믿음을 일으켰으면 기쁜 마음으로 금강경을 독송하고 환희로운 마음으로 금강경의 법문을 들어서 금강경에 대해서 조금이라도 의심하여서는 안 된다. 이것이 바로 최상승의 불자가 되는 것이다.

낙소법자(樂小法者), 다시 말해 작은 법을 좋아하는 사람은 사상(四相)에 집착하는 자라고 하였다.

법화경(法華經) 방편품에는 이러한 무리에 대하여 따끔한 충고를 하고 있다.

鈍根樂小法 貪着於生死
둔근락소법 탐착어생사

於諸無量佛 不行深妙道
어제무량불 불행심묘도

아둔한 근기를 가진 사람들은 소승 법을 좋아하고,

나고 죽는 일을 탐하고 집착하여,

한량없는 부처님을 만나도

깊고 묘한 도는 행하지 않는다.

원각경(圓覺經) 문수보살장에는

문수보살이 부처님께 청하기를 대비하신 세존이시여! 바라옵건대
이 법회에 온 모든 대중을 위하여 여래께서 본래 일으키신 청정한
인지법행을 말씀해 주시어, 보살들이 대승에 청정한 마음을 일으켜
모든 병을 멀리 여읨을 설하시어서 미래의 말세 중생들 가운데 대승
을 구하는 이들에게 사견에 떨어지지 않게 해주십시오 하는 간청이
있다. 大悲世尊 願爲此會 諸來法衆 說於如來 本起淸淨 因地法行
及說菩薩 於大乘中 發淸淨心 遠離諸病 能使未來 末世衆生 求大
乘者 不墮邪見

야보도천(冶父道川) 스님도 이르기를

영웅도 배우지 않고 책을 읽지 않으며 물결처럼 힘써 먼 길만 가도
다. 어머니가 낳아준 보배를 마음대로 쓸 줄을 몰라서 무지하게 굶어
죽는 것을 달게 여기니 어찌 괴이하게 다른 사람에게 얻을 것인가?
라고 하였다. 不學英雄不讀書 波波役役走長途 孃生寶藏無心用
甘作無知餓死夫 爭怪得別人

참고로 더 알아두어야 할 것이 있다. 북방 불교에서는 대승(大乘)
이라는 표현이 자주 나오는데, 이를 마하야나(Mahāyāna)라고 흔

히들 말하지만, 산스크리트어 원문에는 이러한 표현이 없다. 우리는 '대승' 하면 '소승'과 대비하여 흔히 표현하지만, 산스크리트어 원문으로 보면 소승과 대비되는 표현은 전혀 없다는 것을 알아두어야 한다. 중국 사람들이 중국 불교의 우월성을 나타내기 위하여 '대승'이라는 표현을 쓰고, 그 외 불교를 소승이라 하여 깔보는 경향으로 쓰이는 경우가 허다한데 이건 크게 잘못된 것이다.

속된 말로 뭘 알아야 면장(面長)을 한다는 말이 있다. 금강경이 아무리 공덕의 보장(寶藏)이라고 할지라도 자신이 먼저 알아야 남에게 전할 수 있다. 그러므로 문장의 흐름을 보면 처음에는 금강경의 위대함을 드러내 보이고, 이어서는 수지 독송하는 자에게 불가사의한 공덕이 있음을 은근히 드러내 보였다. 마지막으로는 수지 독송에만 국한하는 것이 아니라 신해(信解)하여서 남에게 금강경의 말씀을 올바르게 전달하라고 부촉하시어 총체적인 금강경의 공덕을 분명하게 드러내고 있다.

須菩提 在在處處 若有此經 一切世間 天人阿修羅 所應供養
수보리 재재처처 약유차경 일체세간 천인아수라 소응공양

수보리야, 어떤 곳이든 만약 이 경전만 있으면 모든 세간의 천신들과 사람들과 아수라들에게 응당 공양받을 것이다.

當知此處 則爲是塔

당지차처 즉위시탑

마땅히 알라. 이곳은 곧 부처님의 탑을 모신 곳이 된다.

皆應恭敬 作禮圍繞 以諸華香 而散其處

개응공경 작례위요 이제화향 이산기처

모두 반드시 공경하고 예배를 드리며, 주위를 돌면서 여러 가지 꽃과 향을 그곳에 뿌리느니라.

금강경의 위대함을 다시 한번 여실히 드러내는 말씀으로 총체적인 공덕을 현시(顯示)함이다. 재재처처(在在處處)는 곳곳마다, 언제 어디서나, 이러한 뜻이다. 이를 더 확장하면 시방세계를 말한다.

법화경(法華經) 법사품에도 재재처처(在在處處)라는 말씀이 있으며 가르침의 흐름은 금강경과 별반 다르지 않다. 여기에 소개하면 다음과 같다.

약왕이여! 어디서든지 이 경을 설하거나 읽거나 외우거나 쓰거나 또 이 경전이 있는 곳에는 다 마땅히 칠보로 탑을 쌓아야 하느니라. 지극히 높고 넓고, 장엄하게 꾸밀 것이며 더 이상 사리를 봉안하지 말 것이니라. 왜냐하면, 이 경전에는 이미 부처님의 전신이 있기 때문이니라. 이 탑에는 마땅히 온갖 꽃과 향과 영락과 비단 일산과 당기와 번기와 풍류와 노래로 공양 공경하고 존중 찬탄해야 하느니라.

藥王 在在處處 若說 若讀 若誦 若書 若經卷所住處 皆應起七寶塔
極令高廣嚴飾 不須復安舍利 所以者何 此中已有如來全身 此塔
應以一切華 香 瓔珞 繒蓋 幢幡 伎樂 歌頌供養恭敬 尊重讚歎

금강경이 있는 그 자리에 대해서 네 가지 상서로움을 밝히고 있다.

1. 모든 세간, 하늘과 사람, 아수라 등이 응당 공양을 올릴 것이다.
2. 사리탑이 됨이다.
3. 모두가 공경하고 예배할 것이다.
4. 갖가지 꽃과 향으로써 그곳을 흩을 것이다.

이로써 살펴보건대 금강경은 정녕 진경(眞經)이라는 것을 우리에게 확신시켜 주고 있음이다. 왜냐하면 중생은 어리석어서 성인의 말씀에 긴가민가하는 의심을 품기 때문에 그러하다. 그러므로 알라. 마니보(摩尼寶)는 다름 아닌 부처님 말씀이 곧 마니보인 것이다.

일체세간(一切世間)이라고 하였다. 이는 법계(法界)를 말하는 것으로 결국 재재처처(在在處處)를 뜻한다.

세간(世間)이라는 표현은 세상의 모든 것에 얽매여서 벗어나지 못하는 존재의 모든 현상을 말한다. 또한 깨지고 부서지는 것을 말하기도 한다. 결국 세간은 온전한 것이 없다. 세간을 줄여서 말하면 세(世)이고 이는 산스크리트어의 loka이며, 이를 음사하여 로가(路迦)

라 하기도 한다. 그리고 간(間)이라는 표현을 하였으니 이는 틈새, 공간이라는 뜻이 있다. 세간을 흔히 세상(世上), 세속(世俗) 등으로 나타내기도 하며 세간의 상대어는 출세간(出世間)이다.

여기에 대해서 구사론(俱舍論) 제1권에서는

[유루법을] 또한 고(苦)라고도 이름하나니, 성심(聖心)에 어긋나는 까닭이다. 또한 집(集)이라고도 이름하나니, 능히 괴로움을 초래하기 때문이다. 또한 역시 세간(世間)이라고도 이름하나니, 가히 [생(生)·주(住)·이(異)·멸(滅) 사상(四相)에 의해] 훼손 파괴되며, [성도(聖道)에 의해] 대치(對治)되기 때문이다. 또한 견처(見處)라고도 이름하나니, 견(見)이 거기에 머물며, 수면(隨眠, 번뇌의 다른 말)을 수증(隨增)시키기 때문이다. 또한 역시 삼유(三有)라고도 이름하나니, [유루법은] 존재[有]의 원인이자 근거이며, 세 가지 존재(욕유·색유·무색유)에 포섭되기 때문이다. 이와 같은 종류가 바로 유루법으로써, 뜻에 따라 그 명칭을 달리하는 것이라고 하였다. 亦名爲苦 違聖心故 亦名爲集 能招苦故 亦名世間 可毁壞故 有對治故 亦名見處 見住其中 隨增眠故 亦名三有 有因有依 三有攝故 如是等類 是有漏法 隨義別名

모든 세간, 하늘 사람, 사람, 아수라 등이 공양하고 존중하고 찬탄한다고 하셨다. 금강경이 있는 곳이면 언제 어디서나 존귀한 자리가 되는 것이며, 만나는 사람마다 이를 찬탄함이니 곧 금강경의 위대성을 드러내는 것이다.

제16 능정업장분 能淨業障分

..

업장을 깨끗이 맑히다

復次 須菩提 善男子善女人 受持讀誦此經 若爲人輕賤 是人 先世罪業 應墮惡道 以今世人輕賤故 先世罪業 則爲消滅 當得阿耨多羅三藐三菩提

또한 수보리야, 선남자 선여인이 이 경을 받아 지니고 읽고 외울 때에 만약 남에게 천대와 업신여김을 당한다면, 이 사람은 전생의 죄업으로 반드시 지옥이나 아귀나 축생에 떨어질 것이지만, 이승에서 남에게 업신여김을 당함으로써 전생의 죄업이 곧바로 소멸하고 반드시 최상의 깨달음을 얻게 되느니라.

須菩提 我念過去無量阿僧祇劫 於然燈佛前 得值八百四千萬億那由他諸佛 悉皆供養承事 無空過者

수보리야, 내가 과거 한량없는 아승기겁 전 연등 부처님 이전에 8백4천만 억 나유타의 부처님을 만나 뵙고, 한 분도 빠짐없이 모두 다 공양을 올리고, 받들어 섬겼느니라.

若復有人 於後末世 能受持讀誦此經 所得功德 於我所供養諸佛功德 百分不及一 千萬億分 乃至算數譬喻 所不能及

만약 다시 또 어떤 사람이 앞으로 오는 말세에 이 경전을 받아 지니고 읽고 외운다면, 그가 얻은 공덕은 내가 저 많은 부처님께 공양한 공덕으로는 백 분의 일에도 미치지 못한다. 천·만·억 분의 일에도 미치지 못하며, 어떤 산수와 비유로도 능히 미치지 못하느니라.

須菩提 若善男子善女人 於後末世 有受持讀誦此經 所得功德我若具說者 或有人聞 心則狂亂 狐疑不信
수보리야, 만약 선남자 선여인이 이다음 말세에 이 경전을 받아 지니고 읽고 외우는 이가 있어서 그가 얻는 공덕을 내가 만약 다 갖추어 말한다면, 어떤 사람은 그 말을 듣고 마음이 곧 산란하여 의심하며 믿지 아니할 것이다.

須菩提 當知 是經義 不可思議 果報亦不可思議
수보리야, 반드시 알라. 이 경의 이치는 생각할 수가 없으며, 그 과보도 역시 헤아릴 수가 없느니라.

능정업장 能淨業障
업장을 깨끗이 맑히다.

능정업장분(能淨業障分)은 능히 그 업장을 깨끗하게 맑히라는 가르침이다. 업장(業障)은 업으로 인한 장애라는 표현으로 악업으로 인하여 옳은 길을 방해하는 장애를 말한다. 이를 산스크리트어로 나타내면 karmavarana라고 한다.

업장은 무시겁래(無始劫來)로부터 지어온 업인(業因)으로 인하여 발생한다. 그러므로 장애(障礙)라는 것은 곧 역경(逆境)을 말하는 것이다. 이는 보리(菩提)를 장애하는 원인으로 작용한다.

대반야바라밀다경 제578권의 제10 반야이취분(第十般若理趣分)이나 법원주림(法苑珠林) 제75권에 보면 다음과 같은 내용이 있다.

如是神呪 具大威力
여시신주 구대위력

能受持者 業障消除
능수지자 업장소제

이처럼 신주(神呪)는
크나큰 위신력을 갖추고 있어서
능히 이를 소지하는 자는
업장을 소제할 것이다.

그렇다면 중생은 무엇으로 기인하여 업을 짓는 것인가? 여기에는 세 가지가 있으니 신(身)·구(口)·의(意) 삼업으로 인하여 십악을 짓는다. 그 대표적인 것이 살생하고, 도둑질하고, 음욕과 거짓말을 하는 것이기에 이를 흔히 살도음망(殺盜婬妄)이라고 한다.

신업(身業)은 신체적 행동으로 업을 짓는 것을 말한다. 살생(殺生),

도둑질인 투도(偸盜), 부정한 사랑인 음욕(淫慾)이 여기에 해당한다. 이어서 입으로 짓는 업을 구업(口業)이라고 하는데 거짓말하는 망어(妄語), 교묘하게 남을 속이는 기어(綺語), 이간질하는 말을 하는 양설(兩舌), 욕지거리나 남에게 악한 말을 하는 악구(惡口)가 그것이다. 또 의업이 있으니 어리석음으로 인하여 업을 짓는 것이다.

업(業)은 마음이 동하여 일어나는 것이다. 마음이 동하지 아니하면 업이 일어나지 않으므로 '기심부동 무부시업(起心不動 無不是業)'이라고 한다. 그러나 일반적으로 업(業)은 착함으로 인하여 선업을 낳게 되고 나쁜 일로 인하여 악업을 낳게 된다.

삼선삼악(三善三惡)으로 인하여 그에 상응하는 과보를 받음이며 이것이 삼계육도(三界六道)를 전전하는 원인이 된다.

업장에도 경중(輕重)이 있다. 여기에 수반하여 받는 과보에도 깊고 얕음이 있는 것이다. 또한 업장의 종류는 그 수를 헤아릴 수 없음이다. 업장을 일으키는 근본 원인은 '삼독'이라고 하는 탐(貪)·진(瞋)·치(癡)이다. 그러면 왜? 삼독이 발생하는가? 이는 무명(無明 avidya)으로 인함이다.

화엄경(華嚴經) 광명각품(光明覺品)에 다음과 같은 말씀이 있다.

衆生無知不見本 迷惑癡狂險難中
중생무지불견본 미혹치광험난중

佛哀愍彼建法橋 正念令昇是其行
불애민피건법교 정념령승시기행

중생들이 무지하여 근본을 보지 못하므로
미혹하고 어리석어 험한 길로 달아남이로다.
부처님께서 이를 불쌍히 여겨 법의 다리를 세우시어
바른 마음으로 가게 함이 그의 행이로다.

다시 금강경으로 돌아와 보자. 우리가 업장을 정화하려면 선택의
여지가 없다. 금강경을 지녀서 바르게 이해하여 남들에게 이러한 진
리를 전해야 한다. 그러한 가르침을 우리에게 주고 있다.

능히 업장을 정화하려면 어떻게 해야 하는가. 금강경은 두말도 안
하고 파사현정(破邪顯正)을 제시하고 있다. 파사현정은 사도를 무너
뜨려서 정법을 드러내라는 가르침이다. 그러나 오늘날 우리나라 불
교는 사법이 넘쳐나는 정도가 아니라 아주 당연하게 행하고 있으므
로 문제다. 이러한 행위는 불자들에게 외면당하는 원인이 된다.

사법을 무너뜨리고 정법으로 나아간다면 당장에는 어려움이 있을
지라도 금세 평안의 길로 접어들게 마련이다. 왜냐하면 부처님께서
우리를 위하여 이 세상에 화신(化身)으로 나타나셨기 때문이다.

화엄경 제41권 십정품(十定品)에 보면
이런 이들이 세상에 나실 것이며, 중생을 이익되게 할 것이며, 법

왕이 되실 것이며, 부처님 일을 일으킬 것이며, 복과 이익을 말씀할 것이며, 좋은 이치를 찬탄할 것이며, 깨끗한 뜻을 말할 것이며, 모든 나쁜 짓을 다스릴 것이며, 공덕에 편안히 머물 것이며, 으뜸가는 진리를 보일 것이며, 정수리에 물 붓는 자리에 들어갈 것이며, 온갖 지혜를 이룰 것이라고 하셨다. 當出現於世 當利益衆生 當作法王 當興佛事 當說福利 當讚善義 當說白分義 當淨治諸惡 當安住功德 當開示第一義諦 當入灌頂位 當成一切智

수(隋)나라 길장(吉藏) 스님은 대승현론(大乘玄論)[305]을 통하여 밝히기를 보살은 이제 권교(權敎)와 실교(實敎)를 드러내어 바른 법으로 사법을 파(破)함이라고 하였다. 菩薩今以權實顯正破邪

지금 금강경에서는 반야의 도리를 깨달아 얻으면 능히 업장을 맑게 할 수 있다고 말씀하신다. 그러나 중생은 미혹하여 금강경을 가벼이 여겨 능욕하거나 의심하고 불신하여 그 불가사의한 위력을 스스로 내팽개친다.

復次 須菩提 善男子善女人 受持讀誦此經 若爲人輕賤

부차 수보리 선남자선여인 수지독송차경 약위인경천

---

[305] 대승현론은 기존의 대승사론현의기(大乘四論玄義記)를 모델로 하면서 이를 간략하게 정리한 문헌으로 길장(吉藏)의 저술들에 기초하여 일본에서 새롭게 편집된 것으로 생각된다.

또한 수보리야, 선남자 선여인이 이 경을 받아 지니고 읽고 외울 때에 만약 남에게 천대와 업신여김을 당한다면,

是人 先世罪業 應墮惡道 以今世人輕賤故 先世罪業

시인 선세죄업 응타악도 이금세인경천고 선세죄업

이 사람은 전생의 죄업으로 반드시 지옥이나 아귀나 축생에 떨어질 것이지만, 이승에서 남에게 업신여김을 당함으로써 전생의 죄업이

則爲消滅 當得阿耨多羅三藐三菩提

즉위소멸 당득아누다라삼막삼보리

곧바로 소멸하고 반드시 최상의 깨달음을 얻게 되느니라.

경천(輕賤)은 남을 가벼이 여겨서 천대하는 것을 말한다. 그러므로 금강경의 말씀을 믿지 아니하는 자는 모두 전세의 업장으로 인하여 그러한 것이다. 그러나 금생에 반야의 도리를 깨달아 얻고자 금강경을 받아들이는 자는 모두 깨달음을 얻을 수 있음이라고 하셨다.

부처님의 말씀을 업신여기는 자는 지옥이나 아귀 또는 축생으로 떨어질 것이라고 하였다. 이는 곧 삼악도를 전전한다는 말씀이다. 삼악도(三惡道)라고 하는 것은 악업(惡業)으로 인하여 떨어지는 세 가지 악도(惡道)를 말한다. 이를 삼악취(三惡趣) 또는 삼악처(三惡處)라

고 하며 지옥·아귀·축생을 말한다.

여기에 대하여 40권 대반열반경(大般涅槃經) 제31권 사자후보살품(師子吼菩薩品)[306]에 보면 다음과 같은 말씀이 있다.

또한 다섯 가지 조건이 있으면 삼악도에 떨어지는 법이다. 그렇다면 무엇이 다섯 가지인가? 첫째는 선과 악의 인과응보가 없다고 항상 말하기 때문이며, 둘째는 보리심을 일으킨 중생을 죽이기 때문이며, 셋째는 법사의 과실을 말하기 좋아하기 때문이며, 넷째는 바른 법을 비법이라고 주장하고 비법을 정법이라고 주장하기 때문이며, 다섯째는 법의 허물을 찾기 위해 설법을 듣기 때문이다. 또한 세 가지 일로 삼악도에 떨어짐이니 첫째는 여래는 영영하지 아니하고 단멸한다고 말하기 때문이며, 둘째는 정법이 영원하지 않고 변한다고 말하기 때문이며, 셋째는 승보를 없앨 수 있다고 말하기 때문이다. 復有五事 沒三惡道 何等爲五 一者常說無善惡果故 二者殺發菩提心衆生故 三者憙說法師過失故 四者法說非法非法說法故 五者爲求法過而聽受故 復有三事沒三惡道 何等爲三 一謂如來無常永滅 二謂正法無常遷變 三謂僧寶可滅壞故

이렇듯 부처님 말씀을 제대로 배우지 아니하고 습관적으로 자기의 견해를 내세워 비방한다면 이는 곧 법신(法身)에 상처를 냄이니 이

---

306 부처님께서 사자후보살에게 불성, 중도(中道), 계박(繫縛), 수도(修道) 등에 대해 설하신 가르침이다.

로써 삼악도를 면치 못한다. 그러므로 우리는 불법을 옹호해야 한다. 그렇다면 참다운 불법 옹호란 무엇인가? 이는 두말할 나위도 없이 전법이라는 것을 분명하게 알아두어야 한다.

그리고 본문에 보면 선세죄업(先世罪業)이라는 말씀이 있다. 여기서 선세(先世)는 전생 또는 숙세를 말하는 것이므로, 이 몸 받기 이전의 생을 말한다.

금강경파취착불괴가명론(金剛經破取着不壞假名論)에 보면 다음과 같은 말씀이 있다.

여래품(如來品)에 말하기를 만약 또 어떤 사람이 이 경전을 받아 지니거나 나아가 다른 이를 위하여 연설하면, 이 사람은 현세(現世)에 혹 악한 꿈을 꾸거나 혹 중한 질병을 만나거나 혹 핍박당하거나 억지로 남에게 부림을 당하고 멀리 떠나게 되거나 꾸지람을 당하고 욕을 먹거나 매를 맞아서 나아가 죽음에까지 이르게 됨으로써 이미 지었던 모든 악업이 다 소멸하며 없어질 수 있다. 다시 게송을 말하리라. 受持此經方致成佛 反被輕賤 其故者何 經曰 是人先世罪業 應墮惡道 以今世人輕賤故 先世罪業卽爲消滅 如來品說 若復有人受持此經乃至演說 是人現世或作惡夢 或遭重疾 或被驅逼强使 遠行 罵辱鞭打乃至殞命 所有惡業 咸得消除 復有頌言

若人造惡業 作已生怖畏
약인조악업 작이생포외

自悔若向人 永拔其根本
자회약향인 영발기근본

만약 어떤 사람이 악한 업을 지었으나
짓고 나서 무서움과 두려움이 생겨
스스로 뉘우치고 만약 사람들에게 향한다면
영원히 그 악업의 근본을 없앨 수 있다.

석마남본사자경(釋摩男本四子經)³⁰⁷ 제1권에 보면
　여러 니건자들이 부처님께 말하기를 내가 일찍 선세에 악행을 지은 결과로 금세에 이토록 고통을 받는 것이니 이는 악행의 여파가 아직 끝나지 않았기 때문이라고 하였다. 諸尼捷對佛言 我曹先世行惡所致 令我今世困苦如是 行惡未盡故耳

　또 화엄경 제23권 도솔궁중게찬품(兜率宮中偈讚品)에 보면 다음과 같은 말씀이 있다.

隨諸衆生類 先世所集業
수제중생류 선세소집업

307 오(吳)나라 때 월지국 출신 학승 지겸(支謙)이 223년~253년 사이에 한역하였다. 약경명(略經名)은 석마남본경(釋摩男本經)·석마남경(釋摩男經)이고, 별경명(別經名)은 오음인사경(五陰因事經)이다. 이역본으로는 증아함경의 제100 고음경(苦陰經)과 법거(法炬)가 한역한 불설고음인사경(佛說苦陰因事經)이 있다.

如是種種身 示現各不同
여시종종신 시현각부동

여러 중생의 종류에 따르며
전세에 지은 업대로 하는데
이렇게 가지가지 몸
나타냄이 각각 다르다.

그러므로 선세(先世)는 생사윤회의 과정에서 현세 이전의 생을 말하므로 곧 지난 생을 말한다. 이를 흔히 전생(前生)이라고 한다. 금강경에서는 선세(先世), 금세(今世)라는 표현을 썼지만, 법화경이나 화엄경에서는 주로 숙세(宿世)라 표현한다.

법화경 제7 화성유품(化城喩品)에는 다음과 같은 내용이 있다.

我及汝等 宿世因緣
아급여등 숙세인연

吾今當說 汝等善聽
오금당설 여등선청

나와 그대들의
지나간 숙세의 인연을
내가 이제 말하리니

그대들은 잘 들을지니라.

경전에서는 대부분 숙세(宿世)라는 표현을 쓰지만, 삼국유사(三國遺事)[308]에서는 주로 숙세(夙世)라는 표현을 사용하였다는 것도 알아두었으면 한다. 그리고 숙세업(宿世業)이라는 표현도 선세에 지은 선업(善業)과 악업(惡業)의 원인으로 인하여 차별화되는 과보를 말함이다.

금세(今世)라는 표현은 현재의 삶을 말한다. 이를 흔히 이승이라고 하며 사후를 저승이라고 한다. 그러기에 금세를 현세(現世)라고도 한다. 업보에 따라 윤회하는 과거 · 현재 · 미래를 통틀어 삼세(三世) 또는 삼제(三際)라고 하는데, 금세도 여기 한 부분에 당연히 속한다.

대지도론(大智度論) 제3권 공마하비구승석론(共摩訶比丘僧釋論)에 보면 다음과 같은 말씀이 있다.

또한 어떤 사람이 이 세상에서 즐거움을 얻고, 뒷세상에서도 즐거움과 열반을 얻어 항상 행복하다면 이를 자기의 이득이라 한다. 그 밖의 것은 자기의 이득이 아니다. 復次若人今世得樂 後世得樂及涅槃常樂 是名己利餘非己利

---

[308] 고려의 일연(一然, 1206~1289) 스님이 지은 삼국유사는 고구려, 백제, 신라 삼국뿐 아니라 고조선에서부터 고려까지, 우리 민족의 흥망성쇠 역사를 폭넓게 다루고 있는 작품이다.

법화경 제5 약초유품(藥草喩品)에는 다음과 같은 가르침이 있다.

나는 여래, 응공, 정변지, 명행족, 선서, 세간해, 무상사, 조어장부, 천인사, 불, 세존이니라. 제도(濟度)되지 못한 이를 제도하게 하고, 이해하지 못하는 이를 이해하게 하고, 편안하지 못한 이를 편안하게 하고, 열반하지 못한 이를 열반하게 하느니라. 지금 세상과 뒷세상을 사실대로 아느니라. 我是如來應供正徧知明行足善逝世間解無上士調御丈夫天人師佛世尊 未度者令度 未解者令解 未安者令安 未涅槃者令得涅槃 今世後世 如實知之

다시 금강경 본론으로 돌아와서 살펴보면 금생에 절에 다닌다고 남에게 핀잔을 듣거나 손가락질당한다고 할지라도 여기에 개의치 아니하고 열심히 부처님 말씀을 귀 기울여 듣고 포교해야 한다. 왜냐하면 이는 선세의 죄업을 소멸하는 가장 빠른 길이기 때문이다.

법화경 제14 안락행품(安樂行品)에는 매우 준엄한 가르침이 있다.

만일 이 경을 설하려 하거나 읽으려고 할 때는 남의 허물과 경전의 허물 말하기를 좋아하지 말라. 또한 다른 법사들을 경솔히 여기거나 업신여기지 말고, 다른 이의 좋고 나쁘고 잘하고, 잘잘못을 말하지도 말아야 하느니라. 若口宣說 若讀經時 不樂說人及經典過 亦不輕慢諸餘法師 不說他人好惡長短

부처님의 가르침을 전법하기도 결코 쉬운 일이 아니다. 그러기에 전법을 실천할 때 남들이 온갖 모욕을 주고 트집을 잡고 따져 묻더라도 이를 묵묵히 넘어간다는 것은 결국 아상과 인상을 무너뜨려야 가능한 일이다.

여기서 공부자가 떠올려봐야 할 것은 앞서 배운 금강경 제14 이상 적멸분(離相寂滅分)에 나오는 인욕선인에 대한 말씀이다. 이는 모두 전법과 수행에 있어서의 인욕을 말한다.

須菩提 我念過去無量阿僧祇劫 於然燈佛前
수보리 아념과거무량아승기겁 어연등불전

수보리야, 내가 과거 한량없는 아승기겁 전 연등 부처님 이전에

得值八百四千萬億那由他諸佛 悉皆供養承事 無空過者
득치팔백사천만억나유타제불 실개공양승사 무공과자

8백 4천만 억 나유타의 부처님을 만나 뵙고, 한 분도 빠짐없이 모두 다 공양을 올리고, 받들어 섬겼느니라.

若復有人 於後末世 能受持讀誦此經 所得功德
약부유인 어후말세 능수지독송차경 소득공덕

만약 다시 또 어떤 사람이 앞으로 오는 말세에 이 경전을 받아 지니고 읽고 외운다면, 그가 얻은 공덕은

於我所供養諸佛功德 百分不及一
어아소공양제불공덕 백분불급일

내가 저 많은 부처님께 공양한 공덕으로는 백 분의 일에도 미치지 못한다.

千萬億分 乃至算數譬喩 所不能及
천만억분 내지산수비유 소불능급

천 · 만 · 억 분의 일에도 미치지 못하며, 어떤 산수와 비유로도 능히 미치지 못하느니라.

아승기(阿僧祇)는 곧 아승지(阿僧祇)를 말한다. 아승기는 헤아려 셀 수 없을 정도의 수이기에 곧 무량한 수를 말한다. 이를 한역하여 불가산계(不可算計), 무량수(無量數), 무앙수(無央數) 등으로 나타낸다. 당시 인도에서 아승기라고 하면 인도의 60종 수목(數目) 단위 가운데 52번째에 속하는 수이다.

방광대장엄경(方廣大莊嚴經)[309] 제12 현예품(現藝品)에 보면

티끌의 수는 어떤 숫자로도 헤아릴 수가 없다. 이 삼천대천세계의 모든 티끌은 그 숫자를 헤아릴 수 없기에 고로 아승기라고 한다고 하였다. 微塵之量 非諸名數所能及也 以是三千大千世界微塵不可 算計 是故名爲阿僧祇耳

금강경에서 아승기겁이라 표현하였으므로 이는 숫자로는 헤아릴 수 없는 아득한 겁의 세월을 말한다.

장아함경(長阿含經) 제1권 가운데 대본경(大本經)[310]에 보면

나는 헤아릴 수 없는 아승기겁 이전부터 부지런히 힘쓰며 게으름을 피우지 아니하고 최상의 행을 수행하다가 지금에서야 마침내 이토록 성취하기 어려운 법을 얻었노라고 하셨다. 我從無數阿僧祇劫 勤苦不懈 修無上行 今始獲此難得之法

여기서 아승지(阿僧祇)를 아승기(阿僧祇)로 표현하는 것은 아승지나 아승기를 모두 다 통용하여 여러 경전에 나타내지만, 불교사전(佛敎辭典)에서는 '아승기'로 나타내고 있기 때문이다. 그러므로 공부자

---

309 당(唐)나라 때 지바가라(地婆訶羅)가 683년 또는 685년에 서경(西京)의 서태원사(西太原寺)에서 번역하였다. 부처님의 일생을 기록한 전기로써, 부처님의 전기를 담고 있는 여러 불전 가운데서도 특히 중요성을 인정받고 있는 경이다.

310 부처님의 공덕을 찬탄하고 과거 7불의 탄생 · 출가 · 수도 · 강마(降魔) · 성도 · 전법륜 · 열반 등에 관한 내용으로 불타관(佛陀觀)을 말하고 있다.

는 이러한 것도 알아두어야 한다.

나유타(那由他)도 불교사전에서는 나유다(那庾多)로 표현하고 있다. 나유다는 수량 또는 시간의 단위의 하나로 당시 인도 수목(數目)으로는 52수 또는 60수의 하나이다. 경전에 따라서는 나유다, 니유다, 나술(那術), 나유(那維) 등으로 음사하여 나타내기도 한다. 1만, 10만, 1천억, 1조(兆), 1구(溝) 등으로 한역한다.

금강경에서는 아승기나 나유타는 모두 헤아릴 수 없는 무량한 수를 나타내고, 여기에다 시간의 흐름을 말하는 겁(劫)을 함께 나타내었기에 곧 무량한 수를 표현하고자 한 것이다.

이것을 염두에 두고 다시 본문을 살펴보면 석가세존은 과거 연등 부처님뿐만 아니라 그 이전에도 인연이 있었던 무량한 시간에 헤아릴 수 없는 무량한 부처님을 친견하고 공양하였다. 이러한 공덕은 실로 숫자로 나타낼 수 없기에 아승기겁 또는 나유타라는 표현을 쓴 것이다.

참고로 중국의 황제 헌원씨(軒轅氏)는 24수(數)를 말하고 있다. 일(一), 이(二), 삼(三), 사(四), 오(五), 육(六), 칠(七), 팔(八), 구(九), 십(十), 백(百), 천(千), 만(萬), 억(億), 조(兆), 경(京), 해(垓), 제(稊), 양(穰), 구(溝), 간(澗), 정(正), 재(載), 극(克), 항하사(恒河沙), 아승기(阿僧祇), 나유타(那由他), 불가사의(不可思議), 무량대해(無量大海), 대수(大數) 등으로 나타내고 있지만 문헌마다 조금 다르니 참고삼기

바란다.

부처님은 이렇게 말씀하시고 또다시 우리에게 하시고자 하는 말씀의 목적을 넌지시 드러내신다. 바로 부처님의 가르침을 수지 독송한다. 다시 말해 금강경의 가르침을 통하여 사상을 무너뜨려 진아(眞我)를 찾을 수 있기에 어떠한 공덕보다도 금강경의 가르침이 으뜸이라는 의미이다.

불교는 맹목적으로 신(神)을 우상하고 숭배하는 종교가 아니라 깨달음을 추구하여 곧 내가 그 깨달음의 주인공이 되라는 가르침이다. 깨달음의 공덕이야말로 그 어떠한 공덕보다도 뛰어나기에, 그 어떠한 비유라도 능히 미치지 못한다고 하셨음이다. 그러기에 모든 경전의 목적은 우리를 깨달음으로 이끌기 위한 가르침임을 절대 잊어서는 안 된다.

금강경을 비롯한 모든 경전이 깨달음을 추구하기 위하여 형성되는 것임을 이미 위에서 밝혀두었다. 깨달음을 산스크리트어에서는 bodhi라고 한다. 부처님 가르침의 궁극적인 목적은 깨달음에 두고 있다. 이를 한자로 나타내면 각(覺)이다. 각(覺)은 지혜로써 얻어지는 것이다. 이를 반야(般若)라고 하고 불교에서는 반야를 아주 중요시한다. 초기 불교에서는 각(覺)을 '아라한'이라고 하였다. 그러므로 금강경에서 성문사과(聲聞四果) 가운데 맨 마지막 단계가 곧 '아라한'이라고 한 것이다.

그렇다면 깨달음의 경지를 무엇이라고 말하는가. 열반(涅槃), 해탈(解脫)이라고 하며 대승불교에서는 이를 좀 더 포괄적으로 표현하여 진여(眞如), 법성(法性), 여래장(如來藏), 불성(佛性) 등으로 나타낸다.

고로 부처님의 깨달음을 얻으신 지혜인 본각(本覺)을 구경각(究竟覺), 무상각(無上覺), 정각(正覺), 대각(大覺) 등으로 표현한다. 또한 우리가 흔히 말하는 부처, 다시 말해 불(佛)을 붓다, 부처님이라 하는 표현도 모두 각(覺)을 의미한다.

깨달음의 공덕은 실로 어마어마하다. 그 어느 것에 비하여도 뒤지지 않기에 천만 억분의 일이라는 표현을 쓴 것이다.

須菩提 若善男子善女人 於後末世 有受持讀誦此經 所得功德
수보리 약선남자선여인 어후말세 유수지독송차경 소득공덕

수보리야, 만약 선남자 선여인이 이다음 말세에 이 경전을 받아 지니고 읽고 외우는 이가 있어서 그가 얻는 공덕을

我若具說者 或有人聞 心則狂亂 狐疑不信
아약구설자 혹유인문 심즉광란 호의불신

내가 만약 다 갖추어 말한다면, 어떤 사람은 그 말을 듣고 마음이 곧 산란하여 의심하며 믿지 아니할 것이다.

말세 세상에 부처님의 가르침을 의지하는 자가 있다면 이는 뛰어난 불자다. 그러나 경(經)에 의지하지 아니하고 상(像)에만 의지한다면 불교의 겉모습만 보고 그 속을 다 들여다본 것처럼 여기게 되는 어리석음을 짓는다.

대방광삼계경(大方廣三戒經)[311]에 다음과 같은 말씀이 있다.

가섭아, 나는 보지 못하며, 나아가 한 사람도 나를 만나지 못하리니, 뒤 5백 세에 법이 멸하려 할 때, 이 법을 듣고서 비방하지 않고 능히 수지하고 독송할 사람이 없을 것이다. 만일 나를 이미 보고 친근 공경하였으며, 뒤 말세 5백 세 때에도 이 경을 들으면 능히 수지하고 독송할 것이니, 이런 사람은 나를 기다리지 않고 이것을 독송할 것이다. 그리고 스스로 일체지(一切智)에 대한 마음을 가지고 나를 생각하고는 기뻐하면서 이렇게 말할 것이다. 기이하고 기이하다. 석가모니 세존께서는 우리에게 법을 주고 우리를 수호하신다. 그러므로 가섭아, 이 법을 배워야 한다. 이 법을 배우면 즐거워하는 것을 어렵지 않게 반드시 이룰 것이다. 迦葉 我不見有乃至一人不值於我 後五百歲法欲滅時 聞是法已而不誹謗 能受持讀誦 無有是處 若 已見我親近恭敬 於後末世五百歲時聞如是經 能受能持能讀能誦 如是人等 不待我讀誦斯 自當有一切智心 念於我已生於歡喜 作

311 414년~426년 사이에 담무참(曇無讖)이 한역하였다. 이 경전의 약칭으로 삼계경이라 하며, 별칭으로는 보살금계경 · 설보살금계경 · 연설삼계경 · 집일체불법경이라고도 한다. 이역본으로 대보적경의 제1 삼율의회(三律儀會)가 있다.

如是言 奇哉奇哉 釋迦牟尼世尊 能受我法 守護於我 是故迦葉 當
學此法 學此法者 隨所欲樂必成無難

대집대허공장보살소문경(大集大虛空藏菩薩所問經)[312] 권제8에 보
면 다음과 같은 가르침이 있다.

於後末世法滅時 若有受持此經典
어후말세법멸시 약유수지차경전

如說修行不放逸 所獲福聚超於彼
여설수행불방일 소획복취초어피

훗날 말세에 법이 사라질 때
어떤 이가 이 경전을 받아 지녀
방일하지 않고 수행하는 복덕이
저 복덕에 비해 더욱 뛰어나리라.

이러한 가르침은 모두 경(經)의 중요성을 강조하신 것이다. 왜냐하
면 경(經)은 부처님 말씀을 고스란히 간직하고 있으므로 그러하다.
그러므로 경(經)을 보는 이에게 자기의 깜냥을 내세워 함부로 말하

---

312 8세기 중엽 인도 출신의 학승 불공이 번역하였다. 총 8권으로 된 이 경은
부처님이 허공장보살이 제기한 26가지 물음에 대답하여 불도를 성취할 때 근
본은 깨달음을 이루려는 마음이라는 것을 설법하고 있다.

는 구업을 멀리해야 한다.

법화경 제14 안락행품(安樂行品)에도 다음과 같은 가르침이 있다.

문수사리여, 보살마하살이 말세에 법이 멸하려 할 때, 이 경전을 받아서 외우고 읽는 이를 질투하거나 아첨하는 마음을 품지 말고, 또 부처님의 도를 배우는 이를 경솔하게 욕하거나 그 잘하고 못하는 것을 말하지 말며, 만일 비구·비구니·우바새·우바이로서 성문을 구하는 이나, 벽지불을 구하는 이, 또는 보살도를 구하는 이를 어지럽게 하여 그들이 의심하고 후회하도록 하면서 너희들은 도에서 거리가 매우 멀어 모든 종지를 마침내 얻지 못할 것이니, 왜냐하면 너희들은 게으른 사람들로 도에 방일하기 때문이라는 말을 하지 말며, 또는 모든 법을 희롱하여 말하지 말고 다투지도 말라. 文殊師利菩薩摩訶薩 於後末世法欲滅時 受持 讀誦斯經典者 無懷嫉妬諂誑之心 亦勿輕罵學佛道者求其長短 若比丘 比丘尼 優婆塞 優婆夷 求聲聞者 求辟支佛者 求菩薩道者 無得惱之 令其疑悔 語其人言 汝等去道甚遠 終不能得一切種智 所以者何 汝是放逸之人 於道懈怠故 又亦不應戲論諸法 有所諍競

부처님의 말씀에는 이러한 큰 공덕이 들어 있다. 말세의 중생들은 미혹하여 이를 믿지 아니하고 곧 의심하며 부정을 할 것이라 말씀하신다. 본문에서 심즉광란(心則狂亂)이라고 하는 표현은 마음이 곧 혼란스러워지는 것을 말한다.

광란(狂亂)에서 광(狂)은 마음이 미쳐서 뒤집히는 것을 말함이며 난(亂)은 그로 인하여 어지러운 것을 말한다. 고로 광(狂)은 마음이 미혹하여 시비를 분간하지 못함이니, 곧 정사(正邪)를 구분하지 못하는 원인이 되는 것이다.

대반야경 권제567에 보면

천왕아, 부처님들의 경계는 불가사의하나니, 무슨 까닭인가. 경계를 여읜 때문이니라. 모든 유정이 부처의 경계를 생각해 요량하면 마음이 미치고 어지러워져서 이것과 저것을 모르니, 무슨 까닭인가. 허공의 성품과 같아서 헤아릴 수 없고, 구해도 얻을 수 없고, 따지는 경계를 여의었기 때문이라고 하였다. 天王 諸佛境界不可思議 何以故 離境界故 一切有情思量佛境 心則狂亂不知此彼 何以故 同虛空性不可思量 求不可得離尋伺境

보운경(寶雲經)[313] 권제3에서는

여래의 경계는 불가사의하다. 왜냐하면 지혜로써 생각하고 헤아릴 수 없기 때문이다. 따라서 생각하려고 하면 마음이 미쳐 날뛰듯 어지러워질 것이다. 모든 중생이 다 함께 헤아려 생각한다 해도 여래의 이 언덕 저 언덕의 일은 알 수 없다. 여래의 경계는 깊고 넓고 불가

---

313 양(梁)나라 때 만다라선(曼陀羅仙, Mandra sena)이 503년에 양도(楊都)에서 한역하였으며, 이 경은 제개장 보살이 부처님께 보살이 갖추어야 할 수행과 덕목에 대한 여러 문제들을 102가지로 나누어 질문하고, 부처님께서 매 물음마다 열 가지로 상세하게 답하는 내용으로 되어 있다. 이역본으로는 불설보우경(佛說寶雨經)·불설제개장보살소문경(佛說除蓋障菩薩所問經) 등이 있다.

사의하기가 마치 허공과 같아 나타낼 수 있는 모든 수량을 초월하기 때문이다. 보려고 집착하기만 하면 마음이 항상 전도되고 마니, 숫자로 헤아려 생각할 것이 아니라고 하였다. 如來境界不可思議 何以 故非智思量故 若欲思者 心則狂亂 一切衆生盡共度量 不能知於 如來此彼岸事 何以故 如來境界深遠不可思議 猶如虛空 出過一 切諸數量表 取着見者心常顚倒故 非算數之所思計

상(像)에 의지하고 경(經)을 모르면 망상이 일어나기 마련이며, 경 (經)을 모르고 선(禪)을 하면 이미 사선(死禪)이다. 따라서 이러한 상 황을 반야심경(般若心經)에서는 전도몽상(顚倒夢想)이라 하고, 금강 경에서는 심즉광란(心卽狂亂)이라고 하였다. 마음이 갈피를 못 잡으 면 이로부터 걷잡을 수 없는 망상에 빠져 심란(心亂)함을 드러내어 어리석은 계교를 짓게 되는 것이다.

36권 대반열반경 권제35에 다음과 같은 내용이 있다.

여러 대사여! 당신들은 지금 누구의 부추김을 받고 마음이 산란하 여 진정하지 못하는가. 마치 물의 파도 같으며, 불 바퀴[旋火輪] 같으 며, 원숭이가 나무를 던지는 것 같으니, 매우 부끄러운 일이오. 지혜 있는 이가 들으면 가엾은 마음을 낼 것이요, 어리석은 사람이 들으면 빈정거릴 것이오. 당신들이 하는 말이 출가한 사람답지 못하오. 당신 들이 풍병(風病)이 들렸거나 황수병[黃水患]에 걸렸으면, 내게 좋은 약이 있으니 치료할 수 있고, 만일 귀신이 준 병이라면 나의 형 기바 (耆婆)가 고칠 수 있을 것이오. 당신들이 지금 하려는 것은 손톱으로 수미산을 헐려는 것이며, 이빨로 금강을 씹으려는 것이오. 여러 대사들, 비유하면 어떤 바보가 사자가 굶어서 자는 것을 보고 깨우려는 것 같으며, 손가락을 독사의 입에 넣는 것 같으며, 재를 덮어 놓은 불을 손으로 헤치려는 것과 같이 당신들도 지금 그러하오. 선남자여, 비유하면 마치 여우가 사자의 소리를 하려는 듯, 모기가 금시조와 달음박질 내기를 하려는 듯, 토끼가 바다의 밑바닥을 밟고라도 건너려는 듯이 당신들도 지금 그와 같소. 당신들이 만일 꿈에라도 구담을 이겼다면 그 꿈은 허망하여 믿을 수 없을 것이오. 여러분이 지금 그 생각을 낸 것은 마치 나비가 불더미에 뛰어드는 격이니, 당신들은 내 말을 따르고 다시 말하지 마시오. 당신들이 나를 칭찬하기를 평등하기가 저울 같다고 하지만, 다른 이들이 이런 말을 듣게 하지 마시오.

諸大士 汝等今者爲誰教導 而令其心狂亂不定 如水濤波 旋火之輪 猿猴擛樹 是事可恥 智人若聞 卽生憐愍 愚人聞之 卽生嗤笑 汝等所說 非出家相 汝若病風 黃水患者 吾悉有藥能療治之 如其鬼病 家兄耆婆善能去之 汝等今者欲以手爪鉋須彌山 欲以口齒齩嚙金剛 諸大士 譬如愚人見師子王飢時睡眠 而欲悟之 如人以指置毒蛇口 如欲以手觸灰覆火 汝等今者亦復如是 善男子 譬如野狐作師子吼 猶如蚊子共金翅鳥捔行遲疾 如免渡海 欲盡其底 汝等今者亦復如是 汝若夢見勝瞿曇者 是夢狂惑 未足可信 諸大士 汝等今者興建是意 猶如飛蛾投大火聚 汝隨我語 不須更說 汝雖讚我平等如秤 勿令外人復聞此語

수지 독송하라는 것은 금강경을 자기의 것으로 만들라는 가르침이다. 경을 독송하는 게 목적이 아니라, 경을 독송하여 그 가르침을 자기의 것으로 만들라는 당부이다. 그렇지 아니하면 수고로움만 따르기 때문이다.

다시 말해 금강경의 가르침을 진지하게 받아들여 수행하는 것이 곧 수지(受持)하는 것이다. 금강경의 가르침을 명확하게 이해하고자 수행하는 것이 곧 독송이다. 고로 모든 경전은 부처님께서 설하신 그 뜻을 알고자 하는 데 목적이 있다.

말세 중생은 오욕락(五欲樂)을 즐겨 탐하지만 우리들의 영혼을 살찌게 하는 진리의 말씀에는 귀를 기울이지 않는다. 이러한 말세에 누구라도 금강경을 배우고 익히는 자가 있다면 그에 따르는 공덕은 이루 말할 수가 없다.

말세(末世)는 곧 말법의 시기를 말한다. 말세는 세상이 혼탁해지고 교법이 쇠태(衰態)하는 시기이다. 여기에는 우리의 반성과 분발심을 자극하고자 하는 목적이 깔려 있는 것이다.

능엄경(楞嚴經)에 제9권에 다음과 같은 말씀이 있다.

아난아, 응당 알아라. 열 가지의 마구니가 말세의 시기에 나의 법 가운데 출가하여 수행하는 척하면서 혹은 사람의 모모에 붙거나 혹은 스스로 몸을 드러내어 모든 정변지를 성취하였다고 말하고 음욕을 찬탄하고 부처님의 율의를 파괴할 것이다. 阿難當知 是十種魔 於末世時 在我法中出家修道 或附人體或自現形 皆言已成正遍知

覺 讚歎婬欲破佛律儀

호의불신(狐疑不信)은 의심하여 믿지 아니함을 말한다. 여기서 호의(狐疑)라는 뜻은 여우는 의심이 많기에 이를 빗대어 매사에 의심이 많은 것을 의미한다.

진(晉)나라 때 곽연생(郭緣生)이 지은 술정기(述征記)에 보면 황하(黃河) 나루터에는 맹진(孟津)과 하진(河津)이 있었다. 겨울이 되면 수레들이 얼음 위로 통과할 수 있어 나룻배보다 편리하였다. 그러나 얼음이 막 얼기 시작할 때는 섣불리 건너지 못하므로 먼저 여우를 건너가게 하여 여우가 물러서거나 이상한 소리를 내면 강을 건너지 아니하고 재빨리 강가로 돌아왔다. 이를 호의불결(狐疑不決)이라고 하는데 이는 의심이 많아서 결단을 내리지 못한다는 뜻으로 통용되는 고사성어(故事成語)다.

또한 한서(漢書)[314] 권제4 문제기(文帝記)에 보면
안사고(顏師古 581~645)[315]는 여우라는 짐승은 그 성질에 의심이 많아 매번 얼음이나 하수를 건널 때 우선 들어보고 건넌다. 그래서 의심하는 것을 말하는 자를 호의(狐疑)라 일컫는다고 하였다. 師古

---

314 한서는 중국 정사의 하나로 후한의 반고가 82년 무렵에 완성했으며, 120권이다. 이는 정확하게는 아버지 반표(班彪, 3년~54년) 대부터 시작되어 여동생 반소(班昭, 45년? ~ 117년?) 대에 완성하였다.

315 당나라 초기의 문헌학자다. 이름은 주(籒)이며, 자(字)는 사고(師古)이다.

曰 狐之爲獸 其性多疑 每渡冰河 且聽且渡 故言疑者 而稱狐疑

잡아함경(雜阿含經) 제6권에도 의심을 끊으라는 가르침을 주제로 하는 경이 있는데 호의단경(孤疑斷經)이다.

신심명(信心銘)[316]에도 의심이 모두 사라지면 바른 믿음이 조화로워 곧게 된다고 하였다. 狐疑盡淨 正信調直

평등각경(平等覺經)[317] 권제4에 다음과 같은 내용이 있다.

그 선남자와 선여인이 무량청정 부처님에 대한 말을 듣고 인자한 마음으로 기뻐하며, 마음과 뜻이 청정해지고 옷과 털이 일어서며 감격하여 눈물을 흘리면, 이는 모두 전생에 부처님의 도를 닦았거나 다른 세계의 부처님이시거나 또 비범한 보살이다. 인민이나 남자와 여인이 무량청정 부처님에 대한 말을 듣고도 부처님께서 계시는 것을 믿지 않으며, 부처님의 경과 말씀을 믿지 아니하며, 비구 승가가 있는 것을 믿지 아니하고 마음속으로 여우처럼 의심하여 믿음이 전연

---

316 남북조시대에 중국 선종 제3대 조사인 승찬(僧璨, ?~606) 스님이 지었다.

317 불설무량청정평등각경(佛說無量淸淨平等覺經)을 말하며, 후한(後漢) 시대에 지루가참(支婁迦讖, Lokakṣema)이 147년~186년 사이에 낙양(洛陽)에서 한역하였다. 이 경은 줄여 평등각경(平等覺經)이라 한다. 이 경은 4권으로 되어 있고, 법보장이 무량청정평등각이라는 부처가 된 경위와 선한 사람들이 무량청정평등각불을 생각하고 그 이름을 외우면 죽어서 극락세계에 갈 수 있다는 것을 설법하고 있다.

없으면 모두 옛적에 나쁜 갈래에서 온 자이니, 태어나면서부터 어리
석고 어두워 전생 일을 알지 못하며, 재앙과 죄악이 다하지 못하여
해탈을 얻지 못하였기에 마음속으로 여우처럼 의심하여 믿지 아니
한다. 其有善男子 善女人聞無量淸淨佛聲 慈心歡喜 一時踊躍 心
意淸淨 衣毛爲起拔出者 皆前世宿命作佛道若他方佛故 菩薩 非
凡人 其有人民男子 女人聞無量淸淨佛聲 不信有佛者 不信佛經
語 不信有比丘僧 心中狐疑都無所信者 皆故從惡道中來 生愚蒙
不解宿命 殃惡未盡 未當得度脫 故心中狐疑不信向耳

이러한 말씀은 아미타삼야삼불살루불단과도인도경(阿彌陀三耶三
佛薩樓佛檀過度人道經)[318], 아난분별경(阿難分別經)[319], 불인삼매경(佛
印三昧經)[320], 무량청정평등각경(無量淸淨平等覺經) 등 여러 경전에
도 나타난다.

그러므로 호의(狐疑)에서 호(狐)는 여우를 말함이고 의(疑)는 의심
을 말함이다. 곧 여우같이 의심하는 것을 뜻한다.

믿음을 흔히 신(信)이라고 한다. 이는 부처님의 가르침인 사제(四
諦) · 삼보(三寶) · 업보(業報) 등의 진실한 가르침을 믿는 것을 말한

---

318 불설아미타삼야삼불살루불단과도인도경(佛說阿彌陀三耶三佛薩樓佛檀過度人
道經)은 2권으로 이루어져 있으며, 지겸(支謙)이 한역하였다.

319 불설아난분별경(佛說阿難分別經)이며, 줄여서 분별경(分別經)이라고 한다.

320 후한(後漢) 시대에 안세고(安世高)가 148년~170년 사이에 한역하였다.

다. 다시 말하면 부처님의 가르침을 믿는 것을 말한다.

여기에 대해서 대승의장(大乘義章)에서는
삼보 등에 대하여 진실한 마음으로 의심하지 않는 것을 신(信)이라
고 한다고 하였다. 於三寶等 淨心不疑

경전의 가르침은 알고 보면 믿음으로써 먼저 시작한다. 그러기에
경전의 첫머리는 여시아문(如是我聞)으로 한다. 믿음은 아무리 강조
하여도 지나치지 않다. 금강경에서도 최상승의 가르침인 금강경의
말씀을 믿으라고 부처님께서 누누이 말씀하신다. 우리를 위하여 자
비를 베푸시기에 그러한 것이다.

대지도론(大智度論) 1권에 보면
불법의 큰 바다는 믿음으로 들어갈 수 있고 지혜로써 건너갈 수가
있음이다. 여시(如是)라고 하는 것은 곧 믿음이다. 만약 마음에 청정
한 믿음이 있으면 그 사람은 불법에 들어갈 수 있음이고, 만약 믿음
이 없으면 불법에 들어가지 못함이라고 하였다. 佛法大海 信爲能入
智爲能度 如是義者 卽是信 若人心中 有信淸淨 是人能入佛法 若
無信 是人不能入佛法

60권 본 화엄경(華嚴經) 현수보살품에 다음과 같은 가르침이 있다.

信爲道元功德母 增長一切諸善法
신위도원공덕모 증장일체제선법

除滅一切諸疑惑 示現開發無上道
제멸일체제의혹 시현개발무상도

믿음은 도의 근본이며 공덕의 어머니이기에
갖가지의 선한 법 더욱더 자라게 함이로다.
모든 의혹을 없애서 소멸시키어
위없는 도를 열어 드러내 보이네.

淨信離垢心堅固 滅除憍慢恭敬本
정신이구심견고 멸제교만공경본

信是寶藏第一法 爲淸淨手受衆行
신시보장제일법 위청정수수중행

진실한 믿음은 모든 의혹을 떠나 견고하여서
교만을 모두 없애고 공경의 근본 되기에
믿음은 보배로운 가르침 가운데 첫째 법이 되고
청정한 손이 되어서 갖가지 행을 받아들인다.

信能捨離諸染着 信解微妙甚深法
신능사리제염착 신해미묘심심법

信能轉勝成衆善 究竟必至如來處
신능전승성중선 구경필지여래처

믿음은 갖가지의 더러운 집착 버리게 하고
믿음은 미묘하고 깊은 법을 이해하게 하며
믿음은 능히 방향을 바꿔 선을 이루게 하여
마침내 반드시 여래의 경지에 이르게 하네.

이쯤 되면 부처님께서 우리에게 왜 그토록 믿음을 강조하시는가에 대한 말씀의 뜻을 알아차려야 한다. 능히 자신의 업장을 정화하려면 믿음이 근본이 되며, 불도를 이루고자 함에 있어서도 가장 기본이 되는 것이 바로 믿음이기 때문이다. 그렇다. 믿음이 있어야 부처님의 법을 받아들여 진실로 귀명을 하게 되는 것이다. 지심귀명례(至心歸命禮)는 말로 하는 것이 아니라 진실한 믿음으로 하는 것이다.

須菩提 當知 是經義 不可思議 果報亦不可思議
수보리 당지 시경의 불가사의 과보역불가사의

수보리야, 반드시 알라. 이 경의 이치는 생각할 수가 없으며, 그 과보도 역시 헤아릴 수가 없느니라.

의심을 던져 버리고 진실한 믿음을 일으키면 말로써 다할 수 없는 금강경의 거룩한 가르침을 스스로 터득하게 될 것이다. 그러므로 부처님의 가르침은 불가사의하다고 한다.

불자는 언제나 진리에 굶주려 있어야 한다. 그렇지 아니하면 자신의 견해에 스스로 갇히어 한 발자국도 앞으로 나아가지 못하는 법이다. 부처님과 역대 조사가 우리에게 늘 깨어나라고 하는 것은 그 안에 불이법문(不二法門)이 있기 때문이다.

능정업장(能淨業障), 다시 말해 '능히 업장을 정화하여 깨끗하게 한다'고 하였다. 이는 금강경으로 인하여 사상을 버리고 깨달음을 얻음으로써 가능한 것이다. 그래서 양(梁)나라 무제(武帝)의 아들 소명(昭明)은 이 분(分)의 이름을 이렇게 지은 것이다. 그러므로 금강경을 지녀서 수행하여 얻어지는 깨달음의 과보는 설명으로써는 다 말하고 전할 수 없기에 불가사의하다고 하였다.

제17 구경무아분究竟無我分

••

궁극의 경지에는 내가 없다

爾時 須菩提白佛言 世尊 善男子善女人 發阿耨多羅三藐三菩
提心 云何應住 云何降伏其心

그때 수보리가 부처님께 여쭈었습니다. 세존이시여, 선남자와 선여
인이 아누다라삼막삼보리심을 일으켰으면 어떻게 머물러야 하며, 어
떻게 그 마음을 항복 받아야 합니까?

佛告須菩提 善男子善女人 發阿耨多羅三藐三菩提心者 當生如
是心 我應滅度一切衆生 滅度一切衆生已 而無有一衆生 實滅度
者

부처님께서 수보리에게 말씀하셨습니다. 선남자와 선여인으로 아
누다라삼막삼보리의 마음을 일으켰거든 마땅히 이처럼 마음을 낼지
니, 내가 마땅히 모든 중생을 제도하리라. 그리하여 모든 중생을 모두
제도한다지만 실제로는 한 중생도 제도 된 자가 없다고 하리라.

何以故 須菩提 若菩薩 有我相人相衆生相壽者相 則非菩薩 所
以者何 須菩提 實無有法 發阿耨多羅三藐三菩提心者

왜냐하면 수보리야, 만약 보살이 아상·인상·중생상·수자상이
있으면 곧 보살이 아니기 때문이니라. 그러한 까닭은 수보리야, 실로

646

어떤 법이 있어 최상의 깨달음의 마음을 낸 것이 아니기 때문이니라.

須菩提 於意云何 如來於然燈佛所 有法得阿耨多羅三藐三菩提
不

수보리야, 너는 어떻게 생각하느냐? 여래가 연등 부처님께 어떤 진리가 있어서 아누다라삼막삼보리의 법을 얻었느냐?

不也世尊 如我解佛所說義 佛於然燈佛所 無有法得阿耨多羅三藐三菩提

그렇지 않습니다, 세존이시여. 제가 부처님께서 말씀하시는 뜻을 알기로는 부처님께서 연등 부처님께 어떤 진리가 있어서 아누다라삼막삼보리의 법을 얻은 것이 아닙니다.

佛言 如是如是 須菩提 實無有法如來得阿耨多羅三藐三菩提

부처님께서 말씀하셨습니다. 그러하니라, 그러하니라. 수보리야! 진실로 여래가 아누다라삼막삼보리의 법을 얻은 것이 없느니라.

須菩提 若有法如來得阿耨多羅三藐三菩提者 然燈佛 則不與我授記 汝於來世 當得作佛 號釋迦牟尼 以實無有法得阿耨多羅三藐三菩提 是故 然燈佛 與我授記 作是言 汝於來世 當得作佛 號釋迦牟尼

수보리야, 만일 여래가 아누다라삼막삼보리를 얻은 법이 있다면, 연등 부처님이 나에게 수기(授記)하시기를, 네가 오는 세상에 부처가 되어 이름을 석가모니라 하리라 하시지 않았으련만, 실로 아누다라삼막삼보리를 얻은 법이 없으므로, 까닭에 연등 부처님이 내게 수기하시기를 네가 오는 세상에 부처가 되어 이름을 석가모니라 하리라고 하셨느니라.

何以故 如來者 卽諸法如義 若有人言 如來得阿耨多羅三藐三菩提 須菩提 實無有法佛得阿耨多羅三藐三菩提

어찌하여 그러한가? 여래라고 하는 것은 모든 법이 진여라는 뜻이니라. 만약 어떤 사람이 말하기를, 여래가 아누다라삼막삼보리를 얻었다고 말하더라도 수보리야, 실제로는 부처가 아누다라삼막삼보리를 얻은 법이 없느니라.

須菩提 如來所得阿耨多羅三藐三菩提 於是中 無實無虛 是故 如來說 一切法 皆是佛法

수보리야, 여래가 얻은 아누다라삼막삼보리는 그 가운데는 실다움도 없고, 헛됨도 없느니라. 그러므로 여래가 말하기를 모든 법이 다 불법이라고 하느니라.

須菩提 所言一切法者 卽非一切法 是故 名一切法 須菩提 譬如人身長大

수보리야, 이른바 모든 법이라고 하는 것은 곧 모든 법이 아니므로 그 이름이 모든 법일 뿐이니라. 수보리야, 비유하건대 어떤 사람의 몸이 아주 크다는 것과 같으니라.

648

須菩提言 世尊 如來説人身長大 則爲非大身 是名大身

수보리가 사뢰었습니다. 세존이시여, 여래께서 말씀하시기를 어떤 사람의 몸이 아주 크다는 것도 실은 큰 몸이 아니오니 그 이름이 큰 몸이라 하십니다.

須菩提 菩薩亦如是 若作是言 我當滅度無量衆生 則不名菩薩

수보리야, 보살도 또한 이와 같으니 만일 내가 한량없는 중생들을 제도했다고 말하는 이가 있다면 이는 곧 보살이라고 이름할 수 없다.

何以故 須菩提 實無有法名爲菩薩 是故 佛説一切法 無我無人 無衆生無壽者

왜냐하면 수보리야, 실로 어떤 진리도 마음에 두지 않은 이를 보살이라고 이름하기 때문이니라. 그러므로 여래가 말하기를 모든 법은 아상·인상·중생상·수자상이 없다고 하느니라.

須菩提 若菩薩作是言 我當莊嚴佛土 是不名菩薩 何以故 如來 説莊嚴佛土者 卽非莊嚴 是名莊嚴

수보리야, 만일 보살이 말하기를 내가 마땅히 불국토를 장엄하리라고 한다면 이는 보살이라 이름할 수 없느리라. 왜냐하면 여래가 말하는 불국토의 장엄은 곧 장엄이 아니라 그 이름이 장엄이라 하느니라.

須菩提 若菩薩 通達無我法者 如來説名眞是菩薩

수보리야, 만약 보살이 나와 법이 없는 진리를 통달한다면 여래는 그를 참된 보살이라고 이름하느니라.

구경무아 究竟無我
궁극의 경지에는 내가 없다.

구경(究竟)은 구극(究極)의 경지를 말한다. 이는 마침내, 궁극적으로, 이러한 표현이다. 그렇다면 불교에서 말하는 구경은 어디인가. 대반열반(大般涅槃)이기에 이를 구경열반(究竟涅槃)이라고 한다. 다시 말해 깨달음을 말하는 것이며 이를 해탈이라고도 한다. 이는 무상(無上)이라고 할 수 있으며 또한 최상(最上), 또는 필경(畢竟), 구극(究極) 등을 말하는 위가 없는 경계를 말한다.

불교가 추구하는 것은 깨달음이다. 이를 구경각(究竟覺)이라고 하는데 이는 구경의 깨달음을 말하는 것이다. 이를 달리 말하면 무상각(無上覺), 정각(正覺), 대각(大覺) 등이라 한다. 금강경에서 추구하는 것도 물론 구경각이다.

대승기신론(大乘起信論)에서는 시각(始覺)을 네 가지로 분류하여 살펴보고 있기에 이를 사각(四覺)이라고 한다. 보살이 망심의 본원(本源)을 깨달아서 시각의 지(智)와 본각의 리(理)가 서로 계합한 깨달음을 말한다. 이러한 깨달음을 성취하게 되면 무명의 혹이 사라지고 최상의 지위에 오르게 되는데, 이러한 지위를 구경위(究竟位)라고 한다. 시각에 속하는 사각(四覺)이라고 하는 것은 중생의 불각(不覺)의 상태로 범부각(凡夫覺), 상사각(相似覺), 수분각(隨分覺), 구경각(究竟覺)의 단계 등을 말한다.

여기에 대하여 좀 더 살펴보면 구경각이 곧 구경도(究竟道)이다. 이는 더 이상 나갈 수 없는 최고 최상의 도이다. 그러므로 '구경도'는 최상의 진리이며 최고의 진리이다.

대지도론(大智度論) 제18권에 보면
부처님께 여쭈었다. 최고의 진리는 하나입니까? 아니면 여러 가지 입니까? 그러자 부처님께서 말씀하시기를 최고의 진리는 하나이기에 여러 가지가 있을 수 없음이라고 하셨다. 問佛言 一究竟道 衆多究竟道 佛言 一究竟道 無衆多也

구경무아(究竟無我)는 결국 깨달음의 자리에서 보면 나라는 것이 없다는 표현이다. 그렇다면 여기서 말하는 무아(無我)는 무엇일까? 사상을 무너뜨리므로 인하여 스스로 자신을 뽐내지 아니하는 것을 말한다. 고로 무아는 일체의 존재는 무상한 것으로 '나'라는 존재도 없다는 말이다. 이러한 경지를 몰아(沒我), 망아(忘我), 무아경(無我境), 무아도취(無我陶醉), 무사(無邪), 무아무심(無我無心) 등으로 나타낸다.

장자(莊子) 달생편[321]에 보면
덕전여취(德全如醉)라는 표현이 있는데 술에 취한 사람이 비록 수레에서 떨어지더라도 다치기는 하나 죽는 일이 없다는 말이다. 이는

---

321 무위(無爲)의 경지에 서면 도리어 지묘(至妙)한 유위(有爲)가 실현된다고 하는 사상이 실려 있다.

무아무심(無我無心)이기에 온전하다는 표현으로, 덕행이 완전하면 어떤 해로움이 닥쳐도 손상당하지 아니한다는 의미이다. 이러한 가르침을 장자에서는 무심망아(無心忘我)라고 한다.

참고로 장자 제19편 달생(達生)편의 '덕전여취'에 관한 내용을 살펴보면 다음과 같다.

무릇 술에 취한 사람이 수레에서 떨어졌을 때는 비록 빨리 달리고 있었다 하더라도 죽지 않으니, 그의 뼈와 관절은 보통의 사람과 다를 것이 없는데도 해침을 당한 정도가 보통 사람과 다른 것은 (술의 힘으로) 그 정신이 온전히 보전되었기 때문이다. 수레에 탄 것도 의식하지 못하며 수레에서 떨어진 것도 의식하지 못하여 죽거나 사는데 놀라거나 두려워하는 감정이 마음속에 들어오지 않았기 때문이다. 그 까닭에 그는 어떤 사물을 만나더라도 두려워하지 않게 된다. 저 술에 취한 자가 술로 인해 정신의 온전함을 얻고서도 오히려 이와 같은데 하물며 하늘[天]에서 온전함을 얻었음에랴. 성인은 하늘에 몸을 감추고 있으므로 그 무엇도 성인을 해칠 수 없다. 夫醉者之墜車 雖疾不死 骨節與人同而犯害與人異 其神全也 乘亦不知也 墜亦不知也 死生驚懼不入乎其胸中 是故遻物而不慴 彼得全於酒而猶若是 而況得全於天乎 聖人藏於天 故莫之能傷也

구경무아(究竟無我)는 결국 구경무위(究竟無爲)다. '구경무위'는 궁극적인 열반을 말하기 때문이다. 궁극적인 열반은 모든 번뇌가 사라지고 다시는 생멸이 일어나지 않는 상태이기에 이를 무여열반(無餘

涅槃)이라고 말하기도 한다. 이 자리는 곧 사상이 없는 계위(階位)를 말함이다. 이는 자아(自我) 없음이 곧 깨달음이라는 가르침을 고스란히 드러내는 법문이다.

금강경에서는 사상을 깨트리면 무아(無我)의 참된 경지에 이를 수 있다고 하였다. 열반경(涅槃經)에서는 십이인연 법을 관(觀)하면 마침내 무아(無我)에 이를 수 있다고 하였다. 덧붙여 말하면 구경무아(究竟無我)에서 무아(無我)는 단순하게 무아상(無我想)만 말하는 것이 아니라 폭넓게 보면 사상(四相) 전체를 말함이다.

대반열반경후분(大般涅槃經後分)³²² 권제1에 보면 다음과 같은 당부의 말씀이 담겨 있다.

아난아, 모든 중생이 이 무명으로 인하여 모든 탐애[愛]와 번뇌[結]를 일으킨다. 내가 보니 8만 4천의 번뇌가 주인을 덮고 가려 그 몸을 부려 먹어 몸과 마음이 파멸되어 마음대로 되지 못하는 것이다. 아난아, 무명이 만약 없어진다면 삼계도 모두 다 한다. 이 까닭으로 세상을 벗어난 사람이라 이름한다. 아난아, 만약 능숙하게 12인연을 관하

---

322 당(唐)나라 때 야나발타라(若那跋陀羅, Jñānabhadra)가 664년~665년 사이에 성도(成都)에서 한역하였으며, 이 경은 담무참(曇無讖)이 번역한 대반열반경 40권에 들어있지 않은 내용을 모아 정리한 것으로, 부처님의 열반과 다비 절차 · 다비 후 유골의 분배 등에 대해 보충하여 설명하고 있다. 이 경을 줄여서 열반경후분 · 열반후분 · 후분이라 하며, 별칭으로 대반열반경후역다비분 · 후역다비분(後譯茶毘分) · 후분열반 · 후분열반경 · 사유분(闍維分)이라고도 한다.

면, 마지막에는 내가 없고 본래 청정함에 깊이 들어가 곧 삼계의 큰 불을 영원히 여읜다. 아난아, 여래는 진리를 말하는 사람이니 정성스럽고 진실하게 설하여 최후에 부촉하나니, 너는 반드시 닦고 행하라.

阿難 一切衆生爲此無明起諸愛結 我見覆蔽 八萬四千煩惱郞主役 使其身 身心破裂 不得自在 阿難 無明若滅 三界都盡 以是因緣 名 出世人 阿難 若能諦觀十二因緣 究竟無我 深入本淨 卽能遠離三 界大火 阿難 如來是眞語者 說誠實言 最後付囑 汝當修行

제17 구경무아분에서는 네 가지 법미(法味)를 드러내 놓고 있다.

1. 무유중생실멸도(無有衆生悉滅度)

실제로는 한 중생도 제도 된 자가 없다고 하리라.

2. 실무유법득보리(實無有法得菩提)

진실로 여래가 아누다라삼막삼보리 법을 얻은 것이 없다고 하리라.

3. 일체법개시불법(一切法皆是佛法)

모든 법이 다 불법이라 하리라.

4. 보살통달무아법(菩薩通達無我法)

보살은 나와 법이 없는 진리를 통달하리라.

이를 유념해서 구경무아분을 살펴보아야 한다.

爾時 須菩提白佛言 世尊 善男子善女人

이시 수보리백불언 세존 선남자선여인

그때 수보리가 부처님께 여쭈었습니다. 세존이시여, 선남자와 선여인이

發阿耨多羅三藐三菩提心 云何應住 云何降伏其心

발아누다라삼막삼보리심 운하응주 운하항복기심

아누다라삼막삼보리심을 일으키면 어떻게 머물러야 하며, 어떻게 그 마음을 항복 받아야 합니까?

이시(爾時)는 '바로 그때'이니 부처님께서 언설로써 다 표현할 수 없는 금강경의 불가사의한 공덕을 말씀하신 '그때'를 말한다. 경(經)은 언제나 물 흐르듯이 그 흐름이 이어지는 것이다.

수보리가 부처님께 깨닫고자 하는 마음을 어떻게 챙기며 또한, 그 마음을 어떻게 항복 받아야 하는가 여쭈었다. 아누다라삼막삼보리심(阿耨多羅三藐三菩提心)은 깨닫고자 하는 마음을 말하는 것이기에 이름 좀 더 갖추어 말하면 무상정등각심(無上正等覺心)을 말한다. 여기에 선남자 선여인이라는 표현을 썼으니 이는 모든 중생을 그러하게 표현한 것이다. 부처님의 가르침에는 차등이 없으므로 누구라도 부처님의 말씀을 간파하면 정등각(正等覺)을 이루는 것이다.

운하응주(云何應住)는 그 마음을 어떻게 주(住) 하느냐고 하는 표현이다. 금강경 제2 선현기청분(善現起請分)에서도 응운하주(應云何住)라는 표현을 써서 누구라도 아누다라삼막삼보리심을 응당 일으킨 이는 깨달은 마음을 어떻게 머물게 하며 번뇌의 마음을 항복 받을 수 있겠느냐고 하였다. 發阿耨多羅三藐三菩提心 應云何住 云何降伏其心

여기에서는 운하응주(云何應住)라 하지 아니하고 응운하주(應云何住)라고 하였다는 것을 참고로 알아두었으면 한다. 금강경 구경무아분(究竟無我分)의 흐름은 제3 대승정종분(大乘正宗分)과 유사하다.

금강경에서는 운하응주 운하항복기심(云何應住 云何降伏其心)이라고 하였다면 대반야경에서는 다음과 같이 표현하고 있다.

이때 사리자는 만일 보살마하살은 온갖 법에 머무르지 않아야 한다면 어떻게 반야바라밀다에 머물러야 할까? 라고 생각하였다. 時舍利子 作是念言 若菩薩摩訶薩 於一切法 不應住者 云何應住 般若波羅蜜多

따라서 운하응주(云何應住)는 수행자가 나아가야 할 처신을 말한다.

항복기심(降伏其心)은 그 마음을 어떻게 하면 조복 받을 수 있을까 하는 말씀이니 여기에는 전제조건이 있다. 그것이 무엇이냐 하면 '견성'이다. 깨달아[見性]야 마음을 항복 받는 것이지 견성을 하지 못하면 마음에 대한 실체를 모르기에 항복 받을 수 없다. 다만 금강경에서는 견성이 곧 사상을 무너뜨리는 것이라고 말씀하신다.

금강반야론(金剛般若論)에 보면 다음과 같은 내용이 있다.

금강경에서 수보리가 어찌하여 보살은 대승 가운데 발심하여 머물러야만 합니까? 하고 여쭈었다고 말씀하시는 것에서, 어째서 다시 이와 같은 초시분에 해당하는 질문이 발기되는 것인가 하면, 장차 증도에 들어가는 보살이 수승한 처(處)를 얻었다는 견해를 내어 내가 이처럼 머물고 이처럼 수행하고 이처럼 그 마음을 항복 받았으니, 내가 중생을 멸도시킨다고 생각하는 마음을 내는 이러한 것을 대치하고자, 수보리가 그와 같은 때에는 그 응하는 것[所應]에 따라 머물러야 하고, 응하는 것에 따라 수행해야 하고, 응하는 것에 따라 항복 받아야 합니까? 라고 질문하자, 세존께서 마땅히 이와 같은 마음을 내어야 하느니라 하고 대답하신 것이다. 經言 須菩提言 云何菩薩大乘中發心應住等 何故復發起此初時問也 將入證道菩薩 自見得勝處 作是念 我如是住 如是修行 如是降伏心 我滅度衆生 爲對治此故 須菩提問當於彼時如所應住 如所應修行 如所應降伏其心 世尊答 應生如是心等

파취착불괴가명론(破取着不壞假名論)에서는
마땅히 어떻게 머물러야 합니까? 등의 말에서 어떻게 머물러야 하는가? 라는 말은, 어떤 모습의 과(果)에 대하여 마음이 머물기를 서

원(誓願)하고 욕구(欲求)해야 하는가? 라는 말이며, 어떻게 수행해야
합니까? 라는 것은 마땅히 어떤 행(行)을 닦아서 그 과를 얻어야 하
는가? 라는 말이며, 어떻게 그 마음을 항복 받아야 합니까? 라는 것
은 어떤 등류의 마음을 항복 받아서 그 마음의 근원을 청정하게 하
는가에 대한 말이라고 하였다. 應云何住等 云何住者 於何相果心
住願求 云何修行者 當修何行而得其果 云何降伏其心者 降何等
心使因淸淨

보살의궤경(菩薩儀軌經)[323] 권제8에서는

그대들은 믿고 받아서 다시 의심하지 말라. 만약 저 중생들이 이
법을 성취하면, 그 마음을 항복시키며 반드시 불과(佛果)의 깨달음을
성취할 것이라고 하였다. 汝等信受 無復疑惑 若彼衆生成就此法
降伏其心 決定成就佛果菩提

60권 화엄경(華嚴經) 권제24 십지품에 보면

그는 법을 구하기 위해 이렇게 생각하고 또 법을 들은 그대로 항상
기뻐하면서 다 바로 관찰합니다. 보살은 모든 법을 듣고는 마음을 항
복 받고 한적한 곳에서 이렇게 생각합니다. 말대로 행하는 사람이라
야 불법을 얻는 것이고 다만 말로만 되는 것이 아니라고 하였다. 爲

---

[323] 대방광보살장문수사리근본의궤경(大方廣菩薩藏文殊師利根本儀軌經)은 북송
(北宋) 시대에 천식재(天息災)가 983년에 태평흥국사(太平興國寺)에서 한역하였
다. 줄여서 문수사리근본의궤경(文殊師利根本儀軌經)·문수의궤(文殊儀軌)라
하고, 별칭하여 보살장문수사리근본의궤경(菩薩藏文殊師利根本儀軌經)·보살의
궤경(菩薩儀軌經)이라고도 한다.

求法故 發如是心 又如所聞法 心常喜樂 悉能正觀 是菩薩聞諸法
已 降伏其心 於空閑處 心作是念 如說行者 乃得佛法 但以口言 無
有是處

십주경(十住經)[324]에도

이 보살은 모든 법을 듣고는 그 마음을 항복 받고 한적한 곳에서
이렇게 생각한다. 말대로 실행하는 자라야 불법을 얻는 것이니, 다만
입으로 말만 해서는 안 된다고 하였다. 是菩薩聞諸法已 降伏其心
於空閑處 心作是念 如說行者 乃得佛法 不可但以 口之所言

佛告須菩提 善男子善女人 發阿耨多羅三藐三菩提心者

불고수보리 선남자선여인 발아누다라삼막삼보리심자

**부처님께서 수보리에게 말씀하셨습니다. 선남자와 선여인으
로 아누다라삼막삼보리의 마음을 일으켰거든**

當生如是心 我應滅度一切衆生

당생여시심 아응멸도일체중생

---

324 동진(東晉, 317~420) 시대에 기다밀이 한역하였다. 약경명(略經名)은 십주경
(十住經)이고, 별경명(別經名)은 화엄십주품(華嚴十住品)이다. 이역본으로 화엄
경(60권본)의 제11 보살십주품 · 화엄경(80권본)의 제15 십주품 · 보살십주행도
품 · 불설보살본업경의 제3 십지품이 있다.

마땅히 이처럼 마음을 낼지니, 내가 마땅히 모든 중생을 제도하리라.

滅度一切衆生已 而無有一衆生 實滅度者
멸도일체중생이 이무유일중생 실멸도자

그리하여 모든 중생을 모두 제도한다지만 실제로는 한 중생도 제도 된 자가 없다고 하리라.

깨달았다고 하더라도 깨달았다고 하는 그 마음을 없애라. 또한 일체중생을 제도하였다고 하더라도 제도하였다는 그 마음을 없애라. 다시 말해 아상을 앞세우는 자는 실로 깨닫지 못하였음이니 스스로 뽐내는 것이지 도(道)와는 거리가 멀다.

아상을 내세우지는 않는다는 것은 곧 능소심(能所心)이 없어야 한다는 가르침이다. 능소(能所)는 어떠한 동작이나 행위를 말하는 것이다. 사건의 주체적인 측면을 능(能)이라 하고 객관적인 측면을 소(所)라고 한다. 다시 말해 어떠한 대상을 반연하여 인식하는 주체를 능연(能緣) 또는 능식(能識)이라 한다면, 반연되어 인식되는 객관을 소연(所緣) 또는 소식(所識)이라고 한다.

이를 다시 되짚어 보면 보는 주체를 능견(能見)이라 하고, 보이는 것을 소견(所見)이라고 한다. 이것을 귀의하는 대상으로 보면 의지하는 주체는 능의(能依)이고, 의지의 대상은 소의(所依)가 되는 것이다.

다시 말해 '능소심'이 없다고 하는 것은 '너도 없고 나도 없을 때' 오롯이 '나'가 존재한다는 말이다. 그러기에 깨달았다고 하면서 누더기를 입거나 꼬부랑 지팡이를 짚고 또한 삿갓을 눌러쓰고 한다면, 이러한 자는 분명 헛것을 본 것이지 깨달았다고 볼 수 없다. 이러한 행위는 모두 아상에 걸려서 허우적거리는 것이다.

여기에서 참고로 알아두어야 할 부분이 있다. 본문에 보면 '선남자 선여인 발아누다라삼막삼보리심자(善男子善女人 發阿耨多羅三藐三菩提心者)'라는 문장이다. 금강경의 송본(宋本), 원본(元本), 명본(明本)에는 모두 심(心) 자가 들어가 있으나 고려대장경인 해인사본(海印寺本)에는 심(心) 자가 없다. 또한 일본의 대정본(大正本)도 고려대장경을 본떠서 심(心) 자가 없다. 그러나 세조본(世祖本), 그리고 최근에 발간된 우리나라 스님들의 책에는 가끔 심(心) 자가 들어가 있다. 이러한 사실도 참고로 알아두었으면 한다.

또한 내가 모든 중생을 제도하리라고 하였다. 불교의 목적은 모든 중생을 제도함에 있다.

36권 열반경 제34에 보면 다음과 같은 게송이 있다.

發心畢竟二不別 如是二心先心難
발심필경이불별 여시이심선심난

自未得度先度他 是故我禮初發心
자미득도선도타 시고아례초발심

첫 발심과 마지막이 다르지 않건만
이 가운데 첫 발심이 더욱 어려워
자기 제도 못 하고도 남을 제도해
그러므로 첫 발심께 예배합니다.

이를 다시 말하면 설사 자기는 제도하지 못하더라도 먼저 남을 제도 해주어야 한다는 말씀이다.

너와 내가 없으면 한몸이다. 이러한 동체대비(同體大悲)를 확실하게 안다면 대립 관계를 벗어나므로 이 자리는 부처도 없고 중생도 없다.

그리하여 모든 중생을 모두 제도한다지만 실제로는 한 중생도 제도 된 자가 없다고 하리라고 하였다. 원문에서는 이를 '무유일중생 실멸도자(無有一衆生 實滅度者)'라고 하였다.

방광대장엄경(方廣大莊嚴經)[325] 권제5 음악발오품(音樂發悟品)에 보면 다음과 같은 가르침의 말씀이 있다.

---

[325] 당(唐)나라 때 지바가라(地婆訶羅)가 한역하였다.

依止因緣 無有堅實
의지인연 무유견실

如風中燈 如水聚沫
여풍중등 여수취말

인연에 의지하여 머무르는 것은
굳거나 진실함이 없나니
바람 가운데 등불과 같고
물 위의 거품 무더기와 같다.

어머니와 아버지는 자식을 키움에 있어서 상(相)을 내지 않는다. 그러나 자식은 작은 일을 하더라도 제가 했노라고 상을 내세우기 바쁘다. 따라서 부처님은 수많은 중생을 제도하였건만 내가 중생을 제도했노라고 상을 내세우지 않는다.

대승비분다리경(大乘悲分陀利經)326 권제5에 보면 다음과 같은 게송이 있다.

---

326 진(秦)나라(350~431) 때 번역되었으며, 번역자는 미상이다. 이 경전은 예토(穢土)에서 성불하신 석가모니불의 자비심을 강조하여 석가모니불을 백련화로, 다른 여러 부처님들을 보통의 꽃들로 비유했다.

妙聲柔軟如梵王 治世脫苦如良醫
묘성유연여범왕 치세탈고여양의

心住平等如慈母 常攝衆生喩如父
심주평등여자모 상섭중생유여부

미묘하고 부드러운 음성은 범왕 같으시며
세상의 고통을 없애심은 훌륭한 의사 같으시며
마음이 평등하심은 자애로운 어머니 같으시고
항상 중생을 거두심은 아버지 같으시네.

그러므로 금강(金剛)의 활과 반야(般若)의 화살로 사상(四相)을 과녁으로 삼아 이를 모조리 깨트려야 한다. 사상을 깨트린다고 하는 것은 자기 마음 안에 있는 번뇌의 원적을 물리침과도 같다.

何以故 須菩提 若菩薩 有我相人相衆生相壽者相 則非菩薩
하이고 수보리 약보살 유아상인상중생상수자상 즉비보살

왜냐하면 수보리야, 만약 보살이 아상 · 인상 · 중생상 · 수자상이 있으면 곧 보살이 아니기 때문이니라.

所以者何 須菩提 實無有法 發阿耨多羅三藐三菩提心者
소이자하 수보리 실무유법 발아누다라삼막삼보리심자

그러한 까닭은 수보리야, 실로 어떤 법이 있어 최상의 깨달음의 마음을 낸 것이 아니기 때문이니라.

보살(菩薩)을 갖추어서 말하면 보리살타(菩提薩埵) 또는 보리색다(菩提索多), 모지살달바(冒地薩怛嚩)라고 하지만 거의 쓰임이 없다. 보살로 널리 통용되고 있으며, 보살이라는 표현은 보리를 얻기 위하여 끊임없이 노력하는 중생을 말하기도 하고 부처님의 지혜를 갖춘 중생을 말하기도 한다. 여기서는 후자를 말씀하신 것이다.

보살을 산스크리트어로 표현하면 bodhi-sattva이다. 보살이라는 용어는 초기 불교, 그리고 부파불교 등에서도 보인다. 하지만 그냥 구도자의 입장으로 표현한 단어다. 소위 북방 불교를 일으킨 중국에서는 보살의 개념을 강조하여 보살은 부처님의 깨달음을 구하고 일체중생을 위하여 노력하는 자를 말하며, 자리이타(自利利他)라고 규정한다.

금강경에서의 보살이라는 표현은 문수보살, 보현보살, 관세음보살 따위를 말하는 것이 아니다. 보리를 구하는 수행자를 말한다. 북방 불교에서는 방편이라는 이름으로 무수한 불보살을 나열하여, 불교의 관점에서 본다면 주객이 전도된 모습을 보일 때가 있다. 오히려 보살 사상은 은연하게 불교의 폐해가 되기도 한다.

다시 본론으로 돌아와 보면 보살이 사상에 허우적거리면 곧 보살이 아니라고 하였다.

대품반야경(大品般若經)³²⁷ 구의품(句義品) 제12에 보면 다음과 같은 내용이 있다.

그때 수보리가 부처님께 여쭙기를 보살이라는 말은 어떤 의미가 있습니까? 부처님께서 수보리에게 이르시기를 말의 의미가 없는 것, 이것이 바로 보살의 의미이다. 왜냐하면 아누다라삼막삼보리에는 의미가 있을 곳이 없고, 더불어 '나'라는 것도 있을 것이 없기 때문이다. 그러기에 말의 의미가 없는 것, 이것이 바로 보살이라는 말의 의미가 되는 것이다. 수보리야, 비유하자면 새가 허공을 날아가도 흔적이 없는 바와 같이 보살이라는 말의 의미가 없는 것도 이와 같음이라. 爾時 須菩提白佛言 世尊 云何爲菩薩句義 佛告須菩提 無句義是菩薩句義 何以故 阿耨多羅三藐三菩提無有義處亦無我 以是故 無句義是菩薩句義 須菩提 譬如鳥飛虛空無有跡 菩薩句義無所有亦如是

화엄경(華嚴經) 여래출현품에 보면 다음과 같은 말씀이 있다.

불자여, 마치 해와 달이 짝이 없이 홀로 허공을 돌며 중생을 이롭

---

327 당(唐)나라 때 현장(玄奘)이 방주(方州)의 옥화궁사(玉華宮寺)에서 660년 또는 659년에 번역을 시작하여 663년에 완성하였다. 모두 600권이고, 반야부의 여러 경전들을 집대성한 총서(叢書)이다. 줄여서 대반야경(大般若經)이라고 하며, 별칭으로 대품경(大品經)·대품반야(大品般若)·6백부 반야(般若)라고도 한다. 6백 권 390품 4백 6십여 만 자로 이루어진 이 경전은 화엄·법화·열반 등 대승의 5대 경전 중에서도 가장 방대한 양을 담고 있다.

게 하면서도 내가 어디에서 와서 어디로 간다고 생각하지 아니하나니, 모든 부처님도 그와 같아서 성품이 본래 고요하고 분별이 없이 모든 법계에 다니며 중생들을 이롭게 하려고 불사를 쉬지 않고 짓지만 그렇게 희롱거리로 분별하여 내가 어디에서 와서 어디로 향하여 간다는 생각을 내지 않음이라. 佛子 譬如日月 獨無等侶 周行虛空 利益衆生 不作是念 我從何來 而至何所 諸佛如來 亦復如是 性本寂滅 無有分別 示現遊行一切法界 爲欲饒益諸衆生故 作諸佛事 無有休息 不生如是戱論分別 我從彼來 而向彼去

또한 고인(古人)들이 말씀하기를, 배가 물 위를 지나가나 흔적을 남기지 아니하고, 새가 허공을 날아가나 흔적을 남기지 않는다 하였다. 船過水無痕 鳥飛空無跡

채근담(菜根譚)[328]에도 다음과 같은 내용이 있다.

성근 대숲에 바람이 지나가도 그 소리를 남기지 아니하고 차가운 연못에 기러기 지나가도 흔적을 남기지 않는다. 고로 군자는 일이 오면 마음을 드러내고 일이 가면 마음도 따라 비우는 법이다. 風來疏竹 風過而竹不留聲 雁度寒潭 雁去而潭不留影 故君子事來而心始現 事去而心隨空

---

328 명나라 때 홍응명(洪應明, ?~?)이 한평생을 살면서 겪게 된 인간의 구체적인 삶의 처세 등 유불선의 내용을 저작한 책이다.

상(相)을 내면 보리를 얻지 못하기에 부처님은 이를 염려하시는 것이다. 상을 터부시하여 버리는 마음이 곧 보리심이다. 보리심이 있어야 번뇌를 없앨 수 있다. 중생은 번뇌로 인하여 미혹하게 되는데, 이것이 무명이다. 무명은 곧 중생을 말하는 것이기에 상(相)도 또 하나의 무명인 것이다.

여기서 공부자는 알아두어야 한다. 부처님께서 아누다라삼막삼보리를 얻었다고 하는 것이다. 이는 중생들을 위하여 다분히 세속적인 측면으로 설명하였을 뿐이지, 상대성을 떠난 진여의 실제적인 의미가 아니다. 부처님께서 얻으신 아누다라삼막삼보리법은 어디에서 가지고 와서 얻은 것이 아니라 무시 이래로부터 마음에 상즉한 자성일 뿐이다.

그러므로 진여(眞如)가 곧 불심(佛心)이다. 따라서 불심이 곧 진여다. 이것이 바로 부처님의 살림살이가 되는 것이다.

須菩提 於意云何

수보리 어의운하

수보리야, 너는 어떻게 생각하느냐?

如來於然燈佛所 有法得阿耨多羅三藐三菩提不

여래어연등불소 유법득아누다라삼막삼보리부

여래가 연등 부처님께 어떤 진리가 있어서 아누다라삼막삼보리의 법을 얻었느냐?

不也世尊 如我解佛所說義 佛於然燈佛所
불야세존 여아해불소설의 불어연등불소

그렇지 않습니다, 세존이시여. 제가 부처님께서 말씀하시는 뜻을 알기로는 부처님께서 연등 부처님께

無有法得阿耨多羅三藐三菩提
무유법득아누다라삼막삼보리

어떤 진리가 있어서 아누다라삼막삼보리의 법을 얻은 것이 아닙니다.

부처님이 연등 부처님의 처소에서 일어난 일을 말씀하고 계시다. 이는 선혜 비구의 일화를 말한다. 선혜는 수메다(Sumedha)를 지칭하는 것으로 석가모니 부처님이 사바세계에 오시기 전에 웃타라(Uttara)라는 바라문으로 있을 때를 말한다. 한자권에서는 '수메다'라는 이름보다는 '선혜'로 널리 알려져 있다. 대지도론(大智度論)에서는 수미다(須彌陀)로 표현한다.

선혜가 연등 부처님의 처소에서 분명 깨달음을 얻었건만 깨달음을 얻은 바가 없다고 답한 것은 분별을 내지 않았기 때문이다. 분별(分

別)은 대상의 경계를 사유하고 헤아리는 인식 작용을 말한다.

섭대승론(攝大乘論)에서는 분별에 대하여 말하기를 범부가 일으킨 분별은 미망에서 말미암아 생겨난 것으로 보고, 그것은 진여의 이치와 계합하지 않는 것이라는 이유로 허망분별(虛妄分別)이라고 하였다.

중생은 분별을 내세워 항상 자신의 견해를 드러내고 스스로 자신의 입지를 나타내려 하지만, 성인은 자신의 공(功)마저도 남에게 돌리려고 한다. 법은 형상이 있는 물질이 아니기에 굳이 주고받았다고 표현하지 않음이다.

요즘에는 깨달았다고 자랑처럼 드러내는 수행자가 많다. 그러나 깨달았다고 하는 환상을 버리지 못하면 수행자는 그만 상(相)에 걸리는 병통이 생기는 법이다. 그러므로 깨달았다고 하는 생각마저도 버려야 올곧은 수행자가 되어 올바른 수행을 할 수 있다.

장자(莊子)는 삼무(三無)를 강조했다. 기(己)와 공(功)과 명(名)을 버려라. 이기심과 공명심과 명예욕에서 벗어나라. 그리하면 반드시 자유로운 인간이 될 수 있고, 자유로운 인간이 되면 천지자연을 마음대로 소유(逍遙)하면서 유유자적의 활달한 인생을 살 수 있다. 지인, 신인, 성인은 인간이 도달할 수 있는 가장 높은 경지다.

장자(莊子) 제7편 응제왕(應帝王)에 보면 다음과 같은 내용이 있다.

명왕(明王)의 다스림은 공(功)이 천하를 뒤덮어도 자기가 한 일로 여기지 아니하고, 교화(敎化)가 만물에 베풀지라도 백성들이 느끼지 못하며, 베풂이 있는데도 아무도 그 이름을 일컫지 않으며, 만물로 하여금 스스로 기뻐하게 하여, 헤아릴 수 없는 초월적인 경지에 서서 아무것도 없는 근원의 세계에 노니는 것이다. 明王之治 功蓋天下而似不自己 化貸萬物而民不恃 有莫擧名 使物自喜 立乎不測而遊於無有者也

　　여기에 대해서 다시 장자 소요유(逍遙遊) 편을 보면 다음과 같다.

　　지극한 경지에 이른 사람은 자기를 내세우지 아니하고, 신의 경지에 이른 사람은 자기가 무얼 하였다고 공적을 내세우지 아니하고, 성인의 경지에 이른 사람은 공을 세우지만 이름조차 알려지지 않는다. 至人無己 神人無功 聖人無名

　　소견머리가 좁으면 자기가 사는 공간을 벗어나지 못하는 법이다. 그리고 자기 자신이 만들어 놓은 테두리 안에 스스로 갇혀서 물고기가 자맥질하듯이 그러한 삶을 사는 것이다.

　　장자 소요유(逍遙遊) 편에 보면 매미와 메추라기가 구만리 장천(長天)을 날아다니는 붕(鵬)새를 흉본다고 하였는데, 이는 그러한 세상에 나갈 줄 모르는 우둔한 인간을 빗대어 말하는 것이다.

　　어리석은 자는 자기 기준으로 인한 고집이 세다. 그러기에 어리석은 사람은 현자의 말씀을 끝까지 배우거나 들어보지도 아니하고 흉보기를 좋아한다. 왜냐하면 소인은 자기의 상식으로 세상사 모든 것을 저울질하려고 하기 때문이다. 고로 상식은 나를 더더욱 작게 만들고, 상상은 나를 더 큰 세상으로 이끄는 견인의 역할을 한다.

이를 불교에서는 무아(無我)라고 한다. 다시 말해 내가 없으므로 인하여 결국 '나'가 드러난다는 가르침이다. 금강경(金剛經)에서는 무아(無我)에 이르려면 사상(四相)을 헌신짝처럼 버리라고 한다.

무아(無我)는 자기 자신이 철저하게 없는 경지를 말한다. 고정되고 불변하는 자아는 존재하지 않는다. 이를 공(空)의 입장에서 보면 무아공(無我空)이고, 이를 관하는 것을 무아관(無我觀)이라고 한다.

그러나 수행자들 가운데 일부는 자기를 드러내려고 정치에 뛰어들고 온갖 감투를 차지하려고 안간힘을 쓰는 경우가 더러 있다. 명함이 복잡한 수행자나 세속인은 십중팔구 그러한 부류에 빠진 사람들이라고 해도 지나치지 않다. 이러한 사문들은 자신의 치적을 드러내려고 툭하면 불사를 벌리는데 모두 경우의 범주가 마찬가지다.

노자(老子)[329] 도덕경 제24장에 다음과 같은 말씀이 있다.

---

[329] BC 6세기경에 활동한 중국 제자백가 가운데 하나인 도가(道家)의 창시자다.

발가락 끝으로 서 있는 사람은 오래 서 있을 수가 없고 빨리 걸으려고 다리를 쩍쩍 벌리고 걷는 자는 오히려 오래가지 못한다. 자기를 내세우면 밝지 못하고 자기만 옳다고 고집 피우면 따돌림 당하기 십상이다. 자기 자신을 자랑하면 공적이 없어지고, 스스로 만족하는 이는 오래가지 못한다. 이러한 것들은 도(道)에서는 먹다가 남긴 밥찌꺼기나 공연한 헛짓거리에 불과하다. 企者不立 跨者不行 自見者不明 自是者不彰 自伐者無功 自矜者不長 其在道也 曰餘食贅形

그렇다면 우리는 어떻게 살아야 할까? 성인은 누가 나를 칭찬하기를 바라지 아니하고, 세상이 나를 비난한다고 하더라도 기죽지 아니한다. 한마디로 성인은 허둥대며 살지 않는다.

실로 어떤 법이 있어서 아누다라삼막삼보리법을 얻은 것이 아니라고 하였다. 이를 무유법득 아누다라삼막삼보리(無有法得 阿耨多羅三藐三菩提)라 하였다.

중생은 망상과 집착으로 인하여 비록 수만 번 사람의 몸을 받더라도 컴컴한 어두운 방으로 들어간다. 여래가 연등 부처님 처소에서 실로 어떠한 일법(一法)을 받았노라고 상(相)을 짓는다면, 비둘기가 나뭇가지에 앉아 있더라도 그 마음은 콩밭에 가 있는 것과 같다.

선종정맥(禪宗正脈)[330] 제3권에 남악혜사(南嶽慧思)[331] 선사의 송이
있는데 내용은 다음과 같다.

天不能蓋地不載 無去無來無障礙
천불능개지부재 무거무래무장애

無長無短無靑黃 不在中間無內外
무장무단무청황 부재중간무내외

超群出衆太虛玄 指物傳心人不會
초군출중태허현 지물전심인불회

하늘도 덮을 수 없고 땅도 실을 수 없음이여!
가는 것도 오는 것도 장애 되는 것도 없고
길지도 짧지도 푸르거나 누렇지도 않으며
안이나 밖이나 중간에 있지도 않도다.
온갖 무리에서 벗어나 태허처럼 현묘하기에
사물을 가리켜 마음을 전해보지만, 아는 이 없구나.

---

[330] 중국에서 찬술(撰述)된 선서(禪書)다.

[331] 남악혜사(南嶽慧思, 515~577) 선사는 중국 천태종 제2대 조사이며 남북조
시대에 활동하였다.

佛言 如是如是 須菩提 實無有法如來得阿耨多羅三藐三菩提
불언 여시여시 수보리 실무유법여래득아누다라삼막삼보리

부처님께서 말씀하셨습니다. 그러하니라, 그러하니라. 수보리
야! 진실로 여래가 아누다라삼막삼보리의 법을 얻은 것이 없느
니라.

須菩提 若有法如來得阿耨多羅三藐三菩提者 然燈佛
수보리 약유법여래득아누다라삼막삼보리자 연등불

수보리야, 만일 여래가 아누다라삼막삼보리를 얻은 법이 있다
면, 연등 부처님이

則不與我授記 汝於來世 當得作佛 號釋迦牟尼
즉불여아수기 여어래세 당득작불 호석가모니

나에게 수기(授記)하시기를, 네가 오는 세상에 부처가 되어 이
름을 석가모니라 하리라 하시지 않았으련만,

以實無有法得阿耨多羅三藐三菩提 是故
이실무유법득아누다라삼막삼보리 시고

실로 아누다라삼막삼보리를 얻은 법이 없으므로, 까닭에

然燈佛 與我授記 作是言 汝於來世 當得作佛 號釋迦牟尼

연등불 여아수기 작시언 여어래세 당득작불 호석가모니

연등 부처님이 내게 수기하시기를 네가 오는 세상에 부처가 되어 이름을 석가모니라 하리라고 하셨느니라.

여시여시(如是如是)는 구체적으로 무엇을 말하는가? 여기에 대하여 금강삼매경론(金剛三昧經論)[332]에는 다음과 같이 밝히고 있다.

그렇다, 그렇다[如是如是] 한 데서 앞의 그렇다는 (무생을) 깨달아 얻지 못했다[無證]고 한 대목을, 뒤의 그렇다는 (아누다라삼막삼보리를) 얻지 못했다[無得]고 한 대목을 두고 한 말씀이라고 하였다. 初言 如是如是者 述前無證 及後無得

여담(餘談)으로 명나라 말기의 기생이자 여류 시인이었던 류여시(柳如是 1618~1664)[333]의 이름은 금강경의 여시(如是)에서 따온 것이라고 한다.

먼저 수기(授記)에 대한 표현이 수기(授記) 또는 수기(受記)로 되어 있어서 공부자가 좀 혼란스러울 수 있다. 먼저 수기에서 기(記)는 기록한다는 표현이므로 확약 또는 증거라는 뜻이다. 그리고 수(授)는

---

[332] 신라의 원효성사(元曉聖師)가 지은 논서(論書)다.

[333] 그의 본명은 양애(楊愛)이며, 여시(如是)는 그의 자호(自號)이다.

준다는 표현이다. 고려대장경에서는 수기(受記)로 되어 있음도 알아 두었으면 한다.

법(法)이라는 것은 곧 진리를 말한다. 법을 산스크리트어로는 다르마(dharma)라 하고, 팔리어로는 담마(dhamma)라고 한다. 다르마를 중국 사람들은 음사하여 달마(達磨)라고 표현한다. 법이라는 것에 대하여 설명하자면 무한하지만, 개략적으로 말한다면 '보편타당한 진리'를 말한다. 부처님께서 우리에게 가르침을 주시는 것은 보편타당한 진리이지, 무슨 신통을 바라거나 하는 상상의 말씀이 아니라는 것을 불자는 꼭 알아야 한다.

법은 고정된 형상이 아니기에 주고받을 수 없음이라고 이미 여러 번 말씀하였다. 법은 법으로 인하여 스스로 자각하는 것이기에 주고받음이 없다.

당나라 혜능(惠能) 스님이 말하기를, 법은 취사(取捨)가 없음이며 능소(能所)가 없으면 능히 온갖 법을 세움이라고 하였다. 그러나 미혹하면 온갖 법에 탐착하여 불법(佛法)으로 삼는다고 경계하였다.

금강경에도 이를 염려하여 법을 고정된 불(佛)이라고 여길까 봐 32상 80종호가 부처가 아니라고 하였다. 왜냐하면 중생은 가르침의 본질을 외면하여 집착하고, 고정하려고 하는 못된 습성이 있기에 이를 염려하신 것이다.

본문에 보면 어떠한 법이 있어서 최상의 깨달음을 얻었다고 한다면 연등 부처님은 결코 수기를 주지 않았을 것이라고 하셨다. 이는 그 어떠한 법이 있지 않은 경계에서 최상의 깨달음을 얻었으므로 연등 부처님께서 '그대는 다음 세상에 석가모니 부처가 될 것이라'는 수기를 주신 것이다.

불교는 석가모니에 대해 정확한 가늠만 하여도 그 믿음을 바로 일으키는 데 큰 도움이 된다. 그러나 대부분 불자는 석가모니가 누구인지를 알지 못하고 불교라는 권역에 들어와서 그만 갈팡질팡한 신행을 하게 되거나, 석가모니를 배척하고 불교 신자라는 다소 엉거주춤한 불자가 되는 어리석음을 범한다.

우리가 표현하는 '석가모니'는 중국인들이 산스크리트어의 Śakya-muni를 음사하여 부르는 말이다. 한자권(圈)을 벗어나면 무용지물일 정도로 아는 이가 거의 없다. 석가모니는 불교를 창시하였기에 당연히 불교의 교조가 된다.

Śakyamuni에서 Śakya는 종족의 이름을 나타내고, muni는 성자(聖者)라는 표현이다. '석가족'의 성자를 말하는 것으로 이를 한역하여 능인(能人), 능적(能寂), 적묵(寂默), 능만(能滿), 도옥초(度沃焦) 등으로 한역하여 나타낸다. 우리나라의 사찰 가운데 능인정사(能仁精舍)가 부처님을 표현하는 말이다.

부처님을 지칭하는 표현 가운데 도옥초(度沃焦)라는 뜻은 옥초(沃

焦)와 같은 욕망에서 벗어났다는 의미이다. 이를 다시 역설적으로 말하면 욕망에 빠진 중생들을 제도하는 분이라는 뜻이다. 여기서 옥초(沃焦)라는 표현은 큰 바닷속에 있는 산더미 같은 큰 돌을 가리키며, 옥초는 만류(萬流)를 빨아들이고 또 그 밑에는 아비지옥(阿鼻地獄)이 있어 맹렬한 불기운으로 항상 뜨겁게 달구어진 곳을 말한다. 그렇다면 여기서 옥초가 뜻하는 것은 무엇일까? 중생이 욕망에 가득 차서 무엇하나 만족할 줄 모르고 고통을 받는 상태를 비유한 것이다.

60권 화엄경 금강당보살십회향품(金剛幢菩薩十迴向品)에 보면
나는 마땅히 일체중생을 위해 무량한 고통을 받을지라도 모든 중생으로 하여금 나고 죽는 옥초에서 벗어나게 할 것이라는 가르침이 있다. 我當爲一切衆生 受無量苦 令諸衆生 悉得免出生死沃焦

부처님을 가리키는 표현은 음사어와 한역어를 합하여 나타내는 예도 있다. 석가모니불(釋迦牟尼佛), 석가여래(釋迦如來), 석가세존(釋迦世尊) 등의 표현이 그러하다.

하여튼 북방 불교의 흐름은 자칫 잘못하면 교조(敎祖)를 등지고 방편으로 설정된 불보살에 빠지기 십상이라는 것을 잊어서는 안 된다.

다시 본론으로 돌아와 실로 어떤 법이 있어서 최상의 깨달음을 얻은 것이 아니라고 하신 말씀을 핵심으로 경문의 흐름을 살펴야 한다. 진리는 사상(四相)에 휘둘리지 않기에 홀로 드러내려고 애쓰지 않는다. 그러기에 내세우거나 집착하거나 머물지도 않는다. 스스로 내세

우지 아니하여도 진법(眞法)이 되는 것이다. 그러나 혼탁한 세상에는 스스로 깨달았다고 뽐내는 사람들이 더러 있으니, 이는 누가 등 떠밀지 아니하여도 마귀의 소굴에 들어간 사람이라 그만 구제 불능이다.

何以故 如來者 卽諸法如義

하이고 여래자 즉제법여의

어찌하여 그러한가? 여래라고 하는 것은 모든 법이 진여라는 뜻이니라.

若有人言 如來得阿耨多羅三藐三菩提

약유인언 여래득아누다라삼막삼보리

만약 어떤 사람이 말하기를, 여래가 아누다라삼막삼보리를 얻었다고 말하더라도

須菩提 實無有法佛得阿耨多羅三藐三菩提

수보리 실무유법불득아누다라삼막삼보리

수보리야, 실제로는 부처가 아누다라삼막삼보리를 얻은 법이 없느니라.

부처님의 십대명호 가운데 여래(如來)라는 표현은 모든 법에 여여

(如如)하시다는 표현이다. 고로 부처님은 모든 법에 있어서 스스로 상을 내거나 어떤 규정을 정하여 스스로 갇히지 않는 것이다.

지금의 가르침도 곧 무아(無我)를 말씀하시는 것이다. 능가경(楞伽經)에서는 무아(無我)의 가르침에 대해서 두 가지 논리를 내세우는데, 인무아(人無我)와 법무아(法無我)이다. 이를 통틀어서 이무아지(二無我智)라고 한다.

인무아(人無我)는 실천적 입장에서의 법을 말한다. 인간은 오온으로 인하여 일시적으로 화합된 것에 지나지 아니하기에 거기에는 불변하는 실체가 없음을 말하는 무아의 가르침이다. 그리고 법무아(法無我)는 모든 현상은 여러 가지 인연의 조건으로 인하여 일시적인 화합에 지나지 아니하기에 거기에는 불변하는 실체가 없음을 말한다.

또한 화엄경 입법계품(入法界品)에 보면 무아지(無我智)에 대한 가르침이 있다.

선남자여, 나는 다만 이 모든 곳에 이르는 보살의 행만을 알거니와, 저 보살마하살들이 몸은 온갖 중생의 수효와 같고, 중생들과 차별이 없는 몸을 얻으며, 변화한 몸으로 모든 길에 두루 들어가 모든 곳에 태어나되, 여러 중생의 앞에서 청정한 광명으로 세간에 널리 비추고, 걸림 없는 소원으로 온갖 겁에 머무르며, 제석의 그물 같은 비등할 사람 없는 행을 얻어, 모든 중생을 항상 이롭게 하고, 항상 함께 거처하면서도 집착이 없으며, 세 세상에 두루 평등하여 '나'가 없는 지혜로 널리 비추고, 크게 자비한 광으로 모든 것을 관찰하는 일이야 내가 어떻게 알며 그 공덕의 행을 말하겠는가. 善男子 我唯知此至一切處菩薩行 如諸菩薩摩訶薩 身與一切衆生數等 得與衆生無差別身 以變化身 普入諸趣 於一切處 皆現受生 普現一切衆生之前 淸淨光明 遍照世間 以無礙願住一切劫 得如帝網諸無等行 常勤利益一切衆生 恒與共居 而無所着 普於三世 悉皆平等 以無我智 周遍照耀 以大悲藏 一切觀察 而我云何能知能說彼功德行

  중생의 근기에 따라 부처님은 법을 설하셨다. 이를 흔히 팔만사천 법문이라고 한다. 그렇다면 팔만사천의 법문은 어디로 귀납되는 것일까? 생각해 보아야 한다. 이에 대해 여러 가지 논설(論說)이 오고 갈 수 있겠지만 금강경에서는 무아(無我)를 가르치고 있다.

  무아의 관점에서 이를 다시 들여다보면 부처님은 모든 법에 있어서 '여여하다'고 하셨다. 이는 여여(如如)하여 부동(不動)한 것을 말한다. 다시 말하면 깨닫기 전이나 깨달음을 얻은 후나 매양 같기에 여여한 것이다. 그러므로 모든 법이 성공(性空)하여 어제와 오늘이 따로 없는 마냥 좋은 불국토가 되는 것이다. 그러기에 오미불이(悟迷不二)가 되는 것이다. 이를 모르면 부처를 등지고 부처를 찾게 되는 것이다.

須菩提 如來所得阿耨多羅三藐三菩提 於是中 無實無虛

수보리 여래소득아누다라삼막삼보리 어시중 무실무허

수보리야, 여래가 얻은 아누다라삼막삼보리는 그 가운데는 실다움도 없고, 헛됨도 없느니라.

是故 如來說 一切法 皆是佛法

시고 여래설 일체법 개시불법

그러므로 여래가 말하기를 모든 법이 다 불법이라고 하느니라.

부처님께서 얻으신 법은 실다움도 없고 헛됨도 없다고 하셨다. 이는 곧 법이라는 고정된 상에 집착하지 아니하신다는 표현이다. 이러한 이치로 본다면 삼라만상이 부처가 아님이 없는 것이다. 다만 우리가 분별을 지어서 차별의 상을 낼 뿐이다.

무실(無實)은 곧 실체가 없다는 표현이다. 다시 말해 모든 법은 연기(緣機)에 의하여 존재하는 것이기에 설령 우리 눈에 있는 것처럼 보일지라도 그 자성적 실체는 없는 것이다. 이를 무실(無實)이라고 한다.

중론(中論)[334]에 보면

만약 청정함과 청정하지 않음의 전도(顚倒)에 의존해서 삼독이 발생한다면 삼독은 자성이 없는 것이다. 그러므로 번뇌도 실체가 없다고 하였다. 若因淨不淨 顚倒生三毒 三毒 無性 故煩惱無實

또한 대지도론(大智度論) 권14에 다음과 같은 말씀이 있다.

모든 법은 파초와 같아서 일체가 마음에서 생겨난다. 만일 법에 실체가 없음을 안다면 이 마음 역시 공(空)이 되는 것이다. 그러기에 만약 어떤 사람이 공(空)을 잊지 아니하고 생각한다면 이는 불도를 수행하는 것이 아니다. 諸法如芭蕉 一切從心生 若知法無實 是心亦復空 若有人念空 是則非道行

지금 이 경문(經文)의 가르침은 '무실무허'가 핵심이다. 금강경은 부처님이 설법하시고, 응수(應酬)하는 이는 수보리이다. 그렇다면 수보리가 생각하기를 부처님께서 보리를 과연 얻었겠느냐 하고 의심하는 것은 곧 유(有)에 대한 집착이고, 만약 부처님이 보리를 얻지 못했을 것이라고 의심하는 것은 곧 무(無)에 대한 집착이다. 그러나 부처님은 유(有)에 대한 집착이던 무(無)에 대한 집착이던 이 두 가지

334 불멸(佛滅) 후 500년이 되자 사람들이 대승에서 말하는 필경공(畢竟空)을 제대로 이해하지 못하고 여러 가지 잘못을 일으키자 용수가 그 잘못을 바로잡기 위해서 중송(重頌)을 짓게 되었다고 한다. 요진(姚秦) 시대 409년에 구마라집(鳩摩羅什, Kumārajīva)이 한역했으며, 별칭으로 정관론(正觀論)·중관론(中觀論)이라고도 한다.

모두를 송두리째 버리라고 하신다. 이 가르침이 곧 '무실무허'이다. 다시 말하면 법은 자성이 없으므로 고정된 바가 없다. 이를 금강경에서는 '무실무허'라고 한 것이다.

일체법개시불법(一切法皆是佛法)
모든 법이 다 불법이라.

이는 앞서 나온 구절과 상통한다.

부처님은 중생을 어떤 완력으로 제도하는 것이 아니라 법(法)으로 제도한다. 법화경 서품에 보면 다음과 같은 게송이 있다.

種種因緣 以無量喩
종종인연 이무량유

照明佛法 開悟衆生
조명불법 개오중생

갖가지 인연과
한량없는 비유로써
깨달으신 법을 밝게 비추시어
중생들을 깨닫게 하시네.

보협경(寶篋經)[335]에서는 불법과 번뇌의 차이에 대하여

대덕 수보리여, 수미산의 광채가 비추는 곳에는 죄다 같은 빛깔뿐인 것이니, 즉 금빛을 말합니다. 대덕 수보리여, 반야의 광명이 일체 번뇌를 비추는 곳에는 죄다 같은 빛깔뿐인 것이니, 즉 불법의 빛을 두고 하는 말입니다. 그러므로 수보리여, 불법이나 번뇌를 반야 지혜로써 관조한다면 평등하여 아무 차별이 없습니다. 그러므로 대덕 수보리여, 일체 모든 법이 모두 이 불법이라고 하였다. 文殊師利言 大德須菩提 如須彌山王 光所照處悉同一色 所謂金色 如是 須菩提 般若光照 一切結使悉同一色 謂佛法色 是故 須菩提 佛法 結使以 般若慧觀 等無差別 是故 大德須菩提 一切諸法皆是佛法

승만경(勝鬘經)[336] 제4 섭수장(攝受章)에서는 올바른 가르침을 받아들이는 일이 광대하다고 하였다.

승만 부인이 부처님께 사뢰었다. 올바른 가르침을 받아들이는 일의 광대한 뜻은 곧 한량이 없으니, 모든 불법을 얻는 것이며 팔만사천법문을 거두어들이는 일입니다. 비유하면 겁이 처음 이루어질 때

---

335 대방광보협경(大方廣寶篋經)으로 5세기 중엽에 인도 출신의 학승 구나발타라가 번역하였다. 총 3권으로 된 이 경은 부처가 될 수 있는 성품은 누구에게나 있다는 것과 문수보살의 신기한 힘, 그리고 보살이 갖추어야 할 32가지 품성에 대해 설법하고 있다.

336 원명은 승만사자후일승대방편방광경(勝鬘獅子吼一乘大方便方廣經)으로 구나발다라(求那跋陀羅)가 한역하였다. 승만 부인이 일승(一乘)의 대방편을 널리 전개시키기 위하여 사자후한 것을 수록한 경이라는 뜻이다.

널리 큰 구름이 일어나고 온갖 색깔의 비와 갖가지 보배가 내리는 것과 같습니다. 이와 같이 올바른 가르침을 받아들이는 일 역시 한량없는 복의 과보와 한량없는 선근의 비를 내리게 하는 것입니다. 勝鬘白佛 攝受正法廣大義者 則是無量 得一切佛法攝八萬四千法門 譬如劫初成時 普興大雲雨衆色雨及種種寶 如是攝受正法雨無量福報及無量善根之雨

여래자 즉제법여의(如來者 卽諸法如義)
여래라고 하는 것은 모든 법이 진여라는 뜻이다.

남명천화상송증도가사실(南明泉和尙頌證道歌事實)[337]에도 다음과 같은 가르침이 있다.

환화공신즉법신(幻化空身卽法身)
허깨비 같은 실체 없는 몸이 바로 법신이다.

이미 '무명'이 바로 불성임을 알았다면 환신(幻身)이 바로 법신(法身)임을 응당 알아야 한다. 이른바 법신에 대해 교(敎)에서는 오분법신(五分法身)을 말하고 있다. 첫째는 계(戒)이고, 둘째는 정(定)이고, 셋째는 혜(慧)이고, 넷째는 해탈(解脫)이고, 다섯째는 해탈지견(解脫知見)이다. 전(傳)에서 말하기를 지혜가 참 경계와 그윽이 들어맞[冥

---

337 당나라 때 현각 스님이 지은 증도가(證道歌)에 대해 남명사(南明寺)의 법천(法泉) 스님이 찬탄한 게송을 해석한 것이다.

슴]으면 모든 법이 몸[身]이 되기 때문에 법신(法身)이라 한다. 이 법신이 능히 모든 법을 낳을 수 있기 때문이고, 모든 법을 널리 포섭할 수 있기 때문이라고 하였다. 법을 요달한 사람은 부모님이 인연으로 낳아 주신 허깨비 같은 환신(幻身)이 바로 금강(金剛)의 상주(常住)하는 불괴신(不壞身)임을 안다. 이 때문에 허깨비 같은 실체 없는 몸이 바로 법신이라고 말한 것이다. 幻化空身卽法身琪注 旣了無明卽是佛性 當知幻身卽是法身也 所言法身者 教有五分法身 一戒二定 三慧 四解脫 五知見也 傳曰 智冥眞境盡法爲身 故曰法身 能軌生一切法故 能遍攝一切法故也 達法之人了父母緣生虛幻之身卽是金剛常住不壞之身 故曰幻化空身 卽法身也

법집경(法集經)[338] 권제3에 보면
보리라 말하는 것은 적정이라고 하며, 적정이란 것은 모든 법이 진여임을 말한다고 하였다. 言菩提者 名爲寂靜 寂靜者 名爲一切法眞如

따라서 '모든 법이 다 불법'이라고 하는 것은 부처님 법이 어느 곳에나 이르기 때문이다.

---

338 북위(北魏) 시대에 보리유지(菩提流支, Bodhiruci)가 515년에 낙도(洛都)에서 한역하였다. 경의 이름은 부처님께서 설하신 교리들을 묶은 경이라는 뜻이다. 이 경에서는 보살들에게 필요한 여러 가지 교리들에 대하여 여러 보살들이 먼저 설하고 부처님께서 그것에 동의하는 형식을 취하고 있다.

須菩提 所言一切法者 卽非一切法 是故 名一切法

수보리 소언일체법자 즉비일체법 시고 명일체법

수보리야, 이른바 모든 법이라고 하는 것은 곧 모든 법이 아니므로 그 이름이 모든 법일 뿐이니라.

須菩提 譬如人身長大

수보리 비여인신장대

수보리야, 비유하건대 어떤 사람의 몸이 아주 크다는 것과 같으니라.

須菩提言 世尊 如來說人身長大 則爲非大身 是名大身

수보리언 세존 여래설인신장대 즉위비대신 시명대신

수보리가 사뢰었습니다. 세존이시여, 여래께서 말씀하시기를 어떤 사람의 몸이 아주 크다는 것도 실은 큰 몸이 아니오니 그 이름이 큰 몸이라 하십니다.

'모두'라는 말씀은 '모든 것을 두루 포함한다'는 말씀이니, 범부나 성인 등을 두루 아우르는 표현이다. 그러기에 모든 법(一切法)은 진여(眞如)가 되고 체(體)가 되는 것이다.

부처님의 가르침은 갖가지 방편을 들어 말씀하시나 결국 진여의

체로 귀납되는 것이다. 이를 법화경(法華經)에서는 '모든 것은 일승(一乘)으로 돌아간다'고 하였다. 이를 회삼승(會三乘), 귀일승(歸一乘)이라고 한다.

모든 법은 형상이 아니다. 그러기에 반어법(反語法)을 사용하여 모든 법은 곧 모든 법이 아니라고 한 것이다. 왜냐하면 중생은 미혹하여 형상이 없는 것도 굳이 형상으로 만들려고 하는 의식이 억수로 강하기에 이를 미리 방지하고자 하심이다.

부처님의 가르침으로 보면 우리들의 일상사인 행주좌와(行住坐臥)는 대상하는 경계에 의하여 인연 따라 일어나는데, 이를 응당 잘 관조하면 곳곳이 부처님의 도량이 되고 일마다 보리를 증장시키게 되는 것이다. 그러기에 부처님의 법문은 무량하고 무궁한 것이다.

위에서 모든 법은 무실무허(無實無虛)라고 하셨다. 지금 여기에서는 모든 법이라는 것은 곧 모든 법이 아니라 다만 이름하여 모든 법이라고 하셨으니, 청정각성(淸淨覺性)이 되어야 가능한 논리이다. 이를 깨닫지 아니하면 긴가민가하다가 어벌쩡하고 넘어가게 되는 어리석음을 범한다.

지금 금강경에서 말하는 모든 법, 그리고 법화경에서 말하는 일승 등은 모두 우리 마음의 소작(所作)을 말한다. 수연진여(隨緣眞如)라는 가르침이 있다. 마음의 본성인 진여와 법성이 여러 가지 인연에 따라서 동(動)하는 것을 말한다.

모든 법도 결국 마음을 말한다. 우리들의 마음에 대해서 반야심경(般若心經)에서는 모든 법의 공한 모습은 생기는 것도 아니고 소멸하여지는 것도 아니며, 더러운 것도 아니고 깨끗한 것도 아니며, 늘어나거나 줄어드는 것도 아니라고 하였다. 是諸法空相 不生不滅 不垢不淨 不增不減

금강묘법은 형상으로 드러낼 수 없기에 무실무허가 되는 것이다. 그러므로 언어로써도 형용할 수 없는 것이다.

이어서 인신장대(人身長大)의 비유를 들고 있다. 여기서 인신(人身)은 곧 법신(法身)을 말한다. 이를 다시 말하면 법신(法身)은 곧 법신불(法身佛)이 되는 것이다. 법신은 몸 아닌 몸이기에 대신(大身)이라고 하였다. 법신은 무애하여 항상 여여하기에 인신장대가 되는 것이다. 고로 보살의 덕망은 위대한 것이다.

또한 비대신(非大身)이라고 하셨으니, 이는 제상(諸相)은 곧 없기 때문에 그렇게 표현한 것이다. 그러므로 법신은 모든 곳에 두루 한 것이다.

화엄경 십회향품(十廻向品)에서 금강당보살(金剛幢菩薩)이 부처님의 신력을 게송으로 찬탄하는 말씀을 보면 다음과 같다.

法性遍在一切處 一切衆生及國土
법성편재일체처 일체중생급국토

三世悉在無有餘 亦無形相而可得

삼세실재무유여 역무형상이가득

법의 성품 온갖 곳에 두루 있으며

모든 중생과 온갖 국토와

삼세에 모두 있어 남음 없지만

그래도 그 형상 얻을 수 없다.

유마경(維摩經)³³⁹ 제1 불국품에 보면

법은 항상 고요하니[寂然], 모든 상(相)을 없애 버렸기 때문이며,
법은 상을 떠나 있으니 인식의 대상[所緣]이 없기 때문이며, 법은 이
름이 없으니 언어(개념으로 미칠 수 있는 길)가 끊겼기 때문이며, 법은
말[說]이 없는 것이니 크고 작은 생각[覺觀]을 떠났기 때문이며, 법
은 모양이 없으니 허공과 같기 때문이며, 법은 부질없는 말[虛論]이
없으니 필경공(畢竟空)이기 때문이라고 하였다. 法常寂然 滅諸相故
法離於相 無所緣故 法無名字 言語斷故 法無有說 離覺觀故 法無
形相 如虛空故 法無戲論 畢竟空故

부처는 어디에 떡하니 고정된 것이 아니다. 그러기에 인신장대(人
身長大)가 되는 것이다. 분별심을 내어 부처다, 중생이다 나누어 양

---

339 후진(後秦) 시대에 구마라집(鳩摩羅什, Kumārajīva)이 406년에 장안(長安)
의 소요원(逍遙園)에서 한역하였다. 별칭으로 불가사의해탈경 · 유마힐경 · 신
유마경 · 정명경이라고 한다.

극단으로 생각한다면 이미 어긋나 있는 것이다. 우리는 흔히 부처를 깨달은 사람이라고 의미를 부여하는 경우가 많다. 그러나 이는 부처를 또 하나의 존재의 틀 안에 가두어 버리는 것이다. 부처는 깨달은 사람이라는 보편적인 논리에서 벗어나서 본다면 항상 깨어 있는 자가 부처이다.

여기에 대하여 중국의 경운(耕雲)[340] 거사는

시시로 스스로 깨어나며 생각 생각마다 스스로 이를 알아차리면 일마다 마음이 편안하니 분분초초로 안상(安祥)할 것이라고 하였다.
時時自覺 念念自知 事事心安 秒秒安祥

須菩提 菩薩亦如是 若作是言 我當滅度無量衆生 則不名菩薩

수보리 보살역여시 약작시언 아당멸도무량중생 즉불명보살

수보리야, 보살도 또한 이와 같으니 만일 내가 한량없는 중생들을 제도했다고 말하는 이가 있다면 이는 곧 보살이라고 이름할 수 없다.

---

340 경운(耕雲, 1924~2000) 선생으로 널리 알려져 있으면 천진(天津)에서 태어난 불교학자이다. 대표작으로는 관조수필(觀潮隨笔)이 있으며 그 외 다수의 저서가 있다.

何以故 須菩提 實無有法名爲菩薩

하이고 수보리 실무유법명위보살

왜냐하면 수보리야, 실로 어떤 진리도 마음에 두지 않은 이를 보살이라고 이름하기 때문이니라.

是故 佛說一切法 無我無人無衆生無壽者

시고 불설일체법 무아무인무중생무수자

그러므로 여래가 말하기를 모든 법은 아상·인상·중생상· 수자상이 없다고 하느니라.

여기서 보살은 곧 깨달은 사람을 말한다. 깨달은 사람은 능소(能 所)가 없어야 한다. 내가 누구를 제도했다고 한다면 이는 곧 사상에 빠지는 어리석음을 범한다. 마음에 능소가 없으면 곧 보살이라는 사 상이 성립되거늘 털끝만큼이라도 마음에 '나'라는 인식이 자리잡으 면 이는 곧 보살이 아니다. 다시 말해 보살은 무아(無我)의 설법을 하 는 자라고 지금 역설하고 있음이다.

부처님의 법은 아(我)도 없고 인(人)도 없고, 중생(衆生)도 없고, 수 자(壽者)도 없다. 간단하게 말하면 사상이 없음을 보여 주고 있다.

수행하여 깨닫지 못하면 세상 모든 것이 이분법으로 보인다. 깨닫 고 보면 이 세상의 모든 것은 나와 더불어 분명 필요하기에 존재한다. 고로 일체가 곧 하나로 귀일되기에 깨달은 자의 눈에는 부처 아님이 없는 것이다. 만약 수행자가 법상(法相)에 걸린다면 참다운 보살이라고 할 수 없다. 그러기에 능소심(能所心)에서 벗어나야 한다.

능소(能所)는 서로 인식하고 인식하는 대상이다. 이를 염두에 두고 금강경을 보면 부처님은 우리에게 능소심에서 벗어나면 진정한 해탈을 얻을 수 있다고 하셨다. 이러한 관점에서 본다면 능소일체(能所一體)가 되어야 무아(無我)가 되는 것이다.

須菩提 若菩薩作是言 我當莊嚴佛土 是不名菩薩
수보리 약보살작시언 아당장엄불토 시불명보살

수보리야, 만일 보살이 말하기를 내가 마땅히 불국토를 장엄하리라고 한다면 이는 보살이라 이름할 수 없느니라.

何以故 如來說莊嚴佛土者 卽非莊嚴 是名莊嚴
하이고 여래설장엄불토자 즉비장엄 시명장엄

왜냐하면, 여래가 말하는 불국토의 장엄은 곧 장엄이 아니라 그 이름을 장엄이라 하느니라.

다시 불국토 장엄의 실례(實例)를 들고 있다. 보살은 중생을 제도했다는 생각도 없고 불국토를 장엄했다는 생각도 없기에 중생을 제도하고 불국토를 장엄한 것이다. 이것이 바로 무아법(無我法)이다.

불국토는 심토(心土)를 말한다. 마음에 상(相)이 없듯이 불국토도 역시 그러하다. 따라서 마음을 진귀한 꽃이나 향으로 장엄할 수 없듯이 불국토를 어찌 형체가 있는 것으로 장엄할 수 있겠는가?

따라서 아미타불의 48대원, 약사여래의 12대원, 석가여래의 500대 원 등으로 장엄하였음이 이를 증명하고 있다. 그러므로 중생은 사홍 서원(四弘誓願)으로 불국토를 장엄하는 것이다.

금강반야론(金剛般若論)에 보면

여래께서 보살이라 부르신다고 말씀하셨는데 여기서 보살이란 그 와 같은 두 종류의 무아 가운데에서 두 종류의 정각을 이루기 때문 이다. 이것은 어떠한 것을 나타내는가 하면, 만약 아(我)를 성취하였 노라고 하면 곧 인아취(人我取)가 되고, 다른 사람을 위해서 내가 장 엄국토를 취하였다고 말한다면 이는 법아취(法我取)가 되니 이러한 사람은 보살이 아니라고 하였다. 如來說名菩薩 菩薩者 爲於彼二種 無我中二種正覺故 此等云何顯示 若言 我成就 卽爲人我取 莊嚴 國土者 是法我取 此非菩薩

종경록(宗鏡錄)[341] 권제21에 보면

---

341 송(宋)나라(904~975) 때 연수(延壽)가 편찬하였으며, 961년에 발행하였다. 대승 경전 60부와 300여 명에 이르는 고승들의 가르침을 엮은 것이다.

승조(僧肇) 법사가 이르기를 만 가지 일과 만 가지 형상은 모두가 마음을 말미암아 이루어지고 마음의 높낮이가 있기 때문에 언덕이 생긴다고 했으며, 또 이르기를 부처의 국토는 언제나 깨끗하거늘 어찌 변화를 기다린 뒤에 장식하겠는가. 대개 이는 뭇 사람들의 보는 바가 변한 것일 뿐이다. 그러므로 중생이 보면 흙과 돌·산·하천이 되나니 모두가 제 업의 영상이 일어나는 것이며, 보살은 순전히 미묘한 지혜가 되나니 바로 이 참 지혜가 행하는 바로써 범부·성인의 마음을 여의고 진리와 세속의 경계가 없다고 하였다. 肇法師云 萬事萬形皆由心成心 有高下故 丘陵是生 又云 佛土常淨 豈待變而後飾 蓋是變衆人之所見耳 是以衆生見 爲土石山河 皆是自業之影起 菩薩純爲妙慧 卽是眞智之所爲 離凡聖心 無眞俗境

須菩提 若菩薩 通達無我法者 如來說名眞是菩薩
수보리 약보살 통달무아법자 여래설명진시보살

수보리야, 만약 보살이 나와 법이 없는 진리를 통달한다면 여래는 그를 참된 보살이라고 이름하느니라.

무아법을 깨달으면 곧 보살이 되는 것이다. 그리고 '구경무아분'의 핵심을 아주 단칼에 무 자르듯이 뚝 잘라 드러내고 있다. 사상을 내세우지 말고 무아의 진리를 통달하라. 그러면 진정한 보살이 된다. 이를 역으로 서술한다면 그대가 진정한 보살이 되고 싶은가? 그렇다면 무아(無我)를 행하라고 가르치고 있다.

금강경에서는 무아를 가르치기 위하여 사상(四相)을 드러내 이를 타파하라고 하였다. 제5 여리실견분(如理實見分)에 나오는 '무릇 형상이 있는 것은 모두가 다 허망하나니, 만약 모든 형상을 형상이 아닌 것으로 보면, 곧 여래를 보리라'고 말씀하신 것도 모두 무아를 가르치기 위함이다. 凡所有相 皆是虛妄 若見諸相非相 則見如來

무아(無我)는 내가 없다는 것이 아니라 자기를 드러내지 않는다는 불교만의 독특한 교설이다. 그러기에 고정되고 불변하는 자아는 존재하지 않는 것이다. 이러한 가르침은 아주 폭넓게 적용되어 오온무아(五蘊無我)는 물론이고, 제법무아(諸法無我)라는 거대한 틀로 우리를 이끌어 나아간다. 우리가 무아로 나아가지 못하는 가장 큰 원인으로 집착을 꼽고 있다. 결국 사상도 집착에서 기인한다. 그러므로 인간의 불행은 집착으로부터 오는 것이다.

보살통달무아법(菩薩通達無我法)
보살은 나와 법이 없는 진리를 통달해야 한다.

수행자는 이로써 보살의 상을 삼아야 하기에 이를 보살지상(菩薩之相)이라 하고, 이로써 법을 삼아야 하기에 보살지법(菩薩之法)이라고 하며, 이러한 보살을 진실보살(眞實菩薩)이라고 한다.

이를 알아차리면 발심이 일어나기 마련이기에 이를 본문에서는 다음과 같이 말씀하시고 있다.

當生如是心 我應滅度一切衆生
당생여시심 아응멸도일체중생

마땅히 이러한 마음을 낼지니, 내가 온갖 중생들을 열반에 이르도록 제도하리라 하는 마음을 낸다고 하였다. 이는 곧 능발심(能發心)이다.

발심이 일어나야 자신은 물론 다른 중생을 제도할 수가 있다. 따라서 본문을 추려서 다시 살펴보면 다음과 같다.

菩薩亦如是 我當滅度 無量衆生
보살역여시 아당멸도 무량중생

보살도 또한 이와 같이 내가 한량없는 중생들을 제도할 수 있음이라고 하였으니 이는 능도생(能度生)이라고 할 수 있다.

중생을 제도함이 불국토를 참답게 장엄함이다. 불국토는 무위(無爲)의 세계이지 유위(有爲)의 세계가 아니다. 꽃이나 보배로운 장식으로는 장엄할 수가 없다. 이에 본문을 추려 살펴보면 다음과 같다.

若菩薩 作是言 我當莊嚴佛土
약보살 작시언 아당장엄불토

만일 보살이 말하기를,

내가 마땅히 불국토를 장엄하리라.

그러나 사람들은 불국토를 형상이 있는 국토로 여기는 경향이 아주 강하다. 불국(佛國)은 곧 법국(法國) 또는 법계(法界)라고 한다. 따라서 부처는 싯다르타라는 사람 이름을 말하는 것이 아니라 깨달았다는 뜻이다. 까닭에 부처는 각인(覺人)을 말함이다. 이를 바로 알면 극락은 형이상학적(形而上學的)인 세계를 말한다는 것을 알 수 있다.

대승십법경(大乘十法經)[342]에 보면 다음과 같은 내용이 있다.

선남자야, 보살마하살이 모든 법을 바로 관찰함이란 어떤 것인가?
선남자야, 보살은 이렇게 생각한다.
모든 법은 요술과 같나니 범부를 미혹하게 하기 때문이요,
모든 법은 꿈과 같나니 실(實)이 아니기 때문이며,
모든 법은 물속의 달과 같나니 사실이 아니기 때문이요,
모든 법은 메아리와 같나니 중생이 아니기 때문이며,
모든 법은 그림자와 같나니 망상으로 헤아리기 때문이요,
모든 법은 메아리와 같나니 소리는 생멸하기 때문이며,
모든 법은 생멸하나니 인연으로 거짓되게 이루어졌기 때문이요,

---

[342] 양(梁)나라 때 승가바라(僧伽婆羅)가 506년~520년 사이에 양도(楊都)의 정관사(正觀寺)에서 한역하였으며, 대승 불교도들이 불도를 닦을 때 명심해야 할 10가지를 설법하고 있다. 약경명(略經名)은 십법경(十法經)이고, 이역본으로 대보적경(大寶積經)의 제9 대승십법회(大乘十法會)가 있다.

모든 법은 나지도 않고 옮기지도 않나니 진여의 본체와 같기 때문이며,

　모든 법은 멸하지 않나니 본래 생기지 않았기 때문이요,

　모든 법은 지음이 없나니 지은 자가 없기 때문이며,

　모든 법은 허공과 같나니 물들일 수 없기 때문이요,

　모든 법은 적멸하나니 성품이 물들지 않기 때문이며,

　모든 법은 때[垢]가 없나니 일체의 모든 때를 떠났기 때문이요,

　모든 법은 성품이 적멸하나니 번뇌를 떠났기 때문이다.

　善男子 云何菩薩摩訶薩正觀諸法 善男子 若菩薩作如是觀 一切諸法猶如幻 迷惑凡夫故 一切諸法如夢 不實故 一切諸法如水中月 非事故 一切諸法如響 非衆生故 一切諸法如影 計妄想故 一切諸法如響聲 生滅壞故 一切諸法生滅壞 緣假成故 一切諸法本不生不移 同眞如體故 一切諸法不滅 本不生故 一切諸法無作 無作者故 一切諸法如虛空 不可染故 一切諸法定寂滅 性不染故 一切諸法無垢 離一切諸垢故 一切諸法性滅 離煩惱故

　이를 바로 알면 진흙물에서 깨끗한 연꽃이 피는 것과 같고, 허공에 때가 낄 수 없음과 같고, 해와 달이 높이 떴기에 구름이 이를 가릴 수 없는 것과 같다.

제18 일체동관분 一體同觀分

··

분별없이 일체를 하나로 보아라

須菩提 於意云何 如來有肉眼不 如是世尊 如來有肉眼

수보리야, 너는 어떻게 생각하느냐? 여래가 육안(肉眼)이 있느냐? 그러하옵니다, 세존이시여. 여래께서는 육안이 있습니다.

須菩提 於意云何 如來有天眼不 如是世尊 如來有天眼

수보리야, 너는 어떻게 생각하느냐? 여래가 천안(天眼)이 있느냐? 그러하옵니다, 세존이시여. 여래께서는 천안이 있습니다.

須菩提 於意云何 如來有慧眼不 如是世尊 如來有慧眼

수보리야, 너는 어떻게 생각하느냐? 여래가 혜안(慧眼)이 있느냐? 그러하옵니다, 세존이시여. 여래께서는 혜안이 있습니다.

須菩提 於意云何 如來有法眼不 如是世尊 如來有法眼

수보리야, 너는 어떻게 생각하느냐? 여래가 법안(法眼)이 있느냐? 그러하옵니다, 세존이시여. 여래께서는 법안이 있습니다.

須菩提 於意云何 如來有佛眼不 如是世尊 如來有佛眼

수보리야, 너는 어떻게 생각하느냐? 여래가 불안(佛眼)이 있느냐? 그러하옵니다, 세존이시여. 여래께서는 불안이 있습니다.

須菩提 於意云何 如恒河中所有沙 佛說是沙不 如是世尊 如來
說是沙

수보리야, 너는 어떻게 생각하느냐? 항하에 있는 모래를 부처님께
서 말한 적이 있느냐? 그러하옵니다, 세존이시여. 여래께서 항하의
모래를 말씀하셨습니다.

須菩提 於意云何 如一恒河中所有沙 有如是等恒河 是諸恒河
所有沙數佛世界 如是寧爲多不 甚多世尊

수보리야, 너는 어떻게 생각하느냐? 저 항하에 있는 모래 수가 많
은 것 같이 그렇게 많은 항하가 있고, 이 여러 항하에 있는 모래 수와
같은 불세계가 있다면 이런 불세계는 많지 않겠느냐? 아주 많습니
다, 세존이시여.

佛告須菩提 爾所國土中 所有衆生 若干種心 如來悉知 何以故
如來說諸心 皆爲非心 是名爲心 所以者何 須菩提 過去心不可得
現在心不可得 未來心不可得

부처님께서 수보리에게 말씀하셨습니다. 저 많은 세계 가운데 있는
모든 중생의 갖가지 마음을 여래가 다 아느니라. 왜 그러냐 하면 여래
가 말하는 모든 마음은 모두가 마음이 아니라 그 이름이 마음일 뿐이
기 때문이니라. 그 까닭이 무엇이겠는가? 수보리야, 과거의 마음도
찾을 수 없고 현재의 마음도 찾을 수 없고 미래의 마음도 찾을 수 없기
때문이니라.

일체동관 一體同觀

분별없이 일체를 하나로 보아라.

일체를 하나로 보아라. 삼라만상의 모든 것을 하나로 보지 아니하고 나누어 보는 것은 곧 분별하는 마음이기 때문이라는 가르침이다.

일체 모든 것을 동일체(同一體)로 관하라. 이것이 일체동관분이다. 그러기에 부처님은 중생이다 부처다 구별 짓지 아니하고, 평등심으로 동일하게 본다는 가르침이기도 하다. 그렇다면 어떻게 해야 그렇게 할 수 있느냐 하는 방법에 대해서 오안(五眼)을 예로 들어 우리를 무주(無住)로 인도해 무아(無我)에 이르게 하고 있다.

신라의 고승 의상(義湘 625~702)[343] 스님은 법성게를 통하여 '일즉일체다즉일(一卽一切多卽一)'이라고 하여, '하나 가운데 곧 일체가 다 포함되어 있다'고 하였다. 이를 다시 말하면 부처님의 마음으로 보면 하나가 모두이고, 모두가 곧 하나라는 가르침이다.

물론 이는 화엄경(華嚴經)의 가르침에 속하는 것으로 만유의 실체가 차별적인 존재로 보이나, 그 체(體)는 본래 떨어져 있는 것이 결코 아니라서 그 하나하나가 모두 절대이면서 만유와 융통하는 것이라는 가르침이다. 이를 다시 말하면 한 방울의 바닷물로 그 짠맛을 알

---

[343] 신라의 사문으로 우리나라 화엄종의 개조(開祖)이다. 당나라로 건너가 중국 화엄종의 제2조인 지엄(智儼)으로부터 8년 동안 화엄을 수학하고 귀국하였다.

수가 있음을 말한다. 까닭에 일화세계(一花世界)라는 표현이 있다. 이를 다시 말하면 화오세계(花悟世界)라고 한다.

화엄경 보현행원품(普賢行願品)에 나오는 게송이다.

一塵中有塵數刹 一一刹有難思佛
일진중유진수찰 일일찰유난사불

한 티끌 가운데에 티끌 수효만큼 세계가 있고
그 세계마다 한량없는 부처님들이 계신다.

일체동관, 참으로 거룩한 표현이다. 알고 보면 모든 중생은 일천일지(一天一地)라고 하여 한 하늘 한 땅에 사는 존재인 것이다. 그러기에 차별상을 내어서는 안 된다. 물론 여기에 대해서 일사세계(一沙世界), 일화천당(一花天堂) 등 다양한 표현이 있지만 번거로움을 덜고자 이에 대한 설명은 생략하고자 한다.

금강경에서는 오안(五眼)을 들어서 우리를 진리의 세계로 이끌고 있다면, 도세품경(度世品經)[344]에서는 십안(十眼)을 제시하고 있다. 그러므로 도세품경 권제4에 나오는 '십안'을 살펴볼 필요가 있다.

---

344 서진(西晋) 시대에 축법호(竺法護, Dharmarakṣa)가 291년에 한역하였다. 줄여서 도세경·도세품이라고 한다 이역본으로 화엄경(60권)의 제33 이세간품·화엄경(80권)의 제38 이세간품이 있다.

보살의 눈[眼]에 열 가지가 있습니다. 무엇이 열 가지인가?

　① 육안(肉眼) : 육안으로 모든 빛깔을 모두 보고, ② 천안(天眼) : 천안으로 중생이 마음속으로 생각하는 바를 널리 보며, ③ 지혜안(智慧眼) : 지혜의 눈으로 뭇 사람의 근성을 관하고, ④ 법안(法眼) : 법의 눈으로 모든 법이 귀착하는 곳을 보며, ⑤ 불정각안(佛正覺眼) : 부처님·정각의 눈으로 여래의 모든 열 가지 힘을 다 보고, ⑥ 성혜안(聖慧眼) : 거룩한 지혜의 눈으로 모든 그릇된 법을 없애는 일을 보며, ⑦ 광명안(光明眼) : 광명의 눈으로 부처님의 거룩한 빛을 펴서 널리 비추는 것을 보고, ⑧ 도리안(導利眼) : 인도하고 이롭게 하는 눈으로 뽐내면서 스스로 잘난 체함을 버리며, ⑨ 무위안(無爲眼) : 무위의 눈으로 막힘이 없이 보고, ⑩ 일체지안(一切智眼) : 일체지의 눈으로 시방의 온갖 법문을 널리 보는 것이니, 이것이 바로 보살의 열 가지 눈이라. 菩薩眼有十事 何謂爲十 則以肉眼皆見諸色 又以天眼普見衆生心意所念 以智慧眼觀黎庶根 復以法眼皆見諸法之所歸趣 佛正覺眼悉見如來諸十種力 以聖慧眼見除一切諸非法事 以光明眼演佛威耀普有所照 以導利眼捐棄一切貢高自大 以無爲眼所觀無礙 一切智眼普見十方一切法門 是爲菩薩十事眼也

　화엄경(華嚴經)[345] 이세간품에서는 십안(十眼)을 들어서 우리에게 가르침을 주고 있으니 이를 살펴보면 다음과 같다.

---

[345] 화엄경 이세간품은 앞서 설명한 도세품경(度世品經)과 같은 갈래이므로 그 내용이 대동소이하나 공부자를 위하여 싣고자 한다.

불자여, 보살마하살이 열 가지 눈이 있으니 무엇이 십안(十眼)인가? 이른바 살 눈[肉眼]이니, 모든 빛을 보는 연고이며, 하늘 눈이니 일체중생의 마음을 보는 연고이며, 지혜 눈이니 일체중생의 여러 근의 경계를 보는 연고이며, 법 눈이니 모든 법의 실다운 모양을 보는 연고이며, 부처 눈이니 여래의 열 가지 힘을 보는 연고이며, 슬기 눈[智眼]이니 모든 법을 알고 보는 연고이며, 광명의 눈이니 부처의 광명을 보는 연고이며, 생사에서 뛰어나는 눈이니 열반을 보는 연고이며, 걸림 없는 눈이니 보는 바가 걸림이 없는 연고이며, 온갖 지혜의 눈이니 넓은 문의 법계를 보는 연고이며, 이것이 열이니 만일 보살들이 이 법에 편안히 머물면 여래의 위없는 큰 지혜의 눈을 얻음이라.

佛子 菩薩摩訶薩 有十種眼 所謂肉眼 見一切色故 天眼 見一切衆生心故 慧眼 見一切衆生 諸根境界故 法眼 見一切法 如實相故 佛眼 見如來十力故 智眼 知見諸法故 光明眼 見佛光明故 出生死眼 見涅槃故 無礙眼 所見無障故 一切智眼 見普門法界故 是爲十 若諸菩薩 安住此法 則得如來無上大智慧眼

일체동관(一體同觀)에서 일체(一體)는 곧 한몸이니 이는 무이(無二)를 말한다. 왜냐하면 둘이 아님이 곧 하나이기 때문이다. 고로 일체동관은 실상이체(實相理體)를 말하는 것이다. 이는 부처님의 깨달음은 유일무이(唯一無二)하기에 실상이체가 되는 것이다. 부처님은 세상만물을 대하실 때 차별을 두지 아니하심이다. 그러기에 동관(同觀)이다.

須菩提 於意云何 如來有肉眼不

수보리 어의운하 여래유육안부

수보리야, 너는 어떻게 생각하느냐? 여래가 육안(肉眼)이 있느냐?

如是世尊 如來有肉眼

여시세존 여래유육안

그러하옵니다, 세존이시여. 여래께서는 육안이 있습니다.

일체동관분은 오안(五眼)을 예시하여 가르침을 주고 있다. 오안은 다섯 가지의 눈을 말함이며, 이는 육안(肉眼)·천안(天眼)·혜안(慧眼)·법안(法眼)·불안(佛眼)을 말한다.

부처님은 오안(五眼) 가운데 제일 처음 육안(肉眼)을 예로 들어서 설명하심이다. 육안은 육신에 갖추어진 눈을 말한다. 그러나 육안으로는 국한된 장소만 겨우 볼 뿐이지 종이 한 장으로 눈을 가려도 그만 앞을 못 보는 한계가 있다. 이러한 육안은 모든 중생이 다 갖추고 있는 보편적인 눈이다. 이러한 보편적인 눈은 결국 모든 사물을 이분적(二分的)으로 나누어 보기에 이로 인하여 분별을 낳게 되고, 분별은 결국 시비를 낳고, 시비는 분쟁과 갈등으로 그 가지를 뻗어 나가는 것이다. 그런데 왜 여기서 부처님은 육안을 말씀하셨을까? 이는 부처님도 중생들과 같이 육안의 눈을 갖추고 있다는 것을 가르쳐주기 위함이다.

능엄경(楞嚴經)에 보면

보는 정기가 색(色)을 반영하여 색과 맺어 감관을 이뤘으니, 감관의 근원을 청정한 네 요소[淸淨四大: 勝義根]라고 하며, 이로 인해서 눈의 체[眼體]라고 한다. 여기에 포도알처럼 생긴 네 요소의 부실한 감관[浮根四塵: 浮塵根 또는 扶塵根]이 제멋대로 흘러서 색을 좇아 분주하게 된다고 하였다. 見精映色結色成根 根元目爲淸淨四大 因名眼體如蒲萄朶 浮根四塵流逸奔色

또한 대반야바라밀경에서는

보살마하살이 다섯 가지 눈인 육안과 천안과 혜안과 법안과 불안을 얻고자 하면 응당 반야 바라밀다를 배워야 한다고 하셨다. 대반야바라밀다경에서는 어찌하면 오안을 얻을 수 있는가에 대해서 친절하게 그 수행법을 제시하고 있다. 또 사리자야, 어떤 보살마하살은 보시 · 계율 · 인욕 · 정진 · 선정 · 반야 바라밀다를 수행하여 청정한 다섯 가지 눈을 얻나니, 어떤 것이 다섯이냐 하면 이른바 육안 · 천안 · 혜안 · 법안 · 불안이라고 하였다. 若菩薩摩訶薩 欲得五眼 所謂肉眼天眼慧眼法眼佛眼 應學般若波羅蜜多 復次舍利子 有菩薩摩訶薩 修行布施淨戒安忍精進靜慮般若波羅蜜多 得淨五眼 何等爲五 所謂 肉眼 天眼 慧眼 法眼 佛眼

육안(肉眼)은 사물을 봄에 있어서 반드시 한계가 있다.

원근(遠近): 멀리는 보지 못하고 가까이 있는 것만 볼 수가 있다.

전후(前後): 앞은 볼 수 있으되 뒤는 보지 못한다.

내외(內外): 안은 볼 수가 없고 밖은 볼 수가 있다.

상하(上下): 위는 보지만 밑은 보지를 못한다.

주야(晝夜): 낮에는 볼 수 있지만 밤에는 볼 수가 없다.

육안은 차별이 있기 마련이므로 덩달아 차별심이 있는 것이다.

須菩提 於意云何 如來有天眼不

수보리 어의운하 여래유천안부

수보리야, 너는 어떻게 생각하느냐? 여래가 천안(天眼)이 있느냐?

如是世尊 如來有天眼

여시세존 여래유천안

그러하옵니다, 세존이시여. 여래께서는 천안이 있습니다.

천안(天眼)은 색계의 천인이 선정을 수행하여서 얻은 눈을 말한다. 천안은 멀고 가까움, 앞과 뒤, 안과 밖, 주간과 야간, 위와 아래 등 모든 조건에 장애를 받지 아니하고 보는 눈을 말한다.

대반야경(大般若經)에 보면

부처님의 육안은 인간의 무수, 무변한 세계를 볼 수 있기에 장내(障內)의 것뿐만 아니다. 만약 부처님의 천안의 경우에는 제천의 모든 세밀한 색까지도 다 본다고 하였다.

유마경(維摩經) 불국품에 보면

아나율이 부처님께 천안으로 보는 거리를 묻자 부처님은 답하시기를 인자(仁者)여, 나는 석가모니 부처님의 국토인 삼천대천세계를 보는 것이 손바닥 안에 있는 암마라 나무의 열매를 보는 듯하다고 하셨다. 仁者 吾見此釋迦年尼佛土三千大千世界 如觀掌中菴摩勒果

유마거사는 참다운 천안이란 분별심을 내지 아니하고 보며 양극단으로 치우쳐서 보지 않는다고 하였다. 부처님께서는 참 천안통을 얻고 항상 삼매 중에 계시면서 여러 부처님 세계 보기를 아무런 분별심 없이 보시며 두 가지 모습으로 보시지 아니한다고 하였다. 維摩詰言 有佛世尊 得眞天眼 常在三昧 悉見諸佛國 不以二相

그렇다면 부처님은 왜 천안을 얻으셨는가. 화엄경(華嚴經) 십주품에 보면 다음과 같이 내용이 있다.

一切世界諸衆生 隨業漂流無暫息
일체세계제중생 수업표류무잠식

欲得天眼皆明見 菩薩以此初發心
욕득천안개명견 보살이차초발심

온 세계의 모든 중생이
업을 따라서 헤매면서 잠깐도 쉴 새 없나니
천안통을 얻어서 밝게 보고자
보살이 이를 위해 처음으로 발심하였네.

화엄경 권제57에 보면
  이른바 하늘 눈[天眼]으로 모든 세계의 여러 가지 빛을 보고 중생
들의 여기서 죽어 저기 남을 아는 연고며, 하늘 귀[天耳]로 부처님들
의 법문을 듣고 받자와 지니고 기억하여 중생들의 근성을 따라 연설
하는 연고라고 하였다. 所謂 天眼悉見一切世界所有衆色 知諸衆生
死此生彼故 天耳悉聞諸佛說法 受持憶念 廣爲衆生隨根演暢 故

  이렇듯 부처님은 중생들의 고통을 하나라도 더 살피고자 천안을
얻으셨다고 하였다. 그러기에 육안을 바탕으로 하여 천안을 구족하
지 못하면 그만 미혹심이 일어남을 피할 수가 없는 것이다.

  육안이 어느 일정한 공간을 보는 안목이라면 천안은 시공을 초월
한 안목을 갖춘 눈이다. 세상의 이치는 아는 만큼 보이는 영역을 넓
혀 나아가는 것이다.

須菩提 於意云何 如來有慧眼不

수보리 어의운하 여래유혜안부

수보리야, 너는 어떻게 생각하느냐? 여래가 혜안(慧眼)이 있느냐?

如是世尊 如來有慧眼

여시세존 여래유혜안

그러하옵니다, 세존이시여. 여래께서는 혜안이 있습니다.

혜안(慧眼)은 이승인의 눈으로 진공과 무상을 인식할 수 있고 모든 형상을 공상(空相)과 정상(定相)으로 통찰할 수 있는 눈을 말한다. 이는 근본지(根本智)를 비추는 눈이다.

혜안은 곧 근본지를 보는 눈이라고 말하였다. 근본지에 대하여 알고 나면 이해가 한층 빠를 것이다. 근본지는 진리에 부합하여 주관과 대상의 차별이 없는 일념의 진지(眞智)를 가리킨다. 이는 모든 지혜의 근본이 되고 또한 후득지(後得智)의 근본이 되기에 근본지라고 한다.

사물을 봄에 있어서 차별을 일으키지 아니하기에 지혜의 눈이 얻어지는 것이다. 그러므로 근본지를 무분별지(無分別智) 또는 부동지(不動智) 등으로 나타내기도 한다.

대승기신론(大乘起信論)[346]에 보면 또한 염심(染心)의 뜻이란 번뇌애(煩惱礙)라고 이름하는데 이는 진여의 근본지를 장애하기 때문이라고 하였다. 又染心義者 名爲煩惱礙 能障眞如根本智故

삼장법수(三藏法數)[347] 권5에서는

근본지는 무분지(無分智)라고 하기도 한다. 왜냐하면 곧 이 지(智)는 마음에 의존하지 아니하고 마음 밖의 경계일지라도 대상으로 삼지 않는다. 일체의 경계가 모두 진여임을 깨달아 경계와 지혜가 차별이 없는 것이다. 마치 눈을 감으면 밖의 경계에 대한 분별이 없는 것과 같다. 이 무분지(無分智)로 말미암아 갖가지 분별이 생하는 것을 근본지라고 한다고 하였다. 根本智 亦名無分別智 謂此智 不依於心 不緣外境 了一切法 皆 眞如 境智無異 如人閉目 外無分別 由此無分別智 能生種種分別 是名根本智

---

346 1~2세기경 인도의 마명이 저술했다고 전해지는 대승불교의 교리를 찬술한 대표적인 논서이다. 한역은 진제(眞諦)가 553년에 번역한 1권본과 실차난타(實叉難陀)가 695년~704년에 번역한 2권본이 있다. 여기서는 실차난타 본을 인용하였다.

347 대장경에 있는 법수(法數)를 모아 숫자의 순서대로 배열하고 각 항목을 간략히 해설한 책이다. 일심(一心)에서 시작하여 마지막 팔만사천법문(八萬四千法門)에 이르는 1,500항목이 수록되어 있으며, 대명법수(大明法數)·삼장법수(三藏法數)라고 한다.

결정장론(決定藏論)³⁴⁸에서는

모든 성인(聖人)의 성스러운 혜안(慧眼)은 온갖 종류의 색을 환히 깨달아 안다고 하였다. 諸聖人 聖慧眼者 一切種色皆悉明了

須菩提 於意云何 如來有法眼不

수보리 어의운하 여래유법안부

수보리야, 너는 어떻게 생각하느냐? 여래가 법안(法眼)이 있느냐?

如是世尊 如來有法眼

여시세존 여래유법안

그러하옵니다, 세존이시여. 여래께서는 법안이 있습니다.

법안(法眼)은 보살이 중생을 제도하고자 모든 법문을 비추어 보는 눈을 말한다. 이는 앞서 설명한 근본지(根本智) 이후에 일어나는 것이기에 후득지(後得智)라고 한다.

---

348 진(陳)나라 때 진제(眞諦, Paramārtha)가 548년~557년 사이에 한역하였다. 이 논은 유가사지론 섭결택분(攝決擇分)의 오식신상응지의지(五識身相應地意地)의 제1부터 제4에 해당하는 부분의 구역(舊譯)으로, 주로 아뢰야식에 대해서 설한다.

이를 다시 말하면 불법의 바른 도리를 명확하게 꿰뚫어보는 지혜의 눈을 말한다. 이 단계에 이르면 모든 법의 실상을 볼 수 있으므로 인연으로써 생성되는 차별된 모든 법을 분명하게 관찰하는 눈을 뜨게 되는 것이다.

결국 법안은 진리의 눈을 말한다. 인연으로 의하여 생긴 것은 모두 실재성(實在性)을 가지지 못한다. 그 물질의 당체(當體)가 그대로 공하다는 것을 아는 안목의 눈이기에 이러한 안목으로 보면 모든 법은 모두 공(空)하다. 이를 제법개공(諸法皆空)이라 한다.

선문염송(禪門拈頌)[349] 권제4 등에 보면 다음의 게송이 있다.

三界唯心 萬法唯識
삼계유심 만법유식

삼계는 오직 마음이고
만법은 오직 의식이다.

이러한 관점도 모두 법안(法眼)으로 본다.

---

[349] 고려(高麗) 시대에 혜심(慧諶)이 1226년에 저술하였다. 이 경은 여러 선사의 어록과 전법을 연대별로 체계적으로 분류한 것으로 선가의 고화 1,125칙을 전한다. 줄여서 염송(拈頌)이라 한다.

須菩提 於意云何 如來有佛眼不

수보리 어의운하 여래유불안부

수보리야, 너는 어떻게 생각하느냐? 여래가 불안(佛眼)이 있느냐?

如是世尊 如來有佛眼

여시세존 여래유불안

그러하옵니다, 세존이시여. 여래께서는 불안이 있습니다.

불안(佛眼)은 육안·천안·혜안·법안 등 네 가지 눈의 작용을 모두 갖추고 있는 눈으로 보지 못하는 대상이 없고, 알지 못하거나 듣지 못하거나 하는 현상도 없기에 보고 듣는 작용을 바꿀 수 있고, 생각하지 않고도 모든 것을 보는 눈을 말한다. 그러기에 실상의 모든 것을 투철하게 꿰뚫어볼 수 있는 것이다.

부처님의 눈은 시방세계를 두루 비추어 제대로 보지 못하는 것이 없으시다. 이러한 덕성을 일러 불안명(佛眼明)이라고 한다.

해의보살소문경(海意菩薩所問經)[350]에 보면

---

350 원제는 불설해의보살소문정인법문경(佛說海意菩薩所問淨印法門經)이다. 줄여서 정인법문경(淨印法門經)·해의보살소문경(海意菩薩所問經)이다.

대지와 같은 마음으로 고통과 즐거움에 의해 마음이 흔들리지 아니하고 물로 먼지를 씻어낸 것처럼 뜻을 청정히 하며, 마음은 불과 같아 다른 생각이 일어나지 아니하고, 마음은 바람과 같아 가는 곳마다 집착하는 일이 없으며, 마음은 허공과 같아서 미묘하며, 때가 없어 출가하여 부지런히 부처님의 눈과 같이 밝은 눈을 얻기 위하여 노력한다고 하였다. 苦樂無動心如地 意淨如水滌塵勞 心如火無異想生 心如風行無繫着 心如虛空妙無垢 勤求出家佛眼明

금강경오가해(金剛經五家解)에서

육조(六祖) 스님은 일체 모든 사람이 모두 오안이 있지만 미혹에 덮인 까닭에 스스로 능히 보지 못함이다. 고로 부처님이 가르쳐주신 미혹한 마음을 없애버리면 곧 오안이 뚜렷하게 밝아져서 생각 생각에 반야바라밀법을 수행하게 됨이다. 처음의 미혹한 마음을 없애는 것을 육안이라 이름하며, 일체중생은 모두 불성이 있어서 연민의 마음을 일으키는 것을 천안이라고 이름하며, 어리석은 마음이 나지 않음을 혜안이라고 이름하며, 법에 집착한 마음을 없애는 것을 법안이라고 이름하며, 미세한 번뇌까지 영원히 없애서 뚜렷이 밝게 비추어줌을 불안이라 한다. 또 이르되 몸 가운데 법안이 있음을 보는 것을 육안이라 하고, 일체중생이 각각 반야의 성품을 갖추고 있음을 보는 것이 천안이며, 반야바라밀법이 능히 삼세의 일체 법을 출생하는 것을 보는 것이 혜안이며, 일체의 불법이 본래로부터 스스로 갖추고 있는 것을 보는 것이 법안이라 하며, 성품이 밝게 알아서 능소를 영원하게 없앰을 보는 것이 불안이라 이름한다고 하였다. 一切人盡有五眼 爲迷所覆 不能自見 故 佛教除却迷心 卽五眼圓明 念念修行般

若波羅蜜法 初除迷心 名爲肉眼 見一切衆生 皆有佛性 起憐憫心
是名天眼 癡心不生 名爲慧眼 着法心除 名爲法眼 細惑永盡 圓明
徧照 名爲佛眼 又云見色身中 有法身 名爲肉眼 見一切衆生 各具
般若性 名爲天眼 見般若波羅蜜 能出生三世一切法 名爲慧眼 見
一切佛法 本來自備 名爲法眼 見性明徹 能所永除 名爲佛眼也

다시 금강경오가해(金剛經五家解)에 보면

부대사(傅大士)는 천안은 통하여 걸리지 않음이며, 육안은 걸려서
통하지 않음이며, 법안은 오직 속(俗)만 보며, 혜안은 곧바로 공(空)
을 인연하지만 불안은 마치 천 개의 해가 비춤은 다르나 체(體)는 동
일함과 같아서 뚜렷이 밝은 법계 안에서는 어느 곳이든지 비추지 않
음이 없다고 하였다. 天眼通非礙 肉眼礙非通 法眼唯觀俗 慧眼直
緣空 佛眼如千日 照異體還同 圓明法界內 無處不鑑用

반야심경(般若心經)[351]에 나오는

행심반야(行深般若)도 '반야바라밀다를 실천한다'는 것으로 이 역
시 불안(佛眼)이다.

---

[351] 불교 경전 가운데 가장 많이 알려지고 또 가장 많이 유통되고 있으며, 대승
불교 반야사상(般若思想)의 핵심을 담은 경전이다. 원제는 마하반야바라밀다심
경(摩訶般若波羅蜜多心經)으로 보통 반야심경이라 줄여서 부른다. 제목을 뺀 본
문의 글자 수가 260자밖에 되지 않는 짧은 경문이지만, 대·소승경전의 내용을
간결하고도 풍부하게 응축하고 있으며 종파를 가리지 않고 공통으로 독송하는
경전이다.

여기에 대하여 종경록(宗鏡錄) 권제77에서 보다 구체적으로 밝히고 있다.

모든 부처님은 다 오안(五眼)과 삼지(三智)와 사변재(四辯才)와 육신통(六神通)을 갖추었으며 삼제(三諦)가 원만하게 한 마음에 두루 갖추어졌으므로, 공(空)함과 공(空)하지 않음, 공(空)하지 않음과 공(空)하지 않음도 아님을 보지 않아야 실상(實相)과 상응할 뿐이라고 하였다. 諸佛皆具五眼 三智 四辯 六通 三諦理圓一心具足 若不見 空與不空非空 非不空 方與實相相應耳

그러나 중생은 스스로 오안을 덮어 그 마음이 미혹하여 이를 보지 못하기에 중생이라고 한다.

須菩提 於意云何 如恒河中所有沙 佛說是沙不
수보리 어의운하 여항하중소유사 불설시사부

수보리야, 너는 어떻게 생각하느냐? 항하에 있는 모래를 부처님께서 말한 적이 있느냐?

如是世尊 如來說是沙
여시세존 여래설시사

그러하옵니다, 세존이시여. 여래께서 항하의 모래를 말씀하셨

습니다.

須菩提 於意云何 如一恒河中所有沙 有如是等恒河
수보리 어의운하 여일항하중소유사 유여시등항하

수보리야, 너는 어떻게 생각하느냐? 저 항하에 있는 모래 수가 많은 것 같이 그렇게 많은 항하가 있고,

是諸恒河所有沙數佛世界 如是寧爲多不 甚多世尊
시제항하소유사수불세계 여시영위다부 심다세존

이 여러 항하에 있는 모래 수와 같은 불세계가 있다면 이런 불세계는 많지 않겠느냐? 아주 많습니다, 세존이시여.

지금 본문의 논지는 항하(恒河)의 모래를 제시하여 우리의 마음을 설명하고 있다. 중생의 마음이 제 각각인 것을 항하의 모래에 비유하고 있는 것이다. 그럼 여기서 중생들의 마음이라는 것은 무엇일까. 이는 곧 분별심을 말한다.

부처님은 불안(佛眼)을 얻으셨기에 단박에 중생들의 마음속을 속속들이 다 알고 계시는 것을 항하의 모래가 많으냐? 적으냐? 하는 비유를 들어 대단히 많다고 한 것이다. 대단히 많다고 한들 부처님은 불안을 구족하셨기에 많고 작고를 떠나 환히 들여다보는 것이다. 그러기에 중생들은 부처님께 귀의하는 것이다.

따라서 불안(佛眼)으로 보는 부처님의 마음은 부처다, 중생이다, 구분 짓지 아니함이다. 중생과 부처가 둘이 아니기에 일체가 되는 것이며, 삼천대천세계가 나와 더불어 한몸이 되는 것이다.

여래장경(如來藏經)³⁵²에 보면

선남자야, 비유컨대 천안(天眼)의 사람이 덜 핀 꽃을 보면 여러 꽃 안에 여래의 몸이 결가부좌하고 있다. 시들은 꽃을 제거하면 곧 나타나는 것을 보는 것과 같다. 이와 같이 선남자야, 부처는 중생의 여래장 보기를 마치고 열어 펴게 하고자 바라기 때문에 경법(經法)을 설하며, 번뇌를 없애어 불성을 나타나게 한다고 하였다. 又善男子 譬如天眼之人觀未敷花 見諸花內有如來身結加趺坐 除去萎花便得顯現 如是善男子 佛見衆生如來藏已 欲令開敷爲說經法 除滅煩惱 顯現佛性

佛告須菩提 爾所國土中 所有衆生 若干種心 如來悉知
불고수보리 이소국토중 소유중생 약간종심 여래실지

부처님께서 수보리에게 말씀하셨습니다. 저 많은 세계 가운데 있는 모든 중생의 갖가지 마음을 여래가 다 아느니라.

---

352 여래장을 설명한 불경이다. 여래장을 설명한 것으로는 최초의 경전이다. 대방등여래장경 또는 대방광여래장경이라고도 부른다. 서진(西晉)의 법거(法炬, 290~312)가 한역하였다.

何以故 如來說諸心 皆爲非心 是名爲心

하이고 여래설제심 개위비심 시명위심

왜 그러냐 하면, 여래가 말하는 모든 마음은 모두가 마음이 아
니라 그 이름이 마음일 뿐이기 때문이니라.

所以者何 須菩提 過去心不可得 現在心不可得 未來心不可得

소이자하 수보리 과거심불가득 현재심불가득 미래심불가득

그 까닭이 무엇이겠는가? 수보리야, 과거의 마음도 찾을 수 없
고 현재의 마음도 찾을 수 없고 미래의 마음도 찾을 수 없기 때문
이니라.

망심을 없앤 마음이 참마음이니 이를 불심(佛心)이라 한다. 불심은
곧 오안을 구족한 것이니 여기에다 혹을 붙여서 말할 게 무엇인가.
여래의 마음을 말하고자 하기에 굳이 불심이라고 하여 우리들을 제
도하고자 하심이며, 여래의 눈을 불안이라고 하여 중생들의 모든 것
을 차별치 아니하시고 들여다보심이다. 그러기에 마음을 마음이
라고 딱 고착하여 들여다보면 그만 또 이상하게 변질되어 옥신각신
한다. 마음은 곧 육진의 작용으로 나타나는 것이기에 모두 허망한 것
이다. 부처님은 이를 비심(非心)이라고 하셨음이다. 마음은 자성이
없기에 비심이 되는 것이다.

대반야바라밀다경(大般若波羅蜜多經)에 권제78에 보면

마음이 곧 마음이 아니니 불가사의하고, 불가사의도 곧 마음이 아니다. 이와 같이 두 종류는 모두 존재하지 않으니 존재하지 않는 것 중에는 회향의 뜻도 없다. 교시가여, 마음에는 자성이 없고 마음에 자성이 없으므로 마음의 대상 또한 없다. 마음과 마음의 대상이 모두 자성이 없으므로 마음에는 또한 회향하는 마음이라는 뜻도 없다고 하였다. 非心 是不可思議 不可思議 是非心 如是二種 俱無所有 無所有中 無回向故 憍屍迦 心無自性 心性無故 心所亦無 心及心所 既無自性故 心亦無回向心義

흔히 낮에 끼니로 먹는 음식을 점심(點心)이라고 한다. 이는 불가에서 선승들이 수행을 하다가 시장기가 들면 마음에 점을 찍듯이 간단하게 먹는 중간의 식사를 말한다. 그러므로 점심이라는 표현은 불가의 단어이며, 또 다르게 쓰는 중식(中食)이라는 표현은 일본식 한자 표현이다.

유명한 가르침인 과거심불가득, 현재심불가득, 미래심불가득이라는 구절이 바로 '일체동관분'에 있다.

당나라 덕산선감(德山宣鑑 782~865)[353] 스님은 속성이 주(周)씨다.

---

[353] 일찍이 남방의 선법(禪法)이 크게 성장하여 직지인심 견성성불(直指人心 見性成佛)을 주장한다는 소식을 들었다. 배운 바가 다르다고 생각하여 그들의 수행 풍토를 잠재우려고 금강경소초(金剛經疏鈔)를 짊어지고 촉(蜀)으로 나가 먼저 풍양(澧陽)에 이르러 용담숭신(龍潭崇信) 선사를 만나 문답을 나누면서 문득 돈오(頓悟)하고, 마침내 금강경소초를 불태웠다. 항상 방타(棒打)를 가르침의

스님은 당대에 금강경에 해박하여 세상 사람들은 스님의 속성을 따서 주금강(周金剛)이라고 불렀다. 그러던 차에 남방의 스님들 사이에 선풍(禪風)이 불어 불립문자(不立文字)를 내세우며 수행을 한다는 소식을 듣고 분개하여 자신이 저술한 금강경소초(金剛經疏鈔)를 지니고서 남방으로 내려가 이들을 논파하여 그들의 주장을 잠재우고자 하였다.

남방에 거의 이르러서 배가 고파 길가에서 떡 파는 노파를 만나 점심을 먹으려고 떡을 사려고 하니 노파가 말하기를 스님은 내가 묻는 대로 답을 하면 떡을 줄 것이고 그렇지 아니하면 떡을 팔 수 없다고 하자 덕산 스님도 기꺼이 응하였다.

노파가 말하기를 금강경에 보면 과거의 마음도 얻을 수 없고, 현재의 마음도 얻을 수 없고, 미래의 마음도 얻을 수 없다(過去心不可得 現在心不可得 未來心不可得)고 하는데, 그렇다면 스님은 지금 어느 마음에 점심(點心)을 하시려고 하십니까? 하자, 덕산 스님은 노파의 일격에 그만 말문이 막혔다. 분이 풀리지 않은 덕산 스님은 풍양(澧陽)에서 수행하고 있는 용담숭신(龍潭崇信 ?~?)354 선사를 찾아가 가르침을 받고 활연(豁然)히 대오하고 난 후 자신이 지은 금강경소초

도구로 써서 덕산방(德山棒)이라는 말이 생겨났다.

354 당나라 때의 선승(禪僧)이며, 출신이나 생몰연도는 미상이다. 청원행사(青原行思)의 법계(法系)에 속한다. 풍주(澧州, 湖南 澧縣) 용담선원(龍潭禪院)에 암자를 짓고 종풍(宗風)을 크게 떨쳐 세칭 용담숭신(龍潭崇信) 또는 용담화상(龍潭和尙)으로 불렸다. 덕산선감(德山宣鑑)에게 법을 전했다.

를 불살라 버렸다고 하는 일화가 전해져 온다.

마음은 어디에 의지하는 것이 아니다. 과거를 과거라고 할 때는 이미 현재이며, 현재를 현재라고 말할 때 이미 과거이며, 미래를 미래라고 할 때 이미 현재인지라 이 마음이 고정화된 물건이 아니니 어디에 의지할 수 없음이다. 그러기에 마음은 시공을 초월한다.

무심하면 무위(無爲)해지는 것이다. 그러나 사람들은 공연히 지나간 일들에 집착하여 스스로 기뻐하거나 괴로워한다. 이는 모두 분별심이어서 참마음은 아니다. 집착한 마음이 만들어 낸 것은 모두 허망한 것이다.

마음은 찾으려고 하여도 찾을 길이 없는데 어디다 점을 찍겠다는 말인가. 이를 모르고 점심(點心)하려면 토끼 뿔을 구하는 격이다. 그러므로 삼세심(三世心)이 사라지면 곧 그 자리가 불심이다.

맛지마 니까야 제131 마하 깟짜나 경355 '한 밤의 슬기로운 님'에 보면 다음과 같은 내용이 있다.

과거로 거슬러 올라가지 말고
미래를 바라지도 말라.

---

355 북방불전 중아함경에서는 온천림천경(溫泉林天經)에 해당한다. 원제는 Mahākaccānabhaddekaratta Sutta이다.

과거는 이미 버려졌고
또한 미래는 아직 오지 않았다.

그리고 현재 일어나는 상태를
그때그때 잘 관찰하라.
정복되지 않고 흔들림이 없도록
그것을 알고 수행하라.

오늘 해야 할 일에 열중해야지
내일 죽을지 어떻게 알 것인가?
대군을 거느린 죽음의 신
그에게 결코 굴복하지 마라.

이와 같이 열심히 밤낮으로
피곤을 모르고 수행하는 자를
한 밤의 슬기로운 님
고요한 해탈의 님이라 부르네.

한역 경전인 중아함경 권제43 온천림천경(溫泉林天經)에도 이 같은 내용이 나와 있으니 '맛지마 니까야'의 내용과 비교해 보길 바란다.

愼莫念過去 亦勿願未來
신막념과거 역물원미래

過去事已滅 未來復未至
과거사이멸 미래부미지

부디 과거를 생각지 말고
또한 미래를 바라지도 말라.
과거의 일은 이미 사라졌고
미래는 아직 이르지 않았느니라.

現在所有法 彼亦當爲思
현재소유법 피역당위사

念無有堅强 慧者覺如是
염무유견강 혜자각여시

현재 존재하는 모든 것[法]
그것 또한 이렇게 생각해야 하나니
어느 것도 견고하지 못함을 기억하라.
슬기로운 사람은 이와 같이 아느니라.

若作聖人行 孰知愁於死
약작성인행 숙지수어사

我要不會彼 大苦災患終
아요불회피 대고재환종

만일 성인의 행을 실천하는 이라면
어찌 죽음을 근심하리.
나는 결코 그것을 만나지 않으리니
큰 고통과 재앙 여기서 끝나리라.

如是行精勤 晝夜無懈怠
여시행정근 주야무해태

跋地羅帝偈 是故常當說
발지라제게 시고상당설

이와 같이 열심히 힘써 행하며
밤낮으로 쉬지 말고 게으르지 말지니
그러므로 이 발지라제의 게송을
언제나 마땅히 설해야 하느니라.

제19 법계통화분法界通化分

• •

온 법계를 두루 교화하라

須菩提 於意云何 若有人 滿三千大千世界七寶 以用布施 是人 以是因緣 得福多不

수보리야, 너는 어떻게 생각하느냐? 만약 어떤 사람이 삼천대천세 계에 가득한 칠보를 가지고 널리 보시한다면 이 사람이 이 인연으로 얻는 복이 많겠느냐?

如是世尊 此人 以是因緣 得福甚多

그러하옵니다, 세존이시여. 이 사람은 이 인연으로 아주 많은 복을 얻습니다.

須菩提 若福德有實 如來不說得福德多 以福德無故 如來說得 福德多

수보리야, 만일 복덕이 진실로 있는 것이라면 여래가 복덕을 많이 얻는다고 말하지 않을 것이니, 복덕이 본래 없는 것이므로 여래가 많 은 복덕을 얻는다고 말하였느니라.

법계통화 法界通化
온 법계를 두루 교화하라.

법계(法界)는 통화(通化)되는 것이다. 이를 다시 말하면 진리의 세계는 부처님의 가르침으로 교화되는 것이라는 말씀이다. 그러기에 통화(通化)는 부처님의 가르침을 널러 펴서 중생을 교화하는 것을 말한다.

법계는 화엄종(華嚴宗)에서 주창하는 사상과 밀교에서 주창하는 그러한 법계가 아니다. 천태종(天台宗)에서 내세우는 지옥·아귀·축생·아수라·인간·천상·성문·연각·보살·부처 등 십계를 총괄하여 십법계(十法界)라 하는데 이도 다시 말하면 시방세계를 말한다.

법계에 대해서 화엄종에서는 법(法)과 계(界)를 각각 세 가지 뜻으로 나누어 설명한다. 곧 법은 자성(自性), 궤칙(軌則), 대의(對意)이고, 계(界)는 모든 법의 원인이 되는 인(因), 모든 법의 진실한 본성인 성(性), 모든 법이 각각 자신의 차별성을 유지하는 분제(分齊) 등으로 그 뜻을 밝힌다. 또한 법계는 진여를 가리키기도 하고 모든 법을 가리키기도 한다.

그러므로 부처님 가르침으로 법계를 통틀어서 교화하라는 뜻이다. 포교는 법으로 자량(資糧)을 삼음이다. 법이 없으면 교화가 되지 않기에 늘 시비와 분별만 그림자처럼 따라다닐 뿐이다. 그러기에 법력이 그만큼 중요한 것이다. 그렇다면 법력이란 과연 무엇일까? 이는 부처님의 가르침을 바탕으로 하여 생겨나는 힘이다. 부처님의 가르침을 등한시하고 절만 하거나 순례만 한다면 법력은 없고 신심만 있을 뿐이다. 그러나 법력도 신심의 바탕 위에서 생겨난다.

법계통화(法界通化)는 곧 법계교화(法界教化)와 같은 맥락이다.

화엄경 권제3 세주묘엄품(世主妙嚴品)에 보면
깨뜨릴 수 없는 보배 상투[不可壞寶髻] 가루라 왕은 법계에 두루 있으면서 중생을 교화하는 해탈문을 얻었다고 하였다. 不可壞寶髻 迦樓羅王 得普安住法界教化衆生解脫門

須菩提 於意云何 若有人 滿三千大千世界七寶 以用布施
수보리 어의운하 약유인 만삼천대천세계칠보 이용보시

수보리야, 너는 어떻게 생각하느냐? 만약 어떤 사람이 삼천대천세계에 가득한 칠보를 가지고 널리 보시한다면

是人 以是因緣 得福多不
시인 이시인연 득복다부

이 사람이 이 인연으로 얻는 복이 많겠느냐?

如是世尊 此人 以是因緣 得福甚多

여시세존 차인 이시인연 득복심다

그러하옵니다, 세존이시여. 이 사람은 이 인연으로 아주 많은 복을 얻습니다.

양(梁)나라 무제소연(武帝蕭衍 464~549)[356]의 장남인 소명덕시(昭明德施)[357]는 금강경을 분단(分段) 지으면서 이 분을 '법계통화분'이라고 하였다. 그렇다. 분단의 제목이 이미 있거늘 여기서 다시 새삼스럽게 분단의 제목을 언급하는 것은 그만한 의미가 있기 때문이다.

이 세상을 교화하는 데는 무엇이 필요한가? 재물로 진리의 가르침을 전할 수 있다면 그 발상 자체가 좀스럽다. 재물이 아무리 많다고 한들 재물은 유한하여 반드시 그 끝이 있는 법이다. 재물을 베풀어서 복을 지을 수는 있지만 세상을 평정하기는 역부족이다. 왜냐하면 이는 유위(有爲)의 복이기 때문이다.

여기에서는 칠보를 들어 그 비유를 하였다. 칠보가 굳이 무엇인지 알고자 할 필요는 없다. 여기서 칠보는 중생들이 그토록 아끼고 베풀기에 인색한 재물을 말한다. 그것도 보편적인 재물의 가치보다는 고가의 가치가 있는 재물이다. 그것을 들어 우리에게 유위 복으로는 세

---

356 흔히 양무제(梁武帝)라고 하며 양(梁) 나라 무제(武帝)를 말한다.

357 양무제의 장남이며, 흔히 소명태자(昭明太子)라고 한다.

상을 교화하는 데 한계가 있음을 넌지시, 또 어떻게 보면 직설적으로 말씀하고 있다. 그렇다면 무엇이 간접적이고 직설적인가. 이는 이 경전을 대하는 수행자들이 가슴에 와닿는 감정이기에 각자의 느끼는 바 몫이다.

그렇다고 하여 재보시를 베푸는 복덕을 가벼이 여기지는 말라. 이도 역시 행하기 어려운 보시이기에 삼시(三施)에 하나로 들어가는 것이다. 고로 재시(財施)도 뛰어나지만, 이는 다만 베풂에 한계가 있는 유루(有漏)의 복이 되는 것이라는 말씀이다.

그렇다면 부처님은 왜 칠보재화(七寶財貨), 다시 말하면 재보시를 말씀하셨을까? 이는 예나 지금이나 재보시는 늘 있었지만 법 보시는 재보시만큼 없어서이다. 보시는 법 보시(法布施), 재보시(財寶施), 무외시(無畏施)가 늘 트라이앵글처럼 돌아가야 튼튼한 요건을 갖추는 것이다. 보시는 남에게 베푸는 모든 것을 총망라하여 말한다. 그러기에 보시를 다른 말로 시여(施與)라고 한다.

광찬경(光讚經)[358]에 보면

---

[358] 서진(西晉) 시대에 축법호(竺法護, Dharmarakṣa)가 286년에 장안(長安)에서 한역하였다. 광찬경은 광찬반야바라밀경의 약경명이며, 모두 10권으로 되어 있다. 별칭으로 광찬마하반야경·광찬반야경·광찬반야바라밀경이라고도 한다. 부처님께서 혀에서 광명을 발하여 삼천세계를 비추니, 빛 속에서 연꽃이 생기고 꽃 위에 모든 부처님이 출현하여 이 반야를 칭찬하셨기 때문에 광찬반야라 한다.

베푸는 이가 환희로운 마음을 세운다면, 베푸는 물건이 없고, 베푸는 이도 없으며, 베풂을 받는 이도 없다. 보살들이여, 이와 같이 베푸는 사람은 성문, 벽지불을 고취하지 아니하고 정각을 얻어서 보살이 되고 반야바라밀을 행하여 큰 서원의 갑옷을 입는다고 하였다. 若施與者 建幻化心無所施與 亦無施者 亦無受者 菩薩摩訶薩如是施者 不爲勸助聲聞 辟支佛 逮得阿耨多羅三耶三菩 是爲菩薩摩訶薩行般若波羅蜜被僧那鎧

기억하라. 보시에는 세 가지가 있으니 첫 번째는 법시요, 두 번째는 무외시(無畏施)며, 세 번째는 재물시(財物施)이다.

우바새계경(優婆塞戒經)[359] 권제4에 다음과 같은 말씀이 있다.

법시(法施)라고 하는 것은

다른 이에게 가르쳐서 계를 받고, 출가 수도하게 하며, 사갈마를 사뢰고, 삿된 소견을 부수고, 바른 법을 설하여 주며, 능히 사실(實)이고 사실이 아님을 분별하여 말하고, 네 가지의 전도(顚倒)와 방일하지 않을 것을 널리 설하는 것이니, 이것이 법시라 한다고 했다. 以法施者 教他受戒 出家修道 白四羯磨 爲壞邪見 說於正法 能分別說 實非實等 宣說四倒及不放逸 是名法施

무외시(無畏施)라고 하는 것은

---

359 담무참(曇無讖, Dharmakṣema)이 한역하였다.

만약 중생이 왕이나 사자, 호랑이, 물, 불, 도적을 무서워하거든 보살이 보고 능히 구제하는 것을 무외시라 한다고 했다. 若有衆生 怖畏王者 師子 虎 狼 水 火 盜賊 菩薩見已 能爲救濟 名無畏施

재시(財施)라고 하는 것은

스스로 재보에 대한 인색함을 제거하고 아까워하지 않고, 좋거나, 안 좋거나, 많거나, 적거나, 소·양·코끼리·말·방사(房舍)·침구(臥具)·나무·숲·샘·남종·여종·물·소·낙타·노새·수레·연·가마·병·독·솥·가마·승상(繩床)·좌구(坐具)·동(銅)·철(鐵)·질그릇·의복·영락·등명(燈明)·향·꽃·부채·일산·모자·신·궤·지팡이·새끼줄·쟁기·호미·도끼·끌·초목·수석(水石) 등, 이와 같은 물건을 구하는 자의 뜻과 필요함에 따라 주는 것을 재시라고 하느니라. 혹 승방(僧坊)을 세우고 요사채를 세워 위와 같은 것을 출가한 사람에게 보시하되, 오직 코끼리와 말은 제외되느니라고 했다. 自於財寶 破慳不悋 若好若醜 若多若少 牛 羊 象 馬 房舍 臥具 樹林 泉井 奴婢 僕使 水牛 駝驢 車乘 輦輿 瓶盆 釜鑊 繩牀 坐具 銅鐵 瓦器 衣服 瓔珞 燈明 香 花 扇 蓋 帽 履 机杖 繩索 犂 鎒 斧 鑿 草 木 水 石 如是等物 稱求者意 隨所須與 是名財施 若起僧房 及起別房 如上施與出家之人 唯除象 馬

부처님의 수인(手印)에도 시여인(施與印)이 있다. 이는 손을 펴서 늘어뜨리고 손바닥은 바깥으로 한 형상을 말한다. 이는 부처님께서 중생들에게 자비를 베풀고 소원을 성취하게 하여 주는 덕을 나타내는 수인이다.

불가에는 시은(施恩)이라는 말이 있다. 이는 시덕(施德)과 같은 뜻으로 시주 받은 은혜를 말한다. 그러나 요즘 사람들은 시은을 아주 가벼이 여기는 경향이 있다. 수행자에게 보시로 들어온 물건을 함부로 다루거나 나누어 가져 가는데, 이러한 일들은 모두 시은을 가벼이 여기는 것에 해당한다.

양나라 무제는 인도에서 건너온 달마(達磨) 스님을 만나 짐(朕)은 양나라 수도인 건강(建康)³⁶⁰에 줄줄이 사원과 탑을 우뚝하게 세워서 전하는 바로는 사찰이 500여 개나 되었다고 불사를 자랑하며 나의 공덕이 얼마나 되겠느냐고 묻자 달마는 매몰차게 답하기를 아무런 공덕이 없다고 하였다. 왜냐하면 여기서 양무제의 불사는 법(法)은 없고 상(像)만 즐비하여 칠보 보시에 해당하는 격이기 때문이다.

수행자가 수행의 공덕을 쌓는다고 하는 것은 곧 법을 수행하고 법을 쌓는다고 하는 것이다. 이를 모르면 가람(伽藍)의 기본 골격을 벗어나 우후죽순 건물과 탑, 불상을 여기저기에 세우는 것으로 불사를 착각하게 된다. 건물은 웅장하나 정작 사람이 보이지 않는다면 이는 보통 문제가 아닌 것이다.

따라서 부처님이 수보리의 이름을 부르고 너는 어떻게 생각하느냐고 하는 '수보리 어의운하(須菩提 於意云何)'는 그냥 평이하게 정감을 나타내는 문장이 아니라 정신 바짝 차리라고 하는 무언의 메시지

---

360 지금의 남경(南京)이다.

가 담겨 있는 경책(警策)이다.

칠보의 보시가 나쁘다고 하는 것이 아니다. 대부분 재시(財施)를 베푸는 이는 재시로 인한 복(福)만 바라고 법은 구하지 아니하므로 이를 안타까이 여겨 책려(策勵)함이다.

須菩提 若福德有實 如來不說得福德多

수보리 약복덕유실 여래불설득복덕다

수보리야, 만일 복덕이 진실로 있는 것이라면 여래가 복덕을 많이 얻는다고 말하지 않을 것이니,

以福德無故 如來說得福德多

이복덕무고 여래설득복덕다

복덕이 본래 없는 것이므로 여래가 많은 복덕을 얻는다고 말하였느니라.

부처님께서 말씀하셨다. 복덕이 실체가 있다면 이는 복덕의 상(相)을 취하려고 하는 것이니 어긋나는 것이다. 왜냐하면, 부처님은 금강경을 통하여 지금까지 상(相)이라는 이것이 중생을 멍들게 하므로 상(相)에서 벗어나야 올바른 삶을 살아갈 수 있다고 말씀하셨기 때문이다. 이러한 말씀은 금강경 제8 의법출생분(依法出生分)과 제11

무위복승분(無爲福勝分)에서도 누차 말씀하셨다. 경(經)에서 이렇게 다시금 말씀하시는 것은 그만큼 중요하기 때문이다.

부처님께서 복덕은 실체가 있는 것이 아니라고 하셨다. 만약 복덕이 실체가 있다면 이는 유루(有漏)의 복이 되는 까닭이며, 유위(有爲)의 복이 되는 까닭이다.

금강경의 선화(禪話) 가운데 삼심불가득(三心不可得)이 있다. 삼심불가득은 과거심불가득(過去心不可得), 현재심불가득(現在心不可得), 미래심불가득(未來心不可得)이다. 이를 다시 말하면 과거의 마음은 이미 과거의 마음이기에 지나가 버렸고, 현재의 마음은 현재라는 순간을 인식하는 순간에 이미 현재가 아닌 과거이고, 미래심은 아직 오지도 않은 시간이기에 존재하지 않은 시간이다.

삼심불가득은 공(空)을 말한다. 보시함에도 허공과 같은 마음을 가져야 하기에 이를 공심(空心)이라고 한다. 그러나 중생들이 공심을 갖추지 못하는 것은 육진(六塵)으로 인하여 본성을 가리기 때문이다.

그러할진대 복덕의 상을 찾는다는 함은 어리석은 일이다. 부처님은 보시함에 있어서 지금 무심무주(無心無住)를 우리에게 가르쳐주고 계심이다. 이미 공덕을 지어 놓고 다시 공덕(功德)의 상(相)을 찾는다면 첩상가옥(疊床架屋)이 되는 것이다.

'법계통화', 다시 말하면 진리로써 세상은 하나가 되는 것이다.

장자(莊子)에 보면 도통위일(道通爲一)이라는 표현이 있다.

그 때문에 이를 위해서 풀줄기[弱]와 큰 기둥[强], 문둥이[醜]와 서시(西施[美])를 들어서 세상의 온갖 이상한 것들에 이르기까지 도는 통해서 하나가 되게 한다. 하나인 도가 분열하면 상대 세계의 사물이 성립되고, 상대 세계의 사물이 성립되면 그것은 또 파괴된다. 따라서 모든 사물은 성립과 파괴를 막론하고 도에 의해 다시 통해서 하나가 된다. 오직 통달한 사람이라야만 통해서 하나가 됨을 안다. 故爲是 擧莛與楹 厲與西施 恢恑憰怪 道通爲一 其分也成也 其成也毀也 凡物無成與毀 復通爲一 唯達者 知通爲一

이를 다시 도(道)의 측면에서 보면 세상 모든 차별상을 포용하여 같은 가치를 지닌 것으로 여긴다는 뜻이다.

제19 법계통화분(法界通化分)은 오직 진리로써 세상을 두루 통하게 할 수 있기에 재물보다 진리가 더 귀중함을 알아야 한다. 까닭에 장자의 가르침을 인용하여 공부자에게 도움을 주고자 하였다.

제20 이색이상분離色離相分

· ·

색신을 여윈 법신여래

須菩提 於意云何 佛可以具足色身見不

수보리야, 너는 어떻게 생각하느냐? 가히 구족하게 거룩한 육신으로 부처님을 볼 수 있겠느냐?

不也世尊 如來不應以具足色身見

아니옵니다, 세존이시여. 거룩하게 구족한 육신을 가지고 여래를 뵈올 수 없습니다.

何以故 如來說具足色身 卽非具足色身 是名具足色身

왜냐하면, 여래께서 말씀하시는 구족한 육신이라 함은 곧 구족한 육신이 아니옵고 그 이름이 구족한 육신일 따름이기 때문입니다.

須菩提 於意云何 如來可以具足諸相見不

수보리야, 너는 어떻게 생각하느냐? 가히 구족한 몸매를 가지고 여래를 볼 수 있느냐?

不也世尊 如來不應以具足諸相見

아니옵니다, 세존이시여. 구족한 몸매를 가지고 여래를 뵈올 수 없습니다.

何以故 如來說諸相具足 即非具足 是名諸相具足
왜냐하면, 여래께서 말씀하시는 모든 몸매를 구족했다 하심은 곧 구족이 아니옵고 그 이름이 구족일 따름이기 때문이옵니다.

이색이상 離色離相
색신을 여읜 법신여래.

'이색이상분'을 살펴보려면 앞서 살펴본 '법계통화분'을 염두에 두고 보아야 한다. '이색이상'이라는 분제(分題)에서 이(離)는 멀리한다, 떼어놓는다는 뜻이다. 결국 금강반야바라밀은 색(色)을 멀리하고 상(相)을 멀리하라는 가르침이다. 색신이 부처가 아니라는 논지이므로 이를 다시 정리하면 모습이 곧 여래가 아니라는 가르침이다.

이색이상분(離色離相分)의 내용은 제5 여리실견분(如理實見分), 제13 여법수지분(如法受持分)의 내용과 거의 같은 논리로 전개되고 있다.

그러므로 여래(如來)가 무엇인지를 확실하게 인지(認知)하고 있어야 한다. 십주비바사론(十住毘婆沙論) 권제1의 말씀을 추려서 살펴보면 다음과 같다.

여래(如來)라 함의 여(如)는 진실이며 래(來)는 이르렀다 함이니,

742

진실한 가운데에 이르렀기 때문에 '여래'라 한다. 무엇이 진실인가? 이른바 열반은 거짓이 아니기 때문에 바로 진실이라 한다. 경전 가운데서 말씀하신 것과 같아서, 부처님께서는 비구들에게 말씀하시기를 첫째가는 거룩한 진리는 거짓이 없나니, 열반이 그것이라고 하셨다. 다음에 또, 여(如)는 무너지지 않는 형상[不壞相]을 말하나니 이른바 모든 법의 진실한 형상이 그것이며, 래(來)는 지혜를 말한다. 진실한 형상 중에 이르러서 그 이치를 통달하기 때문에 여래라고 한다.

如來者如名爲實 來名爲至 至眞實中故 名爲如來 何等爲眞實 所謂涅槃 不虛誑故 是名如實 如經中說 佛告比丘 第一聖諦無有虛誑 涅槃是也 復次 如名不壞相 所謂諸法實相是 來名智慧 到實相中 通達其義故 名爲如來

40권 대반열반경 권제18에 보면

또 어떤 것을 여래라고 하는가? 지나간 세상의 여러 부처님들처럼 말씀하시는 것이 변하지 않기 때문이다. 과거 부처님들이 중생을 제도하시느라고 12부경을 연설하였는데, 여래도 그러하시다. 그러므로 여래라고 한다. 또 여러 부처님 세존께서 육바라밀과 37품과 11공(空)부터 대열반까지 이르렀는데, 여래도 그러하시다. 그러므로 부처님을 이름하여 여래라고 한다. 또 부처님 세존께서 중생을 위하여 적당한 방편으로 삼승을 열어 보이셨으며 수명이 한량없어 계산할 수 없는데, 여래도 그러하시다. 그러므로 부처님을 이름하여 여래라고 한다고 하였다. 云何名如來 如過去諸佛所說不變 云何不變 過去諸佛爲度衆生說十二部經 如來亦爾 故名如來 諸佛世尊從六波羅蜜 三十七品 十一空來至大涅槃 如來亦爾 是故號佛爲如來

也 諸佛世尊爲衆生故 隨宜方便 開示三乘 壽命無量 不可稱計 如
來亦爾 是故號佛爲如來也

　이렇듯 여래는 부처와 상통되는 표현으로 그 어떠한 형상을 말하
는 것이 아니라 깨달음으로 인하여 얻은 '진리'를 말한다. 그러나 불
자라고 하더라도 삼십이상 팔십종호를 나타낸 불상(佛像)에 대해서
는 지극한 삼배를 올리거나 기도를 하면서도 정작 깨달음의 말씀에
는 그렇게 하지 않는 경우가 많다.

　여래를 색신[몸매]으로 여긴다면 사고(四苦)를 벗어날 재간이 없
다. 형상이 있는 것은 순간순간마다 생멸(生滅)의 변화를 이어 가고
있다. 이것이 형상을 가지고 있는 것의 속성이다. 이를 제행무상(諸
行無常)이라고 한다.

　그러므로 불상은 귀히 여기면서 불교의 생명인 부처님의 가르침은
귀하게 여기지 않는다면 당달봉사나 다름이 없다. 불상이 없어도 불
교는 살아 있지만 달마(達磨. 교법)가 없으면 불교는 존재하지 않는
다는 것을 왜 모르는가?

　당나라 이고(李翶 774~836)[361]와 한유(韓愈 768~824)[362]는 문인으로

---

361 당나라 중기 유학자이며 관리다. 자는 습지(習之), 시호는 문(文)이다.

362 당대 문장가이다. 당송 팔대가의 한 사람이며 자는 퇴지(退之)이고, 호는 창
려(昌黎)이다.

처음에는 불교를 배척하였으나 부처님 가르침을 보고 감탄하여 복성서(復性書)를 남기기도 하였다. '이고'가 활동하던 시기에 그의 귀에 약산유엄(藥山惟儼 751~834)³⁶³ 선사의 명성이 자자하게 들려오자 직접 선사를 찾아갔다. 막상 얼굴을 보고 실망하여 말하기를 이름 듣는 것이 얼굴 보는 것보다 못하노라고 혼자 중얼거리자, 이를 알아차린 선사의 그대는 눈은 귀하게 여기면서 어찌 귀는 천하게 여기는가? 하는 질문에 크게 당황하여 선사에게 가르침을 청하였다.

지금도 대웅전 불상이 있음에도 또 커다란 불상을 세우겠노라고 하는 불자들이 있다. 여기에 들어가는 정성만큼 경을 공부하고 널리 홍포하겠다는 불자는 과연 몇이나 될까? 이러한 행위에 대하여 따끔하게 충고를 하는 가르침이 바로 '이색이상분'이다.

법신의 공덕은 색을 벗어나고 상(相)을 벗어나기에 담연하게 움직이지 않는다. 육식에 전혀 미혹됨이 없으므로 전도망상(顚倒妄想)을 벗어남이다. 따라서 여래는 무상법신(無相法身)이다.

도일체제불경계지엄경(度一切諸佛境界智嚴經)³⁶⁴에서는 다음과 같

---

363 석두희천(石頭希遷) 선사에게서 수행하다가 마조도일(馬祖道一, 709~788) 선사를 찾아가 3년 만에 깨닫고 다시 석두희천 선사에게 돌아와 법을 이었다.

364 양나라 때 승가바라가 506년~520년 사이에 한역하였다. 이역본으로 대승입제불경계지광명장엄경(大乘入諸佛境界智光明莊嚴經)·여래장엄지혜광명입일체불경계경(如來莊嚴智慧光明入一切佛境界經)이 있다.

이 말씀하신다.

　以此經所說 無相法身故
　이차경소설 무상법신고

　是故有智者 應當念受持
　시고유지자 응당념수지

　讀誦及書寫 以華香供養
　독송급서사 이화향공양

이 경에서 말한 것은
무상법신(無相法身)이다.
그러므로 지혜 있는 사람은
응당 염불하고 수지하며
독송하고 베껴 쓰고
꽃과 향으로 공양하라.

불교는 무상지신(無相之身)인 여래의 법신을 바탕으로 유상(有相)
의 불상이 있게 되는 법이다. 여래의 법신은 항상 적멸하지만 중생의
응함에 따라 나타난다. 예를 들면 범종(梵鍾)을 두드리면 소리가 나
는 것과 같음이다. 까닭에 범종도 범종이요, 범종의 소리 또한 범종
이다. 따라서 무상법신은 널리 유상에 응하여 수순하는 것이다.

須菩提 於意云何 佛可以具足色身見不

수보리 어의운하 불가이구족색신견부

수보리야, 너는 어떻게 생각하느냐? 가히 구족하게 거룩한 육신으로 부처님을 볼 수 있겠느냐?

不也世尊 如來不應以具足色身見

불야세존 여래불응이구족색신견

아니옵니다, 세존이시여. 거룩하게 구족한 육신을 가지고 여래를 뵈올 수 없습니다.

何以故 如來說具足色身 卽非具足色身 是名具足色身

하이고 여래설구족색신 즉비구족색신 시명구족색신

왜냐하면, 여래께서 말씀하시는 구족한 육신이라 함은 곧 구족한 육신이 아니옵고 그 이름이 구족한 육신일 따름이기 때문입니다.

중생은 심기(心器)가 작아서 보고 만져보지 않으면 잘 믿으려고 하지 않는 경향이 매우 강하다. 그러므로 부처님의 말씀보다는 불상을 믿고 의지하려고 한다. 이러한 수행법을 타파하려고 일어난 수행법이 선종(禪宗)으로 '마음이 곧 부처요, 부처가 곧 마음이라'는 '심즉시불 불즉시심(心卽是佛 佛卽是心)'을 앞세워 크나큰 호응을 얻었다.

하지만 이도 세월이 흐르면서 그 본지를 잃어버리고 선(禪)과 명상(冥想)을 구분 짓지 못한다거나, 일상의 선(禪)이 아닌 연례행사처럼 선(禪)을 수행하는 등 여러 보이지 않는 병폐로 인하여 구두선(口頭禪)만 난무한 지경이 되었다고 해도 과언이 아니다.

능엄경(楞嚴經)에 보면

너희들은 마땅히 알아라. 모든 중생이 시작 없는 아득한 옛적부터 생사를 계속하는 것은 다 상주진심(常住眞心)의 성품이 맑고 밝은 본체를 알지 못하고, 온갖 허망한 생각을 자기 마음으로 잘못 아는 탓이며, 이 생각이 진실하지 못하므로 인하여 나고 죽음을 거듭한다고 하였다. *汝等當知一切衆生 從無始來生死相續 皆由不知常住眞心性淨明體 用諸妄想 此想不眞故有輪轉*

그러므로 금강경에서 때로 불(佛)이라 했다가 어떤 때는 여래(如來)라고 한 것은 법신을 가리켜서 표현했기 때문이다. 불교가 흥성하려면 불상이 많아야 되는 것이 아니라 부처님 말씀이 차고 넘쳐야 한다.

구족색신(具足色身)은 잘 갖추어진 몸매를 말하므로 이는 32상 80종호를 말한다. 그러나 부처님은 수보리에게 묻기를 너는 육신으로 부처를 보려고 하느냐 물었고, 수보리는 아니라고 하였음을 주목해야 한다.

須菩提 於意云何 如來可以具足諸相見不

수보리 어의운하 여래가이구족제상견부

수보리야, 너는 어떻게 생각하느냐? 가히 구족한 몸매를 가지
고 여래를 볼 수 있느냐?

不也世尊 如來不應以具足諸相見

불야세존 여래불응이구족제상견

아니옵니다, 세존이시여. 구족한 몸매를 가지고 여래를 뵈올
수 없습니다.

何以故 如來說諸相具足 卽非具足 是名諸相具足

하이고 여래설제상구족 즉비구족 시명제상구족

왜냐하면, 여래께서 말씀하시는 모든 몸매를 구족했다 하심은
곧 구족이 아니옵고 그 이름이 구족일 따름이기 때문이옵니다.

구족색신(具足色身)은 화신(化身)을 말함이다. 화신은 믿음을 일으
키는 방편이다.

금강경오가해(金剛經五家解)에서 예장종경(豫章宗鏡 ?~?)[365] 선사

---

[365] 예장종경(豫章宗鏡) 선사에 대한 기록은 전하는 것이 없다.

가 이르기를 다음과 같이 송하였다.

報化非眞了妄緣 法身清淨廣無邊
보화비진요망연 법신청정광무변

千江有水千江月 萬里無雲萬里天
천강유수천강월 만리무운만리천

보신, 화신은 참모습이 아니고 허망한 인연인데
법신은 청정하고 넓고 넓어 가없구나!
천(千) 강의 물마다 달이 비추고
만 리에 구름이 없으니 만 리까지 비추네.

이러한 진여의 도리를 아는 것을 반야심경(般若心經)에서는 불생
불멸(不生不滅), 불구부정(不垢不淨), 부증불감(不增不減)이라 하였
다.

임제록(臨濟錄)³⁶⁶에 보면

---

366 임제록(臨濟錄)은 당나라의 선승(禪僧) 임제의현(臨濟義玄, ?~867)의 가르
침을 그가 죽은 후 제자인 삼성혜연(三聖慧然)이 편집한 것으로써, 현존하는 것
은 의현이 죽은 후 254년이 지난 1120년(북송의 선화 2년)에 원각종연(圓覺宗演)
이 중각(重刻)한 것이다. 임제록은 선종(禪宗)의 일파인 임제종(臨濟宗)의 기본
이 되는 책일 뿐만 아니라, 실천적인 선(禪)의 진수를 설파한 책으로써 널리 알
려져 있다. 임제록(臨濟錄)은 선어록(禪語錄) 가운데서도 대표적인 책으로 예로

옛사람이 이르기를, 여래가 갖추신 몸을 나타내심은 세상의 인정을 따른 것이라고 하였다. 古人云 如來擧身相 爲順世間情

다시 임제록(臨濟錄)의 말씀에 고인(古人) 부대사(傅大士)가 말하기를 다음과 같다고 하였다.

如來擧身相 爲順世間情
여래거신상 위순세간정

恐人生斷見 權且立虛名
공인생단견 권차입허명

여래께서 모습으로 몸을 보여 주신 것은
세상 사람들의 마음을 따르고자 함이다.
사람들이 영영 돌아가셨다고 생각할까 봐
다만 방편으로 거짓 이름을 세웠도다.

假言三十二 八十也空聲
가언삼십이 팔십야공성

부터 선어록의 백미라고 불렸다. 문장이 직설적이며 명료하기 때문에 선(禪)을 알고자 하는 사람이나 선(禪) 수행자에게는 필독서 가운데 하나이다.

有身非覺體 無相乃眞形
유신비각체 무상내진형

32상은 거짓된 이름이고
80종호는 빈 소리로다.
몸이란 깨달음의 본체가 아니니
형상 없음이 곧 참된 형상이다.

형상에 속지 말고, 소리에 휘둘리지 말고, 오직 부처님 말씀에 의
지하여야 참다운 불자라는 것을 명심해야 한다.

제21 비설소설분非說所說分

••

설했지만 설해진 법이 없다

須菩提 汝勿謂如來作是念 我當有所說法 莫作是念 何以故 若
人言 如來有所說法 卽爲謗佛 不能解我所說故

수보리야, 너는 여래가 나는 마땅히 말한 바 진리의 법이 있다고 생
각한다 말하지 말라. 왜냐하면, 만일 어떤 사람이 말하기를 여래가 진
리의 법을 말한 바가 있다고 한다면 이는 곧 부처님을 비방하는 것이
되며, 내가 말한 뜻을 전혀 이해하지 못하는 것이 되기 때문이다.

須菩提 說法者 無法可說 是名說法

수보리야, 진리를 말한다는 것은 진리가 없음을 말하는 것이니 그
이름이 진리를 말하는 것일 따름이니라.

爾時 慧命須菩提 白佛言 世尊 頗有衆生 於未來世 聞說是法
生信心不

그때 혜명 수보리가 부처님께 여쭈었습니다. 세존이시여, 이다음
세상에 자못 어떤 중생이 있어서 이 진리의 말씀을 듣고 믿는 마음을
낼 수 있겠습니까?

佛言 須菩提 彼非衆生 非不衆生 何以故 須菩提 衆生衆生者
如來説非衆生 是名衆生

　부처님께서 말씀하셨습니다. 수보리야, 그들은 중생이 아니며 중생
이 아님도 아니다. 왜냐하면 수보리야! 중생, 중생이라 하는 것은 부
처님이 중생 아님을 말하는 것이니 다만 그 이름이 중생이라고 이름하
여 부르는 것이니라.

비설소설 非說所說
설했지만 설해진 법이 없다.

　비설소설(非說所說)은 설해도 설한 바가 없다는 표현이다. 좀 헷갈
리는 표현이다. 그러나 이를 정리하면 법을 설함에 있어서 법을 설했
다는 집착심마저도 사라져야 바른 법을 전할 수 있다는 가르침이다.
그렇다. 무념무상(無念無想)에서 바른 법이 나오기 때문이며 이러한
도리를 공(空)이라고 한다.

　화엄경 권제52 여래출현품에 보면
　불자여, 부처님의 보리는 모든 글자로도 표현할 수 없으며, 모든
음성으로도 미칠 수 없으며, 모든 말로도 말할 수 없건마는, 다만 마
땅함을 따라서 방편으로 열어 보이신다고 하였다. 佛子 諸佛菩提
一切文字所不能宣 一切音聲所不能及 一切言語所不能說 但隨所
應方便開示

또한 대보적경(大寶積經) 권제4에서는

모든 법 본연의 자성은 모두 말로 표현할 수 없나니, 가는 것도 없고, 오는 것도 없고 문자로 표시할 수도 없으며, 문자가 청정하여 공용(功用)이 없느니라. 왜냐하면 모든 법의 본성이 허공과 같기 때문이라고 하였다. 所有諸法本性自性皆不可說 無來無去無有文字 文字淸淨無有功用 何以故 諸法本性等虛空故

해의보살소문정인법문경(海意菩薩所問淨印法門經)[367] 권제5에는

그 법을 표현할 수 없고 표현할 것도 없으므로 그중에는 문자를 모아서 나타낼 수 없는 것이 있는가 하면, 문자로써 모아 나타낼 수 없는 것이라면 바로 진리 그대로를 말한 것이다. 진리 그대로의 말이란, 이른바 뒤도 앞과 같고 앞도 뒤와 같고 중간도 그러함이니 이것이 바로 모든 법은 삼세가 다 공(空)하다고 하는 것이라고 하였다. 若法無能表及無所表故 是中卽無文字集現 若無文字可集現者 卽所說如 此復何名卽所說如 謂後如於前 中亦復然 此卽是名一切諸法三世皆空

須菩提 汝勿謂如來作是念 我當有所說法 莫作是念

수보리 여물위여래작시념 아당유소설법 막작시념

---

367 북송때 한역하였으며 원제는 불설해의보살소문정인법문경이다. 줄여서 정인법문경(淨印法門經)·해의보살소문경(海意菩薩所問經)이라고 한다.

수보리야, 너는 여래가 나는 마땅히 말한 바 진리의 법이 있다고 생각한다 말하지 말라.

何以故 若人言 如來有所說法 卽爲謗佛 不能解我所說故
하이고 약인언 여래유소설법 즉위방불 불능해아소설고

왜냐하면, 만일 어떤 사람이 말하기를 여래가 진리의 법을 말한 바가 있다고 한다면 이는 곧 부처님을 비방하는 것이 되며, 내가 말한 뜻을 전혀 이해하지 못하는 것이 되기 때문이다.

須菩提 說法者 無法可說 是名說法
수보리 설법자 무법가설 시명설법

수보리야, 진리를 말한다는 것은 진리가 없음을 말하는 것이니, 그 이름이 진리를 말하는 것일 따름이니라.

물위(勿謂)는 함부로 말하지 말라는 주의다. 이러한 표현은 유가에서도 종종 등장한다.

주희(朱熹)[368]가 말하기를 다음과 같이 말하였다.

---

368 중국 송나라의 유학자(1130~1200)로 호는 회암(晦庵)·회옹(晦翁)이다. 도학(道學)과 이학(理學)을 합친 이른바 송학(宋學)을 집대성하였다. '주자(朱子)'라고 높여 이르며, 학문을 주자학이라고 한다.

勿謂今日不學而有來日 勿謂今年不學而有來年
물위금일불학이유내일 물위금년불학이유내년

오늘 배우지 아니하고 내일이 있다고 말하지 말며,
올해 배우지 아니하고 내년이 있다고 말하지 말라.

비설소설(非說所說)에 대해서는 제6 정신희유분(正信希有分)에서
이미 거론되었던 말씀이다. 다음과 같은 가르침이 그러하다.

何以故 是諸衆生 無復我相人相衆生相壽者相
하이고 시제중생 무부아상인상중생상수자상
無法相 亦無非法相
무법상 역무비법상

왜냐하면, 이 모든 중생은 더 이상 나라는 상이나 남이라는 상, 중
생이라는 상이나 수명에 대한 상이 없느니라. 그리고 옳은 법이라는
상도 없고 그른 법[非法]이라는 상도 없기 때문이니라.

또한 제7 무득무설분(無得無說分)에도 다음과 같은 가르침이 있다.

如來得 阿耨多羅三藐三菩提耶 如來有 所說法耶
여래득 아누다라삼막삼보리야 여래유 소설법야

여래가 최상의 깨달음을 얻었는가? 또 여래가 설법한 바가 있는가?

須菩提言 如我解佛所說義 無有定法 名阿耨多羅三藐三菩提
수보리언 여아해불소설의 무유정법 명아누다라삼막삼보리
亦無有定法 如來可說
역무유정법 여래가설

수보리가 대답하기를 제가 부처님께서 말씀하신 뜻을 이해하기에
는 정(定)해진 법이 없는 것을 이름하여 아누다라삼막삼보리라 하옵
고, 또한 정해진 법이 없는 것을 여래께서 가히 설법하셨나이다.

금강경론(金剛經論)[369]에도 같은 맥락의 말씀이 있다.

應化非眞佛 亦非說法者
응화비진불 역비설법자

說法不二取 無說離言相
설법불이취 무설이언상

응신불과 화신불은 진불(眞佛)이 아니요
또한 설법하는 사람도 아니다.
말씀하신 법을 두 가지라고 취해서도 안 되고
말씀하신 법은 언어를 떠난 다른 모습도 없다.

───────

369 천친(天親) 보살이 짓고 원위(元魏) 때 보리유지(菩提流志)가 한역한 금강경
논서(論書)이다.

여기서 말씀하신 '법을 두 가지라고' 한 것은 법(法)과 비법(非法)을 말한다. 부처님은 법을 설하셔도 분별심이 없으시다. 그러므로 이를 살펴볼 필요가 있다.

화엄경 권제2 세주묘엄품에 송하기를 다음과 같이 하였다.

無量法門皆自在 調伏衆生徧十方
무량법문개자재 조복중생변십방

亦不於中起分別 此是普光之境界
역불어중기분별 차시보광지경계

한량없는 법문 모두 자재하시고
시방에서 중생을 조복하며 시방에 두루 하지만
그 가운데 분별을 일으키지 않으시니
이는 보광 천왕의 깨달은 경계라.

금강경은 보는 이의 견해에 따라 제1 법회인유분(法會因由分)에서 제16 능정업장분(能淨業障分)까지는 전반부에 해당하고, 제17 구경무아분(究竟無我分)에서 제32 응화비진분(應化非眞分)까지를 후반부에 해당한다고 보고 있다. 그러나 여기에도 이의를 제기하여 전반부와 후반부의 내용은 서로 다르다고 주장하는 이도 있다. 승조(僧肇 384~414) 스님은 전반부는 중생공(衆生空)을 말씀하셨고, 후반부는 설법공(說法空)을 설했다고 하였다.

천태지의(天台智顗 538~597)와 수나라 길장(吉藏 549~623)은 전반부는 앞선 대중을 위한 것이고, 후반부는 뒤에 모인 대중을 위하여 설하셨다고 하여 이를 중설중언(重說重言)이라고 한다. 따라서 전반부는 상근기를 위한 설법이라면 후반부는 중·하근기를 위한 설법이라고 하였다.

'중설중언'이라고 하는 것은 이렇듯 이 경의 말씀이 그만큼 소중하다는 의미일 것이다. 한 사람이라도 더 부처님 말씀을 알아듣기를 바라는 마음이고, 이것이 바로 부처님의 자비인 것이다.

이 대목을 유마경(維摩經) 제1 불국품에 대비하여 보면

법상(法相)은 이와 같은데, 어찌 설할 수 있겠습니까? 무릇 법을 설하는 것은 설함도 없고, 가리킴도 없으며, 그 법을 듣는 것도 들음도 없고 얻음도 없는 것입니다. 비유하자면 마치 마술사[幻士]가 마술로 만든 인형[幻人]을 위하여 법을 설하는 것과 같습니다. 마땅히 이러한 생각을 하고서 법을 설해야 한다고 하였다. 法相如是 豈可說乎 夫說法者 無說無示 其聽法者 無聞無得 譬如幻士 爲幻人說法 當建是意 而爲說法

대반야경 권제539에 보면

구수 선현이 다시 그들에게 말하였다. 나는 이 매우 깊은 반야바라밀다와 상응한 이치 가운데서 말한 일이 없고 보인 일도 없으며, 너희들 역시 듣지 않았거늘 어느 것을 이해하겠느냐. 왜냐하면 천자들아, 매우 깊은 반야바라밀다와 상응한 이치 가운데는 문자나 언설을

모두 멀리 여읜 까닭이라고 하였다. 具壽善現復告彼言 我曾於此甚
深般若波羅蜜多相應義中無說無示 汝亦不聞當何所解 何以故 諸
天子 甚深般若波羅蜜多相應義中 文字言說皆遠離故

爾時 慧命須菩提 白佛言
이시 혜명수보리 백불언

그때 혜명 수보리가 부처님께 여쭈었습니다.

世尊 頗有衆生 於未來世 聞說是法 生信心不
세존 파유중생 어미래세 문설시법 생신심부

세존이시여, 이다음 세상에 자못 어떤 중생이 있어서 이 진리
의 말씀을 듣고 믿는 마음을 낼 수 있겠습니까?

佛言 須菩提 彼非衆生 非不衆生
불언 수보리 피비중생 비불중생

부처님께서 말씀하셨습니다. 수보리야, 그들은 중생이 아니며
중생이 아님도 아니다.

何以故 須菩提 衆生衆生者 如來說非衆生 是名衆生
하이고 수보리 중생중생자 여래설비중생 시명중생

왜냐하면 수보리야! 중생, 중생이라 하는 것은 부처님이 중생 아님을 말하는 것이니 다만 그 이름이 중생이라고 이름하여 부르는 것이니라.

혜명(慧命)이라고 하는 것은 지혜를 목숨처럼 여기는 것을 비유하여 표현한 것으로 이는 비구에 대한 존칭이다.

비니모경(毗尼母經)[370] 제4권에 보면
아난아, 앞으로 아랫사람은 반드시 윗사람을 존자(尊者)라고 불러야 하고, 윗사람은 반드시 아랫사람을 혜명(慧命)이라고 불러야 한다고 하였다. 阿難 從今已去 下者應稱上座尊者 上座應稱下座慧命

승만보굴(勝鬘寶窟)[371]에서는
혜명이라고 하는 것은 모든 것에 통달하여 광대한 큰 지혜로 불법을 깊이 알기에 심심(甚深)한 혜(慧)로써 생명을 삼으므로 혜(慧)라 한다고 하였다. 故說慧爲命 通達一切 謂廣大慧 甚深佛法 謂甚深慧 以此廣大甚深之慧爲命 故名慧命也

부처님께서 금강경이 그 어디에 있어 법을 설하심은 아니다. 그 자리에 모인 대중의 근기에 따라 법을 설하심이다. 그러므로 부처님

---

370 비니모경(毘尼母經)은 번역자를 알 수 없으나 진록(秦錄, 350~431)에 목록이 올라 있다. 줄여서 비니모라고 하고, 별칭으로 모론·비니모론이라고도 한다.

371 승만경보굴(勝鬘經寶窟)을 말한다.

은 진리의 법이 어디에 따로 있다고 생각하지 말라고 하였음이다. 이를 모르고 진리가 마치 물건처럼 어디에 갖춰 두었다가 이를 끄집어내어 말씀하신다고 생각하면 이는 여래가 설한 바 진리의 이치를 잘 모르는 것이다. 도리어 여래를 비방하는 것이 된다고 하였다.

따라서 진리가 어디에 보장(寶藏)된 것이 아니라 즉문즉답(卽問卽答)으로 이루어지기에 그 이름이 진리라고 하였다. 까닭에 고정된 중생은 없다. 다만 무명으로 가려져 있어서 중생이라 이름할 뿐이다. 이 무명만 걷어내면 부처라고 한다. 고로 중생은 중생을 말하는 것이 아니고, 다만 그 이름을 중생이라고 하는 것이다.

비설소설분 제2 단락은 구마라집(鳩摩羅什)의 번역문이 아니고 보리유지(菩提流志)가 한역한 말씀을 822년에 영유(靈幽) 스님이 인용한 것이라고 한다.

금강경종통(金剛經宗通)[372] 제6권에 보면
당(唐)나라 목종(穆宗) 장경(長慶) 2년(822)에 석영유(釋靈幽)[373]가 별안간 죽음을 맞이하여 염라천자(閻羅天子)를 만나게 되었다. 천자

---

[372] 금강반야바라밀경종통(金剛般若波羅蜜經宗通)을 말한다. 요진(姚秦) 때 구마라집이 역(譯)하고 양(梁)나라 부대사(傅大士)가 송(頌)하였으며, 송나라 자선(子璿)이 간행했다.

[373] 전하는 이력이 없다. 다만 대흥선사(大興善寺)에 출가하여 장경 2년에 입적하였다고 전해진다.

가 영유에게 묻기를 그대는 무슨 행업(行業)을 닦았느냐고 하자, 늘 금강반야경을 수지하였노라고 하였다. 이에 천자가 합장하고 자리를 내주며 영유에게 금강경 한 편을 낭송해 보라고 명하였다. 이에 낭송하였더니 천자가 말하기를, 생각컨대 이 경 가운데 일장(一章)이 모자라서 마치 꽃을 꿰는 실이 중간에 이어지지 못함과 같다고 하면서 진본(眞本)이 호주(濠州) 종리사(鍾離寺) 석비(石碑)에 있으므로 가서 살펴보고 두루 인간에게 알리라 하였다. 영유가 혼(魂)이 돌아오자 이러한 사실을 상주(上奏)하여 이 단락(段落)에 증입(增入)하였다고 하였다. 唐長慶二年 釋靈幽暴亡 見閻羅天子 問幽 習何行業 幽對曰 常持金剛般若經 天子合掌賜坐 命幽朗誦一徧 天子曰 念此經中而少一章 如貫華之線 中有不續 眞本在濠州鍾離寺石碑上 可往查對 徧告人間 幽既還魂 奏聞其事 增入此段

이러한 내용은 금강경감응전(金剛經感應傳)[374]에도 실려 있다.

참고로 금강경오십삼가주(金剛經五十三家註)[375]에도 실려 있는데 이를 옮기면 다음과 같다.

영유(靈幽) 법사가 이 혜명 수보리 62자(字)를 더했는데 이는 당(唐)나라 목종 장경(長慶)인 822년이며 지금 호주(濠州) 종리사(鍾離

---

374 금강경의 감응에 관한 내용이지만 저자는 알 수 없다.

375 명나라 때 홍련(洪蓮)이 53 대가의 금강경 주석 가운데 발췌하여 편집한 책이다.

寺) 비석에 기록이 있다. 육조해(六祖解)는 전에 있었던 고로 해석이 없으니 지금 또한 이를 존치(存置)한다고 하였다. 靈幽法師 加此慧命須菩提六十二字 是唐長慶二年八二二 今在濠州鍾離寺石碑上記 六祖解 在前故無解 今亦存之

구마라집(鳩摩羅什)은 금강경을 402년에 한역하였고, 보리유지(菩提流志)는 509년에 한역하였다. 무려 107년이나 차이가 난다. 보리유지는 혜명 수보리라는 표현을 사용했으며, 구마라집은 장로라는 표현을 사용했다. 금강경의 역자는 구마라집(鳩摩羅什)이 402년에 한역하였으며, 보리유지(菩提流志)는 509년에, 진제(眞諦)는 562년, 의정(義淨)은 703년에 한역하였다.

파유중생(頗有衆生)에서 파유(頗有)는 흔하게 있다, 적지 않다, 상당히 많이 있다, 이러한 표현이다.

수보리는 이처럼 소중한 가르침이 묻힐까 봐 짐짓 걱정하고 있다. 그러자 부처님은 중생은 그 이름이 중생이지 본디 부처의 성품을 다 가지고 있노라고 하였다.

화엄경 제25권 십회향품에 다음과 같은 내용이 있다.

了知衆生無有生 亦無衆生可流轉
요지중생무유생 역무중생가유전

無實衆生而可說 但依世俗假宣示
무실중생이가설 단의세속가선시

중생들의 나는 일 없는 줄 알고
헤매는 중생들 또한 없어서
중생이라 말할 것이 전혀 없지만
세속을 의지하여 거짓으로 말해 보이네.

벽암록(碧巖錄) 제90칙 수시(垂示)에 보면
 말이 있기 이전의 한 구절의 소식은 모든 성인도 전하지 못한다고
하였다. 聲前一句千聖不傳

 분별을 초월하고 집착의 그물에서 벗어나면 금강반야를 관조할 수
있을 것이다.

제22 무법가득분 無法可得分

· ·

진리는 얻을 것이 없다

須菩提白佛言 世尊 佛得阿耨多羅三藐三菩提 爲無所得耶

　수보리가 부처님께 여쭈었습니다. 세존이시여, 부처님께서 아누다라삼막삼보리를 얻었다는 것은, 얻은 바가 없다는 것이 됩니까?

佛言 如是如是 須菩提 我於阿耨多羅三藐三菩提 乃至無有少法可得 是名阿耨多羅三藐三菩提

　부처님께서 이르시기를 그렇다, 그렇다. 수보리야! 내가 아누다라삼막삼보리에 있어서 조그마한 법조차도 얻은 것이 없었으므로 이것을 이름하여 아누다라삼막삼보리라고 하느니라.

무법가득 無法可得

진리는 얻을 것이 없다.

　얻을 법도 가히 없다. 이같은 표현은 중생의 입장이라기보다는 부처의 경지에서 이르는 말씀이다. 왜냐하면 중생은 법을 고착화시켜 형상으로 이끌고 가려는 경향이 매우 강하지만 진리의 말씀은 그 상(相)이 없음이다.

또한 진리가 어디에 있어서 부처님이 말씀하시는 것이 아니라 진리의 본질은 그 형상이 없지만 영원불멸한 것이다. 그렇다면 법이란 과연 무엇일까? 중생을 깨달음으로 이끄는 수단인 보리(菩提)를 말한다.

반야부 경전인 대반야경(大般若經) 제99에 보면
반야바라밀다의 심히 깊은 교법 안에는 얻을 수 있는 법이 없나니, 이른바 이 안에서는 물질을 얻을 수 있는 것이 아니며, 느낌·생각·지어감·의식도 얻을 수 있는 것이 아닙니다라고 하였다. 般若波羅蜜多甚深教中無法可得 所謂此中無色可得 無受想行識可得

파취착불괴가명론(破取着不壞假名論)에 보면
반야바라밀 가운데에서는 어떤 법도 얻을 것이 없으니, 그런 까닭에 여래께서도 문자로써 설법하지 않았다고 말씀하셨다. 오직 이 분량(分量)만큼의 설법만이 보리(菩提)라고 이름할 수 있으니, 마치 어떤 경에 이르기를 '공중에서 새의 자취를 얻을 수 없는 것처럼 보리의 성품도 이와 같다'라고 말한 것과 같다. 보살은 얻을 것이 없는 가운데에서 능히 깨달아 알기 때문이라는 것을 말한 것이라고 하였다. 般若波羅蜜中無法可得 是故如來亦不能以文字而說 唯此分量說名菩提 如有經言 空中鳥迹不可得 菩提性亦復如是 言菩薩者於無得中能覺了故

팔만사천 가르침은 중생을 깨우치기 위하여 방편으로 설하였음이다. 그러므로 이를 모르면 경을 중요시하고 깨우침을 허접하게 여기는 어리석음을 낳는 것이다.

대보적경(大寶積經) 권제76에 보면

모든 법안에는 얻을 만한 법이 없고 이러한 법이 없구나. 이 법을 깨달아 얻게 되면 일컬어 부처님이라 하리라. 모든 법은 실로 얻을 수 없는데 부처님께서는 중생들을 위하여 다만 언설을 빌렸을 뿐이라고 하였다. 於諸法中無法可得 無有如是法 得證是法號爲佛者 諸法實不可得 佛爲衆生但假言說

이도 모르겠으면 이렇게 생각해 보자. 어떤 이가 큰 사찰을 세웠는데 늘 내가 이 사찰을 일으켰다는 마음이 앞서 있으면 부처님은 없고 오직 자기만 있게 된다. 그러므로 하나는 알고 둘은 모르는 것이다. 법도 이러하다. 법은 늘 존재하고 있기에 얻을 것이 없다. 다만 이를 바탕삼아 깨달음으로 취향(趣向)해 나갈 뿐이다.

須菩提白佛言 世尊 佛得阿耨多羅三藐三菩提 爲無所得耶
수보리백불언 세존 불득아누다라삼막삼보리 위무소득야

수보리가 부처님께 여쭈었습니다. 세존이시여, 부처님께서 아누다라삼막삼보리를 얻었다는 것은, 얻은 바가 없다는 것이 됩니까?

수보리가 부처님께 짐짓 의문을 제시하고 있다. 분명 부처님은 깨달은 분을 말하는데 깨침을 얻은 바가 없다고 하였으니, 이게 무슨 청천벽력 같은 말씀인가 하고 여긴 것이다.

이는 제7 무득무설분(無得無說分)의 얻음도 없고 설함도 없다고 하였음과 같은 가르침이다.

깨달음은 어디에 내재하여 있는 것이 아니라 금강경에서는 사상을 무너뜨리면 저절로 깨달음이 나타나는 것이라고 하였다. 그러기에 깨달음이라는 것은 어디에 있어서 드러나는 것이 아님을 분명하게 인식하고 있어야 한다.

따라서 깨달음이라는 것은 사상이 없는 경지를 말하며 이를 반야부 경전에서는 반야(般若)로 인하여 깨달음을 얻는다고 하였다.

佛言 如是如是 須菩提
불언 여시여시 수보리

부처님께서 이르시기를 그렇다, 그렇다. 수보리야!

我於阿耨多羅三藐三菩提 乃至無有少法可得
아어아누다라삼막삼보리 내지무유소법가득

내가 아누다라삼막삼보리에 있어서 조그마한 법조차도 얻은

것이 없었으므로

是名阿耨多羅三藐三菩提
시명아누다라삼막삼보리

이것을 이름하여 아누다라삼막삼보리라고 하느니라.

조그마한 법도 가히 얻을 수 없다고 하는 것은 본디 중생 모두가 구족하고 있기 때문이다. 무릇 중생은 무명으로 인하여 불(佛)을 보지 못하는 것이지 그렇다고 하여 불(佛)이 어디로 사라지거나 도망간 것은 아니다.

종경록(宗鏡錄) 제98에 보면 용아거둔(龍牙居遁 835~923)[376] 스님은 여기에 대하여 이르기를 다음과 같이 말씀하셨다.

무릇 도를 닦는다는 것은, 바로 권하고 달래는 말이며, 인도하는 말이다. 위로부터 법과 사람은 없고, 다만 이것을 서로 이어받으면서 갖가지 방편으로 그들을 위해 설명하고 뜻을 내는 것은 자기 마음을 알게 하려는 것일 뿐이니, 마지막에는 얻을 수 있는 법도 없고 닦을 수 있는 도(道)도 없기 때문에 보리의 도(道)는 자연(自然)이라. 龍牙

---

376 임제, 덕산 등의 대선지식의 지도를 받았지만 깨닫지 못하다가 동산양개(洞山良价) 선사에게 참학하여 깨달음을 얻었다. 그 후 담주(潭州) 용아산(龍牙山)에 머물며 후학을 지도하였다.

和尙云 夫言修道者 此是勸喩之詞 接引之語 從上已來無法與人
只是相承種種方便爲說 出意旨令識自心 究竟無法可得 無道可修
故云菩提道自然

또 덕산선감(德山宣鑑 782~865)[377] 스님은 다음과 말씀하셨다.

만일 한 티끌이나 한 법이라도 얻을 수 있는 것이 있으면, 그대는
그와 함께 집착하고 앎을 내므로 모두가 하늘 악마거나 외도에 떨어
진다. 다만 이 신령하고 공(空)한 것은, 오히려 작은 티끌만큼의 것도
얻을 만한 것이 없어서 곳곳마다 청정하고 환히 통달하며 겉과 속이
맑게 사무쳤을 뿐이다. 德山和尙云 若有一塵一法可得 與汝執取生
解 皆落天魔外道 只是箇靈空 尙無纖塵可得 處處淸淨 光明洞達
表裏瑩徹

부처와 중생은 평등하다. 그러나 중생은 물질과 마음이 청정한 줄
을 모르고 망상을 일으켜 뒤바뀌는지라 해탈에 이르지 못함이다.

---

377 처음에 율(律)과 유식(唯識)을 배우고, 특히 금강경에 정통하여 그 강설
을 잘하여 '주금강(周金剛)'이라 불렸다. 뒤에 선(禪)을 닦아 용담숭신(龍潭崇
信)의 법을 잇고, 육조 혜능(慧能)의 제자인 행사(行思) 밑에서 제5조가 되었
다. 무종(武宗)의 파불(破佛) 때는 독부산(獨浮山)의 굴에 숨어서 난을 피하였다.
847~866년 불교 부흥기에 낭주(浪州)의 덕산정사(德山精舍)에 들어가 선풍을
떨쳤다. 엄격한 수행으로 유명하고 제자를 가르칠 때 몽둥이를 잘 썼으므로 임
제(臨濟)의 할(喝), 덕산의 봉(棒)이라는 말이 나왔다.

'무법가득분'을 바로 알아차리면 부처가 되고자 가는 것이 아니라 지금 내가 부처라는 것을 자각하는 것이다. 그러므로 선사들은 밖에서 애써 찾지 말고 안에서 찾으라고 한 것이다.

제23 정심행선분淨心行善分

‥

청정한 마음으로 선법을 행하라

復次 須菩提 是法平等 無有高下 是名阿耨多羅三藐三菩提 以
無我無人無衆生無壽者 修一切善法 則得阿耨多羅三藐三菩提

또한 수보리야, 이 도리는 평등해서 높고 낮음이 없으니 이것을 아
누다라삼막삼보리라 이름한다. 나도 없고, 남도 없고, 중생도 없고,
수명도 없는 경지에서 여러 가지 선법을 닦으면 곧 최상의 깨달음을
얻으리라.

須菩提 所言善法者 如來說 卽非善法 是名善法

수보리야, 이른바 선법이라 함은 여래가 말하기를 곧 선법이 아니고
그 이름이 선법일 따름이라고 하였다.

정심행선 淨心行善
청정한 마음으로 선법을 행하라.

정심(淨心)은 깨끗한 마음을 말하므로 이는 분별심 없는 마음을 말
하며 이것이 곧 선행(善行)이다. 법에도 선법이 있으니 이를 이름하
여 아누다라삼막삼보리다. 따라서 법을 설함에 있어서도 정심(淨心)

으로 해야 한다. 부처님의 장광설(長廣舌)과 변재(辯才)는 모두 정심(淨心)으로 인한 행선(行善)이다.

정법염처경(正法念處經)[378] 권제19에 다음과 같은 게송이 있다.

正見淸淨心離垢 佛說三十三天道
정견청정심리구 불설삼십삼천도

淨修衆善行相應 能以善心正依止
정수중선행상응 능이선심정의지

바른 소견과 깨끗한 마음으로 번뇌를 떠나
부처님은 삼십삼천의 길을 말씀하시고
깨끗이 닦은 온갖 선한 행과 상응하시고
선한 마음으로 능히 바른 데에 의지하셨다.

復次 須菩提 是法平等 無有高下 是名阿耨多羅三藐三菩提
부차 수보리 시법평등 무유고하 시명아누다라삼막삼보리

또한 수보리야, 이 도리는 평등해서 높고 낮음이 없으니 이것을 아누다라삼막삼보리라 이름한다.

────

378 반야류지(般若流支, Prajñāruci)가 한역하였다.

以無我無人無衆生無壽者 修一切善法

이무아무인무중생무수자 수일체선법

나도 없고, 남도 없고, 중생도 없고, 수명도 없는 경지에서 여러 가지 선법을 닦으면

則得阿耨多羅三藐三菩提

즉득아누다라삼막삼보리

곧 최상의 깨달음을 얻으리라.

정심은 분별심이 없다고 하였으니 여기에는 선(善)도 없고 악(惡)도 없으며 성인도 없고 범부도 없다. 이로써 부처님은 사마(四魔)를 항복 받으시어 사(邪)가 없으므로 오행(五行)[379]을 행하셨으며, 만가지 장애를 모두 물리치시고 그 어디에도 기대거나 치우침이 없으셨다.

정심(淨心)을 자각하면 이로부터 평등심이 나오므로 세상 만물 모두가 평등하다는 것을 알아차린다. 그러므로 불교의 깨달음이라 하는 것은 본위(本位)를 회복하여 그 자리로 돌아가는 것을 말한다.

---

379 보살이 닦는 다섯가지 행법인 성행(聖行), 범행(梵行), 천행(天行), 영아행(嬰兒行), 병행(病行)을 말한다.

깨달음의 입장에서 보면 높고 낮음이 어디에 있겠는가? 세상 만물은 필요가 있어서 생겨났기에 모두가 평등한 것이다. 따라서 높고 낮음, 길고 짧음, 크고 작음, 많고 적음 따위가 없음이다.

화엄경(華嚴經) 권제37 십지품에 보면

일체 법이 형상이 없으므로 평등하고, 자체가 없으므로 평등하고, 나는 일이 없으므로 평등하고, 성장함이 없으므로 평등하고, 본래부터 청정하므로 평등하고, 희롱의 말이 없으므로 평등하고, 취하고 버림이 없으므로 평등하고, 고요하므로 평등하고, 요술 같고 꿈 같고 영상 같고 메아리 같고 물 속의 달 같고 거울 속의 모습 같고 아지랑이 같고 화현과 같으므로 평등하며, 있고 없음이 둘이 아니므로 평등하다고 하였다. 一切法無相故平等 無體故平等 無生故平等 無成故平等 本來淸淨故平等 無戲論故平等 無取捨故平等 寂靜故平等 如幻如夢 如影如響 如水中月 如鏡中像 如焰 如化故平等 有無不二故平等

장자 병무편(駢拇篇)에 보면

지극하게 바른 도를 실천하는 사람은 타고난 그 본성과 운명의 진실함을 잃지 않는다. 까닭에 이어진 것을 군더더기라 여기지 아니하며 갈라져 있다고 하여 소용없이 덧붙이지 아니하며, 긴 것을 남는 것으로 여기지 아니하며, 짧다 해도 그것을 부족하다 여기지 않는다. 이 때문에 오리의 다리가 비록 짧지만 길게 이어 주면 슬퍼하고, 학의 다리가 비록 길지만 자르면 슬퍼하게 될 것이다. 그 때문에 타고난 본성이 길다고 하여도 자를 필요가 없고 짧아도 이어주지 않아도

되므로 아무런 근심거리로 여기지 않는다고 하였다. 彼正正者 不失
其性命之情 故合者不爲騈 而枝者不爲跂 長者不爲有餘 短者 不
爲不足 是故鳧脛雖短 續之則憂 鶴脛雖長 斷之則悲 故性長非所
斷 性短 非所續 無所去憂也

평등심을 염두에 두고 사상(四相)을 살펴보면 무아상(無我相)은 이
기심이 없음을 말하며, 무인상(無人相)은 득실을 따지는 마음이 없
으며, 무중생상(無衆生相)은 분별심이 없으며, 무수자상(無壽者相)은
탐심이 없음을 말한다.

須菩提 所言善法者 如來說 卽非善法 是名善法
수보리 소언선법자 여래설 즉비선법 시명선법

**수보리야, 이른바 선법이라 함은 여래가 말하기를 곧 선법이
아니고 그 이름이 선법일 따름이라고 하였다.**

'수보리야, 이 법은 평등하여 높고 낮음이 없으니 선법(善法)이라'
고 하였다. 금강경 첫 말씀에 보면 여래가 공양 때가 되자 스스로 가
사를 수하시고 발우를 지니고 사위성으로 들어가 비구들과 함께 걸
식을 하여 공양을 하셨음도 평등심을 보여 준 것이다.

제14 이상적멸분(離相寂滅分)에 보면 수보리가 감격의 눈물을 흘
린 체루비읍(涕淚悲泣)한 것도 평등의 이치를 알아차렸기 때문이다.

여래가 말한 선법은 선법이 아니고 다만 그 이름이 선법이라고 하였다. 부처님께서 중생의 근기에 맞추어 법을 설하여 사상을 무너뜨리고자 함이지, 그 어디에 법이 있어 법을 설한 것은 아니라는 뜻이다.

제24 복지무비분福智無比分

· ·

복을 어찌 지혜에 견주겠는가

須菩提 若三千大千世界中 所有諸須彌山王 如是等七寶聚 有
人 持用布施

수보리야, 만약 삼천대천세계에서 제일 큰 산인 수미산왕만큼 칠보
의 무더기들을 가지고 어떤 사람이 널리 보시했다고 하자.

若人 以此般若波羅蜜經 乃至四句偈等 受持讀誦 爲他人説 於
前福德 百分不及一 百千萬億分 乃至算數譬喩 所不能及

만약 또 다른 이는 이 반야바라밀경에서 네 글귀의 게송만이라도 받
아 지니고, 읽고 외우고, 남을 위해 설하여 준다면, 앞의 복덕으로는
백분의 일에도 미치지 못하며, 어떤 산수와 비교하여도 미치지 못하
느니라.

복지무비 福智無比
복을 어찌 지혜에 견주겠는가.

대부분의 재보시는 남을 위한다는 명목으로 행하지만 실상은 자
신의 바람을 이루려고 하는 중생심이기에 참다운 보시라고 할 수 없

다. 그렇다고 하더라도 그만한 복이 있을진대 어찌 지혜의 말씀과 감히 견주겠느냐 하는 가르침이다. 그러므로 무지하면 배가 그득그득 채우는 것에 행복감을 느끼고 지혜로운 이는 머리가 가득 차는 것을 행복으로 느낀다.

'복지무비분'의 말씀은 앞서 나온 내용과 거의 같다.

제8 의법출생분(依法出生分)
삼천대천세계에 가득한 칠보를 보시하더라도 사구게만 못하다.

제11 무위복승분(無爲福勝分)
칠보를 가득하게 보시할지라도 사구게만 못하다.

제13 여법수지분(如法受持分)
항하의 모래 수만큼 목숨 받쳐 보시하더라도 사구게만 못하다.

제16 능정업장분(能淨業障分)
말세 중생이 이 경을 받아 지니고 외우고 한다면 이 공덕은 어떤 산수로도 비유하지 못한다.

이러한 말씀과 상통하는 가르침이다.

須菩提 若三千大千世界中 所有諸須彌山王 如是等七寶聚

수보리 약삼천대천세계중 소유제수미산왕 여시등칠보취

有人 持用布施

유인 지용보시

**수보리야, 만약 삼천대천세계에서 제일 큰 산인 수미산왕만큼
칠보의 무더기들을 가지고 어떤 사람이 널리 보시했다고 하자.**

칠보 보시는 유루복(有漏福)을 말함이다. 그러므로 삼천대천세계
를 가득 채울 만큼 보시하더라도 수미산 높이만큼 보시하더라도 언
젠가는 그 다함이 있기에 이에 따르는 복도 다함이 있다는 말씀이다.

이 가르침의 요지는 칠보로 항하의 모래만큼, 수미산만큼, 대천세
계를 가득 채울 만큼 보시하더라도 유루복은 있지만 무루복은 없다
는 것이다. 이는 무슨 말씀인가. 유루복으로는 끝내 깨달음을 얻지
못하는 까닭에 이를 안타까이 여기는 것이다. 유루복으로 인한 복덕
이 비록 많다고 하더라도 최고의 복인 정등각(正等覺)을 이루지 못
함을 말한다.

까닭에 달마다라선경(達摩多羅禪經)[380]에 다음과 같은 내용이 있다.

---

[380] 불타발타라(佛馱跋陀羅, Buddhabhadra)가 동진(東晉) 시대인 398년에서 유
송(劉宋) 시대인 421년 사이에 양도(楊都)의 여산(廬山)에서 한역하였다. 명칭을
줄여서 달마다라경(達摩多羅經) · 달마선경(達摩禪經)이라 하고, 별칭으로 달마
다라선경 · 달마선경 · 부정관경 · 수행도경 · 수행도지경 · 수행방편선경이라
고도 한다.

譬如仰射空 矢發疾無閡
비여앙사공 시발질무애

其去漸高遠 勢極還自下
기거점고원 세극환자하

마치 허공에 활을 쏨에 있어서
날아가는 화살이 거침없이
점점 높이 올라가지만
힘이 다하면 다시 내려오는 것과 같다.

이 말씀은 아비달마구사론(阿毘達磨俱舍論) 권제5에도 인용되고
있다는 것을 참고로 알아두었으면 한다.

若人 以此般若波羅蜜經 乃至四句偈等 受持讀誦 爲他人說
약인 이차반야바라밀경 내지사구게등 수지독송 위타인설

**만약 또 다른 이는 이 반야바라밀경에서 네 글귀의 게송만이라
도 받아 지니고, 읽고 외우고, 남을 위해 설하여 준다면,**

於前福德 百分不及一 百千萬億分 乃至算數譬喩 所不能及
어전복덕 백분불급일 백천만억분 내지산수비유 소불능급

앞의 복덕으로는 백분의 일에도 미치지 못하며, 어떤 산수와
비교하여도 미치지 못하느니라.

법보시는 무루복(無漏福)이다. 부처님께서 설하신 말씀은 진리가
아닌 것이 단 한마디도 없다. 그러나 사람들은 진리를 목말라 하지
않고 재리(財利)에만 목말라 하고 있기에 말세라고 하는 것이다.

광백론(廣百論)[381]에 보면
부처님께서 설하신 것은 매우 깊은 진리 아닌 것이 없다고 하였다.
佛所說無 不甚深微 音能洞達 微妙微密之音 皆佛音也

능엄경(楞嚴經)에서는
부디 넓은 사랑으로 거듭 다시 설하셔서, 이 법회의 모든 수행자를
가엾게 여겨 구제해주시고, 생사에 윤회할 미래 중생들도 부처님의
비밀스러운 법문[密音]을 받들어서 몸과 마음을 해탈케 하여 달라는
간청이 있다. 唯願大慈重爲宣說 悲救此會諸修行輩 末及當來在輪
迴者 承佛密音身意解脫

중생은 뭐니 뭐니 해도 무명이 문제다. 부처님은 두루 중생을 제도
하려고 하지만 범부는 악업이 너무 무거워 깊은 고해에 떨어져 자신

---

381 당(唐)나라 때 현장(玄奘)이 647년에 취미궁(翠微宮)에서 또는 650년 7월에
서 651년 1월 사이에 대자은사(大慈恩寺)에서 한역하였다. 별칭으로 사백론송
(四百論頌)이라고도 한다.

조차도 벗어날 수가 없는 것은 모두 무명 때문이다.

금광명경(金光明經)[382] 권제1에서 다음과 같이 송하였다.

三有之中 生死大海
삼유지중 생사대해

潦水波蕩 惱亂我心
료수파탕 뇌란아심

욕계 · 색계 · 무색계의 삼계중에
나고 죽는 큰 바다에서
출렁대는 장마의 물결은
나의 마음을 어지럽히네.

중생의 근기는 제각각이다. 그러므로 중생의 살림살이는 자신의 깜냥대로 노는 것이다. 다 같이 불법을 들어도 받아들이는 바가 다 다르다. 이를 법화경(法華經)에서는 약초에 비유하였기에 약초유(藥草喩)라고 한다.

---

382 북량(北涼) 시대에 담무참(曇無讖)이 414년~421년 사이에 한역하였다. 이 경은 인왕반야경(仁王般若經), 법화경과 함께 나라를 보호하는 3대 경전으로써 매우 중시되어 왔다.

보요경(普曜經)[383]에 보면

세간에 세 가지의 짐승이 있는데 첫째는 토끼요, 둘째는 말이요, 셋째는 흰 코끼리로써 토끼가 물을 건널 적에는 나아가 저절로 건널 뿐이며, 말은 비록 조금 용맹스럽다고는 하나 오히려 물의 깊고 얕음을 모르며, 흰 코끼리는 건널 적에 그 근원과 밑을 다 알기 때문입니다. 성문(聲聞)과 연각(緣覺)은 마치 그런 토끼와 말과 같나니, 비록 생사는 건넜다 하더라도 법의 근원을 통달하지 못하였으며, 보살 대승은 마치 흰 코끼리와 같나니, 삼계와 12 연기(緣起)를 통달하여 근원을 분명히 알아 온갖 것을 구호하되 구제를 입지 않는 이가 없기 때문이라고 하였다. 世有三獸 一兔二馬三白象 兔之渡水趣自渡耳 馬雖差猛 猶不知水之深淺也 白象之渡盡其源底 聲聞緣覺 其猶兔馬 雖度生死不達法本 菩薩大乘譬若白象 解暢三界十二緣起 了之本無 救護一切莫不蒙濟

같은 맥락의 말씀으로 40권 열반경(涅槃經)[384] 제23에 보면

어떤 강이 있는데 첫째가는 향상(香象)으로도 바닥에 닿지 못한다면 큰 강이라고 하듯이 성문·연각이나 10주 보살까지가 불성을 보지 못하는 것은 열반이라고 하며 대열반은 아닌데, 만일 불성을 분

---

383 서진(西晋) 시대에 축법호(竺法護)가 308년에 천수사(天水寺)에서 한역하였다. 이역본인 방광대장엄경(方廣大莊嚴經)에 비해 분량은 적지만 전체 품수는 3품 더 많다. 내용상으로 크게 차이가 없다.

384 북량(北涼) 시대에 담무참(曇無讖, Dharmakṣema)이 414년에 한역을 시작하여 421년에 완성하였다.

명하게 본다면 대열반이라고 이름한다. 이 대열반은 큰 코끼리 왕이라야 바닥을 밟을 수 있는데, 큰 코끼리 왕은 부처님을 말한다. 선남자야, 마하나가(摩訶那伽)나 발건타(鉢揵陁) 대역사들이 오랜 세월을 걸어도 올라갈 수 없는 것을 큰 산이라고 하듯이, 성문·연각이나 보살인 마하나가나 대역사들이 보지 못하는 것이라야 대열반이라 한다고 하였다. 善男子 譬如有河 第一香象不能得 底 則名爲大 聲聞 緣覺至十住菩薩不見佛性 名爲涅槃 非大涅槃 若能了了見於佛 性 則得名爲大涅槃也 是大涅槃 唯大象王能盡其底 大象王者 謂 諸佛也 善男子 若摩訶那伽及鉢揵陁大力士等 經歷多時所不能上 乃名大山 聲聞緣覺及諸菩薩 摩訶那伽大力士等所不能見 如是乃 名大涅槃也

그러나 또 강물은 같은 강물이라고 하였다. 이 경우 강물은 하나의 법성을 비유한 것이고, 건너는 데 얕고 깊은 차이가 있다는 것은 성문과 연각과 보살이 각기 자기 힘으로 깨달아 얻는 차이를 말한 것이다.

중생이 진리를 가까이하지 못하는 것은 망상으로 인해서 철부지하게 살기 때문이다. 금강경이 아무리 좋다고 한들 받아들이는 바가 달라서 어떤 이는 자신의 복을 빌고, 어떤 이는 깨달음을 구하는 지렛대로 삼는 것이 그러하다.

밀엄경(密嚴經)[385]에 보면 다음과 같은 게송이 있다.

心意識亦爾 根境意和合
심의식역이 근경의화합

能生於諸心 如海起波浪
능생어제심 여해기파랑

심(心)·의(意)·식(識)도 그러하니
근(根)·경(境)·의(意)가 화합하여서
여러 가지 마음을 내게 하는 것
바다에 물결이 일어나는 듯하다.

이를 능가경(楞伽經)에서는 다음과 같다고 하였다.

賴耶起諸心 如海起波浪
뢰야기제심 여해기파랑

習氣以爲因 隨緣而生起
습기이위인 수연이생기

---

385 대승밀엄경(大乘密嚴經)을 말하며 당(唐)나라 때 금강지(金剛智, vajrabodhi)
와 함께 720년에 낙양(洛陽)에 와서 774년에 입적한 불공(不空, Amogha-vajra)
이 한역하였다.

아뢰야식이 모든 마음 일으킴이
바다에 물결 일어나듯이
습기가 인(因)이 되어
인연 따라 생기(生起)한다.

또한 능엄경(楞嚴經)에서는

부처님께서 아난에게 말씀하셨다. 그것은 앞 경계의 허망한 모양
을 인연하는 생각이며, 너의 참 성품을 미혹시킨 번뇌이니라. 너는
시작 없는 옛적부터 금생(今生)에 이르도록 도적을 아들로 잘못 알
고 너의 본래 영원한 마음을 잃어버렸기 때문에, 생사의 윤회를 받고
있음이라고 하였다. 佛告阿難 此是前塵虛妄相想惑汝眞性 由汝無
始至于今生認賊爲子 失汝元常故受輪轉

금강경(金剛經) 제16 능정업장분(能淨業障分)에도 그러하다.

心則狂亂 狐疑不信
심즉광란 호의불신

마음은 산란하고 여우처럼 의심하여 믿지를 않는다.

사구게(四句偈)는 두 가지 뜻이 있다. 하나는 경의 핵심이 되는 요
지라는 표현이며, 또 다른 하나는 경 가운데 짧은 구절 하나라는 뜻
이다. 이 모두는 말씀의 중요성을 내세우고 있다.

제25 화무소화분化無所化分

· ·

교화하되 교화한 바가 없다

須菩提 於意云何 汝等勿謂如來作是念 我當度衆生 須菩提 莫
作是念

수보리야, 너는 어떻게 생각하느냐? 너희들은 여래가 나는 마땅히
중생을 제도하리라 생각한다고 말하지 말라. 수보리야, 이런 생각은
하지 마라.

何以故 實無有衆生如來度者 若有衆生如來度者 如來則有我人
衆生壽者

왜냐하면 실로 여래에게는 제도할 중생이 없기 때문이니 만약 여래
에게 중생이 있고 또 여래가 제도함이 있다면 여래는 곧 나라는 생각,
남이라는 생각, 중생이라는 생각, 오래 산다는 생각이 있는 것이기 때
문이니라.

須菩提 如來說有我者 則非有我 而凡夫之人 以爲有我

수보리야, 여래가 나라는 생각이 있다 함은 곧 나라는 생각이 있는
것이 아님을 말하는 것인데 범부들이 나라는 생각이 있다고 말할 뿐이
니라.

須菩提 凡夫者 如來説則非凡夫

수보리야, 범부라는 말도 여래는 곧 범부가 아니라고 설하였다.

화무소화 化無所化
교화하되 교화한 바가 없다.

여래가 중생을 제도한 적이 실로 없다는 점을 강조하시는 말씀이다. 만약 여래가 중생을 제도하였다는 생각에 머물러 있으면 곧 사상(四相)이 있기 때문이다. 부처님은 금강경을 통해서 사상을 무너뜨리라고 하셨건만 중생은 그 첫 단계인 아(我)에서도 벗어나지 못하고 있으니 이를 다시 한 번 일깨워 주는 것이다. 사상(四相)에서 벗어나면 평등법계(平等法界)가 펼쳐지면서 중생과 더불어 부처가 하나 됨이니 이를 중생여불(衆生與佛)이라고 한다.

화무소화분(化無所化分)에서 화(化)는 교화(敎化)를 나타내는 것으로 이는 궁극적으로 보면 멸도(滅度)를 말한다. 왜냐하면 여래가 법을 펼치는 것은 중생을 제도함에 그 목적이 있기 때문이다. 멸도(滅度)는 열반의 한역어(漢譯語)다.

부처님은 아소심(我所心)이 없지만 중생은 아소심이 강하다. 아소심이라고 하는 것은 중생심의 하나로 나의 것이라는 마음이나 나의 소유라는 마음을 말한다. 삼독 가운데 그 첫 번째인 탐심(貪心)에 해당하기도 하며 어리석은 마음인 치심(癡心)에 해당하기도 한다.

무량수경(無量壽經)에 보면

저 극락세계에 태어난 여러 보살들은 법을 설할 수 있는데, 언제나 바른 법을 선양하며, 부처님의 지혜를 따름에 있어 그릇됨이 없고 모자람도 없느니라. 그리고 그 불국토에 있는 모든 만물에 대해서 내 것이라는 마음이 없고, 그것에 집착하는 마음도 없느니라. 가고 오고 나아가고 머무름에 있어서 조금도 감정에 묶이는 바가 없이 의지에 따라 자유자재하다고 하셨다. 生彼佛國 諸菩薩等 所可講說 常宣正法 隨順智慧 無違無失 於其國土 所有萬物 無我所心 無染着心 去來進止 情無所係 隨意自在

須菩提 於意云何 汝等勿謂如來作是念 我當度衆生

수보리 어의운하 여등물위여래작시념 아당도중생

수보리야, 너는 어떻게 생각하느냐? 너희들은 여래가 나는 마땅히 중생을 제도하리라 생각한다고 말하지 말라.

須菩提 莫作是念

수보리 막작시념

수보리야, 이런 생각은 하지 마라.

何以故 實無有衆生如來度者 若有衆生如來度者

하이고 실무유중생여래도자 약유중생여래도자

왜냐하면 실로 여래에게는 제도할 중생이 없기 때문이니 만약 여래에게 중생이 있고 또 여래가 제도함이 있다면

如來則有 我人衆生壽者

여래즉유 아인중생수자

여래는 곧 나라는 생각, 남이라는 생각, 중생이라는 생각, 오래 산다는 생각이 있는 것이기 때문이니라.

앞서 제24 복지무비분(福智無比分)에서 모두가 평등하다는 것을 일러 주었다. 그러나 여기서는 이를 바탕으로 하여 분명 모든 것이 평등하다고 하셨거늘, 어찌하여 중생을 제도한다고 하느냐고 하는 의심을 몰록 끊어주기 위한 가르침이다.

막작시념(莫作是念)은 앞의 말을 이어받아서 이런 생각을 망령되이 하지 말라는 당부이다. 왜냐하면 '막작시념'은 망상이기 때문이다. 망상의 결과는 항상 헛꿈을 꾸거나 반대로 생각하는 것으로 대부분 결론이 나기 때문이다. 반야심경에서는 이를 전도몽상(顚倒夢想)이라고 하였다.

법계는 지극히 평등하다. 그러므로 진법계(眞法界)다. 그러나 중생은 근기가 미미하여 모든 것을 자기 깜냥대로 바라보기에 대비(對比)하는 마음인 고저(高低), 장단(長短), 정구(淨垢), 미추(美醜), 애증(愛憎) 등을 일으키는 것이다.

부처님은 중생은 모두 평등하다는 것을 인식시켜 주시고자 중생 모두가 불성을 가지고 있다고 하심이다. 이를 열반경에서는 '일체중생 실유불성(一切衆生 悉有佛性)'이라고 한다.

가아(假我)를 몰록 잊으면 진아(眞我)를 알 수가 있다. 그러기에 부처님은 사상(四相)을 버리라고 하는 것이다.

대법고경(大法鼓經)[386]에 보면
모든 중생은 모두 불성이 있어 무량한 상호가 장엄하고 밝게 빛난다. 그 불성이 있는 까닭에 일체중생은 열반에 들 수 있다. 마치 저 눈병 난 사람의 병을 고칠 수 있는데 아직 좋은 의사를 만나지 못하여 그 눈이 늘 어두운 것과 같다. 만약 좋은 의사를 만난다면 금방 색(色)을 볼 수 있을 것이다. 이와 같이 무량한 번뇌의 더미가 여래의 성품을 가리고 있다. 그리고 여러 부처님과 성문·연각을 아직 만나지 못하여 '나'와 '나 아님'을 분별하여 '아소'를 '나'라고 여긴다. 만약 부처님과 성문·연각을 만난다면 이내 '참나'를 알 것이다. 마치 병이 나아서 그 눈이 열려 밝아지는 것과 같다. 가린다는 것은 모든 번뇌를 가리키며, 눈은 여래의 성품을 이른다고 하였다. 一切衆生悉有佛性 無量相好 莊嚴炤明 以彼性故 一切衆生得般涅槃 如彼眼翳是可治病 未遇良醫 其目常冥 旣遇良醫 疾得見色 如是 無量煩

386 유송(劉宋) 시대에 구나발타라(求那跋陀羅, Guṇabhadra)가 435년~443년 사이에 한역하였다. 중생들에게 여래장(如來藏)이 있음을 깨우치기 위한 것이라는 것을 설한 경전이다. 약경명(略經名)은 법고경이다.

惱藏翳障如來性 乃至未遇諸佛聲聞緣覺 計我 非我 我所爲我 若
遇諸佛聲聞緣覺 乃知眞我 如治病愈 其目開明 翳者謂諸煩惱 眼
者謂如來性

금강경에서 사상을 없애 주고자 하는 것을 법화경에 대비하여 보
면 일승(一乘)에 올라 태우고자 함이며, 열반경에서는 불성(佛性)이
있음을 알려 주어 이를 회복하고자 함이며, 화엄경으로 보면 이 세상
의 주인은 마음이라는 유심(唯心)을 알려주기 위함이다.

須菩提 如來說有我者 則非有我 而凡夫之人 以爲有我
수보리 여래설유아자 즉비유아 이범부지인 이위유아

**수보리야, 여래가 나라는 생각이 있다 함은 곧 나라는 생각이
있는 것이 아님을 말하는 것인데 범부들이 나라는 생각이 있다
고 말할 뿐이니라.**

須菩提 凡夫者 如來說則非凡夫
수보리 범부자 여래설즉비범부

**수보리야, 범부라는 말도 여래는 곧 범부가 아니라고 설하였
다.**

부처님은 중생을 제도하고자 부득이하게 아(我)라는 것을 말씀 하

셨지 진여법계(眞如法界)에서는 아(我)가 없는 아공(我空)이다. 왜냐하면 아(我)가 있다고 고집하면 중생이기 때문이다.

범부 중생은 실상을 바로 보지 못하기에 허망한 상을 진상(眞相)이라고 여겨 여기에 집착하는 것이다. 그러므로 중생은 술 취한 눈으로 허공의 꽃을 보는 것과 같다.

대승이취육바라밀다경(大乘理趣六波羅蜜多經)[387]에 보면 다음과 같은 가르침이 있다.

一切衆生本淸淨 三世如來同演說
일체중생본청정 삼세여래동연설

其性垢淨本無二 衆生與佛無差別
기성구정본무이 중생여불무차별

모든 중생은 본래 청정하여
삼세 여래는 한가지로 연설하시며
그 성품의 더러움과 깨끗함은 본래 둘이 없고
중생과 부처는 차별 없도다.

---

387 당(唐)나라 때 반야(般若, Prajñā)가 788년에 한역하였다. 줄여서 육바라밀경·이취육바라밀다경이라 하고 별칭으로 육도경·이취육도경이라고도 한다.

금강경 제23 정심행선분(淨心行善分)에도 다음과 같다.

是法平等 無有高下
시법평등 무유고하

이 법은 모든 이에게 평등하여
높고 낮음이 없음이다.

이를 바로 알아차리면 정각을 이룬다고 하였다. 평등하다는 것은
부처와 중생이 따로 있어 한 번 중생이 영원한 중생이 아니라는 가
르침이다. 평등하다는 것은 분별이 없음을 말한다. 따라서 평등은 지
견(智見)이다.

화엄경(華嚴經) 권제52 여래출현품에 다음과 같은 내용이 있다.

譬如日月遊虛空 照臨一切不分別
비여일월유허공 조림일체불분별

世尊周行於法界 教化衆生無動念
세존주행어법계 교화중생무동념

비유하자면 해와 달이 허공에 떠서 다니며
모든 것 비추지만 분별이 없듯이
세존도 온 법계에 두루 다니시며

중생들 교화하되 생각은 움직이지 않네.

또한 금광명최승왕경(金光明最勝王經) 권제2에 보면
선남자야, 마치 해와 달이 분별이 없고, 또한 물과 거울이 분별이
없고, 광명이 또한 분별이 없어서 세 가지가 화합하여 그림자가 생기
는 것과 같으니라. 이와 마찬가지로 법의 여여와 여여의 지혜도 분별
이 없이 원력의 자재를 쓰는 까닭에 중생들이 응화신(應化身)을 나
타낸다고 느끼는 것은, 해와 달의 그림자가 화합하여 나타나는 것과
같다고 하였다. 善男子 譬如日月無有分別 亦如水鏡無有分別 光
明亦無分別 三種和合得有影生 如是法如如 如如智亦無分別 以
願自在故 衆生有感 現應化身 如日月影和合出現

제25 화무소화분(化無所化分)의 가르침을 잘 살펴보면 심(心)·불
(佛)·중(衆)을 말함으로써 이 세 가지는 차별이 없다는 것을 밝히고
있다.

육신에 의하여 붙여진 이름이 진짜 '나'라고 여긴다면 이로부터 미
혹의 세계로 들어가는 것이다. 선종(禪宗)에서 견성했다고 하는 것은
진아(眞我)를 찾았다는 것을 말한다. 범부는 범부가 아니라 다만 그
이름이 범부일 뿐이다. 나는 본디 부처라는 것을 자각하라. 이것이
제일 시급한 문제다.

제26 법신비상분法身非相分

· ·

법신은 형상이 아니다

須菩提 於意云何 可以三十二相 觀如來不

수보리야, 너는 어떻게 생각하는가? 가히 서른두 가지 거룩한 모습
으로써 여래를 볼 수 있겠느냐?

須菩提言 如是如是 以三十二相 觀如來

수보리가 사뢰었습니다. 그러하옵니다, 그러하옵니다. 서른두 가
지의 몸매로써 여래를 볼 수는 있습니다.

佛言 須菩提 若以三十二相 觀如來者 轉輪聖王 則是如來

부처님께서 말씀하셨습니다. 수보리야, 만약 서른두 가지 몸매로써
여래를 볼 수 있다면 전륜성왕도 곧 여래라 하겠느냐?

須菩提白佛言 世尊 如我解佛所説義 不應以三十二相 觀如來

수보리가 부처님께 사뢰었습니다. 세존이시여, 부처님께서 말씀하
신 뜻을 제가 이해하기로는 서른두 가지 몸매로써 여래를 볼 수는 없
습니다.

爾時世尊 而說偈言
이때 세존께서 게송으로 말씀하셨습니다.

若以色見我 以音聲求我 是人行邪道 不能見如來
만약 형상으로써 나를 보려 하거나,
음성으로써 나를 찾으려고 한다면
이 사람은 삿된 도를 행하는 자라서
결코 여래의 참모습을 볼 수 없으리라.

법신비상 法身非相
법신은 형상이 아니다.

법신은 형상이 없다. 그러나 사람들은 법(法)도 상(相)으로 이끌고 가려는 우매함이 있다. 따라서 법신비상분(法身非相分)에서는 처음에는 32상 80종호로 여래를 볼 수 있다고 하고 이어서 볼 수 없다고 못박았다. 다시 말해 32상 80종호는 부처님만 가지고 있는 몸매라고 하더라도 여기에 집착하지 말고 법을 간파하라는 가르침이다.

이 분(分)은 앞서 나온 가르침을 다시 살펴보아야 한다.

제5 여리실견분(如理實見分)

須菩提 於意云何 可以身相見如來不
수보리 어의운하 가이신상견여래부

수보리야, 그대는 어떻게 생각하는가? 육신으로써 여래를 볼 수 있겠는가?

不也世尊 不可以身相 得見如來 何以故 如來所說身相 卽非身相
불야세존 불가이신상 득견여래 하이고 여래소설신상 즉비신상

아닙니다, 세존이시여. 육신으로써는 여래를 볼 수 없습니다. 왜냐하면 여래께서 육신이라고 말씀하신 것은 곧 육신이 아니기 때문입니다.

제13 여법수지분(如法受持分)

須菩提 於意云何 可以三十二相 見如來不
수보리 어의운하 가이삼십이상 견여래부

수보리야 어떻게 생각하는가? 서른두 가지의 거룩한 상호로써 여래를 볼 수 있겠는가?

不也世尊 不可以三十二相 得見如來
불야세존 불가이삼십이상 득견여래

아닙니다, 세존이시여. 서른두 가지의 거룩한 상호로써는 여래를 볼 수 없습니다.

제20 이색이상분(離色離相分)

須菩提 於意云何 佛可以具足色身見不
수보리 어의운하 불가이구족색신견부

수보리야, 너는 어떻게 생각하느냐? 가히 구족하게 거룩한 육신으로 부처님을 볼 수 있겠느냐?

不也世尊 如來不應以具足色身見
불야세존 여래불응이구족색신견

아니옵니다, 세존이시여. 거룩하게 구족한 육신을 가지고 여래를 뵈올 수 없습니다.

앞서 나온 가르침들 역시 중복되는 말씀이다.

須菩提 於意云何 可以三十二相 觀如來不
수보리 어의운하 가이삼십이상 관여래부

수보리야, 너는 어떻게 생각하는가? 가히 서른두 가지 거룩한 모습으로써 여래를 볼 수 있겠느냐?

須菩提言 如是如是 以三十二相 觀如來
수보리언 여시여시 이삼십이상 관여래

수보리가 사뢰었습니다. 그러하옵니다, 그러하옵니다. 서른두 가지의 몸매로써 여래를 볼 수는 있습니다.

관(觀)은 제법의 성상(性相)을 잘 분별하여 관찰하는 것을 말하므로 살펴(照見)본다는 뜻이며, 산스크리트어로는 비파사나(vipaśyanā)라고 하며 이를 음사하여 비파사나(毘婆舍那)라고 한다.

대반열반경 권제31에 보면
비파사나(毘婆舍那)는 바르게 본다[正見]고 이름하며, 또 분명히 본다[了見]고 이름하며, 또 능히 본다[能見]고 이름하며, 두루 본다[遍見], 차례로 본다[次第見], 딴 모양으로 본다[別相見]고 이름하니 이것을 지혜라고 한다고 하였다. 毘婆舍那名爲正見 亦名了見 名爲能見 名曰遍見 名次第見 名別相見 是名爲慧

여기서 관(觀)은 법을 관하라는 것이지 화신불(化身佛)로 오신 석가모니 부처님의 몸매를 관찰하라는 것은 아니다.

이러한 가르침은 제23 정심행선분(淨心行善分), 제24 복지무비분(福智無比分), 제25 화무소화분(化無所化分) 그리고 제26 법신비상분

(法身非相分)까지 이어지고 있다.

진리를 어찌 형상으로 나타내겠는가? 엄격하게 말하면 비로자나 불 형상은 있으려야 있을 수가 없다. 도(道)는 법심(法心)을 말하는데 어찌 마음을 형상으로 드러내려고 하는가? 금강경에서는 애당초 불상(佛像)의 공덕을 말하지 않았다는 것을 알아야 한다. 도(道)는 원래 말이 없는 법이다. 다만 말에 의하여 도(道)를 나타낸다. 그러나 옳고 그름으로 상(相)을 취하거나 혹은 감정에 휘둘리어 불상(佛像)이 진불(眞佛)이라고 여기면 이는 진교(眞敎)와 어긋나서 도(道)를 배반함이다.

노자도덕경(道德經)에 보면

이런 까닭에 하늘이 오물(五物)을 생성할 때 무물(無物)로 작용을 삼고, 성인은 오교(五敎)를 행할 때 말하지 않음으로 교화를 삼는다. 이 때문에 도(道)를 문자로 표현하면 영원한 도가 아니고, 이름은 문자로 규정하면 영원한 이름이 아니라고 하였다. 是故 天生五物 無物爲用 聖行五敎 不言爲化 是以道可道 非常道 名可名 非常名也

혹여 상(相)으로 부처를 보고자 한다면 이는 외견(外見)이요, 사견(邪見)에 해당하므로 미혹심(迷惑心)이다.

佛言 須菩提 若以三十二相 觀如來者 轉輪聖王 則是如來

불언 수보리 약이삼십이상 관여래자 전륜성왕 즉시여래

부처님께서 말씀하셨습니다. 수보리야, 만약 서른두 가지 몸매로써 여래를 볼 수 있다면 전륜성왕도 곧 여래라 하겠느냐?

須菩提白佛言 世尊 如我解佛所說義 不應以三十二相 觀如來
수보리백불언 세존 여아해불소설의 불응이삼십이상 관여래

수보리가 부처님께 사뢰었습니다. 세존이시여, 부처님께서 말씀하신 뜻을 제가 이해하기로는 서른두 가지 몸매로써 여래를 볼 수는 없습니다.

만약 32상 80종호를 가진 이가 있다면 이들도 모두 여래인가? 아닌가를 묻고 있다. 부처님은 은근히 중생의 망견(妄見)에 대하여 콕 찔러 일러주고 있다. 다시 말해 불상을 위하는 자는 많아도 불경을 위하는 자가 왜 적은가? 모두 외물(外物)에 휘둘리어 진물(眞物)을 보지 못함이다.

인도 신화에 등장하는 전륜성왕(轉輪聖王)은 중국 신농씨(神農氏)[388], 복희씨(伏羲氏)[389]처럼 상상의 임금으로 전세계를 통치한다

---

388 신농씨는 중국의 고대 신화 속에서 농업과 의학의 신으로 알려졌으며 인류에게 불의 사용 법을 일러주었다고 한다.

389 중국 고대 전설상의 제왕. 삼황(三皇)의 한 사람으로, 팔괘를 처음으로 만들고, 그물을 발명하여 고기잡이의 방법을 가르쳤다고 한다.

는 임금으로 32상과 칠보(七寶)³⁹⁰를 지니고 있다고 한다. 그러므로
전륜성왕을 들먹거려 너희들이 형상을 믿는다면 전륜성왕도 부처가
아니겠느냐고 한 것이다. 참고로 전륜성왕을 전륜왕(轉輪王) 또는 윤
왕(輪王)이라고 하며 자이나교, 힌두교 등에서도 거론되고 있다.

다른 종교에서는 불교를 우상숭배(偶像崇拜)라고 하는 경우가 종
종 있다. 그러나 이는 불교를 몰라도 한참 모르고 하는 이야기다. 불
교는 본디 형상을 숭배하지 않는다. 다만 불상은 믿음을 일으키기 위
한 방편불(方便佛)이다.

화엄경 권제7 세계성취품에 보면 다음과 같은 가르침이 있다.

諸佛法身不思議 無色無形無影像
제불법신부사의 무색무형무영상

能爲衆生現衆相 隨其心樂悉令見
능위중생현중상 수기심요실령견

모든 부처님의 법신은 부사의하여
빛도 없고 모양 없고 그림자도 없으나

---

390 전륜성왕이 가진 칠보는 통치하는 데 필요한 것들로써 윤보(輪寶)·상보
(象寶)·마보(馬寶)· 여의주보(如意珠寶)·여보(女寶)·장보(將寶)·주장신보
(主藏臣寶)라고 한다.

능히 중생에게 온갖 모습을 나타내어서
그 마음이 좋아하는 바에 따라 다 보게 하도다.

또한 화엄경 권제69 입법계품에도 다음과 같다.

佛身不思議 法界悉充滿
불신부사의 법계실충만

普現一切刹 一切無不見
보현일체찰 일체무불견

부처님 몸 부사의하여
법계에 충만하시니
모든 세계에 두루 나타나시며
모든 중생 못 보는 이 없다네.

금강경 제5 여리실견분(如理實見分)에 보면 부처님께서 수보리에
게 다음과 같이 말씀하신다.

凡所有相 皆是虛妄
범소유상 개시허망

若見諸相非相 則見如來
약견제상비상 즉견여래

무릇 형상이 있는 것은
모두 다 허망하나니
만약 모든 형상을 형상이 아닌 것으로 보면
곧 여래를 볼 수 있다.

이를 되새겨 살펴보면 이해하기가 좀 수월할 것이다.

爾時世尊 而說偈言
이시세존 이설게언

이때 세존께서 게송으로 말씀하셨습니다.

若以色見我 以音聲求我 是人行邪道 不能見如來
약이색견아 이음성구아 시인행사도 불능견여래

만약 형상으로써 나를 보려 하거나
음성으로써 나를 찾으려고 한다면
이 사람은 삿된 도를 행하는 자라서
결코 여래의 참모습을 볼 수 없으리라.

지금까지의 말씀을 축약하여 게송으로 나타내었다. 반야(般若)의
본체를 안다면 상(相)에 휘둘리지 아니하므로 올곧은 불자가 된다.

우리나라에서 제일 많이 유통되는 금강경은 구마라집(鳩摩羅什)이 한역한 금강경이다. 지금 강해하는 금강경도 구마라집이 한역한 금강경이다. 구마라집(鳩摩羅什 Kumārajīva 344~413)은 쿠차왕국 출신의 사문으로 300여 권의 불경을 한역한 역경(譯經)의 대가였다. 참고로 역경사(譯經史)에서 구마라집이 한역한 경전은 구역(舊譯)이라 하고, 현장(玄奘)이 한역한 경전은 신역(新譯)이라고 한다.

원위(元魏)[391] 시대에 보리유지(菩提流志 572~727)[392]가 한역한 금강경에는 위의 게송에 이어서 다음과 같은 게송이 더 실려 있다.

彼如來妙體 則法身諸佛
피여래묘체 즉법신제불

法體不可見 彼識不能知
법체불가견 피식불능지

저 여래의 미묘한 본체는
곧 법신을 가진 모든 부처로되
법체(法體)는 볼 수 없으니
그것은 범부의 식(識)으로는 알 수 없으리라.

---

391 후위(後魏)를 말하며, 조위(曹魏)와 구별하여 이렇게 쓴다.

392 남천축 브라만 출신의 불승으로서 본명은 달마유지이나 측천무후(則天武后)가 보리유지란 이름을 하사하였다.

또한 현장(玄奘 602~664)[393]이 한역한 능단금강반야바라밀다경(能
斷金剛般若波羅蜜多經)[394]에서는 다음과 같은 가르침이 있다.

諸以色觀我 以音聲尋我
제이색관아 이음성심아

彼生履邪斷 不能當見我
피생리사단 불능당견아

모두가 형상[色]으로 나를 보려 하거나
음성으로 나를 찾으면
그 중생은 삿된 단견[斷]을 밟나니
능히 단연코 나를 보지 못하리.

應觀佛法性 卽導師法身
응관불법성 즉도사법신

---

393 당의 승려이며, 고전소설 서유기(西遊記)의 '삼장법사'의 모티브가 된 인물
이다. 삼장법사라는 명칭은 당 태종이 내린 것이다. 삼장(三藏)이란 명칭은 경
장(經藏)·율장(律藏)·논장(論藏)에 능했기 때문이다. 법상종(法相宗)·구사종
(俱舍宗)의 개조이다. 신라 시대의 원측(圓測)의 스승이기도 하다.

394 당(唐)나라 때 현장(玄奘)이 한역하였다. 이 경은 현장이 한역한 대반야바라
밀다경 6백 권 중 제9회의 제577권을 따로 간행한 것으로, 구마라집(鳩摩羅什)
이 번역한 것과 비교했을 때 내용상 크게 다르지 않다. 줄여서 금강경(金剛經)
·금강반야경(金剛般若經)이라고 한다.

法性非所識 故彼不能了
법성비소식 고피불능요

마땅히 부처님 법의 성품을 보면
곧 도사(導師)요, 법신이도다.
법의 성품은 알 바 아니요,
그러므로 그는 능히 깨닫지 못하리.

위에서 소개한 능단금강경(能斷金剛經)의 게송은 대반야경 권제9
에도 실려 있다. 왜냐하면 현장이 한역한 대반야경 6백 권 가운데 제
577권을 따로 간행하여 '능단금강반야바라밀다경'이라고 하였기 때
문이다. 물론 금강경은 대반야경 가운데 577권을 모티브로 하여 이
루어진 경전이다.

다시 본론으로 돌아가 보면 형상으로 부처를 찾으려고 하는 자는
부처를 못 보고, 음성으로 부처를 찾는 자는 어리석은 자라고 하였
다. 말만 하고 깨닫지 못하면 불상이 옥상으로 올라가거나 천불(千
佛), 만불이 생겨나는 것이다. 이도 모자라면 숱한 불보살이 넘쳐나
게 되고 시나브로 법은 실종되고 만다. 기도자가 현몽(現夢)을 했다
고 떠벌리거나, 분명 어디선가 예지(豫知)해 주는 소리를 들었다거
나, 호랑이가 위호했다, 산신이 돌봐주었다고 한다면, 이는 잠재된
의식으로 인하여 스스로 속은 것이다. 이러한 현상이 나면 참된 불자
는 여기에 속지 않으려고 한마음을 돌이키고, 점쟁이들은 가피를 입
었다고 어쩔 줄을 모른다.

임제종(臨濟宗)[395]의 가풍에는 살불살조(殺佛殺祖)라는 말이 있다. 부처와 조사 등, 교가(敎家)와 선가(禪家)의 최고 인격에도 속박되지 아니하고 자유롭게 발휘하는 선풍을 말한다. 이러한 사상은 임제의 현(臨濟義玄 ?~867)[396] 선사로부터 시작되었지만 다양한 종파에서 이를 활용하였다. 여기서 부처와 조사를 번뇌 망상으로 보기도 하지만 딱 부러지게 정의를 내릴 수도 없다. 임제는 임제고 나는 나다. 부처도 나를 대신하여 깨칠 수가 없고, 조사도 나를 대신하여 안심입명(安心立命)을 찾을 수 없다. 목마른 자여, 수고스럽지만 부디 그대가 물을 마셔야 하는 법이다.

형상이나 소리로 부처를 구하는 자는 헛길로 가는 불자라고 하였다. 불교는 영험을 구하는 종교가 아니다. 큰 법당에 불상이 많으면 교리에 맞지 않는다. 일불(一佛)도 신심을 일으키는 수단으로 봉안하는 것이지 그 나머지는 그다지 필요가 없다. 궁수(弓手)가 제아무리 활을 잘 쏘아 백발백중이라 할지라도 과녁이 두 개이면 궁수는 맥을 못 추게 된다. 불교는 불교다. 그 나머지는 불교를 이해시키는 방편의 수단은 될지언정 형상을 만들어 믿음의 대상으로 삼으면 곤란하다.

---

[395] 중국 불교 선종(禪宗) 5가(家)의 한 파이다. 한국의 선종은 대개가 이 임제 종풍이었는데, 태고(太古) 보우(普愚)와 나옹(懶翁) 혜근(惠勤) 이후부터는 확실하게 임제종의 법통을 이어받았다.

[396] 당(唐)의 승려이며, 하남성(河南省) 조주(曹州) 출신이다. 황벽희운(黃檗希運)의 법을 이었고, 하북성(河北省) 진주(鎭州) 임제원(臨濟院)에서 선풍(禪風)을 크게 일으켰다.

인도에서 일어난 불교는 중국을 거치면서 노장사상(老莊思想)이 섭화되었다. 우리나라로 들어와서도 민간신앙까지 얼룩져서 이상하게 변질하였고, 산신·칠성·용왕·조왕(竈王)신 등을 모시는 전각이 아직도 지어지고 있다. 참으로 안타까운 일이다.

진제(眞諦 499~569)[397]가 한역한 금강경에 이 같은 게송이 있다.

若以色見我 以音聲求我
약이색견아 이음성구아

是人行邪道 不應得見我
시인행사도 불응득견아

만약 색으로써 나를 보려 하거나
소리로써 나를 구하려고 하면
이 사람은 삿된 도를 행하는 것이니
마땅히 나를 보지 못할 것이다.

由法應見佛 調御法爲身
유법응견불 조어법위신

---

[397] 인도의 불교학자로 경전 한역에 힘을 기울여 섭대승론(攝大乘論) 등 30본의 역본이 현존한다. 그의 계통에서 섭론종이 생겼다.

此法非識境 法如深難見

차법비식경 법여심난견

법에 입각해야 마땅히 부처를 보니

부처는 법이 그 몸이다.

이 법은 식별의 대경(對境)이 아니니

이 법은 깊어서 보기가 어려운 것이다.

삼십이상(三十二相)도 색신(色身)이요, 팔십종호(八十種好)도 색신
이다. 법신이 유상(有相)인 줄 알고 고성으로 염불한다고 할지라도
법은 구할 수가 없다. 그만큼 금강경에서는 믿음의 대상을 아주 정확
하게 제시해 주고 있다.

화엄경 권제23 도솔궁중게찬품에서 다음과 같이 송하였다.

色身非是佛 音聲亦復然

색신비시불 음성역부연

亦不離色聲 見佛神通力

역불리색성 견불신통력

육신이 있는 몸은 부처가 아니요,

음성도 또한 그렇거니와

육신과 음성을 떠나서

부처님 신통을 보는 것도 아니라.

경(經)은 부처님이 설하신 말씀으로 곧 교(敎)는 법의 종지다. 따라서 자비하신 부처님께서 방편의 문을 열어 중생들을 제도하시니, 허망한 인연을 씻어버리면 반드시 진정한 깨달음의 길에 오르게 된다.

법화경 방편품에 다음과 같은 말씀이 있다.

여래는 다만 일불승(一佛乘)만을 위하여 중생들에게 말하는 것이지, 다른 이승(二乘)이나 삼승(三乘)은 없느니라. 사리불아, 모든 시방세계 여러 부처님의 법도 역시 그러하다. 如來但以一佛乘故 爲衆生說法 無有餘乘 若二若三 舍利弗 一切十方諸佛 法亦如是

성실론(成實論)[398] 권제9에도 다음과 같은 말씀이 있다.

만일 법을 보면 곧 부처를 보는 것이다. 이 사람은 곧 실지로 부처를 본 것이어서 남의 가르침에 따르지 아니한다. 若見法卽見佛 是人則實見佛 不隨他敎

---

398 이 논은 구마라집이 만년에 한역한 성실종(成實宗)의 기본 논서(論書)다.

제27 무단무멸분 無斷無滅分

··

단멸상(斷滅相)을 갖지 마라

須菩提 汝若作是念 如來不以具足相故 得阿耨多羅三藐三菩提
須菩提 莫作是念 如來不以具足相故 得阿耨多羅三藐三菩提
　수보리야, 네가 만약 생각하기를 여래가 구족한 몸매를 갖추지 않았
기 때문에 아뇩다라삼막삼보리를 얻었다고 하겠느냐? 수보리야, 그
런 생각은 하지 마라. 여래가 구족한 몸매를 갖추지 않았기 때문에 아
뇩다라삼막삼보리를 얻었다고 하지 말라.

　須菩提 汝若作是念 發阿耨多羅三藐三菩提心者 說諸法斷滅相
莫作是念 何以故 發阿耨多羅三藐三菩提心者 於法 不說斷滅相
　수보리야, 네가 만약 생각하기를 아뇩다라삼막삼보리에 대한 마음
을 일으킨 이는 모든 법이 끊어져 전혀 없음을 가리킨다고 한다면, 이
런 생각을 내지 마라. 왜냐하면, 아뇩다라삼막삼보리에 대한 마음을
일으킨 사람은 모든 것이 다 끊어져 없어진 것[단멸상.斷滅相]이 진리
라고 말하는 일이 없기 때문이니라.

무단무멸 無斷無滅

단멸상(斷滅相)을 갖지 마라.

단멸(斷滅)에 대해서는 본문에서 다루기로 한다. 앞서 부처님은 32 상 80종호를 갖춘 이가 있다면 모두 부처인가 하고 물었고, 수보리 가 아니라고 하였다. 이러한 연계 선상에서 형상이 없다고 하여 법 (法)이 단멸되었다는 생각은 아예 하지 말라는 가르침이다. 법은 영 원히 이어지는 것이다.

須菩提 汝若作是念 如來不以具足相故 得阿耨多羅三藐三菩提
수보리 여약작시념 여래불이구족상고 득아누다라삼막삼보리

수보리야, 네가 만약 생각하기를 여래가 구족한 몸매를 갖추지 않았기 때문에 아누다라삼막삼보리를 얻었다고 하겠느냐?

須菩提 莫作是念 如來不以具足相故 得阿耨多羅三藐三菩提
수보리 막작시념 여래불이구족상고 득아누다라삼막삼보리

수보리야, 그런 생각은 하지 마라. 여래가 구족한 몸매를 갖추 지 않았기 때문에 아누다라삼막삼보리를 얻었다고 하지 말라.

중생은 듣고 보고 만져봐야 인정하는 경향이 강하다. 32상 80종호 를 갖추었다고 해서 정각을 이루는 것도 아니라는 것을 밝히고 있다.

이를 다시 말하면 색신(色身)에 집착하지 말라는 가르침이다.

색신(色身)은 형질을 가진 몸을 말하므로 육신이라 하기도 한다. 불교에서 색신은 유형의 몸을 말하고, 법신(法身)은 무형의 몸을 말한다. 그렇다면 색신을 왜 말하는가? 이를 생각해 볼 필요가 있다.

대방편불보은경(大方便佛報恩經)[399]에 보면
색신이란 바로 법신의 그릇이기 때문이요, 법신이 의지한 곳이기 때문이라고 하였다. 色身是法身器故 法身所依故

조상량도경(造像量度經)[400] 서문(序文)에 보면
색신이란 복덕의 결과로서 남들을 깨우쳐 주거나 남들에게 이익을 주는 방편이 될 수 있다고 하였다. 色身者福德之果 能爲覺他利他之方便

이에 대비하여 법신에 대해서는 60권 화엄경 권제3 노사나불품에 다음 같은 게송이 있다.

---

[399] 한역자는 미상이다. 이 경의 한역 연대는 분명하지 않으나 후한(後漢)의 환제(桓帝)에서 헌제(獻帝) 사이에 번역된 것으로 추정된다. 약경명(略經名)은 불보은경(佛報恩經)·보은경(報恩經)이다.

[400] 청나라 때 몽골인이었던 공포사포(工布査布)가 티베트판으로부터 1742년 중국어로 한역한 경전이다.

法身堅固不可壞 充滿一切諸法界

법신견고불가괴 충만일체제법계

普能示現諸色身 隨應化導諸群生

보능시현제색신 수응화도제군생

법신은 견고하여 가히 파괴할 수 없고

모든 법계에 충만하여서

갖가지 색신을 두루 나타내 보이시어

온갖 중생 인연 따라 변화하여 중생을 이끄시네.

보살영락경(菩薩瓔珞經)[401] 권제6에 보면 다음과 같은 가르침의 말
씀이 있다.

大道無形像 非有情無情

대도무형상 비유정무정

但生染污心 不獲三禪本

단생염오심 불획삼선본

큰 도는 형상이 없다.

유정(有情)과 무정도 아니니

---

401 이 경전은 388년 축불념(竺佛念)에 의하여 장안(長安)에서 한역되었다.

다만 물들어 더럽힌 마음을 내면
세 가지 선(禪)을 얻지 못하리.

대도(大道)는 무정(無情)하다. 그러므로 원수를 지거나 가까이함도
없어서 늘 중도(中道)이다. 불자여! 법신을 귀하게 여기면 불상도 귀
하게 되고, 불상만 귀하게 여기면 법신은 사라진다. 이러한 도리를
명심하고 수행해야 한다.

須菩提 汝若作是念 發阿耨多羅三藐三菩提心者 說諸法斷滅相
수보리 여약작시념 발아누다라삼막삼보리심자 설제법단멸상

**수보리야, 네가 만약 생각하기를 아누다라삼막삼보리에 대한
마음을 일으킨 이는 모든 법이 끊어져 전혀 없음을 가리킨다고
한다면,**

莫作是念
막작시념

이런 생각을 내지 마라.

何以故 發阿耨多羅三藐三菩提心者 於法 不說斷滅相
하이고 발아누다라삼막삼보리심자 어법 불설단멸상

왜냐하면, 아누다라삼막삼보리에 대한 마음을 일으킨 사람은 모든 것이 다 끊어져 없어진 것[단멸상.斷滅相]이 진리라고 말하는 일이 없기 때문이니라.

단멸(斷滅)이라고 하는 것은 인과의 법칙을 무시하는 것을 말한다. 사람들이 흔히 말하는 죽으면 그만이지 그다음이 있기는 뭐가 있나? 이러한 논리를 단멸상(斷滅想)이라고 한다. 그러므로 단멸(斷滅)은 단견(斷見)하고 같은 맥락이다. 단멸상을 내는 이는 대부분 허무주의(虛無主義)를 말하는 사람들이다. 단멸상은 사견(邪見)이다. 이를 논(論)으로 말하면 단멸론(斷滅論)이라 하고, 법으로 말하면 단멸법(斷滅法)이라 하며, 공(空)으로 말하면 단멸공(斷滅空), 견해로 말하면 단멸견(斷滅見), 상(相)으로 말하면 단멸상(斷滅相)이라고 한다.

60권 화엄경 권제19 금강당보살십회향품에 보면 다음과 같은 말씀이 있다.

不取諸法常住相 於斷滅相亦不受
불취제법상주상 어단멸상역불수

一切諸法非有無 諸業因緣和合生
일체제법비유무 제업인연화합생

모든 법이 항상 있다 집착 안 하고
또한 아주 없어진다고 집착 안 하나니

법이란 있는 것도 없는 것도 아니지만
모든 업의 인연이 화합하여 생겼네.

아누다라삼막삼보리는 분별을 거부한다. 사람들은 잘 알지도 못하면서 또는 공부한 적도 없으면서 자기 깜냥대로 말한다. 이 모두가 단멸상(斷滅想)이다. 원래 진리는 언설이 사라진 자리다. 그러나 이를 남에게 전해야 하기에 언사(言辭)를 빌릴 뿐이다. 금강경은 이를 일찍 말하였다. 강을 건너간 자는 뗏목을 버리라고 함이 그러하다.

불자는 상(相)에 의지하지 말고 법에 의지하여야 한다. 그래야 법도 살고 불상도 생명이 있게 된다.

여담(餘談)으로 당나라 현종(玄宗)[402]은 양귀비(楊貴妃 719~756)[403]를 무척 사랑하였다. 그러나 양귀비는 안녹산(安祿山 703~757)[404]이라는 정부(情夫)가 있었다. 양귀비의 몸종이 있었는데 소옥(小玉)이라는 계집이었다. 양귀비는 현종이 자리를 비우면 소옥을 자주 불렀

---

[402] 당나라 제6대 황제이다.

[403] 서시(西施), 왕소군(王昭君), 우희(虞姬)와 함께 고대 중국 4대 미녀 중 1명으로 손꼽히는 인물로 성은 양(楊)이고 이름은 옥환(玉環)이다. 귀비(貴妃)라는 표현은 임금의 부인을 지칭하는 직함이다.

[404] 당나라 현종의 신임을 얻어 무장(武將)이 되었지만 안사의 난을 일으켜서 9년 동안 저항하다가 아들 경서의 손에 죽었다. 이 난으로 인하여 당나라는 쇠약해져서 멸망하는 원인이 되었다.

다. 실제로는 소옥을 부르는 것이 아니라 안녹산을 부르는 암호였다. 여기서 양귀비와 안녹산 이야기를 하려는 것은 아니다. 눈치 빠른 이는 이미 알아차렸을 것이다.

선문염송(禪門拈頌)[405] 권제22 제918칙에 보면 다음과 같은 내용이 있다.

頻呼小玉元無事 只要檀郎認得聲
빈호소옥원무사 지요단랑인득성

자주 소옥을 부르지만, 소옥에겐 일이 없으니
다만 낭군이 목소리를 알아듣기를 바랄 뿐이네.

이 구절은 종용록(從容錄)[406] 제72칙에도 실려 있고, 그 외 여러 선사가 이를 종종 인용하였다. 불상(佛像)을 마주 대하고도 법(法)을 모른다면 이를 마주하고 있는 자가 천하의 바보가 되는 것이다.

---

405 고려(高麗) 시대에 혜심(慧諶)이 1226년에 저술하였다. 여러 선사의 어록과 전법을 연대별로 체계적으로 분류한 것으로 선가의 고화 1,125칙을 전한다. 줄여서 염송(拈頌)이라 한다.

406 벽암록과 함께 중국 선서(禪書)의 양대 산맥으로 불리는 선서(禪書)다. 묵조선 수행체계를 완성한 송(宋) 나라 선승 천동정각(天童正覺)의 백칙송고(百則頌古)에 만송행수(萬松行秀)가 시중·착어·평창을 붙여 비로소 완성되고, 만송행수의 재가제자이자 칭기즈칸의 책사였던 야율초재(耶律楚材, 1190~1244)에 의하여 세상에 빛을 보게 되었다.

제28 불수불탐분不受不貪分

· ·

받지도 않고 탐하지도 않는다

須菩提 若菩薩 以滿恒河沙等世界七寶 持用布施 若復有人 知
一切法無我 得成於忍 此菩薩 勝前菩薩所得功德 何以故 須菩提
以諸菩薩 不受福德故

수보리야, 만약 어떤 보살이 항하의 모래 수와 같이 많은 세계에 가
득 찬 칠보를 널리 보시했더라도 만약 또한 어떤 사람이 일체 법에 무
아(無我)의 도리를 깨달아 이루었다면 이 보살이 얻은 공덕은 앞의 보
살이 얻은 공덕보다 훨씬 뛰어나리라. 왜냐하면 수보리야, 보살은 자
기가 지은 바 복덕을 탐착하지 않기 때문이니라.

須菩提白佛言 世尊 云何菩薩 不受福德 須菩提 菩薩 所作福德
不應貪着 是故 說不受福德

수보리가 부처님께 여쭈었습니다. 세존이시여, 어찌하여 보살이 복
덕을 누리지 않습니까? 수보리야, 보살은 지은 복덕에 탐욕을 내거나
집착하지 않아야 한다. 그러한 까닭으로 복덕을 누리지 않는다고 설
한 것이다.

불수불탐 不受不貪

받지도 않고 탐하지도 않는다.

진정한 보살은 복(福)을 탐하지 않고 복(福)에 대하여 연연하지 않으므로 탐착하는 마음이 없다. 보살은 보시를 하여도 여기에 집착하는 마음이 없다는 것을 말한다.

수(受)는 신수(身受)와 심수(心受)로 나누어 볼 수가 있다. 신수(身受)는 안(眼)·이(耳)·비(鼻)·설(舌)·신(身) 등, 전오식(前五識)이 감수하는 고(苦)·락(樂)·사(捨) 등 삼수(三受)의 작용을 말한다. 또는 그렇게 감수(感受)하는 근(根)·경(境)·식(識)과 상응하는 심수(心受)와 함께 이수(二受)라고 한다.

구사론(俱舍論) 권제3에 보면

몸이란 신수(身受)를 말한다. 즉 신수는 몸에 의지하여 일어난 것이기 때문에 그렇게 말하며, 바로 오식(五識)과 상응의 감수 작용이다. 그리고 기쁘지 않다는 말은 괴롭힌다는 뜻으로 신수(身受) 안에서 괴롭히는 요인을 고근(苦根)이라고 한다. 기쁘다는 말은 거두어 이익을 준다는 뜻으로 신수 안에서 거두어 이익을 주는 요인을 낙근(樂根)이라고 한다. 제3 선정에 들어간 마음과 상응하는 감수 작용으로써 거두어 이익을 준다는 요인도 낙근(樂根)이라고 한다. 제3 선정에는 신수가 남아 있지 않으니 오식(五識)이 없기 때문이라고 하였다. 身謂身受 依身起故 卽五識相應受 言不悅者是損惱義 於身受內能損惱者名爲苦根 所言悅者是攝益義 卽身受內能攝益者名

爲樂根 及第三定心相應受能攝益者亦名樂根 第三定中 無有身受
五識無故

　　심수(心受)는 이수(二受)의 하나로 제6식인 의식(意識)과 상응하는
감수 작용, 전오식과 상응하는 감수 작용인 신식(身識)의 대칭어다.
제6식을 경유하여 정신이나 내부 희열, 근심 따위를 감수하는 작용
을 말한다.

　　입아비달마론(入阿毘達磨論)[407]에 보면
　　오식(五識)과 함께 생기하는 것을 신수(身受)라고 하며, 의식과 함
께 생기하는 것을 심수(心受)라고 한다고 하였다. 五識俱生名身受
意識俱生名心受

　　그러므로 불수불탐(不受不貪)에서 수(受)는 이수(二受) 작용 모두
를 말한다. 다시 말하면 신수(身受)는 행위로 인한 감수(感受) 작용이
고, 심수(心受)는 마음으로 인한 슬픔이나 기쁨 따위를 말한다.

　　금강경 제10 장엄정토분(莊嚴淨土分)에 다음과 같은 말씀이 있다.

不應住聲香味觸法生心 應無所住 而生其心
불응주성향미촉법생심 응무소주 이생기심

───────

407 당(唐)나라 때 현장(玄奘)이 658년에 대자은사(大慈恩寺)에서 한역하였다.
이 논은 내용으로 볼 때, 세친이 저술한 아비달마구사론(阿毘達磨俱舍論)과 성
립 연대가 비슷하거나 조금 더 일찍 성립된 것으로 보인다.

소리와 냄새와 맛과 감촉과 그 외의 어떤 것에도 머물지 말고 마음을 낼지니라. 그래서 마땅히 머무는 바 없이 그 마음을 낼지니라.

여기서 '소리와 냄새와 맛과 감촉과 그 외의 어떤 것에도 머물지 말고'는 신수(身受)의 작용이고, '마땅히 머무는 바 없이 그 마음을 낼지니라'는 심수(心受)의 작용이다.

불수불탐(不受不貪)에서 탐(貪)은 탐심(貪心)을 말하므로 이는 망심(妄心)이다. 금강경에 나오는 선남자 선녀인 보살 등은 모두 탐심이 없는 자들을 말하는 것이다.

중생은 탐(貪) · 진(瞋) · 치(癡) 삼독으로 인하여 네 가지 번뇌를 일으킨다. 이를 사번뇌(四煩惱)라고 하며 아탐(我貪), 아견(我見), 아만(我慢), 아치(我癡)이다. 여기서 다시 탐(貪)은 탐욕(貪慾)을, 진(瞋)은 진에(瞋恚)를, 치(癡)는 치견(癡見)을 낳게 된다.

아탐(我貪)

아애(我愛)라고도 한다. 마음 속 깊이 집착한 자아가 참으로 소중하다고 여기는 애착을 말한다. 이런 사고는 뭐든지 자기중심적이다. 그러므로 자기만족을 위해서 남을 짓밟거나 빚을 지고라도 이루어야 만족하는 작용이다.

아견(我見)

아집(我執)이라고도 하며 이는 자기 견식(見識)에서 벗어나지 못하기에 상대적으로 남을 배려하는 마음이 없다. 그러나 아견은 가짜의 '나'이기에 이를 가아(假我)라고도 한다.

아만(我慢)

아견(我見)에서 더 나아가 자신을 스스로 높여서 잘난 체하며, 남을 업신여기면서 교만하게 구는 것을 말한다. 나를 드러내려는 심리가 강해서 나타나는 것이다.

아치(我癡)

아치(我癡)는 자아에 대한 무지이기에 무명(無明)이라 하기도 한다. 그러므로 어떤 마음을 써도 전도심(顚倒心)이 일어나는 것이다.

따라서 '불수불탐(不受不貪)'은 받음도 탐착함도 없으니 곧 청정심이며 중도(中道)의 마음이다.

참고로 지세경(持世經)[408]에 보면

이때 과거의 느낌의 쌓임을 받지 않고 탐하지 않고 집착하지 않는다. 미래의 느낌의 쌓임도 받지 않고 탐하지 않고 집착하지 않는다. 현재의 느낌의 쌓임도 역시 받지 않고 탐하지 않고 집착하지 않는다. 이러한 사람은 즐거운 느낌 중에서 사랑의 결박을 제거하며, 괴로운

---

408 후진(後秦) 시대에 구마라집(鳩摩羅什)이 402년~412년 사이에 장안(長安)에서 한역하였다. 별칭으로 법인경(法印經)이라고도 하며 이역본으로 지인보살경(持人菩薩經)이 있다.

느낌 중에서 성냄의 결박을 제거하며, 괴롭지도 않고 즐겁지도 않은 느낌 중에서 무명의 결박을 알고 보기[知見] 때문에 부지런히 정진을 행한다. 보살이 이때 만약 즐거운 느낌을 받아도 마음에 사랑이 생기지 않는다. 만약 괴로운 느낌을 받아도 마음에 성냄이 생기지 않는다. 만약 괴롭지도 않고 즐겁지도 않은 느낌을 받아도 마음에 어리석음이 생기지 않는다고 하였다. 爾時過去受陰不受不貪不着 未來受陰亦不受不貪不着 現在受陰亦不受不貪不着 是人於樂受中除卻愛結 於苦受中除卻恚結 不苦不樂受中知見無明結故 勤行精進 菩薩爾時 若受樂受心不生愛 若受苦受心不生恚 若受不苦不樂受心不生癡

須菩提 若菩薩 以滿恒河沙等世界七寶 持用布施
수보리 약보살 이만항하사등세계칠보 지용보시

수보리야, 만약 어떤 보살이 항하의 모래 수와 같이 많은 세계에 가득 찬 칠보를 널리 보시했더라도

若復有人 知一切法無我 得成於忍 此菩薩 勝前菩薩所得功德
약부유인 지일체법무아 득성어인 차보살 승전보살소득공덕

만약 또한 어떤 사람이 일체 법에 무아(無我)의 도리를 깨달아 이루었다면 이 보살이 얻은 공덕은 앞의 보살이 얻은 공덕보다 훨씬 뛰어나리라.

何以故 須菩提 以諸菩薩 不受福德故

하이고 수보리 이제보살 불수복덕고

왜냐하면 수보리야, 보살은 자기가 지은 바 복덕을 탐착하지 않기 때문이니라.

칠보는 세상에 가장 귀한 물건을 말한다. 이러한 귀중한 것들이 조금도 아니고 항하의 모래 수처럼 가득하게 보시를 하였다는 가정적인 표현이다. 불교에서는 그 수량을 가늠하기가 어려운 것을 항하(恒河)의 모래 수에 비유한다. 왜냐하면 모래의 수량을 헤아리기가 어렵기 때문이다. 설사 헤아릴 수 있다고 한다면 이는 분별심이다. 또한 항하사(恒河沙)는 부사의(不思議)라는 뜻과 같다. 부사의는 사유(思惟)나 언어로는 접근할 수 없는 경계를 형용하여 이르는 말이다. 이를 또 난사의(難思議)라고 한다. 불자라면 이러한 비유는 숱하게 들어왔을 것이다.

부처님을 찬탄하는 화엄경 권제80 입법계품 게송에 보면 다음과 같은 내용이 있다.

刹塵心念可數知 大海中水可飮盡

찰진심념가수지 대해중수가음진

虛空可量風可繫 無能盡說佛功德

허공가량풍가계 무능진설불공덕

이 세상의 티끌 같은 마음 가히 세어서 알고

큰 바다 물이라 하더라도 마셔 다하고

허공을 측량하고 바람을 붙잡아 맨다고 하더라도

부처님의 공덕은 말로 다 못함이다.

 먼지를 헤아리는 일, 바닷물을 다 마시는 일, 허공을 측량하는 일, 바람을 묶는 일, 이러한 비유가 곧 항하의 모래를 헤아리는 일과 같은 표현이다.

 대집경보살염불삼매분(大集經菩薩念佛三昧分)[409] 권제9에 보면
 이 삼천대천세계의 사이에 있는 모든 항하사처럼 어떤 사람이 저 모든 항하사를 모아서 한 곳에 두고, 그런 후에 저 큰 모래 덩어리 가운데서 낱낱의 모래알을 취해 티끌로 만들고, 그런 후에 저 모래 티끌을 가지고 항하사의 세계를 지나고 다시 한량없고 그지없는 아승기의 헤아릴 수 없고 칭할 수 없고 셀 수 없는 항하사의 세계를 지나고 나서 한 세계에 한 티끌씩을 뇌두고, 이와 같이 차례대로 모든 모래 티끌을 뇌두면 모든 세계를 헤아려서 빠짐없을 것이라고 하였다.
如此三千大千世界其間所有諸恒河沙 若人取彼諸恒河沙聚置一處 然後於彼大沙聚中取一一沙末爲微塵 然後將此沙之一塵過恒河沙世界 更復過彼無量無邊阿僧祇不可思議不可稱不可量恒河

---

409 수(隋)나라 때 달마급다(達磨笈多, Dharmagupta)가 607년~614년 사이에 한역하였다. 다른 말로 대방등대집보살염불삼매분(大方等大集經菩薩念佛三昧分) 이라고 하며, 별칭으로 대집염불삼매경(大集念佛三昧經)이라고도 한다. 총 10권이며 대승 보살이 닦아야 할 염불삼매에 대해서 설명한다.

沙等世界已 然後方乃置一微塵 如是次第 一切沙塵計諸世界悉皆
布盡

약부유인(若復有人)에서 부(復)는 앞엣것과 다른, 이러한 의미로
쓰여서 '다시'라는 의미보다는 또, 또한, 이러한 표현으로 쓰였다. 따
라서 약(若)은 연사(連詞)로 쓰여서 어쩌면, 혹은, 이러한 의미로 쓰
였다. 그러나 문장에 따라서는 약부유인(若復有人) 하면 '이 사람은'
이러한 정도로 표현한다.

불본행집경에 권제56에 보면
세존께서 다시 난타에게 말씀하셨다. 만약 이 염부제에 가득 차 있
는 아라한에게 어떤 사람이 그 수명이 다하도록 네 가지 물건과 향
과 꽃과 등불을 사루어 공양한다고 하면, 이 사람은 어떤 사람이 부
처님 한 분을 공양하는 공덕의 과보보다 못하다. 이럴 때는 '어떤 사
람이' 이 정도로 표현한다는 것도 알아두어야 한다. 爾時 世尊復告
難陁 若有羅漢 滿此閻浮 有人盡形 四事供養 乃至香華 然諸油燈
若復有人 供養一佛功德果報 倍勝於彼

재보시(財布施)에 대해서는 이미 여러 차례 언급하였다. 그리고 일
체법무아(一切法無我)에 대해서도 제17 구경무아분(究竟無我分)에서
이미 살펴보았다. 다만 여기서는 무아(無我)가 무엇을 뜻하는지 알고
넘어가야 한다.

사상(四相)이 몰록 무너지고 나면 망념·망상이 사라지기에 이러

한 경계를 무아(無我)라고 한다. 따라서 무아(無我)는 고정 불변하는 자아는 존재하지 않는다는 불교 특유의 교설이며, 이를 다른 관점에서 보면 오온무아(五蘊無我)다. 오온은 무상하고 고(苦)이며 항상 변화하기에 무아(無我)다.

일체법무아(一切法無我)는 좀 어려운 표현이다. 무아(無我)라는 것은 이 몸이 실제로는 자성이 없다는 표현이다. 이를 법에 비유하면 법공(法空)이라 하고 사람에 비유하면 인공(人空)이라고 한다.

인공에 대해서는 반야심경에 오온개공(五蘊皆空)이라고 하였음이 바로 인공이다. 부처님께서 '내가 단 한마디의 법을 설한 적도 없다'고 하였으니 이는 법공(法空)이다.

법공(法空)은 법무자성(法無自性)을 말한다. 그렇다면 법무자성이란 무엇일까? 존재 구성 요소인 법은 자성적 실체가 없다는 말이다. 여기서 자성(自性)이란 다른 것에 의해 생겨나지도 않고, 다른 것에 의하여 지배 받지도 않는 것을 말한다. 인연에 의하여 생기(生起)하는 모든 것은 자성이 없지만 인연을 구성하는 객관적인 요소인 법은 자성을 가진 것으로써 실재한다고 하는 것이 유부(有部)의 다원적인 실재론인데, 법무자성은 이러한 유부의 이론을 비판하는 성격을 갖는 용어이다.

대반야경 권제181 찬반야품(讚般若品)에 보면
또 세존이시여, 온갖 법이 생겨남이 없기 때문에 반야바라밀다도 생겨남이 없음을 알아야 하고, 온갖 법이 없어짐이 없기 때문에 반야바라밀다도 없어짐이 없음을 알아야 하고, 온갖 법이 제 성품이 없기 때문에 반야바라밀다도 제 성품이 없음을 알아야 하고, 온갖 법이 있지 않기 때문에 반야바라밀다도 있지 않음을 알아야 한다고 하였다.

復次 世尊 一切法無生故 當知般若波羅蜜多亦無生 一切法無滅故 當知般若波羅蜜多亦無滅 一切法無自性故 當知般若波羅蜜多亦無自性 一切法無所有故 當知般若波羅蜜多亦無所有

일체법무아(一切法無我)를 좀 더 쉽게 설명하면, 이 몸은 오온으로 이루어진 것이므로 오온이 각각 떨어져 나가면 이 몸은 없어진다. 건물도 시멘트, 철근, 자갈, 모래 등등 제각각 떨어져 나가면 건물도 없다는 것이 무아의 논리다. 그러나 중생은 이 몸이 진짜의 '나'라고 여기기에 이를 무명이라고 한다. 중생은 이를 모르고 마음은 수양하려고 하지 아니하고 겉모습에 바르고 고치고 성형을 한다. 심(心) 수양이 따르지 아니하면 표독(慓毒)하게 되는 것이다. 무아를 모르면 아집이 생겨나게 된다. 아집이 생김으로 인하여 탐욕이 뒤따른다. 무아를 알면 보리가 생겨나는 것이다.

무아를 알고자 하면 십이 인연법을 알아야 한다.

1	2	3	4	5	6
무명(無明)	행(行)	식(識)	명색(名色)	육입(六入)	촉(觸)
7	8	9	10	11	12
수(受)	애(愛)	취(取)	유(有)	생(生)	노사(老死)

십이인연(十二因緣) 법은 십이연기(十二緣起)와 같은 표현이다. 12가지 요소가 상호 생성·소멸 조건이 되어 순행(順行)하기도 하고 역행하기도 하는 인연을 말한다. 이를 바탕으로 하여 생성하고 소멸하는 법칙이므로 이를 십이연생(十二緣生)이라고 한다.

무아의 도리를 깨달아 알면 재보시(財布施)의 공덕보다 훨씬 뛰어나다고 하였다. 이를 본문에서는 소득공덕(所得功德)이라고 하였다.

득성어인(得成於忍)에서 인(忍)은 '참다'는 의미가 아니라 '부동(不動)'의 의미로 쓰인다. 따라서 이는 안심부동(安心不動)의 의미다. 진리는 부동하기에 지(智)라고 한다. 지(智) 하면 일심(一心)을 바로 받아들일 수 있기에 일심정수(一心正受)가 된다. 예를 들어 화엄경(華嚴經)의 십인품(十忍品)은 '열 가지 진리를 설한다'는 품이지 '열 가지를 참는다'는 품이 아닌 것이다. 보살 지혜는 십지(十地)라 하고, 여래의 지혜는 십인(十忍)이라고 하는 경우도 이와 같다. 따라서 인(忍)은 무아(無我)를 알아서 일어난 지혜를 말한다.

화엄경의 대의는 유심(唯心)이며, 법화경은 회삼귀일(會三歸一)이며, 기신론은 일심이문(一心二門)이듯이 금강경의 대의는 '파이집현삼공(破二執顯三空)'이다. 여기서 이집은 아집(我執)·법집(法執)을 말하며, 삼공은 아공(我空)·법공(法空)·구공(俱空)을 말한다.

그러므로 제28 '불수불탐분'은 아집(我執)도 깨트리고 법집(法執)도 깨트려라. 그래야 삼공(三空)이 드러나는 도리를 깨달아 비로소 칠보 보시의 공덕보다 뛰어날 것이라고 하였다. 그러기에 무아를 알아차린 보살은 받을 복도 취하지 않는다고 하였다.

須菩提白佛言 世尊 云何菩薩 不受福德
수보리백불언 세존 운하보살 불수복덕

수보리가 부처님께 여쭈었습니다. 세존이시여, 어찌하여 보살이 복덕을 누리지 않습니까?

須菩提 菩薩 所作福德 不應貪着 是故 說不受福德
수보리 보살 소작복덕 불응탐착 시고 설불수복덕

수보리야, 보살은 지은 복덕에 탐욕을 내거나 집착하지 않아야 한다. 그러한 까닭으로 복덕을 누리지 않는다고 설한 것이다.

무아를 알면 탐착심이 사라지므로 받을 것도 없고 취할 것도 없다고 하는 것이다. 본문에서는 이를 '소작복덕 불응탐착(所作福德 不應貪着)'이라고 하여, 지은 바 복을 탐착하지 아니한다고 하였다. 이를 보시로 말하면 무주상보시(無住相布施)라고 한다.

법시(法施)든 재시(財施)든 복이 따르기 마련이다. 인과가 현재에 나타나는 경우도 있고 다른 시기에 나타나는 경우도 있다. 따라서 보살은 이 두 가지에 대하여 탐착하지 않음이다. 탐착은 집착과 같은 표현이다. 탐착하면 그 앞을 보지 못한다. 경(經)도 그러하다. 예를 들어 금강경(金剛經)도 탐착하면 안 되고 역시 깨트려야 한다.

보리자량론(菩提資糧論)[410] 권제5에 보면
만약 이양(利養)과 공경과 명성이 퍼질 때에는 마땅히 탐착하지 말고, 자신의 소원을 성취하기 위해서는 머리와 옷이 불타는 것처럼 수행하여야 한다고 하였다. 若有利養恭敬 名聞起時 不應貪着 爲自願成就故 應速勤行如然頭衣

비화경(悲華經)[411] 권제3에서는
선남자여, 이제 그대가 지은 복덕의 청정한 업으로 일체 중생들이 일체지를 얻게 하기 위하여 아누다라삼막삼보리에 회향하도록 하라고 하였다. 善男子 今汝所作福德之聚淸淨之業 應爲一切衆生得一切智故 迴向阿耨多羅三藐三菩提

탐착심을 내면 다함 있는 복은 받지만 탐착심이 없으면 다함 없는 복을 받는다.

---

410 인도의 논사 용수가 시를 짓고 자재가 해설한 것을 7세기 초 인도 출신의 학승 달마급다가 한역하였다. 6권으로 된 이 논은 보살이 깨달음을 얻는 데 필요한 것은 여섯 가지의 완전한 불도인 6바라밀과 네 가지 완전한 불도인 4바라밀을 비롯한 여러 가지 불도를 닦는 것이라는 것을 설법하고 있다.

411 5세기 초 인도 출신의 학승 담무참이 한역하였다. 이 경은 보살이 불도를 닦아서 부처가 되려면 고뇌에 시달리는 모든 사람들을 다 구제하겠다는 큰 자비심을 가지고 자기의 모든 것을 바쳐야 한다고 설법하고 있다.

참고로 노자도덕경(老子道德經) 제47장에 보면

집을 나가지 않아도 천하를 알고 창을 열지 않아도 천도를 본다. 그 나감이 멀리 나갈수록 그 아는 바는 더욱 적어진다. 까닭에 성인은 가지 않아도 알고, 보지 않고도 가리며, 꾸미지 않으면서도 이룬다고 하였다. 不出戶 以知天下 不闚牖 以見天道 其出彌遠 其知彌少 是以聖人 不行而知 不見而名 不爲而成

제29 위의적정분威儀寂靜分

· ·

위엄 있는 모습 적정하여 고요하다

須菩提 若有人言 如來若來若去若坐若臥 是人 不解我所說義

수보리야, 만약 어떤 사람이 말하기를 여래가 온다거나, 간다거나, 앉는다거나, 눕는다고 하면 이 사람은 내가 말한 뜻을 이해하지 못한 사람이니라.

何以故 如來者 無所從來 亦無所去 故名如來

왜냐하면, 여래는 어디에서 오는 것도 아니며, 또한 어디로 가는 것도 없으므로 여래라고 이름하기 때문이다.

위의적정 威儀寂靜

위엄 있는 모습 적정하여 고요하다.

위의(威儀)는 드러난 모든 행위 또는 모든 행위가 위엄이 있다는 뜻이다. 그렇다면 위의는 어디에서 나오는 것일까? 이는 계율을 그대로 따르는 것이 곧 위의다. 위의(威儀)에서 위(威)는 몸을 움직이는 태도를 말하는 것으로 거동(擧動)이라는 뜻이며, 의(儀)는 언행의 범절(凡節)을 말한다. 적정(寂靜)은 단순하게 고요한 경지를 말하는 것이 아니다. 적(寂)은 그 어떠한 형상에도 휘둘림이 없음을 말하고, 정(靜)은 소리에도 동하지 않는 마음을 말한다.

따라서 여래의 행주좌와(行住坐臥)와 취사굴신(取捨屈伸), 모두가 공적하다. 여기서 행주좌와에서 행(行)은 걷고, 주(住)는 머무르고, 좌(坐)는 앉고, 와(臥)는 눕고를 뜻한다. 취사굴신에서 취(取)는 취하고, 사(捨)는 버리고, 굴(屈)은 구부리고, 신(伸)은 펼치고를 말하므로 일상의 모든 일들을 가리킨다. 또한 이를 어묵동정(語黙動靜)이라고 하여 어(語)는 말하고, 묵(黙)은 침묵하고, 동(動)은 움직이고, 정(靜)은 가만히 있음의 뜻이지만 이 역시도 일상사를 말한다. 이를 유가에서는 일거수일투족(一擧手一投足)이라고 하여 손 한번 움직이고 발한번 움직인다는 표현으로 나타낸다. 또한 이를 줄여서 거수투족(擧手投足)이라고 한다.

여래(如來)라는 뜻은 깨달음을 성취하여 중생 세계에 온 사람이라는 뜻이다. 따라서 여래는 참답게, 여여하게 오신 분이라는 의미에서 부처님을 이렇게 부른다.

또한 여(如)는 여거(如去)라는 표현으로 오고 감에 있어서 그 어디에도 걸림 없는 자유자재의 뜻으로, 이를 갖추어 말하면 여래여거(如來如去)라는 뜻이다. 이는 후한(後漢)의 안세고(安世高)[412] 이후 한역

---

412 안세고(安世高, fl. 약 148년~180년)는 후한 시대에 중국에 들어온 역경승(譯經僧) 중 하나다. 안세고는 이란 동북부에 있었던 안식국의 왕자였으나 왕위를

어이다. 이후로 불(佛)·불타(佛陀)와 함께 부처님을 지칭하는 대표적인 용어로 자리잡게 되었다.

십주비바사론(十住毘婆沙論) 권제1의 일부를 보면

여래라 함에 여(如)는 진실이라는 것이며, 래(來)는 이르렀다 함이니, 진실한 가운데에 이르렀기 때문에 여래라 한다. 무엇이 진실인가? 이른바 열반은 거짓이 아니기 때문에 바로 진실이라 하였다. 如來者如名爲實 來名爲至 至眞實中故 名爲如來 何等爲眞實

다음에 또, 여(如)는 무너지지 않는 형상[不壞相]을 말하나니 이른바 모든 법의 진실한 형상이 그것이며, 래(來)는 지혜를 말한다. 진실한 형상 중에 이르러서 그 이치를 통달하기 때문에 여래라고 한다고 하였다. 復次 如名不壞相 所謂諸法實相是 來名智慧 到實相中 通達其義故 名爲如來

이를 바탕으로 제29 위의적정분(威儀寂靜分)에서 여래가 무엇을 뜻하는지를 살펴보아야 한다.

———

버리고 불교에 귀의했다. 이름은 청(淸)이고 세고(世高)는 자(字)이다. 성인 안(安)은 그의 출신국인 안식국을 나타낸 것이다. 그는 특히 소승불교의 전적(典籍)인 아비달마와 선경(禪經)에 정통하였다. 안세고는 148년에 낙양(洛陽)에 들어와 안반수의경(安般守義經)을 비롯하여 34부 40권의 불교 경전을 번역하여 소개하였다. 그의 불경 번역은 중국 역경사에서 최초기에 해당한다. 그러나 그 진위는 확실하지 않다.

須菩提 若有人言 如來若來若去若坐若臥 是人 不解我所說義

수보리 약유인언 여래약래약거약좌약와 시인 불해아소설의

수보리야, 만약 어떤 사람이 말하기를 여래가 온다거나, 간다 거나, 앉는다거나, 눕는다고 하면 이 사람은 내가 말한 뜻을 이해 하지 못한 사람이니라.

何以故 如來者 無所從來 亦無所去 故名如來

하이고 여래자 무소종래 역무소거 고명여래

왜냐하면, 여래는 어디에서 오는 것도 아니며, 또한 어디로 가 는 것도 없으므로 여래라고 이름하기 때문이다.

이 분(分)의 요점은 여래(如來)란 무엇인가? 하는 질문이다. 여래는 산스크리트어로 타타가타(tatha-gata)이며 이를 한역하여 여래(如 來)라고 한다. 과연 여래란 무엇일까?

약유인(若有人) 하면, '만약 어떤 사람이' 이러한 뜻이다. 여기서 약 (若)은 가정하여 이르는 '만일', '만약' 이러한 뜻으로 쓰였다. 그러나 뒤이어서 나오는 약래약거(若來若去) 등에서 나오는 약(若)은 형용 사에 붙이는 어조사(語助辭)로 쓰였다. 그러므로 조사(助詞)다. 따라 서 약래약거(若來若去) 하면, '만약 오거나' '만약 가거나' 이렇게 해 석하면 안 된다.

금강경 제1 법회인유분(法會因由分)에 보면 부처님은 사위국 기수급고독원에 계셨으며, 공양 때가 되면 저자로 나아가 탁발하여 처소로 돌아오시어 공양을 마치셨다고 분명히 기록되어 있다. 그런데 어찌 여래가 오지도 않고 가지도 않았다는 등의 이러한 표현은 도대체 무슨 말인가 하면. 이는 응화신(應化身)을 말하며 이를 흔히 화신불(化身佛) 또는 응신불(應身佛)이라고 한다.

그러나 제29분에서 말하는 여래는 응신이 아닌 법신불(法身佛)을 말한다. 법신은 형상이 없기에 오고, 가고, 앉고, 눕고 하는 따위는 없다. 그러나 중생들은 이를 모르고 진리마저도 형상으로 만들어 드러내기도 하지만 실상은 형상으로는 드러낼 수가 없다. 이를 이해하기 쉽게 예를 들면 자기 모습을 형상으로 나타낼 수가 있지만 자기 마음은 형상으로 나타낼 수 없음과 같다. 하물며 그러할진대 진리로 오신 여래를 어찌 형상으로 나타낼 수가 있겠는가?

시인 불해아소설의(是人 不解我所說義)에서 시인(是人)은 중생을 말하고, 불해(不解)는 이해하지 못하였다는 뜻이며, 아(我)는 부처님을 말하고, 소설(所說)은 금강경을 들은 바 모든 사람을 말하며, 의(義)는 금강경의 본지, 취지, 핵심을 나타내는 표현이다.

전정한 여래라고 하는 것이 무엇인지 모르고 금강경만 봉독하면 재수있다, 운이 풀린다 등으로 수행하면 그 공덕은 있을지라도 미미한 약간의 공덕일 뿐이다.

제5 여리실견분(如理實見分)에서

若見諸相非相 則見如來 약견제상비상 즉견여래

만약 모든 형상이 형상 아님을 본다면 여래를 본다.

제17 구경무아분(究竟無我分)에서

如來者 卽諸法如義 여래자 즉제법여의

여래라고 하는 것은 모든 법이 진여라는 뜻이다.

제26 법신비상분(法身非相分)에서

不應以三十二相 觀如來 불응이삼십이상 관여래

서른두 가지 몸매로써 여래를 볼 수 없다.

이와 같이 이미 부처님께서 말씀하셨지만, 다시 언급하시는 것은 그만큼 중요하기 때문이다.

수행자가 어리석으면 본월(本月)은 보지 못하고 수중월(水中月)을 보고 달이라 여긴다. 그러나 수중월은 본월(本月)이 아니다. 또한 경중상(鏡中像)이라고 하여 거울에 비친 모습은 진신(眞身)이 아니다.

본월이 법신이라면 수중월은 응신이다. 여래는 분명 법신이거늘 중생들은 부질없이 응하여 나타난 화신을 진불(眞佛)로 여긴다.

능가경(楞伽經) 권제3 일체불어심품(一切佛語心品)에 보면 다음과 같은 말씀이 있다.

譬如鏡中像 雖現而非有
비여경중상 수현이비유

於妄想心鏡 愚夫見有二
어망상심경 우부견유이

비유하면 거울에 비친 모습은
비록 나타나지만 있는 것이 아닌 것처럼
망상이라는 마음의 거울로
어리석은 범부는 두 극단을 본다.

대보적경 권제70 정거천자찬게품(淨居天子讚偈品)에서는 다음과
같다.

譬如鏡中像 雖見非眞實
비여경중상 수견비진실

佛如是見法 不迷於世間
불여시견법 불미어세한

비유하면 마치 거울 속의 형상을
보기는 하나 진실이 아닌 것처럼
부처님께서는 이렇게 법을 보심으로
세간에 미혹되지 않으시나이다.

밀엄경(密嚴經)⁴¹³ 권제1 밀엄회품(密嚴會品)에도 이러하다.

譬如鏡中像 識種種而見
비여경중상 식종종이견

愚夫此迷惑 非諸明智者
우부차미혹 비제명지자

비유하면 거울 속의 그림자와 같아
식의 여러 가지가 보이는 것인데
어리석은 범부는 이에 미혹되지만
모든 밝은 지혜 있는 이는 그렇지 않습니다.

수행에 수행을 거듭하여 이러한 도리를 알고 나면 법신·보신·
화신이 다 같은 하나의 몸이므로 이를 삼신일체(三身一體)라고 한다.
화신에서 32상 80종호의 구족상은 본래 없음이라는 것을 꼭 기억해
야 한다. 이는 법신(法身)의 체(體)를 그렇게 나타낸 것이다. 그러므
로 32상 80종호가 그 하나하나마다 의미가 깃들어 있는 것도 이와
같은 연유에서다. 법신은 공신(空身)인데 그 형상이 어디에 있겠는
가? 부처님의 법력은 그만큼 불가사의하여 이를 허공에 비유해 허공
신(虛空身)이라고 한다.

---

413 당(唐)나라 때 지바가라(地婆訶羅, Divākara)가 한역하였다. 참고로 불공(不
空)이 한역한 밀엄경(密嚴經)도 있다.

따라서 법신(法身)을 반야심경(般若心經)에 비유하면

불생불멸(不生不滅)하며, 불구부정(不垢不淨)하고, 부증불감(不增不減)하다. 이것이 바로 여래의 체(體)이다.

지금의 나는 본주인(本主人)이고 꿈속의 나는 몽중인(夢中人)이다. 나라는 당체는 하나인데 꿈속에는 온갖 현상을 겪지만 꿈을 깨고 나면 허사다. 하물며 이러할진대 본(本)을 찾지 아니하고 몽(夢)에만 빠져 있다면 곤란하다.

금광명경(金光明經)[414] 권제2 사천왕품(四天王品)에 보면 다음과 같은 게송이 있다.

佛眞法身 猶如虛空
불진법신 유여허공

應物現形 如水中月
응물현형 여수중월

부처님의 참된 법신
허공과도 같아
중생에게 응하시어 형상 나타내심은
마치 물속에 비친 저 달 같아라.

------

414 북량(北凉) 시대에 담무참(曇無讖)이 한역하였다.

산보집(刪補集)[415]에도 다음과 같다.

法身遍滿百億界 普放金色照人天
법신변만백억계 보방금색조인천

應物現形潭底月 體圓正坐寶蓮臺
응물현형담저월 체원정좌보련대

법신은 천백억 세계에 두루 하시어
금빛 광명으로 하늘과 인간계를 비추시고
중생에게 근기에 응하여 나타냄이 연못의 달그림자처럼
법신의 본체는 원만하여 연화대에 그대로이시네.

화엄경(華嚴經) 권제5 세주묘엄품에도 다음과 같다.

---

[415] 대승불교 경전의 하나로 산스크리트 명은 수바르나 프라바사(Suvarnapra-bhāsa, 황금의 빛)이다. 산스크리트본, 티베트역, 한역 외에 위구르어, 만주어, 몽고어 등으로 번역되며, 동아시아에 널리 보급되어 있다. 한역은 5종 있었는데, 현존하는 것은 담무참 역의 금강명경 4권(5세기 초), 보귀 등이 종래의 여러 역을 합친 합부금강명경 7권(597), 의정 역 금강명최승왕경 10권(703)의 3종으로, 후세에 중시된 것은 의정의 역이다. 내용은 불의 수명의 장원성(長遠性), 금광명참법(金剛明懺法), 사천왕에 의한 국가호지나 현세이익 등 잡다한 요소를 포함하며, 밀교적 색채가 강한데 본경이 제국에서 중시된 것은 특히 진호 국가적 성격에 의한다. 우리나라에서는 조선 후기에 지환(智還, ?~?) 스님이 찬집한 불교 의례서이며, 본제는 천지명양수륙재의범음산보집(天地冥陽水陸齋儀梵音刪補集)이다. 조선 후기 다양한 수륙재 의식집 중에서 가장 자세하다.

848

如於此會見佛坐 一切塵中悉如是
여어차회견불좌 일체진중실여시

佛身無去亦無來 所有國土皆明現
불신무거역무래 소유국토개명현

이 모임에 부처님 앉으신 것처럼 보듯이
온갖 티끌 가운데도 모두 이와 같다네.
부처님 몸 가지도 오지도 않았지만
모든 국토에 두루 나타나시네.

이러한 가르침은 제32 응화비진분(應化非眞分)에서 '여여부동(如
如不動)'이라고 하는 말씀으로 드러난다. 그렇다. 여래는 여여부동
하신 분이다.

참고로 부처님의 명호는 열 가지로 분류하여 여래십호(如來十號)
라고 한다.

① **여래**(如來)
법의 실상을 깨달아 여실하게 오신 분이다.

② **응공**(應供)
복과 적을 갖추셨기에 공양받아 마땅하신 분이다.

③ **정변지**(正遍知)

모든 법에 대해서 올바르게 빠짐없이 아시는 분이다.

④ **명행족**(明行足)

지혜와 실천이 원만하게 구족된 분이시다.

⑤ **선서**(善逝)

피안으로 잘 가신 분이라는 뜻이다.

⑥ **세간해**(世間解)

세간의 모든 것에 대해서 모두 다 아시는 분이다.

⑦ **무상사**(無上士)

위없이 뛰어난 분이시다.

⑧ **조어장부**(調御丈夫)

장부(丈夫)를 길들이고 조련하시는 분이다.

⑨ **천인사**(天人師)

천신과 인간의 스승이시다.

⑩ **불세존**(佛世尊)

세간에서 존귀하신 부처님이라는 뜻이다.

참고로 불(佛)과 세존(世尊)으로 나누어 열한 가지 명호로 나누기도 한다.

제30 일합이상분—合理相分

· ·

진리와 상(相)은 둘이 아니다

須菩提 若善男子善女人 以三千大千世界 碎爲微塵 於意云何
是微塵衆 寧爲多不

수보리야, 만약 선남자 선여인이 삼천대천세계를 부수어 아주 작은
먼지를 만들었다면 그대는 어떻게 생각하느냐? 이 작은 먼지들이 많
다고 하겠느냐?

甚多世尊 何以故 若是微塵衆 實有者 佛則不說是微塵衆 所以
者何 佛說微塵衆 則非微塵衆 是名微塵衆

매우 많습니다, 세존이시여. 왜냐하면 만약 이 작은 먼지들이 실로
있는 것이라면 부처님께서는 곧 작은 먼지들에 대해서 말씀하시지 않
으셨을 것입니다. 그러한 까닭은 부처님께서 말씀하시는 작은 먼지는
곧 작은 먼지가 아니며, 그 이름이 작은 먼지들이기 때문입니다.

世尊 如來所說 三千大千世界 則非世界 是名世界 何以故 若世
界 實有者 則是一合相 如來說一合相 則非一合相 是名一合相

세존이시여, 여래께서 말씀하신 삼천대천세계도 곧 세계가 아니옵
고, 그 이름이 세계라 하신 것입니다. 왜냐하면 만약 세계가 실로 있
는 것이라면 바로 그것은 곧 하나로 합해진 상(相)일 것이지만 여래께

서 말씀하시는 일합상(一合相)도 실은 일합상이 아니옵고 그 이름이
일합상일 뿐입니다.

須菩提 一合相者 則是不可説 但凡夫之人 貪着其事
수보리야, 일합상이라 하는 것은 곧 말로 할 수 없는 것인데 다만 범
부들이 그것에 대하여 탐하고 집착하는 것이니라.

일합이상 一合理相
진리와 상(相)은 둘이 아니다.

이체(理體)를 본체(本體)로 보면 모두가 동체(同體)여서 평등하다
는 가르침이다. 따라서 실상을 그대로 조견(照見)하면 모두 하나다.
이를 법계일상(法界一相)이라고 한다.

구마라집(鳩摩羅什)은 상(相)을 상(想)으로, 진제(眞諦)는 취일집
(聚一執)으로, 의정(義淨)은 취집(聚執)으로 한역하였다. 참고로 우리
가 지금 보고 있는 것은 구마라집의 역(譯)이다.

구마라집의 한역한 제30 일합이상분에 대해서 다른 역자들의 내
용을 살펴보면 다음과 같다.   .

보리유지(菩提流志)
須菩提 若善男子善女人 以三千大千世界微塵 復以爾許微塵世

界碎爲微塵阿僧祇 須菩提 於意云何 是微塵眾 寧爲多不

수보리야, 만약 선남자 선여인이 삼천대천세계의 미세한 티끌을, 다시 그 미세한 티끌 수만큼의 세계를 부수어 아승기 수만큼의 미세한 티끌로 만든다면, 수보리야, 너는 어떻게 생각하느냐? 이 미세한 티끌들은 정녕 많겠느냐?

須菩提言 彼微塵眾甚多 世尊 何以故 若是微塵眾實有者 佛則不說是微塵眾 何以故 佛說微塵眾 則非微塵眾 是故佛說微塵眾

수보리가 말하였다. 세존이시여, 저 미세한 티끌들은 매우 많습니다. 왜냐하면 만약 이 미세한 티끌들이 진실로 존재하는 것이라면 부처님은 곧 이 미세한 티끌의 무리를 설하시지 않았을 것입니다. 왜냐하면 부처님께서 설하신 미세한 티끌의 무리는 곧 미세한 티끌의 무리가 아니므로 부처님께서 미세한 티끌의 무리라고 설하시는 것입니다.

世尊 如來所說三千大千世界 則非世界 是故佛說三千大千世界 何以故 若世界實有者 則是一合相 如來說一合相 則非一合相 是故佛說一合相

세존이시여, 여래께서 설하신 삼천대천세계는 곧 세계가 아닙니다. 그러므로 부처님께서 삼천대천세계라고 설하시는 것입니다. 왜냐하면 만약 세계가 진실로 존재하는 것이라면 곧 그것은 일합상(一合相)이기 때문입니다. 여래께서 설하신 일합상은 곧 일합상이 아니므로 부처님께서 일합상이라고 설하신 것입니다.

佛言 須菩提 一合相者 則是不可說 但凡夫之人 貪着其事

　부처님께서 말씀하셨다. 수보리야, 일합상이란 것은 곧 설할 수 없는 것이나, 다만 범부인 사람들이 그 일을 탐내고 집착하는 것이니라.

진제(眞諦)

須菩提 若善男子善女人 以三千大千世界地大微塵 燒成灰末 合爲墨丸 如微塵聚 須菩提 汝意云何 是隣虛聚 寧爲多不

　수보리야, 네 뜻에는 어떠하냐? 만약 선남자 선여인이 삼천대천세계에 있는 지대(地大)의 미세한 티끌들을 불태워서 재의 분말로 만들고, 합하여 검고 둥근 덩어리로 되게 하되 미세한 티끌이 쌓인 것과 같게 한다면, 수보리야, 네 뜻에는 어떠하냐? 이 인허(隣虛 · 極微)의 쌓임은 정녕 많겠느냐?

須菩提言 彼隣虛聚甚多 世尊 何以故 世尊 若隣虛聚是實有者 世尊則不應說名隣虛聚 何以故 世尊 所說此隣虛聚 如來說非隣虛聚 是故說名爲隣虛聚 如來所說三千大千世界 則非世界 故說三千大千世界 何以故 世尊 若執世界爲實有者 是聚一執 此聚一執 如來說非執 故說聚一執

　수보리가 아뢰었다. 세존이시여, 이 인허의 쌓임은 매우 많습니다. 세존이시여, 왜냐하면 만약 이 인허의 쌓임이 진실로 존재하는 것이라면 세존께서는 곧 마땅히 이름하여 인허의 쌓임이라고 설하시지 않을 것입니다. 왜냐하면 부처님께서 설하신 이 인허의 쌓임을 여래께서는 인허의 쌓임이 아니라고 설하시기 때문에 이름하여 인허의 쌓임이라고 설하신 것입니다. 여래께서 설하신 삼천대천세계는 곧 세계가 아니므로 삼천대천세계라고 설하신 것입니다. 왜냐하면 세존이시여, 만약 세계가 진실로 존재한다고 집착한다면 이 쌓임은 하나의 집착입니다. 이 쌓임을 하나의 집착이라고 한 것입니다.

佛世尊言 須菩提 此聚一執 但世言說 須菩提 是法非可言法 嬰兒凡夫偏言所取

부처님 세존께서 수보리에게 말씀하셨다. 이 쌓임을 하나의 집착이라고 한 것은 단지 세간의 말로 설한 것이다. 수보리야, 이 법은 말할 수 있는 법이 아니니, 어린아이 같은 범부가 취한 바를 편벽되게 말한 것이다.

현장(玄奘)

復次 善現 若善男子或善女人 乃至三千大千世界大地極微塵量等世界 卽以如是無數世界色像爲墨如極微聚 善現 於汝意云何 是極微聚寧爲多不

또 선현아, 만약 선남자 선여인이 삼천대천세계의 대지를 지극히 미세한 티끌과 같은 수량으로 한 세계와 이와 같은 무수한 세계를 다시 지극히 미세한 것[極微聚]으로 모은다면, 선현아, 네 생각엔 어떠하냐? 이 지극히 미세한 것을 모은 것이 얼마나 많겠느냐?

善現答言 是極微聚甚多 世尊 甚多 善逝 何以故 世尊 若極微聚是實有者 佛不應說爲極微聚 所以者何 如來說極微聚卽爲非聚 故名極微聚 如來說三千大千世界卽非世界 故名三千大千世界 何

以故 世尊 若世界是實有者 卽爲一合執 如來說一合執卽爲非執
故名一合執

선현이 대답하였다. 이 극히 미세한 것의 모인 것이 심히 많습니
다, 세존이시여. 심히 많습니다, 선서이시여. 왜냐하면 세존이시여,
만약 지극히 미세한 것의 모임이 사실로 있다면 부처님께서는 마땅
히 극히 미세한 것의 모임이라고 설하시지 않았을 것입니다. 그 까닭
은 무엇인가? 여래께서 지극히 미세한 것의 모임이라고 설하신 것은
곧 모임이 아닌 까닭이요, 이름이 극히 미세한 것의 모임인 까닭입니
다. 여래께서 설하신 삼천대천대계는 곧 세계가 아니고, 이름이 삼천
대천세계입니다. 왜냐하면 세존이시여, 만약 세계가 진실로 있다면
곧 하나로 뭉친다는 집착[一合]이기 때문입니다. 여래께서 설한 하
나로 뭉친다는 집착이란 곧 집착[執]이 아니고, 이름이 하나로 뭉친
다는 집착입니다.

須菩堤 若善男子善女人 以三千大千世界 碎爲微塵 於意云何
수보리 약선남자선여인 이삼천대천세계 쇄위미진 어의운하

**수보리야, 만약 선남자 선여인이 삼천대천세계를 부수어 아주
작은 먼지를 만들었다면 그대는 어떻게 생각하느냐?**

是微塵衆 寧爲多不
시미진중 영위다부

이 작은 먼지들이 많다고 하겠느냐?

甚多世尊 何以故 若是微塵衆 實有者 佛則不說是微塵衆

심다세존 하이고 약시미진중 실유자 불즉불설시미진중

매우 많습니다, 세존이시여. 왜냐하면 만약 이 작은 먼지들이
실로 있는 것이라면 부처님께서는 곧 작은 먼지들에 대해서 말
씀하시지 않으셨을 것입니다.

所以者何 佛說微塵衆 則非微塵衆 是名微塵衆

소이자하 불설미진중 즉비미진중 시명미진중

그러한 까닭은 부처님께서 말씀하시는 작은 먼지는 곧 작은 먼
지가 아니며, 그 이름이 작은 먼지들이기 때문입니다.

미진(微塵)이라고 하는 것은 안근(眼根)으로 인하여 파악할 수 있
는 가장 미세한 물질적 단위를 말한다. 미진을 더 세분화하여 최소의
극미(極微)를 소극미(小極微)라 하고, 금진(金塵) 또는 동진(銅塵) 따
위를 중극미(中極微)라 하고, 극유진(隙遊塵) 등을 대극미(大極微)라
고 하기도 한다.

대지도론(大智度論)[416] 권제36에 보면

416 용수보살(龍樹菩薩)이 짓고 구마라집(鳩摩羅什, Kumārajīva)이 한역했다.

이 작은 티끌[微塵]에는 큰 것이 있고 중간 것이 있고 작은 것이 있나니, 큰 것은 돌아다니는 티끌이라 볼 수가 있고, 중간 것은 모든 하늘이 보며, 작은 것은 으뜸가는 성인의 천안(天眼)으로 볼 수 있지만 혜안(慧眼)으로 이것들을 관찰하면 보이는 것이 없다. 그것은 왜냐하면, 성품은 진실로 없기 때문이다. 만일 작은 티끌이 진실로 존재한다면 그것이 항상해서 나누어 쪼갤 수도 없고 부스러뜨릴 수도 없으며 불에 태울 수도 없고 물에 빠뜨릴 수도 없을 것이다. 是微塵有大有中有小 大者 遊塵可見 中者 諸天所見 小者 上聖人天眼所見 慧眼觀之則無所見 所以者何 性實無故 若微塵實有卽是常 不可分裂 不可毁壞 火不能燒水不能沒

하여튼 불교에서는 작은 것을 주로 가는 먼지[微塵]에 비유하고, 큰 것은 수미산(須彌山)에 비유한다. 그야말로 극과 극으로 비유하고 있다.

삼천대천세계가 있다고 하자. 그리고 이를 부수어 아주 작은 먼지로 만들었다면 이 작은 먼지들이 많겠는가 하였다. 먼지가 아무리 작다고 한들 그 수는 한량이 있기 마련이다. 다만 그 작음을 말하려고 먼지를 말씀하셨기 때문에 그 이름이 작은 먼지라고 하였을 뿐이다.

먼지든 삼천대천세계든 모두 하나의 상(相)일 뿐이다. 그러므로 고정불변(固定不變)하는 실체는 아니다. 다시 말해 이 우주에 있는 모든 형상이 있는 물질들은 하나로 뭉쳐져서 사람도 되고, 나무도 되고, 지구도 되므로 이를 일합상(一合相), 또는 일합집(一合執)이라고 하였다. 따라서 상(相)에 휘둘리지 말라는 메시지다. 까닭에 비상(非相)을 강조하여 '약견제상비상 즉견여래(若見諸相非相 則見如來)'라고 하였다. 모든 형상이 형상 아님을 알면 즉시 여래를 본다고 한 것이다.

아무리 미세한 먼지라고 할지라도 뭉쳐지면 하나의 상(相)이 되는 것이다. 이를 번뇌에 비유하면 아주 작은 번뇌라고 할지라도 점점 커져서 수미산만 한 번뇌가 되는 것이다. 중생의 일들은 작아지는 게 별로 없고 점점 커지는 게 문제이므로 더더욱 그러하다.

世尊 如來所說 三千大千世界 則非世界 是名世界
세존 여래소설 삼천대천세계 즉비세계 시명세계

세존이시여, 여래께서 말씀하신 삼천대천세계도 곧 세계가 아니옵고, 그 이름이 세계라 하신 것입니다.

何以故 若世界 實有者 則是一合相
하이고 약세계 실유자 즉시일합상

왜냐하면, 만약 세계가 실로 있는 것이라면 바로 그것은 곧 하나로 합해진 상(相)일 것이지만

如來說一合相 則非一合相 是名一合相

여래설일합상 즉비일합상 시명일합상

여래께서 말씀하시는 일합상(一合相)도 실은 일합상이 아니옵고 그 이름이 일합상일 뿐입니다.

須菩堤 一合相者 則是不可說 但凡夫之人 貪着其事

수보리 일합상자 즉시불가설 단범부지인 탐착기사

수보리야, 일합상이라 하는 것은 곧 말로 할 수 없는 것인데, 다만 범부들이 그것에 대하여 탐하고 집착하는 것이니라.

금강경을 보는 이들 가운데 대부분은 제30분을 만나면 난관에 봉착한다고 한다. 미진(微塵)을 현대과학으로 본다면 물질을 구성하는 기본적인 입자인 원자(原子)다. 원자는 각자 고유한 성질을 유지하고 있다.

이런 관점에서 보면 미진이 곧 우주이고 우주가 곧 미진이다. 미진(微塵)보다 더 작은 것이 마음이다. 이러한 마음을 간극심(間隙心), 미세심(微細心)이다. 그러나 이러한 미세심의 공능은 어마어마하다. 마치 작은 먼지를 뭉치면 삼천대천세계가 되고 삼천대천세계를 부수면 미진이 되기에 자성이 있는 것은 아니다. 하나로 합쳐지는 이치를 아는 것이 일합이상(一合理相)이다.

따라서 모든 법은 기연(起緣)으로 인하여 만들어지는 것이다. 수행하는 과정도 그렇다. 지(知)는 인식하여 아는 것을 말한다. 눈으로 보는 것으로 인하여 견해(見解)를 일으킨다. 인식하고 봄으로 인하여 믿음을 일으켜서 이를 완전하게 알아차리면 해오(解悟)하는 것이다. 해오(解悟)한다는 것은 법상(法相)을 취하지 않고 법(法)만 취한다. 법은 인식하는 대상이 아닌 해오하여 깨달아 얻어야 하는 대상이다.

이를 깨달아 얻으면 법신(法身)·보신(報身)·화신(化身)이 일체(一體)라는 것을 알게 될 것이다. 마치 미진이나 삼천대천세계나 그 근본적인 구성은 하나도 다를 게 없는 것이다.

부처님께서 미진이 많냐고 하자 수보리가 많다고 답을 하였다. 이는 중생의 경계로 보면 그렇다는 것이다. 그러나 부처의 경지로 보면 많다, 적다 하는 것은 명자(名字)의 놀음일 뿐이다. 따라서 많고 적음도 없는 것이다. 왜냐하면 미진은 미진이 아니고 그 이름이 미진일 뿐이기 때문이다. 삼천대천세계, 미진은 자성이 없으므로 미진이 아니고 삼천대천세계가 아니다. 부질없이 중생이 탐착심을 일으켜 망상을 지을 따름이다.

화엄경(華嚴經) 권제49 보현행품(普賢行品)[417]에 보면 다음과 같은 게송이 있다.

---

417 보현행품에는 보현의 원만한 인행(因行)을 말씀하고 있다.

廣博諸世界 無量無有邊
광박제세계 무량무유변

知種種是一 知一是種種
지종종시일 지일시종종

크고 넓은 온갖 가지 여러 세계
한량없고 끝없다고 하지만
여러 가지 세계가 한 세계인 줄 알고
한 세계가 여러 세계인 줄 아네.

제31 지견불생분 知見不生分
· ·
지견을 내지 말라

須菩提 若人言 佛說我見人見衆生見壽者見 須菩提 於意云何
是人 解我所說義不

수보리야, 만약 어떤 사람이 말하기를 부처님이 나라는 지견(知見)
과 남이라는 지견과 중생이라는 지견과 수명에 대한 지견을 말했다고
한다면 수보리야, 너는 어떻게 생각하느냐? 이 사람은 내가 설한 바
뜻을 제대로 이해한 것이겠느냐?

不也世尊 是人 不解如來所說義 何以故 世尊說我見人見衆生
見壽者見 卽非我見人見衆生見壽者見 是名我見人見衆生見壽者
見

아닙니다, 세존이시여. 이 사람은 여래께서 말씀하신 진리를 이해
하지 못하였습니다. 왜냐하면, 세존께서 말씀하신 나라는 지견과 남
이라는 지견과 중생이라는 지견과 수명에 대한 지견은, 곧 나라는 지
견과 남이라는 지견과 중생이라는 지견과 수명에 대한 지견이 아닙니
다. 그 이름이 나라는 지견과 남이라는 지견과 중생이라는 지견과 수
명에 대한 지견일 뿐이기 때문입니다.

須菩提 發阿耨多羅三藐三菩提心者 於一切法 應如是知 如是
見 如是信解 不生法相

수보리야, 아누다라삼막삼보리심을 일으킨 사람은 온갖 법에 응당
이처럼 알며, 이처럼 보며, 이처럼 믿고 깨달아서 법이라는 생각[法
相]을 내지 말 것이니라.

須菩提 所言法相者 如來說卽非法相 是名法相

수보리야, 말하는 바 법상이라고 하는 것은 여래는 법상이 아니고
그 이름이 법상이라고 말하였을 따름이니라.

지견불생 知見不生

지견을 내지 말라.

지견불생분(知見不生分)은 부처의 마음이란 무엇입니까? 하고 우
리에게 되묻고 있다. 대부분 불자가 법당의 부처를 진불(眞佛)이라
여기고 진법(眞法)은 멀리하는 경향이 크니 그것을 깨트려주기 위함
인지도 모른다.

여래가 금강경을 설한 이유가 무엇인지를 알지 못하면 자신의 영
달이나 죽은 자에게 의례적으로 읽어주는 경 정도로 취급하게 됨이
다. 그렇게 되면 이는 경이 아니고 그만 부적경(符籍經)으로 전락하
게 된다.

지견(知見)은 부처님의 견해가 아닌 자신의 견해로 드러내는 알음 알이다. 지견이 일어나면 본지(本旨)에서 벗어나기 마련이다. 따라서 부처님은 친절하게 아견(我見), 인견(人見), 중생견(衆生見), 수자견(壽者見)을 말씀하시고 나서, 이는 단지 이름일 뿐이라고 분명하게 말씀하셨다.

바른 깨침을 구하는 자는 여시지(如是知), 여시견(如是見), 여시신해(如是信解)하여 그 어떠한 법상(法相)을 내어서는 안 된다고 하였다. 그렇지만 그 법상도 우리를 일깨우기 위한 이름일 뿐이라는 것을 거듭 설하셨다. 그러므로 아집(我執)과 법집(法執)에서도 벗어나야 제일의제(第一義諦)를 체득할 수 있다. 따라서 지견(知見)은 수행에 있어서 큰 방해가 되는 암적인 요소이다.

참고로 노자도덕경(老子道德經)[418] 제10장에 다음과 같은 가르침이 있다.

온 나라 백성들의 마음을 하나로 껴안아서 떠남이 없이 할 수 있겠는가? 오로지 백성의 기운을 부드럽게 하여 갓난아이처럼 만들 수 있겠는가? 백성들 집의 섬돌을 손수 닦아주고 그 어두운 것을 살펴 상처 없이 해줄 수 있겠는가? 알음알이[知]에 의존하지 않고 백성을

---

[418] 중국의 도가서로 춘추 시대 말기에 노자가 난세를 피하여 함곡관에 이르렀을 때 윤희(尹喜)가 도를 묻는 데에 대한 대답으로 적어 준 책이라 전하나, 실제로는 전국 시대 도가의 언설을 모아 한(漢)나라 초기에 편찬한 것으로 추측된다.

사랑하고 나라를 다스릴 수 있겠는가? 하는 가르침이 있다. 載營魄
抱一 能無離乎 專氣致柔 能嬰兒乎 滌除玄覽 能無疵乎 愛民治國
能無知乎

須菩堤 若人言 佛說我見人見衆生見壽者見
수보리 약인언 불설아견인견중생견수자견

**수보리야, 만약 어떤 사람이 말하기를 부처님이 나라는 지견
(知見)과 남이라는 지견과 중생이라는 지견과 수명에 대한 지견
을 말했다고 한다면**

須菩堤 於意云何 是人 解我所說義不
수보리 어의운하 시인 해아소설의부

**수보리야, 너는 어떻게 생각하느냐? 이 사람은 내가 설한 바
뜻을 제대로 이해한 것이겠느냐?**

아집(我執)은 자아가 실재한다고 여겨 집착하는 것을 말하므로 이
를 인아견(人我見) 또는 인집(人執), 생집(生執)이라 하기도 한다. 이
몸은 오온이 일시적으로 가합(假合)되어 이루어짐을 모르고 불변하
는 자아가 있다고 고집하는 것을 말한다. 아집은 번뇌의 근원이기에
이로부터 번뇌가 생겨나서 해탈하지 못하고 삼계를 윤회하는 근원
이 된다.

구사론(俱舍論) 권제29에 보면

허망한 아집으로 말미암아 미혹되고 뇌란되기 때문이니, 이를테면 이러한 정법 이외에 온갖 이들이 주장하는 아(我)는 바로 온(蘊)의 상속상에 일시 설정된 것이 아니라 '온을 떠난 아[離蘊我]'가 진실로 존재한다고 주장하기 때문이다. 곧 '아'에 대해 집착하는 힘으로 말미암아 온갖 번뇌가 생겨나고, 삼계를 윤회하여 결코 해탈할 수 없는 것이라고 하였다. 虛妄我執 所迷亂故 謂此法外 諸所執我 非卽於蘊 相續假立 執有眞實 離蘊我故 由我執力 諸煩惱生 三有輪迴 無容解脫

부처님이 설하신 바 의취(意趣)를 간파하지 못하면 이로부터 망견이 생겨나는 것이다. 예를 들어 뱀을 보고 놀란 자가 한겨울 밤에 다시 뱀을 보고 크게 놀랐는데, 잠자코 생각해 보니 한겨울에 뱀이 어디에 있겠는가? 이런 생각이 들어서 자세히 살펴보니 새끼줄이었다. 이를 의타기성(依他起性)이라고 한다.

능가경(楞伽經) 권제 6 변화품(變化品)에 보면 다음과 같은 말씀이 있다.

無明愛及業 諸心依彼生
무명애급업 제심의피생

以是我了知 爲依他起性
이시아요지 위의타기성

무명과 애(愛)와 업(業)

모든 마음 그에 의해 생기나니

이로써 내가 깨달아 앎은

의타기성(依他起性) 때문이니라.

부처님께서 법을 설하셨으나 이를 알지 못하면 그만 추상(推想)이 된다. 지견(知見)을 낸다고 하는 것은 곧 언설에 집착하기 때문이다. 제대로 알면 말이 필요 없음이다. 이를 선종에서는 '벙어리가 꿀을 먹기는 먹었는데 어찌 이를 표현하겠는가' 하여 '끽자아밀(喫者啞蜜)'이라고 한다.

앞서 품(品)은 일합이상(一合理相)으로 삼천대천세계나 미세한 먼지도 또한 많고 적음도 없다고 하였다. 이어서 지견불생분(知見不生分)에서는 아(我)·인(人)·중생(衆生)·수자(壽者)도 없음이다. 왜냐하면 부처님은 평등심을 가지고 계시기에 분별심이 없기 때문이다. 따라서 중생은 망령된 지견을 내세워 갖가지 분별을 일으키므로 이를 묻고 있다.

不也世尊 是人 不解如來所說義 何以故

불야세존 시인 불해여래소설의 하이고

아닙니다, 세존이시여. 이 사람은 여래께서 말씀하신 진리를 이해하지 못하였습니다. 왜냐하면,

世尊說我見人見衆生見壽者見 卽非我見人見衆生見壽者見

세존설아견인견중생견수자견 즉비아견인견중생견수자견

세존께서 말씀하신 나라는 지견과 남이라는 지견과 중생이라는 지견과 수명에 대한 지견은, 곧 나라는 지견과 남이라는 지견과 중생이라는 지견과 수명에 대한 지견이 아닙니다.

是名我見人見衆生見壽者見

시명아견인견중생견수자견

그 이름이 나라는 지견과 남이라는 지견과 중생이라는 지견과 수명에 대한 지견일 뿐이기 때문입니다.

부처님께서 사상에 대한 견해를 일으켰다고 이해를 한다면 이는 부처님께서 설하신 바를 이해하지 못한 자이다. 부처님은 삼천대천세계도 자성이 없고 미진(微塵)도 자성이 없다고 하셨다. 망령된 자는 지견을 내세워 분별하지만 부처님은 다만 사상을 내세워 중생에게 깨달음으로 인도하고자 방편으로 말씀하셨다. 결코 사상이 그 어디에 있어서 이를 말씀하신 바는 아니다.

화엄경 권제16 승수미산정품(昇須彌山頂品)에 보면 다음과 같은 말씀이 있다.

若見見世間 見則世間相
약견견세간 견즉세간상

如實等無異 此名眞見者
여실등무이 차명진견자

만일 세간을 보는 것을 보면
그 보는 것은 곧 세간의 상(相)이라
실상과 같아서 다름이 없어야
참으로 보는 이라 이름하리라.

참고로 '아닙니다'라는 뜻으로 쓰인 불야(不也)라는 표현은 고려대
장경(高麗大藏經)[419] 판본에는 없다. 하지만 송(宋)·원(元)·명(明)
나라 판본에는 '불야(不也)'가 있다. 그러나 이 두 글자가 있다고 해
서 본문의 원형이 바뀌는 것도 아니고, 없다고 해서 바뀌는 것도 아
니다. 참고삼아 밝혀두는 바이다.

須菩堤 發阿耨多羅三藐三菩堤心者 於一切法
수보리 발아누다라삼막삼보리심자 어일체법

---

[419] 고려시대에 두 차례 간행한 대장경을 통틀어 이르는 말로 처음에 만든 것
은 몽고군의 침입 때에 없어졌고, 두 번째의 해인사 대장경판이 지금 남아 있
다. 해인사 대장경판은 2007년에 유네스코 세계 기록 유산으로 지정되었다.

수보리야, 아누다라삼막삼보리심을 일으킨 사람은 온갖 법에

應如是知 如是見 如是信解 不生法相
응여시지 여시견 여시신해 불생법상

응당 이처럼 알며, 이처럼 보며, 이처럼 믿고 깨달아서 법이라는 생각[法相]을 내지 말 것이니라.

須菩堤 所言法相者 如來說卽非法相 是名法相
수보리 소언법상자 여래설즉비법상 시명법상

수보리야, 말하는 바 법상이라고 하는 것은 여래는 법상이 아니고 그 이름이 법상이라고 말하였을 따름이니라.

부처님은 아누다라삼막삼보리, 다시 말씀하시어 법상(法相)을 설하여 모든 중생이 언설에 집착하는 병폐를 사전에 방지하고자 하였다. 모든 법이 본디 여여하여 모든 이에게 차별이 없음을 일깨워주고 있다. 따라서 그 어떠한 특정 가르침이 있어서 깨달음을 얻는다고 한다면 이는 지견(知見)이다.

옛말에 구슬이 서말이라도 꿰어야 보배라고 하였다. 부처님 언설에만 집착하여 본월(本月)은 보지 못하고 수중월(水中月)만 본다면 본지를 알지 못하게 된다.

원각경(圓覺經)에 보면

수다라(修多羅)의 교법은 달을 가리키는 손가락과 같으니, 만일 달을 보았으면 가리키던 손가락은 마침내 달이 아닌 것임을 분명하게 아는 것과 같이, 일체 여래의 갖가지 가르침으로 보살들에게 열어 보이시는 것도 그와 같다고 하였다. 修多羅教 如摽月指 若復見月 了知所摽 畢竟非月 一切如來 種種言說 開示菩薩 亦復如是

또한 능엄경(楞嚴經)[420] 권제2에 보면

어떤 사람이 손으로 달을 가리켜 다른 사람에게 보인다면, 그 사람은 당연히 손가락을 따라 달을 보아야 하는데, 여기서 만일 손가락을 보고 달 자체로 여긴다면, 그 사람은 어찌 달만 잃었겠느냐, 손가락도 잃었느니라. 왜냐하면 가리킨 손가락을 밝은 달로 여겼기 때문이라고 하였다. 如人以手指月示人 彼人因指當應看月 若復觀指以爲月體 此人豈唯亡失月輪 亦亡其指 何以故 以所摽指爲明月故

장중론(掌中論)[421]에 보면 다음과 같은 내용이 있다.

---

420 후진(後秦) 시대에 구마라집(鳩摩羅什, Kumārajīva)이 한역하였다. 이 경은 삼매들 중에서 으뜸이라는 수능엄삼매에 대하여 설하고 있다. 본래 이름은 불설수능엄삼매경(佛說首楞嚴三昧經)이다. 줄여서 능엄경(楞嚴經)·수능엄경(首楞嚴經)이라고 한다.

421 당나라 때 의정(義淨)이 한역하였다. 일반적으로 이 논의 저자는 진나(陳那)로 알려져 있지만, 서장대장경(西藏大藏經)은 제바(提婆)의 저술로 되어 있다. 이 논은 뱀과 새끼줄과 짚의 비유를 통해 유식무경(唯識無境)의 이치를 설한다.

於繩作蛇解　見繩知境無
어승작사해　견승지경무

若了彼分時　知如蛇解謬
약요피분시　지여사해류

노끈을 보고 뱀이라고 아는 것은
그 노끈을 보고 아는 대경[뱀]은 없나니
만약에 저 부분을 깨달을 적엔
뱀처럼 보았던 것의 그릇됨을 알 것이네.

제32 응화비진분應化非眞分

· ·

응화신은 실상이 아님을 알라

須菩堤 若有人 以滿無量阿僧祇世界七寶 持用布施 若有善男
子善女人 發菩薩心者 持於此經 乃至四句偈等 受持讀誦 爲人演
説 其福勝彼

수보리야, 만약 어떤 사람이 한량없는 아승기 세계에 가득 칠보를
가지고 널리 보시한 이가 있고, 만약에 어떤 선남자 선여인이 있어서
보살의 마음을 내어 이 경전을 가지고 네 글귀만이라도 받아 지니고
읽고 외워서, 다른 이를 위해서 말하여 준다면, 그 복이 앞의 복보다
훨씬 뛰어나리라.

云何爲人演説 不取於相 如如不動

어떻게 다른 사람을 위하여 말하여야 하는가? 현상에 이끌리지 말
고 여여(如如)하여 동요하지 않는 것이니라.

何以故 一切有爲法 如夢幻泡影 如露亦如電 應作如是觀

왜냐하면, 모든 현상계의 모든 생멸법은 마치 꿈 같고, 환영 같고,
물거품 같고, 그림자 같고, 이슬 같고, 번개 같으니 반드시 이처럼 볼
지어다.

佛説是經已 長老須菩堤 及諸比丘比丘尼 優婆色優婆夷 一切
世間天人阿修羅 聞佛所説 皆大歡喜 信受奉行

부처님께서 이 경을 다 말씀하여 마치시니 장로 수보리, 비구와 비
구니, 우바새와 우바이, 모든 세간의 하늘 사람과 아수라 등이 부처님
의 말씀을 듣고 모두 크게 기뻐하여 믿고 받들어 행하였다.

응화비진 應化非眞
응화신은 실상이 아님을 알라.

응화(應化)는 응화신(應化身)을 말하며 응신(應身)이라고도 한다.
이를 법에 대비하면 응화법신(應化法身)이고 부처로 대비하면 응화
신불(應化身佛) 또는 응신불(應身佛)이라고 한다. 응화신에 응(應)은
중생의 부름에 따른다는 표현이며 화(化)는 중생의 근기에 맞게 변
화한 몸을 말한다. 여기서 응화신은 법신불(法身佛)에 의하여 탄생하
는 것이지, 법신불이 없으면 응화신은 있을 수가 없다는 것을 알아야
한다. 이를 금강경을 갈무리하면서 중생에게 일러주는 가르침이다.
까닭에 법신(法身)이 주(主)라고 한다면, 응신(應身)은 객(客)이다. 법
신을 본월(本月)이라고 보면, 수월(水月)은 응신이다. 말씀을 담은 경
(經)이 법신이라면 불상(佛像)은 응신이다.

그러면 여기서 생각해 보자. 이 세상에 불상이 다 없더라도 불교는
살아남을 수 있지만, 역으로 불경이 다 없어지고 불상만 있다면 불교
는 사라진다. 불상은 한낱 역사를 증명하는 유물에 지나지 않음을 직

시해야 한다.

본월을 아는 사람은 수월(水月)만 봐도 하늘에 달이 있음을 알지만 수월만 알고 본월을 모르는 사람은 그게 달인지 무엇인지 모르는 것과 같은 이치다. 따라서 본월과 수월을 확실하게 아는 사람은 본월을 봐도 수월을 알고, 수월을 봐도 본월을 다 같이 알아차림이다.

법신(法身)을 제대로 깨우쳐 아는 사람은 응신불(應身佛)을 보면 법신과 같이 여기지만 법신불을 모르는 사람은 응신불은 자기 소원을 들어주는 신불(神佛)이라고 여기게 된다.

따라서 응화신(應化身)은 참된 진리가 아니라는 것을 깨우치는 것이 곧 최상의 구경법(究竟法)이다. 앞에 제21 비설소설분(非說所說分)에서 '중생, 중생이라 이름하는 것은 부처님이 중생 아님을 말하는 것이니 다만 그 이름이 중생이라고 이름하여 부르는 것이라'고 하였다. 衆生衆生者 如來說非衆生 是名衆生

그러므로 부처님 공부는 어느 신(神)이 와서 일러 일러주고 가는 것이 아니라 스스로 깨우쳐야 하는 것이다. 다시 제21분에 보면 '설법이라고 하는 것은 설(說)할 법이 아무것도 없음을 이름하여 설법이라고 한다'고 하셨다. 說法者 無法可說 是名說法

당나라 혜능(惠能)이 말하기를 제불의 오묘한 이치는 문자에 상관치 않는다고 하였다. 諸佛妙理 非關文字

더불어 노자도덕경(老子道德經) 제1장에 보면

도를 도라고 할 수 있지만 언제나 도는 아니다. 이름으로 이름할 수 있으나 언제나 그 이름이 아니다. 이름이 없이 천지가 시작되었고 이름은 만물을 낳는 어미라고 하였다. 道可道 非常道 名可名 非常名 無名天地之始 有名萬物之母

다시 도덕경(道德經) 제14장에 보면

보이지 않는 것을 보니 이름하여 이(夷)라 하고, 들리지 않는 것을 들으니 이름하여 희(希)라 하며, 얻지 않고도 잡은 듯이 알 수 있음을 이름하여 미(微)라 한다. 이 셋은 이치로 따질 수 없는 경지를 말함이니 섞어서 하나로써만 말할 수 있다고 하였다. 視之不見 名曰夷 聽之不聞 名曰希 搏之不得 名曰微 此三者不可致詰 故混而爲一

비설소설(非說所說), 응화비진(應化非眞)을 제대로 알면 심인(心印)으로 법이 상속된다는 것을 알 수가 있다.

선문염송(禪門拈頌)[422] 제16권 635칙 천동각(天童覺)[423]이 송(頌)하기를 다음과 같이 하였다.

---

[422] 종용록(從容錄) 제13칙 등에도 실려 있다.

[423] 송나라 때의 조동종(曹洞宗) 사문으로 단하산(丹霞山) 자순선사(子淳禪師)의 법사(法嗣)이다. 임제종(臨濟宗)의 대혜종고(大慧宗杲)와 함께 당시 이대감로문(二大甘露門)으로 존경을 받았다. 절강(浙江) 천동산(天童山)에서 30여 년 동안 있었다. 그의 선풍(禪風)을 묵조선(黙照禪)이라 부르는데, 공안(公案)을 채용하지 않고 좌선(坐禪)을 통해 내재한 자유로운 경지를 얻는다고 주장했다.

心心相印 祖祖傳燈 夷平海嶽 變化鯤鵬
심심상인 조조전등 이평해악 변화곤붕

마음과 마음이 서로 맞았고
조사와 조사가 등불을 전하도다.
바다와 산악을 평탄케 하고
물고기를 붕새로 변화시킨다.

까닭에 제21 비설소설분(非說所說分)의 가르침을 보면 여래가 설하신 바 뜻을 모르면 곧 여래를 비방하는 것이라고 하였다. 왜냐하면 여래가 설하신 바 뜻을 전혀 이해하지 못하였기 때문이라고 하였다.

須菩堤 若有人 以滿無量阿僧祇世界七寶 持用布施
수보리 약유인 이만무량아승기세계칠보 지용보시

수보리야, 만약 어떤 사람이 한량없는 아승기 세계에 가득 칠보를 가지고 널리 보시한 이가 있고,

若有善男子善女人 發菩薩心者 持於此經 乃至四句偈等
약유선남자선녀인 발보살심자 지어차경 내지사구게등

만약에 어떤 선남자 선여인이 있어서 보살의 마음을 내어 이 경전을 가지고 네 글귀만이라도

受持讀誦 爲人演說 其福勝彼
수지독송 위인연설 기복승피

받아 지니고 읽고 외워서, 다른 이를 위해서 말하여 준다면, 그 복이 앞의 복보다 훨씬 뛰어나리라.

재보시(財布施)보다는 법보시(法布施)를 힘써 행하라. 왜냐하면 진리의 말씀을 널리 전하면 그 가운데 단 한 사람이라도 깨달음을 얻을 수 있기 때문이며 또한 불법과 인연을 맺어주기 때문이다. 이를 금강경에서는 진정한 보살심이라고 하였다. 따라서 보살심이라고 하는 것은 널리 중생을 제도하겠다는 마음을 일으킨 것이다. 하여 부처님을 대보살이라고 한다.

이를 대비하여 아승기 세계에 칠보를 가득 채울 만큼 보시와 부처님 말씀 가운데 짧은 구절 하나라도 남에게 기쁜 마음으로 전하는 보시를 비유하여 말씀하신 것이다.

수지(受持)는 부처님의 가르침을 받아 지니는 것을 말한다. 부처님의 가르침을 기쁜 마음으로 받아 지니는 것을 수(受)라하고, 이로써 마음을 함양하여 그 믿음이 흔들리지 않는 것을 지(持)라 한다.

묘법성념처경(妙法聖念處經)[424] 권제3에 보면

---

[424] 10세기 중엽 인도 출신의 학승 법천이 번역하였다. 총 8권으로 된 이 경은

이 모든 유정이 이처럼 깊은 법을 받아 지녀 읽고 외우며, 널리 연설하며 해석하고 설명하여 법에 의지해 수행하며 바른 믿음을 일으킨다면, 장애와 물듦을 조복하여 제거해서 나쁜 갈래를 멀리 여의며, 항상 인천(人天)에 처하여 안온하고 쾌락하며, 일체의 현성(賢聖)들이 옹호하고 칭찬한다고 하였다. 此諸有情 受持讀誦 如是深法 敷演解說 依法修行 起於正信 伏除障染 遠離惡趣 恒處人天 安隱快樂 一切聖賢 護助稱讚

기복승피(其福勝彼)에서 승(勝)은 승리하다, 이긴다는 뜻으로 쓰인 것이 아니라 '뛰어나다'는 표현으로 쓰여 '그 복이 훨씬 뛰어나다' 하는 뜻이다.

대반야경 권제564 승의락품(勝意樂品)에 보면
부처님께서 선현에게 말씀하셨다. 만일 어떤 보살이 반야바라밀다를 손가락을 튀기는 동안만큼이라도 닦고 배우면 그 복은 그것보다 더 뛰어나서 한량없고 그지없나니, 그 까닭이 무엇이냐 하면, 매우 깊은 반야바라밀다는 큰 이치의 작용을 갖추어서 위없는 바르고 평등한 깨달음을 섭수하기 때문이라고 하였다. 佛告善現 若有菩薩 修學般若波羅蜜多如彈指頃 其福勝彼無量無邊 所以者何 甚深般若波羅蜜多具大義用 能攝無上正等菩提

사람들이 인간 세상의 모든 고통에서 벗어나고 지옥에 떨어지지 않으려면 마음속에 품고 있는 나쁜 생각과 악행을 버리고 모든 것을 참고 견디어내는 착한 덕행을 쌓아야 한다는 것을 설법하고 있다.

또한 부사의경계경(不思議境界經)[425]에 보면

불자시여, 자세히 들으십시오. 만약 어떤 사람이 삼계중의 모든 중생들을 포섭하여 생사(生死)에서 벗어나 아라한과를 얻게 하고, 하나하나의 아라한마다 각각 백 겁 동안 천상(天上)의 미묘한 의복과 와구(臥具)·음식·탕약 등 갖가지로 공양하고 열반한 후에는 하나하나마다 칠보탑을 세우고 공경히 공양하며, 만약 다시 어떤 사람이 일백 겁 동안 계율을 청정하게 지키고 혹은 인욕·정진·선정을 닦아 이 사람이 무량한 복을 얻어 견줄 사람이 없다고 하여도, 이 법문을 듣고 존중하며 믿어 지니고 비방하지 않는 그 복이 앞에서 말한 복보다 뛰어나 속히 정각(正覺)을 성취한다고 하였다. 佛子諦聽 若有人能攝三界中一切衆生 令脫生死得阿羅漢 一一羅漢各於百劫 以天上妙衣服 臥具 飮食 湯藥種種供養 般涅槃後 一一復爲起七寶塔 恭敬供養 若復有人一百劫中 淨持禁戒 或修忍辱 精進 禪定 是人雖復得無量福 不如有人聞此法門尊重信受 不生毀謗 其福勝彼速成正覺

법을 전하는 행위를 하면 그 복덕이 뛰어나다고 하셨다. 그렇다면 그 복은 과연 무엇을 말하는 것일까? 사복(事福)을 재화(財貨)의 복이라고 한다면 이복(理福)은 마음 밭을 일구어 심락(心樂) 함이다. 까닭에 자성(自性)이 청정하면 청정법신(淸淨法身)을 갖춤이고, 지혜를

---

425 당(唐)나라 때 우전국(于闐國) 출신의 학승 실차난타(實叉難陀)가 한역하였으며 주된 내용은 사람의 생각과 언어를 초월한 부처의 경지란 어떤 것이며 그 경지에 이르자면 어떻게 해야 하는가에 대해 설법하고 있다.

구족하면 원만보신(圓滿報身)을 갖춤이고, 묘행(妙行)을 하면 천백억 화신(千百億化身)을 구족함이다.

부처님은 중생을 위하여 응화신(應化身)을 스스로 보여 주셨음이다. 중생의 인연에 따라서 그 몸을 드러냄이 32 응신(應身)이며, 응함에 따라 변화된 몸을 보여 주셨으니 육도에 몸을 드러내심이다. 따라서 이를 응화신이라고 한다. 까닭에 이 역시도 다른 이를 위하여 전해 준다는 위인연설(爲人演說)이다.

마하반야바라밀경(摩訶般若波羅蜜經)[426] 권제21 방편품에 보면
수보리야, 부처님도 또한 그처럼 모든 법은 변화로 만들어진 것과 같고 변화로 만들어진 사람이 변화로 만들어진 중생을 제도하는 것과 같아서 실로 제도할 중생이 있을 수 없는 것을 아시느니라. 이처럼 수보리야, 보살마하살은 반야바라밀을 행하기를 변화로 만들어진 사람처럼 행하신다고 하셨다. 須菩提 佛亦如是 知諸法如化 如化人度化衆生 無有實衆生可度 如是 須菩提 菩薩摩訶薩行般若波羅蜜 如佛所化人行

---

[426] 후진(後秦) 시대에 구마라집(鳩摩羅什, Kumārajīva)이 404년에 한역하였다. 총 27권 90품으로 구성된 이 경은 '공'의 교리에 기초하여 중생을 구제하는 방도에 대해 설법한 대표적인 반야경전이다.

云何爲人演說 不取於相 如如不動
운하위인연설 불취어상 여여부동

어떻게 다른 사람을 위하여 말하여야 하는가? 현상에 이끌리지 말고 여여(如如)하여 동요하지 않는 것이니라.

법을 다른 이에게 전할 때의 가장 기본적이면서도 근본적인 마음가짐을 제시하고 있다. 상(相)을 취하지 말고 그 마음이 여여(如如)하면 동(動)함이 없다고 하였다.

운하(云何)는 어떻게 말해 줄까? 어찌 일러 줄까? 이러한 표현이다.

위인연설(爲人演說)은 남을 위해 법을 설해 줌이니 이는 묘행(妙行)을 말한다. 여기에 대해서는 제4 묘행무주분을 꼼꼼히 살펴보기를 바란다. 법을 설해도 설해준 바가 없는 마음이 묘행(妙行)이요, 무주(無住)다.

무진의보살경(無盡意菩薩經)[427] 권제4에 보면
법을 보시한다는 것은 모든 보시 중에서 그것이 가장 훌륭한 보시

---

[427] 유송(劉宋) 시대에 지엄·보운이 427년에 한역하였다. 총 6권으로 무진의(無盡意) 보살을 통해서 대승 보살의 행업과 공덕이 한없이 깊고 넓다는 내용을 설명한다.

임을 알고서 이 훌륭한 법을 남에게 연설해주는 것이요, 사랑스런 말씨라는 것은 항상 중생을 이익되게 하려고 말하는 것이며, 이익이 되는 행이라는 것은 이치를 따라 말하지 문자를 따라 말하지 않는 것이요, 이익을 같이 한다는 것은 항상 불법을 원만히 갖추기 위하여 말하는 것이라고 하였다. 法施者 於諸施中 知其最勝 以此勝法 爲人演說 愛語者 常爲利益 衆生故說 利行者 隨義而說 不隨文字 同利者 常爲具足 佛法故說

不取於相 如如不動
불취어상 여여부동

현상에 이끌리지 말고
여여(如如)하여 동요하지 않는 것이니라.

이 두 구절은 금강경 가르침 가운데 어느 문구보다도 중요한 가르침이다. 어찌 보면 이 구절이 금강경의 총결(總結)에 해당할 만큼 지금까지의 말씀을 갈무리하는 보문(寶文)이다.

상(相)을 취한다고 하면 이를 형상으로 보면 유위(有爲)의 상(相)이라 여기게 휘둘리는 것이며, 무위(無爲)의 상(相)에 휘둘리면 무주(無住)를 깨트림이다.

참다운 수행자는 그 어떠한 경계에 맞닥뜨리더라도 본심이 흔들리면 안 된다. 본심이 흔들리면 그만 마구니가 침범하여 마구니의 수하

(手下)가 되어 마구니 마음을 쓰기 때문이다.

　여여부동(如如不動)에서 여여(如如)는 법성(法性)에 대한 여(如) 이며, 제법에 대한 여(如)이기에 부동(不動)하다는 것이다. 따라서 부동은 만법이 부동함을 나타내므로 이는 만법이 일어나지 않는 경지를 말하며 이를 만법불생(萬法不生)이라고 한다.

　조당집(祖堂集)[428] 권제15에서 반산보적(盤山寶積 ?~?)[429]에 보면 다음과 같은 내용이 있다.

　선사가 언젠가 대중에게 다음과 같이 말했다. 마음에 일이 없으면 만법이 나지 않는데, 경계가 끊어진 현묘한 기틀에 가는 먼지 어찌 일어나리오. 도는 본래 바탕이 없지만, 도로 인하여 이름이 생기고, 도는 본래 이름이 없지만 이름으로 인하여 호(號)가 생긴다. 만일 마음 그대로가 부처라 한다면 지금 당장 현미(玄微)에 들지 못한 것이고, 만일 마음도 아니요 부처도 아니라 한다면 이 역시 발꿈치를 가리키는 극칙(極則)[430]일 뿐이다. 위로 향하는 한 가닥 길은 일천 성인

---

[428] 남당(南唐) 시대에 문등(文燈)이 정(靜)과 균(筠) 두 제자의 도움을 받아 지었다. 이 불전은 선가 고승들의 행적과 어록을 채록한 것으로 스승이 제자에게 교리를 전한 선문답이 많이 실려있다.

[429] 당나라 때 마조도일(馬祖道一)의 법사(法嗣)로, 유주(幽州, 河北) 반산(盤山)에 살면서 종풍(宗風)을 떨쳐 세칭(世稱) 반산보적으로 불린다.

[430] 지극한 묘칙(妙則), 긴요한 궁극의 법칙이라는 뜻으로 제일의(第一義)와 같은 뜻이다.

도 전하지 못하는 것인데, 학자들이 헛수고를 하는 것은 마치 원숭이가 달그림자를 건지려는 것과 같다. 대도는 중간이 없는데 무엇이 앞이고 뒤겠으며, 넓은 하늘은 끝이 없는데 무엇으로 헤아릴 수 있으리오. 허공도 이렇거늘 도는 말해 무엇 하리오. 마음의 달이 뚜렷이 밝아 그 빛이 만상을 머금었으나 광명이 경계를 비추지도 않고, 경계 또한 있는 것 아니니, 광명과 경계가 모두 없으면 다시 무엇이겠는가? 師有時示衆云 心若無事 萬法不生 境絶玄機 纖塵何立 道本無體 因道而得名 道本無名 因名而得號 若言 卽心卽佛 今時未入玄微 若言非心非佛 猶是指蹤之極則 向上一路 千聖不傳 學者勞形 如猿捉影 大道無中 復誰前後 長空絶際 何用量之 空旣如斯 道豈言哉 心月孤圓 光呑萬像 光非照境 境亦非存 光境俱亡 復是何物

선덕(禪德)들이여, 비유하면 검(劍)을 휘둘러 허공에 던지는 것처럼 미치거나 미치지 못함을 따지지 못하나니, 이는 허공에 자취가 없고 칼날이 상하지 않는 경지이니라. 만일 이와 같이 할 수 있다면 마음과 마음이 알음알이가 없어서 마음 전체가 부처요, 부처 전체가 사람이다. 사람과 부처가 다르지 않아야 비로소 도라 할 수 있다. 禪德 譬如擲釖揮空 莫論及之不及 斯乃空輪無迹 釖刃非虧 若能如是 心心無知 全心卽佛 全佛卽人 人佛無異 始爲道矣

수월(水月)이 비록 흔들린다고 할지라도 본월은 미동도 없음이며, 경중상(鏡中像)이 흔들거린다고 할지라도 경대(鏡臺)는 흔들림이 없음이다. 법신(法身)은 흔들림이 없는데 중생이 분별과 허망한 마음을 나타내어 법신을 흔들지만 실재 법신은 조금도 동함이 없음이다.

화엄경 권제55 이세간품에 보면

보살은 모든 법이 삼세에 평등하고 진여와 같아서 동요하지 않고 진실한 짬이라 머무름이 없으며, 한 중생도 이미 교화받았거나 지금 교화받거나 장차 교화받을 것을 보지 못하며, 또 닦을 행도 없고 조그만 법도 나거나 없어지거나 하여 얻을 것이 없는 줄을 알지만, 모든 법을 의지하여 소원하는 것이 공하지 않게 하기 때문이라고 하였다. 菩薩了知一切諸法三世平等 如如不動 實際無住 不見有一衆生己受化 今受化 當受化 亦自了知無所修行 無有少法若生若滅而可得者 而依於一切法 令所願不空

보살은 분별이 없는 무분별지(無分別智)를 깨달아 얻어 그 어떠한 경계를 닥치더라도 심동(心動)이 없다.

아승가(阿僧伽)⁴³¹가 짓고 불타선다(佛陀扇多)⁴³²가 한역한 섭대승론(攝大乘論)에 보면 다음과 같은 게송이 있다.

諸菩薩念者 諸法無詮事
제보살념자 제법무전사

---

431 무착(無著, Asaṅga)을 말한다. 생몰연대는 알지 못하며 용수(龍樹)가 펼친 중관사상에 대하여 대승불교의 유식론(唯識論)을 체계화하였다.

432 동위(東魏) 시대에 북천축(北天竺) 출신의 불타선다(佛陀扇多, Buddhaśānta)를 말한다.

無分別智中 無我及眞如
무분별지중 무아급진여

모든 보살의 인식 대상은
말로 표현할 수 없는 법의 성품이네.
무분별 지혜 가운데
무아성(無我性)의 진여이네.

諸菩薩相者 於彼正念處
제보살상자 어피정념처

無分別智中 智處無諸相
무분별지중 지처무제상

모든 보살의 인식 작용[相]은
그 바른 인식 대상의 처소이니
무분별 지혜 가운데
지혜의 처소는 모든 형상이 없네.

따라서 법(法)이 여여(如如)함을 얻으면 동(動)함이 없고, 얻어도
얻었다는 마음이 없으니 동함이 없고, 따라서 법(法)과 득(得)이 모
두 공(空)한 줄을 알면 여여하기에 동함이 없음이다.

아(我)가 공한 줄 알면 법(法)이 공한 줄 알고, 법이 공한 줄 알면 중생이 공한 줄 알고, 중생이 공한 줄 알면 수자(壽者)가 공한 줄 알기에 여여함이며, 따라서 동(動)함이 없는 것이다. 이를 일러 아공(我空)·법공(法空)·구공(俱空), 즉 삼공(三空)을 깨달아 얻으면 여여하므로 부동하다. 상(相)을 취하지 아니하므로 부동함이다. 고로 제28 불수불탐분(不受不貪分)은 '성인은 복을 받을 생각조차도 없기에 탐하지도 않는다'고 하였다. 이는 여여부동(如如不動)을 나타낸 것이다.

여여부동 하면 사유(思惟)와 숙고(熟考)가 잠자게 되어 마음의 평안을 얻으므로 이를 법열(法悅)이라고 한다.

맛지마 니까야(Majjhima Nikāya)[433] M119[434], '몸에 대한 새김의 경'에 보면 다음과 같은 내용이 있다.

또한 수행승들이여, 수행승은 사유와 숙고가 멈추어진 뒤 내적인 평온과 마음의 통일을 이루고 유를 뛰어넘고 숙고를 뛰어넘어, 삼매에서 생겨나는 희열과 행복으로 가득한 두 번째 선정을 성취한다. 그는 삼매에서 생겨나는 희열과 행복으로 자기 몸을 적시고 담그고 채우고 가득 차게 해서, 삼매에서 생겨나는 희열과 행복이 스며들지 않은 몸의 부분이 일체 없게 만든다.

---

433 한역에서는 중아함경(中阿含經)이라고 한다.

434 Kāyagatāsati sutta (M119)

예를 들어 호수가 있는데 그 동쪽에도 물의 입구가 없고 서쪽에도 물의 입구가 없고 북쪽에도 물의 입구가 없고 남쪽에도 물의 입구가 없고, 또한 하늘이 때때로 소나기를 내리지도 않지만, 그 호수에서 차가운 물이 샘솟아, 차가운 물로 그 호수를 적시고 담그고 채우고 가득 차게 하여, 그 호수의 어느 곳도 차가운 물이 스며들지 않는 곳이 없는 것과 같다.

수행승들이여, 이처럼 수행승은 삼매에서 생겨나는 희열과 행복으로 자기 몸을 적시고 담그고 채우고 가득 차게 해서, 삼매에서 생겨나는 희열과 행복이 스며들지 않은 몸의 부분이 일체 없게 만든다.

승천왕반야바라밀경(勝天王般若波羅蜜經)[435] 권제2에도 다음과 같은 가르침이 있다.

세존이시여! 무엇이 여여함입니까?
이것은 지혜로 아는 것이지 말로 설할 수 있는 것이 아니다. 무슨 까닭인가? 모든 문자를 넘어서고 말의 경계와 입의 경계를 여읜 까닭이다. 모든 희론(戲論)으로 삼을 수 없고 이것도 없고 저것도 없고, 모양을 여의고 모양도 없고, 생각으로 헤아림을 멀리 여의고 모든 생

---

435 진(陳)나라 때 인도의 학승 월바수나(月婆首那, Upaśūnya)가 한역하였다. 전 7권으로 구성된 이 경은 줄여서 승천왕경 또는 승천왕반야경이라고 한다. 5부 반야의 하나이며, 전체 16품으로 이루어져 있다. 부처님께서 승천왕의 질문에 대해 반야바라밀다를 중심으로 대승 보살의 수행과 공덕을 설하는 내용으로 되어 있다.

각[覺觀]의 경계를 넘어서 생각도 없고, 모양도 없고 둘의 경계를 지나고 모든 범부를 지나 범부의 경계를 여의고, 모든 마귀의 일을 지나며 능히 번뇌의 의혹을 여의는 것이다. 또한 식(識)으로 아는 것도 아니요, 처소가 없으면서도 머물러 고요한 성인의 지혜요, 뒤에도 분별할 수 없는 지혜의 경계다. '나'도 없고 내 것도 없으며, 구하여도 얻지 못하고 가질 것도 없고 버릴 것도 없고, 물들 것도 없고 더러움도 없고, 청정하여 번뇌를 여의어서 가장 으뜸이요 제일이며, 성품이 항상 변하지 않는다. 만약 부처님께서 세상에 나오시거나 세상에 나오시지 않거나 성품과 모양이 항상 머물러 있느니라고 하였다. 이것이 여여한 실제(實際)라고 하였다. 世尊 云何如如 大王 此可智知 非言能說 何以故 過諸文字 離語境界 口境界故 無諸戱論 無此無彼 離相無相 遠離思量 過覺觀境 無想無相 過二境界 過諸凡夫 離凡境界 過諸魔事 能離障惑 非識所知 住無處所 寂靜聖智 後無分別 智慧境界 無我 我所求不可得 無取無捨 無染無穢 淸淨離垢 最勝第一 性常不變 若佛出世及不出世 性相常住

何以故 一切有爲法 如夢幻泡影 如露亦如電 應作如是觀
하이고 일체유위법 여몽환포영 여로역여전 응작여시관

왜냐하면, 모든 현상계의 모든 생멸법은 마치 꿈 같고, 환영 같고, 물거품 같고, 그림자 같고, 이슬 같고, 번개 같으니 반드시 이처럼 볼지어다.

하이고(何以故)는 '왜냐하면' 이런 말로, 지금까지 말씀하신 바를 모두 수용하여 이러한 뜻이다. 따라서 이를 응축하여 송(頌)을 표출함이다. 그리고 이어지는 게송을 송출하심은 중생은 유위법에 마음을 빼앗기는 경향이 강하므로 부처님이 입멸하시고 나면 법을 어찌 설할 것인가에 대해서 의심 덩어리를 단박에 끊어주기 위함이다.

이를 선종(禪宗)에서는 의단독로(疑團獨露)라고 한다. 여기서 의단(疑團)은 늘 풀리지 않는 의심의 덩어리를 말하며, 독로(獨露)는 오로지 드러남을 뜻하므로 의단(疑團)을 타파한 것을 말한다.

일체유위법(一切有爲法), 유위(有爲)로 보는 모든 법은 이러한 뜻이다. 따라서 유위의 법은 상(相)이 따름으로 동함이 있기 마련이다. 이를 몽(夢), 환(幻), 포(泡), 영(影), 로(露), 전(電) 등 여섯 가지 비유로써 이끌어 제시하고 있다. 까닭에 이를 육여(六如)라고 한다.

여몽환포영(如夢幻泡影), 여섯 가지 가운데 네 가지를 먼저 제시하고 있다.

몽(夢) : 꿈

꿈은 허상이다. 내가 꿈에 임금이 되었다고 하더라도 깨고 보면 꿈이 아니다. 그렇듯이 신체의 자극을 받아 일어나는 것은 모두 몽중사(夢中事)다. 따라서 이 몸도 환신(幻身)이라서 허깨비와 같은 몸이므로 이를 망신(妄身)이라고도 한다. 까닭에 유위는 모두 몽상(夢相)이다.

환(幻) : 환상

물질은 언제나 다른 물건으로 변한다. 마치 환술사가 빈손에 비둘기를 보여 주고 하는 것은 모두 눈속임이다. 따라서 이를 환상(幻相)이라고 하며 환상은 곧 허상(虛相)이므로 곧 망념(妄念)을 말한다. 까닭에 환생환멸(幻生幻滅)하므로 위에서 제시한 몽(夢)과 합쳐서 몽환(夢幻)이라고 한다.

포(泡) : 거품

바다나 강에 가면 거품이 생기는 것을 볼 수가 있다. 그러나 이는 실체가 아니라서 순식간에 흔적도 없이 사라지므로 마치 번뇌와 같다. 따라서 포(泡)는 즉생즉멸(卽生卽滅)한다.

영(影) : 그림자

그림자는 실체가 아니라서 빛을 가리면 곧바로 사라지므로 업장(業障)이 이와 같다.

따라서 몽(夢)·환(幻)·포(泡)·영(影)은 명자(名字)일 뿐이어서 무상(無常)한 도리를 나타내는 것이다.

여로역여전(如露亦如電), 육여(六如) 가운데 나머지 둘을 일러주고 있다.

로(露) : 이슬

공기 가운데 수증기나 기온이 내려가면 찬 물체에 부딪혀서 엉겨서 생기는 물방울을 말한다. 아침 이슬은 해가 뜨면 사라짐으로 유위(有爲)는 이슬과 같다.

전(電) : 번개
번개는 보존할 수가 없어서 나타나면 금방 사라진다.

그러므로 로(露)와 전(電)은 이 몸이 영원하지 않고 무상하다는 것을 비유하고 있다. 까닭에 망기망멸(妄起妄滅)한다.

이와 같은 말씀을 심지관경(心地觀經) 권제1 서품에서 보면 다음과 같다.

時彼輪王覺自身 及以世間不牢固
시피윤왕각자신 급이세한불뇌고

無想諸天八萬歲 福盡還歸諸惡道
무상제천팔만세 복진환귀제악도

그때 저 윤왕(輪王)이 자기의 몸과
세간이 견고하지 못하며
무상천(無想天)도 8만 세(歲)면
복이 다하여 도로 악도(惡道)로 돌아가나니

猶如夢幻與泡影 亦如朝露及電光

유여몽환여포영 역여조로급전광

了達三界如火宅 八苦充滿難可出

요달삼계여화택 팔고충만난가출

꿈속에 눈 홀림과 거품이나 그림자 같고
또한 아침 이슬과 번갯불 같음을 깨달았으며
삼계가 마치 불난 집[火宅] 같음을 분명하게 알아도
팔고(八苦)가 충만하여 벗어나기 어렵다.

이상 여섯 가지 비유를 다시 살펴보았지만 경전에 따라서는 도표
에서처럼 아홉 가지 비유를 들어 설명하기도 한다.

星 성	翳 예	燈 등	幻 환	露 로	泡 포	夢 몽	電 전	雲 운
별	가림	등불	환상	이슬	거품	꿈	번개	구름
見 견	相 상	識 식	處 처	身 신	受 수	過去 과거	現在 현재	未來 미래

다시 무량수경(無量壽經) 서분에 보면 다음과 같은 내용이 있다.

覺了一切法 猶如夢幻響
각요일체법 유여몽환향

滿足諸妙願 必成如是刹
만족제묘원 필성여시찰

일체의 법을 깨달아
꿈과 허깨비와 메아리와 같은 줄을 알면
온갖 미묘한 원을 만족시켜
반드시 그와 같은 국토를 이루리라.

知法如電影 究竟菩薩道
지법여전영 구경보살도

具諸功德本 受決當作佛
구제공덕본 수결당작불

법은 번개와 그림자 같음을 깨닫고
끝까지 보살도 닦아 행하여
여러 가지 공덕 두루 갖추고
반드시 기별을 받아 마땅히 성불하리라.

通達諸法門 一切空無我
통달제법문 일체공무아

專求淨佛土 必成如是刹
전구정불토 필성여시찰

모든 법의 성품이 공하며
또한 무아임을 통달하여
오로지 청정한 불국토를 구하면
반드시 그러한 국토를 이루리라.

이러한 가르침은 형상이 있는 유위(有爲)는 모두 무상하므로 이를
번개, 꿈 따위에 비유하여 실체가 없다는 것을 밝히고 있다.

상윳따 니까야 가운데 포말경(泡沫經)⁴³⁶에 보면 다음과 같은 말씀
이 있다.

물질은 거품 덩이와 같고 느낌은 물거품과 같고
인식은 아지랑이와 같고 심리 현상들은 야자나무와 같으며
알음알이는 요술과 같다고 태양의 후예는 밝혔도다.

자세히 살펴보고 근원적으로 조사해보고
지혜롭게 관찰해보면 그것은 텅 비고 공허한 것이로다.

광대한 통찰지를 가진 분은 이 몸에 대해서

---

⁴³⁶ phena sutta를 말한다.

세 가지를 제거하여 물질이 버려진 것을 보도다.

생명과 온기와 알음알이가
이 몸을 떠나면
그것은 던져져서 의도 없이 누워 있고
남들의 음식이 될 뿐이로다.

이러한 이것은 흐름이며 요술이어서
어리석은 자를 현혹시키며
이것은 살인자라 불리나니
여기에 실체란 없도다.

비구는 열심히 정진하여
이처럼 오온을 굽어봐야 하나니
날마다 낮과 밤 할 것 없이
알아차리고 마음챙기라.

모든 속박을 제거해야 하고
자신을 의지처로 삼아야 하리니
머리에 불붙는 것처럼 행해야 하고
떨어지지 않는 경지를 간절히 원해야 한다.

한역 잡아함경 권제10 포말경(泡沫經)에서는 다음과 같다.

觀色如聚沫 受如水上泡

관색여취말 수여수상포

想如春時焰 諸行如芭蕉

상여춘시염 제행여파초

諸識法如幻 日種姓尊說

제식법여환 일종성존설

색(色)은 모인 물방울 같고

수(受)는 물 위의 거품 같으며

상(想)은 봄날 아지랑이 같고

모든 행(行)은 파초와 같으며

모든 식(識)과 법(法)은 허깨비와 같다고 관찰하라.

태양 종족의 존자께서 이렇게 말하였느니라.

周帀諦思惟 正念善觀察

주잡체사유 정념선관찰

無實不堅固 無有我我所

무실불견고 무유아아소

두루두루 자세히 사유(思惟)하고

바른 기억으로 잘 관찰해보면

알맹이 없고 단단하지도 않나니
거기에는 나[我]도 내 것[我所]도 없느니라.

於此苦陰身 大智分別說
어차고음신 대지분별설

離於三法者 身爲成棄物
이어삼법자 신위성기물

고통 덩어리인 이 몸에 대해
큰 지혜로 분별해 말하리라.
세 가지 법이 떠나버리면
그 몸은 버려야 할 물건이 되느니라.

壽暖及諸識 離此餘身分
수난급제식 이차여신분
永棄丘冢閒 如木無識想
영기구총한 여목무식상

목숨과 온기와 모든 의식
이것이 떠나고 남겨진 몸뚱이는
영원히 무덤가에 버려지나니
마치 나무토막처럼 의식이 없네.

此身常如是 幻爲誘愚夫
차신상여시 환위유우부

如殺如毒刺 無有堅固者
여살여독자 무유견고자

이 몸은 언제나 이와 같거늘
어리석은 사람을 허깨비는 속이나니
살기와 같고 독한 가시와 같으며
거기에는 어떠한 견고함도 없네.

比丘勤修習 觀察此陰身
비구근수습 관찰차음신

晝夜常專精 正智繫念住
주야상전정 정지계념주

有爲行長息 永得清涼處
유위행장식 영득청량처

비구야, 부지런히 닦고 익히며
음(陰)으로 이루어진 이 몸을 관찰하라.
밤낮으로 언제나 골똘하고 정밀하게
바른 지혜로 기억을 붙잡아 머무르면

함이 있는 행은 영원히 쉬고
맑고 시원한 곳을 길이 얻으리라.

화엄경 권제59 이세간품에서는 다음과 같다.

觀色如聚沫 受如水上泡
관색여취말 수여수상포

想如熱時焰 諸行如芭蕉
상여열시염 제행여파초

물질은 거품 모인 것
느낌은 물 위에 뜬 거품
생각은 아지랑이 같고
지어가는 일[行] 파초 같나니

心識猶如幻 示現種種事
심식유여환 시현종종사

如是知諸蘊 智者無所着
여시지제온 지자무소착

인식하는 마음 눈 어리 같아
갖가지 일을 나타내지만

이렇게 오온을 알고
지혜로운 이 집착 않나니

諸處悉空寂 如機關動轉
제처실공적 여기관동전

諸界性永離 妄現於世間
제계성영리 망현어세한

12처가 모두 고요해
기계가 돌아가는 듯
18계(界)의 성품이 없어
허망하게 나타나는 것.

능엄경(楞嚴經)에서는 다음과 같다.

見聞如幻翳 三界若空花
견문여환예 삼계약공화

聞復翳根除 塵銷覺圓淨
문복예근제 진소각원정

보고 듣는 작용들은 헛것 보는 눈병 같고
욕계 색계 무색계는 허공 꽃과 다름없다.

듣는 본성 되돌려서 눈병 뿌리 제거하면
티끌 번뇌 스러져서 깨달음이 맑아지리라.

응작여시관(應作如是觀), 불자는 이와 같이 관(觀)해야 한다는 말
씀으로 다음과 같은 가르침들이 담겨 있다.

제2 선현기청분(善現起請分)
如是住 여시주
이와 같이 머물러라.

如是降伏其心 여시항복기심
이와 같이 그 마음을 항복 받아라.

제4 묘행무주분(妙行無住分)
如是布施 여시보시
이와 같이 보시해라.

제10 장엄정토분(莊嚴淨土分)
如是生淸淨心 여시생청정심
이와 같이 텅 빈[淸淨] 마음을 내어라.

제31 지견불생분(知見不生分)
如是知 여시지
이와 같이 알아라.

如是見 여시견
이와 같이 보아라.

如是信解 여시신해
이와 같이 믿고 깨달아라.

이를 바탕으로 하여 여시관(如是觀)이 되는 것이다.

유상(有相)에서 벗어나서 무상(無相)의 도리를 간파하면 참다운 진리를 만날 수 있다. 법상(法相)을 관조하라는 가르침이다. 이 게송을 다른 역본(譯本)에는 다음과 같이 실려 있다.

보리유지(菩提流志)**가 한역한 금강경**

一切有爲法 如星翳燈幻 露泡夢電雲 應作如是觀
일체유위법 여성예등환 로포몽전운 응작여시관

일체의 유위법(有爲法)은
별 같고 그늘[翳] 같고 등불 같고 허깨비 같으며
이슬 같고 물거품 같고 꿈 같고 번개 같고 구름 같으니
마땅히 이와 같이 보아야 한다.

진제(眞諦)**가 한역한 금강경**

如如不動 恒有正說 應觀有爲法 如暗翳燈幻 露泡夢電雲
여여부동 항유정설 응관유위법 여암예등환 로포몽전운

여여하고 흔들림이 없으며
항상 바르게 설해지나니
곧 마땅히 모든 유위법을 관찰하여
어둠 같고 그늘 같고 등불 같고 환영과 같고
이슬·거품·꿈·번개·구름 같은 것이라고 보아야 한다.

현장(玄奘)**이 한역한 능단금강경**(能斷金剛經)

諸和合所爲 如星翳燈幻 露泡夢電雲 應作如是觀
제화합소위 여성예등환 로포몽전운 응작여시관

모든 화합하여서 되는 것은
별 그림자[星翳]·등불·요술[幻],
이슬·물거품·꿈·번개·구름 같으니
마땅히 이렇게 볼 것이니라.

참고로 도덕경(道德經) 제5장에는 다음과 같다.

天地之間 其猶橐籥乎 虛而不屈 動而愈出 多言數窮 不如守中
천지지간 기유탁약호 허이불굴 동이유출 다언삭궁 불여수중

하늘과 땅 사이는 비어 있지만 찌그러지지 않을 뿐이니 절구질이
나 피리 부는 것은 움직임이 많을수록 넘친다. 마찬가지로 사람의 말
도 많을수록 자주 막히는 바이니 말을 가슴속에 담아둠만 못하다.

佛說是經已 長老須菩堤 及諸比丘比丘尼 優婆色優婆夷
불설시경이 장로수보리 급제비구비구니 우바새우바이

**부처님께서 이 경을 다 말씀하여 마치시니 장로 수보리, 비구
와 비구니, 우바새와 우바이,**

一切世間天人阿修羅 聞佛所說 皆大歡喜 信受奉行
일체세간천인아수라 문불소설 개대환희 신수봉행

**모든 세간의 하늘 사람과 아수라 등이 부처님의 말씀을 듣고
모두 크게 기뻐하여 믿고 받들어 행하였다.**

부처님께서 말씀을 설하시기를 마치셨다고 하는 것은 이 법회가
원만하게 이루어졌다는 표현이다. 따라서 사부대중인 비구 · 비구니
· 우바새 · 우바이와 온 세상의 하늘 사람과 아수라 대중들도 부처
님의 가르침을 들으시고 모두 크게 기뻐하였으며 또한 이를 믿고 받
들어 행하였다고 하였다.

이를 다시 들여다보면 대중들은 부처님께서 설하신 금강경의 종

요(宗要)를 알아들었다는 표현이다. 더불어 방편으로 설하신 차제(次第)의 법문도 알아차렸다는 의미이다.

까닭에 모든 대중이 법열(法悅)을 얻었으므로 이로써 바른 믿음이 일어나서 그 어떠한 의심도 없이 흔쾌히 받아들였음을 알 수가 있다. 이러한 마음의 작용을 환희용약(歡喜踊躍)이라고 한다.

또 여기서 새겨 보아야 할 것은 아수라[귀신]가 부처님 가르침을 들었다고 하는 것은 이들도 모두 제도의 대상이지 배척(排斥)의 대상이 아니라는 것이다. 고로 귀신을 물리치는 것을 업으로 한다는 퇴마사(退魔師)는 엉터리며, 그 단어 또한 일본에서 유래한 말이다.

모두가 부처님의 말씀을 듣고 모두 크게 기뻐하여 믿고 받들어 행하였다고 하는 것은 금강불괴신(金剛不壞身)을 얻었음이다. 금강불괴(金剛不壞)는 금강과 같이 견고하여 그 무엇에 의하여서도 파괴되지 않는 것을 말한다. 이를 빗대어 금강불괴법신(金剛不壞法身)이라는 표현은 부처의 법신은 마치 금강과 같아서 견고하여 상주불멸(常住不滅)하므로 붙여진 이름이다. 따라서 법을 증득하면 금강불괴신(金剛不壞身)을 얻음이다.

담무참(曇無讖)이 한역한 대반열반경 권제3에 보면
여래의 몸은 금강 같아서 깨뜨릴 수 없으니, 보살들은 이렇게 바른 소견과 바른 지혜를 잘 배워야 한다. 만일 이렇게 분명하게 알면, 부처님의 금강 같은 몸과 깨뜨릴 수 없는 몸을 보되 거울 속에서 여러 가지 모양을 보는 것 같을 것이라고 하였다. 如來身者 卽是金剛不可壞身 菩薩應當如是善學正見正知 若能如是了了知見 卽是見佛金剛之身 不可壞身 如於鏡中見諸色像

또한 40권 화엄경 권제32 보현행원품에 보면
보살이 이 열 가지 뜻을 갖추면 부처님의 금강처럼 깨뜨릴 수 없는 몸을 얻는다고 하였다. 菩薩若能具此十義 則得諸佛 猶如金剛不可壞身

소인배는 얻으면 혼자 독차지하려 하고 성인은 이를 나누어 가지려고 갖은 힘을 다하므로 이를 봉행(奉行)이라고 한다.

또한 부처님께서 설하신 말씀을 알아차렸으니 뗏목을 이제 버렸다는 뜻이기도 하다. 뗏목을 버린 자는 오직 법을 전함이지 첨단과학으로 점철된 세상에 금강경을 석판, 금속판, 도판(陶板) 등에 새기는 수고로움을 하지 않고 책이나 아니면 다른 방편을 이용하여 금강경을 널리 전법하여 부처님 은혜를 갚고자 할 것이다.

마지막 부분의 말씀은 유통분(流通分)이다. 유통은 공기나 액체 따위가 막힘없이 흘러서 통하는 것을 말하므로 이는 법륜은 굴리는 것을 말한다. 부처님의 지혜 광명이 더욱 빛나게 하려면 법륜은 늘 굴러다녀야 하는 법이다. 까닭에 '불일증휘 법륜상전(佛日增輝 法輪常轉)'이라고 한다.

우리나라 고려대장경이나 일본의 신수대장경에는 맨 마지막에 금강반야바라밀경(金剛般若波羅密經)이 보태져 있다. 이는 경을 찬탄함과 동시에 관조하는 표현이다.

또한 고려대장경에는 다음과 같은 진언으로 마무리하고 있다.

金剛般若波羅蜜經眞言 那謨婆伽跋帝 鉢喇壤 波羅弭多曳
금강반야바라밀경진언 나모바가바떼 쁘라갸 빠라미따예

唵 伊利底 伊室利 輸盧馱 毘舍耶 毘舍耶 莎婆訶
옴 이리띠 이실리 슈로다 비샤야 비샤야 스바하

본문에 덧붙여 기록함

　경(經)을 마주함에 있어서는 공경심을 나타내어야 하고, 본지(本旨)를 정확히 알아야 한다. 본지는 '근본 취지'를 말하므로 이를 달리 말하면 종지(宗旨) 또는 경의(經義)라고 한다. 따라서 어떤 경을 보더라도 본지를 제대로 알아차리려야 함이 우선이고, 본지를 알아차렸으면 이를 놓치지 말고 경(經)의 말씀을 보아야 한다. 경의 본지는 이렇듯 아주 중요하다.

　정법화경(正法華經)[437] 권제7 안행품(安行品) 제13에 보면
　그러자 세존께서 법회에 모인 보살들을 찬탄했다. 훌륭하고 훌륭하구나, 족성자(族姓子)여. 진실로 그대들이 말한 바와 같으니, 여래가 가르치는 것은 각기 방편에 따랐을 뿐 본래의 뜻에 어긋나지는 않는다고 말씀하셨다. 於是世尊 讚大會菩薩曰 善哉善哉 諸族姓子 誠如所云 如來所詔 各隨權宜 不違本旨

---

[437] 서진(西晉) 시대인 286년에 축법호(竺法護)가 한역한 법화경으로 묘법연화경과 거의 같은 내용으로 이루어져 있다.

현겁경(賢劫經)[438] 권제5 적연도무극품(寂然度無極品)에 보면

그 과보(果報)에 따라 본래의 뜻을 어기지 않고 처음 발심하여 꾸준한 '무이(無二)의 지극한 도'의 이름을 정진이라고 하며, 그 서원(誓願)에 따라 각각 처소를 얻게 하되 근본 요점을 어기지 않음을 선정이라고 하고, 지심으로 해탈문에 들어가 안온하여 아무런 고난이 없음을 지혜라고 하였다. 應其果報 不違本旨 從始發意 至道無二 是曰精進 從其誓願 各使得所 不違本要 是曰一心 至心脫門長獲 入安隱無有衆難 是曰智慧

경(經)의 본지를 놓치지 않으려면 경(經)을 살피는 안목이 있어야 한다. 이를 금강경 제18 일체동관분(一切同觀分)에서는 육안(肉眼)·천안(天眼)·혜안(慧眼)·법안(法眼)·불안(佛眼)이라고 하여, 오안(五眼)을 말씀하셨다. 금강경뿐만 아니라 방광반야경(放光般若經) 등에도 같은 맥락으로 말씀하셨다.

경(經)의 본지를 놓치지 않는 데는 별다른 비법이나 방책(方策)이 없다. 다만 꾸준함을 강조하는데 이를 불교에서는 정진(精進)이라고 하며, 세속에서는 흔히 무한불성(無汗不成)이라고 한다.

60권본 화엄경 권제28에 보면 다음과 같은 게송이 있다.

---

438 서진(西晉) 시대에 축법호가 한역하였으며 요제법본(了諸法本) 삼매와 그 공덕을 설한 경전으로, 현겁정의경(賢劫定意經)이라고도 하며, 발타겁삼매경(魃陀劫三昧經), 현겁삼매천불본말제법삼매정정경(賢劫三昧千佛本末諸法三昧正定經)이라고도 하며 주석서(註釋書)와 이역본(異譯本)은 없다.

精進不退轉 究竟成菩提

정진불퇴전 구경성보리

꾸준히 나아가 물러나지 않으면
끝내는 보리를 성취한다.

금강경에서는 부동심(不動心)을 강조하고 있다. 경(經)을 보든 선(禪)을 하든 정진불퇴(精進不退)를 해야 한다. 이것을 바로 금강반야바라밀다경(金剛般若波羅蜜多經)에서 금강(金剛)은 곧 금강심(金剛心)이라고 하였다.

또한 경(經)의 본지를 알아차리는 데 있어 지(智)와 혜(慧)를 강조한다. 이를 불교에서는 반야(般若)라고 한다.

경(經)의 본지를 알아차리면 금강경의 수보리 존자, 법화경에 등장하는 숱한 불보살과 화엄경의 선재동자(善財童子)와 유마경의 유마거사(維摩居士) 등은 모두 불(佛)의 용(用)에 해당하는 것을 깨닫게된다. 이는 경(經)을 보는 이에게는 아주 중요한 핵심이다.

경(經)을 보는 이가 빠지기 쉬운 또 하나의 보이지 않는 함정이 있다. 이는 다름 아닌 '틀에 박힌 사고'다. 시중에 출간되어 있는 대부분의 금강경 해설서는 이러한 타성(mannerism)에 갇혀 있다. '금강경' 하면 먼저 숱한 중국 선사들의 언설(言說)에 빠져들어 갇혀버리는데 이것은 아주 큰 문제다. 중국 선사들의 견해는 그들의 견해이지 옳은 답은 아니다. 그리고 그 시대의 사상에 들어맞는 표현이지, 수 백 년이 지난 지금과는 생뚱맞을 정도로 거리가 멀다. 경(經)의 답은 경(經)에 있는 법이다. 덧붙여 말하면 여기 이 '금강경'은 숱한 선사들의 견해는 거의 다 빼버리고, 경(經)의 부처님 말씀을 전거(典據)로 하여 전개하였다. 그러다 보니 무수한 경전을 언급하게 되었다.

금강경에서는 금강반야(金剛般若)가 이루어지면 바라밀다(波羅蜜多)가 이루어진다고 하였다. 이렇듯 경(經)의 제목부터 빈틈없는 체계로 붙여져 있음을 알아야 한다. 바라밀다(波羅蜜多)의 줄인 말이 바라밀(波羅蜜)이며, 이를 한역하면 극락(極樂)이라고 하며, 극락을 다시 의역하면 심락(心樂)이다.

유마경(維摩經)에서 실제로 유마거사와 법(法)의 담론을 펼치는 상대는 문수보살이다. 그렇다고 실재 문수보살이 있다고 여기면 곤란하다. 문수보살은 지혜를 의인화한 것이다. 금강경에서도 문수보살의 역할을 한 자는 수보리 존자이며, 화엄경에서는 문수보살이다. 화엄경의 마무리 단계에서는 보현보살이 등장한다. 보현보살은 실행(實行)을 의인화한 것이다. 많은 부처님의 말씀을 알고 있다고 하더라도 이를 행하지 않으면 입만 살고, 그 나머지는 무용지물(無用之物)이다. 그런 측면에서 금강경에서는 보현보살이 등장하지 않는 것 같지만 분명히 등장한다. 제32 응화비진분(應化非眞分) 마무리에 보면 다음과 같은 말씀이 있는데 살펴보면 이러하다.

聞佛所說 문불소설
부처님께서 설하신 바 말씀을 들었다.
- 법의 주제자는 부처님이시다.

皆大歡喜 개대환희
모두 크게 기뻐하였다.
- 부처님의 지혜를 충족하였다는 말씀이므로 곧 문수보살이 여기
에 해당한다.

信受奉行 신수봉행
믿고 받아들이며 받들어 수행하게 되었다.
- 곧 지혜 있는 자는 이를 반드시 행한다고 하였음이니 원만한 행
을 한 보현보살이 되라고 하는 것이다.

나의 법(法) 은사이신 성담대석(性潭大石) 스님은 항상 지암종욱
(智庵鍾郁 1884~1968) 스님을 그리워하시며, '노사(老師)는 늘 금강경
을 끼고 살다시피 하시며 하루 네 차례나 봉독하셨다'는 말씀을 자
주 하셨다.

우리나라 최고의 명산인 금강산(金剛山)도 금강경에서 따온 이름
이다. 예로부터 선사들은 금강산에 있는 절이 흥성해야 국운도 흥성
한다고 하였다. 그러므로 금강산에는 법을 일으키는 법기보살(法起
菩薩)이 머무른다고 하였다.

화엄경 권제45 제보살주처품(諸菩薩住處品)에 보면

바다 가운데 금강산이 있으니 예로부터 보살 대중이 거기 있었으며, 지금은 법기(法起)보살이 그의 권속 일천이백 명의 보살과 함께 그 가운데 있으면서 항상 법을 설한다고 하셨다. 海中有處 名金剛山 從昔已來 諸菩薩衆 於中止住 現有菩薩 名曰法起 與其眷屬 諸菩薩衆 千二百人俱 常在其中 而演說法

보리수(菩提樹) 불자가 자신의 불명이 왜? 보리수인가 궁금하다고 하여 금강경을 집필할 때 『보리수 금강경』이라는 가칭의 제목을 달아서 집필하였다. 그것은 부처님께서 얻으신 정각의 지혜가 곧 보리(菩提)이고, 부처님께서 피팔라(Pippala) 나무 아래서 수행하셨지만 부처가 되신 이후 불자와 더불어 모든 이가 이 나무를 보리수(菩提樹)라고 한데서 기인한다. 따라서 지혜의 그늘에 들어가야 번뇌가 사그라지는 법이기에 본인 역시 이번 금강경의 표제를 그리 정하였다.

또한 고등학교 은사이신 포항에 계시는 법운 이동선(法雲 李東善) 선생님은 오색금강경(五色金剛經)을 편찬하신 분이며, 금강경의 원고를 일차적으로 윤문(潤文)해 봐주셨다. 더불어 대구에 계시는 해암 김승일(海巖 金昇鎰) 선생님도 제자의 노고로움을 덜어 주시고자 직접 방문하시어 힘을 실어주시기도 하고 늘 격려를 아끼지 않으셨다.

대구에 거주하는 고등학교 동창인 T.F 텍스추어 대표 호원 정재오(好元 鄭載五) 불자는 '법상 스님은 어찌하여 금강경을 출간하지 않았느냐'고 다그치어, '그럼 한번 해보겠노라' 한 것이 『보리수 금강경』이 이렇게 세상에 나오게 된 또 하나의 빌미가 되었다.

더불어 파주에 계시는 주식회사 문학연대 대표이신 정용숙 불자, 그리고 김광수, 허정인 불자와 매번 글자를 써 주시는 서예가 희암 김상범(希庵 金相範) 선생, 그리고 변영은 디자이너의 크나큰 공덕이 없었다면, 금강경 강해는 나의 컴퓨터 저장 파일에 묻혀 버렸을 것이다. 이는 마치 서유기(西遊記)의 손오공(孫悟空)이 오음산(五陰山)에 갇혀 꼼짝달싹도 못 하고 있을 때, 삼장법사가 구제하여 법을 구하러 가는 길에 함께 하였듯이 잡초가 무성하게 묵혀진 밭을 옥토로 바꾸는 능력을 갖추신 여러분의 공력 덕분이었다. 덧댄 것은 덜어 내고, 빼버리거나 모자란 것을 보태고, 굽어진 것은 펴고, 울퉁불퉁한 것은 고르게 하였다. 『보리수 금강경』이 윤색(潤色)되어 엮이는 데 이같이 많은 분들의 수고로움이 있었음에 다시 한 번 깊은 감사를 드린다.

끝으로 금강경은 우리에게 '대자유'를 안내하고 있으며, 삶의 참맛을 느낄 수 있는 길을 제시하고 있다. 금강경은 딱딱하고 차디찬 경전이 아니라 따사로움의 경전이며, 정겨운 경전이며, 다정한 경전을 넘어 부처님께서 중생을 극진하게 생각하는 애틋한 경전이다.

모든 경전의 말씀은 어머니의 젖과 같아 불유경(佛乳經)이다. 중생은 제 어머니의 젖을 먹고 자라나듯이 중생은 부처님의 진리를 먹지 아니하면 무명세계에 갇혀버리고 만다. 모든 생명은 물이 없으면 살아가지 못한다. 따라서 금강경이 그러하므로 감로경(甘露經)이다. 부디 이번 『보리수 금강경』을 대하는 자는 유해(乳海)와 감로수(甘露

水)에 흠뻑 취하여 덩실덩실 법무(法舞)가 이루어지기를 학(鶴)이 목을 길게 빼고 기다리듯 그렇게 기다려 보고자 한다.

나무석가모니불.

2022년 冬至
김해 정암사 고목당(枯木堂)에서
지홍 법상(知弘法相) 합장